D1312819

Tegenlicht

Van Esther Verhoef verscheen bij uitgeverij Anthos

Rendez-vous
Winnaar Zilveren Vingerafdruk 2006
Genomineerd voor de NS Publieksprijs 2006

Wonen op vakantie

Close-up
Winnaar Zilveren Vingerafdruk 2007
Beste Vrouwenthriller Aller Tijden bij vrouwenthrillers.nl
Genomineerd voor de Gouden Strop 2007
Genomineerd voor de NS Publieksprijs 2007

Alles te verliezen
Genomineerd voor de NS Publieksprijs 2009
Genomineerd voor de Zilveren Vingerafdruk 2009

Erken mij
In samenwerking met de Stichting CPNB ter ere van
Juni – Maand van het Spannende Boek 2009

Déjà vu
Genomineerd voor de Zilveren Vingerafdruk 2010
Genomineerd voor de Diamanten Kogel 2011
Winnaar NS Publieksprijs 2011

Is uw man al af?

Nouveau riche & andere spannende verhalen

Tegenlicht
Genomineerd voor de NS Publieksprijs 2012

De kraamhulp

Onder de naam Escober verscheen

Onrust
Deel 1 in de Sil Maier-trilogie
Genomineerd voor de Gouden Strop 2004

Onder druk
Deel 2 in de Sil Maier-trilogie
Winnaar Diamanten Kogel 2005
Genomineerd voor de Gouden Strop 2005

Ongenade
Deel 3 in de Sil Maier-trilogie
Genomineerd voor de Diamanten Kogel 2008

Chaos
Genomineerd voor de Diamanten Kogel 2007

Overkill
Genomineerd voor de Crimezone Thriller Awards 2013
Genomineerd voor de Diamanten Kogel 2013

Esther Verhoef

Tegenlicht

Anthos|Amsterdam

Het citaat op pagina 136 en 137 is afkomstig uit het nummer
'Crying in the Rain', geschreven door Howard Greenfield en Carole King.

Eerste druk 2012
Eenentwintigste druk 2014

ISBN 978 90 414 2400 6
© 2012 Esther Verhoef
Omslagontwerp Marry van Baar
Omslagillustratie © Esther Verhoef
Foto auteur © Mark Uyl

Verspreiding voor België:
Veen Bosch & Keuning uitgevers n.v., Antwerpen

Ik moet gaan.

Weg uit 't Fort, mijn veilige thuis, mijn basis, en al dat andere waarvoor het huis tot dit nachtelijk uur heeft gestaan: voor alles wat ik heb opgebouwd. Mijn hele leven.

Ik moet opnieuw beginnen.

Wil ik dat wel?

Kan ik dat wel?

Wekenlang zwierven die twee vragen rond in deze kamer; ze maakten zich los uit de schaduwen, streken langs de muren en kropen op aan mijn kant van het bed, heimelijk, ongezien, en ze drongen mijn hoofd binnen, mijn hart, mijn wezen. Ze hielden me wakker in de nacht, als jengelende kinderen, steeds opnieuw, steeds weer diezelfde twee vragen.

Geen keuze maken is óók een keuze – dat weet ik nu.

En de beslissingen die ik niet heb genomen, omdat ik er in mijn naïeve arrogantie van overtuigd was dat het zichtbare, openbare leven in deze setting losstond van het verborgen leven daarbuiten, hebben geleid tot deze nachtelijke apotheose, die me geen alternatief meer laat.

De belangrijkste keuze is voor mij gemaakt.

Ik moet weg.

Op straat klinkt het geschreeuw nog even fel en vertwijfeld. Glasge-
rinkel. Mannenstemmen: wanhopig, ziedend.

Hartverscheurend.

Luciens stem dringt het hardst door de muren. Hij schreeuwt zo
luid dat ik hem woordelijk kan verstaan. De ander klinkt niet min-
der radeloos, niet minder oprecht.

Mea culpa. Mea maxima culpa.

Hij zal zich niet door Lucien laten verjagen. Niet vannacht. Niet
morgen. Nooit. Hij komt voor mij, en hij zal niet weggaan zonder
mij.

Laptop, portemonnee, paspoort. Mijn camera. Telefoon. Ik pluk
mijn jeans en vest van de grond en trek ze aan, gris mijn toiletspullen
bij elkaar en prop alles in een weekendtas.

Op de drempel draai ik om. Dit is de laatste keer dat ik in deze ka-
mer zal zijn. Ik zal nooit meer in dat bed slapen. Nooit meer 's och-
tends de lamellen opentrekken, zodat het daglicht via de patiotuin
over het tapijt naar binnen kan stromen.

Ik zal de geur van boenwas missen. Van aangebrande pizza. Van
het groen en de vijver in de patio. Luciens aftershave in de bad-
kamer.

De geuren van mijn leven.

Opmerkelijk, dat ik nu pas helder zie wat ik in handen heb ge-
had, en vooral hoe mooi het was.

Mijn carrière.

Mijn huwelijk.

Mijn huis.

Rust, veiligheid, vertrouwen.

Allemaal weg.

DEEL 1

Een

.

In mijn vroege herinnering zijn de huizen en straten van onze wijk warmgeel overgoten en altijd wat onscherp, met onrustige zwarte vlekken en krassen en vuil, die voorbijflitsen als in een oude 8mm-film. Het zijn aaneengesloten huizenblokken van twee verdiepingen met oranje daken, de gevels grenzen direct aan de trottoirs en op de vensterbanken staan sanseveria's en porseleinen beelden.

Ik zie kinderen heen en weer lopen in dat flikkerende beeld. Ze bewegen onnatuurlijk snel, met dribbelende beentjes en korte glimlachjes in de camera. Ze zetten grote ogen op en verdringen zich voor de lens. Hun monden bewegen, ze praten tegen de cameraman, maar hun stemmen hoor je niet, alleen het geratel van de spoel en het gebrom van de projector. De kinderen dragen bloesjes met puntkragen en jeans met wijd uitlopende pijpen en kniestukken van ribfluweel. Hun haar is lang en golvend, ook voor hun oren, en het is ruim boven hun wenkbrauwen in een rechte lijn afgeknipt.

Ik had ook zo'n coupe, maar waterpas was die nooit. Als mijn moeder in uiterste concentratie met water en een plastic kammetje mijn pony had gekamd en met een huishoudschaar korter had geknipt, zag ik alleen nog die scheeflopende lijn in de spiegel. Boven mijn ene wenkbrauw was net iets meer huid zichtbaar dan boven de andere. Inhammetjes die niet verdwenen als ik mijn hoofd schudde. Ik wees haar er steeds op, omdat mij altijd dingen opvallen die niet recht zijn, of niet op volgorde staan, of net iets hoger of lager geplaatst zijn in een verder uniform rijtje, en ik er toen nog van uitging dat iedereen het fijn vond wanneer iemand de moeite nam hen daarop te wijzen, zodat ze er iets aan konden veranderen. Zelfs nu, dertig jaar ervaring rijker, doe ik dat nog weleens. Het is sterker dan mezelf.

Mijn moeder knipte op mijn aanwijzingen de lange kant dan wat korter, zodat er boven die wenkbrauw meer huid tevoorschijn kwam. Het ging nooit meteen goed. Weer dat kammetje erbij, het puntje van haar tong tussen de lippen, haar ogen – donker omrand met kohlpotlood – gefixeerd op de klus. Het lag niet aan haar inzet, ze deed haar best. Na drie pogingen zei ik niets meer. Dan keek ik langs haar heen in het spiegeltje dat ze speciaal voor de gelegenheid tegen de fruitschaal op de keukentafel had gezet, en zag ik mijn wangen rood worden.

Zo zagen gekken eruit.

Die hadden zo'n te korte, scheve pony, net als ik nu. En ze liepen raar, op de punten van hun tenen en met hun schouders naar voren gebogen, alsof ze altijd felle tegenwind ervoeren, en ze keken naar de grond.

Ik keek naar de kinderen. Ze stonden aan weerszijden van de straat op de stoep en ze gooiden de bal in een boogje over. De bedoeling van het spel was dat die bal precies op de rand van de trottoirband terechtkwam, zodat hij als vanzelf terugkaatste. Ving je als werper je eigen bal weer op, dan kreeg je een punt.

Ik stoeprandde weinig. Je moest ervoor met z'n tweeën zijn en ik was er eigenlijk ook niet zo goed in.

Laatst vond ik een fotoboek uit die tijd terug. De foto's waren klein en vierkant, met een wit randje, en ze werden op hun plaats gehouden met doorzichtige plakhoekjes. Het papier was vergeeld, al even geel als de filmpjes in mijn gedachten. Zelfs de zwarte bladzijden waarop ze waren vastgeplakt, waren in de loop van de tijd lichter geworden.

1

'Waarom bent u fotograaf geworden?'

De twee meisjes die giebelend tegenover me zaten, blocnote en een Scooby Doo-vulpen in de aanslag, waren achtstegroepers van de basisschool in het dorp. Ze gaven invulling aan een projectopdracht: 'stage lopen bij het beroep van je keuze en je stagebegeleider interviewen'.

De stagemiddag zat erop, het interview was nog maar net begonnen.

'Omdat ik fotograferen leuk vind,' antwoordde ik.

'Fotografeert u alleen maar dieren?'

'Meestal wel.'

'Waarom?'

Omdat het iets is wat ik goed kan. Misschien wel het *enige* wat ik goed kan.

'Omdat ik ze begrijp.'

Gegiechel.

Gekras van de pen, gefronste wenkbrauwen.

'Eh, bedoelt u dat u met dieren kunt praten?'

Nee, maar ik kan ze wel heel goed lezen, had ik willen zeggen. Ik zocht naar woorden en argumenten die beter aansloten op de belevingswereld van mijn interviewsters. 'Nee, ik kan niet met dieren praten. Maar ik kan wel aan een dier zien wat het van plan is. Bijvoorbeeld of het zich op zijn gemak voelt voor de camera, of juist onwennig of angstig is. Daar hou ik dan rekening mee. Soms pas ik trucjes toe om een goede foto te kunnen maken.'

'Trucjes?'

'Gekke geluidjes maken, bijvoorbeeld.'

Dat begrepen ze. In elk geval knikten ze synchroon en het kleinste meisje vatte mijn antwoord samen in een paar trefwoorden.

TRUCKS / GELUIDJES.

'Wat moet je doen om fotograaf te kunnen worden?'

'Veel oefenen. Toen ik ongeveer zo oud was als jullie, fotografeerde ik bijna elke dag. Willen jullie later ook fotograaf worden?'

'Misschien,' antwoordde de schrijfster.

'Ik denk het wel,' zei haar vriendinnetje.

'Hebben jullie nog meer vragen?'

Het papier werd gladgestreken. 'Wat is uw lievelingsdier?'

De vraag was eenvoudig genoeg, het antwoord was dat niet. Ik vocht tegen de aandrang er uitgebreid op in te gaan en zei: 'In de praktijk fotografeer ik meestal honden.'

HONDEN.

'Wat voor dieren heeft u zelf thuis? Ook een hond?'

'Nee. Ik ben zoveel aan het werk. Het zou niet eerlijk zijn ten opzichte van het dier.'

'Heeft u helemaal *niets*?'

Ik glimlachte. 'Jawel hoor. Een man. En vissen in de vijver.'

VEIVER.

De meisjes verlieten mijn studio met een volgeschreven blocnote en een stapeltje ansichtkaarten van mijn portfolio. Met hun fiets aan de hand liepen ze het modderige erf af en ze zwaaiden naar me, voordat ze via de zijkant van de boerderij uit het zicht verdwenen.

In het huis zag ik een gordijn opzij gaan en weer dichtvallen. Mevrouw Van Grunsven had zich vandaag nog niet buiten laten zien.

Met tegenzin liep ik mijn kantoortje in, een provisorische kamer die met hardboard en hout in een hoek van de studio was gebouwd. Ik nam plaats achter een bureautafel die onder een klein, halfrond stalraampje geschoven stond. Het was het enige raam in deze voormalige landbouwschuur. De rest van het daglicht kwam van boven; het viel recht naar beneden, gefilterd door vuil en herfstblad, door het deels uit doorzichtige golfplaten bestaande dak. Bij helder weer had ik geen kunstlicht nodig om goede foto's te kunnen maken.

Ik startte mijn laptop op en pakte een paar ordners uit de kast. Omdat de meisjes al de hele middag als twee pulletjes achter me aan hadden gehobbeld, had ik mijn routine aangepast – met sommige kanten van dit vak moest je kinderen niet lastigvallen. Onbeantwoorde e-mail, bijvoorbeeld. Prijsopgaven en belastingaangiftes. En onbetaalde facturen.

Het liep tegen vijven toen mijn mobiel begon te zoemen. Lucien belde vanuit zijn auto. Zijn stem klonk blikkerig en op de achtergrond hoorde ik een radiojingle.

'Waar ben je?' vroeg hij.

'Nog in de studio. Administratie.'

'Moet je nog lang werken?'

Ik keek naar de bankafschriften die verspreid over het bureaublad lagen. 'Een uurtje, schat ik.'

'Een úúr? Ik sterf van de honger.'

Ik herinnerde hem eraan dat er pizza's in de diepvries lagen, en dat ik er daar straks ook wel een van zou lusten. Daarmee was het gesprek beëindigd.

Ik masseerde mijn slapen en keek naar buiten. Het raampje bood uitzicht op de zijkant van de boerderij van de verhuurster van deze schuur, mevrouw Van Grunsven. Ze was een gepensioneerde boerin van in de tachtig. Bij gebrek aan ander vertier of misschien wel uit pure argwaan hield ze nauwlettend in de gaten wat er op en rond haar terrein gebeurde. Sinds ik haar schuur als fotostudio in gebruik had genomen had ze het een stuk drukker gekregen, want vrijwel alle verkeer dat dit erf op draaide kwam voor mij.

Ik vermoedde dat de meeste mensen kriegel zouden worden van het geloer van mevrouw Van Grunsven, maar ik voelde me door haar nooit bekeken of gecontroleerd. Het gaf me juist een veilig gevoel, alsof ze me een paar ogen in de rug bood.

Op een vel papier had ik de namen geschreven van opdrachtgevers die me ondanks mijn herhaaldelijke verzoeken nog steeds niet hadden betaald. Ik besloot twee van hen een laatste vriendelijke herinnering te sturen, per e-mail. De derde was een probleemgeval, een zelfstandige uitgever die me al aan het eind van de zomer had beloofd het geld snel over te maken. Daarna had hij nog enkele bestellingen geplaatst waarvan hij de rekeningen niet had voldaan. Nu was het bijna winter. Ik ontkwam er niet aan om een aangetekende aanmaning te sturen en, als die zou worden genegeerd, een incassobureau in te schakelen. Daardoor zou ik hem als klant kwijtraken.

Tegen Lucien zweeg ik over trage betalers. Voor hem waren klanten nu eenmaal klanten. Je maakte samen een duidelijke afspraak: jij leverde een product of een dienst en in ruil gaven ze jou geld. 'Je maakt een denkfout, Vera,' had hij me meer dan eens gezegd. 'Jij hebt het steeds over klanten, maar wanbetalers zijn geen klanten. Dat zijn gewoon profiteurs. Dieven.'

Na verloop van tijd was ik mijn mond gaan houden. Ik kreeg Lucien toch niet aan zijn verstand gebracht dat wat ik deed niet te vergelijken was met zijn schoonmaakbedrijf. Ik had te ma-

ken met reclamebureaus en tijdschriften, mijn opdrachtgevers waren eigengereide en creatieve mensen met wie ik regelmatig nauw samenwerkte. In mijn vak was de gunfactor belangrijk, zo niet bepalend – mensen moesten jou die opdracht
gunnen. Mijn vaste klanten zouden zich rot schrikken als ze
zouden worden geconfronteerd met de botte, kille aanmanin-
gen die Lucien zonder gêne naar zijn klandizie liet sturen.

Ik zou er klanten door verliezen. En met hen zou een alarmerend groot deel van mijn toch al magere sociale leven verdwijnen.

Twee

We woonden in een flatgebouw aan de rand van de stad met aan weerszijden buren, en ook boven en beneden ons. Er was een balkonnetje met uitzicht over een braakliggend stuk land en een vooroorlogse arbeiderswijk. Achter de voordeur leidde een gang naar de woonkamer, twee slaapkamers en een smalle keuken, waarin te weinig ruimte was voor een eettafel. Die stond in de woonkamer, aan de korte kant van de L en bijna tegen de balkondeur aan. Daaronder zat ik te spelen, de stoelpoten als boomstammen om me heen, terwijl ik oma tegen mijn moeder hoorde zeggen dat het tijd werd dat ik met leeftijdgenootjes ging kennismaken.

Ik spitste mijn oren.

Ik was te veel op mezelf, vond oma. Zag nooit andere kinderen, op een paar vriendjes na, buurkinderen van de galerij, steeds dezelfde. Altijd maar in mijn eigen wereldje, dat kind, moest je zien, onder de tafel in dit stille huis, de hele dag: dat kon niet goed zijn voor de ontwikkeling.

Ik stond tegen de muur in een rumoerige ruimte. Het regende buiten, zo leek het, de lucht was in elk geval betrokken, want er viel grijs, korrelig licht naar binnen en het rook naar natte jassen. Ik ving de geuren op van andere kinderen uit andere huizen; van shampoo, van talg, sigarettenrook of pijptabak, en van spruitjes.

Ik rook hun vingers als de kinderen vlak bij me waren, smoezelig van het straatvuil, vettige randen onder de nagels. Een overweldigende hoeveelheid geuren, kleuren en geluiden overspoelde me. De kinderen liepen heen en weer of zaten op de grond en aan tafeltjes die overal in de ruimte stonden opgesteld. Sommigen speelden met z'n tweeën of met z'n drieën. Iedereen kende elkaar hier, maar ik kende niemand.

In het midden stond een bak op poten, van grijs hard plastic, ondiep en rond. Kinderen stonden eromheen. Ze speelden met dingen die erin lagen. Ik hoorde water klotsen en het zachte rammelen van voorwerpen in de bak, en ik liep ernaartoe. Er dreven plastic dierfiguren in en ook bootjes – wit met rood en blauw – en in hun dunne plastic zeilen stonden tandafdrukken. Ik stak mijn hand ernaar uit, maar werd weggeduwd door een jongen die ineens naast me verscheen. Of misschien stond hij er al, ik weet het niet. Hij was groter dan ik. Toen ik weerstand bood, mijn schouder optrok als buffer en naar het bootje reikte, begon hij tegen me te schreeuwen, heel luid in mijn oor. Hij zette zijn handen tegen mijn schouder en mijn gezicht en gaf me een zetje. Ik viel achterwaarts op het zeil, plat op mijn rug, waar kinderen met houten blokjes zaten te spelen. Het deed zeer. De blokjes prikten onder in mijn rug en in mijn arm.

Ik stond op en keek om me heen, zoekend, huilend. Ik riep mijn moeder, ik zocht haar tussen al die anderen, maar ze was er niet. Er was niemand die ik kende. Geen vertrouwde gezichten.

Een vrouw maakte zich los van een groepje volwassenen. Ze droeg een trui met ribbels en dwarsstrepen, okergeel en rood en zwart. Ze rook naar parfum. 'Heb je pijn? Ben je gevallen?'

Ik hief mijn arm, ze stroopte de mouw op. 'Niets te zien, hoor, zóó, al weg.' Ze maakte snelle, harde bewegingen over mijn huid, met haar vlakke hand, alsof ze zand wegveegde, en pakte mijn goede arm vast. 'Kom maar mee.' Om haar hals hing een lange, zilverkleurige schakelketting met een zilveren balletje dat steeds tegen me aan stootte terwijl ze me meenam naar de watertafel. 'Was je hier aan het spelen? Eva heet je toch? Kijk eens wat een leuk eendje.' Ze plukte een speeltje uit de bak, bewoog het voor me heen en weer. Er droop water van af, ik voelde druppels in mijn gezicht en knipperde met mijn ogen. 'Kijk eens, eendje, kwék kwék kwék. Alsjeblieft.' Ze stopte het me toe. Daarna verdween ze weer.

Ik ging terug naar de muur en bleef daar staan.

'Je hebt maar drie weken op de crèche gezeten,' zei mijn moeder later, toen ik haar over deze herinneringen vertelde. 'Toen heb ik je eraf gehaald. Je huilde er alleen maar.'

2

't Fort lag zeven kilometer bij de fotostudio vandaan, aan een doorgaande weg vlak bij de dorpskern. Ver genoeg van de grote stad om vrij te kunnen ademen en tegelijkertijd verstoken van de verloren, deprimerende leegte die tussen de dorpjes in deze streek heerste, vlakten waar de wind de platanen scheef blies en immense landbouwmachines graan en maïs oogstten.

'Het is daar van God en alleman verlaten,' had mijn vader gezegd toen Lucien en ik hem vertelden dat we in dit dorpje een huis hadden gekocht. We waren trots, enthousiast, opgewonden.

'Een ware negorij is het,' had hij eraan toegevoegd. 'Tussen die boeren zou ik nog niet dood gevonden willen worden.'

De zon was al lang onder toen ik tegen halfzeven de oprit op draaide. Mijn koplampen beschenen Luciens Vito, smetteloos als altijd. Op de flanken stond in plakletters SCHOON-MAAKBEDRIJF LUCIEN REINDERS BV; achterop een cartooneske tekening van een dikbuikig mannetje met een plumeau in zijn vuist. Die tekening had voor nogal wat hilariteit gezorgd binnen de vriendenkring, want Lucien had van zijn leven nog nooit een schoonmaakattribuut in zijn handen gehad. Bovendien leek hij in de verste verte niet op deze Super Mario.

Ik parkeerde mijn auto naast de werkbus en liep naar de voordeur.

Vijf jaar geleden was dit nog een leegstaand Rabobankfiliaal geweest, met een aparte opgang voor rolstoelgebruikers, afscheidingen van kogelwerend glas en een systeemplafond met tl-verlichting. Niemand had interesse in dat grijze blok beton zonder ramen van betekenis, dat midden in het kerkdorpje onaantrekkelijk stond te wezen. Maandenlang was het te koop zonder dat er een bezichtiging plaatsvond. In die periode zag je het onkruid tussen de klinkers omhoogschieten, in bloei komen, zich uitzaaien en verder verspreiden.

Daarna werd de prijs verlaagd.

En vervolgens nog eens.

Iedereen dacht dat het pand nu wel zou worden aangekocht door een kleine dienstverlener. Een verzekeringskantoor misschien, een advocaat of makelaar. Maar ik had andere plannen en wist Lucien ervoor te enthousiasmeren.

Na een zenuwslopende onderhandeling konden we het kopen voor een bedrag dat nauwelijks de grondprijs oversteeg. Lucien en ik lieten alle ingewanden eruit slopen en het piramidevormige dak eraf halen; alleen het karkas van de buitenmuren bleef intact. Er kwamen vier slaapkamers, twee badkamers, twee thuiswerkruimtes en een keuken die in open verbinding stond met een groot uitgevallen, L-vormige woonkamer. De enige ruimte die vrijwel onaangeroerd was gebleven, was de brandkluis die onder de linkerhelft van het huis doorliep. De wanden had ik zachtgroen gesausd, Lucien had er een afgedankt poolbiljart en dito flipperkast neergezet en een bokszak opgehangen. De spullen vingen duimendik stof; ondanks goede voornemens kwamen we er nooit.

De grootste ingreep was de metamorfose van het dak. Het maakte plaats voor een plat dak met talloze lichtkoepels, behalve in het midden van het huis, waar een flink vierkant openbleef ten behoeve van de patiotuin.

Die tuin vormde de blikvanger, het groene hart van ons huis. We hadden er vanuit alle vertrekken zicht op: de tuin was van de binnenruimtes gescheiden door glazen wanden en schuifdeuren die doorliepen van de vloer tot aan het plafond.

Lucien en ik woonden in een zee van licht en ruimte, maar daarvan zag je aan de buitenkant van het gebouw niets. Alleen het handjevol dorpsbewoners dat na de ingrijpende verbouwing bij ons binnen was geweest, had ervaren hoe behaaglijk, zonnig en warm dat bankgebouw was geworden, en hoe het groen, de vijver en de rotspartijen in de patio hun serene rust uitstraalden naar alle aangrenzende vertrekken. De rest van het dorp, het onwetende deel, noemde ons huis nog steeds 't Fort.

Een geuzennaam, wat mij betrof. 't Fort was ons levenswerk; ik voelde me er veiliger en meer thuis dan waar ook ter wereld.

Het rook alsof er iets was aangebrand. Lege verpakkingen en de resten van een maaltijd lagen over de keukentafel en het aanrecht verspreid. De ovendeur stond open, de deur van de vaatwasser ook. Vuile pannen op het fornuis.

Geen pizza te bekennen.

Lucien zat aan tafel met zijn mobiele telefoon aan zijn oor. Zijn overhemd hing open, zijn das had hij afgedaan. Hij roerde in zijn koffie en vormde geluidloos het woord 'hoi'. Richtte zich daarna weer op het telefoongesprek.

In de koelkast trof ik een dinerbord aan, volgeladen met boontjes uit blik, farfalle-pasta en kipfilet, afgedekt met cellofaan. Het geheel balanceerde gevaarlijk boven op een paar pakken yoghurt en jus d'orange. Ik plaatste het bord in de magnetron, duwde de oven dicht met mijn heup en wierp in één moeite door de lege verpakkingen weg. Begon alvast de vuile vaat in de afwasmachine te zetten en trok een paar vellen keukenpapier van de rol om achtergebleven vet uit de koekenpan te vegen.

Te midden van chaos kon ik niet eten. Lucien zag de rotzooi niet eens. Zijn fixatie op hygiëne en orde beperkte zich tot zijn werk.

'Ja, logisch,' hoorde ik Lucien opmerken. Hij klonk geagiteerd. 'Zou ik ook gedaan hebben in zijn geval. Wat heb je gezegd?'

Ik liet warm water in de spoelbak stromen en deed er een scheut afwasmiddel bij. Waste de pannen af, haalde een vaatdoekje over het fornuis en het aanrecht.

Pas toen ik aanschoof met de opgewarmde prak, drukte Lucien de verbinding weg.

'Geen pizza?' vroeg ik.

'Te lang in de oven laten liggen.' Hij schoof zijn stoel naar achteren en goot zijn mok nog eens vol. Hield de koffiepot omhoog. 'Jij ook?'

Ik kauwde op een stuk uitgedroogde kip. 'Straks. Wie was dat, met wie je belde?'

'Frank. Een van de schoonmaaksters loopt er de kantjes van af. Da's blijkbaar al een poosje zo. Frank heeft met 'r gepraat, ze schijnt problemen thuis te hebben, maar ondertussen zitten we wel met twee boze klanten, van wie er één van het contract af wil.' Hij pakte de afstandsbediening en zette het geluid van de flatscreen aan. We waren niet meer alleen, maar werden vergezeld door een nieuwslezer.

'Je bent laat, trouwens,' zei hij, boven het geluid van het journaal uit.

'Er hebben vandaag twee meisjes een soort stage bij me gelopen, voor een project van school. Dat hield een beetje op.'

'Niet meer doen dan, zulke flauwekuldingen. Heb je niks

aan.' Hij begon door zijn agenda te bladeren. 'Had jij volgende week niet iets bijzonders te doen?'

Ik werd me bewust van mijn hartslag, mijn ademhaling. Zo nonchalant mogelijk vroeg ik: 'De freelancersmeeting bedoel je?'

'Ja, die.' Lucien bladerde een paar pagina's verder. 'Wanneer is die?'

'Donderdag.' Ik bestudeerde zijn houding, maar die deed ontspannen en natuurlijk aan. Gerustgesteld richtte ik me op mijn bord en at zonder veel enthousiasme door.

'Slaap je thuis?'

'Nee,' zei ik, en na een korte aarzeling: 'Ik heb er een nachtje aan vastgeplakt, net als de vorige keer.'

'Verstandig.'

'Hm-hm.' Ik richtte me op mijn eten om Lucien niet aan te hoeven kijken. In de twee jaar dat het speelde, had hij geen moment argwaan gekoesterd, nooit vraagtekens geplaatst. Maar toch.

'O ja, voor ik het vergeet,' ging hij verder. 'Heb je vrijdag-avond iets?'

'Ik geloof van niet. Hoezo?'

'Mijn pa belde; hij nodigt ons uit bij hen te komen eten.'

Ik fronste mijn wenkbrauwen. Bezoeken aan mijn schoon-ouders verliepen doorgaans uiterst moeizaam en werden ge-kenmerkt door zorgvuldig gekozen woorden en nerveuze stil-tes. We kwamen er zelden.

'Heb je ja gezegd?'

'Ik had niet veel keus. Het was, geloof ik, niet echt een vraag.' Lucien krabde in zijn nek en trok er een moeilijk ge-zicht bij. 'Eerder een commando.'

'Commándo? Jouw vader?'

Het hele werkzame leven van mijn vader, sergeant b.d. Theodorus Zagt, had in het teken gestaan van het Nederlandse leger. Van hem waren we commando's gewend. Van Luciens vader niet.

Ik sprak uit wat we beiden dachten: 'Zou er iets aan de hand zijn? Iets ernstigs?'

'Als dat zo is, horen we het vrijdag vanzelf.'

Drie

Ze heette Pauline en ze had een moeder met een timmermans-
oog en een vaste hand. Hoog op haar schedel ontsprong een
staart van goudblond haar, die schitterde als de zon erop scheen.
Er waren meisjes in de vijfde die zich al opmaakten, onhandig
met klonterige mascara en lippenstift die rook naar aardbeien,
maar de donkere schaduwrand tussen Paulines wimpers zat daar
van nature en haar lippen waren vol en blank.

Het incident gebeurde in dat jaar, dus ze zal niet ouder zijn geweest dan tien of elf. Ik was negen; een vroege leerling die maar
niet wilde doubleren en al helemaal niet wilde groeien. Tijdens de
gymles stonden de vierendertig leerlingen uit onze klas op lengte
opgesteld, en in die laatste jaren op de lagere school was mijn
plaats steevast vooraan. Pauline stond bijna achteraan. Ze was
niet log of vadsig, zoals Leonie die de rij sloot, ze was eerder spor-
tief en sterk, maar vooral imponerend met al dat strakke vlees en
haar gebruinde huid – zo'n meisje dat in Amerika cheerleader
zou zijn geworden.

Je had in de klas verschillende groepen. Pauline hoorde bij de
neutralen: ze sloeg en schopte niet, schold niemand uit en be-
moeide zich er niet mee als er iemand in elkaar werd geslagen.

Hooguit stond ze erbij te lachen.

Meer deed ze niet, Pauline.

3

Het was twee uur in de nacht en stil in huis. Als ik me inspande, hoorde ik het zachte brommen van de koelkast in de keuken. Duidelijker, dichterbij, klonk Luciens ademhaling. Een arm lag onder zijn kussen, de andere rustte op het dekbed. Hij was in diepe slaap.

Ik zou zijn voorbeeld moeten volgen – er stond voor morgen een pittige fotografiedag op de planning – maar mijn hoofd was te vol.

Afwezig bladerde ik door een boek. De bladzijden kleurden sepia in het licht van het leeslampje en de alinea's vormden donkere, grillige figuren. Mijn gedachten dwaalden af naar volgende week, maar daaraan mocht ik niet denken van mezelf. Ik concentreerde me op de vraag die de meisjes me vanmiddag hadden gesteld: *Wat is uw lievelingsdier?*

Ik had geen voorkeur voor een bepaalde diersoort. 'Lief' of 'leuk' zat 'm niet in de soort of het ras, maar in dat ene dier zelf, in het individu. Je kon niet stellen dat je honden zo leuk vond, want er zaten te veel vervelende exemplaren tussen. Honden konden verschrikkelijk drammen, jaloers en egoïstisch zijn en een kort lontje hebben, hyperactief zijn of steeds maar smachten naar bevestiging en je op de zenuwen werken. Hoe kon je alle uiteenlopende eigenschappen in een en dezelfde soort omarmen, ze allemaal even 'leuk' vinden?

Voor mijn lens verschenen konijnen met wie ik meteen al een band kon voelen; langoren boordevol karakter en zelfbewustzijn – maar ook dieren die ik in stilte in de categorie 'suffe deurmatjes' plaatste. Ik kende hysterische katten die nog voor aankomst in de studio uit pure stress hun vervoersmand en zichzelf hadden bevuild, maar ook exemplaren die luid ronkend kopjes gaven aan alles en iedereen op de set en alle aandacht geweldig vonden: de podiumbeesten.

In de kern, de *emotionele* kern, verschilden dieren niet van mensen. Ze konden rouwen om het verlies van hun partner of het gemis van hun nestbroertjes en -zusjes en getraumatiseerd en depressief raken, maar er evengoed onverschillig tegenover staan. Ze hadden hun persoonlijke voorkeuren en aversies, ze konden dromen, net als wij, en de slimsten konden ons zelfs manipuleren en toneelstukjes opvoeren. Opvallend veel teckels waren daar meester in.

Eigenschappen die aan de menselijke soort werden toegeschreven, zag ik elke dag opnieuw door mijn lens in dieren aan me voorbijtrekken. Als er een hemel bestond, dan moest die even toegankelijk zijn voor dieren als voor mensen. Dat kon gewoonweg niet anders. En mocht reïncarnatie mogelijk zijn, dan vermoedde ik sterk dat de ziel van een hond of paard naadloos kon overgaan in die van een mens en vice versa, omdat die ziel niet wezenlijk verschilt.

In de kern waren we gelijk.

Dat andere mensen dat niet zagen, die mogelijkheid verwierpen en er smalend om lachten, vond ik moeilijk te aanvaarden. Daardoor voelde ik me alleen staan – een buitenbeentje met vreemde denkbeelden.

Ik wilde niet alleen zijn. Geen buitenstaander zijn. Dus had ik geleerd om zulke overtuigingen voor me te houden.

Zelfs met Lucien praatte ik er nooit over.

Vier

Je wist nooit precies wanneer de sfeer omsloeg, wanneer de ogen van je klasgenoten kwaadaardig zouden beginnen te flikkeren en het schuim op hun lippen zou komen. De enige zekerheid die je had als je 's ochtends naar school liep, was dát het zou gaan gebeuren.

Incidenten. Vijf per week. Elke schooldag een.

Soms ging het meteen 's ochtends al mis, werden de klappen tijdens het eerste speelkwartier uitgedeeld, maar vaker begon het pas na schooltijd, als je om kwart over drie naar huis liep. Eén kilometer maar, twaalfhonderd passen.

Die na schooltijd vreesde ik het meest. Binnen de schooluren stond er op de speelplaats weleens een leraar een sigaret of een pijp te roken, en als dat zo was, dan gebeurde er helemaal niets. Op toezichtloze dagen wel, maar dan kwam er meestal wel iemand uit de van rook doortrokken lerarenkamer op het gejoel af. Niet meteen; na enige tijd. Dan had je al wel schrammen opgelopen en een kapotte lip, dan was je bespuugd en uitgescholden, maar kon je na de preek van de directeur – *waar twee vechten hebben twee schuld* – en je te hebben opgefrist naar je klas en de les oppakken.

Na school was er geen toezicht.
Na school was je op jezelf aangewezen.

Na school was het oorlog.

Het waren steeds dezelfde gezichten die tijdens de les rondloerden met een verlekkerde hyenablik. Hun ogen lichtten op bij de zwakkelingen, de bangeriken, de buitenbeentjes, de studiebollen. Kinderen die niet terugkeken of het waagden dat juist wel te doen. Kinderen die begonnen te trillen van angst, die zich geen houding wisten te geven of de verkeerde kleding droegen. Rood haar hadden. Sproeten. Een beugel. Vreemde zenuwtrekjes. Te druk waren. Te stil. Of kinderen die klein en mager waren, en dus vooraan stonden opgesteld tijdens gym.

Er werden namen geopperd. Er werd overlegd. Fluisterend, sissend. Instemmend gefezel, opgewonden geroezemoes, een gebalde vuist, een grijns.

Iene.

Miene.

Mutte.

Wijsvingers op jou gericht, als geweerlopen, jij was de veroordeelde en zij het vuurpeloton. 'Jij bent aan de beurt. Jou gaan we pakken.'

'Jij.'

Geroezemoes. 'Wie? Wie?'

'Zíj!'

Gelach.

Een leraar die er niets van merkt.

Zijn domme sommen op het schoolbord krast met wit krijt, rug naar de klas gekeerd. Vouwen in het colbertje van het zitten. Een dun behaarde kruin.

Niets hoort.

Niets voelt.

Er niets van wil weten.

Je werd in elk geval gewaarschuwd.

4

Vroege zonnestralen vielen door de koepels naar binnen. Ze beschenen de oosterse bank, de bananenplanten en de Chinese kasten en brachten lichte, langwerpige vlakken op de houten vloer. Je rook het nog steeds, de boenwas waarmee ik het kastanjehout had ingewreven. Het deed me denken aan vroeger, aan de geur die in het huis van mijn oma hing. Lucien vond het stinken.

Ik had mijn spullen voor de shoot bij elkaar gezocht en alvast in de auto gelegd. Lucien had een paar telefoontjes gepleegd en stond nu boven het aanrecht een broodje te eten, dat hij wegspoelde met koffie. Zijn overhemd was open aan de boord en zijn stropdas hing losjes om zijn hals. Hij bladerde door zijn agenda.

Ik had al jaren geen papieren agenda meer, mijn smartphone voldeed prima, maar Lucien had een ingebouwde argwaan tegen de nieuwe generatie elektronische apparaten. Ik weet het aan zijn leeftijd: hij was zesenveertig, acht jaar ouder dan ik. Dat verschil begon zich de laatste tijd, heel geleidelijk, op steeds meer vlakken te laten gelden. Langzaam kroop het ons leven in, het sijpelde zachtjes door de haarscheurtjes van ons huwelijk heen. Lucien ging liever uit eten dan dat hij me meenam op een nachtelijke strandwandeling, hij stemde de radio af op zenders die popclassics draaiden en hij checkte zijn privémail eenmaal per week – of als hij er toevallig aan dacht. Elke dag je mail bekijken was volgens hem iets voor internetverslaafden, dwangmatige autisten en mensen die geen leven hadden.

Op het werk vingen Luciens medewerkers zijn digibetisme grotendeels op. Voor zover ik wist had niemand het nog in zijn hoofd gehaald om zijn denkbeelden ter discussie te stellen, maar ik wist zeker dat er achter zijn rug om werd gekletst. Natuurlijk had ik er al een paar keer iets van gezegd, maar daarmee was ik snel opgehouden omdat het steeds ontaardde in ruzie.

Lucien kon geen kritiek velen.

Niet van mij in elk geval.

Ik schoof mijn stoel naar achteren, dronk het laatste beetje thee staande op en zette de vaat in de afwasmachine. Richard Nauta, een kattenfokker, zou al om acht uur met zijn dieren bij de studio zijn. Ik pakte mijn camerakoffer en keek de keuken in. Lucien was er niet meer.

Via de woonkamer liep ik naar de hal. 'Lucien? Ik ben ervandoor! Tot vanavond!'

Als hij al antwoordde, kwam zijn stemgeluid niet boven de herrie van de tv uit.

Het eerste deel van de route naar de studio voerde over meanderende klinkerwegen met aan weerszijden bomen; hoog oprijzende eiken die al moesten zijn geplant toen de nederzettingen in Brabant nog via zandpaden en karrensporen met elkaar in verbinding stonden. Aan de lanen stonden rietgedekte boerderijen, wit gestuukt of opgetrokken uit kleine baksteentjes in allerlei kleuren, de gevels bol van ouderdom. De meeste stamden uit de achttiende en negentiende eeuw. Destijds moesten het sombere woonstedes zijn geweest, het woon-werkadres van eeltige boerengezinnen met hun inwonende ouders, hele ritsen door de katholieke kerk voorgeschreven kinderen en 's winters ook het vee.

Nu werden diezelfde huizen bewoond door succesvolle ondernemers. De zorgvuldig geconserveerde muren werden omzoomd door siergrind, beukenhagen en smeedijzeren hekken. Niet zichtbaar vanaf de weg waren de zwembaden die achter de huizen lagen; rechthoekige blauwe vlakken in het kort gemaaide groen. Aan de straatzijde stonden de Porsches te glanzen op het grind.

Ik wist niet precies waarom ik daar steeds aan moest denken als ik langs de huizen reed. Misschien spiegelde ik me aan de vroegere bewoners van de streek omdat het contrast met de weelde van nu me steeds opnieuw raakte.

Je bent wie je verkiest te zijn, elke dag opnieuw.

Fake it 'till you make it.

Twee uitspraken waarin ik was gaan geloven, waarin ik graag *wilde* geloven – maar voor de boerenbevolking die hier eeuwenlang had geleefd, was een ander bestaan ondenkbaar geweest. Onmogelijk, vooral. Zij hadden nooit kunnen besluiten om hun leven een andere wending te geven. Dat lag al vast bij de geboorte, en zelfs tot ver na hun dood bleven hun resten verbonden met de Brabantse zandgronden.

Wie voor een dubbeltje geboren is, wordt nooit een kwartje.

Voor hele generaties vóór de mijne een verstikkende waarheid.

Maar had ik zelf ook niet heel lang met die angst geleefd?

Vijf

Het is mijn beurt, het is weer mijn beurt. Er bestaat geen systeem, er is geen belasting naar draagkracht, er zit geen enkele logische beredenering achter hun keuzes, die zijn volstrekt willekeurig. Dan weer lijken ze barmhartig, dan weer onvoorstelbaar wreed. Als je maandag aan de beurt bent geweest, kun je dinsdag opnieuw klappen vangen. En woensdag, en donderdag en vrijdag, en waarom ook niet: de maandag daarop weer.

Klappen komen harder aan op beurse ribben en ledematen. Je denkt dat je niet meer kunt verdragen, dat het nu wel hevig zal gaan bloeden of breken: dat er iets kapotgaat wat niet meer te herstellen is.

Je denkt dat je doodgaat.

Steeds opnieuw moet je die overtuiging herzien. Dat lichaam blijft maar ademen, herstellen, leven, groeien. En hopen.

Je gaat niet dood. Nog niet.

Vier paar ogen staren me aan. Vuisten gebald.

Ik zoek de blikken van de anderen, van al die andere kinderen in de klas, de overgrote meerderheid die niet zijn vuisten balt en die niet naar me wijst en die geen agressie vertoont; ik kijk naar hen allemaal, ik kijk hen stuk voor stuk in de ogen en ik vind medelijden, opwinding, angst, desinteresse, leedvermaak. *Wij* zijn veilig, vertellen die ogen me, vandaag zijn wij veilig.

Het is bijna drie uur. Over een kwartier gaat de bel. Het zal ergens buiten gebeuren, in de struiken om de hoek bij school, of in een van de talloze brandgangen die door de hele wijk verspreid liggen, of gewoon midden op straat. Soms glimlachen passanten naar ons, knikken ze ons toe. Zij zien kinderen die spelen, stoeien, een rollenspel misschien. Rovertje, politieagentje, oorlogje. Vechtende kinderen vormen een normaal straatbeeld in een overvolle wijk in een grote stad.

Ik zit achter in de klas, direct voor de glazen deur. De locatie is in mijn voordeel. Ik kan bij het eerste geluid van de bel opspringen, naar buiten hollen en aan één stuk door die kilometer naar huis rennen, rennen, rennen, rennen, zonder om te kijken.

Mijn jas hangt aan een van de verrijdbare, meterslange kapstokken in de aula. Ik weet precies waar ik hem heb weggehangen, op de uiterste punt, vlak bij het klaslokaal. Ik kan hem zo van de haak plukken – een halve seconde – en doorrennen naar de tweede uitgang.

Ik visualiseer de route die ik ga nemen, terwijl de wijzers op de klok boven het schoolbord zachtjes doorschuiven.

Niet naar de doorgaande weg rennen door de speelplaats recht over te steken, *niet* diezelfde weg proberen te bereiken dwars door de struiken die onze speelplaats scheiden van het terrein van de kleuterschool; ik sla meteen links af, de hoek om. Dat verwachten ze nooit. Ik zal meteen al uit hun zicht zijn verdwenen en als ik geluk heb, als ik vandaag geluk heb, dan ben ik al op het plein bij de kerk voordat ze me weten te traceren. Vanaf daar is het nog maar zeshonderd meter, achthonderd passen.

Het is mogelijk.

Ik kan ze vandaag te snel af zijn.

Elke seconde telt.

Met bevende handen stop ik mijn schrijfgerei in mijn etui. Je

35

spullen moeten in je tafelkastje zijn opgeborgen voordat je de klas verlaat – dat zijn de regels: je tafeltje moet leeg zijn.

Jolanda steekt een vinger op.

Of ze naar het toilet mag.

'Kan dat niet even wachten? Het is bijna tijd.'

'Ik moet echt heel nodig, meneer.'

'Ga maar dan.'

Ik ruik de aardbeiengeur van haar lipgloss terwijl ze me passeert. Ik kijk haar niet aan, ik staar naar mijn etui en zie Jolanda's wijsvinger er een vinnig zetje tegen geven. Het etui schiet over het gladde oppervlak van mijn tafeltje en duikt over de rand, de diepte in.

Jolanda doet de deur open en sluit hem achter zich.

Gelach in de klas.

Op mijn hurken zoek ik mijn spullen bij elkaar. Potloden tot onder de radiatoren, tussen het stof en de haren. Mijn puntenslijper – een metalen wereldbol – kan ik nergens vinden. Ik rits het etui zorgvuldig dicht.

Het gelach is opgehouden en heeft plaatsgemaakt voor een beladen stilte.

Het is dertien over drie.

Ik controleer mijn veters, buig me voorover en trek ze steviger aan, zodat het leer van mijn schoenen krapper om mijn voeten sluit, leg nieuwe strikken en een extra knoop in de veters zodat ik er niet over kan struikelen. Trek mijn kousen op.

Drie paar ogen volgen mijn bewegingen.

Ik voel hun blikken.

Ik hoor ze ginnegappen.

Ik til het blad van mijn tafeltje zachtjes op, niet meer dan een centimeter, zodat de leraar het niet ziet, en schuif mijn werkschrift door de ontstane spleet heen. Ik hoor het in het metalen binnenste vallen, boven op de leerboeken en mijn liniaal, mijn inktpatronen voor de vulpen, mijn tekenblok en mijn verzameling reukgummen.

Jolanda komt terug de klas in. Port in mijn rug terwijl ze langsloopt. Ik kijk op. Een voldane grijns op haar gezicht, een flikkering in haar ogen.

Kwart over drie.

De bel.

Ik veer op, duw de deur open en ren de aula in.

5

'Laat ze maar even spelen, Richard. Dit heeft geen zin meer.' Ik schakelde mijn camera uit en haalde hem van het statief. De zware lens was zojuist nog gericht geweest op een tafel met een blauwe kubus. Daaromheen trippelde nu een vijftal zachte, behaarde lijfjes alle kanten op, de staartjes rechtop als pluizige antennes.

Het vriendelijke gezicht van Richard Nauta, een Indische man van in de vijftig, was rood aangelopen van inspanning.

'Waarom niet?' vroeg hij.

'Ze zijn te wakker. We nemen een kop koffie en gaan weer verder als ze moe zijn geworden.'

Veel langer dan tien minuten zou dat niet duren, wist ik. Jonge katjes hadden veel slaap nodig.

Vanuit mijn ooghoeken zag ik hoe twee kleintjes trillend op hun pootjes koers zetten naar de tafelrand. Voor ze zich in de afgrond konden storten, schepte Richard ze routineus van het blad en stopte ze bij hun nestgenootjes in de vervoersmand.

'Dat jij hier geduld voor hebt,' mompelde hij. 'Wat een vak, ik zou er gek van worden. Die beestjes blijven geen seconde stilzitten.'

'Geloof me, Richard, jij hebt vandaag eindeloos meer geduld gehad dan ik als assistent had kunnen opbrengen.'

Achter de camera is het makkelijker dan ervoor, wilde ik er

nog aan toevoegen, maar ik slikte mijn woorden op tijd in. Het was wel waar: met een assistent als Richard was het kinderlijk eenvoudig om goede foto's te maken. Hij had aan minimale aanwijzingen genoeg en zijn dieren zagen er schoon en verzorgd uit. Door Richards inspanningen hoefde ik zelf niet heel veel meer te doen dan afdrukken als ik mooie beelden door de lens zag – al kwam het daar meestal op neer, ook in minder gunstige omstandigheden: zien, herkennen en vastleggen in één vloeiende beweging: klik.

Omdat het me steeds zo makkelijk was afgegaan dacht ik vroeger dat iedereen kon wat ik deed, en dat ik alleen maar zoveel opdrachten kreeg vanwege mijn scherpe tarieven. Ik was autodidact en schaamde me voor mijn beperkte technische kennis. Ik wist toen nog niet dat het goed kunnen fotograferen van dieren weinig te maken had met techniek. In deze specialisatie draaide alles om vage begrippen als talent en een oprechte interesse en inlevingsvermogen in dieren. Maar die wijsheid durfde ik pas uit te dragen nu ik achter in de dertig was en het vak al bijna de helft van mijn leven beoefende.

Lange tijd was ik ervan overtuigd dat ik minder goed werk leverde dan mijn collega's; meestal mannen, die al ruim voor ik mijn eerste betaalde opdracht kreeg een solide naam hadden opgebouwd, vanzelfsprekend de fotovakschool hadden afgerond en die me, wanneer ze maar konden, imponeerden met hun kennis, opvattingen en vaktermen. 'Hm, Minolta, opmerkelijke keuze, waarom?' werd me dan gevraagd, op een minachtend toontje. Of, nog denigrerender: 'Het lijkt wel of *iedereen* tegenwoordig fotografeert.'

Ik had te lang naar hen geluisterd, dat was zeker. Te lang geloofd in al die stemmen die me klein hielden, op mijn plek, waar ik hoorde, in een hoekje, de reservebank, de schaduw, de drek. Ik had te lang hun woorden naar binnen laten komen, waar ze voedingsbodem vonden om te groeien en te woekeren, en een symbiose aangingen met wat er al aan narigheid was blijven kleven om gezamenlijk, van binnenuit, nog veel meer schade aan te richten.

Nu luisterde ik niet meer.

Of toch in elk geval minder.

'Zitten er al een paar goede bij?' vroeg Richard.

Ik knikte. 'Ik denk het wel.'

Richard zat met één been over het andere geslagen van zijn koffie te slurpen. Ik dronk niets. Ik had geen dorst. Mijn gedrevenheid om een goede foto te maken drukte alles naar de achtergrond.

'Genoeg voor dat voermerk?' ging Richard door.

'Ik denk het wel.'

Richard doelde op de opdrachtgever: een kattenvoerfabrikant die een label ontwikkelde voor hun grootste klant, een supermarktketen. Daarbij hoorde een nieuwe huisstijl, met een herkenbare kat.

'Dat beest moet luxe uitstralen, begrijp je?' De marketingmanager van Petfood Division zette druk gebarend zijn woorden kracht bij. Het woord 'luxe' dat hij in het luchtledige kneedde, liet bij mij een indruk van vrouwenrondingen achter. Sommige mannen maakten dan juist lage, weidse gebaren, alsof ze een sportwagen streelden.

Zijn assistent vulde hem gehaast aan: 'Maar niet dat popperige van die Gourmet-pers.'

De marketingmanager knikte. 'We zoeken iets nieuws, iets bijzonders. Een eigen smoel.'

'Dat had ik door de telefoon al begrepen.' Ik legde een mapje op de vergadertafel, sloeg het open en schoof het de mannen toe.

'Mooie ogen,' zei de marketingmanager. Langzaam keek hij op van de foto's, met een peilend glimlachje. Ik werd nerveus van die blik.

De keuze viel uiteindelijk op de kat die ik al tijdens het kennismakingsgesprek, nu twee weken geleden, voor hen in gedachten had gehad: een tamelijk onbekend ras met blauwe ogen en een donker snoetje zoals de siamees, en een koddige witte aftekening op de neusrug. In combinatie met de diepblauwe achtergrond die ik wilde gebruiken, werd het eindresultaat om van te watertanden. Ik kon alleen maar hopen dat dat ook zou opgaan voor het voer zelf.

Het was bijna vier uur toen ik Richard uitzwaaide en hem beloofde om nog die week een aantal foto's door te mailen die hij mocht gebruiken voor zijn website.

Ik ruimde de fotomaterialen op, benevelde de blauwe kubus met antiseptische spray en zette hem terug op de plank om te drogen.

Daarna trok ik me terug in mijn kantoortje. Ik schoof achter mijn bureautafel, haalde de geheugenkaart uit mijn camera en duwde hem in mijn laptop. Een voor een verschenen de foto's op het scherm. Bijna honderdzestig afbeeldingen van Richards perfect verzorgde zes weken oude kittens: op, naast en in de blauwe kubus; heel veel losse kopstudies; zittend, staand en liggend; één, twee of drie katjes bij elkaar; gapend, soezend, alert – er was meer dan genoeg.

Ik kende collega's die zonder terughoudendheid hun hele buit overdroegen aan de klant. Ik maakte liever zelf een selectie en hield graag wat achter de hand voor het geval de opdrachtgever nog meer keuze wilde. De eerste grove schifting deed ik nu meteen. Alle foto's die technisch onder de maat waren, onscherp of om een andere reden niet goed, wiste ik meteen. Een of twee dagen later, als ik er weer fris tegenaan zou kijken, volgde een tweede selectie en daaruit koos ik de afbeeldingen die ik in lage resolutie naar de opdrachtgever zou mailen.

Pas toen ik twee uur later over de donkere polderwegen naar huis reed, dacht ik weer aan volgende week donderdag. Er stond inderdaad een bijeenkomst gepland voor freelancers van de Fentis-tijdschriftengroep, zoals ik Lucien had verteld. Die meeting zou plaatsvinden in een zaaltje van het Van der Valk-hotel in Breukelen. De ontvangst was 's middags om twee uur, de laatste spreker zou vermoedelijk rond vijven klaar zijn en aansluitend was er nog een borrel. Op zulke dagen kwam je potentiële opdrachtgevers, vakgenoten en kennissen tegen, mensen met wie je weleens had samengewerkt en die je uit het oog was verloren, en ook nieuwe mensen. De meesten plakten er een etentje aan vast. Het werd dan algauw elf uur, of later. Vandaar die hotelkamer.

En tot dusver de officiële lezing.

Ik zou die nacht niet in Breukelen slapen. Evenmin zou ik de volledige dag aanwezig zijn.

Zes

Ik heb mijn jas daar opgehangen. Daar is geen twijfel over mogelijk: daar, precies op de uiterste hoek van de kapstok die in de aula het dichtste bij de klas staat.

Het is een driekwart jas, beige met een soort houtje-touwtjesluiting en een dikke capuchon. Aan die capuchon heb ik hem opgehangen, en niet aan een van die dubbele haken, maar aan de kopse kant, aan dat stukje metaal dat uitsteekt van de lange ligger. Mijn jas hangt er niet meer.

Ik ren langs de jassen, haast me langs de kapstok, maak een acht tussen de andere twee. Om me heen stroomt de aula vol met leerlingen uit de zes klassen die in deze dependance zijn gehuisvest. Gonzend en luid kwetterend beweegt de massa zich voort uit de klaslokalen naar de kapstokken, de geuren van kauwgom en ongewassen haar voor zich uit stuwend. Kinderen groter en kleiner dan ik, kinderen die tegen me aan botsen en die me schreeuwend opzij duwen, die hengelen naar hun jas, jassen over de hoofden doorgeven aan hun vrienden.

Ik blijf bewegen, mijn ogen gericht op de jassen, ik wurm me tussen de massa door, steeds wanhopiger. Zes klassen van elk gemiddeld drieëndertig leerlingen; bijna tweehonderd jassen en gebreide sjaals hangen hier; blauwe, groene, zwarte, van jeansstof en glanzend ivoorkleurig met bloemenmotief, rood geruit en met bruine dwarsbanden.

De mijne niet. De mijne hangt er niet bij.

Jolanda kijkt naar me vanuit de eerste uitgang. Haar ogen twinkelen, ze lacht zo breed dat je haar korte tandjes kan zien en haar wangen haar ogen dichtduwen. Ze trekt de rits van haar jas dicht. Vlak bij haar, iets verder in de richting van de deuropening, staat Dennis, zijn kin geheven boven zijn grof gebreide sjaal en zijn gezichtsuitdrukking ernstig, als een soldaat of een poortwachter; hij knikt naar iemand op de speelplaats, kijkt daarna over de koppen naar de andere kant van de aula. Ik kijk met hem mee door de schemerige ruimte, naar het enige gezicht in die zee van krioelende achterhoofden die door de tweede uitgang naar buiten drommen. Anita glimlacht naar hem en haar blik zoekt daarna mij. Blijft aan me haken.

De tweede uitgang kan ik vergeten.

6

De oprit lag er verlaten bij. Ik parkeerde mijn auto aan de rechterzijde – mijn plaats – en stapte uit. Het was donker geworden, guur, en ik haastte me naar de voordeur. Binnen ontstak ik de verlichting en liep door de woonkamer de keuken in. Niets. Ik schoof het lichtje van de afzuigkap aan en haalde mijn mobiele telefoon uit mijn tas. Hij stond nog uit.

Ik toetste de code in en wachtte ongeduldig tot mijn gsm tot leven was gekomen en contact met de provider had gemaakt. Twee gemiste oproepen. Allebei van opdrachtgevers; aan één van hen had ik gisteren een herinnering gemaild.

Geen bericht van Lucien.

Ik keek op de klok: bijna halfzeven.

Misschien zat hij nog bij een klant. Op zijn werk was Lucien een van de sociaalste mannen die ik kende. Hij was op zijn best als hij zijn onderneming kon leiden, nieuwe klanten kon aantrekken en logistieke, boekhoudkundige en sociale brandjes mocht blussen. Hij kon uitzonderlijk goed overweg met zowel de klanten als het personeel. Het schoonmaken zelf boeide hem niet in het minst. Hij was min of meer toevallig in het schoonmaakwezen verzeild geraakt, hij had evengoed een bedrijf kunnen leiden dat industriële afsluiters verkocht, of landbouwwerktuigen.

Een kwartier later belde ik zijn mobiele nummer. Ik werd

prompt doorverbonden met zijn voicemail. Lucien zette zijn telefoon nooit uit. E-mails konden wachten tot ze verdampten in cyberspace, telefoontjes nam hij aan. Altijd en overal.

Bij het licht van de afzuigkap keek ik stilletjes voor me uit. Ik kreeg een naar gevoel, alsof elk moment de voordeurbel zou kunnen gaan waarna twee agenten me op de drempel van mijn eigen huis zouden vragen of ik, Vera Zagt, Luciens vrouw was, en me vervolgens zouden mededelen dat mijn man met zijn bus tegen een boom was gereden.

Ik probeerde het nog eens.

Voicemail.

Ik stuurde een sms, ook al wist ik dat hij die nu niet zou lezen. Het gaf me alleen een iets beter gevoel.

WAAR BEN JE?

Geen reactie.

Lucien kwam om vijf over zeven thuis. Hij stonk naar bruin café: bier en sigarettenrook.

'Waar zat je nou?'

'Lang verhaal. Heb je iets te eten gemaakt? Ik rammel.'

'Nee, ik heb me zorgen gemaakt. Ik kon je niet bereiken.'

Lucien diepte zijn telefoon uit zijn zak op. Op het schermpje stond de melding van een nieuw, ongeopend bericht: mijn sms.

'Hij heeft hooguit een uurtje uitgestaan,' deed hij het af, terwijl hij mijn berichtje las en het verwijderde.

'Waarom?'

Lucien liep langs me heen de kamer in. 'Wat is het hier donker.'

'Ik was niet in de stemming om het gezellig te maken.'

Mijn onderkoelde toon leek niet tot hem door te dringen.

In de keuken trok hij de koelkast open en pakte een fles bier uit de lade.

'Lucien, waar zat je in godsnaam? Dit heb je nog nooit gedaan, na zessen thuiskomen zonder iets te laten weten.'

'Nee?' vroeg hij, verstrooid.

'Nee.'

'O. Nou. Sorry, dan.'

We zaten tegenover elkaar te eten, in een stortvloed van licht en geluid. Het gebulder van de afzuigkap ramde me van links en het reclameblok op televisie teisterde mijn rechteroor. Ik vond het moeilijk om op deze manier een gesprek te voeren, bijna onmogelijk.

Lucien had er geen moeite mee.

Tijdens het koken had hij me al verteld dat hij bij de schoonmaakster was geweest die de laatste tijd voor problemen had gezorgd.

'Waarom had je eigenlijk je telefoon uitgezet?' vroeg ik.

Lucien keek verstoord op. 'Bij Desi bedoel je? Omdat ik anders niet aan een gesprek toekwam.'

'En daar was bier bij nodig?'

'Hoezo?'

'Je hebt gedronken.'

'Eén biertje. Er was daar verder alleen melk en Roosvicee in huis.'

Ik keek toe hoe hij zijn boerenomelet opat en elke hap wegspoelde met bier. Met een schuin oog hield hij bij wat er op televisie gebeurde.

'Maar wat was er nou aan de hand?'

'Desi zit vast in een nogal gecompliceerde verhouding met de vader van haar twee kinderen. Trieste toestand, jong gezin, een heleboel ellende.' Lucien zuchtte, leegde zijn bier in een lange teug en leunde naar achteren om het lege flesje op het aanrecht te zetten. Rekte zich uit. 'Nou ja, goed. Ik heb Frank opdracht gegeven om haar voorlopig maar niet in te plannen.'

Hij stond op en maakte de koelkast open. Diepte weer een biertje op uit de groentela. Hief het flesje. 'Jij ook?'

'Sinds wanneer drink jij doordeweeks?'

Hij fronste zijn wenkbrauwen, geërgerd. 'Wat maakt dat nou uit? Zeur even niet, goed? Laat me even. Ik heb een kutdag gehad.'

Zeven

Ik loop tegen de stroom van vertrekkende kinderen in naar de toiletten, bereikbaar via een nis in de aula. De donker gevlamde terracotta vloer glanst zacht in de schemering. Er zijn vier deuren, allemaal aan de linkerkant. Rechts hangen keramieken wastafels met vierkante, nogal vuile spiegels erboven. De ruimte ruikt naar chloor en urine. Er is niemand. Boven de wasbakken, tegen het plafond, zit een smal raampje van draadglas dat amper licht doorlaat. De tl's zijn uit.

Ik open de derde deur, sluit hem achter me en draai hem op slot. Ga op het toilet zitten, trek mijn benen op en zet mijn hakken op de rand van de bril. Sla mijn armen om mijn knieën.

Wacht.

Ik blijf wachten, in stilte, met mijn kin op mijn knieën, starend naar de binnenkant van de wc-deur.

Ik verroer me niet terwijl ik het geroezemoes hoor afnemen. Zo nu en dan klinkt er nog gepiep van schoenzolen in de aula, een gedempte stem, gebrom, het dichtslaan van de klapdeuren. Gerinkel van sleutels. Ingang één. Ingang twee. Dicht. Het metalige geluid dat de vergrendeling begeleidt weerklinkt door de lege school.

Ik blijf zitten.

Ze zijn daarbuiten.

Ze houden zich koest.

Ik moet langer blijven zitten om voldoende twijfel te zaaien, en dan nog langer, zodat ze zich gaan vervelen en uiteindelijk zo ongedurig worden dat alle mogelijke andere vrijetijdsbestedingen aantrekkelijker lijken; alles beter dan in de novemberkou te blijven wachten op een prooi die niet komt opdagen, een prooi die al weg is. Veilig thuis.

- *Zou ze nou tóch al weg zijn?*
- *Nee, dat kan niet; ze is op het toilet.*
- *Door een raam geklommen?*
- *Dat raam? Hoe dan?*
- *Ik heb het koud.*

Ik zie het later worden. Ik merk het aan het daglicht dat via de bovenramen naar binnen stroomt en grauwe, diagonale vlakken maakt op de ivoorkleurige vierkante tegeltjes en de vloer.

Ik hoor al een hele poos niets meer en begin bang te worden: stel dat ik mezelf heb ingesloten? Stel dat er niemand meer in het gebouw aanwezig is, alles op slot is gedaan, het alarm in werking gesteld?

Zou de telefoon het doen als ik probeerde te bellen? Ik heb het toestel zien staan in de kamer van de directeur, maar ik betwijfel of ik er wijs uit kan worden, zoveel knopjes zitten daarop. Je kunt niet zomaar de hoorn opnemen en een nummer draaien, weet ik. Je moet eerst een codenummer kiezen.

Welk nummer?

Ik voel me misselijk worden.

Draaierig stap ik van de pot en haal de toiletdeur van het slot.

Er staat een kerel met een bezem, recht voor de ingang. In een reactie deinst hij achteruit, alsof ik een geest ben.

Hij herstelt zich snel. 'Wat doe jij hier nog? Jij mag hier helemaal niet meer zijn, de school is dicht.'

Ik probeer langs hem heen naar de speelplaats te kijken, ik

moet weten of ze daar nog staan, maar de man blokkeert mijn vrije zicht. 'Ik zoek mijn jas.'

'Een lichtbruine, toevallig?'

'Ja.'

Hij verdwijnt in de aangrenzende keuken en komt terug met mijn jas. 'Deze?'

'Ja. Dank u wel.' Dankbaar neem ik mijn jas van hem over en trek hem aan. Voel in de grote zakken ter hoogte van mijn dijbenen. Mijn kauwgom zit er nog in.

De schoonmaker neemt me onderzoekend op. Grote man, getaande huid en donkere, uitpuilende ogen. 'Nou, vooruit.' Hij pakt me bij mijn arm en duwt me naar de uitgang.

Ik stribbel tegen, trek mijn arm los. 'Ze willen me in elkaar slaan.'

'Wie?'

'Kinderen uit mijn klas.'

'Ik heb niemand gezien.'

'Ze staan me op te wachten.'

De man draait zich om, loopt in een paar passen naar uitgang één en ontgrendelt de deur. Loopt naar buiten, kijkt om zich heen. Een verlaten speelplaats.

'Niemand,' zegt hij.

'Toch wel,' zeg ik, en ik kijk naar Pauline die door de struiken bij de kleuterschool de speelplaats op komt lopen. Haar glanzende paardenstaart wipt op en neer op haar achterhoofd, de kaarsrechte pony zwiept heen en weer als gouden franjes. Ze kijkt naar me, zwaait en glimlacht. 'Hé, Vera!'

Ik til onzeker mijn hand op en probeer te lachen alsof er niets aan de hand is, maar ik voel me betrapt en onhandig.

Binnen een paar tellen staat ze bij ons. Roze wangen, ogen die wel opgemaakt lijken, zo fel en sprankelend. Wolkjes condens begeleiden haar woorden. 'Ik heb ze gezien, Vera. Ze zijn allemaal op het plein, bij de kerk.'

Ik kijk om me heen, naar de struiken en de straat. 'Niet hier?'

51

Ze schudt haar hoofd, lacht zelfverzekerd.

'Nou, kijk eens aan,' bromt de schoonmaker ver boven onze hoofden. 'Ben jij een vriendinnetje van haar?'

Pauline knikt. Daarna buigt ze zich naar me toe en houdt haar gezicht schuin, alsof ze spreekt met een kind dat veel jonger is dan ik. 'Ga maar met me mee, dan lopen we via de andere kant. Als ze achter ons aan komen, bescherm ik je. Goed?'

Ik knik. Opgelucht. Ongelovig. Blij.

Ze steekt haar hand naar me uit. Een mooie, slanke, sterke, gladde hand met schone nagels. Handpalm naar boven gericht. 'Kom maar.'

Ik pak hem vast.

7

Het Chinese gebouw rees op aan de rechterzijde van de snelweg, langs het traject tussen Utrecht en Amsterdam, ingeklemd tussen de spoorlijn en de A2. Met zijn goudkleurige dakpannen en exotische houtsnijwerk viel het nogal uit de toon in het Hollandse polderlandschap. De Chinese stijl was beperkt gebleven tot het exterieur. Bij binnenkomst werd ik omringd door antraciet, paars, zwart en bruintinten, kroonluchters en gecapitonneerde banken met een zilveren vleug. Jonge serveersters en obers liepen af en aan en er klonk pianomuziek, jazzy.

Verderop in de gang herkende ik een paar gezichten. Ik glimlachte flauwtjes en sloeg mijn ogen neer, sloot me weer op in mezelf.

Bij de ingang van de zaal stond een tafel met een stapel mapjes en een bord: FREELANCERSMEETING FENTIS-TIJDSCHRIFTENGROEP.

De namen van de sprekers stonden eronder. Ik kende ze geen van allen persoonlijk.

'Mag ik uw uitnodiging zien?' Een jonge vrouw met sluik blond haar knikte me toe.

Ik overhandigde haar het kartonnen kaartje. Mijn naam was met zwarte stift op de stippellijn geschreven.

'Mevrouw Vera Zagt,' zei ze hardop, en ze pakte er een paar

aan elkaar geniete A4'tjes bij. 'Illustratrice?'

'Fotograaf,' zei ik zacht.

Ze sloeg de pagina's om. Helemaal onder aan de lijst zette ze een streep door mijn naam. 'Welkom, mevrouw Zagt. U kunt hier het programmaboekje pakken. Binnen is koffie en thee.' Ik pakte een mapje van een van de stapels en nam het al bladerend mee de zaal in. Die was niet groot en deed intiem aan, met dikke vloerbedekking in een kleur die ik eens had horen aanduiden als greige. Ik telde tien rijen van zestien stoelen.

Op de een na laatste rij nam ik plaats, rechts van het midden, en ik deed alsof ik verdiept was in het programmaboekje en de mannen die bij de koffietafel stonden te praten nog niet had opgemerkt. Twee van hen kende ik niet, met nog eens twee had ik een blauwe maandag samen aan een project gewerkt. Van de vijfde man in het gezelschap stond het mobiele privé-nummer in mijn Nokia, onder een valse naam.

In het echt heette hij Nico Vrijland en vandaag precies een week geleden was hij zesendertig geworden. Hij stond met zijn rug naar me toe, een hand nonchalant in zijn broekzak. Van achteren deed hij me nog het meest denken aan een jonge stier: fors en krachtig, tegelijkertijd wendbaar en mooi in balans. In deze omgeving viel hij extra op, tussen de tekstschrijvers, fotografen en tekenaars van wie de meesten niet alleen kleiner en verfijnder leken, maar tevens een onrustige, springerige energie uitstraalden. Nico straalde kalmte uit.

Ik vocht tegen de aandrang om op hem af te lopen. Het zou het meest natuurlijke zijn om te doen: mijn minnaar omhelzen, mijn wang tegen zijn borst leggen.

Langzaam draaide hij zich om, alsof hij mijn aanwezigheid voelde – bijna alsof ik zijn naam had geroepen.

Onze blikken vonden elkaar meteen, heimelijk, schichtig,

lichtten op – *Hé, je bent toch gekomen* / *Ja, natuurlijk, wat dacht je dan?*

Hij hervatte zijn monoloog. Ik dook in het programma-boekje, begon erin te bladeren.

Perfect strangers.

Nico en ik ontweken elkaar in het openbaar en tussen onze ontmoetingen door namen we geen contact met elkaar op. Geen sms'jes, geen telefoontjes. Tijdens het rendez-vous zelf werd de volgende ontmoeting vastgelegd.

Nico was als de dood dat zijn vrouw achter de affaire zou komen, dus gebruikten we zelfs ons gezamenlijke Gmail-account uitsluitend voor noodgevallen. Zo'n noodgeval had zich nog niet voorgedaan in de afgelopen twee jaar. Ik hoopte ook niet dat het ooit nodig zou zijn: onze relatie was volmaakt zoals ze was.

Ik kende Nico al zeker vier jaar als opdrachtgever toen we elkaar, tijdens een bijeenkomst als deze, voor het eerst op een andere manier bekeken – als potentiële partners. Minnaars. Nog diezelfde avond waren we in zijn auto tegen elkaar aan gekropen. Onzeker, vol schuldgevoel, hadden we elkaar gekust, elkaars geur opgesnoven en de verhitte huid van de ander bevoeld. Armen, handen. Buik en borst en rug.

Veel verder ging het toen nog niet. Dat kwam pas later, bij ons eerste echte, geplande rendez-vous.

Ironisch genoeg was het Lucien zelf die aan de basis had gestaan van het bedrog. In de maanden die eraan voorafgingen was hij vaak in zichzelf gekeerd geweest. Hij gedroeg zich licht afwijzend en het leek soms of hij ergens boos over was, me in stilte iets verweet. Maar wat het ook was dat hem dwarszat, hij sprak er niet over.

Op een nacht kwam het eruit.

Ik was vroeg naar bed gegaan, omdat ik de ochtend erop een inspannende shoot had en later die dag nog naar een receptie moest. Tegen middernacht kwam Lucien aangeschoten thuis van zijn biljartavond; een vriend had hem thuisgebracht. Hij wilde seks, verleidde me, kleedde me uit, en binnen de kortste keren lag ik onder hem, naakt en opgewonden. Luciens erectie drukte tegen mijn schaambeen.

'Wacht,' fluisterde ik.

Mijn hand ging zoekend naar de bovenste lade van het nachtkastje. Daar lagen de condooms.

Lucien wachtte niet, hij kwam naar voren. Hij bedekte me met zijn lichaam, kuste me hartstochtelijk.

Ik trok mijn heupen zijdelings weg, wurmde mezelf een beetje onder hem vandaan om hem af te remmen. 'Wacht nou even,' fluisterde ik, verstikt tegen zijn borst en half verstrengeld in de dekens. Ik vond het condoom, bracht het boven mijn hoofd, waar mijn hand langs de muur schaafde, en begon de verpakking op de tast open te scheuren.

Lucien greep mijn heupen vast. Hij kuste mijn borsten en bracht daarna zijn mond bij mijn oor. 'Blijf zo liggen, Vera.'

'Hoezo? Ik...'

Hij kwam in me. Ik voelde elke centimeter naar binnen schuiven, en hoe mijn vochtige huid zich daarbeneden om hem heen spande.

'We gaan een baby maken,' gromde hij. 'De mooiste van de wereld. Ons kind. Ik hou van je.'

Een baby?

Ik zette mijn handen tegen zijn borst en begon te duwen.

Hij was sterker. Lucien leek in trance te zijn, niet te bereiken.

In een flits zag ik zijn zaad voor me, Luciens sperma dat in razende vaart door de nauwe opening van mijn baarmoedermond naar binnen schoot, heen en weer flitsende staartjes die de indringers voortstuwden, vliegensvlug, recht op het doel af: mijn eicel, mijn rijpe eicel, waar hun kopjes zich in boorden, en…

Ik sloeg hem. Vol in zijn gezicht, met mijn vlakke hand, zo hard als ik kon. Ik sloeg nog eens, en opnieuw. Stompte hem. Luciens greep verslapte.

'Ga van me af!' schreeuwde ik, en ik begon te trappen en te duwen. 'Ga verdómme van me af!'

Lucien rolde van me weg. Draaide zijn rug naar me toe en bleef stil liggen op de uiterste rand van het bed. Ik hoorde hem ademen in het donker, zwaar en onregelmatig.

Ik knipte het licht aan. Zag de opengescheurde verpakking van het condoom tussen het kussen en de matras in liggen en veegde het ding met een nijdig gebaar van het bed. 'Waar ben je verdomme mee bezig?' Mijn stem klonk rauw van emotie. 'Lucien? Praat tegen me!'

Na een stilte die minutenlang aanhield, zei hij: 'Je bent koud. Koud en kil.'

Ik zweeg.

'Een koud kutwijf.'

'En jij bent dronken, Lucien. Hou hiermee op!'

Hij draaide zich naar me om, zijn ogen bloeddoorlopen. Mijn handafdruk stond afgetekend op zijn huid, rode striemen over zijn wang en een deel van zijn voorhoofd. Zijn stem klonk dreigend. 'Wat voor vrouw wil er nou geen kinderen?'

'Ik! Ik wil geen kinderen. Dat weet je, dat weet je al achttien jaar.'

'Maar wij, ik…'

'Ik wil nooit kinderen, Lucien. Nooit. Van niemand!'

Lucien schreeuwde nu ook. 'Dan hou je niet van me!'

'Wat heeft dat er nou mee te maken?'

'Als je geen kind van me wilt, hou je niet van me!'

'Ik hou wél van je.'

Stilte.

Zijn stem klonk vreemd afstandelijk, bitter, toen hij zei: 'Dan ben je geen echte vrouw.'

Lucien wist niet zeker of hij met me verder wilde. Hij hield van me, tenminste dat vermoedde hij, maar hij twijfelde of houden van genoeg was. We waren achttien jaar samen, maar was dat een reden om de volgende achttien jaar ook samen door te brengen? Dat was zijn dilemma, vertelde hij me de volgende ochtend. Hij zei het heel koel, zakelijk.

Ik had de hele nacht geen oog dichtgedaan, mijn ogen waren rood en gezwollen.

'We moeten dit laten bezinken,' zei hij. 'Geen overhaaste conclusies trekken. Ik zie je vanavond.'

Lucien was in zijn auto gestapt en weggereden, naar zijn personeel en zijn klanten en zijn schoonmaaksters. Naar zijn leven.

Ik was murw achtergebleven in 't Fort, alleen met de stem van de nieuwslezer op tv. Paniek was nog te zacht uitgedrukt, een eufemisme voor de totale ontreddering die ik voelde.

Ik was er zo aan gewend om de vrouw van Lucien te zijn. Ons huwelijk was een instituut, een basisgegeven. Toen ik rechtstreeks uit mijn ouderlijk huis bij hem was ingetrokken, was hij zevenentwintig geweest. Ik pas achttien. Lucien had me min of meer opgevoed. Ik was zo met hem verstrengeld geraakt, dat ik niet eens meer wist waar ik zelf ophield en hij begon. Ik was zo iemand die sprak in 'wij'-vorm:

Wij vinden het leuk om…

Wij houden niet van…

Ik was radeloos. Mijn leven zoals ik het kende en waaraan ik zo sterk hechtte, kon me elk moment ontglippen. Lucien had de macht om met een paar woorden mijn hele wereld te laten instorten.

Ik wil scheiden.

En dan?

Ik kon de hypotheek van 't Fort onmogelijk in mijn eentje ophoesten, daarvoor waren mijn inkomsten te laag en bovendien te onregelmatig. Spaargeld had ik nauwelijks.

Ik was zesendertig, ik was vervreemd van mijn familie, en vrienden in de ware zin van het woord had ik niet. Mijn opdrachtgevers en een handjevol diereneigenaren vormden mijn sociale kring, maar terwijl ik hen stuk voor stuk in gedachten naliep, begon ik te beseffen dat ik zo'n zwaar, intiem onderwerp met niemand van hen zou kunnen bespreken, laat staan dat iemand me zou opvangen als ik op straat kwam te staan.

Die ochtend aan de keukentafel in 't Fort besefte ik hoe het ervoor stond, hoe het er wérkelijk voor stond: zonder Lucien was ik alleen. Mijn hele bestaan leunde op deze ene man.

Ik was afhankelijk geworden.

Dat ik het zo ver had laten komen, was alleen mezelf aan te rekenen. En het was onvergeeflijk.

'Vera?'

Eerder dan haar stemgeluid bereikte me de naar sigarettenrook ruikende aura van Elsemieke. Elsemieke schreef artikelen en interviews over geld en recht. We hadden elkaar leren kennen via een vrouwenblad dat een special bracht over de kosten van huisdieren. Ze zeeg neer op de stoel naast me en kon het niet helpen dat ze daarbij tegen me aan stootte. Elsemieke was een opvallende verschijning: haar omvang was enorm, maar in de lengte was ze in groei achtergebleven. Het gaf haar een bizar uiterlijk, nog versterkt door haar lichte wimpers en wenkbrauwen. De associatie met Tweedledee and Tweedledum uit Tim Burtons *Alice in Wonderland* drong zich steeds weer op als ik haar zag.

'Jij ook hier?'

'Elsemieke, hallo.' Ik gaf haar een hand en merkte dat ik trilde. Bij dit soort evenementen begonnen mijn spieren ongecontroleerd te trillen. Het leek de laatste tijd alleen maar erger te worden. Tijdens het gesprek bij Petfood Division had ik mijn handen ook al niet stil kunnen houden. De tabletjes die ik weleens slikte, hielpen er niet meer tegen.

Elsemieke trok haar rugzak op schoot. Ze ademde zwaar. 'Dat gedoe steeds met die treinen. Waarom houden ze dit soort evenementen niet gewoon in Amsterdam?'

Verderop in de zaal hoorde ik Nico praten; zijn Zeeuwse accent herkende ik feilloos. Nico had geen stadse achtergrond, zoals de meeste aanwezigen, noch was hij kind van onderwijzers of mensen met een creatief beroep. Als enige uit het achtkoppige boerengezin en geheel tegen de wens van zijn strenggelovige vader had hij een studie gevolgd in Amsterdam. Hij was vast van plan geweest om zich voor altijd in de hoofdstad te vestigen, maar jaren na zijn vlucht was hij uiteindelijk toch weer in de Zeeuwse klei neergestreken. Daar had hij wortel geschoten, in een huisje vlak bij de Westerschelde. Hij was getrouwd met een meisje dat hij nog kende van de lagere school en samen hadden ze twee kinderen gekregen, Thomas en Femke – een koningswens.

Ik vouwde het programmaboekje dubbel en keek naar mijn knieën. Vijf uur, hadden we afgesproken: op dat licht chaotische tijdstip net na het officiële gedeelte en voor aanvang van de borrel. Ik zou eerst weggaan, daarna hij, met een minuut of vijf ertussen.

Acht

Pauline is niet langer neutraal.

Ze heeft partij gekozen: voor mij.

Ze heeft haar hand uitgestoken en ik heb hem vastgepakt.

Trots maar nog onwennig met mijn nieuwe status loop ik naast haar van de speelplaats af. Ik ben nog nooit zo dicht bij haar geweest, heb haar niet eerder aangeraakt. Hij voelt koud aan, haar hand.

Ik kijk om naar de schoonmaker. Hij knikt ons glimlachend toe en loopt met gebogen hoofd terug naar binnen, sluit de deur achter zich.

Meteen voel ik de angst weer opkomen.

'We gaan via de kleuterschool,' zegt Pauline. Ze trekt me mee over het smalle pad dwars door het struikgewas dat 'de bosjes' wordt genoemd, waarna we uitkomen op de speelplaats van de naburige kleuterschool. Een tamelijk klein plein, aan deze kant begrensd door de struiken, rechts door de achterzijde van de kleuterschool, waar nu waarschijnlijk niemand meer is. Links is de blinde muur van de gymzaal en recht voor ons begint weer een pad dat overgaat in het trottoir en uitkomt op de straat.

Het is hier stil. Er staan krijttekeningen op de betonnen tegels en de zandbak is verlaten. Sepia najaarslicht beschijnt de gele bakstenen van de laagbouw en de vensters, het glas is volgeplakt met kleurige werkstukken. Op de onderste helft van de ruiten zijn met grove streken grasstengels en bloemen geschilderd.

Pauline kijkt om, naar het plein dat we achter ons hebben gelaten. Ik kijk met haar mee door de half kale herfsttakken naar de contouren van de lagere school. De schoonmaker is nergens meer te bekennen.

Pauline glimlacht aan één stuk door, ze vermaakt zich met onze ontsnapping.

Ik wil naar huis.

'Waarom stop je?' vraag ik.

Haar glimlach verbreedt zich en ze begint nu hardop te lachen, toont haar witte tanden en lichtroze tandvlees. Daarna laat ze mijn hand los en gaat ze achter me staan, zo snel en zo onverwacht dat het niet eens in me opkomt me te verweren: ze grijpt mijn bovenarmen beet, trekt ze naar achteren en houdt me vast.

'Jóngens...! Híér! Ik heb d'r!'

Ze komen om de hoek tevoorschijn.

Anita.

Dennis.

Irene.

Jolanda.

Ze ademen wolkjes condens en hun huid ziet rozig van het wachten in de kou. In hun ogen broeit opwinding, opgetogenheid. De uniforme blik van een roedel hyena's die een prooi omcirkelt.

8

Nico was hoofdredacteur van een populairwetenschappelijk tijdschrift. *Quantum* was Nico's kindje; de geboorte van het blad – toentertijd niet meer dan wat aan elkaar geniete kopietjes van artikelen die door en voor studenten waren geschreven – vond plaats op zijn kamer in Amsterdam. Tegen de verwachting in sloeg het concept landelijk aan en groeide de organisatie en coördinatie van de hele onderneming hem in rap tempo boven het hoofd. Het schrijven van artikelen raakte op de achtergrond. Nico was uiteindelijk meer bezig met de zakelijke, praktische kanten van zijn blad dan met de inhoud. Tot de Fentis-tijdschriftengroep hem een aanbod deed.

De afgelopen negen jaar had Nico als hoofdredacteur alleen nog maar losjes de teugels van zijn geliefde *Quantum* hoeven vasthouden. Hij schreef nog regelmatig zelf artikelen en nam interviews af, waakte over de inhoud van het blad, deed het woord in de media en hakte redactionele knopen door. Maar break-evenpoints en abonnementenbeheer hielden hem niet meer uit zijn slaap. Zijn salaris was prima en werd elke maand op tijd overgemaakt; eens per jaar kwam daar zijn aandeel in de winst bovenop.

Nico was intelligent, breed georiënteerd en gepassioneerd in wat hij deed, maar van risico's werd hij nerveus. Die liep hij liever niet. Hij hechtte aan zekerheden; Nico hoorde bij de groep mensen die zich niet beperkt voelde door kaders en ijkpunten, maar ze juist als leidraad gebruikte.

Ik was zijn enige extravagantie, zijn atypische uitspatting, de vleesgeworden uitzondering op de regel.

'Heb jij dat nooit, dat je je schuldig voelt?' Nico kwam uit de douche de kamer in. De stoom sloeg van zijn lichaam, dat niet veel onderdeed voor dat van een jonge bokser uit de zwaargewichtklasse. Hij bleef bij het bed staan en keek op me neer. In deze postcoïtale toestand straalde hij nog sterker de kalmte uit die me zo aansprak.

'Postcoïtale wroeging?' grapte ik. Mijn hand gleed over de matras heen en weer, om hem te bewegen terug in bed te stappen.

Hij glimlachte flauwtjes. Ging op de rand van het bed zitten en pakte mijn hand vast. Kuste de palm.

Zweeg.

'Ten opzichte van Lucien, bedoel je?' vroeg ik.

'Ook,' fluisterde hij. 'Maar vooral ten opzichte van jezelf. Je normen en waarden.' Hij legde mijn hand over zijn gezicht, snoof mijn geur op, sloot zijn ogen erbij. Ik voelde de uitgeademde lucht tussen mijn vingers door glijden.

'Het blijft me dwarszitten,' zei hij, en hij kuste mijn pols, mijn arm. 'Soms ben ik bang dat ik op een dag de rekening gepresenteerd krijg. Het is te lekker. Te mooi. Wat wij hebben, samen... Het voelt gewoon té goed. Het kan niet goed blijven gaan.'

'Het blijft wel goed gaan.'

'Ik voel me soms zo'n slappe lul. Een verrader.'

'Je doet hier niemand kwaad mee. Wij allebei niet. Er gebeuren wel ergere dingen.'

Buiten werd een auto gestart, vlak bij het raam. We luisterden hoe een lichte diesel van de parkeerplaats reed, met gesis van de banden die door regenplassen rolden. Verder weg klonk het gezoem van de snelweg.

'Geloof je dat echt?' fluisterde Nico.

'Tuurlijk,' zei ik. 'Niets aan de hand.'

Bij aankomst in dit Naardense hotel-restaurant had de brasserie in de serre vol gezeten met zakenmensen. Het was te druk geweest, de ruimte te open, en de kans dat er zich iemand onder de gasten bevond die mij, of, eerder nog, Nico zou herkennen, was levensgroot. Ik was als eerste naar binnen geglipt, had de verplichte gastenlijst ingevuld en een vals adres opgeschreven, beducht op mailings met teksten als '10% korting op uw volgende verblijf in ons hotel'. Het had me gestoord dat de receptioniste een kopie van mijn rijbewijs had gemaakt, maar er was weinig wat ik eraan had kunnen doen.

Ook Nico had de drukte in het restaurant opgemerkt. We zouden later op de avond wel wat eten, hadden we afgesproken. Of iets op de kamer laten komen.

Maar nu was het tien uur en de keuken was gesloten.

We knabbelden op pinda's uit de minibar en spoelden ze weg met blikjes bier en frisdrank van vier euro per stuk.

De seksuele spanning was weggeëbd, Nico was weer mijn lieve vriend geworden, we waren intimi die samen op bed lagen, ons vertrouwd voelden bij onze naaktheid en onze gedachten met elkaar deelden.

'Weet je wat ik me al heel lang afvraag?' vroeg Nico.

'Nou?'

'Waarom jij niet hebt doorgestudeerd.'

'Dat heb ik je al eens verteld, toch? Ik heb niets met het instituut school. Na de mavo was ik er klaar mee. En ik wilde het huis uit, dus ben ik al vroeg gaan werken.'

'Mávo... wérken...' Hij fluisterde de woorden voor zich uit alsof ze hem pijn deden. Zoals hij ze uitsprak, klonken ze als iets naars.

Als scheldwoorden.

Ik zocht naar het laken en trok het over mijn schouder.

'De mavo,' herhaalde hij. 'Hoe ben je daar überhaupt terechtgekomen?'

'Gewoon. Het advies van school.'

Nico liet dat even op zich inwerken. Zei daarna: 'Dat kan ik me moeilijk voorstellen. Intelligentie is aangeboren, die verandert niet.'

'Mijn IQ is nooit getest,' zei ik mat. Ik kon het niet laten eraan toe te voegen: 'En ik ben trouwens ook een keer blijven zitten.'

'Ik heb geen testuitslag nodig om intelligentie te herkennen.'

'En dat zegt iemand die zweert bij wetenschap?'

'Vera, kom op. Je bent een gymnasiaste pur sang. Je filosofeert, hebt gevoel voor oude talen, interesse in oude culturen, geschiedenis en kunst en je legt overal verbanden tussen.' Hij mompelde: 'Nog sneller dan ik, als ik niet oppas.'

'Mensen veranderen.'

'Deels, voornamelijk door opgedane ervaringen. Maar niet structureel. Die interessevlakken van je, en dat snelle schakelen... Ik kan me niet voorstellen dat dat destijds niemand is opgevallen.' Hij draaide zich naar me om. 'Voelde je je daar eigenlijk wel op je plaats, op de mavo? Of was je een buitenbeentje?'

Buitenbeentje is my middle name.

'Waarom vraag je dat?'

'Omdat er een verschil is in mentaliteit tussen mavokinderen en gymnasiasten. Die zijn zo'n beetje elkaars tegenpolen. De Cito-toets, heb je die dan zo slecht gemaakt?'

'Zullen we het ergens anders over hebben?'

Hij deed alsof hij me niet hoorde, of misschien hoorde hij werkelijk niet wat ik zei. Zijn blik was naar binnen gekeerd. 'Ik vraag me dat al langer af. Algemeen wordt aangenomen dat het intelligentiequotiënt stabiel is. Door allerlei factoren kan een score een paar punten hoger of lager uitvallen, maar iemands IQ blijft in principe een leven lang binnen dezelfde range.'

Ik keek naar het licht in de badkamer, dat feller leek te schijnen dan zo-even. Er zweefde een langpootmug rond bij de spiegel, het beestje botste tegen het glas aan en maakte daarbij hetzelfde geluid als wanneer mijn telefoon me waarschuwde voor een sms.

'Is er iets misgegaan rond die tijd? Iets wat die onderprestatie zou verklaren?'

'Wat bedoel je?'

'Door een of andere oorzaak kunnen verbindingen in je hersenen zich langzamer hebben ontwikkeld dan bij leeftijdgenoten. Misschien is er bij jou iets gebeurd wat zo'n stoornis heeft veroorzaakt, en heeft zich dat later weer hersteld.'

'Misschien.'

'Vorig jaar hadden we nog een special over de ontwikkeling van het puberbrein. Ik moest toen al aan jou denken, maar durfde het nog niet bij je neer te leggen.'

'Waarom niet?'

'Ik kon de gedachte niet aan dat je boos op me zou worden.'

'Nu wel?'

Hij trok me omhoog, tegen zich aan. 'Ik schat het risico daarop nu lager in,' fluisterde hij in mijn oor.

Het was minutenlang stil. De langpootmug had de badkamer verlaten en vloog nu in onhandige cirkels net onder het plafond.

'Ik had die intelligentie destijds wel degelijk,' zei ik, terwijl ik het dier met mijn ogen volgde. 'Alleen niet op school.'

'Waar dan, thuis?'

Ik knikte. 'Ik las reisboeken, biologieboeken, encyclopedieën, bestudeerde oude landkaarten. Ik was een nieuwsgierig kind.'

'Op de mavo?'

'Eigenlijk al toen ik op de lagere school zat.' Ik begon me iets te ontspannen. 'Ik las veel over geschiedenis. Dan stond ik bij mijn moeders waslijn en stelde me voor dat onze wijk ooit een tropische jungle was geweest waarin dinosauriërs rondliepen, en dat de grond later bedekt was geraakt met as van vulkanen en met sneeuw en ijs. Dat er mensen in dierenvellen hadden rondgezworven en Romeinen hadden gemarcheerd, dat er heksen waren vervolgd en Spanjaarden gelegerd waren geweest – allemaal op die ene plek in onze wijk, precies op de plaats waar ik stond. Ik vond het fascinerend dat er overblijfselen van die vroegere bewoners in de grond gevonden konden worden. Ik vroeg me af hoe het kwam dat gebruiksvoorwerpen en hele woningen zo ver in de aarde konden wegzakken, laag over laag, zodat je aan de lagen kon zien uit welke tijd een voorwerp stamde. En ik dacht erover na of er misschien iets anders aan de hand was, dat er bijvoorbeeld juist steeds aarde bij kwam en alles wat ik nu kende, ons huis, het schuurtje, de tuinbank, uiteindelijk bedekt zou raken met nieuwe aardlagen. Ik dacht na over wat er ná mij zou gebeuren, of er ook overblijfselen van mij en mijn ouders in de aardkorst terecht zouden komen – of dat het hier zou ophouden, dat gegraaf in de aarde, nu mensen zich bewuster waren geworden van hun historie en ze allerlei gebeurtenissen opschreven en ze vastlegden op beeld.' Ik draaide me naar hem toe. 'Dat soort dingen hield me bezig als ik 's avonds in bed lag. Ik weet nog dat ik een brief heb geschreven die ik heb geadresseerd aan toekomstige bewoners. Die brief heb ik in een fles gestopt en achter in de tuin begraven.'

Nico lachte. Het was een lieve lach en zijn ogen stonden zacht. 'Heeft iemand hem ooit opgegraven?'

'Niet dat ik weet.'

'Laat me raden: je wilde archeologe worden.'

'In die periode wel. Later bioloog. Maar zo ver is het dus nooit gekomen.'

Hij keek me onderzoekend aan. Zei niets.

'Ik was op school een heel ander kind dan thuis,' zei ik.

'Wat deed je dan op school?'

Alert blijven.

Overleven.

'Gewoon, niets,' zei ik. 'Op school deed ik niets.'

Negen

De pijn is erg, maar niet het ergste.

De pijn is te verdragen.

Het is de angst die me verlamt, de allesoverheersende angst dat ze op een dag verdergaan, dat het hier niet bij blijft en ze nog veel harder gaan slaan en schoppen, en dat ik hun trappen dan niet langer meer kan incasseren.

Dat er iets kapot gaat vanbinnen.

Onherstelbaar kapot.

En ik ben bang dat ook dat niet voldoende voor hen zal zijn, dat ze hun agressie dan nog niet genoeg hebben kunnen afreageren en mijn zwakte en breekbaarheid hun vernielingsdrang juist alleen maar verder zullen aanwakkeren.

Er gaan verhalen rond over deze families, over de kinderen maar ook de volwassenen. Ze wonen op de Weteringweg, maar een paar straten bij ons vandaan. Iedereen kent die verhalen.

Het begint altijd met een ruzie over iets onzinnigs, een verkeerd geïnterpreteerd grapje of een verkeerd antwoord op een vraag. Zo'n ruzie loopt dan rap uit de hand, omdat dat is waar ze op uit zijn: ze willen vechten, om zich heen slaan tot de huid op hun knokkels ervan barst en het bloed over hun vuisten stroomt, ze willen schreeuwen tot hun longen rauw zijn en hun ogen uit hun kassen puilen, ze willen angst inboezemen en helemaal los gaan, los van God en los van alles, en steeds meer mensen voegen zich bij hen – ooms, tantes, buren, oudere broers en zussen, huisvrienden, neven en nichten. Steeds bozer en luider, geschreeuw, gehoon, geduw, beledigingen, slaan, schoppen, stenen, flessen, vernielingen, brand, sirenes, ziekenhuisopnames.

Vorig jaar zijn bij een gezin de ruiten ingegooid en later is er brand gesticht in hun schuurtje. Er leefden konijnen in dat schuurtje, die man huisvestte een complete konijnenfamilie daarbinnen, moeders met jongen, maar niemand heeft het daar nog over.

In onze wijk letten ze sowieso niet op zulke dingen als ze kwaad zijn. Dan gaat de beuk erin.

9

De digitale cijfers op de flatscreen gaven aan dat het na middernacht was. Nico was in slaap gevallen. Het lukte me niet om zijn voorbeeld te volgen.

Ik graaide naar de afstandsbediening, zette de tv aan en dempte het volume. Zapte langs de kanalen en bleef hangen bij een ondertitelde Spaanse film. Afgaand op de snelheid waarin de verwikkelingen elkaar opvolgden, liep die op zijn eind. Mijn gedachten dwaalden af.

Nico was de laatste tijd op de psychologentoer. Hij was communicatiever geworden, in die zin dat hij tijdens onze laatste ontmoetingen veel had gepraat over zijn gevoelens – veel meer dan ik van hem gewend was. Daarnaast had hij me zoveel vragen gesteld dat ik me door hem geïnterviewd voelde. Doorgelicht.

Ik wist niet goed wat ik ervan moest denken, van deze plotseling ingezette koerswijziging, en ik vroeg me af wat de omslag in zijn houding had veroorzaakt en wat hij ermee beoogde.

Het maakte me onrustig. Ik wilde geen toestanden. Onze verhouding was perfect zoals ze was.

Ik zapte weg van de film en hervatte de reis langs talloze commerciële zenders, keek met groeiende weerzin naar al die vrouwen in half ontklede staat die kijkers probeerden te bewegen om te bellen of te sms'en. Ze lachten, ze kromden hun vinger en knipoogden, duwden hun borsten tegen elkaar. Ik werd treurig van de absolute leegte in hun oogopslag, de zieloosheid: het was gespeeld, alles aan deze vrouwen was nep – hun borsten, hun blikken, hun woorden – en ik kon me niet voorstellen dat mannen opgewonden raakten van zoveel overduidelijke onechtheid. Toch moesten die er zijn. Legio.

Ik zette de tv uit, legde de afstandsbediening naast het bed op de grond en nestelde me tegen Nico aan. In zijn slaap sloeg hij een arm om me heen. Warm, vlezig, sterk.

Vertrouwd en veilig.

Misschien dacht ik wel te veel na, zag ik dingen die er niet waren, of legde ik te veel nadruk op kleine veranderingen die er niet toe deden. Mensen veranderden nu eenmaal. Dus ook Nico, zijn kijk op mij en op onze relatie.

Ik wist niet precies hoe hij onze verhouding zag, daar kon ik alleen maar naar gissen. Als ik haar zelf zou moeten definiëren, dan zou ik zeggen dat we elkaar vooral op mentaal vlak hadden gevonden. We stimuleerden elkaar. Soms lagen we de hele nacht alleen maar te praten. Onze gespreksstof raakte niet uitgeput. We dommelden weleens in, maar als we wakker werden dan zochten onze lichamen elkaar als in een reflex op en maakten we contact met de noodvoorziening aan warmte en energie die we beiden zo hard nodig hadden. En dan kwam de dialoog als vanzelf weer op gang. Nico en ik spraken zelden over elkaars ervaringen op relatievlak of over onze toekomst, zoals ik vermoedde dat andere stellen in onze situatie zouden doen. We hadden het over heel andere dingen. We sparden. We scherpten elkaars brein.

Want nog liever dan dat ik de liefde met Nico bedreef, wisselde ik met hem van gedachten. Dit miste ik het meest in mijn leven met Lucien: discussies, gesprekken over politiek en filosofie, psychologie. Gesprekken die dieper gingen dan een praatje.

Lucien was er vaak te moe voor als hij thuiskwam. Hij sprak dagelijks met allerlei mensen, klanten en werknemers, iedereen 'trok aan hem', hij moest er steeds zijn hoofd bij houden. 's Avonds wilde hij niet meer hoeven nadenken. Dan wilde hij seks, eten, biljarten met zijn vrienden, tv-kijken – films, praatprogramma's. Zijn dag zat erop; de avond was zijn *cooling down*. Hij was misschien nog best bereid een diepgaande discussie op tv te volgen, maar wilde die na zessen niet meer zelf voeren.

Ik vermoedde sterk dat Nico thuis in een vergelijkbare situatie verkeerde. Misschien had hij goede gesprekken met zijn redactieleden en freelancers, net zoals ik die weleens had met mijn vaste opdrachtgevers en sommige diereneigenaren – inspirerende discussies die hem inzichten verschaften – maar ik geloofde niet dat zijn eigen Francien hem overvloedig voorzag van breinvoer.

Ik had zijn vrouw nooit ontmoet, maar ik stelde me haar voor als een frisse Zeeuwse, stevig gebouwd – *struis* heette dat – met een iets te blanke huid waar de blauwe haarvaten doorheen zouden schijnen, en natuurlijk met couperosewangetjes. Haar huisje perfect onderhouden, alle kamers toonbaar op elk moment van de dag, de kindjes droegen schone kleertjes, maillots en wollen jasjes.

Ik dacht bij Francien in verkleinwoordjes. Bijna altijd.

Een nare trek, en kinderachtig al zeker, maar het was nu eenmaal hoe ik over haar dacht – misschien omdat het alles makkelijker maakte. Van de belangrijkste mensen in het leven van Nico Vrijland kende ik de namen en hun leeftijden, maar hoe ze eruitzagen wist ik niet. Evenmin wist ik hoe het gezin de gezamenlijke avonden en weekenden doorbracht. Francien, Lucien, onze families en ons verleden; ze vormden geen gespreksstof, en dat gold ook voor Nico's geloof, waarin ik hem als mens misschien nog wel het meest complex en dualistisch vond, omdat het bij tijd en wijle keihard moest botsen met de wetenschappelijke inzichten waarover hij schreef – hij weigerde eenvoudigweg daarover met me in discussie te gaan.

En toch raakten we niet uitgepraat.

We leefden in een parallel universum dat ten minste één nacht per zes weken bestond, een wereld die lichtjes tegen ons beider werkelijkheden aan schuurde, en die werd bewoond door onze deelpersoonlijkheden: volstrekt andere mensen dan wie we voor de buitenwacht waren.

Ik wilde niet dat onze relatie zou veranderen, ik wilde dat alles precies zo bleef als het de afgelopen twee jaar was geweest, maar ik vermoedde heel sterk dat ik het niet zou kunnen tegenhouden. Het was al in gang gezet. Alles in me zei dat ons universum op het punt stond om af te brokkelen.

Tien

Mijn oma draagt een stijve, wollen jas die tot aan haar knieën reikt. Platte schoenen, beige, met gaatjes erin en dikke panty's in huidkleur. Ze koopt die panty's bij de Hema, op zaterdagochtend als het markt is in de stad en verschrikkelijk druk, als de koopmannen vanachter hun kraam staan te schreeuwen dat hun groenten heel vers zijn en goedkoop.

We gaan altijd te voet naar de stad, mijn oma en ik, het is niet zo ver. Eerst lopen we langs een rij huisjes die er allemaal net zo uitzien als dat van haar. Ze hebben geen van alle een voortuin, maar er staan wel planten in de vensterbank en er hangen velours gordijnen, en vitrages die lijken op mijn oma's panty's.

We lopen vier straten door, over smalle trottoirs waarop met stoepkrijt is getekend en waar auto's langs geparkeerd zijn. Bij sommige huizen staat de voordeur open en kun je zo door het gangetje en de keuken in de achtertuin kijken. 'De plaats' noemt mijn oma dat, omdat de tuinen in onze wijk ommuurd zijn en betegeld, en dat volgens haar dus geen tuinen kunnen zijn.

In sommige straten zijn mannen hun auto aan het poetsen, de autoradio's staan hard en de portieren wijd open, zodat je er bijna niet meer langs kunt. Ze zingen mee met de muziek. Ze fluiten.

Oma zegt nooit iets tegen die mannen. Ze heeft mijn hand stevig vast en loopt door.

Ooit zei ze: 'Dat is niet veel bijzonders, Vera. Volk van laag allooi.'

Ik vroeg me veel af en deed dat toen ook hardop: waarom moesten mensen *bijzonder* zijn? Was het fout om niet bijzonder te zijn? En wat betekende *allooi*?

Ze zei: 'Hou je mond.'

Ik hield mijn mond.

Als we voorbij het bloemenwinkeltje zijn gelopen, waar het sterk geurt naar aarde en bladgroen, kruisen we een brede weg met aan weerszijden bomen. Die zijn zo groot en vol dat de weg eronder altijd schemerig is. Er dringt bijna geen zon door de kruinen. Het is een heel drukke weg: auto's rijden er hard en ze stoppen niet voor voetgangers.

Je ziet de kerk daar al staan, aan de overkant van de straat: een gebouw van donkerbruine steen, met koperen koepels die groen zijn uitgeslagen door de regen. De kerk staat pal aan een plein.

Oma wil altijd eerst daar naar binnen, naar het Mariabeeld om een kaarsje op te steken. Dat doet ze voor overleden mensen. Ze stopt een kwartje in de gleuf van een houten kistje en kiest dan een gelige kaars uit, die ze aansteekt met de vlam van een van de andere. De kaarsen breken heel makkelijk omdat ze zo dun zijn, niet dikker dan mijn vinger.

'Waar zal ik hem neerzetten?' vraagt ze dan. Dat vraagt ze altijd: oma kiest de kaars, ik de plaats waar hij mag opbranden. Ik wijs dan een open plek aan tussen de talloze brandende kaarsen, het vlammenspel dat dit stukje van de kerk verwarmt en de wanden een oranje gloed geeft. Elke vlam flakkert anders: wappert naar links of naar rechts, alsof eraan wordt getrokken of onzichtbare zuchtjes wind de vlammen steeds van richting doen veranderen. Sommige kaarsen zijn scheefgezakt, ze walmen en lekken kaarsvet, andere hebben een klein, schoon vlammetje en staan rechtop. Ik vind het wonderlijk dat die verschillen er zijn. Maria kijkt op de vlammetjes neer met haar gebeeldhouwde glimlach, donker craquelé ligt over de verf van haar gezicht. Ze heeft een kindje op haar arm dat niet klopt, het lijkt op een kind van mijn leeftijd, met grote ogen en golvend blond haar, maar het is niet groter dan een pasgeboren baby.

Als de kaars een plekje heeft, buigt oma haar hoofd, slaat een kruis en vraagt Maria in gedachten of ze wil zorgen dat de overleden mensen rust krijgen. Oma steekt ook kaarsjes op voor mensen die in het ziekenhuis liggen, of een nicht die rijexamen moet doen. Maar ze vraagt nooit dingen hardop. Ze vraagt ze in haar hoofd, terwijl ze haar ogen gesloten houdt.

Ik sta daar alleen maar, te kijken naar dat beeld van Maria, naar het vreemde kindje op haar arm, naar oma's lippen die woorden vormen, maar geen geluid maken.

Vandaag gaan we niet naar deze kerk, zegt oma. Er is een andere, een grotere, in de stad, vlak bij de markt. Eigenlijk mag je die geen kerk noemen, haast ze zich te zeggen, het is een *kathedraal*. Ze weet het verschil ook niet precies, ze weet alleen dat deze groter is, voornamer, ouder.

En Maria is er ook, maar dan eentje van goud. Misschien luistert Maria daar wel naar haar, zegt ze.

'Januari duurt me te lang,' zei Nico.

Ik keek op.

Hij zat op zijn hurken zijn koffer dicht te ritsen.

De ochtend was aangebroken, de minibar leeggeplunderd. De kamer voelde nu al leeg, onpersoonlijk. Ontdaan van onze spullen nam ons toevluchtsoord weer zijn ware identiteit aan: die van neutrale hotelkamer.

In de badkamer legde ik de laatste hand aan mijn kapsel. Ik haalde een speld tussen mijn voortanden vandaan en schoof hem op zijn plaats, ergens op mijn achterhoofd. Keerde mijn wang naar de spiegel en trok een paar plukken losser.

Nico ging rechtop staan. 'Ik wil je eerder zien. Desnoods overdag.'

'Overdag?'

Hij liep op me af en sloeg zijn armen om me heen, streek met zijn neus langs de mijne. 'Ja, overdag. Binnenkort.'

Ik zei niets. Eigenlijk vond ik een ontmoeting in januari geschikter. Er stond dan een nieuwjaarsreceptie op de planning, een seminar en een opdracht op locatie – de Waddeneilanden – die door barre weersomstandigheden en het onbetrouwbare januarilicht zomaar een dagje kon uitlopen. Drie prima mogelijkheden om een hotelovernachting te rechtvaardigen.

Ik had me vooral verheugd op Texel. Lange strandwandelingen met Nico in de gure kou. Ik had mijn Zeeuw nog nooit in zo'n omgeving gezien. Hij zou zich in zijn element moeten voelen bij zee en strand.

'December...' zei ik langzaam. Ik dacht na. De data die Nico en ik overeenkwamen waren onherroepelijk, ze hadden een tamelijk dwingend karakter. 'Ik moet thuis een en ander nakijken, ik laat je morgen iets weten. Oké?'

'Via Gmail?'

Ik knikte aarzelend.

'Je klinkt niet enthousiast.'

'Dat ben ik wel.'

Waarom loog ik?

Waarom was ik niet net zo enthousiast als Nico? Was het omdat hij onze afspraken herzag en bezig was de controle over de relatie over te nemen?

Ik voelde me onrustig worden. Opgejaagd.

Nico merkte het niet. Hij pakte mijn gezicht vast en kuste me vol op mijn mond. Fluisterde: 'Ik verheug me erop, Veer. Ik wil je echt vaker zien. Ik ga je steeds meer missen, weet je.'

Elf

Achter ons ratelt oma's roodgeruite boodschappentas-op-wieltjes over het trottoir.

Oma heeft mijn hand vast. Ik ruik het leer van haar handschoenen, ze voelen koel aan en heel glad en zacht, maar oma's greep is stevig.

We zijn in de stad aanbeland, in het oude centrum, en steken nu een plein over dat in de schaduw van de kathedraal ligt.

Aan de buitenkant ziet hij er griezelig uit, als een decor van een horrorfilm. Langs de enorme toegangsdeuren zijn reliëfs van mensfiguren in de mergel uitgehakt. Ze kijken ons recht aan vanuit hun hoge posities en geen van allen lijken ze me gelukkig of zelfs maar vriendelijk. Hun gezichten stralen woede uit, angst en wanhoop. Onwillekeurig druk ik me tegen mijn oma's jas aan. Ik kijk verder omhoog, langs de eeuwenoude gevels die volgens oma oorspronkelijk wit moeten zijn geweest, maar die nu grijs en zwart zijn uitgeslagen door vervuiling van de industrie en nog meer van het roet in de uitlaatgassen van voorbijdenderende stadsbussen en auto's. Aan die vervuilde buitenmuren hangen op grote hoogte een soort draakjes, of gnomen. Ik kan vanaf hier hun gezichten zien, bolle ogen zonder pupillen, groot en woest, de bekken opengesperd. Opengeslagen vlerken steken uit hun ruggen en regenwater klettert uit hun bekken naar beneden, valt voor me op straat.

Oma ziet de beesten niet, ze let niet op de vijandig naar ons starende middeleeuwse beelden. Ze kijkt voor zich en schuift haar bril hoger op haar neus, een goudkleurig montuur waarvan de vorm me doet denken aan een vlinder.

Oma duwt de zware houten deur open en maant me op te schieten. 'Hier is het droog. Brr! Wat een vies weer,' zegt ze, en ze zet haar geruite karretje naast de ingang. Legt haar vinger tegen haar lippen. 'Stil zijn, nu, Vera. Dit is het huis van God. Je mag hier alleen heel zachtjes praten. Goed?'

Ik knik.

Durf amper om me heen te kijken.

Het is koud hierbinnen. En duister. Daglicht dringt nauwelijks door de glas-in-loodramen, die al net zo vuil en somber ogen als de buitenmuren. Rijen zuilen rijzen op uit die donkere vloer, ze reiken tot aan de plafonds die helemaal daar bovenin naar elkaar toe buigen en in een punt samenkomen.

De vloer glanst zacht en is hobbelig en zwart; enorme platte stenen, kriskras door elkaar gelegd, in allerlei vormen en maten, sommige zo lang als een volwassen mens. Er lijken letters en Romeinse cijfers op te staan, maar het meeste is vervaagd. Onleesbaar.

Oma ziet me kijken.

'Dit zijn graven,' fluistert ze.

Ik schrik, kijk naar beneden.

Stap dan naar opzij.

Ze glimlacht. 'Waar je nu op staat, is ook een grafsteen. Hier liggen overal mensen begraven, het ligt helemaal vol.'

'Waarom?'

'Dat deden ze vroeger: als je belangrijk was, werd je in de kerk begraven.' Ze wijst op een steen naast ons. 'Kijk, deze man is doodgegaan in 1678, zie je? Bij sommige stenen kun je dat niet meer zien, daarvan zijn de inscripties in de loop van de tijd uitgesleten.'

Oma trekt me mee een gang in. Overal kijken beelden op ons neer. Onze schoenzolen maken piepende en tikkende geluiden, die worden weerkaatst in de ruimte. Er zijn nog meer mensen in de kathedraal. Sommigen zitten met gebogen hoofd in de kerkbanken. Niemand kijkt naar ons.

We steken voor het altaar de hoge ruimte over. In het midden blijft oma staan.

'Was je hier nog nooit geweest?'

Ik schud mijn hoofd.

'Ook niet met papa?'

'Nee.'

'Kijk eens omhoog. Zie je, helemaal daar bovenin?'

Ik kijk omhoog. Ik leg mijn hoofd in mijn nek en word er duizelig van.

Oma houdt mijn hand vast. 'Zie je dat oog, dat gouden oog?'

Ik zie het. Een goudkleurige driehoek helemaal boven in het gewelf, het dak is daar bijna net zo hoog als een flatgebouw. In die driehoek is een oog geschilderd, heel scherp en duidelijk afgetekend. Een donker mannenoog.

'Dat is het oog van God,' fluistert ze. 'Zie je dat?'

Ik knik, ademloos.

'God heeft alles door,' gaat oma door. 'Alles wat je zegt of doet, weet Hij.'

'Alles?'

'Als je iets doet wat niet mag, en je denkt dat niemand je heeft gezien, weet dan dat God het wel ziet. God ziet alles.'

Zo'n vijf maanden per jaar brachten mijn schoonouders door in hun villa vlak bij het Spaanse Dénia. De rest van de tijd woonden ze hier, in een appartement op de eerste etage van een oud herenhuis in de binnenstad. Het lag hemelsbreed nog geen dertig kilometer van 't Fort.

'Lucien, Vera, kom gauw binnen. Wat een guur weer nemen jullie mee.' Rosalie ging met haar rug plat tegen de wand staan om ons de doorgang te vergemakkelijken.

Mijn stiefschoonmoeder was midden zestig, maar had nog steeds het figuur van een dertigjarige, slank en vrouwelijk, verpakt in exclusief textiel dat haar hals en decolleté vrij liet. Haar met zorg opgestoken lokken hadden de geelblonde tint die dik en van origine donker haar krijgt van een bleekbehandeling.

'Opgeschilderde grafzerken,' noemde mijn vader vrouwen als Rosalie de la Fuerta. 'Van achteren lyceum, van voren museum.'

Hoewel ik me mijn hele volwassen leven al verzette tegen zijn stuitende denkbeelden, kon ik niet voorkomen dat de vergelijking zich aan me opdrong. De wallen en wammen die Rosalies werkelijke leeftijd verrieden waren vorig jaar plotseling verdwenen. Weggepoetst in een Brusselse kliniek, vermoedden Lucien en ik, maar zeker weten deden we het niet:

gesprekken waarbij zulke dingen ter tafel kwamen voerden we niet met zijn vader, noch met haarzelf. Dat lieten we over aan Laura, Luciens jongere zus, die ons mondjesmaat op de hoogte hield van het reilen en zeilen van haar dissidente vader Hans Reinders en zijn mondaine Spaanse levensgezellin.

De mens achter Rosalies cosmetische façade kende ik dan ook nauwelijks. De oorzaak lag vooral in Luciens starre houding: al zolang ik hem kende had hij geen mogelijkheid voorbij laten gaan om op de vrouw af te geven. 'Lawaaipapegaai' was een van de minst kwalijke bijnamen die hij voor zijn stiefmoeder-op-afstand bezigde, maar 'hoer' een van de meest gebruikte. *Die hoer van mijn vader* belde net' – ik heb hem dat tientallen keren horen zeggen, op een toon alsof hij een neutrale boodschap doorgaf. Toen ik achttien was, kon ik dat nog van hem velen. Later begon ik me eraan te storen.

Je kon je slechte jeugdervaringen, hoe ingrijpend die ook waren geweest, niet de schuld blijven geven van alles wat misging in je leven. Op een dag werd je volwassen en schudde je die ballast af.

Wat geweest is, is geweest. Vergeven, vergeten.

Zo zou het moeten zijn.

Als *ik* dat had kunnen opbrengen, waarom kon Lucien het dan niet?

Achter ons gaf Rosalie de monumentale deur een zet. 'Geef jullie jassen maar aan mij.' Armbanden rinkelden om haar polsen terwijl ze Luciens ski-jack op een hangertje schoof en in de garderobenis weghing. 'Hans staat de hele dag al in de keuken. Hij is zo blij dat jullie toch zijn gekomen.'

Ze greep mijn schouders vast en zoende me op beide wangen. 'Ik ook, hoor, ik ben ook heel blij.' Ze sprak het uit als 'blaai'. Voor de rest was haar uitspraak uitzonderlijk accentloos voor iemand die pas op latere leeftijd Nederlands had geleerd.

Nu zoende ze ook Lucien, iets voorzichtiger, enigszins weifelend. Dat was moedig van haar.

'Kom gauw verder.' Ze draafde voor ons uit de lange trap op. Het trof me hoe soepel ze dat deed; vanuit haar heupen, alsof de steile klim haar geen enkele moeite kostte.

Ik begreep maar al te goed wat Luciens vader ruim dertig jaar geleden in deze vrouw moest hebben gezien – en ongetwijfeld nog steeds zag. Want al dan niet volkomen naturel, Rosalie was een mooie, lieve vrouw. Exotisch, sprankelend, expressief. Ik voelde me altijd prettig in haar bijzijn, maar paste er wel voor op dat tegen Lucien te zeggen.

Hoezeer het arme mens ook volhardde in haar vriendelijkheid en vergevingsgezindheid, voor Lucien was en bleef zijn stiefmoeder een monster.

De nauwe trapopgang deed vermoeden dat het appartement zelf ook wel smal zou zijn, maar de woonkamer besloeg zeker de helft van die van ons in 't Fort en ook de keuken was niet bepaald krap bemeten, met als centraal punt een kookeiland waaraan ik Luciens vader in de weer zag, met een professioneel ogend zwart schort om zijn heupen geknoopt.

De hele ruimte rook naar olijfolie, oregano en basilicum en nog meer geuren, die ik niet kon thuisbrengen. Hans Reinders had zijn restaurants verkocht, maar aan koken was hij verknocht gebleven. Ik had het steeds jammer gevonden dat zijn talent niet was overgegaan op zijn zoon.

Uiterlijke overeenkomsten waren er wel. Net als Lucien was zijn vader een breedgeschouderde vent met diepliggende, lichte ogen, iets overhangende oogleden en een hartvormige mond. Luciens donkerblonde haar was alleen aan de slapen wat grijs, maar uit het kortgeschoren haar van zijn vader was alle pigment verdwenen. Dat vrijwel witte, gemillimeterde haar en de lichte ogen contrasteerden mooi met zijn gebruinde huid. Ze vormden een aantrekkelijk stel, Hans en Rosalie.

'Daar zijn jullie!' Hans kwam de keuken uit gelopen, met een rood-wit geblokte theedoek over zijn schouder. 'Fijn, jongens. Fijn. Goed dat je er bent.' Hij drukte mij de hand en knikte naar zijn zoon.

Ze raakten elkaar niet aan. Dat deden ze nooit. Een triest symptoom van het wankel compromis dat tussen hen bestond. Want nog erger dan zijn vaders levensgezellin haatte Lucien zijn vader zelf. Ik kende niemand die zoveel rancune in zich had opgehoopt als Lucien, haat die zich wekenlang onzichtbaar hield en dan plotseling in volle kracht de kop opstak als iemand hem alleen maar naar zijn vader vroeg. Of als hij weer een ansichtkaart van zijn vader ontving, uit een of ander warm buitenland. In onze beginjaren scheurde Lucien ze kapot, versnipperde ze hardop vloekend boven de vuilnisbak, met een verbetenheid die me regelmatig heeft doen twijfelen aan zijn verstand.

Ik vond het vreselijk als hij zo tekeerging. Haat is een ziekte, de woekerende kanker onder de emoties. Als ik dezelfde instelling had gehad als mijn echtgenoot, zou ik allang door mijn eigen haat zijn opgevreten.

Ik geloof dat Lucien vooral door mijn afkeurende reacties besloten had om hulp te gaan zoeken. Met succes: na krap een halfjaar therapie was hij weer, zoals hij dat noemde, '*on speaking terms* met pa'. Maar vertrouwelijk zou de relatie nooit meer worden. Daarvoor was er te veel kapotgegaan.

'Wit of rood?' vroeg Hans me, er blind van uitgaande dat ik wijn dronk. Eentje kon geen kwaad, besloot ik. Twee misschien ook wel niet.

'Rood, graag.'

'En jij?' vroeg hij aan Lucien. 'Bier?'

'Doe mij ook maar wijn.'

Hans beende terug de keuken in en Rosalie parkeerde ons naast elkaar aan de eettafel. Vanaf onze zitplaatsen keken we uit over de bladloze kruin van een plataan die op het pleintje voor het huis groeide. De panden aan de overzijde van de straat werden van onderaf kunstig verlicht: negentiende-eeuwse pracht en praal, hoge ramen, in witte sponningen gevangen vensters met kuiven en glas in lood.

Ik keek om me heen, nam de inrichting in me op. Veel zacht glanzende, gedessineerde stoffen en hout in grijze en white-wash-tinten. Er hing een modern schilderij boven de bank, met felgekleurde penseelstreken die me deden denken aan rondfladderende vogeltjes.

Achter de woonkamer lagen twee slaapkamers, wist ik. De grootste hadden ze zelf in gebruik. Er stond een antiek bed met een barok hoofdbord. De andere kamer was overwegend wit – witte muren en witte gordijnen van het hoge plafond tot op de witte plankenvloer. De kleine kamer deed dienst als logeerkamer voor Noa en Chiel, de kinderen van Laura en haar man Robert.

Hans had ongemerkt de glazen bij onze borden gezet. 'Eén minuutje nog!' hoorde ik hem vanuit de keuken roepen.

Rosalie nam tegenover ons plaats, haar onderarmen raakten slechts lichtjes het tafellinnen.

'Je ziet er stralend uit, Rosalie,' zei ik.

'Dank je.' Nerveus keek ze naar de keuken. Keek weer naar ons en glimlachte.

Er was een discrepantie tussen Hans' gedrag en de signalen die Rosalie uitzond. Ik vroeg me even af of dat een speciale reden had, maar besefte dat ik haar nog nooit volkomen ontspannen had gezien in het bijzijn van Lucien.

'Ik hoop dat jullie van mosterd houden.' Hans serveerde zijn gebonden soep in grote, porseleinen borden. In de soep was een spiraal van room getrokken.

Rosalie liep naar de kast en boog zich over een ouderwets ogende muziekinstallatie. Kort erna kabbelden er Clannad-achtige klanken door de kamer.

Hans nam tegenover mij plaats, hief zijn glas: 'Op het leven, mensen. Dat het ten volle mag worden geleefd.'

Rosalie deed hetzelfde, keek wat onzeker glimlachend naar Lucien en naar mij en nam een slok. Wij volgden hun voorbeeld.

We aten. We dronken nog een glas. We praatten over koken en de renovatiewerkzaamheden aan monumentale stadspanden in dit huizenblok, en uiterst omzichtig werden ook de Spaanse zomers aangesneden. Het verbaasde me dat ze het überhaupt aandurfden daarover te beginnen. Lucien en ik waren nog nooit in het Spaanse huis van Hans en Rosalie geweest. We wisten van Laura dat de villa een zwembad en verschillende terrassen had, en een fantastisch uitzicht op zee. Ik was behoorlijk nieuwsgierig geworden naar dat huis, maar ik verwachtte niet dat we er ooit een vakantie zouden doorbrengen.

Lucien associeerde Spanje met zijn vaders trouweloosheid, met de loer die de man zijn gezin had gedraaid door met een andere vrouw dan zijn moeder te gaan rollebollen, waarna hij uiteindelijk, na talloze ruzies, de deur van het echtelijk huis achter zich had dichtgetrokken en naar Spanje was gegaan. Dat feit op zich was al heel moeilijk te verwerken geweest voor de toen veertienjarige jongen. Zijn vader die vertrok, die hem, zijn zusje en zijn moeder verliet voor een andere vrouw. Zijn vader die met die vrouw een nieuw leven begon en in het buitenland ging wonen.

Zijn vader die niet meer van hem hield.

Krap een jaar later diende Hans Reinders, doof en blind van verliefdheid en zich slechts beperkt bewust van de schade die hij had aangericht, zijn puberzoon de nekslag toe.

Het dessert bestond uit een plankje met Hollandse kazen, walnoten en een stroperige witte wijn die me goed smaakte. Er waren twee volle uren voorbijgegaan waarin feitelijk alleen maar oppervlakkig was gebabbeld.

Ik voelde me steeds ongemakkelijker worden. Het gekeuvel stond in groot contrast met de spanning die ik maar bleef voelen en die steeds groter leek te worden; eerst alleen bij Rosalie, later pikte ik signalen op dat ook Hans minder op zijn gemak was dan hij deed voorkomen. Soms viel er een stilte, die nauwelijks werd opgevuld door de Clannad-klonen, eerder onderstreept. Dan zag ik Rosalie naar haar man kijken, doordringend, dwingend, alsof ze hem ergens toe wilde aanzetten, waarop Hans zijn hoofd wegdraaide en met een geforceerde glimlach informeerde of we nog iets wilden drinken, of ons wees op een bijzondere toevoeging aan een van de kazen.

Rond halfelf waren we door de gespreksstof heen. Het werd stiller en stiller.

Lucien schraapte zijn keel. 'Ik ben bang dat we er zo weer vandoor moeten.' Hij stootte me onder tafel aan.

'Ja, morgen weer vroeg op,' viel ik hem bij.

We waren een goed geolied stel. Soms.

Rosalie keek ons geschrokken aan.

Zocht opnieuw oogcontact met haar man. 'Vertel het hun,' fluisterde ze.

Hans legde zijn bestek aan weerszijden van zijn bord, net iets te ruw, het mes raakte het bord – ik zag er een scherfje afspringen waar het de rand had geraakt. 'Ik hoop dat je nog even wilt wachten, Lucien.'

Ik keek mijn schoonvader niet-begrijpend aan.

'Ik moet jullie iets vertellen. Iets belangrijks.'

'Wat dan?' vroeg Lucien.

Hans boog zijn hoofd, balde zijn vuisten op het tafelblad. 'Toen ik jou belde om jullie voor dit etentje uit te nodigen, was ik net terug uit het ziekenhuis. Ik had een afspraak met dokter Tan, de huidarts, hij zou de uitslag van een biopsie met me doornemen. Ik dacht dat het allemaal wel zou loslopen, onkruid vergaat niet, zeggen ze toch?' Luciens vader grinnikte, zijn lichte ogen stonden uitdrukkingsloos. 'Maar het was slecht nieuws. Helaas. Heel slecht nieuws.'

Twaalf

Die avond in bed voel ik me bekeken.

Door God.

Ik kijk om me heen, door geknepen oogleden. Naar mijn kast. Naar de wastafel in de hoek. Naar de deur die op een kier staat, de donkere gang erachter. Naar de gordijnen, die lichtjes opbollen nu het harder is gaan waaien.

Zie ik ergens een oog?

Een gouden gloed?

Is God daar?

Ik ben een beetje bang van God geworden, maar zodra ik me dat realiseer word ik pas echt bang, omdat God *goed* is. Dus als ik bang ben van iets of iemand die *goed* is, kan ik alleen maar *slecht* zijn.

Is dat zo? Ben ik slecht omdat ik God eng vind? Omdat de beelden in de kerk me schrik aanjagen: dat gestaar, die serene glimlachjes, al eeuwenlang op dezelfde plek? De donkere schilderijen, arme Jezus met al dat bloed dat uit hem druipt en die grimas van pijn op zijn gezicht, dat magere, witte lijf dat ik gefascineerd bekijk, waarna ik beschaamd mijn gezicht afwend omdat ik het ongepast vind om iemand te begluren die het zo moeilijk heeft.

En dan de pastoor, met zijn lange gewaad en zijn gelispel en zijn kleine, priemende ogen – ik ben bang van die man.

De pastoor hoort bij God.

Ik moet dus wel bij de duivel horen.

Ik ben slecht.

Is mijn moeder daarom niet meer bij ons? Is het *mijn* schuld dat ze steeds weg is en maar niet thuiskomt?

Of hoort mijn moeder ook bij de duivel?

'Slecht nieuws,' herhaalde Hans. Hij haalde diep adem en blies met een sissend geluid lucht tussen zijn lippen door naar buiten. Keek daarna naar het tafelblad en schudde zijn hoofd.

'Zal ik het maar zeggen dan?' vroeg Rosalie. Haar stem klonk heel zacht, voorzichtig.

'Nee. Ik vertel het liever zelf.' Hans hief zijn kin, keek ons aan, schraapte zijn keel. 'Het is kanker. Huidkanker.'

Kanker.

Ik zocht Rosalies blik, alsof ik me ervan wilde verzekeren dat Hans geen zieke grap maakte – al zou dat de eerste keer zijn. Ik kon het niet bevatten. Mijn schoonvader zag er helemaal niet ongezond uit. Hij zag er juist sterk uit. Gebruind, krachtig, een man van de wereld.

Maar de droefheid in Rosalies ogen was echt.

Lucien bewoog niet, zijn gezicht bleef strak in de plooi. Ik kon niet goed achterhalen wat er door hem heen ging.

Met zijn ogen op het tafelblad gericht ging Hans verder: 'Uitgezaaid naar de lymfeklieren, naar het schijnt is dat het slechtste scenario. Het gaat heel snel nu. De dokter zei dat ik nog maar zes maanden heb. Misschien meer, maar waarschijnlijk minder.' Hij balde zijn vuist. 'Nu voel ik nog niets, ik voel me helemaal niet ziek of zo, maar dat kan volgende maand al heel anders zijn.' Hij keek door het raam naar buiten, alsof hij de finishlijn daar in de verte al zag liggen, of Magere Hein met zijn zeis aan de einder naar hem stond te wuiven. 'Of volgende week al. De dokter zei dat je door dit soort kanker vaak wordt ingehaald, je blijft het proces niet voor.'

'Ja, dat zei hij,' zei Rosalie zacht. 'Je hebt er geen grip op.'

Ik wist niet hoe ik hierop moest reageren. De situatie voelde onecht, alsof we op een filmset zaten. Poppetjes in een decor, starend naar elkaar of naar de muur. Ik voelde een instinctieve drang om mijn camera te pakken, om foto's te maken van dit moment, het te vangen, te grijpen, en er tegelijkertijd afstand van te kunnen nemen.

Wat kon je zeggen tegen iemand die je net had verteld dat hij binnen een halfjaar dood zou gaan: wat rot voor je? Wat *erg*? Kan er écht niets aan worden gedaan? Waarom jij? Hoe kan dat nou? Het is niet eerlijk?

Holle frasen. Lege, loze woorden: het hele leven was niet eerlijk en hing aan elkaar van willekeur. Ik had tijd nodig om dit te laten bezinken, om hierover na te denken, maar de situatie vroeg om handelen. In elk geval moest ik iets zeggen. *Iemand* van ons moest nu iets zeggen. Ik wist me geen raad en hoopte dat Lucien woorden van troost of medeleven zou uitspreken. Dat deed hij niet.

Hij zat naast me naar het raam te staren.

'Ik zou jullie om een gunst willen vragen,' verbrak mijn schoonvader de stilte. Zijn stem klonk zachter, vlakker, toen hij verderging: 'De dokter heeft ons op het hart gedrukt om er alles uit te halen wat er nog in zit. We moesten nu samen dingen gaan doen, zei hij, de dingen die we altijd hadden willen doen, maar die we om allerlei redenen steeds maar hebben uitgesteld. Hij vroeg me of er zoiets was. Zoiets is er inderdaad. Ik heb het hem verteld. Het gaat om een reis. Een bijzondere reis.' De ogen van Luciens vader schoten van zijn zoon naar mij. En terug.

Ik begreep niet waar hij op aanstuurde. Een reis, natuurlijk, dat gedeelte was prima te volgen: Hans en Rosalie waren altijd al reislustig geweest. Maar in welke zin konden wij hen daarbij helpen? Hij had het over een gunst.

'Ik weet dat ik geen beste vader ben geweest. Dat ik steken heb laten vallen. Zeker bij jou en je zus, Lucien. Dat kan ik allemaal niet meer goedmaken. Daarvoor is het te laat.'

'Maak je nou niet zo druk,' fluisterde Rosalie. Ze had tranen in haar ogen. Haar hand—witgelakte nagels—omsloot de eeltige vingers van haar man.

'Mijn allerlaatste vakantie, mensen... die zou ik graag doorbrengen met diegenen om wie ik het meest geef: mijn gezin.' Hij hief zijn kin, keek nu zijn zoon recht aan. De blik van een oude sergeant die zich schrap zette voor een vuurpeloton, zich groothield, zich vermande. 'Mijn voltállige gezin.'

'Wat bedoel je daarmee?' hoorde ik Lucien zeggen. Ik voelde de spanning van hem af spatten en legde onwillekeurig een hand op zijn been. Die werd door hem weggeduwd.

'Ik weet hoe je erover denkt,' zei Hans behoedzaam. 'Ik kan je niets opdringen. Dat mág ik ook niet. Maar toch wil ik je vragen het te overwegen. Voor één keer. Het zou veel voor me betekenen. Als ik er straks niet meer ben, dan... Nou ja. Dan ben ik er niet meer. En dan moeten jullie samen verder.'

'Voltallige gezin,' herhaalde Lucien.

Rosalie zei zacht: 'Het reisbureau heeft negen stoelen voor ons kunnen vasthouden. Maandag na tweeën geven ze die pas vrij. Precies negen...' Ze keek er dromerig bij. 'Het lijkt wel of het van hogerhand wordt gestuurd. In oktober zijn de decembervluchten van en naar Florida eigenlijk altijd al volgeboekt. Zo bijzonder, dit.'

'Florida?' vroeg ik.

'Flórida?' reageerde Lucien vrijwel tegelijkertijd.

Mijn schoonvader knikte. 'Ik heb Noa en kleine Chieltje

steeds beloofd dat ik ze eens mee zou nemen naar de échte Disney World, in Amerika. Om kerst te vieren bij Mickey Mouse.' Er trok een spijtige grijns over zijn gezicht. 'Ik wil me aan mijn woord houden. Ik wil die twee kleintjes dat nog kunnen geven.'

Rosalie verschoof op haar stoel. 'We hadden dat eigenlijk volgend jaar willen doen. Maar ja...'

Hans ging verder. 'Ik zou graag met jullie naar de Everglades gaan, en samen kleffe hamburgers eten in zo'n Amerikaanse hamburgertent. En wat ik heel, heel graag nog zou willen doen is een dag zeevissen...' Hij slikte. Zijn stem trilde toen hij verderging. '... met allebei mijn zoons.'

Dertien

Ik ben in het huis van mijn oma. Oma en papa zitten samen te praten, aan de tafel in de keuken. Ik hoor hun stemmen, maar gedempt, alsof ze iets bespreken wat niemand aangaat. In elk geval mij niet.

Ik lig op het tapijt voor de televisie met mijn voeten tegen het kastdeurtje aan. Het ruikt naar boenwas en het houten oppervlak voelt glad onder mijn sokken.

Oma heeft me een glazen schaaltje met Nibb-its gegeven, roze en gele zoutjes die precies om mijn vingers passen. Ik schuif er tien over mijn vingertoppen, houd mijn handen omhoog met gespreide vingers en bewonder mijn eetbare ringen. Roze-geel-roze-geel-roze. Eerst eet ik alle gele Nibb-its op. Daarna de roze. En dan begin ik weer opnieuw.

Op televisie is *De Film van Ome Willem*, dat helemaal geen film is, maar een soort theatervoorstelling. Een volwassen man met een blauw petje en een T-shirt dat hem te strak zit gedraagt zich alsof hij acht is en slaat zichzelf met drumsticks op zijn hoofd. Op de tribunes zitten kinderen te stampen en te schreeuwen, ze zijn allemaal verkleed en geschminkt. Voor dit programma voel ik me te oud, ik zit al in de vijfde klas van Sint Vincentius, maar er is verder niets anders op tv, alleen een Duitse film en een klassiek concert.

De zoutjes zijn op. Ik klem het bakje vast tussen mijn lippen en kruip op handen en knieën naar de keuken. Vandaag ben ik een hond. Een hond met een lege voerbak.

De woonkamer en de keuken zijn van elkaar gescheiden door schuifdeuren van dik glas met reliëfmotieven erin, een soort medaillons, zodat je er alleen maar vormen en kleuren doorheen kunt zien, maar niets duidelijk. Het glas is geelbruin. *Cognackleurig*, noemt oma dat.

'Ze wil naar huis,' hoor ik papa zeggen.

'Dat kan toch helemaal niet. Dat begrijpt ze toch wel?'

'Nee, dat begrijpt ze niet, ma.'

'Heb je nou al met die Manders gesproken?'

'Vanmiddag. Hij belde naar de kazerne, verdomme. Hij wilde het wel proberen bij wijze van experiment, zei hij, als wij in de gaten wilden houden dat ze haar medicijnen innam.'

Ik hoor mijn oma een verontwaardigd geluid maken. 'Hij experimenteert maar lekker in zijn eigen instituut, die geflipte geitenwollensok. Niet hier. Ik heb er echt geen fiducie in, Theodoor.'

Ik zit op handen en knieën achter de glazen schuifdeur. Beweginggloos, mijn hoofd scheef, als een hond in opperste concentratie. Alleen ben ik geen hond meer. Het schaaltje ligt voor me op de vloerbedekking. Ik hoor mijn bloed stromen, mijn ademhaling door mijn luchtpijp gaan, mijn longen in. En uit. Alsof ik door een lange, holle buis adem.

'Ik kan haar er niet bij hebben,' gaat oma verder. 'Beseft die man dat niet? Jij bent er nooit, ik kan niet voor Vera én je vrouw zorgen, dat wordt me gewoon te veel. Ik ben mijn hele verrotte leven al aan het zorgen voor alles en iedereen, ik wil zo langzamerhand ook eens leuke dingen kunnen doen.'

Het gaat over mama.

Ze hebben het over mama.

Mama is vaak weg. Ze kan soms een poosje niet bij ons wonen, omdat ze *niet goed* is. Dat zegt oma dan tegen me: *Je moeder is niet goed, Vera*. Een maand blijft mama weg, soms twee, en dan weet ik niet waar ze is. 'Ze is in een soort ziekenhuis,' heeft papa laatst gezegd. 'Ver weg. Te ver om er helemaal naartoe te rijden.'

In het begin miste ik mama heel erg. Nu ben ik eraan gewend. Sommige kinderen uit de klas hebben geen opa of oma meer, of een oma die heel ver weg woont, maar mijn oma is er haast altijd – en mijn moeder is er soms.

Dan zit ze er ineens weer, als ik thuiskom van school. Ze wacht me dan op met warme chocolademelk, ook als het zomer is en ik eigenlijk geen zin heb in iets warms. Af en toe is ze wel thuis, maar niet in de keuken. Dan ligt ze boven in bed, met de gordijnen dicht, ook al is het dag en schijnt de zon.

Soms huilt ze. Ik hoor het door de deur heen als ik de trap op sluip. Als ik vraag wat er aan de hand is of haar wil troosten, wordt ze boos. Dan krijst ze naar me dat ik weg moet gaan, haar met rust moet laten, dat ze gevangenzit en dat haar hoofd ontploft.

Op zulke dagen is ze *niet goed*.

Als mama een tijdje weg is geweest, vertelt ze me eigenlijk nooit hoe het was in het ziekenhuis. Ze glimlacht alleen maar en zegt: 'Dat is voorbij. Ik ga daar niet meer heen, Vera. Ik blijf bij jou.'

Maar ze blijft nooit.

'Hij kan aan het gas, de klootzak.'

'Dat heb je nou al tien keer gezegd.'

'Ik meen het. Omdat-ie doodgaat, denkt-ie ineens alles even te kunnen rechtzetten.'

Het voorwiel van zijn bus raakte een stoeprand. Lucien gaf een ruk aan het stuur. Hij reed veel te hard, maar het leek me beter om er niets van te zeggen. Het zou hem alleen maar verder opfokken.

'Hoe haalt hij het in zijn botte hersens? De vuile egoïst. Op vakantie. Gaan víssen. Met allebei zijn zoons.' Die laatste zin sprak hij smalend uit. 'Eikel. Lul. Zak.'

Ik liet hem razen en keek naar de weg voor ons, die glinsterde van de nattigheid. Regenwater had ondiepe poelen op het wegdek veroorzaakt en spatte op tegen de wielkassen.

Ik besefte dat ik iets moest doen. Dat Lucien me nodig had. Dit was niet het moment om mee te gaan in zijn kwaadheid. Wat hij nu nodig had, was een *voice of reason*.

'Als je het niet doet, kun je er spijt van krijgen,' zei ik.

'Ja,' gromde hij. 'En als ik het wel doe, net zo goed. Verdomme.'

Lucien was vijftien toen zijn halfbroer Aron Reinders de la Fuerta in een ziekenhuis in Málaga werd geboren. Het was de zomer van 1980, internet, mobiele telefoons en een vrij verkeer van goederen en diensten binnen Europa waren nog toekomstmuziek, het internationale telefoonverkeer en de posterijen onbetrouwbaar. Het leek Hans daarom het beste om zijn ex-vrouw en twee kinderen in Nederland per aangetekend schrijven op de hoogte te stellen van het heuglijke feit. Als door wrang toeval bleef juist deze envelop wekenlang onderweg, waardoor hij veel later op de plaats van bestemming kwam dan de geboortekaartjes die Hans per reguliere luchtpost naar andere familie in Nederland had verstuurd. Tegen de tijd dat Hans' ex-vrouw de envelop opende, bevatte de tekst op het geboortekaartje al geen nieuws meer voor het gebroken gezin. Opmerkelijk was het handgeschreven A5'je dat erbij zat, waarin Hans Lucien en diens vijf jaar jongere zusje Laura uitnodigde om hun nieuwe broertje Aron een keer te komen opzoeken in Zuid-Spanje. 'Ik werk nu als chef-kok in een vijfsterrenhotel en kan dus voorlopig niet weg, maar jullie zijn hier van harte welkom.'

Natuurlijk hadden Laura en Lucien de lange reis niet ondernomen. Per auto was het drie dagen naar Andalusië en vliegreizen waren prijzig. In de envelop had geen geld gezeten, noch een aanbod de reis te betalen.

Lucien, hevig puberend en nog steeds worstelend met het verraad van zijn vader, had het geboortekaartje voor de ogen van zijn moeder verscheurd en vertrapt. In de jaren erna groeide in Lucien de overtuiging dat hij door zijn vader werd beschouwd als een weeffoutje, terwijl de Spaanse zoon kon rekenen op alle aandacht, liefde en unieke vader-zoonmomenten die hem werden onthouden.

Ondanks dat Lucien nooit reageerde, bleef zijn vader hem schrijven. Soms stuurde hij brieven, soms kaarten, soms een cadeautje, en dat veranderde niet toen het jonge gezin na bijna tien jaar Spaans avontuur terugkeerde naar Nederland en zich vestigde op minder dan dertig kilometer van het oude huis. Laura was wél ingegaan op de talloze handreikingen van haar vader. Ze wist ook vrede te sluiten met haar stiefmoeder en haar halfbroer.

Het contact met Lucien bleef onveranderd moeizaam.

Ik had Aron slechts één keer gezien, toen Lucien en ik elkaar pas kenden, op de bruiloft van Laura en Robert. De jongen had het die avond zonder zijn moeder moeten stellen; Laura wilde geen scènes op haar trouwdag en dus was Rosalie weggebleven. Maar Laura's halfbroertje was welkom geweest, evenals haar vader.

Het slanke, donkerharige mannetje had zich zo onopvallend en discreet mogelijk tussen de gasten bewogen. Tevergeefs. Alle ogen waren op hem gericht. Iedereen was nieuwsgierig en de dapperste tantes hadden hem aangesproken, of hem in het voorbijgaan door zijn donkere haardos gestreken.

Net als de meeste andere aanwezigen had ik weinig eigenschappen van vaders kant in Aron kunnen ontdekken. De jongen was een kopie van Rosalie: licht exotisch, met aristocratische, bijna vrouwelijke trekken. Charmant, toen al, op twaalfjarige leeftijd. Sindsdien waren er achttien jaar verstreken. Aron zou nu ongeveer dertig zijn. Allang geen kind meer.

Veertien

Heel lang blijft het stil in de keuken. Niemand zegt iets.

Ik verroer me niet, adem zo geruisloos mogelijk door open mond.

Zien ze me hier zitten?

Hebben ze me gehoord, misschien?

Oma's stem verbreekt de stilte. 'Hoe dan ook, Theodoor, ik wil dat ze daar blijft.'

'Dan bel ik die dokter Manders morgen wel, goed?'

'Vind je het zo onderhand niet eens tijd worden om zelf een keer naar het arme mens te gaan om haar uit te leggen hoe het zit? Ze is verdorie je bloedeigen vrouw.'

Stilte.

'Nou?' hoor ik oma aandringen.

'Ik zou niet weten wat ik tegen d'r moest zeggen.'

Oma antwoordt niet. Ze zegt niets meer. Het blijft zo lang stil dat het wel lijkt of mijn oma en mijn vader ongemerkt zijn weggegaan.

Dan ineens klinkt oma's stem: 'Bel Manders morgen maar.'

Oma staat op van tafel, ik hoor de stoelpoten over de tegelvloer schrapen. Ik spring op en in twee, drie flinke sprongen ben ik terug bij de tv. *Lichtvoetig*, denk ik; ik ben geen hond meer, maar een paard. Een Arabisch paard. Het glijdt over de leren poef heen en komt hard op zijn stuitje op de vloerbedekking terecht.

Ik kijk snel op naar de tv en probeer te doen alsof ik niet van mijn plaats af ben geweest.

Ik voel mijn hart bonzen.

De schuifdeur gaat open, het glas rammelt.

'Vera? Er ligt hier een schaaltje op de grond.'

Het schaaltje.

Ik draai me om. Oma aankijken lukt niet, ze zal me doorzien. 'Dat heb ik denk ik laten liggen.' Met gebogen hoofd sta ik op om het te pakken. 'Sorry.'

Ik ga de keuken in en zet het schaaltje op het aanrecht, waar meer vaat staat.

Papa zit aan tafel met een sigaret in zijn rechterhand. Zeker de helft is tot as opgebrand en hangt in een boogje boven het rood-wit geblokte tafelzeil. Het pakje zit in zijn borstzak. Caballero zonder filter, dat rookt hij altijd. Eén pakje: vijfentwintig sigaretten per dag. Ik ga ze altijd voor hem halen bij de sigarenboer.

Mijn vader kijkt verward naar mij en terug naar zijn sigaret. Hij schrikt, wil de as aftikken boven de asbak, maar het is te laat en alles komt op tafel terecht. Vloekend veegt hij het grijze stof bij elkaar.

'Kom, Vera, we gaan naar huis,' zegt hij.

Het is niet ver lopen van oma's huis naar dat van ons. Drie straten verderop, langs een sigarenwinkel, een snackbar en een naaiatelier waar vrouwen in een blauw kostuum en met een wit mutsje op aan lange tafels achter naaimachines zitten. Je kunt ze vanaf het trottoir zien werken onder de rijen tl-buizen, hun blik naar binnen gericht, hun handen steeds in beweging. Ze hebben geen tijd om naar buiten te kijken.

Ik heb mijn armen stijf over elkaar geslagen en loop naast mijn vader, mijn hoofd gebogen.

Mama wil naar huis, denk ik.

Ze wil naar ons.

Naar mij.

Daar heeft ze om gevraagd.

Maar oma wil haar niet hebben, en papa wil niet naar haar toe om met haar te praten.

Wat mankeert mama? Waarom wil niemand haar helpen? Wie is Manders precies en waar is mama eigenlijk?

'Vera, loop normaal! Rug recht, kin omhoog, armen langs je lichaam.'

Ik gehoorzaam.

14

Het regende al de hele dag. Dikke druppels bombardeerden de vijver en spatten met het geluid van brekende eierschalen uiteen op de daklichten boven ons hoofd.

Op tv was een Brits stel druk bezig een *charming property* te verbouwen. Het beeld en geluid leidde me af, maar Lucien voelde zich er prettig bij. Hij kon slecht tegen stiltes.

Die waren er in het afgelopen uur heel wat gevallen.

'Waarom zeg je nou niks?' vroeg ik.

'Omdat praten geen zin heeft.'

'Je verstopt je, Lucien.'

'Bespaar me die amateurpsychologie.'

'Amateurpsychologie?'

'Bemoei je er gewoon niet mee.'

'Natuurlijk wel! Het gaat verdomme om je vader.'

Lucien fronste geïrriteerd zijn wenkbrauwen en schonk een glas bier voor zichzelf in. Het lege flesje kwam met een bonk neer op de keukentafel. 'Vader? Ik had net zo goed geen vader kunnen hebben. Ik heb alleen maar last gehad van die vent.'

Hij nam een slok en loerde met een half oog naar het tv-scherm.

'Verdómme, Lucien! Heb je weleens om je heen gekeken? Die van mij zit sinds zijn pensionering als een autist op zolder met zijn soldaatjes te spelen. Geen contact mee te krijgen. Over de levensloop van elke militair die ook maar in de buurt is geweest van de Slag om Arnhem weet hij je meer te vertellen dan over die van zijn eigen dochter.' Mijn stem klonk steeds hoger. En harder. *'Ik* ben hier degene die nooit iets aan haar vader heeft gehad, niet jij. Maar jouw vader –'

Lucien veerde op. Wees naar zichzelf. '… heeft míj laten barsten ja, ik hém niet, hè!'

'Man, toen was je véértien, een kind! De afgelopen dértig jaar is die man continu bezig geweest zich bij je te verontschuldigen. Hij weet van gekkigheid niet wat hij allemaal moet doen om je voor zich te winnen. Waarom heb je hem dat niet allang vergeven?'

Lucien nam nog een slok van zijn bier. Zweeg.

'Waar haal jij eigenlijk de arrogantie vandaan om je vader al dertig jaar lang voor je door het stof te laten kruipen? Terminale kanker, Lucien Reinders. Jouw vader gaat dood. En nóg trap je hem weg.'

Lucien keek naar het flesje. Haalde luidruchtig zijn neus op. Zei nog steeds niets.

'Wat ben jij voor onmens?'

'O, ja. We zijn er weer. Nou heb ik het ineens gedaan.' Lucien richtte zijn blik op de patio achter me, gespannen trekken rond zijn kaken.

'Doe niet zo kinderachtig, man, gedraag je als een volwassen vent. Moet je nagaan: jouw vader was een stuk jonger dan jij nu bent toen hij een vriendin kreeg.'

'Hij had gewoon zijn lul in zijn broek moeten houden.' Lucien keek me nu recht aan. Hij wees naar me met een van kwaadheid vertrokken gezicht. 'Als je kinderen hebt, laat je die niet stikken. Dat doe je gewoon niet als je een hart in je donder hebt.'

Ik voelde dat ik verkrampte. Secondelang hoorde ik niets anders dan mijn eigen hartslag, vlug en onregelmatig, en het bloed dat gonsde in mijn hoofd.

Mijn handen balden zich tot vuisten.

Lucien was weer gaan zitten. Ik meende dat ik hem 'sorry' hoorde fluisteren, wel drie of vier keer achter elkaar, maar helemaal zeker was ik er niet van. Op tv was een reclameblok gestart.

'En waar zit jouw hart dan, Lucien?'

Hij vermeed mijn blik.

'Nou?'

De poten van zijn stoel schraapten piepend over de keukenvloer. Lucien stond op zonder me aan te kijken en liep in een rechte lijn de keuken uit.

Ik zag het aan zijn tred, hij ging niet naar de woonkamer, niet naar de slaapkamer of naar de patio.

Lucien ging ervandoor.

Hij vluchtte.

Ik hoorde zijn voetstappen in de hal, het gerinkel van zijn sleutelbos. De klik van het slot.

'Je vader gaat dood!' riep ik hem na. 'Dood!'

De voordeur sloeg met een klap dicht.

Ik veerde op, drukte nijdig de tv uit en liep de kamer in. IJsbeerde naar de kast, terug naar de bank, weer naar de keuken. En weer terug. Ik rende bijna, klemde mijn handen onder mijn oksels, hapte naar adem.

Verandering.

Het hing al maanden in de lucht: een stuwende energie die alles in beweging had gezet.

Ik bleef lopen. Naar de muur, langs de open deur van de hal, terug de keuken in. Ik greep in een impuls Luciens bierflesje van het tafelblad en wierp het met een schreeuw tegen de muur. Het glas spatte uit elkaar, scherven gleden rinkelend over de vloer en sprongen op tegen de plinten.

'Lul!' schreeuwde ik. 'Ongelooflijk stomme lul!'

Ik ging weer aan tafel zitten. Mijn ellebogen op het blad, vuisten gebald voor mijn gezicht. Ik wilde huilen, de spanning op die manier laten wegvloeien.

Het lukte niet.

Het begon te schemeren toen ik weer in beweging kwam. Ik knipte de lichten in huis aan, ook die bij de vijver, en schonk een glas wijn voor mezelf in. Het was halfvijf en ik vroeg me af of Lucien nog thuis zou komen. Misschien was hij naar het café gegaan waar hij regelmatig met Robert en zijn vrienden ging biljarten, en zou hij later op de avond worden thuisgebracht. Ongetwijfeld dronken, nog meer overtuigd van zijn gelijk, volhardend in zijn slachtofferrol.

Ik stond op en liep naar mijn fototas. Glassplinters knarsten onder mijn voetzolen. Ik pakte mijn smartphone uit het voorvak en leunde tegen de muur aan. Na enig aarzelen logde ik in op Gmail.

Het account was nog even maagdelijk als op de dag waarop Nico en ik het in een hotelkamer hadden aangemaakt.

Met trillende vingertoppen tikte ik:

KUN JIJ WOENSDAGMIDDAG A.S.?
ANDERS PAS WEER 16 JANUARI, TEXEL.

Geen aanhef, geen afzender. Dat zou het bij ontdekking alleen maar onnodig gecompliceerd maken.

Ik nam mijn telefoon mee naar de tafel en legde hem voor me op het blad. Nam nog een slok wijn. Klikte op 'Postvak In' om de pagina te vernieuwen. Deed dat zeker nog vijf keer eer het tot me doordrong dat Nico vandaag echt wel wat anders te doen zou hebben dan steeds de status van zijn Gmail-account te verversen. Het was zondag. Wat deden Zeeuwen dan? Naar de kerk gaan, wandelen langs de Westerschelde met de kinderen, hun dikke jasjes aan, mutsjes ver over de oren getrokken tegen de koude zeewind. Mijn Nico hand in hand met mevrouw Vrijland, haar serene glimlach en couperosewangetjes verstopt achter een wollen sjaal. Ze waren nu vast al bij oma aangekomen, waar de pan erwtensoep met worst op het vuur stond, zoals het hoorde op een koude winterdag. Ze zouden nu wel rond de keukentafel zitten bij zijn ouders, of misschien bij die van haar: het gezin Vrijland had de opa's en oma's voor het uitkiezen, ze leefden allemaal nog.

One big, happy family.

Een leven dat ik nooit zou leiden. Niet kon leiden.

Ik hoorde de voordeur dichtslaan.

Lucien kwam binnen, schudde de regendruppels van zijn jas en hing hem aan de kapstok in de hal.

Ik observeerde hem. Hij zag er kalmer uit. Een stuk kalmer. Hij was tot bedaren gekomen.

Hij liep de kamer in en zocht mijn blik. Zijn ogen stonden vreemd. Vermoeid en naar binnen gekeerd. Maar gedronken had hij niet, in elk geval niet te veel.

Ik zweeg.

'Ik ben bij mijn vader geweest,' zei hij met zachte stem. 'We gaan naar Florida.'

Toen zag ik pas dat hij had gehuild.

Ik had hem nog nooit zien huilen.

Lucien liep op me af. Sloeg zijn armen om me heen, legde zijn wang tegen mijn slaap en drukte zich tegen me aan.

'Dank je wel,' fluisterde hij in mijn haar. 'Sorry van daarnet.'

Vijftien

's Nachts in bed kijk ik naar het kruisbeeld van Jezus dat oma boven mijn deur heeft gehangen.

'Hij waakt over je als je slaapt,' heeft ze het afgedaan.

Papa heeft de spijker in de muur geslagen.

Ik heb Jezus daar liever niet, ik vind het geen prettig gezicht, Jezus die uit al zijn wonden bloedt en er verschrikkelijk mager en getergd uitziet. Ik ga me er schuldig over voelen, over zijn pijn, alsof ik hem al dat leed persoonlijk heb toegebracht.

En hoe kan hij nu over mij waken, in zijn staat? Hoe kan oma dat nou van hem verwachten?

Ze heeft het vaker bij het verkeerde eind.

Want wie ook niet heeft geholpen, is Maria.

Niet de Maria die in de kerk aan de overkant van de straat woont, met haar kleine, veel te volwassen ogende kindje Jezus op de arm, en ook de gouden Maria helpt niet, ondanks dat ze veel ouder is en in een voorname kerk – een kathedraal – mensen ontvangt die kaarsen bij haar opsteken om hun wensen vervuld te zien.

Oma heeft een zus, tante Cora, die in Lourdes is geweest. Een bedevaartsoord, noemt oma het, en ze heeft me uitgelegd dat mensen van over heel de wereld daar naar Maria gaan kijken om haar om hulp te vragen. Dat heeft tante Cora ook gedaan, ze heeft met Maria gesproken over mama en heilig water meegenomen.

Oma heeft er goede hoop op gehad dat het zou helpen, ze heeft me verteld dat er bijna niets heiliger is dan Lourdes, omdat daar wonderen gebeuren, en ze zei dat er ook nu een wonder kon gebeuren. Mama zou weer *goed* kunnen worden, met hulp van Maria uit Lourdes.

Maar er is niets gebeurd. Het water en de lange busreis hebben niet geholpen.

Niets helpt mijn moeder.

Maria niet, oma niet en ook mijn vader niet.

Alleen Manders wil haar helpen, weet ik sinds vanmiddag, maar dat is een geflipte geitenwollensok. Daar hoef je ook niet veel van te verwachten.

15

'Het personeel is naar huis gestuurd. Er is hier verder niemand.'

'Waarom dan? Wat is er aan de hand?' vroeg ik.

De mij onbekende mannenstem ging op emotieloze toon verder, alsof hij zijn tekst van een briefje oplas: 'Paul van Hoorn heeft surseance van betaling aangevraagd, maar die is door de rechtbank afgewezen.'

'Dus…?'

'De uitgeverij is gisteren failliet verklaard. Ik zal u het nummer van de curator geven. Bij hem kunt u uw vorderingen indienen.' Hij zweeg even. 'Maar ik zeg er alvast bij dat ik u weinig kans geef. Er is niets meer te halen, vrees ik.'

Ik schreef de gegevens op een blocnote, bedankte de man voor zijn tijd en hing op. Legde mijn hoofd in mijn handen en keek door gespreide vingers naar buiten.

Het erf was modderig en bezaaid met plassen. Het leek of de aanhoudende regen van de afgelopen dagen alle kleur uit de omgeving had weggespoeld. In dat vale, groezelige decor scharrelde mevrouw Van Grunsven rond. Ze droeg regenlaarzen en een blauwe overall. Haar grijze haar zat weggestopt onder een boerenzakdoek. Vanochtend was ze bezig geweest klimplanten te snoeien die tegen de achtergevel van haar boerderij aan groeiden, nu reed ze het afval met een kruiwagen naar de composthoop.

Ik keek weer naar de blocnote op het bureaublad.

Ik was niet naïef. Hardleers misschien, doof voor goede adviezen, maar niet naïef.

Ik zou de onbetaalde facturen braaf kunnen kopiëren en ze naar de curator kunnen sturen, zoals me was verteld. Vervolgens zou ik die curator kunnen opbellen om te vragen mijn facturen voorrang te geven, maar het zou geen verschil maken. Er zou geen cent naar mij worden overgemaakt, eenvoudigweg omdat de pot al verdeeld zou zijn voordat ik aan de beurt kwam. Ik kende dit scenario uit verhalen van andere freelancers. En Lucien had me hiervoor gewaarschuwd. Meer dan eens.

Bij een failliete uitgeverij was niets van waarde te halen, behalve wat gebruikte computers, kantoormeubilair, telefoons en misschien een auto. Die zaken werden geveild, de baten geïnd, en de som ervan vormde de buit die moest worden verdeeld. Die verdeling verliep volgens een vast patroon. Eerst het deel van de curator. Daarna kwam de belastingdienst. Dan was het de beurt van de werknemers en de vaste toeleveranciers: maandsalarissen, de huurbaas, de bank, energiebedrijven. Factuurtjes van freelancers bungelden onder aan de lijst. Daar waar het geld allang op was.

Ik kopieerde de facturen en niette ze aan elkaar. Stelde een brief op waarin ik – tegen beter weten in – uitlegde dat ik een eenmanszaakje had en dat deze betalingen voor mij erg belangrijk waren. Alles ging in een envelop naar de curator. Pas toen ik daarmee klaar was, dacht ik weer aan Nico.

Ik maakte mijn laptop wakker uit de slaapstand en logde in op het Gmail-account.

WOENSDAG 13.30 UUR, MOTEL VUGHT.

IK WACHT OP DE PARKEERPLAATS.

Ik reageerde met slechts één woord: 'Oké.' Logde daarna uit.

De afspraak stond. Er zat geen overnachting aan vast, dus ver-
viel de noodzaak om Lucien iets op de mouw te spelden. Laat
zou het ook al niet hoeven worden: het hotel dat Nico had voorgesteld, lag op ruim een halfuur rijden van de studio. Woens-
dagavond zou ik op een redelijke tijd thuis kunnen zijn.

Ik opende mijn reguliere mailbox. Petfood Division: of ik ook
katten had zónder wit snoetje? Het was slechts één zinnetje
dat mijn humeur nog verder naar het nulpunt trok. Die witte
aftekening waren we samen overeengekomen, dat was het uit-
gangspunt geweest. Hun plotselinge ommekeer was een teken
dat ze op drift waren. Ze zouden nu zomaar kunnen besluiten
dat het 'toch maar' een, bijvoorbeeld, kortharige effen zwarte
kat moest worden. Toevallig zo'n zelfde kat als die van de receptioniste, waarvan zij – ook heel toevallig – onlangs nog best
aardige foto's had gemaakt die práchtig op de verpakking stonden. En die natuurlijk niets zouden kosten.

Het was vaker voorgekomen.

De rest van de ochtend was ik druk bezig met het nakomen van
gemaakte afspraken. Ik voelde me met de seconde verder weg-
glijden in een lethargische somberheid. Op de valreep kwam
via e-mail nog een kleine bestelling binnen van een online-
krant. Ik kon hun de gewenste foto meteen doormailen en
maakte ook alvast de factuur in orde.

Het kon de dag niet redden.

Om vijf uur sloot ik de schuur af en liep over een donker erf
naar mijn auto. De dag eindigde zoals die was begonnen:
kleurloos.

Zestien

In de bibliotheek in onze stad hangt een typische geur, die alle andere geuren zoals die van de parketvloer en het parfum van de bibliothecaresse wegdrukt. Het ruikt niet naar nieuw papier of naar inkt, zoals nieuwe boeken kunnen ruiken, maar juist naar muffig karton; de geur van oude boeken, van kennis. Ik hou van die geur.

Ik huppel door de gangen, licht en dartel als een paard met vleugels, een pegasus: mama is weer thuis. Toen ik gisteren thuiskwam zat ze in de woonkamer, op de bank bij het raam. Oma was er ook. 'Dankzij je oudtante Cora en Maria in Lourdes!' zei oma. Mama knipoogde naar me, ze vindt dat gedoe met Maria van oma overdreven, maar ze heeft me verzekerd dat ze voortaan bij ons blijft. Ze is weer helemaal beter, zei ze, ze voelt zich gezond en sterk en ik hoef me nergens zorgen om te maken.

Ik neem het trappenhuis naar de eerste etage, mijn wangen voelen warm aan van de inspanning. Voor mijn buik houd ik een leeg canvas rugzakje vast. Legerkleur, ooit van mijn vader geweest en onverwoestbaar.

'Heeft u een boek om Latijn uit te leren?' vraag ik.

De bibliothecaresse bekijkt me minzaam. Ze werkt hier al zolang ik op eigen houtje naar de stadsbibliotheek mag, en ze keek altijd al zo laatdunkend naar me, alsof ik zo'n smoezelig kind ben met kleverige vingers en moddervoeten waarmee ik onnadenkend haar bibliotheek en de boeken bezoedel. Alleen al met mijn aanwezigheid vervuil ik haar gewijde grond, dat spreekt uit haar houding; dit is geen plaats voor kinderen zoals ik, kinderen uit Oost, want dat ik daarvandaan kom moet op mijn voorhoofd geschreven staan. Als zij het voor het zeggen heeft, mogen kinderen zoals ik hier niet eens komen. Die wil ze ver weg houden van kennis en letteren.

Op mijn rug verschrompelen de vleugels. Ik ben weer een kind, een ongewenst kind.

'Nee,' zegt ze.

'Maar daar moeten toch boeken voor zijn? Ik zou heel graag Latijn willen leren.'

Ze glimlacht, maar de glimlach is onecht, honend bijna, en haar kin verheft zich lichtelijk, waardoor haar ogen van grotere hoogte op me neerzien. Ze krijgt iets demonisch, zoals ze over de randen van haar wallen naar me loert. Het doet me denken aan de boze koningin uit die griezelige oude *Sneeuwwitje*-tekenfilm. 'Zo, zo. Dat wil je graag.'

Ik knik.

'We hebben woordenboeken, maar die lenen we niet uit. Die kun je aan de tafels lezen.' Ze spreekt *lezen* met nadruk uit.

Ik kijk naar de tafels, er zit een drietal mensen aan. Grijze mannen die de krant van vandaag doornemen en hoestend en luid ademend door tijdschriften bladeren. Ik wil daar niet tussen zitten. Ik voel me ongemakkelijk onder hun starende blikken. Ik wil de boeken mee naar huis nemen, de trap op, mijn kamer in, om de inhoud daar, in alle rust en privacy, te kunnen bestuderen.

'Ik zou echt heel erg graag een boek meenemen,' piep ik.

'Latijnse leerboeken zijn voor volwassenen.' Ze draait zich om en begint een praatje met een collega.

Ik blijf staan, afwachtend, misschien komt ze nog bij me terug. Maar dat doet ze niet.

16

'Lucien?'

Hij moest thuis zijn: de Vitobus stond voor de deur, de lichten waren aan en in de keuken hing de flatscreen te schreeuwen. Geen borden, geen lege verpakkingen, geen pannen op het vuur.

'Lucien? Ik ben thuis!'

Ik liep de woonkamer in, knipte de plafondspots aan. 'Lucien?'

Ik hoorde hem praten. Zacht gemurmel. Ik liep naar de slaapkamer, waar het geluid vandaan kwam, en wilde al bijna de klink naar beneden duwen toen ik hem het woord 'meisje' hoorde zeggen. Hij sprak het allervriendelijkst uit. Lief. Er lag liefde in zijn stem.

Kille tintelingen prikten op mijn huid.

'Uiteindelijk is het jouw keuze,' hoorde ik hem zeggen. 'Jij moet erachter staan.'

'Als jij het echt zo voelt, dan steun ik je.'

'Wat een lul… Hij verdient geen vrouw, zeker geen vrouw zoals jij.'

Ik opende de deur.

Lucien zat op bed met zijn rug naar me toe, een handdoek om zijn lendenen geslagen. Zijn haar was vochtig. Hij hoorde me binnenkomen en draaide zich om, zijn mobiel nog aan zijn oor.

'Wie is dat?' vroeg ik.

Hij richtte zich op degene die hij aan de telefoon had. 'Vera komt net thuis. Ik spreek je morgen weer, goed? Sterkte.' Hij drukte de verbinding weg. 'Ik had je niet horen binnenkomen.'

'Dat blijkt.'

'Wat is er, wat kijk je?'

'Wie was dat?' herhaalde ik.

'Niets belangrijks.' Lucien liep voor me langs de badkamer in. Hij liet de handdoek op de grond vallen en stapte in een boxershort en jeans. Trok een casual overhemd aan en knoopte dat dicht terwijl hij me aankeek via de spiegel boven de wastafels. 'Waarom kijk je zo naar me? Wat sta je daar?'

'Waarom doe jij zo stiekem?'

Hij trok een wenkbrauw op. 'Stiekem?'

'Ik heb delen van dat gesprek opgevangen.'

'Ja, en?'

'Ik wil gewoon weten wie dat was, met wie je sprak.'

'Desi.'

'Die van laatst? Met wie je bier had gedronken?'

Hij knikte. 'Die, ja.'

'En die noem jij *meisje*?'

Zijn gezicht betrok. 'Zeg, waarom sta jij eigenlijk te luistervinken? Waar slaat dat op? Mag ik tegenwoordig ook al niet meer bellen in mijn eigen huis, met mijn eigen personeel?'

'*Hij verdient geen vrouw zoals jij*… Lucien, praat je met al je personeel zo?'

Hij grijnsde, haalde zijn vingers door zijn haar om het in model te brengen. Boog zich voorover naar de spiegel. 'Ben je jaloers?'

Ik stond te trillen op mijn benen. Door het faillissement van Paul van Hoorn en het gedraai van Petfood Division had ik al meer voor mijn kiezen gehad dan ik kon verdragen. Ik had

behoefte aan geborgenheid en steun. Aan iemand die me verzekerde dat de hele wereld dan misschien gek was geworden,
maar dat ik deugde.

'Ik wil gewoon weten wat er aan de hand is. Da's toch niet zo
gek?'

Lucien kwam op me af gelopen. 'Kijk me eens aan.'

Dat deed ik.

'Het antwoord is: niets. Er is helemaal niets aan de hand.
Die meid heeft het momenteel moeilijk, en dan druk ik het
nog zacht uit. Ze heeft iemand nodig die de dingen van een afstand beziet.' Hij keek even weg, alsof hij nadacht. Vervolgde
zachter: 'En ik wil haar graag weer aan het werk krijgen.'

*Dus ik moet het maar normaal vinden dat mijn echtgenoot een
vriendschapsband aangaat met iemand van het personeel, haar
'meisje' noemt en zich negatief uitlaat over de mannen in haar leven?* – dat wilde ik zeggen, ik wilde het zelfs roepen, maar ik
slikte mijn woorden in toen ik Luciens getergde blik zag. Het
donkere waas onder zijn ogen. De schaduwen in zijn gezicht.

Sinds zijn vader ons had uitgenodigd voor wat letterlijk zijn
laatste reis zou worden, was ik niet meer de enige in 't Fort die
weleens moeite had om in slaap te komen.

'Heb je niet al genoeg aan je hoofd?' vroeg ik.

'Ja, natuurlijk, maar—'

'Dit is een zware periode, Lucien. Je hebt genoeg aan je eigen sores. Ik begrijp niet dat je ook nog eens de problemen van
je personeel erbij wilt nemen.'

De blik in zijn ogen verhardde. Ik voelde de muur die hij om
zich heen optrok bijna lijfelijk.

'Nee, jij begrijpt dat inderdaad niet,' deed hij het af, en hij
draaide zich van me weg. In stilte vulde ik hem aan: *koelkast,
ijskoningin, harteloos kutwijf – wat weet jij ervan? Van normale
sociale menselijke verbintenissen? Daar heb je nooit iets van begrepen!*

Lucien liep de kamer in. Ik drentelde onrustig achter hem aan.

'Zullen we pizza laten komen? Of chinees?' vroeg hij in de keuken. Zijn stem kwam nauwelijks boven het gejengel van de tv uit.

Zeventien

Ze staat in de keuken als ik thuiskom uit school: hoger dan de keukentafel en minstens zo lang. Op haar rug passen met gemak vier kleuters. Haar kop, even groot als die van een pony, wordt gedragen door een lange, gewelfde hals. Ze drinkt water, rechtstreeks uit de kraan. Het vocht spettert aan weerszijden over het werkblad en klodders kwijl kletsen tegen de keukenkastjes omhoog.

Mama staat er stralend naast. 'Is ze niet práchtig?'

Ik knik. Opgetogen. Prachtig is ze. Ze lijkt op een klein paard, een witte reuzenhond met zwarte koeienvlekken en lange flaporen. Een dier dat recht uit een vertelling is gestapt. Een fabeldier.

Haar verschijning vult bijna de hele keuken.

Ze is klaar met drinken en draait zich om, een paard in een te krappe stal. Ze botst met haar achterste tegen de keukentafel, die piepend opzijschuift. Een van de stoelen begint te wankelen. Mama zet hem recht.

'Hoe heet ze?' vraag ik.

'Ze heeft geen naam.'

Het naamloze fabeldier snuffelt aan me. Voorzichtig en aftastend beweegt haar enorme roze neus vlak bij mijn gezicht. Haartjes van haar lippen prikken op mijn huid. Nattigheid druipt uit haar mondhoeken en valt op de vloer.

Ze kwispelt en zwiept met haar staart een kopje van tafel.

Mama kan het in de lucht opvangen.

Ze moet ervan lachen. Ik ook.

'Groot hè?' zegt ze.

Ik knik, glunderend.

'Beláchelijk groot, hè!'

Dat is ze.

'Zullen we met haar gaan wandelen?'

Fabeltje noemen we haar, omdat mama niet weet hoe ze werkelijk heet. Ze is van een meneer geweest, vertelt ze, terwijl we langs de huizen in de richting van het zwemmeertje lopen, een meneer die haar niet meer wil hebben. En nu is ze van ons. Of eigenlijk vooral van mama. Fabeltje gaat mama gezelschap houden als ze alleen is.

'Is ze niet superlief?' vraagt mama.

Ik knik. Fabeltje trekt niet eens aan de lijn, alsof ze begrijpt dat mijn moeder en ik niet sterk genoeg zijn om haar te kunnen houden. Ze loopt tussen ons in over de betonnen straattegels. Of eigenlijk *loopt* ze niet, ze *paradeert*, koninklijk en trots, en bij elke pas die ze zet hoor ik haar diepe ademhaling, zie ik het trillen van haar flanken.

Ik aai over haar flaporen, die aanvoelen als zware, warme lapjes fluweel. De tong die uit haar bek bungelt – roze als een zuurstok en groter dan mijn moeders hand – slingert heen en weer in het ritme van haar gang.

Iedereen kijkt naar ons, kijkt naar háár. Mensen die ons tegemoet komen lopen, steken de straat over.

Fabeltje loopt rustig door. Het lijkt wel of ze lacht, door de rimpeling in haar snuit en de manier waarop ze haar kop heen en weer schudt en haar ogen samenknijpt.

Ja, ze lacht. Ze is blij.

We zijn alle drie blij. Ik heb mama nog nooit zó vrolijk en gelukkig gezien als nu.

'Blijft ze echt bij ons, mama?'

'Ja. Ze blijft.'

Ik leg mijn arm over Fabels warme, gespierde rug en ik voel me trots. Trots en veilig.

De deurbel ging. Ik vouwde het shirt dat ik in mijn handen had verder op en liep naar de voordeur. Lucien was al om acht uur naar de zaak gegaan, ik bleef vandaag thuis om te stofzuigen en de was weg te werken. Op vrije ochtenden als deze, waarop er geen afspraken of shoots gepland stonden, ging ik meestal met mijn camera op pad. Een blaffende hond achter een hek, een groep duiven op een pannendak, melkgeiten die nieuwsgierig in de lens loerden – er was altijd wel iets te fotograferen als je er oog voor had. Ik zag het vooral als ontspanning, maar er was ook vraag naar dergelijke foto's. Actualiteitenprogramma's en opiniebladen zaten regelmatig verlegen om materiaal waarmee een artikel of item kon worden geïllustreerd – Q-koorts, vogelgriep, een bijtincident met honden: ik had er meestal wel een passend beeld bij, dat ik niet had kunnen maken als ik alleen maar in opdracht zou fotograferen.

Maar vandaag was zo'n winterdag waarop de nacht maar niet leek te willen wijken en alle verkeer met de lichten aan reed. De neerslag die met tussenpozen uit het wolkendek kwam vallen, hield het midden tussen regen en ijzel. Zinloos om er nu met de camera op uit te trekken.

'Wat een verrassing!' riep ik.

Laura glimlachte. De wind had plukken losgetrokken uit het

elastiekje waarmee ze haar donkerblonde haar uit haar gezicht hield. De krullen dansten rond haar smalle jukbeenderen. Naast haar stond Noa van acht, met een capuchon die tot over haar ogen was gezakt.

'Komt het gelegen?' vroeg ze.

Ik trok de deur verder open. 'Tuurlijk.'

Samen met Laura en Noa kwam een gure wind de gang in. Ik duwde de deur achter hen dicht.

'Ik kwam hier langs en zag je auto staan. Ik wil je niet –'

Ik legde een hand op haar arm. 'Koffie?'

'Daar kwam ik voor.'

Het koffieapparaat spuwde met een heleboel geratel en gesis twee cappuccino's uit. Ik zette ze op tafel met suikerklontjes en zoetjes. Normaal baadde onze keuken in het daglicht – het kwam aan de ene zijde binnen via de patiotuin en ter hoogte van de tegenoverliggende muur zat een lichtkoepel in het dak. Nu was het schemerig. Ik deed het licht boven de tafel aan.

'Wil jij ook iets drinken?' vroeg ik aan Noa, die de hele tijd stilletjes naast haar moeder was blijven staan.

Ze schudde haar hoofd.

'Zeker weten?'

Noa wist het zeker. Ze keek me niet aan, maar frunnikte aan de boord van haar trui.

'Laat haar maar,' zei Laura. 'Ze is een beetje verlegen.'

Het was niet de gewoonte van mijn schoonzus om onaangekondigd langs te komen, en al helemaal niet zonder Robert. Ik kende Laura al zolang ik met Lucien omging, maar ons contact was nooit innig geweest. Ik geloof dat we elkaar op zich wel mochten, alleen lagen onze interesses mijlenver uit elkaar. Sinds de geboorte van Noa en Chiel draaide haar leven nog uitsluitend om hen. Laura en Robert woonden in een hoekpand dat er vanbinnen uitzag alsof alles net uit de verpakking was gehaald. Het was ruimtelijk, hypermodern en voorzien van een glanzende greeploze keuken. Alles was uitgevoerd in wit of beige. Het klonk er een beetje hol.

Lucien was kind aan huis in de Baljuwstraat – hij haalde zijn zwager elke week op voor hun vaste biljartavond, en bleef dan nog weleens plakken tot rond middernacht. Ik sprak mijn schoonzus en zwager alleen op verjaardagen, en af en toe nodigden ze ons uit voor een kaartavond of een barbecue.

'Ik hoorde van Rosalie dat jullie meegaan naar Florida, echt super.' Ze legde een suikerklontje op de schuimlaag van haar cappuccino. Het blokje bleef even liggen, maar maakte al snel slagzij en zonk de diepte in. 'Ik ben er zo blij mee, joh. Ik had het eerlijk gezegd niet verwacht.' Ze keek op. 'Zit jij hierachter?'

'Nee. Het was Luciens beslissing. Ik heb hem alleen verteld hoe ik erover dacht.'

'En dat is?'

'Dat hij spijt zou krijgen als hij het niet zou doen.' Ik roerde in mijn koffie. De romige schuimlaag knisperde zacht.

'Goed van je.' Uit haar ooghoeken zag ze Noa de kamer in drentelen. 'Ho, dame, blijf jij eens hier.'

'Laat haar maar.' Ik liep achter mijn nichtje aan de woonkamer in. Van kinderen wist ik niet veel, maar wel hoe je ze rustig kon houden. Ik pakte de afstandsbediening en zapte langs de kanalen tot ik een instemmend kreetje hoorde.

'Ga maar lekker op de bank zitten,' zei ik.

Haar tengere lijfje verdween bijna geheel tussen de oosterse kussens. Mijn nichtje stak een duim in haar mond en legde een gekromde wijsvinger over haar neus.

'Goed zo?'

Ze knikte nauwelijks waarneembaar.

Ik liep terug de keuken in. 'Dus de schoolvakantie is al begonnen?'

Laura schudde haar hoofd. 'Haar juf is ziek en ze kunnen zo vlak voor kerst geen invaller vinden. Maar... over vakantie gesproken. Gisteren besefte ik dat we volgende week woensdag al vertrekken. Ik denk dat het verstandig is als we elkaar vóór die tijd alvast zouden treffen, zonder Hans en Rosalie. Dan hebben we dat alvast gehad.'

'Je bedoelt eigenlijk de broers?'

'Ja. De broers.'

Ik werd nerveus van het vooruitzicht dat Lucien tegenover zijn broer Aron zou komen te staan. Er waren zoveel gevoeligheden waar Aron waarschijnlijk geen benul van had. En Luciens tenen waren zo lang dat hij er een dagtaak aan zou hebben ze te ontwijken.

Laura merkte het niet, of misschien negeerde ze het. 'Ik kwam dus eigenlijk vragen of jullie woensdag meegaan naar Fruits de mer. Dan nodig ik Aron ook uit. Hij komt dit weekend al naar Nederland.'

Fruits de mer was een restaurant in de oude binnenstad. Ik had al bijna ingestemd toen ik me mijn afspraak met Nico herinnerde. 'Kan het ook donderdag?'

'Wat mij betreft wel, maar misschien heeft Robert iets.' Laura pakte haar mobiel en typte een bericht. 'Hij is op de zaak,' mompelde ze. 'Voor de lunch is hij meestal in bespreking.'

Blijkbaar was het vanochtend niet zo druk op het accountantskantoor waar Robert werkte, want het verlossende piepje volgde bijna per ommegaande.

Donderdag was akkoord.

'Heb jij veel contact met je halfbroer?' vroeg ik.

'Niet zo vaak als ik zou willen.'

'Want...?'

'Hij is meestal in Spanje. En druk met zijn werk. We bellen en mailen voornamelijk.'

'Is hij eigenlijk getrouwd, heeft hij kinderen?'

'Weet je dat niet?'

'Hoe zou ik zulke dingen moeten weten? Ik heb hem maar één keer gezien, dat was op jullie bruiloft.'

'Echt waar? Alleen toen?' Ze lachte. 'Jeetje, daar sta ik helemaal niet bij stil. Toen was-ie twaalf!'

'Een mager jongetje, zo herinner ik me hem.'

Ze roerde lachend in haar koffie. 'Ik weet nog hoe nerveus ik toen was, maar met hem had ik nog het meest te doen.'

Ik zag Aron weer voor me. Het overhemd met het strikje, de keurig gevouwen broek, de klassieke lijnen in zijn gezicht. Een rustige, gevoelige oogopslag die niet leek te passen bij zijn jonge leeftijd. Hij wilde zo graag onzichtbaar zijn, maar dat was hem niet gegund – hij had volop in de belangstelling gestaan, en dat was niet alleen omdat hij de nog nooit in de familie vertoonde, helemaal in het diepe zuiden van Spanje geboren en getogen zoon van de vader van de bruid was. Aron viel op in het gezelschap. De jongen had in niets geleken op de familie van Lucien, die op die avond luidruchtig feestvierde, hossend in uitbundige outfits.

'Aron en zijn vriendin zijn begin dit jaar uit elkaar gegaan,' merkte Laura op.

'Hadden ze kinderen?'

'Nee. Aron heeft wel een kind bij zijn ex-vrouw. Een meisje, Elsa. Ze woont bij haar moeder in Madrid.'

'Mooie naam. Hoe oud is ze?'

Laura nam een slok van haar cappuccino. Dacht na. 'Iets ouder dan Noa. Acht, misschien negen.' Ze zette haar mok neer. 'Maar goed. Dat kan hij je donderdag allemaal zelf vertellen.'

Ik keek over de rand van mijn mok naar de patio. De tuin bood een troosteloze aanblik. De vissen lieten zich al weken niet meer zien, hun spijsvertering lag vrijwel stil nu het kwik ruim onder de tien graden was gezakt. Langs de rechthoekige oever lagen verdorde planten te wachten tot het weer lente werd en ze konden uitschieten.

'De aanleiding is triest,' hoorde ik mezelf zeggen. 'Maar ik verheug me op Florida. Ik kan wel wat zon en vrolijkheid gebruiken.'

'Wie niet?' antwoordde Laura.

Achttien

Het is mei, woensdagmiddag kwart over twaalf. Bernadette de Vries loopt samen met mij het schoolgebouw uit. Ze lijkt me heel aardig – ze is vrolijk en ze kletst de hele tijd – maar ze is hier pas in de buurt komen wonen en weet nog niet dat je met mij beter geen vrienden kan zijn. Zodra ze daarachter is, wordt ze vast minder toeschietelijk. Dan zal ze me gaan ontwijken, zoals iedereen.

'Nou, wat denk je?' vraagt ze.

Ik kijk om me heen. Het lijkt rustig. Niets wijst erop dat ik vandaag aan de beurt ben. Maar ik kan er niet van uitgaan. Dat kan ik nooit.

'Hoezo?' vraag ik.

'Zal ik gelijk meelopen naar jullie thuis? Dan bel ik mijn moeder wel op als we bij jou zijn. Goed?'

'Met mij meegaan?'

Ze knikt enthousiast. 'Ja!'

Ik schud mijn hoofd. 'Kan niet. Ik moet vanmiddag weg.' Snel gooi ik erachteraan: 'Naar een tante in Limburg.'

Ik hoef niet weg, ik moet helemaal nergens heen, maar ik neem bijna nooit iemand mee naar huis en al zeker niet als mama thuis is. Het is nu nog erger dan anders, vermoed ik. Het gaat niet goed met mama, en dat komt door papa en Fabel: alles is misgegaan. Papa heeft ons verboden er nog over te praten – 'gedane zaken nemen geen keer'. We moeten doen alsof Fabel er nooit is geweest. Of er niets is gebeurd.

Sindsdien zegt mama heel weinig en ze haalt steeds haar handen door haar haren, wel tien keer per minuut. Stel dat ze alle gordijnen heeft dichtgetrokken en in het donker voor zich uit zit te kijken? Of heel hard sombere kerkmuziek draait? Of tegen me gaat schreeuwen?

Ik kijk naar Bernadette. Ze heeft sproeten over haar hele gezicht, tot op haar oogleden en haar kin aan toe. Bernadette ziet er niet alleen aardig uit, maar ook heel grappig. Anders.

Ik zou graag met haar zijn meegegaan naar háár moeder, naar háár thuis, maar dat gaat niet. Niet meer.

Ik moet weg vanmiddag, heb ik gezegd.

Naar een tante in Limburg.

Ik loop alleen naar huis.

18

'Ik geef om je, Vera.'

Ik knikte.

Nico zei nooit 'Ik hou van je'. Ik vermoedde dat hij die woorden bewaarde voor *she-at-home*, de couperosewangenkoningin van Walcheren, en ik dacht ook te weten waarom hij dat deed. Om het thuis zuiver te houden. Soort-van.

Nico kuste mijn handpalm. 'Ik heb je verschrikkelijk gemist.'

'Ik jou ook.'

'Nee.' Hij keek me strak aan. 'Ik bedoel écht gemist. Zoveel dat het zeer doet.'

'Ik ben er nu toch? Maak er nou niet zo'n drama van.'

'Dat is het al.'

'Hoezo?'

Hij schudde zijn hoofd.

'Wat bedoel je?' herhaalde ik, en ik drukte mezelf omhoog, zodat ik hem recht kon aankijken. 'Vermoedt ze iets?'

'Francien? Nee.'

Hij sloeg zijn armen om me heen en trok me naar zich toe. Kuste mijn haar, mijn slaap, mijn oor en trok me nog dichter tegen zijn borst aan. '*Dit* is een drama, Vera,' fluisterde hij. 'Een regelrecht drama: jij en ik hier, twee mensen die zielsveel om elkaar geven en dat alleen maar kunnen uiten binnen de vier muren van een hotelkamer, waar niemand ons kan zien. Jij gaat straks terug naar Lucien en ik naar Francien. Mijn hart, voel mijn hart.' Hij duwde mijn handpalm tegen zijn ribbenkast. 'Voel het. Voel hoe het klopt.'

Ik voelde het.

Het klopte.

Niet snel of langzaam.

Het klopte gewoon, zoals een hart hoort te kloppen.

Gestaag en duidelijk.

'Ik voel het,' zei ik.

Negentien

Gelukkig had ik Bernadette niet meegenomen. De hele weg naar huis heb ik er spijt van gehad, maar nu niet meer.

Mama is niet goed.

Dat weet ik al voor ik naar binnen ga: de gordijnen zijn dicht, boven ook. Anders doet mama de gordijnen open, ze houdt van licht en frisse lucht, zegt ze steeds. Dan zingt en neuriet ze erbij.

Nu klinkt er harde muziek. Ik hoor het buiten: de Everly Brothers. Mama was vroeger fan van die zangers, en ook van Paul Anka en Buddy Holly en de Beatles en van Elvis, maar vooral van de Everly Brothers. Ze heeft alle singletjes bewaard. In de kast staat een pick-up, ook van vroeger, met een donker kunststof deksel waar een scheur in zit. Op die pick-up draait ze haar singletjes. Papa heeft zijn eigen platen allemaal weggedaan. Hij heeft pas een splinternieuw cassettedeck gekocht en nu wil hij alleen nog maar cassettebandjes.

'Mam?'

Het is schemerig in de woonkamer, donker bijna. De velours gordijnen houden het daglicht buiten. Mama zit op de grond met een asbak naast zich te roken. Ze heeft alleen een hemdje aan en een onderbroek. Haar bruine haar zit in de war.

I'll never let you see
The way my broken heart is hurtin' me
I've got my pride

And I know how to hide
All my sorrow and pain
I'll do my crying in the rain.

'Mam? Ik ben thuis.'

Ze kijkt omhoog. Ze heeft gehuild, haar ogen zijn dik. Het komt door Fabel, dat weet ik bijna zeker. Ik mis haar ook verschrikkelijk.

Ze vraagt: 'Ben je nu al thuis, liefje?'

Ik ga bij haar zitten. 'Wat is er, mam? Ben je ziek?'

Het singletje is afgelopen. De naald krast over het laatste gedeelte van het vinyl. Ik hoor hoe de arm wordt opgetild door het mechanisme en teruggelegd in de houder. Nu klinkt er alleen nog het brommen van de geluidsboxen.

Mama kijkt verward in de richting van de klok, boven de deur. 'Ik had niet in de gaten dat het al middag is.'

'Het is bijna halféén,' zeg ik, en ik sta op om de gordijnen open te schuiven. Gefilterd door de vitrage stroomt het licht naar binnen, maar zonnig wil onze woonkamer niet worden. De ruimte is gevuld met de blauwe rook van mama's sigaretten. De meubels lijken allemaal even grijs, net als het behang.

Ik loop naar de keuken en zet de achterdeur open, zodat de rook weg kan en frisse lucht naar binnen.

Mama zit nog steeds op de vloer. Er schemeren aderen door de huid van haar bovenbenen. Ze zijn blauw en paars en rood, als koraal. Er lopen brede krassen overheen, op de plaatsen waar ze zich heeft gekrabd.

'Mam, kom, kleed je aan. Straks komt oma ineens langs, of de melkboer.'

Mama neemt een trek van haar sigaret. Ik zie dat haar handen trillen. Haar oogleden hangen een beetje.

'Ik ben een slechte moeder. Jij bent een goed kind.'

'Je bent geen slechte moeder, mama. Sta nou op.'

Ze kijkt me aan, en terwijl ze dat doet zie ik de blik in haar ogen veranderen, langzaam, van triest naar neutraal naar boos. Haar pupillen worden donkerder. 'Het is allemaal de schuld van die kutpinguïns!'

Kutpinguïns.

Nonnen.

Mijn moeder zat op school bij de nonnen in de stad, de 'Zusters van Liefde'. Die naam was slecht gekozen, mama heeft er een vreselijke tijd gehad. Vreselijker dan ik nu heb op de lagere school. Ik hoef alleen maar op te passen voor de leerlingen. Zij werd ook nog eens belaagd door de nonnen zelf.

'Het waren allemaal gefrustreerde potten, die gore, vuile... Allemáál!'

Ik vind het vreselijk als mijn moeder boos wordt en scheldt. Het past niet bij haar.

'Mam, doe nou maar rustig.'

'En je kon er niks tegen doen.' Ze kijkt me aan. 'Heb ik je wel eens verteld wat ze deden?'

Ik knik. Tientallen keren, mama, wil ik zeggen. Honderden keren.

'Ze sloegen met een liniaal op je vingers als ze langsliepen. Zo hard als ze konden. Als je het waagde om te schreeuwen van de pijn of zelfs maar een kik te geven, werd je aan je oor uit de klas gesleept. Ze trokken je zó, zó...' Ze doet het voor, met één hand aan haar oor, alsof ze wordt meegevoerd door een onzichtbare beul. 'En dan gooiden ze je in de kelder. Pikdonker. Ze lieten je gewoon zitten. De hele dag, urenlang, tot de school was afgelopen. Ik hoor 's nachts nog de geluiden. Het gescharrel, het getrippel, het begon zachtjes en dan kwam het dichterbij.' Tranen lopen over mijn moeders gezicht. De as die net nog aan haar sigaret vastzat, dwarrelt over het tapijt. Het is maar goed dat papa het niet ziet. Het is vloerbedekking van Bonaparte, hartstikke duur.

'Eén keer heb ik mijn moeder verteld wat ze steeds deden. Toen is ze op hoge poten naar school gegaan.'

'En toen?' vraag ik naar de bekende weg. Ik ken het verhaal van buiten, maar de pijn voel ik elke keer opnieuw met haar mee. 'Ze waren poeslief, póéslief! En de volgende dag... Bám!' Mijn moeders hoofd knikt heen en weer op haar nek. 'Je moeder erbij halen? Wat haal je je in je hoofd, dom wicht, slét! Je komt in de hél! Jij, jij...' Ze prikt met haar vinger naar me, haar gezicht verwrongen. 'Jij eindigt in de hel!' Dan ineens kijkt ze van me weg en klinkt haar stem weer normaal: 'Ik wist niet eens wat een slet was, Vera. Ik was negen.'

Het is gaan regenen. De druppels tikken zachtjes tegen het grote raam van de kamer.

Mama zegt niets meer. Ze kijkt alleen maar voor zich uit.

Ik weet al wat er na het slet-en-helgedeelte komt: de zusters hielden haar de rest van de schooldag in de kelder opgesloten en verzekerden haar dat als ze thuis nog eens zou klikken, er nog veel vreselijker dingen zouden gebeuren.

'Ik zat daar in het donker, Veertje. Pikkedonker. Náchtzwart! Ik was bang dat de duivel me zou komen halen. Want dat zeiden ze tegen me: dat ik goed moest bidden, daarbeneden, want op momenten dat ik stil was kon de duivel bij me komen. Ik hoorde het gescharrel in het donker, het gekrabbel en het schuifelen, en ik bad me een ongeluk. Ik wist zeker dat de duivel daar ergens in het donker was, loerend, met een zwiepende staart, dat hij op zijn hoefjes dichterbij sloop en wachtte tot ik moe was geworden en stopte met bidden. Maar weet je wat dat geluid in werkelijkheid was? Weet je wat?' Ze spuwt de woorden bijna uit. 'Het waren rátten. Gewoon rátten!'

'Denk je dat de duivel echt bestaat?' vraag ik.

'Ik denk het wel. Het moet wel.' Ze snuift. Ziet nu pas haar opgebrande sigaret en gooit hem bij de rest van de peuken in de overvolle asbak. 'Weet je wat ik weleens denk, Veertje? Ik mag het niet denken, maar soms denk ik... Misschien, hè, misschien is het al zover. Is hij me al komen halen.'

139

Nico's hoofd lag op mijn dijbeen. Zijn hand streelde mijn buik. Het was bijna vier uur in de middag: nog een uur, hooguit anderhalf en we zouden ieder apart het hotel uit sluipen en teruggaan naar onze eigen partners.

Nico had het gesprek weer op mijn oude school gebracht.

'Hoe ben je eigenlijk blijven zitten?'

'Ik deed gewoon niets.'

'Dat begrijp ik. Op de middelbare school studeerde ik net zo goed niet. Maar dan had ik tijdens de lessen op een of andere manier toch voldoende stof opgepikt om mijn proefwerken behoorlijk te maken.'

'Ik lette tijdens de lessen nooit op. Ik zat meestal naar buiten te kijken. Dan stelde ik me voor dat ik een vogel was in een boom die voor de school stond. En dat ik over de daken van de stad wegvloog.'

'Waarheen?'

'Naar zee. Het buitenland. De bergen. Wég.'

'Je was een dromer.'

Een vluchteling was ik. Steeds op de vlucht. Ik was niet geboren in een verkeerd lichaam, maar in een verkeerd leven, als een koekoeksjong, en ik vluchtte ervan weg in mijn fantasieën.

'Misschien. Tijdens de lessen rouleerde er een schriftje. Als je dat op je tafeltje kreeg, las je wat je voorgangers erin hadden gezet en schreef je er zelf weer wat bij, maakte een tekeningetje van de leraar met een dikke neus of een rare bril, en gaf het door aan de volgende. We hielden nauwlettend in de gaten waar het schriftje was, wie er wat in schreef. Als de leraar het onderschepte, was er een probleem.'

'Dat geloof ik graag.' Nico nam een slok uit zijn flesje bier.

'Maar waarom deed je het? Waarom hield je je met die onzin bezig?'

'Iedereen deed het. Het was geaccepteerd.'

'Kon jou dat wat schelen?'

Ja, natuurlijk kon mij dat wat schelen, wilde ik zeggen, maar ik deed er het zwijgen toe. Ik kon me de eerste klas nog zo goed herinneren. De eerste maanden waren de mooiste uit mijn hele schooltijd. Al die nieuwe stof, onbekende klaslokalen met kaarten en posters, elk met hun eigen geur, lichtval en sfeer. Ik vond het prachtig, ik hield mijn schoolwerk nauwgezet bij en deed mijn uiterste best netjes en gelijkmatig te schrijven – wat niet meeviel. Ik vrat de woorden van de leraren op, schrokte ze naar binnen, was onverzadigbaar. Ik las mijn schoolboeken en schriften keer op keer door en sloeg complete pagina's op in mijn hoofd. Tijdens een proefwerk hoefde ik alleen maar de betreffende pagina uit mijn geheugen op te roepen, na te gaan waar ik op die bladzijde het antwoord op de vraag had gezien en erop scherp te stellen.

Ik wist niet dat het abnormaal was. Ik dacht dat iedereen dat deed.

Nico kuste mijn buik, zijn vingers streelden mijn bovenbeen. 'Wat ben je stil.'

'Ik had een fotografisch geheugen,' zei ik zacht. 'Ik hoefde nergens echt voor te leren, woordjes en begrippen al helemaal niet. Ik hoefde alleen maar mentale foto's te maken. Ik was de "studie" die tienen haalde, een uitslover, een buitenaards wezen.'

'Met een fotografisch geheugen op de mavo? Dat geloof ik meteen, ja.'

'Ik wilde niet meer anders zijn,' zei ik zacht. 'Niet meer alleen zijn. Ik wilde erbij horen.'

'Je bent je gaan conformeren.'

'Kopiëren, voornamelijk. Kijken: wat doen klasgenoten die populair zijn? Hun mening werd mijn mening, in elk geval naar buiten toe, en dat had effect. Sommige klasgenoten gingen me ineens aardig of zelfs cool vinden. Belachelijk.'

Nico kwam omhoog, ging met zijn rug tegen het hoofdbord aan zitten en maakte een flesje cola open. 'Je doet alsof het raar is.'

'Het wás ook raar! Ik speelde een rol. Het was een totale ontkenning van wie ik was en waar ik voor stond.'

'Het is normaal gedrag. Heel wat volwassenen doen dat nog steeds. Ze kopiëren de kledingstijl van sterren en nemen de mening over van mensen tegen wie ze opkijken. Normale groepsdynamiek.'

'Bij onzekere mensen,' wierp ik tegen.

'Tuurlijk. Maar pubers zijn van nature zoekende en onzeker. Conformeren is een normale sociale overlevingsstrategie op scholen. Je deed niets vreemds of afwijkends.'

'Ik leerde om mijn mond te houden als de mores over een onderwerp me nog niet duidelijk waren. Ik gaf zelden mijn mening. Maar als ik erover nadenk, héb ik vaak ook geen mening. Zelfs nu niet, nu ik misschien wat makkelijker iets zou kunnen roepen dan toen ik nog op school zat. Ik begrijp niet hoe anderen soms zo stellig iets kunnen beweren, hoe ze een daad of gebeurtenis verwerpen of juist goedkeuren terwijl ze niet eens van alle ins en outs op de hoogte zijn, of zomaar met oplossingen komen voor complexe problemen waarvan ze de ontstaansgeschiedenis niet kennen en dus ook de gevolgen niet kunnen overzien.'

'Mensen roepen maar wat,' zei Nico. 'Nuances zien en de complexiteit van vraagstukken erkennen zijn tekenen van grote intelligentie. Maar nuances zijn niet sexy, niet mediageniek. Je zet er jezelf niet mee op de kaart. Je moet schreeuwen om gehoord te worden, lawaai maken.' Hij nam een slok van zijn cola. Hield me het flesje voor. Ik schudde mijn hoofd.

'Ik doe er net zo goed aan mee,' ging hij door. 'Een paar keer per jaar zetten we een of andere boude stelling op de cover van *Quantum*, terwijl we echt wel weten dat die veel te kort door de bocht is. De marketingjongens van Fentis zijn er dol op, die hebben niets liever dan koppen als...' Nico strekte zijn arm en smeerde de zinnen tussen zijn vingers en duim in de lucht voor ons uit: '"Global warming – een hoax?" Ik doe er vrolijk aan mee, omdat het met een beetje geluk discussie op gang brengt. Maatschappelijke discussies zijn altijd goed. Als het veel mensen bezighoudt, komt er vanzelf ruimte voor achtergronden en dan komen die nuances ook bovendrijven. Maar eerst moet je maar wat roepen, om gehoord te worden.' Nico dronk zijn flesje leeg en zette hem terug op het nachtkastje.

'Maar we hadden het over jou. Je paste je aan en durfde geen eigen mening te geven. En je deed niets aan school.'

'Thuis leerde ik wel uit boeken die ik uit de bibliotheek haalde. Maar daarover sprak ik nooit op school. Ik wilde die twee werelden gescheiden houden.'

Dat doe je nu nog, reageerde een treiterig stemmetje in mijn hoofd. Verborgen levens leiden en je parallelle werelden van elkaar gescheiden houden. Nooit eens kleur bekennen, niet durven kiezen. Liever nog splits je je identiteit op in talloze subpersoonlijkheden – er is er altijd wel eentje bij die aansluit op de omgeving, zodat je niet uit de toon hoeft te vallen.

Was het karakterloosheid? Onzekerheid? Was ik laf?

Of was het een overlevingsstrategie?

Nico begreep het niet. Mijn innerlijke strijd ontging hem.

'En nu?' vroeg hij. 'Hoe verhoudt dit zich tot het heden?'

Ik prikte met mijn wijsvinger in de matras. 'Nu? Je bedoelt, hoe ik mijn leven leid?'

'Ook. Je fotografeert honden. Niet bepaald een intellectuele uitdaging.'

Een klap in mijn gezicht zou hetzelfde effect hebben gehad. Na al die tijd die Nico met me had doorgebracht, meende hij nog steeds dat mijn werk niet veel om het lijf had. Natuurlijk was het fotograferen van dieren niet bij uitstek een intellectuele bezigheid, het was eerder intuïtief – maar wat gaf dat? Was het daardoor *minderwaardig* aan de wetenschappelijk onderbouwde artikelen die hij schreef? Of was het alleen maar minder salonfähig? Of zelfs helemaal niet?

Als hij zoiets in een vroeger stadium in onze relatie had uitgesproken, zou ik boos zijn opgestapt.

Nu bleef ik zitten, de kussens in mijn rug. Ik peuterde onbestaand vuil onder mijn nagels vandaan. 'Je ziet het echt verkeerd,' zei ik zo onderkoeld mogelijk. 'En ik zal je alvast waarschuwen: als je hier verder op doorgaat, ga ik dingen zeggen waar ik later spijt van krijg.'

'Vera, kom op. Ik bedoelde het niet zo zwaar. Je bent hypergevoelig op dit punt,' zei hij vlug, en daarna zweeg hij.

Lange tijd bleef het stil.

We hoorden ijzel tegen het raam slaan, alsof iemand daarbuiten zachtjes met een veger over het glas streek.

Nico haalde diep adem, stond op, legde zijn handen in zijn nek en keek naar buiten. Draaide zich toen naar me om. 'Zeg eens eerlijk, Vera... ben ik je studie Latijn? Je bibliotheek? Je universitaire inhaalslag? Ben ik je intellectuele uitdaging?'

Ik fronste mijn wenkbrauwen. Keek hem peilend aan en toen pas zag ik het totale beeld. Het *ware* beeld.

Nico had het over zichzelf. Hij had het de hele tijd al over zichzelf gehad.

Niet over mij.

Hij wilde weten waar hij stond in deze verhouding; hij wilde grip op me krijgen en weten wat het precies was wat mij in hem aantrok.

Ja, ik was gecharmeerd geweest van zijn intelligentie, maar zeker ook van zijn voorkomen en zijn kalmte, zijn Zeeuwse nuchterheid en standvastigheid – eigenschappen die ik in hem had gezien, maar die in werkelijkheid misschien helemaal niet zo sterk in hem vertegenwoordigd waren als ik steeds had gedacht.

Dat Nico onzeker zou kunnen zijn, was nieuw voor me.

En alarmerend.

Want zijn analyse klopte tot op zekere hoogte. Ik was ondanks al zijn aantrekkelijkheden niet smoorverliefd op Nico Vrijland en dat was ik ook nooit geweest. Ik wilde niet de plaats innemen van Francien en in zijn Zeeuwse huisje aan de Westerschelde wonen, hem vergezellen tijdens kerkdiensten en zijn overhemden strijken.

Dit was perfect zoals het was. Nico Vrijland moest vooral in zijn eigen universum blijven, zijn habitat waarin ik hem op gezette tijden kon bezoeken en me liet voeden door zijn rust, kennis en adoratie, waarna ik opgeladen terug kon keren naar 't Fort, naar mijn ware leven, waarop Nico een aanvulling vormde.

En een vluchtweg. Een Plan B, voor mijn eigen gemoedsrust. Nico was als een voetballer die tijdens de wedstrijd warmliep langs de lijn, zodat hij bij calamiteiten de spits kon vervangen.

Maar voor hem betekende dit meer. Veel meer.

Ik zag hem bij het raam staan, keek toe hoe hij talloze woorden stukbeet en opvrat voor hij ze kon uitspreken. Hij kauwde erop, op zijn onderlip, zijn bovenlip, zijn wangen, verwoed, met een donkere blik in zijn ogen, zijn lichaam onnatuurlijk beweeglijk, zijn vuisten gebald.

Ik kon niet meer bij mijn gevoel komen, ik had geen idee wat ik moest zeggen om hem te helpen.

Dus zei ik niets.

Twintig

Volgende week is een heel belangrijke week. Dan moeten alle zesdeklassers een test doen, de Cito-toets, en aan de hand van de uitslag wordt bepaald naar welke school je hierna gaat.

De meester heeft het uitgelegd: je hebt de lts, da's de lagere technische school, en daar gaan vooral jongens heen die later in de bouw gaan werken. Dan is er de mavo – middelbaar algemeen voortgezet onderwijs – een vooropleiding voor het mbo – het middelbaar beroeps onderwijs, en daarmee kun je later bijvoorbeeld in een winkel gaan werken of er zelf een beginnen. Daarboven zit nog de havo en het allerhoogste zijn het atheneum en gymnasium, maar daar gaan volgens de meester alleen de echte wijsneuzen heen die later naar de universiteit willen, en zulke heeft hij niet in zijn klas zitten, zei hij. Iedereen moest lachen, de meester zelf ook.

Hij vertelde nog dat de testuitslag niet allesbepalend is, omdat er ook nog een schooladvies wordt gegeven en dat is minstens zo belangrijk. Misschien zelfs wel doorslaggevend. Iemand die volgens de toets mavoniveau heeft, kan bijvoorbeeld tóch havo-advies krijgen. Of andersom. Dat heeft te maken met je leervermogen en je werkhouding. Je gaat in elk geval altijd naar een school die bij je past.

Ik ben opgetogen: een nieuwe school, nieuwe klasgenoten.

Nog even, en ik mag hier weg.

Na de uitleg vroeg de meester aan ons wat we later wilden worden. Hij begon vooraan en werkte de rijen naar achteren af, zodat we alle achtendertig aan de beurt kwamen. Iedereen moest iets zeggen.

Ik dacht heel hard na en ik werd steeds nerveuzer. Was dit ook een test? Of kon ik gewoon eerlijk zijn? Ik wil bioloog worden. Dat weet ik bijna zeker; biologen werken in dierentuinen en in Afrika op de steppen, daar rijden ze rond in jeeps en ze slapen in tenten. Ver weg van de stad. Ze doen onderzoek en dat wil ik ook gaan doen. Ik lees over dat soort dingen in tijdschriften en boeken in de stadsbibliotheek, en ik weet tientallen Latijnse namen van dieren uit mijn hoofd – een ekster heet *Pica pica*, een wolf *Canis lupus*. Zo kunnen wetenschappers over de hele wereld, uit welk land ze ook komen en welke taal ze ook spreken, zich nooit vergissen in de soortnaam en weet iedereen meteen waarover het gaat. Ik vind het een prachtig systeem en ook een prachtige taal, dat Latijn.

Misschien had ik dat moeten zeggen tegen de meester, maar ik durfde niet omdat nog niemand bioloog als favoriete beroep had genoemd en ik heel erg bang was dat ze me na school hierop zouden pakken, dus toen ik aan de beurt was zei ik maar snel dat ik later kapster wilde worden. Dat hadden al twee meisjes voor mij gezegd en daar had niemand hen om uitgelachen.

Monique sprong op en riep dat ik dat helemaal nooit zou kunnen, kapster worden, en als ik dat wel werd, dat ze dan later nooit bij mij in de kapsalon zou komen, omdat mijn pony altijd scheef geknipt was.

De meester moest ook lachen.

Fruits de mer was gevestigd in een oud binnenstadspand met hoge plafonds. Voor een donderdagavond in december was het tamelijk druk: meer dan de helft van de tafeltjes was bezet. De muziek — populaire jazz — stond zacht.

Laura, Robert en ik zaten aan een ronde tafel in een hoek. Tegenover ons stal een twee meter lange, in de muur geïntegreerde gashaard de show. Ik speelde met mijn servet en keek naar de vlammetjes. Ze sisten zachtjes.

Lucien keerde terug van het toilet en kwam naast me zitten. Ik zag hem op zijn gsm kijken en daarna naar de ingang.

'Aron had er allang moeten zijn,' zei Laura. Het was me niet duidelijk of ze haar gedachten hardop uitsprak of haar woorden richtte tot Robert, die geïnteresseerd de achterkant van de fles wijn zat te lezen.

Thuis had ik wat genomen tegen de nervositeit, maar het werkte onvoldoende. Mijn handen trilden.

Lucien had me voor vertrek verzekerd dat hij van goede wil was en nu in eerste instantie aan zijn vader dacht, maar mijn systeem was nog steeds doordrenkt met de gal die Lucien in de afgelopen twintig jaar met betrekking tot zijn familie over me had uitgespuwd. Ik kon me niet eens meer heugen hoe vaak hij had gezegd dat hij zijn vader haatte, dat hij zijn halfbroer nooit wilde zien, dat hij met 'die kant van de familie' niets te maken wilde hebben. 'Ik zweer het je, Vera: mochten ze ooit met zo'n jankerig tv-programma aan de deur komen om het goed te maken, dan schop ik het hele boeltje met presentator en cameramensen en al van de oprit af.'

In sommige opzichten deed Lucien me onbehaaglijk veel aan mijn vader denken.

'Daar zul je hem hebben.' Robert stak zijn arm omhoog en wenkte een donkere gestalte die bij de bar zijn jas en sjaal aan een serveerster gaf.

Aron was niet meer het verlegen jongetje dat ik bijna twintig jaar eerder op de bruiloft van Laura en Robert had gezien. Glanzend donker haar, warme oogopslag, lachrimpels. Zijn handdruk voelde prettig stevig.

Hij ging zitten op de enige vrije plaats, tussen Robert en mij in. Zijn huid was lichtgetint van nature, viel me op, met een subtiele schaduw rond zijn oogleden, precies zoals bij Rosalie.

Aron zette zijn smartphone uit en stopte het ding in zijn zak.

Robert hield vragend de wijnfles omhoog. Zijn rossige haar leek licht te geven door de vlammetjes achter hem. 'Iemand?'

'Graag,' zei Aron.

'Doe mij ook maar,' hoorde ik Laura zeggen.

'Ik bestel liever een biertje.' Lucien wenkte de serveerster.

Ik voelde de spanning in me toenemen. Was dit een eerste teken van verzet? Passieve agressie? Ik zag hem ervoor aan.

'Doe mij maar wijn,' zei ik.

'Rood?'

'Ja, rood is prima.'

De serveerster bracht vlot een glas bier. Nu ze zag dat het gezelschap compleet was, deelde ze de menukaarten uit en gaf uitleg over het eten.

Na haar vertrek hief Robert zijn glas. Iedereen volgde zijn voorbeeld. Er werd geen toost uitgebracht, de eerste slok nam eenieder in stilte.

'Nou, daar zitten we dan,' zei Laura, die overduidelijk moeite had zich een houding te geven.

Robert tilde een karaf op. 'Iemand water?'

Aron schoof zijn waterglas naar voren. Hij had zwarte haartjes op zijn vingers. Zijn nagels waren verzorgd, maar de gladde huid van zijn handen werd ontsierd door kleine littekens.

'Jammer dat de aanleiding van vanavond zo triest is,' zei Lucien.

Aron knikte. 'Ik kan het nog steeds amper geloven dat papa ziek is.'

Papa. Hij zei papa, en hij sprak het woord uit met de vanzelfsprekendheid van iemand die heel dicht bij de man moest staan. Lucien had zijn vader nooit zo genoemd, buiten de gebruikelijke beledigingen die hij voor Hans bezigde noemde hij hem weleens 'pa' of 'mijn vader'. Nooit papa. Ik voelde hem naast me verstarren.

Aron zocht Luciens blik. 'Ik kan goed begrijpen dat je er al die jaren geen behoefte aan hebt gehad, Lucien.'

'Waaraan?'

'Aan dit. Aan een ontmoeting.'

Mijn ogen schoten van Aron naar Lucien.

'O ja?' vroeg Lucien. Hij was duidelijk op zijn hoede.

Aan de andere kant van de tafel zaten Robert en Laura toe te kijken, ademloos, klaar om tussenbeide te komen. Ineens begreep ik waarom deze ontmoeting moest plaatsvinden in een openbare gelegenheid en niet gewoon bij Laura en Robert thuis of in 't Fort.

'Ik zou ziedend zijn geweest als hij mij zoiets had geflikt,' ging Aron door. 'Dat heb ik ook tegen Hans gezegd, trouwens, dat hij een ongevoelige zak is geweest.'

Hij zei geen papa meer, hij zei Hans. Ik vroeg me af of hij dat met opzet deed, omdat hij uit Luciens reactie had opgemaakt dat 'papa' te gevoelig lag.

Aron ging verder: 'Hij heeft het niet zo bedoeld, dat weet ik, maar het is wel gebeurd. En het had anders gekund.'

Lucien nam een slok van zijn bier. Keek donker voor zich uit en zweeg.

'Het valt niet goed te praten,' ging Aron door.

Lucien zat nog steeds voor zich uit te kijken, peinzend, kauwend op een stuk brood. Niemand zei iets. Er was alleen het geroezemoes van andere gasten en het monotone geruis van de gashaard. Secondelang, misschien wel minutenlang bleef het stil aan tafel.

'Jij kunt er niets aan doen,' hoorde ik Lucien ineens zeggen. 'Je hoeft je niet voor pa's daden te verontschuldigen.'

Eenentwintig

Thuis vertel ik zelden over wat er op school en in de wijk gebeurt. Ik wil mama er niet mee belasten, ze heeft het al moeilijk genoeg. Ze weet wel wat er gebeurt, natuurlijk weet ze dat, ze ziet de blauwe plekken en schaafwonden. Maar er is niets wat ze ertegen kan doen. Dat heeft ze weleens tegen me gezegd: 'Als ik naar school ga, maak ik het alleen maar erger.

Met oma praat ik nooit. Tenminste, niet over dit soort dingen. Ik geloof niet dat oma me serieus neemt. Papa's moeder praat tegen me alsof ik nog steeds een kleuter ben.

En papa zelf is er nooit.

Hij oefent in Duitsland voor oorlogen die misschien wel nooit komen. Dat vindt hij belangrijk, daarvoor leeft hij, alles bij ons thuis draait om het leger. Als hij thuis is, trekt hij zich terug in zijn hobbykamer. Papa is lid van een vereniging van mensen die thuis op schaal oorlogssituaties nabouwen, diorama's heten die, en dan in clubhuizen in heel Nederland onderlinge wedstrijden houden wie de mooiste heeft. Hij bouwt slagvelden na, maquettes van gebeurtenissen uit de Tweede Wereldoorlog, alles net echt, met bloed en zand en waterplassen en al, uitgevoerd met liefde en tot in het kleinste detail.

Mijn vader houdt zich bezig met oorlogen die in de toekomst dreigen en oorlogen die al lang geleden zijn beslecht. Hij sluit zijn ogen voor zijn eigen oorlog, loopt met een grote boog om de strijdvelden van zijn eigen gezin heen.

Ik weet niet waarom hij dat doet. Ik begrijp niets van hem. Ik vraag me vaak af wat we verkeerd doen, mama en ik, dat hij zich zo weinig van ons aantrekt.

We doen altijd zo *moeilijk*, zegt hij steeds, en daar krijg je rottigheid van. *Het leven is heel makkelijk als je gewoon doet wat je gezegd wordt.*

En: *Denken moet je aan een paard overlaten, die heeft een veel grotere kop dan jij.*

De serveerster bracht de desserts. Kunstig opgemaakte hapjes van chocolademousse, ijs en warme kersen.

'Je hebt een eigen bedrijf, toch?' vroeg Aron aan Lucien.

Lucien nam wat van zijn chocolademousse. 'Een schoonmaakbedrijf. Met de parttimers erbij loopt er bij ons drieënveertig man. En jij?'

'Ik adviseer Spaanse en Nederlandse bedrijven, breng vraag en aanbod bij elkaar.'

'Wat houdt dat in?'

Aron stroopte de mouwen van zijn V-halstrui op. De kleine, zwarte haartjes van zijn vingers liepen door over zijn onderarmen, zag ik. 'Het is heel divers. Wat ik doe hangt af van wat de klant wil. Ik heb afgelopen jaar bijvoorbeeld voor een paar Spaanse bedrijven bemiddeld die een afzetmarkt zochten in Nederland, en Nederlanders begeleid die allerlei culturele projecten op poten wilden zetten in Spanje. Die sector wordt de laatste jaren steeds belangrijker. En toerisme, dat loopt altijd wel door.'

'Je spreekt natuurlijk ook vloeiend Spaans,' zei Lucien.

Hij knikte. 'Maar daar ben ik niet uniek in. Belangrijker is dat je allebei de culturen kent en begrijpt. Maar ook de regelgeving en wetten. Daarmee gaan veel Nederlanders de mist in. Bovendien kun je de mentaliteit in Andalusië niet vergelijken met die in Baskenland of Catalonië.'

'Hoeveel man heb je in dienst?'

'Niemand. Ik werk alleen.'

'Aron houdt geen kantoor,' vulde Laura hem aan. 'Hij pendelt tussen Spanje en Nederland.'

'Waar ontvang je je klanten dan?'

'Soms kan het per e-mail of telefonisch, voor grotere projecten spreek ik af op hun bedrijf, dan zie ik meteen wat ze te bieden hebben.'

Ik bekeek hem zijdelings. Mijn blik bleef op hem rusten; op zijn ogen, zijn licht gebogen neusrug, de kaaklijn die overging in een relatief brede nek. Hij had dezelfde lippen als Rosalie.

Aron draaide zijn gezicht naar me toe en keek me recht aan. Ik voelde me betrapt.

'En jij?' vroeg hij. 'Wat voor werk doe jij, iets met fotograferen, toch?'

Ik aarzelde. Ik was altijd wat terughoudend om met onbekenden over mijn beroep te praten. Het lag gevoelig. Ik kon er slecht tegen als mensen verkeerd reageerden.

'Ik ben dierenfotograaf,' zei ik.

'Wildlife?'

'Nee, voornamelijk huisdieren.'

Hij trok een wenkbrauw op. 'Honden, katten, konijnen?'

'Onder meer.' Ik zette me schrap voor de vervelende opmerking die hij nu zou gaan maken – dat deden ze altijd, vroeg of laat.

Maar Aron keek me oprecht geïnteresseerd aan. 'Cool. Een specialisme. Weinig last van concurrentie, vermoed ik?'

Cool?

'Het is inderdaad een klein wereldje.'

'Dat geloof ik.' Geen greintje ironie.

Ik voelde me licht verward. Dit was de eerste keer dat een volwassen man mijn specialisme als 'cool' omschreef. Buiten het vak werd er vaak op neergekeken. Het was vooral het onderwerp dat niet voor vol werd aangezien. Gebouwen, mensen, oorlogen, sport: zulke thema's werden bloedserieus genomen. Het fotograferen van wilde dieren had misschien nog iets stoers, dat was enigszins avontuurlijk en gevaarlijk. Maar huisdieren vormden imagotechnisch geen beste keuze. Te aaibaar. Te kinderlijk.

'Werk je voor particulieren?'

'Nee, vooral in opdracht van bladen en reclamebureaus.'

'Loopt het?'

Ik drukte de gedachte aan mijn vrijwel lege agenda weg, maar kon niet voorkomen dat ik moest denken aan het mailtje dat de marketingmanager van Petfood Division me gisteren had gestuurd. Door omstandigheden waren de plannen voor de kattenvoerlijn op de lange baan geschoven. De foto's die ik had gemaakt, mijn bezoek aan hun bedrijf, de gesprekken en de uren werk: ik vreesde dat ze allemaal voor niets waren geweest. Richard leefde in de veronderstelling dat zijn katten het gezicht zouden worden van een nieuwe kattenvoerlijn. Ik zou hem moeten bellen, maar ik stond niet bepaald te trappelen. De schaamte was groot.

Aron wachtte geduldig op mijn antwoord.

'Ik mag niet klagen,' zei ik. 'Het loopt redelijk goed.'

'Ik heb in Spanje een fotograaf gesproken die me vertelde dat dieren de moeilijkste specialisatie is. Je schijnt het niet te kunnen leren.'

Ik was met stomheid geslagen. 'Klopt. Ik heb het altijd makkelijk gevonden, het gaat bijna vanzelf.'

Laura onderbrak ons. 'Ik ben weleens jaloers op Vera. Ze is vrij om te gaan en staan waar ze wil en ze kan grotendeels haar eigen werktijden bepalen. Mijn rooster staat voor een heel jaar vooruit al vast. Ik ben gewoon maar een radertje in de grote machine die gezondheidszorg heet.'

'Hoe kom je daar nou bij,' zei Robert. 'Jouw werk is maatschappelijk relevant. Jij maakt verschil, jij betekent echt iets voor mensen.'

'Ik heb eerder het gevoel dat ik de helft van mijn werktijd zit te verlummelen op werkbesprekingen en bijscholingscursussen. Dat ziekenhuis is zo'n afschuwelijk log orgaan. Commissie hier, commissie daar, inspraakprocedures... om gek van te worden.'

Er viel opnieuw een stilte.

Aron stootte onder de tafel met zijn knie tegen me aan. Hij verontschuldigde zich niet, glimlachte alleen maar om aan te geven dat het hem niet was ontgaan. Nam een slok van zijn wijn.

'Je woont alleen, heb ik begrepen van Laura?' vroeg Lucien.

Aron knikte. 'Gescheiden.'

'Lang geleden?'

'Mijn dochter was twee toen het misliep. Ze is nu negen.'

'Je hebt een kind?'

Uit Luciens verbaasde reactie begreep ik dat Laura, ondanks dat ze haar broer zeer regelmatig sprak, niets had verteld over Arons privéleven.

'Ze woont bij haar moeder en stiefvader in Madrid.'

'Zie je haar nog weleens?'

'Niet zoveel als ik zou willen. Haar moeder en ik hebben allebei een volle agenda.'

'Ben je al die tijd alleen gebleven?'

'Nee, dat niet.'

'Maar je hebt geen vaste relatie?'

Hij wreef met zijn hand over zijn mond. 'Momenteel niet en dat bevalt me prima.'

Tweeëntwintig

De septemberzon valt gefilterd door het gebladerte van de platanen het klaslokaal in. Op het bord zijn de zon- en schaduwvlekken
steeds in beweging, ze deinen mee met de takken buiten. In de
zonnestralen dwarrelen stofdeeltjes. Als ik mijn vinger ernaar uit-
steek, wervelen ze alle kanten op. Ik denk dat het krijtstof is. De juf-
frouw – *lerares* moet je eigenlijk zeggen – schrijft vaak en veel op
het bord en veegt het geschrevene steeds weer met woeste bewegingen uit. Ze heeft een nogal hard stemgeluid en haar hele lijf beweegt mee als ze praat: haar armen, haar benen, haar schouders.
Dit uur heeft ze alleen maar gepraat. Ze heeft het over het oude
Egypte gehad, over farao's en scarabeeën – dat zijn grote kevers
die geluk brachten. Ze vertelde over hiërogliefen alsof ze die zelf
heeft ontcijferd.

Ik zit pas drie weken in klas 1b van de Aloysius Mavo, maar ik
vind deze school nu al het mooiste wat me ooit is overkomen.
Biologie, Frans, muziek... het is mateloos boeiend wat je er leert.
Elk vak wordt gegeven door een andere leraar in een ander lokaal.
En elk lokaal heeft zijn eigen sfeer, lichtinval en geuren. Het mu-
zieklokaal ruikt naar oude instrumenten en de zilverkleurige
muziekinstallatie die in de kast achter de leraar staat. Tijdens de
lessen is het een beetje schemerig – er zijn maar twee kleine dak-
ramen – en dat vind ik heel goed bij het vak passen. In het gods-
dienstlokaal stinkt het altijd en er hangt een blauwe mist tegen

het plafond, omdat de leraar sigaren rookt en nooit een raam openzet. Het biologielokaal is juist groot en fris, er is een aquarium en een soort keukentje en in de vensterbank staan plantjes.

De Aloysius Mavo is een nieuwe wereld.

'Brugsmurf' is de aanspreektitel die oudere leerlingen gebruiken voor mij en mijn klasgenoten, maar dat vind ik niet erg. Ze roepen je na en ze lachen je uit, maar ze doen je niets.

In mijn klas ben ik de enige van mijn oude school. De kinderen uit klas 1b komen uit verschillende delen van de stad, en van verder: uit dorpen van boven de Maas, plaatsen waarvan ik nog nooit had gehoord. Voor die leerlingen is het te ver fietsen, die komen met de bus.

'Stomme boeren uit de klei,' noemde papa ze toen ik hem erover vertelde, terwijl hij mijn nieuwe klasgenoten niet eens heeft ontmoet. Ik weet niet waarom hij dat zei. Ze lijken me juist heel aardig. *Anders*, dat wel, ik heb de indruk dat ze trager bewegen en reageren, ze ruiken zelfs anders en ze dragen kleren die niet in de mode zijn: zelfgebreide truien met strepen of vakken en vesten die geuren naar buitenlucht. En ze zitten er helemaal niet mee dat ze achterlopen. Ik vind ze aardig.

De school heeft ook een conciërge, een kleine Spaanse man met een stofjas aan. Hij houdt in de gaten wat er gebeurt, kent de leerlingen bij naam en hij plakt fietsbanden. Als je ziek bent, belt hij je moeder op. Hij is best aardig. 'Vera, die naam hoor je niet veel,' zei hij pas tegen me. Ik legde hem uit dat ik vernoemd ben naar mijn moeders moeder: ook zij heette Vera, maar halverwege mijn uitleg draaide hij zich om naar een ander kind dat hem nodig had. Zo'n man heeft het druk, met vijfhonderd leerlingen.

Het is hier echt anders dan op mijn oude school. Nieuw, spannend. En ook veel rustiger. Ik kan van en naar school fietsen zonder dat ik word tegengehouden. Er zijn nog geen vechtpartijen geweest op de speelplaats, die we vanaf nu 'schoolplein' moeten noemen.

Ik zou niet meer elke dag alert hoeven zijn. Niet steeds achter me hoeven te kijken, op te schrikken van gesmiespel in de klas.

Toch doe ik dat wel.

Ik kan het niet helpen.

22

'Zo. Dat was me het avondje wel.' Lucien hing zijn jas in de garderobekast en liep voor me uit de woonkamer in. In het schemerduister begon hij zijn overhemd los te knopen. Hij gaapte hoorbaar.

Ik volgde hem naar de slaapkamer en kleedde me met snelle bewegingen om, trok een tricot huispak aan en een paar dikke sokken. Het was bijna middernacht, maar ik voelde me te onrustig om te slapen. De gesprekken, de blikken, de onderhuidse signalen: ze zaten allemaal nog vers in mijn systeem en moesten rustig kunnen bezinken in mijn onderbewuste, waar ze geanalyseerd konden worden en een plaats zouden krijgen. Eerder zou ik geen oog dichtdoen.

Lucien zat voorovergebogen op de rand van het bed, druk bezig met het lospeuteren van zijn veters.

'Ik heb toch wel een beetje opgezien tegen vanavond,' zei ik tegen zijn kruin, 'maar ik ben blij dat je zus die moeite heeft genomen.'

'Ja. Goed van d'r.' Luciens schoen kwam met een zachte bonk op de vloerbedekking terecht.

'Het is allemaal een stuk minder onwennig als je elkaar alvast een beetje hebt leren kennen, toch?'

'Hm-hm.'

'Denk je dat het gaat lukken?'

'Wat?'

'Tien dagen optrekken met je halfbroer?'

'Hij lijkt me niet onaardig. Beetje een softie wel.'

Aron kwam op mij helemaal niet soft over. Integendeel.

Misschien verwarde Lucien subtiliteit en nuancering met zwakte.

Hij liet zich in bed vallen, trok het dekbed over zich heen en leek nu pas op te merken dat ik in de deuropening stond en niet naast hem in bed kwam liggen. 'Ga jij niet slapen?'

'Ik drink nog even wat, als je het niet erg vindt. Beetje tot mezelf komen.'

Ik installeerde me op de bank met een fles mineraalwater en een zak chips – ik had ineens honger gekregen. Het licht in de woonkamer liet ik uit.

Het stoorde me dat Lucien na zo'n bijzondere avond ging slapen alsof er niets was gebeurd, alsof het een dag als alle andere was geweest. Want dat hij nu sliep, dat wist ik zeker: morgen was een gewone werkdag en dat soort praktische zaken gingen bij hem voor.

Ik vroeg me af wanneer Lucien de dingen die hij meemaakte liet bezinken. Misschien bezonken ze tijdens zijn slaap en kregen ze vorm in zijn dromen – waarvan hij steeds zei dat hij die nooit had. Het kon ook zijn dat er wat hem betrof gewoon niet zoveel was om over na te denken, omdat hij alleen maar aardig deed tegen Aron om zijn vader te plezieren, of eerder nog voor zichzelf, om te voorkomen dat hij zich later, na de dood van zijn vader, schuldig zou gaan voelen. Ik was bang dat het niet dieper ging dan dat, en dat Lucien zijn halfbroer na de dood van zijn vader niet meer zou hoeven zien.

Maar wat er werkelijk in Luciens hoofd omging wist ik niet.

Ik spoelde een handje chips weg met een slok mineraalwater.

Op National Geographic was Cesar Millan aan het werk met een dobermannkruising die leed aan fobische angsten. Het was een ouder teefje dat ik zielsgraag een keer voor mijn lens had gehad, ze had een zachtaardige en tegelijkertijd intens trieste oogopslag. De hond was door haar huidige bazin gered uit een *animal shelter* waar ze op de dodenlijst had gestaan vanwege haar extreem angstige gedrag. Nu, vijf jaar later, ging ze nog steeds doodsbang door het leven. Ze sloop door het huis; met een scheve kop hield ze één oog op het plafond gericht, alert op gevaar dat van boven kon komen. Ze verstarde als er een keukendeurtje openstond. Terwijl ze at keek ze steeds om, alsof ze verwachtte elk moment te kunnen worden besprongen. Zowel de kijker als Cesar en de eigenares konden alleen maar raden naar de trauma's die aan de bron hadden gestaan van deze angsten.

Ik hield van dit programma. Het deed me goed om een man aan het werk te zien die de gevoelswereld van dieren serieus nam. Cesar Millan maakte een kalme, zelfverzekerde indruk. Geaard en in balans met zichzelf en de omgeving. Je zou in zo'n man kunnen geloven. Je zou het in elk geval willen proberen.

De wereld zou gebaat zijn bij meer Cesar Millans.

Ook ik had op zeker moment in mijn leven een Cesar Millan kunnen gebruiken, dacht ik, terwijl ik toekeek hoe de doodsbange hond in het water steun zocht bij de trainer, die zijn armen om haar magere hondenschouders sloeg. Ze bleef heel lang op die manier houvast zoeken, met haar voorpoten op zijn schouders, haar wang tegen de zijne. Ik las het in haar ogen; ze *wilde* hem wel haar vertrouwen geven, ze wilde niets liever dan dat, maar ze *kon* het niet, niet meer: ze had die mogelijkheid lang geleden al verloren.

Haar lijf verstarde, ze blokkeerde. Er was te veel kapotgegaan.

Ik trok mijn knieën op en sloeg mijn armen eromheen. Zo bleef ik zitten, op de bank, in het schijnsel van de tv, zachtjes van voren naar achteren schommelend. De tranen trokken natte sporen over mijn wangen.

In de woonkamer van mijn geliefde Fort, te midden van alle warmte en mijn luxe meubels, besefte ik dat ik nu nog steeds een Cesar Millan kon gebruiken.

Misschien nu wel meer dan ooit.

Drieëntwintig

De leerlingen, dat blijft moeilijk. Ik weet niet precies wat ze van me willen en wat ik moet zeggen, of juist niet. Dus zeg ik zo weinig mogelijk. Soms staan er een paar meisjes in een kring om me heen die me allerlei vragen stellen, ze willen weten wat ik ergens van vind, bijvoorbeeld van witte cowboylaarzen en lippenstift van de Hema. Dat soort dingen vinden ze belangrijk. Ik word daar nerveus van, want ik weet niet altijd wat ik moet antwoorden. Van de zenuwen praat ik dan te veel, vermoed ik, veel te veel. Dan blijf ik maar praten. 's Avonds in bed denk ik daaraan terug, aan de dingen die ik die dag te veel heb gezegd, of wat ik ervoor in de plaats had kunnen doen. Dan neem ik me voor om dat te verbeteren.

Jolanda en Irene zitten hier ook; naast mij zijn ze de enige kinderen die zijn aangenomen van Sint Vincentius.

Ze zitten niet in dezelfde klas als ik. Daar heeft mama voor gezorgd. Toen ze hoorde dat Jolanda en Irene ook naar de mavo gingen, heeft ze papa gevraagd om met de schoolleiding te gaan praten. Hij had er speciaal zijn nette legerkleding voor aangedaan. Ik schaamde me dood dat hij zo, met zijn baret op en dat 'uitgaanstenue' aan met van die vouwen in zijn broek, naar mijn nieuwe school ging. Maar van dat gesprek kwam hij heel tevreden terug.

'Schone lei, Vera,' zei mama, en ze omarmde me. 'En bedenk maar dat vanaf nu alles mooier wordt.'

Ik zie ze soms op het schoolplein staan, Jolanda en Irene. Dan ontloop ik hen gewoon. Zij doen op hun beurt net of ze me niet opmerken.

Misschien was dat opwachten en in elkaar slaan wel gewoon iets kinderachtigs, iets wat op de lagere school heel normaal is, maar in het voortgezet onderwijs niet meer.

23

Nico en ik zwommen in zee. Het zonlicht schitterde op de golven, twinkelende, lichtgevende puntjes die doofden en even verderop weer oplichtten in het ritme van de stroming. Nico bleef hier niet, zei hij. Hij wilde ergens anders naartoe. Hij had mijn arm vast en wilde me met zich mee sleuren.

Ik trok me los en bleef watertrappelen, met mijn hoofd net boven het wateroppervlak uit, waar ik de horizon nog kon zien, een horizon die me bekend voorkwam; ik zag de toren van de kerk in ons dorp, de rijtjeshuizen langs de rand, de zwartbonte koeien. Het bevreemdde me dat hier water was; er hoorde geen water te zijn, maar het zoute water prikte, ik voelde de stroming tegen mijn huid en deinde mee op de golven.

Nico praatte op me in. Hij zei dat hij me kwam redden. Hij verzekerde me dat er daarbeneden op de bodem ook zuurstof en zonlicht zouden zijn, dat ik hem echt wel kon vertrouwen, en dat het daar veel beter was dan hier. Ik hoefde geen hap lucht te pakken, geen duikflessen mee te nemen, niets – ik hoefde hem alleen maar te volgen. Het was een kwestie van vertrouwen, ik hoefde alleen maar te geloven dat het kon, me overgeven, net als in het verhaal van Peter Pan met het vliegpoeder en Tinkerbell.

Ik trok me los. Ik begon te schreeuwen dat hij me met rust moest laten. Ik probeerde naar het dorp te zwemmen, naar de kant, in de richting van waar ik vermoedde dat 't Fort zou zijn, maar iets zoog me naar beneden toe, trok aan mijn benen, ik kreeg water binnen, zout water dat in mijn longen stroomde, en ineens schrok ik wakker.

De laatste gedachte uit mijn droom zou me de rest van de dag bijblijven: *Vraag me niet om je te vertrouwen, Nico, want dat zal ik nooit doen.*

Vierentwintig

Ze stommelt de trap af. Ik zie haar vallen: ik zie haar lijf als een rubberen pop over de basalten treden naar beneden stuiteren.

Stil blijft ze liggen. Onder aan de trap, tegen de muur, met haar voeten omhoog. Haar boekentas is verderop in de gang terechtgekomen, haar boeken en schriften liggen verspreid over de geelgemarmerde vloertegeltjes.

Iedereen begint te lachen. Hard en honend. Er gaan leerlingen om haar heen staan.

Niemand doet iets.

Niemand steekt een hand uit.

'Seksbom! Seksbom! Seksbom!'

Ik kan niet meer ademen. Een fluittoon vult mijn hoofd.

'Moet je die doos zien liggen, wat een stomme *duts*!' zegt Jeannette. Ze stoot me aan.

Het meisje begint te huilen, er verschijnen vlekken op haar gezicht. 'Ik ben geduwd,' hoor ik haar zeggen. Ze snikt het eerder dan dat ze het zegt, maar haar stemgeluid gaat verloren in het gejoel. Ze kijkt door haar brillenglazen omhoog, naar ons. Naar ons allemaal.

Ze kijkt ook naar mij.

Ik kijk omhoog, naar de draaiing van de trap daarboven. De trap is lang en hard en heeft treden met scherpe hoeken.

Ze had wel dood kunnen zijn.

Ze had werkelijk dood kunnen vallen van die hoogte. Haar rug kunnen breken. Haar nek. Haar schedel.

Boven aan de trap staan klasgenoten wild te gebaren naar een toegesnelde leraar.

'Ik deed niks!'

'Ze struikelde over d'r eigen veters, die duts.'

'Koekwous.'

Ik omklem mijn boekentas, druk het stugge, sterk ruikende leer tegen me aan. Jeannette zegt weer iets tegen me, maar het lukt me niet om haar woorden te onderscheiden van al die andere stemmen, de tientallen stemmen die door het trappenhuis galmen, het gesnater, hoog en ijl, het bulderende gelach. Opwinding, opgetogenheid.

Hyena's.

Ook hier.

24

De droom zat me niet lekker.

Ik had nooit eerder over Nico gedroomd, niet op deze manier. Het had zo echt geleken, eerder een visioen dan een droom, alsof hij een voorspellende waarde bezat. Ik vocht tegen de onnozele neiging om buiten te gaan controleren of de polder vannacht was overstroomd – er liep niet eens een rivier in de buurt, alleen een kanaal.

Nadat ik een kop koffie had gezet en op mijn laptop aan de keukentafel mijn e-mail had doorgenomen, logde ik in op het Gmail-account dat Nico en ik voor onszelf hadden gereserveerd.

Er was mail.

Het bericht was afgelopen zaterdagnacht om 03.00 uur verstuurd.

LIEVE VERA,

IK WEET NIET WANNEER JE DIT ZULT LEZEN, MAAR IK GA ERVAN UIT DAT JE OP ONS ACCOUNT HEBT INGELOGD OMDAT JE AAN ME DACHT.

IK BESEF DAT HET NIET ONZE GEWOONTE IS OM ELKAAR TE SCHRIJVEN, MAAR SOMS IS HET MAKKELIJKER OM DE JUISTE WOORDEN TE VINDEN ALS ER ENIGE AFSTAND BESTAAT. ZEKER

DE LAATSTE TIJD MERK IK DAT IK MOEITE HEB OM TEGEN JOU TE ZEGGEN WAT ME BEZIGHOUDT EN WAT ER WERKELIJK DOOR ME HEEN GAAT (OF EERDER NOG: DOOR ME HEEN RAAST), OMDAT ER IN JOUW NABIJHEID TE VEEL GEVOELENS LOSKOMEN.

Ik roerde een zoetje door mijn koffie en nam een slok. Mijn handen trilden.

DIE GEVOELENS ZIJN IN DE TWEE JAAR DAT WE ELKAAR NU ZIEN ALLEEN MAAR STERKER GEWORDEN. ZE ZITTEN DIEPER DAN IK AAN JOU (MAAR ZEKER OOK AAN MEZELF) HEB TOEGEGEVEN.

IK VRAAG ME AF OF IK JE DIT WEL MOET VERTELLEN, OF DAT VERSTANDIG IS, MAAR IK WIL TOCH DAT JE HET WEET: FRANCIEN EN IK ZIJN AL EEN POOS NIET MEER INTIEM MET ELKAAR. IK KAN HET NIET MEER OPBRENGEN. IK HOU VAN HAAR, OM WAT ZE VOOR ME DOET EN WIE ZE IS, EN IK HOU ZIELSVEEL VAN DE KINDEREN, DIE ALLES VOOR ME ZIJN, MAAR MIJN HART KLOPT VOOR JOU.

WEET DAT MIJN GEDACHTEN TIJDENS DE KERSTDAGEN BIJ JOU ZULLEN ZIJN, BIJ JE LACH, JE WARMTE, JE STEM, JE GEUR, JE LIJF.

16 JANUARI, EEN WADDENEILAND, HET LIJKT NU NOG EEN EEUWIGHEID.

IK ZIE JE DAN.

PRETTIG KERSTFEEST.

NICO

'Ik wil dit niet,' zei ik hardop tegen het scherm van mijn laptop. 'Shit, Nico. Doe dit nou niet.'

Ik beet zacht op mijn onderlip. Las zijn mail nog een keer, om er zeker van te zijn dat ik geen verkeerde conclusies trok.

Maar zijn tekst was onmogelijk anders te interpreteren.

Mijn sterke, nuchtere, erudiete Zeeuw aan wie ik me steeds had kunnen optrekken, had zijn masker afgelegd en daaronder huisde een verliefde, afhankelijke man, even onzeker en kwetsbaar als ikzelf.

Het maakte me bang.

Bang en somber.

Nico was beschikbaar geweest op een cruciaal moment in mijn leven, die verschrikkelijke dag waarop ik me overbodig en afgewezen voelde, doodsbang voor de naderende dreiging van eenzaamheid en uitsluiting. Hij was de enige die mijn signalen had opgepikt en me zijn schouder had aangeboden.

Hoewel Nico Vrijland met zijn voorkomen, status en scherpe geest door de meeste vrouwen als een buitengewoon goede vangst zou worden beschouwd, voelde ik me bij hem vooral op mijn gemak en geborgen.

Ik vermoedde dat het voor hem altijd al meer had betekend en dat zijn gevoel veel dieper ging, dat hij me zelfs adoreerde. Hij zei later: 'De eerste keer dat ik je sprak ben ik dagenlang van slag geweest. Iedereen dacht dat ik ziek was. Dat was ik ook. Ziek van verliefdheid.'

Het was een ongelijke verhouding, van het begin af aan.

Dat zag ik nu.

Vijfentwintig

Misschien ben ik te bang geweest, te onzeker en te veel op mijn hoede, en hebben ze dat geroken; het angstzweet, dat al ver voor ik het schoolplein op fiets uit mijn poriën begint te druipen. Misschien heb ik het prooidier dat in me schuilt onvoldoende kunnen maskeren, is haar schichtige natuur dwars door mijn onverschillige buitenkant heen gebroken, voor iedereen zichtbaar, maar vooral voor hén.

Wat precies de ommekeer heeft teweeggebracht weet ik niet, maar na de eerste magische maanden blijken de ongeschreven wetten op de Aloysius Mavo al precies hetzelfde te zijn als op de lagere school: er zijn roofdieren, prooien en toeschouwers, en wat exclusief voor de prooien geldt is dat ze er, als het erop aankomt, alleen voor staan.

Jeannette had mijn kleren uit mijn tas gegrist. 'Jongens, kijk eens!' Ze stond midden in de kleedkamer en hield mijn lievelingstrui – gebreid door een zus van oma – met duim en wijsvinger omhoog. Met de andere hand kneep ze haar neus dicht. Ze keek triomfantelijk in het rond.

'Vlooien! Vlooien! Vlooien!'

Daarna gaf ze de trui door aan Anja, die ermee de gang op rende en hem, samen met mijn broek en hemdje, de jongenskleedkamer in gooide. Het gejoel van de jongens drong door de muren heen.

Een paar meisjes moesten erom lachen, ze vonden Jeannette en Anja erg grappig. Anderen waren stil. Ze keken toe. Niemand wilde de aandacht op zich vestigen, niemand wilde de volgende zijn.

Ik was op een bankje gaan zitten, probeerde me af te sluiten voor het geschreeuw en het gejouw en bleef stug voor me uit kijken als er tegen me aan werd geduwd. Toen iedereen weg was ben ik, nog steeds gekleed in mijn gymbroekje en T-shirt, de inmiddels verlaten jongenskleedkamer in geslopen om mijn spullen te zoeken. Ze lagen er niet. Ik rende door naar de douches, doorzocht de toiletten, en vond ze uiteindelijk in de gymzaal tussen de bankjes. Ik kwam te laat in de biologieles.

'Je zult het er zelf wel naar gemaakt hebben,' zei de conrector, toen ik een telaatbriefje bij hem ging halen.

Tegen oma en papa zeg ik niets over school, over de pesterijen en mijn angst dat iemand me op een dag van de trap af zal duwen of een zetje zal geven als ik langsfiets. Ik wil er met hen niet over praten, ik wil er met niemand over praten.

Ik schaam me er alleen maar voor.

Dus doe ik mijn best om problemen voor te zijn. Als ik op school de trap moet nemen, zorg ik dat ik aan de zijkant loop met steeds één hand op de leuning. Op de fiets omklem ik mijn stuur met beide handen als ik zie of hoor dat er anderen naderen.

Ik verwacht het ergste. Altijd.

Ik moet voorbereid zijn.

25

Het vliegtuig landde in de vroege namiddag op Orlando International Airport. Rond dit uur had het zonlicht al wat aan kracht ingeboet en legde het een zachte gloed over de gebouwen en het asfalt. Her en der staken kruinen van palmbomen boven de daken van het betonnen complex uit.

Welcome to Florida, the sunshine state!

Hans en Rosalie hadden op de luchthaven een *airconditioned stretched minivan* gehuurd. Een sneeuwwit en nogal opzichtig vehikel dat het midden hield tussen een truck, een schoolbus en een limousine. Het had geblindeerde ramen en een monumentale grille van glanzend chroom. Voor in de cabine beschikten Hans en Rosalie over stoelen met armleuningen en bekerhouders, daarachter waren drie banken. Onze koffers lagen achter in de bagageruimte en opgestapeld op de laatste bank. Ik zat op de bank ervoor, achter Robert en Laura en hun kinderen. Links van me hing Lucien onderuitgezakt tegen het raam, zijn ogen half toegeknepen tegen de laaghangende zon, rechts had een zwijgzame Aron zijn armen over elkaar geslagen. Het leek of hij sliep.

Ik was bekaf van de reis, maar slapen in een vliegtuig of een rijdende auto was me nog nooit gelukt. Soezend nam ik het landschap in me op.

Ik was nooit eerder in Amerika geweest. Toch kreeg ik het gevoel dat deze landtong tussen de Golf van Mexico en de Atlantische Oceaan niet representatief was – of kon zijn – voor het hele land. Vanaf de snelweg leek Florida nog het meest op geschilderd bordkarton, met villa's in suikerkleurtjes en restaurants die al van verre opvielen door tien meter hoge opblaascowboys of alligators, die boven op hun gevels heen en weer deinden in de wind.

Alles hier schreeuwde naar je, riep om je aandacht.

Ik begreep niet goed waarom Hans juist deze plaats had uitgekozen om zijn familie mee naartoe te nemen. Misschien zou ik daar de komende week achter komen.

Noa en Chiel waren klaarwakker. Ze drukten hun neus tegen het glas en reageerden luid en enthousiast op alles wat hen verwonderde in die nieuwe wereld. Hoe langer we reden, hoe verder weg hun stemmen klonken, alsof ze door een steeds langer wordende buis kwamen. Het geronk van de motor resoneerde in mijn hoofd en door het deinen van het busje voelde ik me een beetje draaierig worden, misselijk bijna.

Het kwam me voor dat ook Hans moe was, vermoeider dan hij aan ons wilde toegeven. Hij verdeelde zijn aandacht tussen de weg voor hem en het navigatiesysteem en hij had de hele tijd nog geen woord gezegd.

Langzaam veranderde het landschap. We reden nu door vlak, ruimtelijk gebied met veel laagbouw, afgewisseld met braakliggende stukken grond. Er lagen vennetjes en er groeiden grassen en doornige struiken waarin talloze bossige slierten hingen: asgrijs, sommige wel een halve meter lang. De spookachtige vegetatie deed me denken aan vergaan linnen en gedroogd zeewier dat na een overstroming in de takken was achtergebleven, maar ik vermoedde dat het plantaardige parasieten waren, zoals we in Europa maretak kennen.

De zon had nog verder aan kracht ingeboet en kleurde het landschap van zachtgeel en oker naar schakeringen gloeiend lila en roze.

Op een bepaald punt moest Rosalie de radio hebben aangezet, waarna onze tocht werd begeleid door een countryzender. Garth Brooks, Taylor Swift, Kid Rock — *singing sweet home Alabama all summer long*. Door de muziek, de snelheid waarmee de omgeving voorbijgleed en de vermoeidheid voelde het alsof ik in een snel gemonteerde videoclip was terechtgekomen.

De laatste tien, vijftien mijl naar de villa kon ik me later niet meer herinneren. Het kon zijn dat ik toch had geslapen, maar dat moest dan heel kort zijn geweest.

Zesentwintig

Mama is weer weg.

Oma zegt dat ik er rekening mee moet houden dat ze deze keer langer wegblijft dan anders.

Nog langer, denk ik. Ze is er haast nooit.

'Je moeder is erg ziek,' zegt ze.

Ik schrik van de toon van haar stem. 'Gaat ze dood?'

'Nee. Ze gaat niet dood. Maar ze moet heel lang in het ziekenhuis blijven. Misschien wel een jaar.'

Ik voel me kwaad worden. Kwaad op oma, die het doet voorkomen alsof mijn moeder haar een groot onrecht aandoet door steeds maar ziek te zijn en ertussenuit te knijpen. Kwaad op papa, die er met mij niet eens over wil praten. Ik ben kwaad op iedereen. Ook op mama.

Ik zeg: 'Wat voor ziekenhuis is dat eigenlijk, als ze mensen niet eens beter kunnen maken? Waarom brengen jullie mama niet naar een ánder ziekenhuis?'

Ze legt een hand op mijn schouder. 'Het is een goed ziekenhuis, Vera. Maar soms zijn mensen zó ziek, dat zelfs de beste dokters ze niet beter kunnen maken.'

'Als ze toch niet beter wordt, waarom blijft ze dan niet gewoon bij ons?'

'De dokters zorgen ervoor dat het niet erger wordt.'

'Kunnen we niet naar haar toe?'

Haar gezicht betrekt. 'Nee. Dat kan niet. Uitgesloten.'

'Maar ik –'

'Het is veel te ver. In het buitenland.'

'Tante Cora is toch ook naar Lourdes geweest? Met de bus? En kinderen uit mijn klas gaan op vakantie naar Spanje en Duitsland. Kunnen wij niet –'

'Het is te ver voor met de bus,' doet ze het af.

26

'Papa, papa! Een Mickey Mouse-bed!'

'Een hele Mickey Mouse-slaapkamer zul je bedoelen! Laura, heb je die kast gezien?'

'En hier...? Wat is dit voor—'

'Een poolbiljart! Djiezus, dit is echt niet normaal meer.'

'PlayStation!' Chiels schrille stem sloeg over van enthousiasme. 'Noa, kijk nou: PlayStation!'

Ik haastte me door de villa achter het groepje aan. Bij aankomst op de eindbestemming was er een golf energie vrijgekomen. De kinderen renden voorop; hun kreten een voorbode van wat er in de volgende ruimte te zien was.

Er kwam geen einde aan. Tot nu toe had ik vijf slaapkamers geteld, vier volledig ingerichte badkamers, twee woonkamers en twee keukens, een *game room* met apparaten die in een professionele speelhal niet zouden misstaan, een fitnessruimte met spiegelwand en een kelder waarin een luxueuze bank, een enorme televisie en een poolbiljart waren geplaatst.

Zeven nachten zouden we verblijven in deze 'self catering' luxe villa, en daarna nog twee nachten in een hotel aan de baai van Tampa, een paar honderd kilometer ten westen van Orlando. Daar wilde Hans gaan vissen.

'Zwembad! Zwembad!'

Chiel en Noa hadden een schuifdeur opengetrokken en rolden over elkaar heen het terras op, dat evenals de rest van de tuin volledig was omsloten door fijn horgaas. Het was alsof je in een volière stond. Bij huizen in de omgeving waren de achtertuinen op dezelfde manier afgeschermd. Ik liet mijn vingertoppen over het zwarte gaas gaan.

'Tegen de muggen,' zei Rosalie. 'Daar barst het hier van.'

Hans vulde haar aan: 'Nu valt het wel mee, maar 's zomers is het echt erg. Moerasgebied, hè?' Hij verhief zijn stem en richtte zich tot Lucien. 'Weet je nog dat we op die camping zaten in Frankrijk, vlak bij La Grande Motte in de Camargue, waar we die eerste nacht allemaal onder de muggenbulten kwamen te zitten?'

Lucien wist het nog.

Ik keek naar het rimpelloze wateroppervlak en wreef over mijn armen. Het kippenvel sprong op. De staat Florida had de naam subtropisch te zijn, maar zo heel warm voelde het niet. Misschien rilde ik wel van vermoeidheid.

'Dit is denk ik een bubbelbad.' Laura zat aan de andere kant van het zwembad op haar hurken, geflankeerd door haar kinderen. Chiel lag op zijn buik en bewoog zijn armpje in het water. 'Het water is best warm, mam.'

'Pas op voor je mouw!'

Hans liep op hen af. 'Meestal zitten de knoppen aan de zijkant.'

Robert had ze al gevonden. Er klonk een zacht gezoem, dat enkele seconden aanhield. Daarna sloeg binnen in het betegelde plateau tussen de *hot tub* en het zwembad iets aan, werd het gezoem sterker en verschenen er bubbels aan het wateroppervlak.

Noa voelde zich niet te groot om naast haar kleine broer op de tegels te gaan liggen en haar hand in het water te steken. Ze giechelden aan één stuk door.

'Mogen we erin, mam?'

'Ah, toe?'

Laura schudde haar hoofd. Ze gaapte en keek op haar horloge. 'Het is in Nederland één uur 's nachts, geen wonder dat ik aan het inkakken ben.'

'Je kunt nu beter niet gaan slapen,' zei Hans. 'Dan raakt je lichaam helemaal de kluts kwijt. We gaan zo meteen wat eten, en daarna naar bed.'

'Hadden jullie zoiets verwacht?' vroeg Hans zijn kleinkinderen naar de bekende weg.

Ze hoorden hem niet eens, ze renden gillend bij het zwembad vandaan en doken het huis weer in, hongerend naar nog meer verrassingen in deze onmetelijk grote sprookjesvilla. De kinderen was niets verteld over Hans' ziekte; de wetenschap dat ze hun opa binnenkort zouden kwijtraken, zou deze bijzondere belevenis zwart kleuren. Dat wilde niemand op zijn geweten hebben.

Lucien en ik volgden het groepje naar binnen. Aron slenterde achter ons aan.

Laura maakte foto's van slaapkamer nummer zes. Ze had een zilverkleurig cameraatje bij zich dat ze wat onhandig vasthield en ze koos regelmatig een ongunstige hoek. De helft van de foto's zou mislukken, de andere helft zou met een beetje goede wil acceptabel genoemd kunnen worden, type vakantiekiekje. Ik moest me inhouden er iets van te zeggen en haar ongevraagd tips en aanwijzingen te geven.

Ik had niet eens recht van spreken, want ik had mijn camera niet meegenomen. Voor vertrek had het me nog heel verstandig geleken om hem thuis te laten. Fotograferen was werk, en dit was een privéaangelegenheid van een beladen soort. Ik wilde me kunnen focussen op de familie, en Lucien had me nu nodig. Mijn camera lag dus thuis, veilig opgeborgen in de oude brandkluis, in de kelder van 't Fort.

Pas toen ik Laura's gestuntel gadesloeg drong het tot me

door dat ik het verkeerd had ingeschat. Ik had een prachtige fotoreportage kunnen maken, een beeldverslag dat recht zou doen aan de bijzondere reis. En het zou geen enkele moeite zijn geweest. Integendeel, het had me juist iets omhanden gegeven.

Ik was nog geen etmaal met dit gezelschap op reis en verlangde nu al hevig naar de mogelijkheid om achter een zoeker weg te kruipen. De werkelijkheid was zoveel beter te verdragen als ze ingekaderd werd gepresenteerd, gefilterd door een hele reeks achter elkaar geplaatste optische lenzen.

Buffers van glas.

Er was geen beter schild denkbaar dan een camera.

Zevenentwintig

Papa heeft vorige maand een nieuwe camera gekocht. Het is een zilverkleurige, met een aparte lens erbij waarmee hij close-upopnames kan maken. Je kunt er bijvoorbeeld insecten mee fotograferen en ook bloemen van heel dichtbij. Papa zegt dat je met die speciale lens zelfs minuscule vezeltjes en haarvaatjes scherp op de foto kunt zetten, maar om vezeltjes geeft hij niet veel. Daar gaat het hem niet om. Hij neemt alleen maar foto's van zijn diorama's, net voor hij ze weer afbreekt en aan een nieuw begint te bouwen. Het liefste zou hij alle diorama's bewaren, zoals dat van de Slag om Arnhem en het Ardennenoffensief en D-day, maar daarvoor is bij ons in huis te weinig ruimte, en als hij ze voorzichtig afbreekt, kan hij sommige spulletjes hergebruiken. Dat bespaart kosten. De foto's komen in zijn plakboeken terecht, die in chronologische volgorde op de plank in zijn hobbykamer staan. Met zijn oude camera kon papa alleen overzichtsfoto's maken van zijn werkstukken. Nu kan hij ook elk duimhoog soldaatje apart vastleggen en zijn zelfs de modderspatten op de legerbroeken nog scherp in beeld.

Ik mocht papa's oude camera hebben: een rechthoekig model met een bruinleren hoesje eromheen. De camera is best zwaar en bijna even oud als ik ben. Hij doet het perfect. Er zat zelfs een splinternieuw rolletje in.

Sindsdien ga ik na school naar buiten. Bijna elke dag maak ik foto's van dingen die me opvallen, die ik mooi of interessant vind. De meeste foto's hebben dieren als onderwerp.

Ik druk niet in het wilde weg af want foto's zijn duur. Eerst betaal je voor het rolletje zelf. Je hebt rolletjes van 12, 24 of 36 opnames en daar zit prijsverschil in. Het ontwikkelen kost wel altijd evenveel, dus gebruik ik die van 36. Thuis houd ik de negatieven tegen het licht. Ik bestudeer ze grondig om er zeker van te zijn dat ik alleen de beste laat afdrukken. Het afdrukken kost zestig cent per foto.

'Zonde van het geld,' zegt oma steeds.

Papa laat me begaan, ik betaal het van mijn eigen zakgeld, maar hij vindt wel dat ik andere onderwerpen moet kiezen. 'Dieren, wat moet je daar nou mee,' zegt hij steeds. 'Fotografeer liever mensen. Daar heb je later nog wat aan.'

Mijn vader houdt niet van dieren.

Ik wel. Ik zou willen dat ik een foto van Fabel had kunnen maken. Nu heb ik alleen nog de herinnering aan haar zachte, dunne oren, en als ik me inspan voel ik weer de warme, brede rug waar ik tegenaan sliep, met mijn arm om haar nek.

27

De wekker was om halfzeven gegaan. Terwijl ik mijn tanden stond te poetsen en Lucien onder de douche stond, waren Hans en Robert naar een nabijgelegen Walmart gereden om inkopen te doen voor het ontbijt.

Samen hadden we de etenswaren ingeruimd. Het was waar wat ze zeiden over Amerika: alles was er groter. De melkpakken, de flessen cola; ze leken te zijn gemaakt voor reuzen. Het eerste ontbijt in onze villa in Kissimmee was gezamenlijk, met uitzicht op het zwembad en een luid schetterende tv op de achtergrond – een nogal opgefokt programma waarin oldtimers en bijzondere auto's werden geveild.

Daarna waren we in onze eigen bijzondere huurauto gestapt en had Hans koers gezet naar Disney World.

Amerika zag er vanochtend niet veel anders uit dan gisteravond. Alleen scheen nu het zonlicht wat bleekjes door de dunne ochtendnevel heen. Langs de weg stond een woud aan reclameborden die hun boodschap in het gezicht van de passerende automobilisten slingerden: *Medieval Dinner Show! Family Water Fun! Gator Experience! All You Can Eat Buffet Only $10!* Centra voor plastische chirurgie deelden hun parkeerplaats met die van de toeristenwinkels en hamburgerrestaurants.

Ik betrapte mezelf erop dat ik niet meer onbevangen naar mijn schoonvader kon kijken. Ik observeerde hem, gespitst op minieme tekenen van vermoeidheid of pijn, en ik schaamde me ervoor dat ik dat deed. Ik had nog niets afwijkends aan Hans ontdekt. Er was geen enkel verschil met de flamboyante levensgenieter die hij was geweest voordat de diagnose was gesteld. *Nog niet*, zei een sombere stem in mijn binnenste.

Ik vroeg me af of zijn kinderen en Robert er net zo mee bezig waren als ik, of dat zij mogelijk wel in staat waren om die donkere gedachten uit te schakelen en te genieten van het hier en nu.

Het was mij nog niet gelukt. We moesten lichtheid voelen, liefde en dankbaarheid, maar ik voelde alleen maar het loodzware juk van onze sinistere voorkennis. Ik keek om me heen, naar de lachende gezichten, de glanzende ogen. In de nabije toekomst zou ditzelfde groepje opnieuw bij elkaar komen, alleen zou Hans dan koud en stijf in een kist liggen, het deksel gesloten, het gelakte hout overdekt met bloemen en kransen. Er zouden mooie woorden worden gesproken boven die bloemenzee, zijn favoriete muziek zou worden gedraaid en er zou worden gehuild. Natuurlijk werden er na afloop bij de koffietafel herinneringen aan Hans opgehaald en het zou me echt verbazen als Noa en Chiel geen tekeningen gemaakt zouden hebben die opa in zijn kist met zich mee kon nemen, de grond of de oven in – afhankelijk van zijn wens en die van Rosalie.

En dan was hij weg.

Voor altijd weg.

Dan restte alleen nog de rouw.

Maandenlang. Jarenlang. Eeuwig. Eeuwige rouw.

Niet aan denken.

Geniet!

Doe het, nu het nog kan!

Dichter bij Orlando doken de outletcomplexen op: imponerend omvangrijke winkelcentra waarvan alleen al de parkeerplaatsen zo groot waren als complete voetbalvelden. De merken – Nike, Polo Ralph Lauren, Tommy Hilfiger – waren in manshoge letters op de wit gestuukte gevels aangebracht.

'Merkkleding kost helemaal niks in die outlets,' hoorde ik Hans plotseling zeggen. 'Vlak na kerst begint de *sale* en dan is het helemaal lachen. Dan betaal je de helft van niks.' Hij pauzeerde even en zei toen: 'Mochten jullie willen, dan kunnen we deze week nog wel een dagje shoppen inlassen.'

Rosalie draaide zich om. 'Wat denken jullie? Maandag na kerst dan maar gaan winkelen?'

'Ik kan nog wel wat gebruiken,' zei Laura. 'En jij trouwens ook, Robert.'

Robert bromde wat. Het maakte hem niet uit.

'Het maakt mij ook niet uit,' zei Lucien. 'Ik pas me wel aan.'

Aron reageerde: 'Ik vind het ook best. Wat jullie willen.'

Ik mompelde iets instemmends, niet al te enthousiast. Polo Ralph Lauren was aan mij niet besteed. De meeste tijd was ik achter een camera te vinden, op mijn knieën in zompige grasveldjes of in stoffige boerenschuren. Met de jurkjes die ik voor feesten en zakelijke afspraken in de kast had hangen, kon ik voorlopig nog vooruit.

'Goed,' concludeerde Rosalie. 'Dan gaan we maandag shoppen.'

'Geld moet rollen,' besloot Hans, brommend.

'Zo is het,' zei Robert. 'Je leeft maar één keer.'

Daarna werd het stil.

Achtentwintig

Ik ben een jager. Mijn wijk is mijn jachtgebied, de camera mijn geweer. Ik zwerf tussen de huizen door, sluip door de brandgangen, heel behoedzaam, zodat niemand me ziet. Ik ben onzichtbaar, ik ben een sluipschutter. Ik schiet wat ik mooi vind en neem het mee naar huis. Fotograferen is de meest vreedzame vorm van jagen. Oma vindt dat ik er te veel mee bezig ben. 'Er is nog meer op de wereld,' zegt ze dan. 'Je bent altijd maar alleen. Ga eens wat leuks met je vriendinnen doen.' En: 'Moet jij geen huiswerk maken?' Oma begrijpt er helemaal niets van. Als ik op fotojacht ben, is niets anders nog belangrijk. Ik denk niet meer aan school en de pesterijen en zelfs niet aan mama die ik zo mis. Ik denk alleen maar aan de foto die ik wil maken. Dan voel ik me heel rustig worden vanbinnen, gelukkig en licht.

Op het strandje dat vlak bij de snelweg ligt zijn altijd honden aan het spelen. Ze sjouwen er rond met stokken en snuffelen aan elkaars achterste. Als ze uit het water komen, kwispelen ze aan één stuk door en stralen hun ogen. Ze glimlachen, dat zie je zo, ook al zeggen ze dat alleen mensen kunnen lachen en dieren niet, omdat die geen emoties zouden kennen.

Soms vergeet ik de tijd. Dan merk ik pas aan het afnemende licht dat ik allang thuis had moeten zijn. Als het begint te schemeren worden de foto's donkerder en onscherper. De kleuren zijn niet meer vast afgebakend, ze worden vloeibaar en lopen in elkaar over als op een waterverfschilderij.

Papa noemt zulke foto's mislukt. 'Ze zijn bewogen,' zegt hij dan.

Ik vind die foto's juist het mooist. Mooier dan de haarscherpe plaatjes die papa zelf maakt van zijn soldaatjes en tanks. De Slag om Arnhem past precies op zijn werktafel en alle verhoudingen kloppen. Hij vindt het belangrijk dat zijn diorama's tot in de kleinste details levensecht zijn en wijst me dan bijvoorbeeld op een musje in een dakrand en de waterplassen op een modderig pad die er heel echt uitzien, maar die zijn gemaakt van een soort hars. Vervolgens maakt hij er foto's van die zijn diorama's zo scherp en natuurgetrouw mogelijk weergeven.

Mijn vader legt de dingen vast zoals ze zijn.

Ik wil dat niet.

Ik leg de dingen vast zoals ik ze graag wil zien.

28

Het Disney World-complex was buitensporig ruim van opzet: 75 vierkante kilometer, volgens het gidsje dat Rosalie bij zich had. Buiten de zes pretparken zelf besloeg het terrein nog tientallen resorts, hotels, stadions, winkelcentra en restaurants, die met elkaar waren verbonden door een netwerk van snelwegen, compleet met viaducten en afslagen en met bewegwijzering in Disney-stijl.

Onze bestemming van vandaag was het wereldberoemde oerpark waar het glinsterend verlichte kasteel van Assepoester stond: Magic Kingdom – 'het échte Disney World' volgens de kinderen.

Vanaf de parkeerplaats reden treintjes die de bezoekers vervoerden naar een verzamelstation. Van daaruit konden we overstappen op een veerboot of een monorail die ons naar de hoofdingang van Magic Kingdom zou brengen. De kinderen stemden eensgezind voor de monorail. Bij de kassa kocht Hans een 4-dagenpas voor het hele gezelschap, waarna onze vingerafdrukken moesten worden afgenomen. Ik zag niemand protesteren, dus duwde ik mijn vinger ook maar op het beduimelde glasplaatje van de scanner.

Toen we eindelijk Main Street USA op liepen, een sprookjesachtig ogende winkelstraat die tot in detail in Amerikaanse jarentienstijl uit de twintigste eeuw was uitgevoerd, bleek er

een vol uur te zijn verstreken sinds we de auto hadden geparkeerd. Iedereen had honger, dorst, of allebei.

Hans' geld rolde met duizelingwekkende vaart van zijn cre-
ditcardrekening – precies zoals hij het wilde. Hij glimlachte
breed bij alle aankopen. De rest van de dag kwam daarin geen
verandering: Hans en Rosalie kochten T-shirts van Mickey
Mouse voor ons allemaal en voor de kinderen petjes en vestjes,
zuurstokken, gerookte kalkoenknotsen, Disney-figuren en
zakken peperdure roze M&M's.

Pas toen Chiel begon te klagen over buikpijn, riep Laura
haar vader tot de orde.

Pretparken hadden me nooit getrokken. Ik kon slecht tegen
het lawaai en de drukte en raakte al snel het overzicht kwijt. Ik
begreep ook niet goed hoe mensen het konden opbrengen om
een uur of langer in de rij te gaan staan voor een attractie die
maar een minuut duurde. In die zin vormde Magic Kingdom
geen uitzondering, integendeel: het was kerstvakantie, top-
seizoen. De toeristenmolen draaide op volle toeren.

Samen met tienduizenden anderen bewogen we ons door
een perfect gestroomlijnde plastic droomwereld die de bezoekers een vrolijk en prettig gevoel moest geven. Het was allemaal zo bedacht en vooropgezet, zo overduidelijk geënsce-
neerd, dat het me tegen de borst zou moeten stuiten. Maar
verbazend genoeg werkte het. Zelfs voor mij. Het bleek onmogelijk om onaangedaan te blijven. De locatie had een betoverend effect op haar bezoekers. Ik werd er een beetje weemoe-
dig van.

Chiel had pijn in zijn beentjes gekregen en zat op Luciens
nek. Noa werd daar eigenlijk te groot voor, vond Robert, maar
hij had haar toch maar op zijn schouders gehesen, om te voorkomen dat ze een scène zou schoppen. Het was pas halfvijf en
we hadden lang niet het hele park gezien, maar voor vandaag

was het genoeg geweest – ook voor de volwassenen. Gesproken werd er nauwelijks. We slenterden in de richting van de uitgang, zodat we nog vóór halfacht in een hamburgerrestaurant in de buurt van de villa zouden kunnen aanschuiven.

Op de rivier waar we langsliepen, voer een levensgrote witte Mississippi-schoepenboot. Er kwam luide muziek van af en er stonden tientallen bont uitgedoste artiesten op die de aandacht trokken. Ze zongen en dansten en bruisten van energie. Van alle kanten kwamen parkbezoekers aangesneld. Als makke schapen liepen we met de rest mee naar de waterkant en bleven achter de hekken staan kijken naar de langzaam voorbijvarende boot. Amerikanen, die verspreid in het publiek stonden, joelden en juichten, ze spoorden de danseressen aan.

'Amerikaanser kan het haast niet, hè?' Rosalies stem kwam nauwelijks boven het tumult uit. Ze glunderde alsof ze de showboat persoonlijk had geregeld.

'Jie-hááá!' klonk het achter me. Een reus van een Amerikaan in korte broek stond met zijn vuist cirkels in de lucht te slaan, alsof hij aan het lassowerpen was. Het gejoel zwol aan, het kwam nu van alle kanten.

Aron stond schuin achter me. Hij boog zich naar me toe. 'Voel jij je plotseling ook zo vreselijk Europees?'

Ik knikte en rolde met mijn ogen. 'Cultuurclash.'

Hij glimlachte. 'Mooi, ik dacht even dat het aan mij lag.' Zijn mond raakte bijna mijn wang.

Ik voelde zijn adem langs mijn huid strijken en onderdrukte de neiging om zijn arm aan te raken – het leek me een te vertrouwelijk gebaar voor mensen die elkaar amper kenden. Ik richtte me weer op het spektakel dat zich op de showboat afspeelde.

Rechts van me stond Lucien met Chiel op zijn schouders op de muziek mee te hossen. Luciens handen sloten zich om de dunne onderbeentjes. Mijn zesjarige neefje schaterlachte aan één stuk door en klauwde met zijn vingertjes in het haar van zijn oom.

In de auto was het stil. De kinderen sliepen en de volwassenen zaten ieder opgesloten in hun eigen gedachten. Het was donker geworden. Vlak bij de *gated community* waar ons huis deel van uitmaakte, passeerden we een moeras. Links van de weg liep een lange, hoge muur die de hele woonwijk omsloot. Het moeras lag rechts van ons en werd beschenen door het blauwige licht van de koplampen.

Bij daglicht oogde het als een rommelig stuk grond met opgeschoten groen en struiken die volhingen met het grijze wier dat door Lucien inmiddels was gedefinieerd als 'heksenhaar'. Hij had de kinderen wijsgemaakt dat er vlak bij Kissimmee een heksenschool zat. De jonge heksen waren nog heel onhandig op de bezem, ze bleven nogal eens met hun lange haren in de takken hangen. Het zwarte horgaas dat de hele tuin als een volière omvatte, was er dan ook niet tegen de muggen, maar om de heksen te weren. Hoezeer Laura ook had geprobeerd het haar kinderen uit het hoofd te praten, ze bleven geloven in de verklaring van oom Lucien. Waarom ook niet? In een omgeving waarin sprookjes, namaak en echt zo onontwarbaar waren verweven als hier, was het voor een volwassene al moeilijk genoeg om de realiteit in het oog te houden, laat staan voor kinderen van zes en acht.

Negenentwintig

Papa is deze week op oefening in Duitsland, dus logeer ik bij oma. Ik heb er een eigen kamer. Toen ik op de lagere school zat was dat nog een donkere rommelkamer waarin oma's naaimachine stond en een waslijn hing. Als ik bleef slapen, zette oma een stretcher onder de waslijn neer, een soort strandbed van buizen, metalen veren en canvas waarop ik altijd heel stil moest blijven liggen, anders klapte het dubbel. Later verhuisde de waslijn naar de overloop en kwam er een echt bed te staan, wit met een ombouw, met een gebreide sprei erop van glanzende groene, bruine en oranje wol.

Vanaf de vijfde klas van de lagere school ben ik steeds vaker bij oma blijven slapen. Mama was dikwijls *niet goed*, dan moest ze naar een ziekenhuis totdat ze weer was opgeknapt. Daar is ze nu weer, al langer dan een halfjaar.

'Oma? Ik ben er!'

Oma antwoordt niet.

Ik hang mijn jas op in de gang en zet mijn schooltas tegen de muur in de keuken. Oma staat achter in de tuin. Ze praat over de heg heen met de buurvrouw. Mijn vaders moeder heeft haar blauw gebloemde werkschort aan en een bezem in haar handen. De buurvrouw heeft krulspelden in met daaroverheen een rood katoenen sjaaltje, dat achter in haar nek zit vastgeknoopt.

Ik schenk een glas melk in en zet het op de keukentafel. Er ligt een brief op het blad, geadresseerd aan mijn vader, Sgt T.M.A. Zagt. Rechtsboven op de envelop staat met kleine letters 'Dingemans Instituut', met daarnaast een logo: een omgekeerde V bij wijze van een dak, en daaronder groeit een boom met wijdvertakte wortels. Ik ken het Dingemans Instituut. Het ligt in het bos, een klein stukje buiten de stad. We rijden er weleens langs als we naar een tante van mijn vader gaan, heel ver is het niet. Ik heb het gebouw zelf nog nooit gezien. Dat moet een stuk van de weg af liggen; je ziet in het voorbijrijden alleen het witte bord met een pijl naar de oprit, die altijd donker is omdat hij tussen hoge dennenbomen ligt. Het Dingemans Instituut is geen ziekenhuis of verpleegtehuis. Volgens papa is het een gekkenhuis, al mag hij het van oma nooit zo noemen. 'Kijk, Vera,' zei hij vroeger nog wel eens, als we erlangs reden. 'Daar sluiten ze de gekken op. *Joefen.* De mensen daar zijn *joef.*' En dan maakte hij een gebaar alsof hij een vlieg bij zijn voorhoofd probeerde weg te pakken.

Het instituut is omheind met harmonicagaas en drie rijen prikkeldraad daarboven. Ik heb het altijd een geruststellende gedachte gevonden dat de gekken opgesloten zitten.

De envelop is opengescheurd.

Ik pak hem van tafel en kijk erin. Een brief, niet geschreven maar getypt. De letters zijn zo hard in het papier geperst dat er aan de andere kant reliëf is ontstaan, braille met gewone letters. Ik strijk erover met mijn vingertoppen. Ruik het papier en de inkt terwijl ik de brief openvouw. Oma keurt het beslist af als ik in de post ga neuzen, maar ze staat nog steeds te praten en ik vraag me af waarom het gekkenhuis een brief aan papa zou sturen.

Het is een korte brief waarin wordt gevraagd om geld over te maken: 'Vrijwillige bijdrage voor het feestcomité.'

Er gaat een schok door me heen als ik mijn moeders naam zie staan: A.H.J. Zagt-Wonders.

29

'Ik doe de afwas wel,' zei ik.

Laura en Rosalie waren al bezig de tafel af te ruimen. Hans en Robert stonden op en gingen naar het met klimplanten overwoekerde zijterras om een sigaret te roken. Lucien voegde zich bij hen. Het viel me op dat hij wankelde.

Lucien was niet de enige die merkbaar vermoeid was: in de auto waren Chiel en Noa in een hysterische huilbui uitgebarsten die een kwartier lang had aangehouden. Daarop was besloten om het geplande etentje in het hamburgerrestaurant af te blazen.

Toch was het bezoek aan Magic Kingdom lang niet zo vreselijk geweest als ik het me had voorgesteld. Integendeel.

De enige smet op de dag was Lucien. Hij was in een vreemd soort uitgelaten stemming geweest en had zich binnen de groep bewogen als kwikzilver. Ongrijpbaar. Nu eens rende hij rond met de kinderen op zijn schouders, dan weer bleef hij achter om op een plattegrond te kijken of iets te kopen. Hij trok op met Aron, met Laura, met Hans en Rosalie. Ik had hem samen met zijn vader een sigaret zien roken, schouder aan schouder op een brugje, terwijl hij al jaren niet meer rookte. Voor iemand die ons vandaag nauwkeurig had gadegeslagen zou het nog een hele toer zijn geweest om te ontdekken dat Lucien en ik bij elkaar hoorden.

Ik vermoedde dat Luciens oversociale houding zijn manier was om met de situatie om te gaan, maar het maakte het voor mij niet makkelijker. Ik zou me zekerder hebben gevoeld als ik zo nu en dan met Lucien hand in hand had kunnen lopen, en ik had in dat gruwelijk realistische spookhuis graag zijn geruststellende gestalte naast me in het karretje gehad in plaats van een kwetterende en gilletjes slakende Laura.

Ik schraapte een restje pizza van een bord en spoelde het door de afvoer, die daar prompt op reageerde met een door merg en been gaand metalig geluid, alsof er daarbeneden een ouderwetse mixer in werking werd gesteld. We hadden ons hier al eerder vrolijk om gemaakt: het afvoerputje in de spoelbak was niet afgedekt met een roostertje, en het gapende gat was zo breed dat je er makkelijk je hele onderarm in kon steken. Dat kon je beter niet uitproberen, want in de afvoerbuis zaten vlijmscherpe mesjes die vaste materie zoals kippenbotjes en schillen tot pulp vermaalden.

Aron en Laura voerden een gesprek waaruit bleek dat ze dingen van elkaar wisten die voor mij nog onbekend waren. Ik hoorde Aron vertellen dat hij zijn dochtertje Elsa graag had meegenomen naar Florida, ze was een kleinkind van Hans en Rosalie en hoorde er dus net zo goed bij. De moeder van het kind had daar blijkbaar anders over gedacht. Ze was haar hele leven nog niet uit haar geboorteland Spanje weg geweest, kende Hans en Rosalie nauwelijks en had hem zijn dochtertje niet meegegeven.

Terwijl ik naar hen luisterde, drong het besef tot me door dat alle mensen in dit huis in meer of mindere mate genetisch met elkaar verbonden waren. Hans was de biologische vader van Laura, Lucien en Aron, en de opa van Roberts kinderen. Rosalie was Arons moeder.

Ik was de uitzondering in deze groep. Met niemand had ik een bloedband, ik was niemands moeder, niemands kind. Ik was alleen maar de vrouw van Lucien – de aangetrouwde, koude kant. Een inwisselbaar personage.

Ik had er de hele dag tegen gevochten, maar nu voelde ik de eenzaamheid lijfelijk. Het overviel me zo hevig dat de tranen in mijn ogen schoten.

Ik haalde mijn neus op en richtte me op het afdrogen van een wijnglas. Bleef verwoed poetsen op een vlekje dat op de rand zat. Ik mocht me niet zo laten gaan. Dit was belachelijk. Aanmatigend zelfs. Mijn gevoel deed er niet toe.

Het ging om Lucien, om zijn vader, om de familie Reinders. Niet om mij.

'Jij ook koffie, Vera?' hoorde ik Aron achter me vragen.

Ik knikte dankbaar, zonder hem aan te kijken. 'Ja, graag.'

Negen dagen, schoot het door me heen. Daarvan waren er al bijna twee verstreken. Wat betekenden die zeven dagen nou helemaal op een mensenleven?

Die nacht lagen Lucien en ik naast elkaar in bed. Zijn ademhaling klonk diep en rustig.

Ik schoof naar hem toe. Wreef mijn wang tegen zijn rug en streek over zijn middel. 'Slaap je?'

'Hm.'

Ik plukte aan de rand van zijn T-shirt, liet mijn vingers over de huid van zijn buik glijden, plagend verder omhoog naar de zachte haartjes op zijn borstkas en weer terug naar beneden. Verder naar beneden. Tot de rand van zijn boxer.

Hij pakte mijn hand vast. 'Ben moe,' klonk het gesmoord.

'Lucien... het is een week geleden.'

Hij reageerde niet.

'Ik wil contact met je.' Ik kroop dichter tegen zijn rug aan, sloeg een been over het zijne en streek met gekromde voetzool over zijn kuit tot aan zijn enkel. 'Echt contact. Bij je zijn.'

'Veer, ik heb echt geen zin. Ik ben doodop. Er gebeurt gewoon even te veel.'

'Maar ik—'

'Morgen of zo, goed? Of als we weer thuis zijn. Het is nog maar een paar dagen. Mijn kop staat er nou niet naar.' Hij streelde mijn hand, maar het voelde niet liefdevol. Het leek eerder op het achteloze aaien van een hond die zich aan je opdringt: Ja, je bent braaf, maar ga nu weer naar je mand.

Ik trok mijn hand terug en ging op mijn rug liggen. Ik begreep niets meer van Lucien. Sinds ons vertrek had ik hem amper nog even alleen gesproken. Het kon niet anders of onder dat sociale, bijna vrolijke masker van hem broeide van alles. Waarom deelde hij dat niet met me? Waarom viel hij elke avond als een blok in slaap en trokken we ons nooit even terug, zoals ik Laura en Robert al twee keer had zien doen?

Waarom nam hij me niet in vertrouwen?

De onzekerheid vrat aan me.

Ik kon er niet meer tegen.

'Lucien?'

'Hm-hm.'

'Hoe voel je je?'

'Hoezo?'

'Ik kan niet goed hoogte van je krijgen.'

'In welke zin?'

Ik staarde in het donker naar het plafond. 'Of je je best doet om gezellig te doen of dat je het echt naar je zin hebt.'

'Ik ben blij dat ik gegaan ben. Ik had het niet willen missen. Het geeft ook te denken...'

Ik wachtte tot hij verder zou gaan, maar het bleef zo lang stil dat het leek of hij sliep. 'Slaap je?'

'Ik denk na.'

'Waarover?'

'Gewoon. Het doet me wel wat, het besef dat...' Hij rolde zich op zijn rug en legde zijn handen achter zijn hoofd. 'Je snapt wel wat ik bedoel. Mooi toch, om te zien wat die man voor elkaar heeft gekregen? Alle drie zijn kinderen zijn erbij, twee van zijn drie kleinkinderen, de aanhang: jij en Robert. En we kunnen ook nog eens prima door een deur samen. Da's bijzonder.'

'Ja, zo ervaar –'

'Dan denk ik: dat heeft hij toch mooi bereikt in zijn leven. Hoe je het ook wendt of keert, uiteindelijk is dit een optelsom van de keuzes die hij door de jaren heen heeft gemaakt. Hij had ook andere kunnen maken. Dan was hij nu misschien moederziel alleen geweest. Niemand die het iets kon schelen dat hij ziek was en doodging.'

Ik zei niets meer.

Mijn hart was dieper in mijn borst gaan kloppen. Het leek lager dan anders te liggen, elke slag dreunde voelbaar door naar de uiteinden van mijn ledematen.

'Ik had eerst medelijden met hem, Veer, ik ging vooral mee omdat ik met hem te doen had. Nu niet meer. Hij gaat eerder dood dan de meesten van ons, maar zijn leven is in elk geval meer dan de moeite waard geweest. Die man is hartstikke rijk, dat hij dit kan doen, zo'n laatste reis maken met zijn kinderen en kleinkinderen. Ongelooflijk rijk.'

Ik zei niets, bewoog me amper. Mijn nagels drukten hard in mijn handpalm. Ik wilde dat Lucien ophield met praten.

Maar voor hij in slaap viel, hoorde ik hem mompelen: 'Ik zal dat nooit hebben.'

Niet als je bij mij blijft, vulde ik in mijn hoofd aan.

Dertig

Ik heb sterk het gevoel dat waar ik nu mee bezig ben, ongeoorloofd is. Dit kan me in de problemen brengen.

Maar ik doe het toch. Het is te belangrijk.

Terwijl ik op de uiterste rand van de drukke B-weg fiets, een kaarsrechte asfaltweg die in de rulle bosgrond is geperst, bekruipt me de angst dat iemand die papa of oma kent me hier zal zien. Ik val op, als enige fietser, met licht aan. Tussen de bomen is de weg schemerig, ondanks dat het middag is.

Ik snuif de boslucht op. Dennennaalden, schors, herfstbladeren. En iets anders. Toen ik nog op de kleuterschool zat wandelden we weleens naar het park in onze buurt. Wij samen, papa, mama en ik. Dan voerden we harde stukjes witbrood door het harmonicagaas aan de dwerggeitjes, herten en ganzen. De geitjes waren het brutaalst, ze stonden met hun hoefjes tegen het gaas aan, dat doorboog onder hun gewicht. Ik zag erop toe dat ook de dieren die achteraan stonden wat kregen, want het waren steeds dezelfden die de rest wegduwden en het brood uit je hand trokken. De geur die daar hing, hangt hier ook, maar lichter, vager.

Ik ben er bijna. In de verte zie ik het witte bord langs de weg staan. Ik trap door, de dynamo snort en mijn fiets maakt krakende geluiden. De bagagedrager zit een beetje los en wiegt heen en weer onder het gewicht van mijn boekentas.

Liever had ik mijn tas eerst naar huis gebracht, maar dan had oma me gevraagd naar mijn huiswerk en had ze willen weten waar ik naartoe wilde, en dan had ik een smoes moeten verzinnen – fotograferen of naar de stadsbibliotheek. Ik kan heel goed mijn mond houden over de dingen die ik hoor of zie, maar ik kan niet goed liegen – niet zoals andere mensen en al zeker niet zo overtuigend als oma en papa. Zelfs mama heeft tegen me gelogen. De laatste keer dat ik haar vroeg waarom ze steeds ziek was en wat voor ziekte ze had, zat ik in de vijfde klas. Ik kwam huilend thuis. Een jongen bij ons uit de buurt had zijn vinger bij zijn slaap gehouden en er een ronddraaiende beweging mee gemaakt. 'Weet je wat mijn vader zegt? Die moeder van Vera Zagt is kierewiet!' Mama zei toen dat ze regelmatig hoofdpijn had, heel erge hoofdpijn, *migraine* heette dat. Mensen die last hebben van migraine willen alleen zijn, in donkere ruimtes, dan doet hun hoofd minder zeer. Pijnstillers hielpen niet.

Ik geloofde haar onvoorwaardelijk. Het verklaarde veel, zo niet alles. Mama was vaak verdrietig als ze niet goed was, en soms ook boos – ik zou ook verdrietig en boos worden als ik zoveel pijn moest verdragen, elke dag opnieuw.

Later hebben we het er eigenlijk nooit meer over gehad.

Soms was mama goed, dan was ze thuis, soms was ze niet goed, dan was ze weg.

Zo was het nu eenmaal.

Zo gingen dingen bij ons thuis.

Ik was eraan gewend geraakt. Iedereen was eraan gewend geraakt.

Maar aan haar continue afwezigheid heb ik nooit kunnen wennen.

Ik rem af bij het bord. Er staat hetzelfde logo op als op de brief: het dak met de boom en de wortels. Het bord is groen uitgeslagen, net als de stammen van de dennenbomen erachter. Van de 'D' is een stukje verdwenen. Er staat nu: Lingemans Instituut. Iemand zou die D moeten bijwerken, het ziet er slordig uit.

Ik stap van mijn fiets en staar naar de oprit voor me, die nog donkerder is dan de weg. Rechts is het bos, dat met schapengaas en scheefgezakte paaltjes is afgescheiden van de oprit. Links een hoog hekwerk, kaarsrecht, met drie lijnen prikkeldraad erboven.

Om de gekken binnen te houden.

Hekken voor de gekken.

Ik stap op, zet kracht op de pedalen en fiets de oprit verder af.

30

Gisteren hadden we Animal Kingdom aangedaan, een dierentuinpretpark dat ieders verwachtingen had overtroffen. De Afrikaanse bussafari met gids had zo echt geleken dat je je makkelijk kon voorstellen daadwerkelijk in Afrika te zijn – zo'n zelfde authentieke sfeer hing ook in het Aziatische deel van het park, waar het felgekleurde pigment van de gebouwen bladderde en waar rugzakken van backpackers onder donkerhouten veranda's hingen te drogen. We hadden de longen uit ons lijf geschreeuwd in een achtbaan die door een griezelig realistisch ogend Tibetaans landschap kronkelde en ons laten verrassen door een interactieve 3D-film over insecten.

De dag was voorbijgevlogen en alles was iets lichter gaan aanvoelen. We raakten meer en meer op elkaar ingespeeld. Maar er werd met geen woord over Hans' ziekte gesproken. Beladen onderwerpen werden vermeden.

Ook op dag vier stonden dieren centraal, met het verschil dat vandaag niets in scène was gezet. We reden op een tweebaansweg, parallel aan een kanaal. Onze eindbestemming was een alligatorfarm in de Everglades, zo'n twintig mijl ten westen van Miami. Het landschap dat we doorsneden deed me sterk denken aan Nederland, maar deze aaneenschakeling van dichtbegroeide moerassen met witte kraanvogels en kaarsrecht uitgegraven kanalen was het natuurlijke leefgebied van alligators. We hadden er al vijf geteld, zomaar in het wild: reptielen van drie tot vier meter lang die ongestoord langs de provinciale weg naar het voorbijrijdende verkeer lagen te staren, hun lange bekken een stukje open. Het was een bizar tafereel, surreëel haast, en we konden nergens anders meer over praten.

'Je zult hier autopech krijgen. Een lekke band. Wat dan?'

'Zouden ze mensen aanvallen?'

'Stel je voor dat er bij óns zulke beesten uit het kanaal kwamen kruipen!'

'Blij dat ik hier niet woon.'

Noa en Chiel zaten tegen de autoruit aan geplakt.

'Zes!' riep Noa.

'En daar nummer zeven! Aan de overkant!'

'Da's een boomstam.'

'Echt niet!'

Na twee dagen Disney-geweld kwam de alligatorfarm sleets en kleinschalig op ons over. In het door een Amerikaanse familie gedreven parkje bracht een handjevol alligators hun dagen door in buitenrennen – omheinde stukjes kaal getreden gras met bruine poeltjes waarin de dieren konden afkoelen. Onder een afdak stonden glazen bakken waarin babyalligators werden getoond. Het hoogtepunt van het bezoek was een excursie per *air boat* door het uitgestrekte moerasgebied. Terwijl de platte boot met een heleboel kabaal over het moeras stoof, gaf de gids uitleg over zaaggras en eb en vloed en vertelde hij beeldend over de boa constrictors die hij soms ving; slangen van soms wel zes meter lang die helemaal niet in Amerika thuishoorden, maar hier ooit waren losgelaten en zich als soort prima wisten te handhaven. De gids moest schreeuwen om zich verstaanbaar te maken. De boot schudde heen en weer en de wind sloeg ons in het gezicht. We hadden dikke plukken watten in onze oren als bescherming tegen het lawaai van de motor.

Ik geloof niet dat ik de ervaring had willen missen, maar toen Hans na een fotosessie met de babyalligators – iedereen mocht met een ervan op de foto – besloot om wat vroeger dan gepland naar de villa terug te keren, vond ik dat helemaal niet erg.

Eenendertig

Ik had verwacht dat het Dingemans Instituut een groot, streng ogend gebouw zou zijn, een dreigend blok steen met tralies voor de ramen en een wachthuisje met hefboom, maar daar lijkt het niet eens op. De poorten staan open, ik kan gewoon doorfietsen, er is niemand die me tegenhoudt. Ik kom op een parkeerplaats die voor de helft met auto's is bezet, en er is ook een fietsenstalling.

Het complex is licht en ruim, met kort gemaaid gras, bomen en wandelpaden. Er staan verschillende gebouwen verspreid over het terrein. De meeste doen me denken aan voorname huizen die ik ken uit de binnenstad: bruine bakstenen gevels met oranje zonneluifels en bordessen. Eén gebouw lijkt op mijn lagere school, met gele stenen en bruin houtwerk. Verder naar achteren zie ik een rijtje barakachtige gebouwtjes van wit geschilderd hout met blauwe raamkozijnen. Bij de bosrand staat een kapel met een ronde koepel.

Ik knijp in de handvatten van mijn fiets en neem het terrein in me op. Kijk naar de ramen waarachter licht brandt en naar de schimmen die ik zie bewegen.

Hier wonen de gekken, schiet het door me heen.

Hier woont ook mama.

De receptie is in het gebouw dat op mijn oude school lijkt. Ik zet mijn fiets op de standaard en doe hem op slot. Mijn schooltas durf ik niet achter te laten. Iemand zou hem kunnen stelen, of de inhoud over de parkeerplaats uitstrooien. Ik haal hem van de bagagedrager en zeul hem mee, onder de luifel door naar de ingang. Met een brommend geluid schuiven de glazen deuren voor mijn voeten uit elkaar.

Ik ben nu in een tussenhal: rechts een balie, links een blinde muur, recht voor me opnieuw schuifdeuren en daarachter is een hal met natuursteen en bakken met vingerplanten en palmen. Op een bankje, recht voor de deuren, zitten grijzende mannen vlak naast elkaar, rechtop en alert, alsof ze naar een voetbalwedstrijd kijken. Ze volgen alle drie geïnteresseerd mijn bewegingen.

Gekken.

Ik kijk terug, even maar, en sla dan mijn ogen neer.

Achter me schuiven de deuren dicht.

'Hallo? Jongedame?' De blikkerige stem, als door een luidspreker, komt vanachter de balie vandaan. Een man in uniform, met donker haar en een zwarte snor. Hij ziet eruit als een politieman uit kinderprogramma's.

De balie is afgeschermd met glas. Ter hoogte van zijn hoofd zijn er gaatjes in aangebracht.

Ik breng mijn gezicht er vlak bij. 'Ik ben op zoek naar mijn moeder,' zeg ik, luider dan normaal. 'Ze woont hier. In het Dingemans Instituut.' Mijn tas wordt alsmaar zwaarder, ik voel de pezen van mijn schouder trekken, maar ik zet hem niet neer.

'O? Hoe heet ze dan?'

Ik schrik van zijn licht verbaasde reactie. Er zijn vast niet veel kinderen die hier aan de balie naar hun moeder vragen. Misschien ben ik wel de enige. Mogen kinderen hier eigenlijk wel komen – alleen, zonder begeleiding? De poorten aan het einde van de oprit stonden gewoon open, maar wie weet was dat per ongeluk. Gaat deze man zo meteen mijn vader bellen? Papa is vandaag op de kazerne, hij wordt woedend als hij daar wordt gestoord. Nerveus kijk ik de hal in, waar de mannen op het bankje me geïnteresseerd opnemen. Dan kijk ik naar buiten, naar mijn fiets die daar zo klein en verloren tegen een houten abri aan leunt. Ik kijk terug naar de portier.

'Annie Zagt,' zeg ik, en ik pers mijn lippen op elkaar in een poging me een houding te geven. Tranen prikken achter mijn ogen.

Ik wil niet gaan huilen.

Niet hier.

Niet nu.

'Op welke afdeling zit je moeder?'

'Dat weet ik niet.'

Hij trekt vragend een wenkbrauw op.

'Ik ben hier nog nooit geweest,' verklaar ik.

'Is ze pas opgenomen?'

Ik schud mijn hoofd.

'Wanneer dan wel?'

Ik ontwijk zijn blik. Het is een jaar geleden dat mama voor het laatst na schooltijd op me zat te wachten met warme chocomel. Ik zat nog in de brugklas, het eerste trimester. Nu doe ik twee mavo.

De man kijkt me vragend aan.

'Misschien al wel een jaar geleden,' zeg ik.

'Een jáár? Zo. Dat is een hele tijd. En je bent hier nooit geweest? Nooit eerder je moeder bezocht?'

Het klinkt als een verwijt.

Ik schud mijn hoofd. Ik wil wel vertellen dat ik het niet wist, dat ik niet eens kón weten dat mama hier woonde en ik haar dus niet eens heb kunnen bezoeken, maar er zit een brok in mijn keel die spreken verhindert. Ik voel een warme druppel langs mijn wang glijden, en nog een, en er is niets wat ik ertegen kan doen. Ik trek mijn neus op en snuif.

'Ik zal eens iemand voor je bellen.' Zijn hand gaat naar een grijs paneel met allerlei toetsen. Hij drukt er een in en neemt de hoorn van de haak. 'Ik heb hier een jongedame die op zoek is naar haar moeder. Annie Zagt... Ja. Kom je zelf even? Goed. Leek mij ook.'

De portier legt de hoorn neer. 'Wacht hier maar eventjes, meis-je. Zuster Ingrid komt je halen, zij helpt je verder.'

Ik knik. Mijn arm beeft van het gewicht van de tas. Ik zet hem neer.

31

Niemand van ons had eerder van dit 115 hectare grote park in Lake Buena Vista gehoord, maar dat lag vast aan ons, want het was ongelooflijk druk in Epcot. Het thema was minder eenduidig dan dat van de andere Disney-parken. Voorin lagen attracties met een futuristische of technologische inslag: een testparcours van General Motors, een ruimtereis en allerlei educatieve opstellingen over energie en biologie. Het andere deel – World Showcase – was aangelegd rondom een centraal gelegen meer en zou een soort landenpresentatie zijn. Aan de overkant zag ik oosters ogende bouwwerken oprijzen. En een Eiffeltoren.

Onze dag was net begonnen. We stonden tussen drommen andere wachtenden bij Mission: Space, een simulatie van een reis naar Mars die een hoog realiteitsgehalte zou hebben. Bezoekers werden door talloze borden gewaarschuwd om toch vooral voor de 'aangepaste rit' te kiezen als zij niet in perfecte gezondheid verkeerden, of last hadden van wagenziekte. In geen enkele andere attractie waren de waarschuwingen zo talrijk en dwingend aanwezig geweest als hier. Ze brachten me aan het twijfelen. In sommige auto's werd ik weleens misselijk, maar dat kwam heel weinig voor. Kon het kwaad?

Op een bepaald punt splitste de wachtrij zich en bleek dat ik niet de enige was die in stilte was gaan twijfelen.

'Wij pakken toch maar de aangepaste rit,' hoorde ik Rosalie zeggen. 'Ik durf het niet goed aan, straks word ik ziek.'

Mijn schoonvader zei niets, keek strak voor zich uit.

'Ik ga met jullie mee,' zei Laura. 'Ze waarschuwen niet voor niets. Noa? Chieltje? Komen jullie met mama mee?'

Noa schuifelde mokkend naar haar moeder.

Chiel zat op Luciens schouders, hij spoorde hem aan alsof zijn oom een paard was. 'Wij gaan daarheen, hè, ome Lucien? Naar het groene team?'

Lucien was al een paar passen onderweg toen Laura hem tegenhield.

Hij keek haar licht geërgerd aan. 'Hoe gevaarlijk kan het zijn? Het is hier een Disney-park, Lau.'

'Ik heb hem liever bij me.'

Achter ons begonnen mensen te duwen.

De ongecontroleerde huilbui die iedereen zag aankomen, werd door Lucien in de kiem gesmoord: ook Chiels ros sloot zich aan bij het gele team. Omdat Noa om haar vader riep, stapte ook Robert op het laatste moment over.

Het gezelschap verdween in een felverlichte gang.

Aron keek me zijdelings aan. 'Stelletje bejaarden.'

Ik grinnikte, maar ik voelde me minder zeker dan ik me voordeed.

We liepen door naar een donkere hal met een hoog plafond. Langs de wand draaide langzaam een verlicht wiel rond, het moest zeker tien meter in doorsnee zijn. Boven onze hoofden klonken geluiden die me deden denken aan warmdraaiende vliegtuigturbines. Ik werd er een beetje duizelig van. Nu al.

'Je hebt je camera niet meegenomen, toch?' vroeg Aron. Hij had zijn handen in de zakken van zijn blauwe sweatvest gestoken en leunde met zijn onderrug tegen de afzetting.

'Het leek me beter om mijn werk thuis te laten.'

'Kom je anders in de verleiding?'

Ik knikte. 'Zeker bij de alligators, gisteren. Dat die beesten hier gewoon langs de weg liggen. Bizar.'

'Kun je er goed van leven?'

Ik wist niet precies waarom ik de behoefte kreeg om een eerlijk antwoord te geven. Misschien was het Arons oprechte toon die een gevoelige snaar bij me raakte, misschien was het de manier waarop hij naar me keek.

Misschien zat het me gewoon heel hoog.

'Het loopt momenteel niet bepaald storm.'

'Hoe komt dat?'

'Iedereen heeft tegenwoordig een digitale camera en de foto's zijn overal op internet te vinden. Ook voor mijn klanten.'

'Maar niet iedereen levert jouw kwaliteit, neem ik aan?'

'Nee, maar dat hoeft ook niet. Toen ik pas begon luisterde het technisch nogal nauw hoe je beeld aanleverde. Nu is dat niet meer zo strikt. Drukkers kunnen veel meer formaten en kwaliteiten aan.'

'Ik had het niet over de techniek.'

'O, bedoel je dat?' Ik lachte vreugdeloos. 'Sommige klanten zien het verschil niet eens, ze gaan voor goedkoop. Of gratis. Nog goedkoper.'

'Dat moet frustrerend zijn.'

'Dat is het ook. Ik heb het mooiste vak van de wereld en ik zou niets anders willen doen. Maar de wereld verandert, en ik heb soms het gevoel dat ik ben blijven steken, dat ik te veel vasthoud aan wat ik gewend ben.' Zijdelings keek ik hem aan. 'Sorry. Dit slaat nergens op. Ik wil het er eigenlijk helemaal niet over hebben.'

Aron knikte en keek weer voor zich uit. Zijn blik was een beetje naar binnen gekeerd, alsof hij nadacht. Ik zag een spier in zijn wang bewegen.

We schuifelden verder. De turbinegeluiden werden sterker.

'Ben je met dieren opgegroeid?' vroeg hij ineens.

'Nee, helemaal niet zelfs.'

'Hadden jullie vroeger geen huisdieren?'

'Nee. Of, ja, toch wel, een hond. Heel kort maar. Mijn vader heeft een hekel aan dieren.'

'Dat maakt jouw keuze des te opmerkelijker.'

Ik haalde mijn schouders op. 'Het past gewoon bij me.'

'Heb je zelf dieren?'

Ik schudde mijn hoofd. 'Alleen vissen, buiten in de vijver. Die hebben geen aandacht nodig. En bijna geen verzorging.'

Hij fronste zijn wenkbrauwen.

'Lucien en ik zijn veel met ons werk bezig. Dieren passen niet in ons leven. Te veel gedoe.'

'Denkt Lucien daar ook zo over?'

'Lucien? Die leeft voor zijn werk.'

'En jij?'

'Ik heb ook niet veel anders, geloof ik.'

Hij keek me aan alsof ik hem zojuist had verteld dat ik aan een enge ziekte leed.

Voor ons begonnen mensen te lopen. We schuifelden vooruit.

Aron keek over de hoofden naar voren. Zijn ogen twinkelden. '2 punt 4 g. Cool. Weleens ervaren?'

'In een achtbaan, net als iedereen.'

'Maar deze doet er langer dan zes minuten over.'

'Zés minuten?'

'Ik vrees van wel.'

Zes minuten in een centrifuge – waarom was ik niet gewoon met het gele team meegegaan? Ze stonden nu vast al buiten in de zon een ijsje te eten.

'Step forward, please.'

We werden naar een smal, cirkelvormig gangenstelsel geleid. Het voelde aan alsof het ondergronds was. De atmosfeer was drukkend, er zat een lage trilling in de metalen wanden en het plafond en die vibreerde door mijn hele lichaam.

Ik stapte in de cabine, trok de U-vormige veiligheidsbeugel van boven mijn hoofd naar mijn maag en legde mijn achterhoofd tegen de hoofdsteun. Keek naar het computerschermpje en het bedieningspaneel eronder. Zuchtte diep. En nog eens. Het was hier benauwd. En schemerig. Het rook naar elektronica. Elektrische geladenheid. Ik werd er misselijk van.

Aron raakte mijn arm aan. 'Hé, maak je niet druk, ik ben bij je.'

Ik hield mijn ogen strak op het scherm gericht. 'Heb jij hier ervaring mee, dan?'

'Ik spring weleens uit een vliegtuig.'

'Nou ben ik helemaal gerustgesteld.'

'Pak mijn hand.'

Ik liet de steun los en tastte in het duister naast me, stootte tegen zijn arm. Zijn hand vond de mijne en sloot zich eromheen. Gaf een bemoedigend kneepje. 'Geen paniek. Het duurt maar zes minuten.'

De rest van zijn geruststellende woorden stierf weg in het heftige schudden van de cabine en het oorverdovende kabaal dat de opstijgende spaceshuttle maakte.

Tweeëndertig

Ik loop naast zuster Ingrid in de tuin van het Dingemans Instituut, mijn handen in de zakken van mijn jas. Mijn schooltas heb ik bij de portier achtergelaten, dat leek zuster Ingrid handiger. Ze heeft me een papieren zakdoekje gegeven om mijn tranen weg te vegen en mijn neus te snuiten.

Zuster Ingrid lijkt heel aardig, maar ze wil wel veel van me weten.

Ze vraagt hoe het komt dat ik niet wist dat mijn moeder vorig jaar al is opgenomen in het Dingemans Instituut, hoe ik erachter ben gekomen dat mijn moeder hier woont, en waarom ik papa en oma niet heb verteld dat ik hiernaartoe zou gaan. Zouden ze boos worden, zouden ze me willen tegenhouden?

Bij elk antwoord zie ik haar gezicht betrekken. Wat ik zeg bevalt haar duidelijk niet.

Het maakt me onzeker. Dit zou een test kunnen zijn.

Of een val.

Soms *doen* mensen alleen maar aardig, maar *zijn* ze het niet.

Dan doen ze net zo lang vriendelijk en lief tegen je tot ze genoeg van je weten. Tot je ze hebt gegeven wat ze van je nodig hebben. En dan verandert alles.

Zuster Ingrid kan me verraden bij oma en papa. Misschien zit de portier nu al met mijn vader aan de telefoon. Ik kijk om, naar de ingang, maar ik kan hem vanaf hier niet meer zien.

'Kijk, Vera, daar is het. Daar woont je moeder.'

Ik kijk naar het gebouw, dat oud is en twee verdiepingen telt, en ik tuur naar de ramen. Ze zijn hoog, met glas in lood in het bovenste deel, net als die van de stadsbibliotheek. Er brandt licht daarbinnen, maar ik zie niets bewegen. Zouden de bewoners de hele tijd in bed moeten liggen, zoals in een ziekenhuis?

Te gek om los te lopen.

'Ze zal heel blij zijn dat je er bent,' zegt zuster Ingrid.

Ik zeg niets.

'Twijfel je daaraan?'

Ik haal mijn schouders op, kijk voor me. Zuster Ingrid heeft klompen aan van wit leer en hout, die klepperen op het voetpad. Het is een onaangenaam hard geluid en ik begrijp niet dat zuster Ingrid er zelf geen last van heeft.

Ze zegt: 'Ik zie je moeder bijna elke dag. Ze krijgt niet veel bezoek. Je hebt een lieve moeder, weet je.'

'Is ze... goed?'

'Goed? Wat bedoel je daarmee?' Zuster Ingrid blijft staan en buigt zich naar me toe, zodat ze op ooghoogte komt. Ik zie nu pas dat ze groene ogen heeft en dunne, onregelmatige wenkbrauwen. Er steken lange, donkere haartjes uit haar neus. Ik probeer er niet op te letten.

'Kun je dat uitleggen, Vera? Is je moeder weleens gemeen tegen je geweest?'

Ik blijf naar haar klompen kijken. 'Nee, het is... Soms is ze... niet goed.'

'Aha. Bedoel je dát.' De handen van zuster Ingrid rusten nu op haar benen, net boven haar knieën. Alsof ze uitpuft van een sprintje. 'Luister, Vera. Je moeder is bij ons onder behandeling. Ze krijgt medicijnen omdat ze zich vaak heel erg verdrietig voelt. Zo intens verdrietig dat ze nergens meer om kan lachen. Wij noemen dat een depressie. En dat is heel erg, als je dat hebt. Maar de medicijnen die we haar geven zorgen ervoor dat ze zich stukken fijner voelt. Dus is ze niet meer zo somber als je je haar misschien herinnert.' Zuster Ingrid komt overeind en begint weer te lopen.

Ik dribbel met haar mee.

'Je kunt gewoon met haar praten, maak je geen zorgen. Dat zal ze erg leuk vinden. Ze heeft het vaak over je.'

'Echt?'

'Ja.'

Zuster Ingrid opent een zijdeur van het gebouw. 'Dit is de personeelsingang. Je mag hier eigenlijk niet komen.' Haar stem galmt door het trappenhuis. 'De volgende keer kom je gewoon via de hoofdingang aan de voorkant, goed?'

Ik knik.

Op de tweede etage wenkt ze me. Ze loopt naar de deuren; grijs geschilderd metaal en veel glas met ijzeren draadjes erin.

Daarachter is een gang. Ik zie nog meer deuren en een soort kantoor waar allerlei roosters aan de muur hangen, het is voor de helft van glas. Er zijn daarbinnen mensen aan het werk die net zulke kleren aanhebben als zuster Ingrid: witte katoenen broeken en witte jassen met opgestikte zakken.

Ze kijken op als zuster Ingrid en ik uit het trappenhuis de gang op lopen. De deur begint te zoemen. Zuster Ingrid duwt hem open en sluit hem achter ons.

'Wacht hier maar even, Vera.' Zuster Ingrid loopt het kantoortje in.

Het ruikt hier vreemd. Naar plastic en schoonmaakmiddelen en ook geuren die ik niet herken, maar die me afstoten. Vieze geuren. Volgens papa moet je door je neus ademen als je iets smerigs ruikt. Dan worden gevaarlijke stoffen beter tegengehouden, door de haartjes in je neus. Ik leg mijn hand over mijn neus en adem in. En weer uit.

Ik kijk naar rechts, de gang in. Die is hoog en schemerig. Langs de wanden zit lambrisering, lichtgroen en glanzend, en op de vloer ligt grijs gemêleerd zeil. 'Linolelium' noemt oma zulke vloerbedekking. Ik tel acht deuren aan deze kant van de gang, aan de andere kant zijn het er zes. De deuren zijn genummerd: 5.1.1, 5.1.2., 5.1.3.

Zuster Ingrid komt op me af. Ze wijst de gang in. 'Je moeder is op haar kamer. Ze zit te tekenen. Ik zal haar alvast gaan vertellen dat je er bent. Goed? Wil je nog eventjes wachten?'

Ik knik.

'Gaat het wel?' Ze buigt zich naar voren, pakt mijn handen vast en zoekt mijn blik. 'Echt? Of wil je eerst wat drinken?'

Ik schud mijn hoofd.

'Goed. Ik ben zo terug.'

Ik kijk toe hoe ze de gang op loopt en verdwijnt in een van de kamers. Ze sluit de deur achter zich.

Deur 5.1.7.

Mijn moeder woont op kamer 5.1.7.

Vijf plus één is zes, plus zeven is dertien. Eén plus drie is vier.

Vier is een mooi getal. Een rond getal.

Het is het lievelingsgetal van mijn moeder. Zou dat toeval zijn, of heeft mama gevraagd om een kamer vier?

'Kom je?' klinkt zuster Ingrids stem door de gang. Uitnodigend houdt ze de deur voor me open.

Ik kijk langs haar heen naar binnen, maar ik zie niemand, alleen een raam dat uitkijkt op boomkruinen. Onder het raam is een bureau geschoven dat vol ligt met allerlei vellen papier en er staan bekers op met pennen en potloden erin. Heel veel tekeningen, stapels schetsen.

Ik hoor niets. Het lijkt wel of er niemand is.

Ik pers mijn lippen op elkaar.

Beweeg me niet.

'Een jaar is ook een hele tijd, hè?'

Ik knik. Kijk de kamer in.

Zuster Ingrid steekt haar hand naar me uit, haar handpalm naar boven. Ze glimlacht naar me. 'Kom maar,' zegt ze.

Ik kijk ernaar, naar die hand.

Ik kijk naar zuster Ingrid.

Ze lijkt oprecht.

Betrouwbaar.

Warm.

'Kom maar,' herhaalt ze. 'Ik ga wel met je mee naar binnen.'

Ik kijk nog eens naar zuster Ingrid.

'Vera, liefje? Ben je dat echt?'

'Ja mam, ik ben er!' roep ik, en ik ren langs zuster Ingrids uitgestoken hand heen de kamer in.

32

Mexico was het eerste land in de Disney-landenpresentatie rond het grote, centraal gelegen meer. We wandelden naar Amerikaans voorbeeld al etende langs een Aztekentempel en slenterden door naar het volgende land. Complete straten, gebouwen en toeristische trekpleisters waren tot in detail nagebouwd en er waren winkels die spullen verkochten – van marseillezeep tot Chinese gelukspoppetjes en Noorse truien. Op pleinen en langs de wandelpaden werden liveshows opgevoerd die te maken hadden met het landenthema. Maar er was vooral veel te eten: sushi en misosoep in Japan, in Frankrijk stond een lange rij parkbezoekers te wachten voor een patisserie en in het Duitse gedeelte werd *Bratwurst mit Sauerkraut* verkocht in een heuse *Biergarten*. Het paviljoenpersoneel bleek grotendeels uit het bijbehorende land afkomstig – de vlag en naam van hun geboorteland stonden op hun naamkaartje.

'Als je je als Amerikaan geen reis naar Europa kunt veroorloven, dan kun je altijd nog naar Epcot,' merkte Hans op.

Het was best goed gemaakt, daarover waren we het allemaal eens: namaak, hartstikke nep – een bordkartonnen en schaamteloos geromantiseerde kijk op de werkelijkheid, dat wel. Maar zeker niet slecht gedaan.

Misschien begonnen we eraan te wennen, aan Amerika.

We slenterden door Marokko, over een marktplein waar schalen, kleden en potten te koop werden aangeboden. Terwijl Laura en Rosalie een gesprekje aanknoopten met een marktkoopman, hoorde ik achter ons iemand praten met een onmiskenbaar Zeeuwse tongval. Ik draaide me om, geschrokken bijna, en zag een grijzend stel overleggen met hun puberdochter.

Ik moest aan Nederland denken en zag Nico voor me, onderweg naar de kerk. Lopend – uiteraard – keurig in pak, mevrouw Vrijland naast hem, een serene uitdrukking op haar onopgemaakte gelaat; de koningswens aan weerszijden van hun ouders met nog vochtige haren van de vroege douche, strakke zijscheiding, gesteven overhemd en jurkje.

Weet dat mijn gedachten tijdens de kerstdagen bij jou zullen zijn, bij je lach, je warmte, je stem, je geur, je lijf.

Koud en nat Nederland had nog nooit zo ver weg geleken als vandaag, in een lawaaiig pretpark in Florida, de zon hoog aan een strakblauwe hemel, drommen lawaaierige toeristen om ons heen.

'Is er iets?' vroeg Laura.

Ik schrok op uit mijn gedachten. 'Hoezo?'

'Je keek een beetje vreemd. Voel je je niet lekker?'

'Ik voel me prima. Dank je.' Ik haalde een hand door mijn haar en ontweek haar blik.

We liepen Frankrijk uit zonder het land echt goed te bekijken. Mijn hielen deden zeer en ik begon nu ook mijn kuiten te voelen. We waren bijna het hele meer rond geweest. Nog maar twee landen te gaan, zag ik op het plattegrondje: Engeland en Canada.

Ik hoopte dat we daarna naar de villa zouden gaan. Een geurig schuimbad zou me goed doen. Of een duik in het zwembad. Of allebei – als het even kon nog vóór we zouden aanschuiven voor het kerstdiner.

Hans had voor vanavond een barbecue voorbereid. De meeste bijgerechten had hij in de afgelopen dagen al gemaakt, 's ochtends in alle vroegte, in hoog tempo en met een routine die in zijn beroep vast gangbaar was, maar bij mij respect had afgedwongen. Er stonden allerlei bakken en schalen afgedekt in de koelkast.

Het was Hans' keuze geweest om het kerstdiner informeel te houden op het terras bij het zwembad. Ik had een zwarte jurk en hakken meegenomen voor vanavond, maar Hans was er heel duidelijk over geweest: 'Geen opgeprikte toestanden. Voor mijn part trek je een trainingspak aan, of je zwembroek,' gewoon iets waar je je lekker in voelt. Het leven draait niet om de vorm, dat is allemaal flauwekul.'

Het contrast met mijn eigen vader kon niet groter zijn.

Eerste kerstdag brachten we thuis elk jaar op dezelfde manier door. Klokslag acht uur ging de wekker, waarna ik me in mijn allermooiste jurk wurmde, dezelfde als die ik de avond ervoor tijdens de nachtmis had gedragen. Er hoorden nette schoenen bij die jurk, met een klein hakje en gespjes, die mijn moeder had gepoetst tot ze glansden. Mijn schouderlange haar moest worden opgestoken met schuifspeldjes, wat me nooit goed lukte. Zelfs als mijn moeder thuis was en het voor me deed, zakte het bouwsel halverwege de ochtend naar één kant uit. Mijn vader trok zijn zwarte pak aan, mijn moeder haar beste jurk en ze werkte haar haren in een Grace Kelly-rol die soms wel, maar vaker niet goed lukte. Zo gingen we aan tafel, om halftien 's ochtends. Met kerst aten we niet in de keuken, maar in de woonkamer. De eettafel waar papa anders zijn krant aan las, was dan gedekt met zilveren kandelaars, bestek uit de cassette en het nette servies van porselein dat mijn ouders bij hun trouwen hadden gekregen. Aan het ontbijt leek geen einde te komen. Meestal zette mijn vader sombere kerkmuziek op. 'Dat hoort bij zo'n heilige dag,' zei hij dan. We dronken versgeperste jus d'orange en aten kerststol met rozijnen en amandelspijs, jam, ham en gekookte eieren. De harde broodjes kreeg ik met zo'n bot siermes niet goed doorgesneden, zodat zo'n broodje steeds weggleed over het gladde porselein, en het damast rond mijn bord al snel bezaaid lag met kruim. Aan dezelfde tafel werd 's avonds om zeven uur het kerstdiner geserveerd. Mijn moeder had dat voorbereid. Soms geholpen door oma, die er doorgaans ook bij was. Met het eten had mijn vader zich nooit bemoeid; hij zorgde voor het inkomen en voor de veiligheid van het land.

In de tijd die verstreek tussen het ontbijt en het diner duurde elke seconde een minuut en elke minuut een uur. Er was geen afleiding. De tv bleef uit – met kerst werd er geen tv gekeken, behalve een Italiaanse misdienst of een ander programma dat zich in een kerk afspeelde. Ik mocht niet de tuin in, al helemaal niet de straat op, en ik mocht me ook niet terugtrekken op mijn kamer. Mijn vader, mijn moeder, mijn oma en ik verbleven de hele lange, donkere dag in de keuken en de woonkamer, waar we steeds opnieuw dezelfde spelletjes speelden als mens-erger-je-niet en ganzenbord, en ik probeerde zo min mogelijk naar de klok te kijken.

Hoe ouder ik werd, hoe langer die kerstdagen leken te duren. Misschien werd het gewoonweg ook zwaarder om ze door te komen, omdat mijn ouders steeds minder gespreksstof hadden. Ik kon me goed herinneren hoe gekunsteld hun conversaties me in de oren hadden geklonken, hoe voorzichtig mijn moeder haar woorden koos en hoe zorgeloos bot mijn vader de zijne uitsprak. De gesprekken gingen nooit over onszelf, maar altijd over het nieuws, het leven op de kazerne en de levens van andere mensen – mensen die te betreuren waren. Dat zei papa vaak: 'Die lui zijn te betreuren.' Als kind voelde ik het wel, maar pas later, toen er enige afstand kwam, was ik ten volle gaan beseffen dat wijzelf van iedereen nog het meeste te betreuren waren geweest.

Op dergelijke dagen kon ik geen contact met mijn moeder krijgen. Met opgetrokken schouders schoot ze door het huis, steeds haar angsten voor zich uit fluisterend: dat de ovenschotel zou aanbranden, het dure vlees zou doorslaan of de saus zou gaan schiften. Bij elk piepje van de kookwekker sprong ze op. Mijn moeder gedroeg zich altijd al anders als mijn vader thuis was, maar met kerst was het erger.

'Ik wil het steeds te goed doen, denk ik,' had ze me later eens gezegd.

'Alles waar "te" voor staat, is verkeerd,' leerde ik van oma.

Als de kerst voorbij was verdween mijn vader naar de kazerne, het servies ging terug in de notenhouten kast en mijn moeder begon weer wat meer op zichzelf te lijken. Als ze goed was, tenminste, want vaak ging het al ruim voor de kerst mis.

Veel verschil voor de uitvoering maakte dat niet: als mijn moeder er niet was, poetste oma het goede servies op en zorgde zij voor het kerstdiner. Het was immers kerst.

Bij ons thuis had alles gedraaid om de vorm.

Meteen na Canada hadden we de auto opgezocht. Iedereen was moe van het lopen en alle indrukken. Zelfs Noa en Chiel hadden niet geprotesteerd.

We waren bijna bij de villa. Het was halfzes, de zon was zojuist vuurrood ondergegaan. Uit het moeras waar we langsreden staken grillige, zwarte takken omhoog naar de hemel, die nu donkerblauw kleurde met dieporanje vegen. Boven in de kruinen tekenden zich silhouetten van vogels af, groot en rijzig, bewegingloos, met opgetrokken schouders. Ik vermoedde dat het gieren waren.

De kinderen griezelden ervan, ze kropen tegen hun ouders aan, maar toen we de wijk in reden en werden verwelkomd door een uitzinnige lichtshow aan kerstversieringen, maakten ze zich los uit de omarming en drukten hun neuzen tegen het glas.

Ik begon nu pas te begrijpen wat we hier deden, in Florida, wat Hans voor ogen had gehad voor zijn kinderen en kleinkinderen. Huiver en verwondering wisselden elkaar af, zowel in de pretparken als daarbuiten. Dit was een magische vakantie. De wijk stond vol grote, witte huizen. Bijna allemaal waren ze versierd met lichtslangen. Er hingen ijspegels van glinsterende blauwe ledlampjes aan de dakgoten. In de tuinen stonden complete opstellingen van verlichte kerstmannen, arrensleeën, rendieren, sneeuwpoppen, treinen op rails, kerststerren – sommige lichtjes knipperden, ik zag bewegende rendieren een slee voorttrekken. Hans reed heel langzaam een extra rondje door de wijk voor hij de auto op onze eigen, donkere oprit parkeerde.

'Jongens, ongelooflijk, wat een kitsch!' riep Robert.

Ik zei niets.

Ik vond het mooi, prachtig zelfs. Betoverend.

The most wonderful time of the year.

Drieëndertig

Mijn moeder heeft korter haar dan de laatste keer dat ik haar zag. Het is steil en van opzij zit het achter haar oren weggestopt. De pony is niet helemaal recht. Ik vermoed dat mama haar haren zelf knipt.

Ze draagt dezelfde make-up als thuis, alleen veel meer. De dikke, zwarte strepen onder haar ogen doen ze veel groter lijken. Boven haar ogen is het zwart dikker, met een sierlijke, opwaartse krul aan het einde. Net zoals Cleopatra in mijn geschiedenisboek.

Mijn moeder lijkt op een Egyptische koningin.

Een verbannen Egyptische koningin.

Ze lacht naar me, buigt voorover en steekt haar armen naar me uit.

Ik werp me tegen haar aan, omhels haar tengere postuur en klem me aan haar vast. Nu pas voel ik hoezeer ik haar heb gemist, hoezeer ik dít heb gemist: de liefde en warmte die ze uitstraalt, haar oprechtheid en zachte aanrakingen.

De tranen blijven komen terwijl ik mijn gezicht tegen haar aan duw, me in haar armen nestel, helemaal in haar weg zou willen kruipen, terug naar waar het veilig is en onbekommerd.

Mama's vingers strelen mijn haar. 'Liefje, liefje, liefje. Wat een mooi cadeau.'

Ik voel haar ribben tegen mijn schouders en borst drukken. Mama ruikt anders dan thuis, anders dan ik me herinner. Ze ruikt een beetje naar dit gebouw. Haar jurk, bruin met oranje en blauwe figuurtjes erop, is haar te groot. Een plooi drukt tegen mijn neus.

'Mama, ik heb je zo gemist,' fluister ik, mijn stem gesmoord door de dikke stof van haar jurk.

Ze wiegt me heen en weer, houdt me vast alsof we samen dansen, een houterige dans, en ze fluistert dingen in mijn haar die ik niet goed kan verstaan. Dan hoor ik wat ze zegt: 'Ik jou ook, lieverd, meer dan alles in de wereld... Meer dan alles in de wereld.'

Na een minutenlange omhelzing kust ze mijn voorhoofd en maakt zich van me los. Ze pakt een stoel voor me. 'Ga maar zitten, liefje.'

Mama neemt plaats op de rand van het bed met haar benen over elkaar. Haar voet wiebelt ongeduldig op en neer.

'Ben je op de fiets?'

Ik knik.

'Weet papa dat je hier bent?'

'Nee.'

'En oma?'

'Ook niet.' Ik pak het papieren zakdoekje dat ik van zuster Ingrid heb gekregen en snuit mijn neus. En nog een keer. Wrijf de tranen weg met mijn mouw.

Kijk naar mijn moeder, een kleine verschijning op de sprei van een buizenframe bed. Ze pakt een sigaret uit een pakje en steekt hem op. Inhaleert diep.

'Nooit gaan roken, Veertje,' zegt ze, haar ogen op de sigaret gericht. 'Roken is slecht voor je.'

Ze neemt weer een trek.

'Zal ik wat te drinken halen?' hoor ik zuster Ingrid vragen.

Ik was haar helemaal vergeten.

'Hou je nog steeds zo van warme chocolademelk?' vraagt mijn moeder.

Ik wil zeggen: ik hield van de chocolademelk die jij voor me maakte als ik uit school kwam, maar alleen maar omdat jij hem voor me maakte. Eigenlijk geef ik niet veel om chocolademelk.

Zuster Ingrid is al weg.

Nu we beiden zijn gaan zitten, een paar meter kaal linoleum tussen ons in, is de sfeer veranderd. Het voelt een beetje vreemd, onwennig ineens. De vrouw op het bed is mijn moeder, er is niemand die mij beter kent en van wie ik meer hou. Toch voelt het nu anders. Het lijkt wel of de tijd nieuwe laagjes om mijn moeder heen heeft gelegd, laagjes die eerst afgepeld moeten worden om terug bij haarzelf te kunnen komen.

Ik heb ook zulke laagjes gekregen, vermoed ik, want ik zie dat mama me peinzend bekijkt.

'Wat ben je gegroeid. Ongelooflijk. Je wordt al een vrouw.'

Ik knik.

'Niet verlegen zijn.'

Ik schud mijn hoofd.

'Nou. Hier woon ik dan. Dit is mijn kamer.' Ze staat op, de sigaret in haar hand, en ze draait een rondje. De rok van haar jurk waait op en even lijkt ze op het kindermeisje in *The Sound of Music*. Ze lacht erbij, draait rond in een wervelwind van sigarettenrook. Toch kijkt ze niet echt gelukkig. Ze stopt en wijst naar haar bed. 'Ik hoef niet te poetsen of mijn bed op te maken, dat doen ze hier voor je. En ik teken heel veel. Kijk maar.' Ze loopt naar haar bureau en zoekt tussen de stapels met schetsen. Een lok glijdt achter haar oor vandaan en zwiept heen en weer langs haar wang. 'Ik had hier een tekening die ik van jou heb gemaakt. Hier ergens lag-ie.'

Ik sta op van de stoel en ga bij haar staan. Mama heeft erg mooie tekeningen gemaakt. Bomen met veel wortels en nog veel meer takken, en ook heel veel vissen met felle kleuren. Tekenen deed ze thuis ook weleens, herinner ik me nu. Maar niet vaak. Misschien omdat papa er een hekel aan had. Als mama tekende dan vergat ze soms te koken, kan ik me herinneren. Ze hadden er weleens ruzie over.

Ik hoor het geklepper van zuster Ingrids leren klompen. 'Jullie chocomel!' Ze zet de bekers neer op het bureaublad. Richt zich tot mij. 'En, Vera? Vind je niet dat je moeder prachtig kan tekenen?'

Ik knik.

'Ik ben er eentje kwijt,' zegt mama. Haar gezicht is betrokken. 'Die van Vera op het strand met de hond. Hij lag hier ergens.'

Zuster Ingrid trekt een la open. 'Hier misschien?'

'Ja!' Ze neemt hem aan en legt hem voorzichtig boven op de andere tekeningen.

Hij lijkt heel goed. Ik zie mezelf, jaren geleden, ik zat nog op de lagere school. Naast me staat een hond. Een enorm groot, wit beest, het formaat van een kleine pony, met een roze neus en roze oogleden. De hond en ik staan in het zand naast elkaar. Mijn blote voeten tonen smal en bleek naast haar reusachtige klauwen. Achter ons is de vloedlijn.

'Weet je dat nog?' vraagt mama. 'Kun je je die dag nog herinneren?'

Natuurlijk weet ik het nog. Die dag, en de weken erna. Het was misschien wel de mooiste periode uit mijn hele jeugd.

'Je vader was er niet blij mee,' zegt mama.

'Nee, die niet,' zeg ik.

33

We zaten nog buiten, aan de lange eettafel onder het afdak van de veranda, loom en lichtjes aangeschoten van de wijn. Op tafel brandden kaarsen in hun glazen stolp. De flakkerende vlammen verlichtten de wijnglazen, half leeggegeten borden en schalen met stokbrood dat inmiddels taai was geworden. In de barbecue smeulden de kolen nog na, gloeiende puntjes in de as.

'De kinderen hadden allang in bed moeten liggen,' zei Robert.

'Laat ze, het is kerst, morgen slapen we toch uit.'

Ik keek naar Chiel en Noa. In de kelder was een compleet ingerichte *game room*, maar mijn neefje en nichtje speelden rond de eettafel in de woonkamer met poppetjes uit Animal Kingdom.

Uit het moeras kwamen nachtgeluiden. Zo nu en dan reed er een auto voorbij op het belendende stuk weg aan de andere kant van de muur. Dichterbij lag het zwembad, groen verlicht. Het zachte gebrom van de filterpomp werkte hypnotiserend.

'Het is zo snel voorbijgegaan,' mijmerde Rosalie. 'Morgen is alweer onze laatste dag in Kissimmee. Dinsdag voor twaalf uur moeten we het huis uit.'

Lucien zette zijn glas neer. 'Gaan we morgen winkelen?'

'In principe wel.'

'Willen jullie daarna nog iets anders gaan doen?' vroeg Hans.

'Ik niet,' zei ik.

Aron schudde zijn hoofd.

Laura zei: 'Ik vond het schitterend, pap, maar pretparken heb ik nu wel genoeg gezien. Ik voel mijn voeten niet meer.'

'Gek, ik voel de mijne juist wél,' grapte Robert.

Hans boog zich voorover om de glazen bij te schenken. 'Goed. Dan slapen we uit en gaan we 's middags shoppen.'

Ik bekeek de gezichten rond de tafel en merkte dat een geluksgevoel zich als warme vloeistof door mijn borstkas verspreidde. Had ik hier nu zo tegen opgezien? Lucien had een fantastische familie. Het waren krachtige, warme mensen, allemaal.

Aron hief het glas, zijn huid glansde in het kaarslicht. Ik glimlachte naar hem, hij kneep eventjes zijn ogen toe. Met vlagen leek het of we op dezelfde frequentie uitzonden en ontvingen.

'Kom op, jongens! Bedtijd. Laat het me niet nog eens vragen.' Laura stond op en klapte als een kleuterleidster in haar handen.

Noa gleed van een eetkamerstoel, ontweek behendig haar moeder en kwam het terras op. 'Oom Lucien, breng jij ons dan naar bed?'

'Ja!' Chiel kwam naast zijn zus staan. 'Met een eng verhaaltje erbij. Over de moerasheksen.'

Ik begreep uit de manier waarop de kinderen Lucien benaderden dat hij ze vaker naar bed moest hebben gebracht *met een eng verhaaltje erbij*, dat deze routine-voor-het-slapengaan niet op deze vakantie was ontstaan. Lucien zou dat alleen maar hebben kunnen doen op zijn vaste biljartavond, als hij Robert ophaalde om naar het café te gaan. Tegen mij had hij er nooit met een woord over gerept: met Lucien-de-griezelverhalenverteller had ik pas onlangs kennisgemaakt. Ik wist niet dat hij het in zich had.

'Ah, toe?' vroeg Noa.

Lucien reageerde niet. Hij bleef bewegingloos zitten, stil voor zich uit starend, een griezelig echte imitatie van een wassen beeld.

Noa duwde tegen zijn schouder. 'Oom Lucien?'

Chiel was wat minder moedig, hij deed een stap terug en keek onzeker naar zijn moeder.

Ik schrok van de plotselinge schreeuw die Lucien uitstootte. Hij sprong op, greep Noa vast en plukte Chiel van de grond. Wierp zijn neefje en nichtje elk over een schouder en begon quasihard weg te rennen met hoog opgetrokken knieën. Hij brulde, met een zware vibratie in zijn stem: 'Ik ga jullie op-eee-ten!'

De kinderen gierden van de pret toen hij ze afvoerde naar de zijvleugel.

'Ik schrok me rot,' zei Rosalie. Haar hand lag op haar decolleté.

Robert lachte. 'Ze zijn echt gek met Lucien, hè?'

'En hij met hen. Lucien is gewoon super met de kinderen,' hoorde ik Laura zeggen.

'Hij zou een geweldige vader zijn.' Dat was Hans.

Ik keek voor me uit, naar het tafelkleed.

Uit de vleugel kwamen gedempte kreetjes, afgewisseld door theatraal gebrul van Lucien.

Hier, onder het afdak van de veranda, was het gesprek stilgevallen. De beladen stilte duurde minutenlang en drukte veel meer uit dan woorden hadden kunnen doen. Ik maakte me geen illusies: de mensen die hier rond de tafel zaten zouden er onderling meer dan eens over hebben gesproken. Lucien werd over vier jaar vijftig, ik was pas achtendertig geworden. Het kón nog. Het was nog niet te laat. Mijn biologische klok stond op één minuut voor twaalf. Als we nog langer zouden wachten, dan lukte het misschien wel helemaal niet meer. De stilte hield aan. Ik voelde hun blikken. Hun onuitgesproken verwijt bereikte me via een andere weg, onderhuids, langs onzichtbare, ragdunne draden die ons allemaal met elkaar verbonden. Met mijn starre weigering ontzegde ik hun geliefde broer, zwager, schoonzoon en zoon wat hij het allerliefste wilde in zijn leven, en waarin hij ongetwijfeld zou uitblinken: het vaderschap.

Koelkast, ijskoningin, harteloos kutwijf.

Weer zag ik Luciens wanhopige blik voor me, de kwaadheid, de onmacht, het ongeloof, in die ene afschuwelijke nacht waarin ik hem voor het eerst – en voor het laatst – had geslagen. Ik was in blinde paniek geweest, buiten mezelf van angst, maar hij had dat anders geïnterpreteerd. Hij had het beschouwd als een afwijzing en het heel persoonlijk opgevat: jij, Lucien Reinders, bent niet goed genoeg. Ik vertrouw je niet voldoende om je de eer te gunnen de vader van mijn kind te worden.

Hij wist niet of hij bij me wilde blijven, had hij gezegd. Ik had geprobeerd om hem uit te leggen waaróm ik geen kinderen wilde – ik durfde niet, de verantwoordelijkheid was veel te groot, die kon ik niet aan, mijn kind zou aan mij geen goede moeder hebben – maar ik had Luciens beslissing niet afgewacht en was nog dezelfde week doodsbang in Nico's armen gevlucht, omdat mijn huwelijk onherstelbare schade had opgelopen en binnenkort zou worden ontbonden.

Maar het werd niet ontbonden.

'Kom, we gaan opruimen,' zei Aron naast me. 'Pak aan.' Hij gaf me een stapel bordjes.

Met het aardewerk tussen mijn trillende handen liep ik naar de keuken.

Vierendertig

De hele week waren we al met z'n drieën: Fabeltje, mama en ik. Elke dag als ik uit school kwam gingen we wandelen, of het nu regende of niet. Honden zoals Fabel moeten veel lopen en rennen, daar houden ze van. Fabel moest ook veel eten, ze had altijd honger. Van brood hield ze het meest. Mama ging elke dag naar de bakker om twee gesneden wit voor haar te halen. Geen brood dat mensen eten, maar 'brood van de andere dag' zoals de bakker dat noemde. Dat kostte maar dertig cent in plaats van een gulden. We aten er zelf ook van. Mama en ik namen ieder twee of drie sneetjes en Fabel at de rest. Het was een leuk spelletje: dan ging Fabel aan de ene kant van de keuken zitten, één voorpoot in de lucht. Mama en ik gingen bij het aanrecht staan en gooiden om beurten een snee brood naar haar toe, in een boogje. Fabel ving ze op. Dat kon ze heel goed, en ze schrokte de sneetjes ook meteen naar binnen, zonder er eerst op te kauwen. Dan ging ze weer zitten, piepend met haar kop scheef en één poot maaiend in de lucht. Ze kende het spelletje.

Hap. Hap. Hap.

Tot het hele brood op was.

Oma vond Fabel 'een verschrikking'. Ze vond haar te groot en zei dat Fabel te veel kwijlde. Daarin had ze wel gelijk, denk ik. Aan Fabels lippen bungelden kwijldraden, soms waren ze kort en dik en dan weer dunner en langer, tot ze zo zwaar werden dat ze vanzelf op het zeil in de keuken vielen, of Fabel haar kop schudde en ze tegen de muur of het plafond aan kletsten. Fabel zag er eigenlijk altijd uit alsof ze een gymschoen in haar bek had verstopt en alleen de veters nog naar buiten hingen.

Daarom droeg Fabel in huis een theedoek om haar hals, daarmee konden we haar bek steeds schoonvegen.

Ze was ook een heel goede waakhond. Een keer was de melkboer zomaar via de achterdeur naar binnen gelopen om de bestelling op tafel te zetten. Ik zat op school, mama was alleen thuis en boven de was aan het doen. Fabel had de man gewoon binnen laten komen en hem toen, bij het aanrecht, in een hoek gedreven. Ze had niet naar hem geblaft, vertelde de melkboer mama later, ze had alleen maar gegromd en hem haar voortanden laten zien. Als hij stil bleef staan, deed ze geen kwaad, maar zodra hij bewoog, kwam ze dreigend naar voren.

'Daar heb je een heel goede waakhond aan,' had hij bibberend gezegd nadat mama tussenbeide was gekomen. 'Die kan jullie mooi beschermen als Theo op oefening is.'

Hij zou voortaan aanbellen.

34

Hans en Rosalie hadden niets te veel gezegd over de uitverkoop. Amerikaanse merken die in Nederland als chic en exclusief werden beschouwd, waren in de outletwinkels te koop voor doorsnee warenhuisprijzen – en nu betaalde je daarvan de helft, of nog minder.

Maar niemand van ons was voorbereid geweest op de chaos die in de winkels heerste: het meeste textiel lag op de grond, verspreid over de winkelvloer lagen afgeprijsde overhemden, vesten en jeans tussen de afgerukte prijskaartjes, opengescheurde verpakkingen en allerlei troep. Mensen trapten erop, schoven de kledingstukken aan de kant met hun schoenen. Het winkelpersoneel deed geen moeite alles op te rapen. Het was lawaaierig. Families hielden contact door vanaf de verschillende afdelingen naar elkaar te schreeuwen. Er werd geduwd en voorgekropen. En het was warm. Erg warm.

Te midden van de gekte stond ik met Hans in de rij voor de kassa's, stapels kleding over onze armen gedrapeerd. Voor het centraal gelegen kassa-eiland stond één lange rij die door de hele winkel meanderde. Toen we ons aansloten had ik drieënvijftig wachtenden voor ons geteld, nu waren het er nog maar acht.

Rosalie kwam op ons af. Ze tilde nog meer kledingstukken over de hoofden van andere wachtenden. Hans nam ze aan.

'Robert heeft ook nog wat,' riep ze, en ze verdween in de massa.

'Niet normaal, hè?' zei Hans lachend.

'Bizar.'

'Weet je zeker dat je niets wilt kopen? Je hebt nu nog de kans.'

'Ja, echt. Ik heb genoeg kleren.'

Hij trok een wenkbrauw op. 'Je bent de eerste vrouw die ik dat hoor zeggen.'

Ik glimlachte en keek weer voor me. In de afgelopen uren was ik me een beetje triest gaan voelen. De lawaaiige drukte en het fanatisme van de koopjesjagers benauwden me. Er heerste een bijna agressieve sfeer. Moeders trokken huilende kinderen aan de armpjes voort. De gezichten drukten vooral verbetenheid uit. Paskamers werden door complete gezinnen bezet gehouden.

Wat mij betrof gingen we zo snel mogelijk terug naar de villa.

Morgen reden we door naar Ruskin, een gehucht bij Tampa Bay, enkele tientallen mijlen onder de stad Tampa. Rosalie en Hans hadden er appartementen geboekt in een kleinschalig luxe resort. Daar waren geen outlets en pretparken; er was slechts een haventje, een klein strand, een tennisbaan en een tweetal restaurants met een speeltuintje. Rosalie had de hoop uitgesproken dat we het er niet al te saai zouden vinden.

Saaiheid, dacht ik, terwijl ik de kleding uitstortte over de gladde toonbank en ik Hans zijn creditcard uit zijn portefeuille zag peuteren, saaiheid klonk me in de oren als het paradijs.

'Nog even naar schoenen gaan kijken?' vroeg Rosalie.

We slenterden door het winkelcentrum, Noa en Chiel likten aan een ijsje.

'Goed,' reageerde Laura. 'En ik zou nog even naar die Nikewinkel willen. Ik kan wel een trainingspak gebruiken.'

'Zullen we de tassen eerst naar de auto brengen? Ik sjouw me een breuk.'

Hans maakte zich van ons los en ging bij een vuilnisbak op een bankje zitten. Hij had een troebele blik in zijn ogen en zijn gezicht kleurde grauw, alsof het bloed eruit wegtrok.

'Gaat het wel?' Ik zette de tassen op de grond en legde mijn hand op zijn schouder. 'Hans?'

Laura liet zich voor haar vader op haar hurken zakken. 'Pap? Alles in orde?'

De verpleegster in haar nam het over. Ze voelde aan zijn pols, keek in zijn ogen. 'Zeg eens iets?'

'Niks aan de hand,' mompelde Hans.

'Moet ik iemand vragen een dokter te bellen?' vroeg Robert.

Ik keek naar Hans, die zijn ogen gesloten had en zijn kin naar de borst had gedrukt. Zijn handen – knoestig en met eelt op de vingertoppen – lagen in zijn schoot.

'Pap, hoor je me? Ik maak me zorgen, alle kleur is uit je gezicht weggetrokken.'

'Zullen we hem rechterop zetten?' vroeg Aron aan Laura.

Ik keek gespannen toe. In de afgelopen week had Hans een en al levenslust uitgestraald. Alle automijlen die we op Amerikaans grondgebied hadden afgelegd had hij achter het stuur gezeten, hij had de complete planning verzorgd, dagenlang met ons door pretparken gesjouwd, gegeten en gedronken, een kerstmaal voorbereid en grapjes gemaakt – geen moment had iemand hem erop kunnen betrappen dat hij zich niet lekker voelde. Hans had zijn ziekte zo effectief en krachtig ontkend dat zelfs ik er niet meer continu aan had gedacht.

Een Amerikaan was bij ons komen staan. *'Do you need an ambulance?'*

'Hoor je dat? Ik ga een ambulance voor je bellen.'

Hans schudde zijn hoofd, alsof de woorden van zijn dochter lastige bromvliegen waren die op zijn gezicht wilden landen.

Hij hief zijn hoofd. Zijn ogen leken dieper in hun kassen verzonken te liggen, maar in zijn gezicht was de kleur een beetje teruggekomen. 'Ik voelde me ineens beroerd worden. Nu gaat het wel weer.'

'Echt?' vroeg Laura.

'Zeker weten?' vroeg Rosalie.

Noa keek ademloos toe, er drupte gesmolten ijs op haar jasje. 'Wat is er met opa?'

'Verdomme!' snauwde Hans. Hij maakte een 'wegwezen'-gebaar naar de Amerikaan, schudde nog eens zijn hoofd.

De Amerikaan keek vragend naar Laura, die hem bedankte voor zijn zorg.

Hans stond op. Hij wankelde een beetje. Rosalie schoot meteen te hulp, Lucien greep zijn vader onder de schouders beet.

'Laat me los,' zei hij. 'Ik kon verdomme al lopen toen jullie nog niet eens geboren waren.'

Hij sloeg niet-bestaand vuil van zijn broek en rechtte zijn rug. 'Het is mooi geweest voor vandaag. We gaan zo eerst eens wat eten. En dan naar huis, inpakken. Morgen gaan we vissen, jongens. Tampa Bay.' Hij griste een paar tassen van het bankje en begon te lopen.

Rosalie schoot naar voren en ging naast hem lopen. Wij volgden op enige afstand. Ik geloof niet dat iemand van ons goed raad wist met de situatie.

'Kan hij zo wel rijden?' fluisterde Lucien tegen Laura.

Ze haalde haar schouders op en keek strak naar de rug van haar vader die voor ons liep. 'Ik weet het niet. Ik ben me rot geschrokken.'

'Zou het gewoon oververmoeidheid zijn?'

Hans stopte en draaide zich om. Hij keek ons doordringend aan. 'Klaar! Ik wil er niets meer over horen. Jullie krijgen nog tijd genoeg om over mij te praten als ik er niet meer ben.'

Vijfendertig

Fabeltje was er niet toen ik tussen de middag thuiskwam uit school. Mama was ook nergens te bekennen.

Papa was er wel. Hij zat aan de eettafel in de kamer over de krant gebogen. Toen hij me binnen zag komen, vouwde hij de krant op en legde hem weg.

Ik wist niet dat papa vandaag al thuis zou zijn: mama verwachtte hem vrijdagavond pas. Ik rende op hem af, omhelsde hem en kuste zijn wang. 'Je bent terug uit Duitsland.'

Papa beantwoordde mijn omhelzing niet. Dat deed hij nooit. 'Je moet zelf maar even je brood smeren.' Hij liet me zijn hand zien. Er zat verband omheen gedraaid, wit en schoon, tot aan de pols toe.

Ik schrok. 'Ben je gewond? Is het gebroken?'

'Nee, dat niet. Maar het scheelde niet veel.' Hij knikte ongeduldig in de richting van de keuken. 'Pak gauw wat te eten. Hoe laat moet je weer op school zijn?'

'Kwart over één.' Tussen de middag hadden we een uur pauze, maar omdat het een kwartier lopen was, bleef daar maar een halfuur van over.

Ik duwde de broodtrommel open en pakte de plastic zak met brood-van-de-andere-dag eruit. Tijgerbrood noemde mama dit, het was wit vanbinnen en op de korst zaten kartelige strepen. De bakker had vaker tijgerbrood over dan andere soorten, dus aten we het veel. De korsten waren taai als rubber, je bleef erop kauwen.

Ik smeerde er een laag boter op en daarna wat pindakaas. Schonk een beker melk in. Ik zette alles op de keukentafel en begon te eten. Van mama mocht ik de korsten eraf scheuren en aan Fabel voeren.

Maar Fabel was er niet.

Zou mama met Fabel aan het wandelen zijn? Toch niet tussen de middag?

Zou ze *niet goed* zijn?

Toen zag ik dat de emmer weg was. Vorige week had mama een rode emmer in de hoek van de keuken gezet, waar Fabel water uit kon drinken. Dat was veel handiger dan een hondenbak, want die had ze binnen een paar slokken leeg. 'Het begint hier steeds meer op een stal te lijken,' had oma gezegd toen ze de emmer had zien staan, en ze had mama gewezen op de klodders slijm die ernaast op de houten wand zaten.

Nu was het schoon. De schroten waren gepoetst.

Zou mama de emmer hebben weggehaald omdat papa vandaag is thuisgekomen? Zou papa het nog niet weten van Fabel? Waar was mama eigenlijk? Ik beet een stuk van mijn brood af, kauwde erop en spoelde de hap weg met melk.

'Waar is mama?' vroeg ik.

'Je moeder? Die ligt boven op bed.' Hij sloeg zijn krant weer open. 'Migraine.'

Ik legde mijn boterham op het bord en liep naar de kelderkast. Opende de deur. Aan de haak die in de binnenkant van de deur was gedraaid, hing alleen mama's boodschappentas. Fabels riem was weg.

Ik sloot de deur en liep terug naar de keukentafel. Honger had ik niet meer. Ik ging op mijn stoel zitten, wiebelde met mijn benen. Keek om het hoekje van de keuken de woonkamer in.

'Zeg, eet je een beetje door?' klonk het uit de woonkamer. 'Je moet zo weer naar school.'

Ik keek op de klok. Papa vergiste zich. 'Ik hoef pas over twintig minuten weg, papa.'

'Niet praten, dooreten.'

Ik beet weer een stuk van mijn brood en kauwde erop.

Waarom kwam papa eigenlijk niet naar de keuken om mee te eten?

Ik keek naar het schuurtje achter in de tuin. Misschien had mama Fabel daar wel in opgesloten, om haar te verstoppen voor papa. Of zou papa zelf Fabel daarin hebben gezet?

Oma had vorige week nog gezegd dat ze zeker wist dat papa het niet goed zou vinden. 'Zo'n kalf hoort niet in een woonwijk. En al zeker niet in huis.'

Ik knabbelde met mijn voortanden het zachte witbrood van de taaie korst af. Pakte mijn bord van tafel en schoof de korsten en kruimels in de vuilnisbak. Zette het bord in het afwasteiltje dat in de spoelbak stond en ging weer aan tafel zitten. Dronk mijn melk op. Keek weer op de klok.

Ik had nog een kwartier.

Papa zat nog steeds te lezen. Hij zat heel stil, met zijn ellebogen op tafel, zijn duimen drukten in zijn wangen en met zijn vingers vormde hij een soort oogkleppen aan weerszijden van zijn gezicht. Het leek wel of hij aan het bidden was.

Ik zette de lege melkbeker op het bord in de spoelbak. Keek naar buiten, naar het schuurtje. Zou ik stiekem gaan kijken of Fabel daar was? Nee. Ze kon wel gaan blaffen als ze mij zag, of aan de deur gaan krabben.

Ik draaide de hete kraan open en waste het bord en de beker af. Dat kon heel goed zonder zeepsop, zei mama altijd. Ik zette het servies in het droogrek en keek weer op de klok. Ik had nog dertien minuten voor ik weg moest. Het leek ineens wel dertien uur.

Ik wilde de kamer in lopen, maar bleef op de drempel staan. 'Papa? Is je hand op oefening gewond geraakt?'

Zonder van zijn krant op te kijken schudde hij zijn hoofd.

'Maar hoe –'

'Dat vertel ik nog wel een keer.'

Dat zei hij altijd als hij eigenlijk geen antwoord wilde geven. Ik friemelde aan een los draadje dat uit de boord van mijn trui naar buiten stak. Bleef staan.

'Doet het pijn?' ging ik door.

Geërgerd keek hij op. 'Nee.'

Ik moest denken aan geheime missies waar papa het weleens over had. Misschien was papa wel op zo'n missie geweest en helemaal niet op oefening in Duitsland. Misschien deed hij daarom zo geheimzinnig. Maar als dat zo was, zou hij meteen al hebben gezegd dat het op oefening was gebeurd. 'Sorry dat ik het wéér vraag, maar –'

Papa stak zijn hand op. 'We hebben het er vanavond wel over. Je hebt gegeten en gedronken. Het is tijd om naar –'

Er klonk een harde bonk, recht boven ons.

En geschreeuw.

35

De rust daalde voelbaar over ons neer op het moment dat we uit de auto stapten. Gieren hopten loom over de kort gemaaide gazons. Struiken stonden volop in bloei, palmbomen ruisten in de aanlandige wind. Over de paden langs het haventje slenterden resortgasten in tenniskleding en met zonnebrillen op. Op een van de jachten lag een hond te slapen in de zon. Hij trok een oor naar achteren toen we voorbijliepen met onze ratelende koffers.

Hier had niemand haast. Dit was een andere wereld.

Twee dagen rust.

Nergens naartoe.

Fantastisch.

Onze appartementen deden licht en fris aan, Scandinavisch bijna, door de witte, grijsblauwe en beige tinten van de stoffering en het meubilair. Rosalie noemde de bouwstijl van de *condo* 'Caribisch'; vergelijkbaar met die van de huizen op Curaçao en de Florida Keys.

Binnen een uur na aankomst gingen de mannen op pad – er lag een vissersboot op hen te wachten. Rosalie en Laura vroegen me hen te vergezellen naar het strand, maar ik zei dat ik hoofdpijn had en een middagdutje ging doen. Helemaal gelogen was dat niet; ik had me weleens beter gevoeld.

Het raam van onze badkamer keek uit over de jachthaven. Een paar honderd meter verder lag het restaurant, met een houten veranda eromheen; daarnaast was het strandje. Ik zag Noa in haar felroze badpakje heen en weer lopen bij de branding – van deze afstand een kleurrijk vlekje dat steeds in beweging was. Laura en Rosalie lagen in witte strandstoelen te lezen. Nog verder naar het westen schitterde de zon op de golven van Tampa Bay.

Ik leunde met een schouder tegen het raamkozijn en genoot van de zonnestralen die over mijn gezicht en decolleté streken. De warmte drong door het glas heen. Ik schoof de shutters ietsje verder dicht, zodat de lamellen horizontale schaduwen wierpen op de witte tegelvloer, en draaide me om. Het bad was volgelopen. De ruimte rook naar exotische bloemen.

Ik liet mijn badjas van mijn schouders vallen en stapte in het warme water. Knisperend schuim omarmde me, belletjes knapten stuk aan het oppervlak en knetterden zachtjes. Ik nam een teug lucht en liet me onder de schuimlaag zakken, wreef over mijn gezicht en door mijn haar, rekte me uit, kwam happend naar adem weer boven.

Loom. Warm. Zon.

Trillerig spreidde ik mijn benen en legde een voet op de badrand. Mijn onderlijf schokte onder de lichte aanrakingen van mijn eigen hand. Het was te lang geleden. Mijn lichaam zinderde, hunkerde. Ik tuurde door geknepen oogleden naar het raam en stelde me voor dat hij daar stond. Naakt, terwijl zijn opwinding groeide en hij zijn diepliggende ogen niet van me af kon houden. Ik begon te kreunen, duwde ritmisch mijn bekken tegen mijn hand, omsloot een borst met mijn andere hand, duwde haar omhoog, likte erlangs tot er elektrische vonkjes door duizenden draadjes naar beneden schoten, allemaal naar hetzelfde punt in mijn onderbuik.

Hij stond er nog steeds, onbeweeglijk, in al zijn naaktheid. Maar het gezicht dat me aankeek, dichterbij, vanaf het voeteneinde van het bad, was niet dat van Lucien. Het was smaller, harder belijnd. Het lijf jonger, slanker. Ik zocht zijn ogen, die donkerder werden toen hij zag wat ik deed. Ik liet hem kijken, ik wilde het.

Ik wilde dat hij me zag.

Zesendertig

Er volgde nog een bonk. Geschreeuw.

Ik keek naar het plafond, waar de herrie vandaan kwam.

Papa stond op. 'Mama is niet in orde, ik ga wel even kijken.'

Ik rende langs hem heen de gang in. Het schreeuwen klonk luider.

Papa's hand omklemde mijn schouder, hij trok me terug. Keek me doordringend aan. 'Jij gaat naar school.'

'Vuile moordenaar! Je hebt haar vermóórd!'

Verschrikt keken we omhoog.

Mama stond boven aan de trap. Haar gezicht was rood en glinsterde van het vocht, haar haren plakten tegen haar slapen en voorhoofd. 'Je hebt haar vermoord!' Mama krijste het nu uit: 'Je hebt mijn hond doodgemaakt, dierenbeul, moordenaar! Vertel dát maar aan je dochter!'

Papa riep naar boven: 'Hou je snater, verdomme! Ga terug de slaapkamer in!'

Dood?

Dóód?

Een koude windvlaag snelde door het trappengat naar beneden, omcirkelde me. Duizenden ijskoude priemen prikten in mijn huid.

Ik draaide me om naar mijn vader. Hapte naar adem. 'Dood? Is Fabel... dood?'

Hij sneerde naar boven: 'Hier, verdomme! Daar heb je het al! Heb je nou je zin?' Papa liet me los en kloste de trap op. Mama gooide iets naar beneden, een voorwerp dat rakelings langs papa en mij schoot en de stuclaag naast de leuning schampte. Het was papa's wekker, een ouderwetse van metaal die je aan de achterkant moest opwinden. Hij rinkelde luid bij het neerkomen op de vloerbedekking.

Papa was al boven. Hij wees met gestrekte arm naar de slaapkamer. 'Ga terug naar bed en hou je mond.'

Mama krijste.

'En nou is het afgelopen! Annie!'

Ik rende de trap op. 'Is Fabel dood?'

Mama was in de slaapkamer. Ze keek me aan met een lege blik, of ze me niet herkende en beefde over haar hele lijf, klappertandde.

'Is Fabel dood?' vroeg ik nog eens. Ik wilde me langs papa wurmen, maar hij hield me tegen. 'Naar school jij!'

Mama schoot naar voren, met een kreet dook ze op papa. 'Klootzak! Gore klootzak! Je maakt alles kapot!' Ze sloeg hem met haar vlakke hand op zijn hoofd, nog eens, en nog eens, en begon toen tegen zijn borst te stompen terwijl ze aan een stuk door bleef vloeken en schelden.

Papa greep mama's armen beet, duwde haar terug de slaapkamer in.

'Niet doen, niet doen!' riep ze. 'Laat me, klootzak, laat –'

Hij drukte haar tegen zich aan, klemde zijn armen stijf om haar heen, maar ze bleef worstelen om los te komen.

Mama loeide, ze snoof, haar ogen puilden uit.

Ze leek wel een dier.

'Rustig, verdomme! Annie, doe normaal!'

Papa zag me staan, schreeuwde: 'Wat had ik nou gezegd? Wegwezen jij!'

Het volgende moment trapte hij de slaapkamerdeur dicht.

'Jij gaat naar school, Vera! Nu!' bulderde papa aan de andere kant van de deur.

36

In het resortrestaurant voerden zwart en roodtinten de boventoon, op de grond lag vloerbedekking. We namen plaats op twee gestoffeerde banken die tegenover elkaar stonden. De serveerster, een fris uitziende twintiger met een paardenstaart, deelde de menukaarten uit. Ze was vrolijk en lachte vriendelijk. *'Welcome to our restaurant, my name is Kathy, I'm your waitress. Where are you from?'*

Een standaardvraag in toeristisch Florida: hij was ons meermalen per dag gesteld, ook door andere toeristen en zelfs door een caissière bij Walmart.

'We're from Holland. Near Amsterdam,' grapte Robert.

'Oh, but I do know Holland!' Ze kwam oorspronkelijk uit Californië – héél anders dan hier, zei ze, en ze rolde met haar ogen – en daar had ze regelmatig Nederlanders ontmoet. *'I'd like to go there one day. It must be beautiful.'*

Moeiteloos maakte ze de overstap naar de menukaart. We konden van alles een extra grote portie bestellen, een tweede schaal friet was gratis en voor alle frisdranken gold dat de eerste *refill* van het huis was – twee glazen voor de prijs van één, een concept dat we hadden leren kennen in eerder bezochte restaurants en fastfoodketens. De vis van de dag was zwaardvis.

Ze nam de drankbestelling op en verdween weer.

'Nou, da's makkelijk,' zei Hans, en hij klapte de kaart dicht. 'Zwaardvis *it will be*.'

'Maak er maar twee van,' zei Lucien naast me.

'Ik neem een tonijnsalade.'

De kinderen wilden een hamburger.

Het was niet onze bedoeling geweest om uit eten te gaan, maar de luxe barbecueplaatsen bij het zwembad waren al bezet geweest. Dus hadden de mannen een deel van de vangst in plastic zakken gedraaid en in de koelkast gelegd.

Luciens telefoon maakte een brommend geluid. Hij pakte het ding uit zijn zak en keek erop. 'Even wat brandjes blussen,' mompelde hij, en hij schoof zijdelings van de bank.

Ik zag hem naar buiten lopen, langs de glazen pui het terras op. Daar bleef hij staan, onder een pergola aan de rand van het strand, met zijn rug naar het restaurant toe gekeerd.

Ik keek op mijn mobieltje. Hier in Ruskin was het halfacht; in Nederland halftwee 's nachts.

Ik keek op en zag Aron peinzend naar Lucien kijken. Daarna zocht hij mijn blik. Ik sloeg meteen mijn ogen neer en deed alsof ik verdiept was in de menukaart.

Ik schaamde me.

Ik was bang dat hij het aan me kon zien.

Laura stootte me aan. 'Wat neem jij, Vera?'

'Ik weet het nog niet.' Mijn ogen flitsten over de kaart. Honger had ik niet. Ik had geeneens trek. Terwijl ik de menukaart doorlas, moest ik denken aan al het eten dat vanochtend in de villa in Kissimmee in de vuilnisemmer was beland. Bakken vol koude pasta, aangebroken verpakkingen vleeswaren en yoghurt, een schaal kippenpoten, boter, opengedraaide potten jam; het moest van Hans allemaal worden weggegooid. Halfvolle wijnflessen waren leeggegoten in de spoelbak; de hele keuken had naar wijn geroken. Alleen boodschappen die nog in hun ongeopende verpakking zaten waren in een paar boodschappentassen geladen en achter in de auto gezet. 'Eeuwig zonde van al dat goede eten,' zou mijn oma gezegd hebben. 'In de oorlog pleegden ze daar een moord voor.' Ze bewaarde kliekjes afgedekt in schaaltjes in de koelkast, een dobbelsteentje uitgeharde kaas werd nog in cellofaan gedraaid. *Beter mee verlegen dan om verlegen.*

Ik keek naar buiten. Het telefoongesprek was nog steeds niet afgerond. Lucien wreef in zijn nek, leunde met een elleboog tegen een van de houten staanders van de pergola. Ik kon zijn gezicht niet zien.

'Weet je het al?'

'Een caesarsalade,' zei ik, en ik deed de kaart dicht.

'Die kan ik van harte aanbevelen,' klonk het naast me in het Amerikaans.

De serveerster was terug. Opgewekt nam ze onze bestellingen op. Hans bestelde voor Lucien.

'Houden jullie hier een soort familiereünie?' vroeg de serveerster.

Iedereen knikte schaapachtig.

'Zijn jullie hier ook met oud en nieuw?'

'Nee,' antwoordde Aron. 'Overmorgen stappen we op het vliegtuig.'

De serveerster bleef bij de tafel staan, een hand op haar heup. 'Jammer. Er is dan livemuziek op het terras bij het strand en om middernacht een professionele vuurwerkshow. Het wordt echt *fantastic*.'

'Klinkt aanlokkelijk,' grapte Hans.

'Blijf dan! Gezellig!' De serveerster deed me denken aan actrices in oude Amerikaanse musicals; ik zou er niet van opkijken als ze nu plotseling een pirouette zou draaien en uit volle borst begon te zingen.

Hans schudde zijn hoofd. 'Met oud en nieuw wil ik thuis zijn.'

'Hebben jullie al voor mij besteld?' Lucien schoof aan. Hij rook naar zee en zand.

'Ja,' zei Hans.

'Wie was dat?' vroeg ik.

'Frank.'

'Om halftwee 's nachts?'

'Er was een inbraakmelding op de zaak.'

'Is er iets gestolen?'

'Nee. Het alarm was blijkbaar van slag door de vorst.' Hij nam een slok van zijn bier en haakte in op een anekdote die Robert aan zijn vrouw vertelde over de vistocht.

Zwijgend keek ik naar Lucien, naar de manier waarop hij praatte, bewoog, de blik in zijn ogen.

Er was iets veranderd aan hem. Een minieme verandering, nauwelijks zichtbaar, maar ik zag het. Hij praatte net iets harder dan normaal, reageerde sneller, lachte iets te makkelijk. Hoe langer ik hem observeerde, hoe zekerder ik ervan was dat Lucien overcompenseerde. Hij acteerde.

Er was wel degelijk iets aan de hand.

Zevenendertig

'Denk je nog weleens aan Fabel?' vraagt mijn moeder. Ze strijkt de tekening van mij en Fabel glad en legt hem terug in de la. 'Ze zal vast wel een goed bazinnetje hebben gekregen. Toch? Voor vrouwen was ze wél heel lief.'

'Dat denk ik ook,' zeg ik, maar ik voel me ongemakkelijk worden. Fabel was toch dood? Is mama dat vergeten? Mama kijkt om zich heen, maakt maaiende bewegingen met haar armen. 'Sorry dat je hier moet zitten. Echt gezellig is mijn kamer niet.' Haar beweging stokt. Ze houdt haar handen nog steeds in de lucht naast haar hoofd, als een heks die tijdens een bezwering plotseling verstart. Ze kijkt me strak aan. 'Maar in de zaal beneden is het erger.'

'Wat is daar dan?'

'De recreatieruimte. Daar moet je hier 's ochtends verplicht naartoe, wij allemaal, iedereen op de afdeling. Sommigen zijn wel aardig. Die zien er heel normaal uit. Je zou niet zeggen dat ze gek zijn.' Mama gaat verder met opruimen. 'Maar dat zijn ze natuurlijk wel. Wij allemaal.'

'Jij bent niet gek, mama.'

Ze hoort me niet, of doet alsof ze me niet hoort. Ze kijkt door het raam naar buiten, naar de boomtoppen, of wat er daarachter is. Het grauwe namiddaglicht maakt donkere schaduwen in haar gezicht. Mama ziet er ineens moe uit. Moe en oud.

'Ik zou veel liever met je mee naar buiten gaan,' zegt ze. 'Maar dat kan niet. Daar zijn vaste tijden voor. Ze hebben hier geitjes, wist je dat?'

'Ik moet zo weer weg, mam.'

'Nu al?'

'Het wordt zo donker. Maar ik kom snel terug.'

'Ik mis jullie. Ik wou dat ik weer naar huis mocht.'

'Waarom kom je dan niet gewoon naar huis?'

'Dat mag niet.'

'Van wie niet?'

Van papa?

Oma?

Ik kan haar er niet bij hebben.

'Dokter Manders, mijn behandelend psychiater.' Ze fronst haar wenkbrauwen.

Manders. De geitenwollensok. De *geflipte* geitenwollensok.

'Vraag je aan papa of hij me wil komen bezoeken?'

'Goed,' zeg ik, en snel erachteraan: 'Als hij weer terug is.'

'Terug waarvan?'

'Van oefening,' lieg ik. 'Maar ik moet nu echt gaan, mam, het begint donker te worden.'

Mama pakt me beet, knuffelt me, kust mijn kruin. 'Er is niemand op de hele wereld die zoveel van je houdt als je moeder,' fluistert ze in mijn haren. 'Onthoud dat. Niemand.'

Ik wil niet huilen en klem mijn kaken op elkaar. Druk mijn hoofd tegen haar aan, klem me aan haar vast. Ik zou in haar willen verdwijnen. 'Ik hou ook van jou, mam. Heel veel.'

Ze aait over mijn rug en plukt aan mijn haar. 'Ik zal je missen.'

'Ik moet nu echt gaan.'

'Goed.' Ze laat me los en slaat haar armen stijf over elkaar, alsof ze bang is dat ze me anders weer zal vastgrijpen.

Op de gang staat zuster Ingrid, vlak bij de deur. Het lijkt of ze ons heeft staan afluisteren.

'Ik loop wel met je mee naar buiten,' zegt ze. 'Kom maar.'

Ze drukt op de knop bij de lift en de deuren schuiven open. We stappen erin. Ze drukt op BG.

'En? Hoe was het?' vraagt ze, terwijl de lift in beweging komt.

'Waarom kan mijn moeder eigenlijk niet naar huis?'

'Zou je dat willen?'

'Ja. Heel graag. Waarom kan dat niet? Mijn moeder is niet gek.'

Zuster Ingrid kijkt me geschrokken aan. Ze legt een hand op mijn schouder. 'Ze is ook niet gek. Niemand hier is gek. Je moeder is wel heel gevoelig. Ze heeft veel verzorging nodig, en aandacht. Iemand die steeds op haar let. Je vader kan dat niet, die moet werken.'

'Ik kan het doen.'

'Nee, jij moet naar school.'

'Dan ga ik toch van school af?'

Ze schudt haar hoofd. 'School is heel belangrijk.'

'Mijn moeder is veel belangrijker.'

De liftdeuren gaan open. Zuster Ingrid loopt de lift uit, ik drentel achter haar aan. Ze bukt en kijkt me recht in mijn ogen. 'Natuurlijk is je moeder belangrijk. Maar jij kunt haar niet helpen, Vera. Dat moet je maar aan ons overlaten. We zijn allemaal dol op haar. Als je later groot bent, kun je misschien zelf voor je moeder gaan zorgen. Nu gaat dat nog niet.'

'Ik moet gaan,' zeg ik.

Ze knikt naar me en duwt op een knop waardoor een van de houten voordeuren openzwaait. Ik hoor het mechanisme zoemen. 'Zien we je hier nog eens, Vera?'

'Ja!' roep ik.

Als ik mijn tas bij de conciërge ophaal, springen een voor een de lantaarns op het terrein aan.

Ik moet nu echt opschieten.

37

Ik zat in kleermakerszit in een hoek van een van de banken met Lucien languit naast me, zijn blote voeten op het glazen salontafelblad. Aron zat op het kleed voor de bank met een glas wijn in zijn hand, de rest had zich verspreid over de tweezitter en de fauteuils die in een ruime boog om de tafel heen stonden. Het licht was gedimd. Er stonden kaarsen op tafel en halfvolle wijn- en bierflessen. Niemand van het gezelschap was op het idee gekomen om de tv of radio aan te zetten, zodat ik alleen de gesprekken aanhoorde. De stiltes werden opgevuld door een lage zoemtoon die zich in mijn rechteroor had genesteld. Pure vermoeidheid.

Het was bijna één uur in de nacht. Zo laat hadden we het de hele vakantie nog niet gemaakt, maar het was dan ook niet eerder voorgekomen dat we de volgende dag niets op de agenda hadden staan. Onze laatste vakantiedag zouden we luierend op het strand doorbrengen, en als afsluiter stond de barbecue gepland.

De symboliek daarvan ontging me niet. Het was Hans zijn grootste wens geweest om met zijn beide zoons te gaan zeevissen in Florida, maar in wezen had hij met deze reis zijn complete gezin bij elkaar willen brengen. Voor zijn eigen gemoedsrust, of omdat hij dacht dat het beter was voor ons allemaal. Dat we op onze laatste avond in Florida gezamenlijk de door vader en zoons gevangen vissen zouden opeten was weliswaar niet de opzet geweest, maar de symboliek ervan ontroerde me. Het leek of iemand van bovenaf de regie had overgenomen.

Maar het was deze symboliek waarmee we het moesten doen, want er werd nog steeds met geen woord gesproken over Hans' ziekte en zijn naderende einde. Ook nu niet.

'Jongens, ik ga slapen,' zei Lucien. Hij viste zijn strandslippers onder de bank vandaan.

Ik stond op en begon de glazen af te ruimen. De rest kwam nu ook in beweging.

Aron, Laura en Robert verdwenen naar het aangrenzende appartement, waar de kinderen al drie uur eerder in bed waren gelegd.

In de badkamer was ik voor het eerst sinds het diner alleen met Lucien.

'Lucien, het zit me niet lekker,' zei ik.

Hij stond zijn tanden te poetsen. 'Wat?'

'Dat telefoontje van vanavond...'

Hij ontweek mijn blik. Drukte zijn kin naar zijn borst en poetste harder. 'Wat is daarmee?'

'Was dat echt Frank?'

'Wie zou het anders moeten zijn?'

'Er was iets aan de hand. Ik zag het aan je.'

Hij spoelde zijn tandenborstel uit onder de kraan, zette hem weg. 'Je ziet spoken.' Hij nam mijn gezicht tussen zijn handen en keek me aan. 'Spoken, Veer.'

Ik keek in zijn ogen, die me peilend opnamen. Ik wilde hem zo graag geloven, vertrouwen.

Lucien kuste me op de mond.

Ik beantwoordde zijn kus en kroelde met mijn vingertoppen door zijn haar. Lucien voelde zo vertrouwd, zo eigen. Er ging een warme tinteling door me heen toen hij zijn handen op mijn rug legde en me dichter tegen zich aan trok. Er drukte iets tegen mijn onderbuik.

Ik legde mijn hand erop, streelde hem.

'Ik ben eigenlijk te moe,' zei hij.

Zachtjes beet ik in zijn onderlip, bleef hem strelen.

'Het is halftwee, Vera.'

'Het is langer dan een week geleden.'

Lucien maakte zich los uit mijn omhelzing, rommelde in zijn toilettas en pakte er een condoom uit. Ik liet hem begaan – ik was al twee jaar aan de pil, maar dit was niet het moment hem daaraan te herinneren. Lucien gaf een klapje op mijn bil.

Overdonderd liet ik me de slaapkamer in drijven en schoof tussen de lakens. Hij was meteen bij me, op me, nestelde zijn heupen tussen mijn benen en begon hard tegen me aan te rijden.

Ik trok zijn boxer naar beneden en wilde hem omvatten, maar hij deed het condoom om, pakte mijn arm beet en legde die naast mijn hoofd. Hield hem daar vast. Hij kwam snel in me, veel te snel – ik was er nog niet klaar voor. Het schrijnde. Ik voelde elke centimeter naar binnen en naar buiten schuiven. Het leek op een medische handeling, een noodzakelijke penetratie in mijn lijf door een levenloos instrument. Ik sloeg mijn benen om hem heen en probeerde mee te bewegen, een ritme te vinden waarin we elkaar zouden ontmoeten, maar zijn tempo was te hoog en hij stootte te hard.

Lucien keek me niet aan, hij kuste me niet. Ik zag zijn gezicht niet eens. Hij hijgde in mijn nek, kreunde in het kussen, zijn ritme monotoon, zwoegend. Op zijn hoogtepunt verkrampte hij, zijn ogen stijf gesloten, zijn gezicht in een verbeten grijns. Daarna rolde hij van me af.

'Zo,' mompelde hij. 'En nou slapen. Ik ben bekaf.' Het dichtgeknoopte condoom kwam met een boogje naast het nachtkastje op de vloerbedekking terecht.

Hij aaide achteloos over mijn bovenbeen, fluisterde 'truste' en draaide zich van me weg.

'Truste,' antwoordde ik, mijn stem hol en hees.

Ik ging op mijn zij liggen, pakte het kussen vast en sloeg mijn armen eromheen. Trok mijn knieën op, als een foetus. Ik omklemde het kussen, kneep erin, duwde het tegen mijn gezicht. Ik liet mezelf erin verdwijnen, begroef me in het textiel en zonk af naar een donkere diepte waar Lucien me niet zou horen.

Achtendertig

We zitten met z'n drieën aan de keukentafel: oma, papa en ik. Het is woensdag, dan eet oma altijd bij ons en kookt ze een van papa's lievelingskostjes. Vandaag zijn dat verse sperzieboontjes, kotelet en gekookte aardappelen met jus.

Toen ik thuiskwam waren de ramen van de keuken beslagen. Oma stond achter het fornuis, met mama's geblokte schort om haar heupen gestrikt – het past haar maar nét. Zonder op te kijken vroeg ze waarom ik zo laat was. Ik loog dat ik bij een vriendin van school was geweest en we de tijd helemaal vergeten waren.

Dat geloofde ze. In elk geval is ze er niet meer op teruggekomen.

Oma houdt een opscheplepel met dampend groen bij mijn bord. 'Nog wat boontjes?'

'Nee.'

Papa kijkt verstoord op. 'Nee wát, Vera?'

'Nee, oma,' zeg ik toonloos.

'Nee, oma... wát?'

'Nee. Oma. Dank je wel.'

'Dat dacht ik ook.'

Ik doe mijn best om mijn bord leeg te eten, maar honger heb ik niet. De hele weg naar huis heb ik me allerlei dingen afgevraagd. Nu nog steeds. De vragen blijven maar in mijn hoofd rondzingen: waarom zit mama opgesloten? Waarom doet papa daar niets aan en waarom bezoekt hij mama niet? Waarom liegt iedereen daarover tegen mij?

Ik vraag me ook af wat er met Fabel is gebeurd. Ik moet er steeds aan denken. Heeft papa Fabel vermoord, zoals mama toen beweerde? Vanmiddag suggereerde ze iets anders.

Ik kijk naar papa, die een stuk gekookte aardappel door de laag jus op zijn bord heen en weer schuift, zodat het zich volzuigt met het bruine vet en zachter wordt. Hij duwt het papje op zijn vork en eet het met tevreden toegeknepen ogen op.

'Ging alles goed op school vandaag?' vraagt hij.

'Ja.'

Het valt me op dat papa nooit eens vraagt: *Hoe* ging het op school. Hij vraagt altijd: Ging het goed? Mijn vader stelt *gesloten vragen*, heb ik bij Nederlands geleerd. Op een gesloten vraag kun je alleen met ja of nee antwoorden.

Zwijgend eten we verder.

Ineens hoor ik mezelf vragen: 'Papa, heb jij Fabel doodgemaakt?'

Hij kijkt verbaasd op. 'Fabel? Waar heb je het over?'

'Over de hond. Mama zei toen dat jij dat had gedaan.'

'Wat gedaan?'

'Fabel doodgemaakt. Omdat-ie jou had gebeten.'

Oma houdt haar mes en vork stil boven haar bord. Ze kijkt papa afwachtend aan, haar mond een streep.

Papa snijdt zijn laatste stukje vlees in tweeën. 'Gaan we oude koeien uit de sloot halen?'

'Ik moest er vanmiddag aan denken... Is het waar wat mama toen zei?'

'Natuurlijk niet. Je moeder maakt gewoon altijd een drama van dat soort dingen.'

'Wat is er dan gebeurd?'

Oma mengt zich in het gesprek. 'Je vader heeft dat beest naar het asiel gebracht.'

'Hij was vals,' zegt papa. 'Gevaarlijk.'

'Ze was helemaal niet gevaarlijk. Het was een hele lieve hond. Jij hebt gewoon een hekel aan honden.' Ik schrik van de woorden die uit mijn mond rollen, ze klinken harder en brutaler dan de bedoeling was. 'Sorry papa,' fluister ik, en ik buig mijn hoofd.

Minutenlang eten we zwijgend verder. Er knettert een brommer door de brandgang achter het huis. De ramen trillen ervan.

Papa is de eerste die wat zegt. Zijn stem klinkt zacht. 'Ik heb geen hekel aan honden. Ik heb zelf een hond gehad, vroeger. Een vuilnisbakkenras. Helemaal wit was-ie, met een bruin oor.'

Met volle mond zegt oma: 'Die beet ook.'

'Mij kon hij velen, maar op anderen had-ie het *gelaajen*.'

'Als je vader naar school ging zette-ie hem altijd vast aan het hek achter in de tuin. Een keer had hij zich losgerukt en stond hij aan de achterdeur te krabben en te blaffen. Toen ik hem aan zijn band wilde pakken, hapte hij.'

Ik kijk van de een naar de ander. 'En toen?'

Papa's gezicht verstrakt. 'Ik moest hem dezelfde dag nog wegbrengen.'

'Naar het asiel?'

'Asiel?' Papa lacht, maar zijn ogen lachen niet mee. 'Naar de gemeentewerf bedoel je. Zwerfhonden werden toen nog gevangen door gemeentelijke hondenvangers en vergast. Je kon er ook je eigen hond of kat naartoe brengen.'

'Als-ie ziek was, of vals,' voegt oma toe. Ze haalt haar schouders op. 'Of oud.'

'Weet je wat je opa zaliger me nariep toen ik naar buiten ging, die hond blij springend naast me?'

Ik schud mijn hoofd en zoek oma's blik, maar ze zit glazig voor zich uit te kijken.

'Neem het riempje mee terug. Dat zei hij. Het riempje.'

'Ja, dat was toen,' hoor ik oma ineens zeggen, alsof ze het over een onbekende heeft, alsof dit hele gesprek haar niet aangaat.

'Ik heb dat hele eind naar de gemeentewerf lopen janken. En het was een klotestuk van ons thuis naar de werf. Die lag helemaal aan de andere kant van de stad. Ik heb getwijfeld of ik hem moest loslaten en wegjagen, maar ik was veel te bang dat-ie de weg terug naar huis zou vinden. Dan zou m'n vader hem eigenhandig doodslaan, had-ie gezegd.'

Ademloos vraag ik: 'Wat heb je gedaan?'

Hij legt zijn mes en vork op het bord. 'Wat mijn vader me had opgedragen. Ik moest hem zelf in zo'n gashok zetten. Het leek op een soort oven, met een metalen, vierkante deur ervoor. En een kijkglas in het midden. "Nou, daar gaat-ie dan," zei die kerel, en hij draaide aan een kraan. Ik hoorde het sissen. Weet je wat hij vroeg? "Wil je niet kijken, jong?"'

Ik breng mijn handen naar mijn gezicht. 'Kíjken? Naar hoe je eigen hond...? Wat gemeen!'

'Die vent zei dat de meeste kinderen het wél wilden zien. Toen ik al bijna van dat terrein af was, kwam ik erachter dat ik het riempje was vergeten af te doen. Dus ik schoorvoetend terug.' Papa laat zijn kiezen knarsen. 'Trekt die kerel het deurtje open en zegt: "Haal het riempje er zelf maar af."'

Ik voel me koud worden. 'Moest je dat écht doen?'

'Mijn vader zou me verrot geslagen hebben als ik zonder was thuisgekomen.'

Oma verheft haar stem: 'We hadden het niet breed. Zo'n riempje was duur, van echt leer. Jonge hondjes kon je overal gratis krijgen.'

Ik heb mijn handen voor mijn gezicht geslagen.

Oma staat op en begint de tafel af te ruimen. 'Eet je aardappelen op,' zegt ze tegen me.

Ik neem een paar happen. Ze smaken nergens naar. Ik geef haar mijn bord aan.

Papa zoekt mijn blik. 'Die hond van je moeder, Vera, was vals. Ik heb hem naar het asiel gebracht, maar er wel eerlijk bij gezegd dat-ie beet. Ze zouden daar wel kijken wat ze met hem gingen doen, zeiden ze. Dus het is niet gezegd dat ze hem hebben afgemaakt.' Hij trekt een sigaret uit een pakje. Steekt hem aan met een wegwerpaansteker. 'Je moeder overdreef, Vera. Ze blies het helemaal op.'

'Ja, dat deed ze,' zegt oma.

'Ben je nu gerustgesteld?'

Gerustgesteld? Helemaal niet, maar ik knik.

'Goed. Dan wil ik er van nu af aan niks meer over horen. Hup, van tafel. Help je oma met de afwas.'

38

Ik had mijn tenen in het zand begraven en las een tijdschrift. Door mijn wimpers zag ik Noa en Chiel langs de kustlijn heen en weer lopen. Zo nu en dan kwamen ze op ons af om gevonden schelpjes te laten zien. Iedereen was verdiept in een boek of lag te soezen.

De barbecueplek was voor vanavond veiliggesteld. We hadden hem vanochtend bezichtigd. De beste stek van het resort: een met balken overspannen buitenruimte met een stenen barbecue, een ingebouwde spoelbak en koelkast en een zithoek op een paar passen van het zwembad. Tussen ons en de glinsterende baai lagen het haventje en stroken perfect gemaaide gazons met palmbomen. Een plaatje uit een sprookjesboek. Hans had gevoel voor esthetiek, dat moest ik hem nageven.

Het laatste avondmaal. Zo was ik de barbecue van vanavond in gedachten gaan noemen. Het was een bijzondere eigenschap van deze familie, vond ik, dat ze het voor elkaar hadden gekregen om de hele vakantie door te blijven lachen, positief te blijven en een succesvolle groepsslalom te maken om de nare gesprekonderwerpen heen − en tegelijkertijd was het iets onbegrijpelijks. Hans was er vast van overtuigd dat er nog tijd genoeg zou komen om de onvermijdelijke zware gesprekken te voeren, later, als hij aan bed gekluisterd zou zijn, de ziekte zijn weefsel grotendeels had vervormd of opgevreten en alleen morfine zijn pijn nog enigszins kon verzachten. Waarschijnlijk had hij daar gelijk in, maar toch voelde deze totale ontkenning van zijn ziekte gekunsteld aan. Het deed me denken aan de manier waarop mijn oma en mijn vader vroeger thuis omgingen met het gegeven dat mijn moeder 'niet goed' was.

Lucien kreeg een sms.

Ik zag hem de telefoon uit de zak van zijn knielange zwembroek pakken en erop kijken. Stilletjes stond hij op. Hij slenterde met zijn gsm in de hand naar het water. Zei iets tegen de kinderen, aaide Noa over haar staartjes, hurkte bij Chiel en lachte naar hem. Klopte hem op zijn magere schouders.

Lucien liep verder.

Ik volgde hem met mijn ogen. Mijn hart begon lager in mijn borst te kloppen toen hij buiten gehoorsafstand de telefoon aan zijn oor zette.

'Ze kunnen hem maar moeilijk missen, hè?' Rosalie had haar zonnebril naar haar voorhoofd geschoven en keek me vragend aan over de rand van haar boek.

'Blijkbaar,' zei ik, afwezig.

Luciens gestalte werd kleiner terwijl hij zich kuierend langs de waterlijn verder van ons verwijderde.

'Het juk van eigen baas zijn, moet je maar denken,' hoorde ik haar zijn gedrag vergoelijken. 'Toen Hans nog volop in de running was, kon hij zich ook blind op zijn werk storten. Deed mijn eerste man ook. Ze hebben het zelf niet eens door. Het sluipt erin.'

Ik knikte, weifelend.

Ze zette haar bril weer op haar neus. 'Maar je moet wel grenzen stellen, hoor. Voor jezelf opkomen.'

Was het zo duidelijk?

Mijn ogen flitsten naar de anderen, ervan overtuigd dat iedereen me lag aan te gapen. Ik vergiste me. Niemand leek zich zelfs maar van het gesprek bewust te zijn, en als ik me ook daarin vergist mocht hebben, dan wisten ze in elk geval uitstekend de schijn op te houden.

Negenendertig

Tekenen is een van mijn lievelingsvakken. Het wordt gegeven in een fijn lokaal: ruim en fris, met veel hoge ramen. De tekenleraar heet Sanders. Hij ziet er apart uit, met lang grijs haar en een zwarte bril. De anderen vinden hem een rare snuiter die ze niet allemaal op een rij heeft.

Tegen mij is hij aardig. Altijd. Ik heb talent, zegt hij. Tekentalent. Hij vindt het jammer dat tekenen geen eindexamenvak is op de mavo, dat vindt hij een 'fout in het systeem'.

De laatste keer dat ik een tekening bij hem inleverde keek hij er zuchtend naar, bijna alsof hij verliefd werd, en hij zei: 'Ik zou het eeuwig zonde vinden als jij niet naar de Kunstacademie zou gaan, Vera.' Op de achterkant van het papier schreef hij het cijfer: een 9,5.

Ik heb het er met papa over gehad, over de dingen die Sanders zegt. Hij reageerde niet goed. 'Kunstacademie? Wie zegt dat? Mijn dochter tussen al die geflipte hasjrokers zeker? Over m'n lijk. Er komt geen donder van terecht, van al die lui.' Hij prikte met zijn vinger naar me. 'Jij gaat een vak leren, dame. Secretaresse of verpleegster. Dan heb je altijd werk.'

Hij moet het met oma hebben besproken, want ze begon er de volgende dag uit zichzelf over. Ze zei dat er te weinig werk is voor mensen die de Kunstacademie hebben gevolgd. 'Armoe troef,' zei ze. 'Die krijgen later allemaal een uitkering. Zielige mensen, sloebers zijn het, allemaal.'

Daar ben ik van geschrokken. Pas later hoorde ik dat je voor de Kunstacademie havo of atheneum moet hebben. Met alleen een mavodiploma word je niet eens toegelaten.

Ik denk dus niet dat ik naar de Kunstacademie kan, maar ik vind de tekenuren op school wel heel fijn.

Ik ben bezig aan een 'vrije opdracht' waaraan iedereen zijn eigen invulling moet geven. De opdracht staat in sierlijke krijtletters op het bord: EEN VIS DIE OP VAKANTIE GAAT.

Mijn tekening is bijna af. Ik heb een school vissen getekend in regenboogkleuren, hun bekjes glimlachen en in hun ogen zit een lichtje. De bovenste vinnen lijken op kleurfonteinen en uit de kieuwen stromen pastelkleurige bubbels naar het wateroppervlak.

'Laat eens zien?' Brenda komt naast me staan. Ze ruikt naar Hubba Bubba.

Ik wijk naar achteren.

Brenda is het mooiste meisje van de klas, alle jongens vinden haar een stuk. Ze heeft dik blond haar dat over haar schouders golft, haar huid is helemaal egaal, altijd bruin. Dat komt van de zonnebank.

'Daar is toch helemaal niets vakantieachtigs aan!' roept ze.

Vanuit mijn ooghoek zie ik dat de deur van het klaslokaal openstaat. Meneer Sanders is weggegaan.

'Ze zijn blij,' zeg ik. 'Ze woonden altijd in een aquarium en nu mogen ze eruit, op vakantie.'

'Wat een fantasie. Het lijken niet eens vissen!' Ze drukt haar vinger op mijn tekening.

Ik schrik van die beweging. Ik ben bang dat ze mijn tekening vies maakt, dat ze haar vinger dwars over het blad heen trekt en vegen veroorzaakt die de dun ingekleurde bubbeltjes en schubben doen vervagen.

Ik durf er niets van te zeggen. Als ik er iets van zeg dan pakt ze hem af, dat weet ik zeker. Daarmee maak ik het alleen maar erger.

Ronny, een kop groter dan ik, roept: 'Die vent geeft haar toch wel een goed punt, Bren. Al krast die trut het vel vol, dat maakt hem niet uit.' Hij staat op van zijn tafeltje, grist zijn tekening mee en loopt op me af.

Ik kijk naar de deur. Sanders is nog niet terug.

De rest van de klas kijkt nieuwsgierig toe. Niemand is nog bezig met zijn opdracht.

Ronny legt zijn tekening naast de mijne. Het vel is verkreukeld en de hoeken zijn omgebogen. Hij heeft een soort karper getekend in kriegelige potloodlijntjes. Het beest heeft een zonnebril op. Een Ray-Ban. Het merk staat er duidelijk bij geschreven: REE-BUN. De vis zwemt in de bovenste helft van het vel, de rest van het papier is leeg en bezaaid met smoezelige vlekken. Ik denk dat de vlekken van Ronny komen. Ik ruik zijn handen, en zijn vingertoppen zien er donkerder uit dan de huid op de rest van zijn vingers. Hij heeft vieze randen onder zijn afgekloven nagels.

'Wat heb jij?' blaft hij boven mijn hoofd.

Brenda legt haar tekening erbij. Een soort dolfijn met een koffer op zijn rug. Ik vind hem best mooi.

Het kan denk ik geen kwaad om dat tegen haar te zeggen. 'Ik vind hem mooi,' zeg ik. Mijn stem trilt.

'Ja, echt?' Brenda kijkt met een scheef gezicht naar haar tekening. Dan betrekt haar gezicht. 'Wat maakt het uit. Ik krijg toch wel een zes van die vent. Ik krijg altijd een zes van hem.'

Ronny duwt tegen mijn schouder. 'Jij wordt gewoon voorgetrokken.'

'Nee hoor, waarom zou hij dat doen?'

'O, dus jij denkt dat jouw tekeningen beter zijn dan de onze? Kapsoneswijf.' Hij recht zijn rug. 'Hé jongens, Vera denkt dat ze beter is dan wij.'

'Weet je wat we doen?' klinkt Brenda's stem naast me. 'Jij levert mijn tekening in, en ik de jouwe. Zul je zien wie een goed punt krijgt.'

'Ik weet niet of –'

Ronny verheft zijn stem: 'Je zei net toch dat je Brenda's tekening mooi vindt?'

'Jawel, maar –'

'Nou dan.' Ronny grist mijn tekening onder mijn neus vandaan en overhandigt die aan Brenda.

Ik kijk naar de deur. Waar blijft Sanders?

Brenda houdt mijn tekening met twee handen omhoog, alsof ze een prijs heeft gewonnen. De klas applaudisseert.

Ik kijk naar de dolfijnentekening. Hij lijkt niet op een tekening zoals ik ze maak. Meneer Sanders heeft het vast meteen door. Zal hij mij erop aankijken? Sanders is de eerste leraar die me heeft gezegd dat ik ergens talent voor heb, die in me gelooft. Ik wil hem niet bedriegen.

Maar ik ben bang voor ruzie.

'Zullen we nou weer gewoon ruilen?' probeer ik. 'Hij heeft het denk ik toch meteen door.'

Brenda kijkt op. 'Oké. Goed.'

Gelukkig.

'Weet je wat?' vervolgt ze. 'Ik maak hem een beetje mooier voor je.' Ze pakt een zwarte stift uit haar pennenzak. Voor ik bij haar ben heeft ze al bij twee vissen slordige cirkels rond het oog getrokken. Brilletjes. Ze tekent brillen.

'Nee! Niet doen!'

Ronny staat ineens achter me. Hij grijpt mijn bovenarmen vast en duwt ze tegen mijn rug naar elkaar toe. Er trekt een pijnscheut door mijn schouders. Ik beweeg me niet meer, blijf stil staan. Als ik me verzet, zal hij me nog harder vastpakken en dan schiet mijn arm misschien wel uit de kom.

Ronny lacht.

Iedereen lacht.

Brenda gaat door, aangestoken door de klas. Ze kleurt de zwarte cirkels in. 'Zonnebrillen!' giechelt ze. De lichtjes in de ogen, de zachte schaduwen langs de oogranden, de regenboogkleurtjes die ik heel geleidelijk in elkaar had laten overvloeien: alles verdwijnt onder de dikke, gitzwarte streken van de watervaste stift.

'En hier een puist! En daar eentje. En haren.'

Iemand roept: 'Een lul, een lul!'

'... en een vissenlul,' zegt Brenda.

Tranen springen in mijn ogen.

Ronny laat me los en geeft me een zetje in mijn rug.

Ik struikel, maar weet te voorkomen dat ik val en maak me meteen uit de voeten.

Het klaslokaal grenst aan de aula. Ik zie Sanders nergens. Ik ren door, de gang in waar de andere lokalen op uitkomen, maar ook die is leeg.

Ik hoor het gelach achter me weerklinken als ik de trap op ren, naar de lerarenkamer.

39

Ik stond aan het einde van de promenade die parallel liep aan het strand, afgescheiden door een muurtje. Op dit stuk kwamen weinig hotelgasten, het pad was amper onderhouden. Achter me lag een donkere parkeerplaats die was afgeschermd met een strook struiken en bomen. Op elke andere plek op de wereld zou ik nu op mijn hoede zijn geweest, maar dit resort had van begin af aan vreedzaam en veilig aangevoeld.

Met mijn kin op mijn vuisten staarde ik naar de baai. Aan de overkant glinsterden de stadslichten van Sint Petersburg. Tampa lag noordelijker. Ik draaide mijn hoofd naar rechts en speurde de horizon af, maar voorbij het restaurant was de baai donker.

De spanning die zich in mijn cellen had opgehoopt ebde geleidelijk weg, alsof die werd aangezogen door het water, geneutraliseerd door de overweldigende natuur. Ik voelde me klein worden, onbelangrijk, op een heel prettige manier.

'Hoi.'

Aron.

Hij kwam op me af lopen, zijn vuisten in de zakken van zijn linnen broek.

Ik keek langs hem heen om te zien wie er nog meer bij waren, maar hij was alleen.

'Zijn jullie me aan het zoeken?' vroeg ik.

'Hoezo?'

'Heeft Hans de barbecue al aangestoken?'

'Nog niet. Over een klein halfuurtje, schat ik. Laura is Noa en Chiel in bad aan het doen.' Hij kwam dichterbij en draaide zich naar het water. 'Het is mooi hier.'

'Ja. Prachtig.'

Uit alle windrichtingen keerden vissersboten terug naar het haventje. Ze gleden over het wateroppervlak als donkere vlekken, omgeven door wat nog het meeste leek op steeds van vorm veranderende insectenwolken, maar wat in werkelijkheid troepen meeuwen moesten zijn. Hun klaaglijke geroep werd ver gedragen door de watermassa, vergezeld door het gesputter van de motoren.

'Laatste avond,' hoorde ik Aron naast me zeggen.

Ik knikte.

'Blij dat je weer naar huis mag?'

'Een beetje wel. En jij?'

'Het had van mij nog wel wat langer mogen duren.' Zachter vervolgde hij: 'Ik ben blij dat ik jullie beter heb leren kennen.'

Ik onttrok me aan zijn onderzoekende blik. 'Ik ook.'

Hij legde zijn onderarmen op het muurtje, haakte zijn vingers in elkaar. Ik ving flarden op van Arons geur, afgewisseld met de zilte lucht die de baai uitademde.

Aron rook lekker.

Hij *voelde* goed.

Ik onderdrukte de neiging om hem aan te raken.

'Ik vind het moeilijk dat Hans niet over zijn ziekte wil praten,' zei ik.

Hij keek me even aan en daarna weer voor zich. 'Hij heeft het in zijn hoofd gehaald dat wij aan deze vakantie alleen maar goede herinneringen mogen overhouden.'

'Daar is iets voor te zeggen.'

'Precies.'

'Maar toch... je gevoel kun je niet wegdrukken. Dat is er gewoon, bij mij, bij Lucien, bij iedereen. Dat kan niet anders. En als je er niet over kunt praten, dan...'

Hij knikte. 'Dan wordt het groter. Belangrijker. Ik weet het.' Hij bekeek me zijdelings. 'Heb je het er zo moeilijk mee?'

'Hoe ik me voel is niet zo relevant.'

'Vind je dat?'

'Deze vakantie draait om hem en om jullie, zijn kinderen. En je moeder natuurlijk. Robert en ik staan daar toch een beetje buiten.'

'Dat zie je verkeerd.'

'Misschien.'

'Neem het maar van me aan. Jullie zijn voor hem net zo belangrijk.'

Hoog boven mijn hoofd zweefden zwarte gieren, de avondlucht als hun decor: een inferno van horizontale vegen in knalrood en roze en paars, doortrokken van het donkerste blauw.

De laatste vissersboot passeerde ons op korte afstand. De boot voerde licht aan de voorzijde. Op de achtersteven was de naam uitgelicht: VERONICA 4.

'Lijkt op jouw naam,' zei Aron.

Ik lachte. 'Het ís mijn naam. Vera is een afkorting van Veronica. Mijn oma heette zo.' Zachter ging ik verder: 'Grappig. Vier was mijn moeders lievelingsgetal.'

'Waarom?'

Mijn ogen volgden de boot. 'Ze vond het een mooi, rond getal. Vier is altijd in balans.'

'Water, vuur, lucht en aarde?'

'De vier elementen. En de vier jaargetijden en vier windstreken. Ze had ook graag twee kinderen gehad, een gezin met vier mensen.'

'In het Verre Oosten wordt vier als een ongeluksgetal beschouwd.'

'Dat wist ik niet. Waarom?'

'Numerologie: dertien is daar net als bij ons een ongeluksgetal en vier is de som van dertien.'

Eén plus drie is vier.

'Eén plus drie is vier,' verduidelijkte hij. 'In Chinese en Ja-
panse liften zoek je soms vergeefs naar de vierde en de der-
tiende verdieping, want daar wil niemand wonen. Producten
worden zelden per vier verpakt.'

'Overdrijven is ook een vak.'

De zon was nu geheel verdwenen. Het donkerblauw won aan
kracht en de eerste sterren werden zichtbaar.

'Er zit nog wat achter. Vier spreek je uit als *shi* en dat betekent in het Japans en in het Chinees hetzelfde: dood.'

Er trok een rilling door me heen. 'Het getal vier heeft mijn
moeder ook geen geluk gebracht,' zei ik zacht.

'Ze leeft niet meer, begrijp ik?'

'Nee.'

'En je vader?'

'Die wel. Maar ik zie hem niet veel.'

'Zussen, broers?'

Ik schudde mijn hoofd.

Veronica 4 was uit het zicht verdwenen. Ik hoorde alleen
haar motor nog pruttelen, achter ons in de haven, zachtjes en
gedempt door het dichte struikgewas. Het was nu bijna donker.

'Alleen op de wereld,' constateerde hij.

'Zoiets.'

'Maar je hebt Lucien.'

'Ja.'

'En geen kinderen.'

'Nee.'

'Die komen er ook niet?'

Ik probeerde krampachtig het beeld niet te zien van Lucien,

die op handen en knieën door de woonkamer kroop met een uitzinnige Chieltje op zijn rug. Het lachen, het plezier in zijn ogen. Hoe makkelijk het hem afging om de gekke, lieve oom uit te hangen op wie de kinderen dol waren.

Hij zou een geweldige vader zijn.

'Je wilt geen kinderen?' vroeg Aron.

Ik klemde mijn kaken op elkaar.

Hij schoof dichterbij. Onze ellebogen raakten elkaar bijna. Ik voelde zijn warmte.

'Vanwege je moeder?' vroeg hij.

Ik schrok.

Zwijgend keek hij me aan. In het donker vervaagden de details van zijn gezicht. Ik zag enkel nog de contouren ervan en het flonkeren van zijn ogen.

Hij draaide zijn hoofd weg. 'Sorry. Dat had ik niet mogen vragen. Het gaat me niets aan.'

Ik wendde mijn blik af, naar het water. Huiverde en sloeg mijn armen om mijn bovenlijf. 'Het is denk ik beter om terug te gaan.'

Veertig

'Wat kom jij hier doen?'

Ik had verwacht meneer Sanders in de lerarenkamer aan te treffen, maar in het van rook doortrokken lokaal zit alleen de conrector, Dijkstra. Achter zijn rug om noemt iedereen hem Spijker, vanwege zijn harde, militaristische uiterlijk. Dat klopt wel. Papa heeft collega's die er net zo uitzien. Dezelfde soort haardracht, dezelfde gemene oogjes.

Dezelfde vergenoegde grijns.

'Ik zoek meneer Sanders.'

'Hoor jij nu niet in de les te zijn?' vraagt hij.

'Jawel. Maar meneer Sanders is de klas uit gegaan en toen –'

'Dat geeft jou niet het recht om te gaan rondwandelen.'

'Nee, dat begrijp ik, maar Brenda heeft op mijn tekening gekrast. Ze zeiden dat –'

De conrector steekt zijn hand op. Kijkt geërgerd. 'Hoe heet je?'

'Vera Zagt, klas 2b.'

'Zagt... Zeg, was jij dat laatst ook niet, een akkefietje bij scheikunde?'

'Ja.'

Brenda en Inge hadden mijn proefje omgegooid, waardoor er blauwpaarse spatten op mijn nieuwe broek waren gekomen – ik heb hem daarna nooit meer kunnen dragen. Het verbaast me dat hij dat heeft onthouden. Meneer Dijkstra bemoeit zich alleen met

282

de examenklassen. Wij zien hem vrijwel nooit; meestal zit hij in zijn kantoor. Heel soms staat hij in de gangen tijdens het wisselen van de lessen. Dan loert hij wat minzaam naar de stroom leerlingen, zijn handen op zijn rug, zijn mond een streep. Je weet nooit waar hij heen kijkt, want hij heeft zijn ogen tot spleetjes geknepen. Hij zegt ook zelden iets tegen de leerlingen.

Spijker is een goed gekozen bijnaam voor meneer Dijkstra.

'En wat deed jij?' vraagt hij.

'Niks. Ik was gewoon aan het tekenen.'

'Gewóón?'

Ik leg hem hakkelend uit wat er is gebeurd.

Hij hoort mijn verhaal volkomen onbewogen aan. 'Zo, zo.'

Ik denk niet dat hij me gelooft. Het maakt me onzeker.

'Ik kon er niets aan doen,' besluit ik mijn verhaal.

De conrector kijkt me doordringend aan. In zijn lange vingers houdt hij de uiteinden van een pen vast en legt hem voor zich op het bureaublad. 'Is het weleens in je opgekomen dat de dingen die jou overkomen niet aan je klasgenoten liggen?'

Ik schud mijn hoofd, pers mijn lippen op elkaar. Wat bedoelt hij?

'Kinderen reageren niet voor niets zo op jou,' gaat hij door, en hij zwaait zijn pen in mijn richting heen en weer, alsof het een aanwijsstok is. 'Dat heeft een oorzaak.'

Ik kijk naar mijn schoenen, mijn broek. Staat mijn rits open? Zit er iets op mijn gezicht? Ik voel langs mijn mond. Mijn haar... Zit er iets tussen mijn tanden?

Heb ik stomme kleren aan?

Wat is er niet goed aan mij?

Wát doe ik verkeerd?

Wát?

'Je gedrag, Vera. Je roept het over jezelf af. Het is altijd wat met jou. Daar kun je andere leerlingen niet steeds de schuld van blijven geven.' Hij prikt met de pen naar me. 'Het ligt aan jou.'

De pen komt met een tik op het bureaublad terecht. 'Ga nu maar gauw terug naar je klas. Denk er maar eens over na.'

'Maar ik begrijp niet wat u bedoelt. Ik doe echt niets verkeerd, ik zég niet eens iets tegen andere leerlingen.'

'Misschien zit het 'm daar wel in.'

'Ik –'

'Meisje, dit gesprek is beëindigd.'

Vanuit een donkere hoek van mijn bewustzijn vang ik geluiden op. Geroezemoes in het trappenhuis. Geschuifel van voeten. Gegiechel.

Heel zacht.

Ik moet de trap weer af om terug in het tekenlokaal te komen.

Wie zijn daarbuiten?

'Zou u met me willen meelopen? Ik ben bang dat ze me staan op te wachten.'

Hij glimlacht schamper en slaakt een diepe zucht. Langzaam schudt hij zijn hoofd. 'Nee. Ik loop niet met je mee.'

40

Vanuit de hoofdsteun van de vliegtuigstoel voor me keek Brad Pitt me getergd aan. Wat hem precies dwarszat had ik niet meegekregen. Ik voelde me licht in het hoofd, een beetje misselijk. De laatste nacht in Ruskin had ik geen oog dichtgedaan, ik wilde niets liever dan slapen, maar ook tijdens deze intercontinentale vlucht van Washington naar Amsterdam dreigde het niet te gaan lukken. Zo nu en dan dommelde ik in, om van het minste gerucht weer wakker te schieten.

De grondstewardess had ons allemaal op dezelfde rij geplaatst; ik zat met Robert en Lucien op de drie stoelen in het midden. Links van ons, met een gangpad ertussen, sliepen Noa, Chieltje en hun moeder. Rechts van me, gescheiden door een tweede gangpad, zaten Aron en zijn ouders – Rosalie aan het raam, waarvan de schuif was dichtgeschoven. Mijn schoonouders hadden hun rugleuningen naar achteren gezet en ze droegen slaapmaskers.

Hoe dichter de Boeing Nederland naderde, hoe meer ik ging beseffen dat ik de kalme, vanzelfsprekende aanwezigheid van deze mensen zou gaan missen. Het was zo tweeslachtig: de afgelopen dagen had ik me erop verheugd om weer naar huis te gaan, naar de rust en ruimte om na te kunnen denken en de accu op te laden. Maar nu het zover was, begon ik me af te vragen wat me daar eigenlijk wachtte, behalve de vier stenen muren van 't Fort en mijn werk.

'Kun je niet slapen?' Aron keek me aan.

Ik schudde mijn hoofd. 'Niet in een vliegtuig.'

'Vliegangst?'

'Nee. Gewoon…' Ik keek om me heen. 'Te veel mensen.'

Hij knikte alsof hij het begreep. 'Wat gaan jullie met oud en nieuw doen?'

'Oud en nieuw vieren we altijd met een oude vriendengroep van Lucien, mensen die we alleen dan zien. En jij?'

'Uitgenodigd door een stel vrienden in El Campello. Expat-feestje.'

'Klinkt goed.'

'Is het ook wel.' Hij nam een slok van zijn water.

'Ga je gelijk terug naar Spanje?'

'Morgen. Ik blijf een nachtje in Amsterdam en dan vlieg ik door naar Alicante.'

Ik wilde hem zeggen dat ik het jammer vond dat ik hem voorlopig niet meer zou zien, maar ik liet de gedachte rond-zwerven in mijn hoofd zonder haar uit te spreken. Ik knikte en keek weer voor me. Het ging helemaal niet goed met Brad Pitt. Zweet parelde op zijn voorhoofd.

'Wanneer ga jij weer aan het werk?' hoorde ik Aron vragen.

'Meteen, denk ik, als ik niet te veel last krijg van de jetlag.'

'Fotograferen?'

Ik lachte vreugdeloos. 'Helaas niet, dat begint pas weer half januari. De komende weken stort ik me op de achterstallige administratie.'

'Werk je vanuit huis?'

'Nee. Ik huur een boerenschuur die ik als kantoor en studio gebruik.' Ik vertelde hem van mevrouw Van Grunsven en haar hondje en hoeveel geluk ik had gehad dat ik de schuur voor zo'n laag bedrag van haar had kunnen huren. Dat de voormalige kippenstal perfect was voor het doel, omdat de rij doorzichtige golfplaten op het dak het daglicht zo mooi filterde dat ik bij helder weer niet eens kunstlicht hoefde te gebruiken.

'Waar is dat precies?'

Ik legde het hem uit. Gedetailleerd, compleet met herkenningspunten en afstanden.

Aron keek me aan met een gezichtsuitdrukking die ik niet goed kon thuisbrengen. 'Ik zal het onthouden,' zei hij zacht. Bleef me aankijken.

Voor het eerst sloeg ik mijn ogen niet neer. Met mijn hoofd tegen de rugleuning liet ik mijn blik over zijn gezicht dwalen, over de stoppels op zijn kaak, over zijn lippen, zijn ogen en de ondiepe rimpels die ontsprongen in zijn buitenste ooghoeken en die, als hij breeduit lachte, talrijker werden en helemaal doorliepen tot aan zijn oren.

Terwijl ik naar hem keek gebeurde er iets. Het was alsof er wat knapte vanbinnen, diep in mijn borstkas, iets kleins en teers, waaruit een warme vloeistof vrijkwam, een inwendige tranenvloed die zich verspreidde naar mijn buik. Mijn benen, mijn armen. Geleidelijk. Kabbelend, golvend, voorzichtig. Mijn ademhaling versnelde. Er stroomde vreugde door me heen die me deed glimlachen. Tegelijkertijd was er verdriet, dat zacht aan me knaagde. Pijn. Euforie. Leegte. Gelukzaligheid.

Ik ervoer emoties die ik nooit eerder had ervaren; tenminste niet allemaal tegelijk.

Arons mond vormde een lome glimlach, zijn ogen licht toegeknepen in een blik die zo intens was dat ik die lijfelijk voelde, als een streling. Ik zou willen dat hij mijn hand vastpakte zoals tijdens onze reis naar Mars.

Fysiek contact.

Maar dat was nu een onmogelijkheid geworden.

'Kan ik u een kopje koffie of thee aanbieden?' Een stewardess wrong zich tussen ons in op het gangpad, duwde een metalen kar voor zich uit.

'Thee graag,' hoorde ik Aron zeggen.

Ze schonk een bekertje voor hem in en boog zich naar mij. 'Koffie of thee? Water?'

'Thee graag.'

Nadat de stewardess het karretje verder had geduwd, zag ik dat Aron over zijn gezicht wreef, alsof hij zich waste of wakker wilde worden. Hij draaide zijn hoofd weer naar me toe, maar zijn blik was veranderd. Helderder, scherper.

Wat het ook was dat daarnet tussen ons had plaatsgevonden, het was voorbij.

Maar het gevoel niet.

Een vreemd, heerlijk, meeslepend rondfladderend gevoel, vol lichtheid en energie. *Vlinders*, besefte ik ineens. Zo werd dat genoemd: *vlinders in je buik*.

Ik was achtendertig en had die sensatie nooit eerder ervaren.

'Zijn we er nog niet?' Lucien trok het slaapmaskertje naar zijn voorhoofd en rekte zich uit. Keek met één oog naar het scherm in de hoofdsteun. 'Waar zitten we?'

Ik zapte naar het routekanaal, waarop de vlucht met een kromme stippellijn werd weergegeven. Boven Ierland knipperde een wit vliegtuigje. 'Goed geslapen?'

'Ja.' Lucien draaide een halve slag en geeuwde. Sloot zijn ogen weer.

Aan de andere kant van het gangpad had Aron een koptelefoontje opgezet.

Hij leek verdiept in een film.

Eenenveertig

Er lopen twee patiënten langs het bankje waar mijn moeder en ik op zitten. Ze kijken ons niet aan. Een van hen mompelt onverstaanbare woorden. De ander beweegt zijn arm op en neer alsof het geen lichaamsdeel is dat bij hem hoort, maar een robotarm of een hijskraan die wordt aangestuurd door een bedieningspaneel.

'Daar kan-ie zelf niks aan doen,' hoor ik mama zeggen. 'Komt van de medicatie.'

We zijn in de tuin van het instituut en kijken uit over de vijver. Die is rechthoekig en heeft de maat van een klein zwembad. Het oppervlak is voor de helft bedekt met waterplanten. *Plompenbladeren* noemt mama ze. Ik geloof dat het waterlelies zijn, maar de bloemen laten zich nog niet zien. Onder het blad verplaatsen oranje, witte en rode vlekken zich traag door het troebele, donkere water.

'Wat heb jij eigenlijk, mama?' vraag ik.

'Hoezo?'

'Waarom woon jij hier, en niet gewoon thuis?'

'Je vader kan niet voor me zorgen.'

'Vroeger zei je steeds dat je last had van migraine. Maar dat is niet waar, hè?'

Ze haalt haar schouders op. 'Ze weten het niet, lieverd. Ik weet het ook niet. Ze komen hier steeds weer met wat anders. Als Manders naar een lezing is geweest, komt-ie terug met "nieuwe inzichten" en dan gaan we daarover praten.'

Het is vandaag voor de zesde keer dat ik bij mama in het Dingemans Instituut op bezoek ben. Ik probeer elke woensdag naar haar toe te gaan, meteen uit school. Tegen oma zeg ik dat ik bij een vriendin blijf om huiswerk te maken. Dat gelooft ze. Oma heeft er geen idee van hoe het rooster van klas 2b van de Aloysius Mavo eruitziet, elke dag is anders en dan zijn er ook nog de studie-uren en projectdagen; ze kan het allemaal niet meer bijhouden. Zolang ik zorg dat ik voor halfzes thuis ben, stelt niemand vragen.

Ik was in het begin bang dat mama heel eenzaam zou zijn in het Dingemans Instituut, maar ik ben erachter gekomen dat ze hier nooit alleen is. Soms is er een vriendin of vriend op mama's kamer, of gaan we naar buiten en dan komt er weleens iemand bij ons zitten. Iedereen is nieuwsgierig, ze stellen veel vragen. Allemaal vinden ze dat ik op mijn moeder lijk. Ik heb haar ogen, zeggen ze. Er is hier een man die vindt zelfs dat ik dezelfde stem heb. Als hij zijn ogen dichtdoet, klink ik als mama. Jónger, maar verder hetzelfde – dat zei hij. Mama heeft ook een goede vriendin, die wil dat ik haar 'tante Els' noem. Ze woont op dezelfde afdeling als mijn moeder en ze heeft iets met bomen. Als ze haar handen op de stam legt, kan ze voelen hoe de boom zich voelt. Ze voert hele gesprekken met de bomen, zegt ze, vooral met oude. Hoe ouder de boom is, hoe meer hij te vertellen heeft. Bomen onthouden alles, ze slaan alles op in hun cellen. Geen beelden of geluiden, want zien of horen kunnen ze niet, maar wel emoties – energiestromen, legde Els uit. Zij kan die energieën voelen en vertalen. De vorige keer vertelde ze dat ze haar gave aan het verliezen was. Ze gaf de medicatie de schuld. 'Ik voel geen donder meer,' zei ze tegen mama, bijna toonloos, met een strak gezicht. 'Geen zwart, maar ook geen wit. Als de bomen zwijgen, zijn alle dagen grijs.'

Gekke mensen zijn heel anders dan ik me steeds heb voorgesteld. Vroeger dacht ik dat je op moest passen voor gekken. Dat het altijd gevaarlijke moordenaars waren, ze zich inbeeldden een historische figuur te zijn of hele dagen naakt vastgebonden zaten aan een muur in een kale kamer, zoals ik laatst op tv heb gezien.

Mama en haar vrienden lijken juist heel gewoon, al kijken ze soms wel indringend naar je, en sommigen lopen raar: een beetje naar voren gebogen, op hun tenen. Zo liep ik vroeger ook weleens als ik er niet bij nadacht.

Volgens mama zijn er wel degelijk échte gekken in het Dingemans Instituut. Die wonen niet bij haar in het oude gebouw, maar ergens anders op het terrein in een bewaakte dependance. Dat zijn mensen die bijvoorbeeld heel snel kwaad worden en zomaar beginnen te slaan en schreeuwen, of die denken dat ze worden bespied en stemmen horen waarvan ze opdrachten krijgen die ze per se moeten uitvoeren. Er zijn ook mensen bij die soms geloven dat ze iemand anders zijn.

Er wonen drie Jezussen in het Dingemans Instituut. Er is ook een man die weleens denkt dat hij Adolf Hitler is, of Napoleon. Dan praat hij geen Nederlands, maar Duits of Frans. In de periodes ertussenin is hij gewoon zichzelf: meneer Jean-Pierre. Mama heeft me aan hem voorgesteld. Hij is lang en mager, heeft dikke wenkbrauwen en kleine, dicht bij elkaar staande oogjes. Hij ruikt naar zware shag. Als hij gewoon Jean-Pierre is, gaat mama weleens met hem bij de vijver zitten om naar de goudvissen te kijken en samen te praten over het leven. Als hij normaal is, zegt mama, is hij een verstandige en lieve man. En ook best een mooie man, vindt ze.

Mama mist papa.

In het begin zei ik steeds dat papa op oefening was, en dat ik hem meteen zou vragen haar op te gaan zoeken zodra hij terugkwam uit Duitsland. Daarna heeft ze niet meer naar papa gevraagd.

'Krijg jij ook pillen, mama? Net als Els-van-de-bomen?'

'Wij allemaal. Het is verplicht.'

'Voel jij wel iets?'

'O, jawel hoor. Maak je geen zorgen. Ik voel nog steeds. Mínder. Dat wel. Mínder dan vroeger. Maar da's goed, zegt Manders.'

'Vind jij dat ook?'

'Ach. Ik voel anders toch veel te veel.'

Er klinkt zacht gespetter. In de vijver wurmt een vissenlijf zich half glijdend, half spartelend over een waterlelieblad heen en glijdt weer het donkere water in.

'Ik wil je iets vragen, mam. Maar wil je alsjeblieft niet boos worden?'

'Wat wil je vragen dan?'

'Eerst beloven dat je niet boos wordt.'

Mama maakt een V-teken met haar wijs- en middelvinger en doet alsof ze ertussendoor spuugt. 'Erewoord.'

Ik wacht een paar tellen en vraag dan: 'Ben jij...' Ik krijg het amper over mijn lippen.

Gek.

Kierewiet.

Van de ratten besnuffeld.

'... gek?'

Ze haalt moedeloos haar schouders op. Kijkt om zich heen. Aan de overkant van de vijver zit Els-van-de-bomen samen met een grijze, streng uitziende vrouw. Haar moeder, weet ik. Mama heeft geen moeder meer. Ook geen vader – ze waren al dood voor ik werd geboren. Ik ben de enige die haar bezoekt, zegt zuster Ingrid.

'Gek?' herhaalt mijn moeder. 'Nou ja. Ik zit hier, toch?'

Ze lijkt ineens heel geïnteresseerd in een splinter die uit het bankje steekt, ze probeert hem met haar nagel terug in het hout te drukken. 'Soms is het zo vol in mijn hoofd. Alsof er besjes in zitten, die allemaal nieuwe besjes aanmaken. Miljoenen besjes, veel te veel, en dan lijkt het of de jam uit mijn oren en neus wordt geperst, en uit mijn ogen komt spuiten, zo vol. Maar soms is alles juist leeg, leeg en zwart, alsof je achterovervalt in een put. Alleen raak je het water nooit, je blijft maar vallen en vallen, je tuimelt en gaat steeds sneller, maar je raakt niets, er zijn geen randen, geen wanden, geen stemmen. Niets. Toen ik jou net had, is het begonnen. Na jouw geboorte. De eerste keer dat ik alles zwart zag, dat ik...' Ze houdt haar hoofd scheef en kijkt naar de hemel. 'Daarvóór had ik er nog geen last van. Of misschien wel, maar toen dacht ik dat ik gewoon weleens sómber was, begrijp je? Iedereen is weleens somber. Daar praatte je niet over. Ik kon er ook niet over praten. Maar soms werd ik zo verdrietig.' Haar ogen lichten op en schieten over mijn gezicht, haar gezichtsuitdrukking verandert; ze pakt mijn hand vast, zoekt mijn ogen. Het lijkt of ze nu pas in de gaten heeft dat ze mij tegenover zich heeft – of wéér tegenover zich heeft, omdat ze zo ver in haar eigen gedachten was weggedreven dat ze mijn aanwezigheid helemaal was vergeten.

Langzaam schudt ze haar hoofd. 'Ik moet dit niet aan jou vertellen. Dat hoort niet. Jij bent mijn dochter. Ik moet naar jou luisteren, jij niet naar mij. Hoe gaat het op school?'

'Goed,' lieg ik.

Mama stelt een *open vraag*, valt me op.

Ik schrik van de snelheid waarmee ze me omarmt, de kracht in haar dunne armen. Ze drukt me tegen zich aan. 'Morgen wordt alles beter. Het komt allemaal goed, Veertje.'

41

Het nieuwe jaar was vriendelijk begonnen, met dagelijks een waterig zonnetje, lichte vorst en weinig neerslag. 's Ochtends lag er rijp op de velden en de rieten daken.

Mevrouw Van Grunsven kwam niet veel buiten. Ik zag haar hondje weleens rondscharrelen op het erf en een plas doen tegen de klimop en mijn auto. Meer was er niet te zien vanuit het stalraampje waar mijn bureautafel tegenaan stond.

Omdat het te kostbaar en te omslachtig was om de hele schuur te verwarmen, fungeerde mijn provisorische kantoortje als tijdelijke, zij het nogal krappe, studio. Het was er lekker warm dankzij een elektrisch kacheltje dat zachtjes in de hoek stond te ratelen.

De afgelopen anderhalve week had ik hier dagelijks gezeten, achter mijn laptop en tussen stapels papier. De achterstallige administratie was grotendeels weggewerkt en mijn e-mail opgeschoond. In de eerste helft van januari liep het nooit storm met aanvragen, maar nu was het wel erg stil.

De eerste en enige order die ik in het nieuwe jaar had mogen noteren was van een vaste klant, foto's voor een vmbo-t-leerboek. Daar stonden bescheiden vergoedingen tegenover die de week niet goed konden maken. De eerstvolgende goedbetaalde opdracht was begin volgende week op Texel. Verder was mijn agenda zo goed als leeg.

Ik moest iets gaan ondernemen: reclame maken en een betere website laten bouwen, bijvoorbeeld. Ik moest mijn bedrijfje laten groeien, samenwerkingsverbanden aangaan en actief gaan netwerken op plaatsen waar potentiële klanten bij elkaar kwamen.

Maar mijn zakelijke problemen waren niet mijn enige zorg – niet eens de voornaamste. Voor het eerst in jaren had ik serieuze twijfels over de toekomst.

Sinds we uit Florida waren teruggekomen had ik geen nacht doorgeslapen. Overdag voelde ik me prikkelbaar en overbelast; helder denken ging me niet goed meer af. Ik vond dat ik Lucien moest aanspreken op zijn gedrag, maar in plaats daarvan stak ik mijn kop in het zand. Ik had zijn telefoon niet eens gecontroleerd – ik durfde het niet. Misschien was ik erfelijk belast met de Zagt-genen en klampte ook ik me nu vast aan de vorm, aan de inhoudsloze contouren van een huwelijk. De drie-eenheid – mijn werk, mijn man en mijn huis – vormde de pijlers onder mijn bestaan. Anderen mochten misschien graag hun vleugels uitslaan, ik bleef liever op het nest zitten. Het beproefde nest.

Maar hoeveel veiligheid biedt dat nest nog? jengelde een stem in mijn hoofd.

Ik wist niet waarom ik het Gmail-account opende. Rationeel gezien was er geen reden om aan te nemen dat Nico me een mail zou sturen. Onze afspraak stond: 16 januari, dat was volgende week al. Maar het werkgeheugen van het brein, dat deel waarvan we ons bewust zijn en dat we ratio noemen, dobbert als een vlot rond op de oceaan aan receptoren en hersenverbindingen van het superieure onderbewuste – mijn intuïtie bleek juist.

Er zaten drie mails in Postvak In. Snel scande ik de inhoud.

'Ik kan me niet meer op mijn werk concentreren.'
'Het gaat al een poosje niet meer zo goed.'
'Francien en ik slapen in verschillende kamers.'
'Ik denk dat ze iets vermoedt.'
'Ik mis je.'

De meeste zinnen begonnen met 'ik'. Dat was, had ik geleerd uit Nico's eigen blad nota bene, een indicatie dat iemand op het punt stond om geestelijk in te storten, of toch op z'n minst op het randje van overspannenheid balanceerde.

Ik herlas de e-mails, maar nu met meer aandacht. Uit de brij van woorden kwam stukje bij beetje een beeld naar voren van Nico die op een klif stond tijdens een zware storm.

Hij voelde de wind aan zijn haar trekken, zijn broekspijpen fladderden rond zijn enkels terwijl hij naar beneden keek, naar het woest opspattende water en naar de golven die tegen de rotsen te pletter sloegen. Achter hem stonden zijn geliefde Francien en kinderen in hun huisje op de Zeeuwse klei ademloos en angstig toe te kijken. En recht voor hem, onbereikbaar hoog in de lucht, zweefde dat roze, glinsterende kasteel waarin hij mij had geplaatst. Ik zwaaide vanuit het raam van de torenkamer naar hem, glimlachte en lonkte.

Een fata morgana van een beter leven.

'Niet springen, Nico,' fluisterde ik naar de letters op het scherm. 'Spring alsjeblieft niet.'

De mails waren van afgelopen week en de laatste eindigde met: 'Ik weet niet meer wat ik moet doen. Neem alsjeblieft zo snel mogelijk contact met me op.'

Een halfuur later had ik nog amper bewogen. Op het scherm van mijn laptop verscheen een diashow van katten- en hondenfoto's uit mijn beginperiode, beelden waarop ik destijds trots was geweest en waarmee ik mezelf had verrast, gemotiveerd en geënthousiasmeerd. Ik staarde naar de afbeeldingen. Met deze foto's zou ik tegenwoordig niet meer tevreden zijn. De klant zou ze niet eens te zien krijgen. Dat specifieke deel van me was gegroeid, besefte ik, de fotograaf in me had tot wasdom kunnen komen, omdat ik haar elke dag opnieuw had gevoed en gekoesterd.

Dit in tegenstelling tot sommige andere delen van mijn persoonlijkheid: bepaalde vlakken waren pijnlijk rudimentair gebleven. Onontgonnen gebieden. Misschien omdat de motivatie me had ontbroken om er meer uit te halen. Misschien omdat succes op die vlakken was uitgebleven. Misschien omdat er tijdens mijn herhaalde pogingen er nog iets van te maken eenvoudigweg te veel kapot was gegaan, zoals een jonge plant die tijdens zijn groei steeds opnieuw uit de aarde wordt gerukt, zodat er op den duur uit het littekenweefsel geen normaal gevormde, stevige wortels meer kunnen ontstaan. Waarschijnlijk was het een combinatie van deze factoren, die in feite allemaal dezelfde basis hadden: ik ontbeerde het talent voor het aangaan en onderhouden van hechte relaties.

Maar nu moest ik iets doen.

Ik moest contact opnemen met Nico.

Mijn onverstoorbare Zeeuw stond op het punt een grote fout te maken, en alleen ik kon hem daarvan af zien te brengen.

Maar wat had ik hem te bieden? Mijn hoofd en lijf waren vervuld van verwarrende gevoelens die ik voor Aron had opgevat, vermengd met die van spijt en tergende onzekerheid als ik aan Lucien dacht. Daardoorheen sijpelde de pijn om Hans' naderende dood.

De constante dreiging van verandering die ik vóór Florida al had gevoeld, drong zich alsmaar sterker aan me op en manifesteerde zich in elke trilling in de atmosfeer.

Ik pakte de telefoon.

Mijn vingers bleven boven de toetsen hangen, in het luchtledige. Uiteindelijk toetste ik het nummer in.

'Petfood Division International, goedemiddag, u spreekt met Barbara?'

'Met Vera Zagt, kunt u mij doorverbinden met Kees de Boer van Marketing?'

'Een momentje graag.'

Na beëindiging van het telefoongesprek, waarvan ik weinig wijzer was geworden, schonk ik een kop thee in en doodde de tijd met doelloos surfen op internet. Ik las nieuwsberichten die nauwelijks tot me doordrongen. Ze leken over een andere wereld te gaan.

Om vijf uur was het donker geworden. Ik sloot alle open-staande pagina's af, als laatste mijn Gmail, en logde uit.

'Laffe trut,' mompelde ik, toen ik mijn jas aantrok en het kacheltje uitzette.

Tweeënveertig

Er lopen meer gekken buiten
dan binnen de hekken.

Het valt papa tijdens het eten niet op dat ik zo stil ben.

Oma wel. Ze vraagt ernaar: 'Je zegt zo weinig. Was het niet gezellig bij je vriendin?'

'O, jawel hoor,' zeg ik.

'Hebben jullie huiswerk gemaakt?'

Ik knik en neem een hap rookworst.

'Hoe heet ze eigenlijk?'

'Sabine.'

'En verder?'

'Eh... Van de Boom.'

'Een kleindochter van Jan van de Boom, van de schoenenwinkel?' vraagt papa.

'Nee, ik geloof van niet.'

'Neem haar eens mee, dan kunnen wij haar ook leren kennen.'

'Zal ik doen,' zeg ik.

Liegen gaat me steeds beter af.

Ik spoel mijn tandenborstel schoon en zet hem terug in het bekertje. Wip op mijn tenen en kijk in de spiegel. Trek een gek gezicht. En nog eentje.

Mijn moeder is gek. Soms zitten er besjes in haar hoofd, spuit er jam uit haar oren.

Wat zegt dat over mij?

Ik moet ook steeds denken aan Els-van-de-bomen. Wat zij heeft met bomen, heb ik ook een beetje, maar dan met dieren. Ik hoef ze niet eens aan te raken om te *weten* hoe ze zich voelen.

Laatst was ik met oma op de verjaardag van een van haar zussen, tante Betsie. Op tafel in de woonkamer stond een kom met twee goudvissen. Ze hingen maar wat rond in het water, ze schommelden, alsof ze moeite hadden hun evenwicht te bewaren, en ze hielden hun vinnen samengeknepen. De vissen ademden veel te snel en hun ogen stonden wanhopig, verdrietig. Niet blij. Helemaal niet blij. Misschien waren ze ziek. Misschien smaakte het water wel heel smerig. Misschien prikte het op hun schubben of in hun gevoelige kieuwen. Op de bodem van de kom lagen vlokken vissenvoer, op en tussen het gekleurde grind. Onder het wateroppervlak dreven takjes groen die al een beetje kaal en bruin waren geworden. Ik stelde me voor hoe het moest zijn om te leven met rottend voedsel om me heen, alle deuren en ramen dicht.

Ik zei tegen tante Betsie: 'Uw goudvissen zijn ongelukkig.'

Tante Betsie zette haar kopje op het schoteltje. Ze vroeg: 'Ongelúkkig? De *vissen*?'

Iemand begon te lachen.

'Ik denk dat ze ziek zijn.'

'Ze hebben vast kougevat,' grapte oma. 'Doe gauw de deur dicht, Bets, de visjes staan op de tocht.'

Iedereen schoot in de lach.

'Het is geen grap!' riep ik.

Het gezelschap hield op met lachen. Ze keken me allemaal aan en daarna draaiden ze hun hoofden naar oma.

'Zo kan-ie wel weer, Vera,' zei oma. Ze zei het heel streng.

Later in de auto beet ze me toe dat ik haar voor schut had gezet.

'Ongelukkige vissen! Je bent echt te oud om nog zulke onzin uit te kramen. De mensen gaan er wat van denken. Hou die flauwekul voortaan voor je.'

Het is niet best als de bomen je verhalen gaan vertellen, dan word je opgesloten in het Dingemans Instituut. En het is blijkbaar evenmin goed om te kunnen zien dat de vissen zich niet lekker voelen.

Misschien kunnen alleen gekken dat.

Of... misschien *denken* gekken alleen maar dat ze kunnen praten met bomen, en dat ze dieren begrijpen, maar is dat helemaal niet zo.

Weten de gekken zelf eigenlijk wel dat ze gek zijn?

Ben ik gek?

Bij mama is het pas begonnen toen ze mij had gekregen, vertelde ze. Dus kan het bij mij ook later komen, pas als ik een kind krijg, als ik zelf moeder word, dat het dan pas *zichtbaar* wordt. Dat dan bijvoorbeeld opeens mijn hoofd leeg raakt en dan weer volloopt. Met bessen.

Bessen in je hoofd voelen lijkt me best wel raar. Ik zou het niemand vertellen. Misschien heeft mama er wel over gesproken tegen papa, en heeft hij haar geheim verraden. Haar naar het Dingemans Instituut gebracht.

Word ik later zoals mama?

Kinderen reageren niet voor niets zo op jou.

Zou het nu al aan me te zien zijn, te merken aan de manier waarop ik praat of uit mijn ogen kijk?

Ik kijk in de spiegel, trek mijn wenkbrauwen omhoog, frons ze. Sper mijn ogen open.

In het gelige licht van de plafonnière ziet mijn oogopslag er angstaanjagend uit.

42

'Ik wil je zien, Vera.'

'Dat gaat niet.'

'Je kunt toch wel een middag of ochtend vrijmaken? Net als laatst, dan regel ik een kamer in...' Nico ratelde maar door. Zijn stem klonk onvast. In het halfuur dat ik hem aan de lijn had, had ik zeker twee keer de indruk gekregen dat hij in huilen zou uitbarsten. Ik werd er bloednerveus van.

Waar was verdomme mijn krachtige, onverstoorbare Zeeuw gebleven?

'Ik... Sorry, Nico, maar ik kan dit nu even niet aan. Er gebeurt momenteel erg veel.'

Er viel een lange stilte.

Toen Nico weer wat zei, klonk zijn stem benepen, aarzelend. 'Ik vergeet helemaal te vragen naar je schoonvader.'

'Maakt niet uit.'

Ik hoorde het grind knerpen en keek naar buiten. Er reed een kleine sedan het erf op, rood, van een ouder type. De auto reed langzaam, aarzelend, langs de boerderij en kwam toen recht op de schuur af gereden.

Ik had geen afspraken vandaag.

In de boerderij schoof mevrouw Van Grunsven haar keukengordijntje opzij. Voor het eerst stoorde ik me aan haar nieuwsgierigheid.

'Nico? Sorry, ik moet ophangen. Er komt bezoek het erf op gereden.'

'Maar—'

De man die uit de auto stapte en met half toegeknepen ogen om zich heen keek, had geen hond bij zich en ook geen kattenvervoersmand of kooi. Hij boog zijn rug tegen de gure wind en liep recht op de ingang af.

'Ik moet ophangen. Tot dinsdag.' Ik drukte de verbinding weg en draafde naar de schuurdeur.

Tegen de tijd dat ik de deur van het slot had gehaald, ketsten de eerste hagelstenen op het dak van de rode auto.

'Kom ik gelegen?'

'Kom gauw binnen,' zei ik.

Aron sloot de deur achter zich.

Hij droeg een wollen jas met een opstaande kraag en een paar afgetrapte laarzen van dik leer. Er kwamen wolkjes condens uit zijn mond. 'Zeker weten?'

'Ik was niets bijzonders aan het doen.'

'Gelukkig nieuwjaar nog.'

'Dank je, jij ook.' Ik bracht mijn hand naar mijn haar en fatsoeneerde het, duwde het naar achteren.

Mijn vingers trilden.

Hij keek om zich heen, naar de balken in de nok en het licht doorlatende dak. De gemetselde muren. De open kast met achtergrondrollen, flitsparaplu's en statieven. 'Dus hier gebeurt het allemaal.'

Hagelstenen ratelden op de golfplaten. Het geluid werd versterkt door de lege ruimte. Ik moest mijn stem verheffen om erbovenuit te komen. 'Het heilige der heiligen. Maar 's winters fotografeer ik hier nauwelijks. Te koud.'

Aron legde zijn hoofd in zijn nek en keek omhoog, zijn ogen lichtjes samengeknepen. 'Ik begrijp nu wat je bedoelde met goede lichtinval.'

Nu ademde ik ook wolkjes condens uit. Het maakte niet uit. Ik voelde de kou niet.

Over dit moment had ik gedagdroomd; hier te staan, in de schuur, samen met Aron die me spontaan kwam opzoeken. In de afgelopen twee weken was er geen dag voorbijgegaan zonder dat ik die scène in mijn hoofd had afgespeeld. En bij die ene scène was het niet gebleven.

'Koffie?' Ik probeerde het zo normaal mogelijk te laten klinken.

'Lekker.'

Hij liep achter me aan naar het kantoortje en ging zitten op een smalle tafel die tegen de wand stond. Legde zijn jas en sjaal naast zich neer.

'Leuke oud en nieuw gehad?' vroeg ik.

'Ja, prima.'

Ik draaide mijn rug naar hem toe en deed mijn best om koffie te zetten zonder al te veel te morsen en dingen uit mijn handen te laten vallen. Zo veel en vooral open en makkelijk we met elkaar hadden gepraat in Florida, zo moeizaam vond ik nu mijn woorden.

Dit was geen Florida.

Mijn studio ontbeerde het alibi van de door Hans bepaalde dagindeling en de constante aanwezigheid van allerlei familieleden.

Ik gaf hem zijn koffie en ging op mijn bureaustoel zitten. Zelf nam ik niets.

Aron boog naar links om langs me heen door het stalraampje naar buiten te kunnen kijken. Het grauwe winterlicht viel op zijn ogen, strekte zich uit naar zijn jukbeenderen en naar het waas van een baard. Zoals hij daar zat zou hij een model kunnen zijn op een billboard: zonnebrillen, kleding, aftershave... Alles klopte: zijn lichaamshouding, de ondiepe rimpels in zijn voorhoofd, zijn nonchalance – tot het grijze strijklicht aan toe.

'Dus dit is je uitzicht,' constateerde hij.

Ik knikte.

Aron legde zijn enkel op zijn knie en nam een slok van zijn koffie. Bij elke beweging die hij maakte rook ik zijn geur.

'Ik kwam je eigenlijk iets vragen.' Hij keek opnieuw door het stalraam naar buiten. 'Ik ben bezig met een klant, een nieuw reisbureau van een stel jonge, enthousiaste mensen die zich hebben gespecialiseerd in wandelvakanties. Ik werk mee aan de brochure en de website. De meeste content is al aangeleverd, maar we missen nog wat.'

'Foto's?'

'Highlights van wandeltochten en foto's van de accommodaties – ik schat dat er alles bij elkaar zo'n vijftig, zestig afbeeldingen nodig zijn. Misschien meer.'

'Waar moeten die foto's gemaakt worden?'

'Op La Palma. Een paar locaties in het zuiden en de rest in het midden en noorden van het eiland. De website zou eind deze maand online moeten, zodat ze het voorseizoen nog kunnen meepikken. Ik dacht meteen aan jou.'

Mijn hart bonkte hoorbaar. 'Ik fotografeer dieren.'

'Dus kun je alles fotograferen. Toch?'

Ik glimlachte nerveus. 'In principe wel, maar –'

'Ze betalen het standaard dagtarief, uiteraard ook je reis- en verblijfkosten. Je werkt die dagen dat je er bent uitsluitend voor hen. Aan het einde van de reis mail je de foto's door en daar kunnen zij dan vrij over beschikken. Hoe klinkt dat?'

'Als een prima opdracht,' gaf ik toe. Standaard dagtarieven waren de moeite waard.

'Doe je het?'

Aron deed zich nonchalant voor, maar ik voelde de onderhuidse spanning die van hem af straalde. Zijn mond stond een beetje open, alsof hij anders onvoldoende zuurstof binnenkreeg.

Dit was geen vrijblijvende opdracht.

Dit aanbod had hij me telefonisch kunnen doen. Hij had me ook een mailtje kunnen sturen, of zijn broer kunnen bellen – 'Hé, Lucien, hoe is het?' – om aan het einde van het gesprek te vertellen dat hij een leuke opdracht voor me wist. Hij had vanavond naar 't Fort kunnen rijden, waar hij ons allebei had kunnen aantreffen. Dat had hij allemaal kunnen doen. Maar hij had ervoor gekozen om hierheen te komen.

Had ik hem niet zelf uitgenodigd door hem het adres te geven?

'Waarom dacht je aan mij?'

Hij leunde naar voren. 'Omdat ik vermoedde dat je de opdracht goed kon gebruiken. En op korte termijn ruimte had.'

Stilte.

'Klopt toch?' vroeg hij.

Ik knikte.

Zachter zei hij: 'Plus dat ik je gezelschap waardeer.'

Ik knikte opnieuw, maar wat er achter zijn woorden schuilging had ik pas seconden later door: hij zou daar ook zijn.

Buiten kefte mevrouw Van Grunsvens boerenfoxje naar de keukendeur. Zijn nijdige stemmetje ratelde als mitrailleurvuur. Het kwam vervormd bij me binnen, vertraagd. De tijd leek te verdikken, de lucht om me heen stroperig en verbogen.

Aron had zich amper bewogen.

Hield mijn blik vast.

Als ik op zijn aanbod inging, wat zou ik dan in gang zetten? Waar zei ik 'ja' op?

Aron was geen buitenstaander die ik uit het zicht van mijn reguliere leven kon houden. Dit was iemand die dichtbij stond. Iemand met wie ik binnenkort veel te maken zou krijgen, tijdens intens zware en emotionele familiebijeenkomsten.

Dit was Luciens broer.

Zijn fucking *broer*.

Familie.

Ik sloeg mijn ogen neer, begon aan de randen van mijn nagels te peuteren. 'Ik weet het niet,' zei ik zacht. 'Ik wil erover nadenken.'

'Hoe lang heb je nodig?'

'Eh... geen idee.'

Hij keek langs me heen naar een punt op de muur, en leek na te denken. Zijn stem klonk zacht, gedempt, alsof we iets bespraken wat niet door de beugel kon. 'Ik moet het wel voor het weekend weten. Ik kan die klant niet zo lang in het ongewisse laten.'

'Dat snap ik.'

Hij schoof van de tafel, zette zijn beker op het bureaublad en keek naar de diashow op mijn laptop – foto's uit mijn begintijd. Hij leunde met zijn handen op het blad en bleef secondelang naar het scherm kijken.

Ik stond op. 'Oud werk. Niet zo goed als wat ik nu maak, maar ze zijn me wel dierbaar. Ik heb –'

'Hoe gaat het tussen jou en Lucien?' Hij draaide zich om.

'Gaat wel.'

Waarom zei ik dat nou?

'Hij is nogal met zichzelf bezig, niet?'

Aron stond dichtbij. Die geur van hem. Bedwelmend.

Ik deed een stap terug.

'Stoort je dat niet?' vroeg hij.

'Het zijn barre tijden voor hem. Voor jou ook, neem ik aan.'

'En voor jou?'

Ik haalde mijn schouders op. 'Ik doe er nu even niet toe.'

'Even? Ik heb de indruk dat dit al langer speelt.'

'Dat valt wel mee.'

Zijn stem daalde een octaaf. 'Er is bij jullie meer aan de hand dan alleen de zorgen om mijn vader, toch?'

Ik sloeg mijn ogen neer.

Als hij hiermee doorging, stortte ik ter plekke in. Dan zou ik beginnen te huilen en kwam er geen einde meer aan.

Ik richtte mijn hoofd op. 'Het voelt niet oké om dit soort dingen met jou te bespreken.'

'Dat begrijp ik.'

'Fijn.'

Hij knoopte zijn jas dicht en sloeg zijn sjaal rond zijn nek. Pakte een pen van het bureaublad en krabbelde een 06-nummer op een notitieblaadje. Omcirkelde het. 'Laat je me voor het weekend iets weten?'

'Doe ik.'

Bij de deuropening draaide hij zich om, omklemde de deurpost. Ik zag twijfel in zijn houding en zijn ogen, hij stond op het punt om iets te zeggen, iets belangrijks, iets wat hem dwarszat, maar uiteindelijk knikte hij kort naar me en zei: 'Take care.'

Drieënveertig

Ik kan niet slapen.

Papa is al naar bed, het hele huis is donker en stil, maar ik doe geen oog dicht. Ik voel mijn hart bonzen, het gaat tekeer alsof ik aan het hardlopen ben. Toch lig ik op mijn rug in bed, met mijn hoofd op mijn kussen, mijn handen gevouwen op mijn borst.

Ik staar naar het plafond.

Ik kan niet ophouden met denken. Ik denk steeds weer aan de conrector, aan papa, aan mama. Aan wat zoveel kinderen tegen me hebben gezegd. Hun gezichten doemen voor me op in het donker van mijn kamer, alsof ze spookachtig van onderen worden verlicht met een zaklamp. Ik zie hun afkeuring. Hun walging. Hun plezier.

Hoor hun woorden.

Kinderen reageren niet voor niets zo op jou.

Je gedrag, Vera. Je roept het over jezelf af.

Het ligt aan jou.

Jou.

Dat was Spijker. De conrector. Zo'n man ziet jaar in jaar uit allerlei kinderen voorbijkomen, duizenden kinderen uit uiteenlopende gezinnen. Dan word je vanzelf heel goed in dit soort dingen.

Dus zal hij wel gelijk hebben.

Er is iets mis met me, dat kan niet anders: ik zie aan een dier hoe het zich voelt, mijn vader speelt met plastic poppetjes en mijn moeder zit opgesloten in een gesticht. Ik vind haar niet gek, helemaal niet zelfs, maar dat komt vast omdat ik het zelf óók ben. Dan herken je het niet. In het Dingemans Instituut werken psychiaters, dat zijn artsen, die zouden mama echt wel naar huis hebben gestuurd als ze normaal was.

Gekken weten van zichzelf niet dat ze gek zijn.

Je bent echt te oud om nog zulke onzin uit te kramen.

De mensen gaan er wat van denken.

Oma. Ze schaamde zich dood bij tante Betsie, in het bijzijn van haar zussen en schoonzussen had ik iets raars gezegd. Ik had haar voor schut gezet. Ze zullen wel gedacht hebben: zo moeder, zo dochter. Misschien waren we wel *te betreuren.*

Ik draai me op mijn buik en druk mijn gezicht in het kussen, zodat papa mijn gesnik niet kan horen. Trek de dekens over mijn hoofd en druk mijn gezicht nog dieper weg, harder, totdat ik bijna niet meer kan ademen.

Ik wil niet gek zijn. Ik wil niet anders zijn. Ik wil geen pillen hoeven slikken, niet worden opgesloten. Ik wil zijn zoals iedereen. Normaal.

Vera, loop normaal!

Doe normaal!

Hoe vaak heeft papa dat niet tegen me gezegd?

43

'Aron was vanmiddag in de studio.'

'Aron? Mijn broer bedoel je?'

'Wie anders?'

De tv stond hard. Reclame tussen het nieuws van halfacht en het weerbericht. Ik pakte de afstandsbediening en zette het volume wat lager.

'Waarom?' vroeg Lucien.

'Hij was in de buurt en was nieuwsgierig, zei hij.'

Lucien keek verstoord op van zijn mobiele telefoon. 'Hoe laat was dat?'

Ik haalde mijn schouders op. 'Weet ik niet precies, ik geloof rond een uur of drie.'

'Anneke zei dat er vanmiddag iemand bij de balie naar me vroeg. Ene Aron, zei ze. Ik was lunchen.'

Ik peuterde aan een draadje van mijn mouw. 'Hij had een opdracht voor me.'

'Wat voor opdracht?'

'Foto's maken op La Palma voor een reisbureau.'

'La Palma? Je bedoelt Las Palmas?'

'Nee, La Palma. Een van de Canarische Eilanden.'

Lucien fronste. 'Aron vraagt jou om foto's te maken voor een réisbrochure?'

'Ja, en?'

'Hebben ze in Spanje geen fotografen?'

'Vast wel, maar hij vroeg mij.'

'Schat, je bent dierenfotograaf. Wat heeft het voor zin om een reisbrochure bij elkaar te gaan fotograferen?'

'Geld verdienen.'

'*Yeah, sure.* Da's het begin van het einde,' mompelde hij, en hij bewoog zijn duim over zijn mobiel. 'Nog even en je staat op braderieën passanten te fotograferen. Kun je ook geld mee verdienen.'

Alles in me kwam in opstand. De manier waarop hij terloops naar me keek, die stembuiging, het dedain: ik voelde me weer als een kind dat toestemming moest vragen aan mijn vader.

Op televisie was een preview van een nieuwe spelshow die gepaard ging met geschreeuw, een heleboel getoeter en irritante alarmgeluiden. Ik kon me niet meer concentreren op het gesprek en zette het volume van de televisie verder terug naar fluisterstand.

'Reisbrochures fotograferen is niet bepaald een glijdende schaal, Lucien. Ik kan zo'n opdracht goed gebruiken. Het betaalt goed.'

'Dat kan ik me niet voorstellen. Naar wat ik van Hans heb begrepen, leeft Aron zo'n beetje van de lucht. Leef nu, betaal later – dat principe.'

Ik boog me naar voren. 'Aron bemiddelt alleen maar. Zijn klant huurt me in voor een vast dagtarief. En de reis en het verblijf worden voor me geregeld.'

'Hoeveel dagen ben je weg?'

Lucien ging ervan uit dat ik had ingestemd – wat hem betrof was het een voldongen feit.

'Weet ik nog niet. Het zal geen weken zijn.'

Hij keek langs me heen naar de patio. 'Reisbrochure,' mompelde hij voor zich uit, een licht spottende toon in zijn stem. Toen stond hij op en stopte zijn mobiel in de binnenzak van zijn colbert. 'Nou ja, wat maakt het uit. Ik moet even weg. Ben voor elven thuis.'

'Waar ga je heen?'

'Naar een klant.'

'O.'

'Tot straks.'

Ik hoorde zijn voetstappen in de woonkamer, het bescheiden kraken van de deur die naar de hal leidde, en vervolgens de dreun van de voordeur. Zacht, gedempt door drie muren, het starten van de dieselmotor van zijn Mercedesbus.

En toen werd het stil.

Op televisie was de weervrouw druk aan het gebaren. De stippellijnen op de kaart van Europa achter haar deden me denken aan uitvergrote vingerafdrukken. Het zag er niet best uit. Lagedrukgebieden. Natte sneeuw. Veel regen.

Lang aanhoudende depressies.

Vierenveertig

Ik heb vrienden.

Klasgenoten die met me praten.

Tijdens de pauzes sta ik niet meer alleen op het schoolplein: ik kan bij hen gaan staan, op onze vaste stek bij het lage hekje naast de dependance. Anita, Inge, Natasha en ik. In de eerste pauze voeren we mijn boterhammen van thuis aan de meeuwen en de kauwen die altijd bij school rondhangen. In de grote pauze lopen we naar het bakkertje om snoep te halen. Ik koop bijna elke dag een zakje chips, trekdrop en een paar schuimblokken. De chips kost twee kwartjes, snoep een dubbeltje per stuk. De helft van mijn zakgeld gaat eraan op. Ik zou het liever sparen of besteden aan fotospullen, maar alleen sukkels blijven tijdens de grote pauze op het schoolplein en eten hun boterhammen van thuis.

Vrienden krijgen was helemaal niet zo moeilijk als ik dacht. Het komt erop neer dat je moet doen wat de rest doet en vinden wat iedereen vindt – en dan vooral de populairste types uit de klas. Ik onthoud het allemaal, de woorden die ze graag gebruiken – melig, keigaaf –, welke muziek ze goed vinden – Madonna, André Hazes – en wat voor kleren ze dragen. Met mijn cassetterecorder neem ik de Top 40 op van de radio, dan hoef ik de singletjes niet te kopen en kan ik toch de teksten uit mijn hoofd leren. Ik ben make-up gaan dragen: bruincrème, felroze lipstick en goudkleurige oogschaduw. Ik draag oorringen, sweaters met vleermuis-mouwen en enorme schoudervullingen. Mijn haar is geperma-nent door oma's thuiskapster en nu heb ik heel kleine krulletjes. Die pluizen nogal snel, dus hang ik elke ochtend voor ik naar school ga ondersteboven voor de wastafel om mijn haar met een plantenspuit nat te spuiten en de krullen er met *wetgel* terug in te kneden. Papa vindt dat ik erbij loop als Pipo de Clown, maar hij heeft het me gelukkig niet verboden.

De nieuwe Vera is opgestaan aan het begin van het nieuwe schooljaar. Als enige van klas 2b ben ik niet overgegaan naar 3b, maar naar 3c. De kinderen uit die klas kenden mij alleen van ge-zicht, dus kon ik opnieuw beginnen.

School is nu heel anders. *Ik* ben anders. Ik zeg over alle leraren dat ik ze stom vind en zit achter hun rug met mijn ogen te rollen of trek een gek gezicht. In het begin vond ik dat heel moeilijk, ge-meen ook, want er zijn heel aardige leraren bij en die kijken me soms hoofdschuddend aan, alsof ze teleurgesteld in me zijn. Ik wil ze niet teleurstellen, ik wil eigenlijk gewoon opletten in de les en negens en tienen halen, en soms zou ik ze dat ook willen ver-tellen: dat ik maar doe alsof, dat ik vanbinnen nog steeds dezelfde ben gebleven, maar dat mijn vrienden nu eenmaal belangrijker zijn omdat ik nooit eerder vrienden heb gehad. Toch zeg ik niets, ook niet na schooltijd, want ik geloof niet dat iemand me zou be-grijpen. Iedereen die ik ken heeft wel gewoon vrienden. Altijd ge-had ook.

Ik vertel in de klas ook niet dat ik van fotograferen hou en al he-lemaal niets over mama.

Heel soms neem ik iemand mee naar huis. Als ze dan vragen waarom mijn moeder er nooit is, vertel ik dat mama een erge ziek-te heeft en daarvoor behandeld wordt in een Duits ziekenhuis. Ze vragen er nooit op door.

Ik ben trouwens ook gaan roken. Iedereen doet het. Niet over mijn longen, dat durf ik niet, maar ik sta er toch maar mooi bij, in de pauze, met een filtersigaret tussen mijn vingers en die roze lippenstift. Als je flink kauwgom kauwt, dan proef je die sigarettensmaak niet zo erg.

Ik val niet meer op.

Ik hoor erbij.

44

'In verband met het weer is de productie opgeschoven.'

Ik keek uit het stalraam. Er dwarrelden sneeuwvlokken op het erf neer. Samengeklonterde donzige kussentjes van ijskristallen die begonnen te smelten zodra ze het grind raakten. Ik had het weerbericht op de voet gevolgd. Het zou nog wel even blijven sneeuwen, maar met een temperatuur die overdag ruim boven het vriespunt lag, was er niets te vrezen. Bovendien werden er voor morgenmiddag opklaringen verwacht. 'Dat beetje sneeuw is morgen wel weer weg,' zei ik. 'Het gaat –'

'We hebben vanochtend overleg gehad en besloten om een andere productie voorrang te geven. De reportage van die schapenhoeder is naar een later tijdstip verschoven.'

'Naar wanneer precies?'

'Dat is nog niet bekend. Maart of april.' Ze pauzeerde even. 'Sorry, Vera. Ik vind het ook vervelend om zo kort van tevoren af te moeten bellen.'

'Geeft niet,' zei ik snel. 'In maart worden de foto's veel mooier. Dan zijn er ook lammetjes.'

'Leuk,' klonk het door de telefoon, maar iets in die stem zei me dat ik er niet te veel op moest rekenen dat ik in maart lammetjes zou fotograferen. In elk geval niet voor *Country Living*.

Ik drukte de verbinding weg en logde in op Gmail.

Geen nieuwe mails van Nico. Goddank.

Ik typte een bericht:

TEXEL GAAT NIET DOOR.

MORGEN ELDERS?

Gisteren was Lucien om halfelf thuisgekomen. Hij was in een vrolijke bui geweest en had duidelijk een paar biertjes op. Ik dacht vaag sigarettenrook bij hem te ruiken. Hij had nog een fles bier uit de koelkast gehaald en die op de bank voor de tv zitten opdrinken. Naar de tv keek hij niet, hij was vooral bezig geweest met zijn telefoon.

Ik had geprobeerd me te concentreren op de documentaire op tv.

Om kwart over elf was Lucien naar bed gegaan. Ik volgde ruim een uur later.

Mensen die ons pas kenden zouden alleen de huidige, erbarmelijke staat van ons huwelijk zien en zich afvragen wat deze twee mensen, totaal verschillend en naast elkaar levend, in hemelsnaam twintig jaar lang met elkaar hadden gedeeld. Maar de werkelijkheid was dat het overgrote deel van ons huwelijk heel mooi, bevredigend en liefdevol was geweest.

In een periode waarin ik vrijwel niemand meer durfde te vertrouwen, wist Lucien me te overtuigen van zijn goede bedoelingen. Rechtstreeks uit mijn ouderlijk huis was ik zijn tweekapper in gevlucht – zijn schoonmaakbedrijf draaide toen al op volle toeren. In de jaren daarna had hij zijn bedrijf verder uitgebreid en zijn vrije tijd in mij en in onze relatie gestoken. Als anderen na het werk in de stad nog even wat gingen drinken, kwam hij naar huis. Meer wensen had Lucien niet: hij was eerder huiselijk dan avontuurlijk en dit was het leven dat hij wilde leiden. We gingen samen op vakantie, samen uit eten, we deden alles samen. Hij had een schaduwkant, zoals iedereen, maar de overspannen wijze waarop hij met zijn vader omging vond ik in het begin alleen maar interessant. Geruststellend misschien ook. Het maakte hem menselijk.

Ik was door de jaren heen niet altijd even stabiel geweest – ik had periodes gekend waarin ik amper kon werken en mezelf de hele dag in huis had opgesloten, ondergedompeld in mijn eigen sombere gedachtewereld. Drie keer had ik een psycholoog geraadpleegd, maar net als in mijn tienertijd had ik het steeds na twee of drie sessies voor gezien gehouden. Ik vertrouwde ze niet, de zielenknijpers. Ik wilde hun niet vertellen wat er in me omging. Zodra je woorden uitsprak, lagen ze op straat, dan had je ze te grabbel gegooid. Daarmee overhandigde je ze als het ware aan de toehoorder, die ermee kon doen wat hem of haar goeddunkte. Opschrijven in een dossier of in een boek, doorbrieven aan een verzekeringsmaatschappij en de huisarts, of als anekdote vertellen op een verjaardag of tijdens een lezing op een of andere psychologenbijeenkomst.

Van mij hoorden ze niets. Ik zou er geen traan laten, op die divan. Ik hield alles binnen. Het ging niemand wat aan. Lucien wist wat ik had meegemaakt, dat was genoeg. Daar moest het bij blijven. Hij kon er goed mee omgaan. In moeilijke periodes belde hij me op vanaf zijn werk of kwam hij onaangekondigd thuis lunchen. Hij vrolijkte me op, knuffelde me tot ik duizelig werd en hield me op tijd een spiegel voor. De manier waarop hij zich over me ontfermde neigde soms naar vaderlijk gedrag, dat ik me graag liet aanleunen. Ik was dol op Lucien, moedigde hem aan met de dankbare, vochtige ogen van een hulpeloos wicht. Hij bouwde met zorg een glazen huis om me heen zodat ik vrijuit naar buiten kon kijken, kon zien wat er in de wereld gebeurde en er lering uit kon trekken, zonder dat de stormen die daarbuiten woedden me konden raken. Lucien Reinders had niet alleen de beschutting geleverd, maar ook kruiwagens vol stevige voedingsbodem waarin ik kon wortelen. En groeien.

Maar die Lucien Reinders bestond niet meer. Alles was veranderd. Sinds toen. In die ene nacht was er cynisme in onze relatie geslopen, en in het kielzog daarvan nonchalance. Desinteresse. De seks-omdat-het-moet. Lucien was sindsdien nooit meer spontaan thuisgekomen om te lunchen en zijn telefoontjes naar mijn mobiel werden alsmaar korter en zakelijker.

Waar ben je?
Hoe laat ben je thuis?
Wat eten we?
Ik ben later vandaag.

En nu was er dan een nieuwe ontwikkeling: de preoccupatie met zijn telefoon. Of beter gezegd: degene met wie hij telefoneerde. Een zeker iemand.

Ik had hem een kind moeten geven. Ik had twee jaar terug dat verdomde sperma van hem in mijn binnenste moeten toelaten om daar in de glibberige, donkere diepte een eicel te bezwangeren.

Dan was nu alles anders geweest.

Hield Lucien eigenlijk nog van me? Of bleef hij alleen nog bij me uit medelijden? Of uit verantwoordelijkheidsgevoel?

'Een man een man, een woord een woord.'

'Wat ik begin, maak ik ook af.'

Luciens lijfspreuken. Ik sprak ze hardop uit tegen de muur van de studio. Trok met de nagel van mijn wijsvinger spiralen op het bureaublad, in het vocht van mijn eigen tranen.

Was Lucien een Nico?
En ik... een Francien?

Het begon een beetje schemerig te worden. Ik draaide de kachel lager, gooide rommeltjes van mijn bureaublad in de prullenbak en legde mijn spullen op kleine stapels.

Daarna logde ik in op Gmail.

ALKMAAR, GOLDEN TULIP.

IK CHECK IN OM 16.00U. KOM JIJ DAARNA? X

Vijfenveertig

Mijn rapporten zijn slechter geworden. Tijdens de lessen let ik niet meer op, dan schrijven we briefjes naar elkaar. Als ik een proefwerk heb en alle goede antwoorden weet, maak ik met opzet fouten. Zolang mijn punten niet boven een zeven uit komen en ik ook regelmatig onvoldoendes haal, blijf ik aan de veilige kant. Laatst had ik een drie voor Frans, het laagste cijfer van de hele klas. Iedereen draaide zijn hoofd naar me om, vol ontzag. Vette onvoldoendes zijn heel stoer. Nog stoerder is om je schouders erover op te halen, alsof het je helemaal niet boeit. Dus deed ik dat.

Ik heb ook nergens goede punten voor nodig, want ik ga hierna toch niet verder leren. Ik wil alleen maar zo snel mogelijk dat stomme diploma halen, zodat ik niet meer naar school hoef en kan gaan werken.

's Avonds in bed denk ik vaak na over de toekomst. Dan denk ik aan wat mama tegen me heeft gezegd, dat morgen alles beter wordt. Ik weet echt wel dat ze daar niet letterlijk 'morgen' mee bedoelt, maar 'later' – als ik groot ben, volwassen. Dertig of zo.

Ik probeer me voor te stellen hoe mijn leven dan is. Ik hoop dat ik dan in een boerderijtje woon, op een rustige plek met gras en bomen eromheen in plaats van straten en lantaarnpalen. Ik droom er weleens van, net voordat ik in slaap val, van een plaats ver buiten de stad, waar je alleen nog het geluid van de wind en de vogels hoort, en geen roffelende voetstappen op de trap van de buren en het geschreeuw van stereo's en gejank van brommers. Het mag heel klein zijn, oud en tochtig, met versleten kleden op de grond en ingericht met spulletjes die ik op de vuilstort heb gevonden. Daar ben ik pas nog geweest om meeuwen te fotograferen. Tussen de bergen afval liggen veel bruikbare dingen. Je hoeft ze alleen maar schoon te maken.

Dat heb ik laatst aan papa verteld toen we samen in de auto zaten, op weg naar een bijeenkomst voor modelbouwers – hij had liever niet dat ik meeging, want niemand neemt ooit zijn kinderen mee naar die bijeenkomsten, maar oma moest weg en hij wilde me ook niet de hele zondag alleen thuis laten zitten.

Zo'n huis als ik hem beschreef was niet te betalen, zei papa. Vrijstaande huizen buiten de stad met eigen grond eromheen zijn alleen weggelegd voor boeren en heel rijke mensen. 'Het is mooi om te dromen,' zei hij, 'maar als je voor een dubbeltje geboren bent, word je nooit een kwartje.' Hij heeft ook gezegd dat je met alleen een mavodiploma geeneens een fatsoenlijke baan kunt krijgen, en dat ik doorstuderen al helemaal op m'n buik kan schrijven met die matige cijfers waarmee ik de laatste tijd thuiskom. Dat ik nog van geluk mag spreken als ik word aangenomen bij de Basismarkt, als caissière of vakkenvulster. 'Ze betalen je daar een hongerloontje,' zei hij. 'En dan eindig je in een flatje op de Weteringweg.'

Daar ben ik van geschrokken. Ik wil niet in de Basismarkt werken, het is daar vreselijk lawaaierig en koud, met harde muziek en schreeuwende kinderen en fel licht. En ik wil al helemaal niet op de Weteringweg wonen. Daar wonen Jolanda en Irene en hun families, in die straat is toen ook die brand gesticht waarbij een heleboel konijnen waren doodgegaan.

Ik wil weg. Weg van de Irenes en Jolanda's, weg uit deze stad.

Misschien kan ik mama ook meenemen, als het me gaat lukken, samen met zuster Ingrid, dan kan zij voor mama zorgen en dan hoeft mama niet steeds in de recreatieruimte tussen de gekken te zitten. Dan kan ze de hele dag gewoon lekker tekenen en naar buiten gaan wanneer ze maar wil. En dan nemen we samen een nieuwe hond. En een vijver, want we houden van vissen, mama en ik.

Ik weet alleen nog niet hoe.

Morgen wordt alles beter.

Toen ik het later met oma besprak – maar het gedeelte waarin mama voorkwam wegliet – zei ze tegen me dat ik wel heel veel wensen had. Ze zei letterlijk: 'Je moet later maar een rijke vent gaan zoeken.'

Alsof die mij zien staan, met mijn hazentanden en spillebenen.

45

De receptioniste van het Golden Tulip in Alkmaar trok haar keurig verzorgde wenkbrauwen op. 'Uw man is al gearriveerd. U hebt kamer drieënzestig.'

'Dat weet ik,' blufte ik.

Ze wees in de richting van waar ik de liften vermoedde. 'Het is een hoekkamer. Vierde etage.'

'Mooi.' Ik glimlachte. Wilde doorlopen.

'Uw man zei dat u geen gebruik wilde maken van het ontbijt morgenvroeg?'

'Nee, inderdaad.'

'Ik wens u een prettig verblijf.' De receptioniste glimlachte me heel vriendelijk toe. Reguliere gasten moesten zich meer dan welkom voelen in dit hotel.

Deze gast was alleen maar nerveus en deed haar best daar niets van te laten merken.

'Dank u wel, dat zal wel lukken,' zei ik, en ik haastte me naar de lift.

Dit soort ontmoetingen bleven risicovol. Ik reisde al langer dan tien jaar door het land en in die jaren had ik kennisgemaakt met duizenden, misschien wel tienduizenden diereneigenaren, maar ook met journalisten, collega-fotografen, stylisten, biologen, keurmeesters, redacteuren en organisatoren van beurzen en evenementen. Natuurlijk was de kans uiterst klein dat juist op dit moment iemand van hen mij in de lift zou zien stappen; dat wist ik ook wel. Toch voelde ik die onaangename spanning steeds weer. Een drukkend schuldgevoel kwam daarbovenop.

Nico was afgevallen. Het buikje was weg, zijn wangen leken iets ingevallen. Het zou hem zeker goed hebben gestaan als zijn gewichtsafname niet gepaard was gegaan met donkere schaduwen rond zijn ogen en een vermoeide, gepijnigde blik.

De kamerdeur viel achter me in het slot. Nico omhelsde me. Ik liet zijn liefkozingen over me heen komen. Streelde werktuiglijk zijn rug.

Nico was prettig gezelschap. Een mooie, sterke, krachtige man. Ik voelde me op mijn gemak bij hem, hij was de beste vriend die ik ooit had gehad.

Een vriend. Een broer.

Geen minnaar.

Hij overstelpte me met kussen, mompelde hoezeer hij me had gemist, dat ik bruin was geworden in de Verenigde Staten, dat ik elke seconde in zijn gedachten was geweest, dat hij...

Ik liet hem begaan.

Deelde een glas wijn met hem.

Daarna liet ik me uitkleden.

Naakt stond ik voor hem, mijn blote voeten op de ruwe, kortpolige vloerbedekking. Hij schepte me van het tapijt alsof ik een jong katje was, legde me in bed en begroef zijn gezicht tussen mijn borsten.

Het deed me zo weinig.

Ik voelde niet wat ik zou horen te voelen. Ik voelde vriendschap in plaats van geilheid. Vertrouwen in plaats van spanning.

Maar had ik ooit meer gevoeld voor Nico Vrijland — méér dan vertrouwen in zijn integriteit, aangevuld met respect vanwege zijn intelligentie en kennis, zijn kalmte, zijn innerlijke kracht? Die kalme energie was uit hem weggevloeid. Nico kwam haastig op me over, nerveus.

De man die zich al prevelend in mijn lichaam drong, was niet meer de man bij wie ik twee jaar geleden een schuilplaats had gevonden.

De rollen waren omgekeerd.

Hij verschool zich nu in mij.

Nico trok zich uit me terug, hield zorgvuldig het condoom vast en verdween in de badkamer. Ik hoorde de kraan lopen. Ik hoorde hem de wc doortrekken.

Ik staarde door de vitrage naar het tegenoverliggende kantoorgebouw en de lucht erboven. De grijze wolken werden dunner, er scheen een bleke zon door het wolkendek. Het zwakke licht reflecteerde op het glas van het tegenoverliggende kantoorgebouw.

Was ik ooit *verliefd* op Nico geweest?

Of had ik zelfs maar lust gevoeld? Had ik ooit zijn gezicht voor me gezien als ik mezelf bevredigde, de verwijde pupillen van zijn ogen als ik schokkend onder mijn eigen vingers klaar-kwam?

Nee – zo dichtbij had ik hem niet laten komen. Voor mij was het voldoende geweest om te weten dat hij daarbuiten ergens rondliep en dat hij, als ik hem nodig had, beschikbaar was.

'Hoe was het in Florida?' Hij kwam bij me in bed, trok me half op schoot. Aaide over mijn haar. Kuste mijn oogleden. Mijn neus.

De strelingen van mijn vingertoppen over zijn onderarm waren gespeeld, werktuiglijk. Ik deed alsof ik hem liefkoosde, omdat ik me geen raad wist. Ik klampte me vast aan de vorm die ik kende, want de inhoud was chaotisch geworden, onbe-grijpelijk.

Het leek of ik met een vreemde in bed zat.

'Vertel?' drong hij aan.

'Ik wil eigenlijk niet over Florida praten.'

'Was het zo erg?'

Ik haalde mijn schouders op. 'Het waren negen intensieve dagen.'

'Dat begrijp ik goed.'

'Hoe was jouw kerst?'

Hij haalde diep adem. 'Als ik eerlijk ben: eenzaam. Ondanks de familie en de kinderen. Ik kon ze amper in de ogen kijken, ik voelde me zo'n verrader.'

'Dat is nergens voor nodig.'

'Die kinderen hebben zoveel vertrouwen in hun moeder en mij, Vera. Het komt geen seconde in hen op dat het leven zoals ze dat kennen op het punt staat te veranderen.' Hij pakte mijn hand, keek me aan. 'Heb je aan me gedacht, in Florida?'

Vrijwel niet, schoot het door me heen, maar ik wilde hem niet kwetsen.

'Soms,' zei ik.

'Ik heb alleen maar aan jou gedacht. Het vrat me op van binnen. Ik kon het niet meer voor me houden, ik heb…' Hij keek me aan, klemde zijn arm om me heen, nerveus, rillerig. 'Ik heb Francien gezegd dat ik niet meer gelukkig ben. Dat ik rondloop met de gedachte om van haar te scheiden. Ik heb gewacht tot na de kerst, ik wilde de sfeer niet verzieken, maar ik knalde bijna uit elkaar van ellende.'

Scheiden.

Er klemde iets kouds en hards om mijn keel, het kneep mijn adem af.

'Wát heb je gezegd?'

Hij gaf geen antwoord. 'Francien en ik zijn ooit gelukkig geweest, of in elk geval heb ik in die overtuiging geleefd. Maar op dit moment kan ik me niet eens meer herinneren wanneer ze me voor het laatst spontaan heeft omarmd, laat staan me heeft gezoend of verleid. Haar leven draait om het huis, de kinderen, de familie. Ze praat tegen me over de boodschappen die ze heeft gekocht, over mensen uit het dorp en het weer. Ze heeft geen idee wat er in me omgaat. Ik kruip thuis tegen de muren omhoog. Ik kan die poppenkast niet meer aan, Vera. Ik kan er niet meer tegen.'

'Hoe reageerde ze?'

Hij draaide zijn hoofd weg. 'Niet best.'

'Is ze weggegaan?' Mijn stem klonk vreemd, hoog.

Hij trok een wenkbrauw op. 'Franci̇́en? Nee. Scheiden komt in haar belevingswereld niet voor. Eenmaal gekozen, blijf je bij elkaar. Ze zei dat als ik op zou stappen, ik haar en de kinderen nooit van mijn leven meer te zien zou krijgen.'

'Vermoedt ze iets?'

'Ja.'

De kou verspreidde zich door mijn lichaam. 'Wat heb je gezegd?'

'Ik heb het glashard ontkend. Ik wil haar die vernedering besparen.'

Liegen tegen je vrouw over zulke dingen, zeker als ze al haar vermoedens heeft, is ook een vorm van vernedering, schoot het door me heen. Maar ik zei niets.

In de stille minuten die volgden, drong de strekking van wat hij me vertelde pas echt goed tot me door: Nico wilde scheiden. Hij zou zijn kinderen nooit meer te zien krijgen als hij dat voornemen zou doorzetten. Hij stond op het punt om zijn hele leven te verwoesten en dat van zijn vrouw en kinderen erbij.

En waarvoor eigenlijk? Voor mij? Hij kende slechts een paar facetten van mijn karakter, een greep uit *the best of*. Hij had me nooit aan het werk gezien, was niet bij me geweest als ik me niet lekker voelde, chagrijnig was of moe; Nico wist niets van de medicatie die ik soms nam en van mijn achtergrond − niet meer dan ik hem had verteld, en in die lezing zaten veel hiaten. Belangrijke hiaten.

Dit was dwaas.

Dwaas en absurd.

Hij omarmde me.

'Ik wil dit niet,' zei ik tegen zijn borst.

'Het kan niet anders.'

Ik maakte me los uit zijn omhelzing. 'Je moet niet bij je gezin weggaan. Zij horen bij je, niet ik.'

Hij luisterde niet, of misschien hoorde hij alleen wat hij wilde horen. 'Ik wou dat het anders kon, dat ik iets kon verzinnen om het voor hen te verzachten.'

Ik snakte naar adem. 'Nico? Hoor je wat ik zeg? Ik wil dit niet.'

Hij zweeg. Keek me alleen maar verward aan. Zijn ogen stonden flets, de grauwe huid eromheen verraadde de slapeloze nachten die hij moest hebben gehad.

'Hoe kun je in godsnaam zoiets ingrijpends beslissen zonder met mij te overleggen?' vroeg ik. 'Dat kán toch niet? Dat is toch... gewoon wáánzin!'

Hij pakte mijn hand vast, wreef over mijn duim. 'Lieverd, rustig maar. Maak je niet druk. Ik regel de komende maanden eerst mijn eigen zaken, en jij –'

'Nico, ik –'

'... moet gewoon de tijd nemen die je nodig hebt. We gaan dit heel rustig opbouwen. We forceren niets. Ik ga eerst iets huren voor mezelf en dan –'

'Nee, je –'

'Ik begrijp dat je je lullig voelt ten opzichte van Francien en de kinderen, maar zij zijn mijn verantwoordelijkheid, je moet je over hen echt geen zorgen –'

'Nico! Stop. Je begrijpt het niet. Ik wíl dit niet.'

Nu had ik zijn aandacht. 'Wát niet?'

'Dit! Ik wil niet met jou gaan samenwonen.'

Zijn gezichtsuitdrukking veranderde geleidelijk van licht ongeloof in totale verbijstering.

'Ik wil het niet,' zei ik zacht.

Het flauwe januarilicht viel door de vitrage en legde een grauwsluier over het bed, de bordeauxrode vloerbedekking en de mahoniehouten meubels. En Nico's gezicht. Zijn wang trilde. Zijn kaken klemden stijf op elkaar, maalden, knarsten en gaven uiting aan de spanning, de pijn. Droefenis. Verslagenheid.

Voor mijn ogen zag ik hem jaren ouder worden.

Ik kon zijn blik niet meer verdragen en keek van hem weg. 'Het was mooi zoals het was,' zei ik, en ik sloeg de dekens van me af en begon mijn kleren bij elkaar te zoeken.

'Wat wij hebben is bijzonder, Vera,' hoorde ik hem zeggen.

Ik trok een trui over mijn hoofd, haalde mijn haar uit de col en schoot in mijn schoenen. Ik klonk buiten adem: 'Dat was het ook.'

Was.

Het woord had opnieuw mijn lippen verlaten, ik kon het niet meer ongedaan maken.

Was.

Verleden tijd.

'Laat me niet alleen.' Nico zat rechtop in bed, zijn bovenlichaam ontbloot, die grote handen van hem rustten met de handpalmen naar boven op het dekbed. Een verwarde boeddha.

'Ik moet gaan,' zei ik. Mijn stem haperde. 'Het spijt me. Het spijt me verschrikkelijk.'

Zesenveertig

'Heb je al een vriendje?' vraagt mijn moeder.

We zitten in de tuin van het instituut, op een betonnen bank bij de vijver, met een gemetseld muurtje eromheen waar mos op groeit. Het regent licht en er hangt een sterke geur van dennennaalden en nat zand.

'Je begint er nu de leeftijd voor te krijgen, voor vriendjes.'

Ik knik. 'Maar ik heb er nog geen.'

We zijn de enigen die nog buiten zijn. Iedereen is naar binnen gegaan toen de eerste druppels kringen maakten in de vijver. Er zijn ook geen verplegers meer buiten. Alleen mama, ik en de dieren: de vissen die stil onder het troebele wateroppervlak hangen en twee konijnen die verderop in de beschutting van de rododendrons van het vochtige gras zitten te eten.

Ik heb geen last van de regen. Mama ook niet. We hebben allebei een jas aan waar de druppels van afglijden. Hier zitten we het liefst, op deze plek bij de vijver, waar we alleen zijn en waar niemand ons hoort of komt storen.

Het is hier altijd stil. Vredig. Op de dagafdeling, in de recreatieruimte, is het nooit stil. Daar praat en zingt en roept iedereen door elkaar heen. Het is daar verschrikkelijk, er lopen mensen rond die ineens opspringen en je omarmen, of uit het niets boos op elkaar worden, en hardop beginnen te huilen. Ik ben er één keer geweest, heel eventjes maar, en ik snap heel goed dat mama liever alleen op haar kamer zit, waar het rustig is en ze uitzicht heeft op de kruinen van bomen en waar ze ongestoord kan tekenen.

Mama kan niet tegen drukte. Ze houdt van stilte, net als ik. Als er thuis een verjaardag was, dan kon ze halverwege de avond zomaar verdwijnen. Dan ging ik haar zoeken en zat ze vaak boven, in het donker op het bed 'even te relaxen'. Soms stond ze in de achtertuin tegen het schuurtje aan geleund, helemaal alleen naar de sterren te kijken. Ik zag haar weleens staan als ik uit mijn slaapkamerraam keek, een langgerekte schaduw. Als ze te lang wegbleef begon papa haar te roepen, boven alle tumult uit.

Mijn vader ergerde zich eraan als mama zich terugtrok om uit te rusten. Hij vond dat ze normaal moest doen.

Dat riep hij altijd: 'Mens, doe in godsnaam *normáál*.'

Normaal was een gepoetst huis met streeploze ramen, gestreken overhemden, vroeg uit de veren, dampende pannen die klokslag zes uur op tafel stonden, en tv-kijken deed je na het avondeten – nooit ervoor, want dan was je lui. Normaal was klagen over het weer, praten over het nieuws en over ziekten en ellende van mensen die te betreuren waren – over jezelf sprak je niet.

Ik kijk naar de kapel die links van de vijver staat. Een groot en donker gebouw met glas-in-loodramen en bruine bakstenen, en een brede toegangsdeur die naar boven toe in een punt versmalt. Ik zie daar nooit iemand, maar elk uur slaat de klok. Als hij vijf keer slaat, moet ik afscheid nemen.

Mama steekt een sigaret op. De rook cirkelt in de lucht, kringelt mijn neusgaten in. 'Hoe oud ben je nu, Vera? Veertien?'

'Ja.'

'Heb je echt nog nooit een vriendje gehad?'

Ik haal mijn schouders op.

Afgelopen weekend ben ik naar het jeugdhonk geweest met Inge en Natasha. Dat honk zit in een soort barak naast een lagere school, een wijk verderop. Elke eerste vrijdag van de maand houden ze er een discoavond. Er liep een jongen rond die steeds bij me in de buurt bleef, hij was iets kleiner dan ik en zat een klas lager. Na afloop wilde hij met me mee naar huis lopen. Voor de deur vroeg hij of hij me mocht kussen.

Ik dacht: nu gaat het gebeuren. Dit doen normale kinderen van mijn leeftijd: ze kijken elkaar diep in de ogen, ze zoenen en dan worden ze verliefd, net als op tv. Dat wilde ik meemaken, verliefdheid.

Ik keek hem in zijn ogen. Hij boog zich voorover en onze tanden botsten hard tegen elkaar.

Hij zei 'sorry' en trok zijn hoofd terug.

Ik zei niets.

Dat was het.

Toen ging hij weer weg.

'Ik heb weleens met een jongen gekust,' zeg ik. 'Maar dat was maar heel kort. Ik heb geen verkering of zo.'

'Da's heel goed, Vera,' concludeert mama. 'Houden zo. Geen vast vriendje nemen.'

Ze inhaleert diep en blaast de rook recht voor zich uit. Mama heeft haar ene been over het andere geslagen en zwiept dat op en neer.

Ik zou ook wel een sigaret willen.

'Je moet ook geen haast hebben om te trouwen. Dat had ik wel. Ik was bang om over te blijven.'

Ik knik, maar ik begrijp niet goed wat ze bedoelt.

'Ik dacht: je vader is militair, een sterke man. Stoer. Dat had ik nodig. Een vent die me kon beschermen. Hij had zúlke armen, toen ik hem leerde kennen. Verder keek ik niet. Ik was gewoon heel erg verliefd op hem. Nu nog, denk ik weleens.'

Ik zeg niets en kijk voor me.

Ik heb liever niet dat ze over papa begint.

Ze vraagt: 'Heeft hij het nog weleens over me?'

Ik klem mijn kaken op elkaar.

'Zeg eens, Vera, je kunt het gewoon vertellen, hoor. Ik heb hem al zo lang niet meer gezien.'

'Ik zie hem niet zo vaak,' zeg ik. 'Hij is veel op oefening.'

Ze neemt een lange haal van haar sigaret. 'Weet je dat die vader van je niet één keer hier is geweest? Nooit. Hij doet net of het hele verdomde instituut niet bestaat.' Ze pakt mijn arm beet en gaat verder: 'Je vader laat me hier gewoon wegrotten. Hij heeft vast een vriendin, en dat wil jij dan niet tegen me zeggen.' Ze schudt mijn arm heen en weer. 'Vertel het maar gewoon, ik kan het hebben, hoor. Je moet niets voor je moeder verborgen houden.'

'Hij heeft geen vriendin.'

'Je ziet hem nooit, zeg je. Dus hoe weet je dat?'

'Als hij thuis is, is hij bezig met die diorama's. Hij gaat nooit uit, mam.'

'Echt niet?' Haar ogen glijden onderzoekend over mijn gezicht, haar mond hangt een beetje open. Er bungelen regendruppels aan de slierten van haar pony.

'Echt niet.'

Ze laat mijn arm los en vervolgt, zachter, terwijl ze naar de vijver kijkt: 'Voor mij is het te laat, maar jij kunt het anders doen. Béter dan ik. Veel beter. Kinderen horen een verbetering van hun ouders te zijn.' Ze grinnikt vreugdeloos. 'Dat hele gedoe met liefde en verliefdheid, vergeet het. Het maakt je zwak, Vera, liefde. Zwak en blind. Je wordt er alleen maar ongelukkig van. Hou liever je hoofd erbij.'

Ik denk aan de jongen van de buurtdisco en zeg: 'Daar hoef je niet bang voor te zijn, mama. Ik word nooit verliefd.'

Mama's blik is nog steeds op de vijver gericht. 'Dat denk je nu. Je bent nog jong. Maar je zult heus een keer verliefd worden.'

Het blijft enkele seconden stil. Mama's blik wordt zacht terwijl ze naar de grote kapel kijkt, haar hoofd in haar nek legt om de klokkentoren te bekijken. Ze vervolgt: 'Zoek liever iemand die goed voor je kan zorgen. Een zakenman. Iemand met een eigen bedrijf of zo. Je wilt toch dat mooie huis later?'

Ik knik.

Ze draait haar bovenlijf naar me toe en kijkt me zo intens aan dat ik ervan terugdeins. 'En mocht het nou ooit gebeuren, hè, mocht het nou ooit zover komen dat je zo'n vent aan de haak slaat, laat hem dan nooit te dichtbij komen. Want mannen zijn jagers en dat zullen ze altijd blijven. Wat ze je ook beloven, wat ze ook zeggen: zodra ze je helemaal hebben, verliezen ze hun interesse. Dan willen ze je niet meer. Dan sta je alleen.'

46

Vanwege wegwerkzaamheden en een drietal ongelukken door gladheid waren lange files ontstaan. Tegen de tijd dat ik de oprit van 't Fort op reed, was het al halfnegen.

Ik draaide het contact om en bleef zitten luisteren naar het tikken van de afkoelende motor. De huilbui die ik had verwacht, was uitgebleven. De hele lange weg naar 't Fort had ik alleen maar leegte gevoeld, een grote, holle ruimte met helemaal niets erin; geen gedachten, geen beelden, geen spijt en geen verwachtingen. Ik had als een robot gereden, mijn gezicht strak op de weg gericht.

De emotieloze toestand waarin ik me bevond alarmeerde me meer dan een tranenvloed zou kunnen doen. Dit kende ik helemaal niet. Ik bevond me in het oog van de orkaan, in de verraderlijke luwte van een storm die niet om me heen woedde, maar die plaatsvond in mijzelf, diep in mijn ziel.

Ik staarde naar een paar verdwaalde sneeuwvlokken die op de voorruit neerdaalden en langzaam smolten. Het werd tijd om uit te stappen, naar binnen te gaan en Lucien onder ogen te komen.

Ik duwde mijn haar achter mijn oren weg en klikte de gordel los, stapte uit. Weggedoken in mijn jas, mijn camerakoffer aan een draagband over mijn schouder, liep ik naar de voordeur.

Pas toen die achter me in het slot viel, drong het tot me door dat Luciens Vito niet op zijn plek op de oprit had gestaan.

Het hele huis was donker, op de vijververlichting in de patio na. Het fonteintje hield het water ijsvrij, de lampen wierpen een zwak licht op de woonkamer en de keuken. Op de tast knipte ik het licht aan.

Ik hoefde hem niet te roepen om te weten dat Lucien niet thuis was. Zijn jas ontbrak in de garderobenis, zijn schoenen slingerden niet onder de keukentafel. Ik keek naar de oven, het aanrecht, de vuilnisbak. Alles stond nog precies zo als ik het vanmiddag voor vertrek naar Alkmaar had achtergelaten. Lucien was nog niet thuis geweest.

Misschien moest hij overwerken.

Misschien ook wel niet.

Ik pakte mijn mobiel uit mijn zak en koos zijn nummer. De telefoon ging vier keer over.

'Vera,' hoorde ik Lucien zeggen, een koele constatering bij het zien van mijn foto op zijn schermpje.

Ik dacht dat ik zacht een tv hoorde, en een kinderstem op de achtergrond, maar ik wist het niet zeker. Misschien was hij bij Robert en Laura, had hij bij hen gegeten.

Misschien ook wel niet.

'Ben je thuis?' vroeg ik.

Hij bromde instemmend. 'Goed aangekomen? Beetje leuk hotel?'

Ik hapte naar lucht. Even kon ik helemaal niets meer uitbrengen, daarna zei ik, met geknepen stem: 'Ja. Alles in orde.'

'Fijn… Is er iets?'

'Nee.'

'Waarvoor bel je?'

'Zomaar. Ik wilde gewoon even je stem horen. Maar ik moet weer ophangen.'

'Goed. Ik zie je morgenavond.'

'Tot morgen,' zei ik.

Lucien verbrak de verbinding.

Geen kus.

Geen 'ik hou van je'.

Ik staarde naar de telefoon. Luisterde naar de bezettoon die uit het speakertje kwam, secondelang, minutenlang, een toon die naarmate de tijd verstreek steeds meer op die van een hartslag begon te lijken, een mechanisch, pompend geluid dat hetzelfde ritme aannam als het gegons in mijn oren.

Ik koos 'adresboek' en liep door de namen en nummers die ik in de loop van de jaren had verzameld. Mensen die ik kende, mensen die mij kenden: in mijn mobiele telefoon stonden de nummers van honderden opdrachtgevers en collega's. Niemand van hen had ik dicht genoeg laten naderen om een vriendschapsband mogelijk te maken. Ik was achtendertig geworden en had in mijn leven tientallen kennissen om me heen verzameld, maar niet één echte vriendin.

Wat zei dat over mij?

Wat voor mens was ik eigenlijk?

Wie had er nou geen vrienden?

Ik voelde hoe de storm naderde, hoorde het aanzwellende gebulder van de orkaan die rakelings langs me heen raasde. De wind plukte aan mijn haar, mijn kleding; ik kon niet meer op mijn benen blijven staan, ik wankelde, werd naar de binnenrand gezogen.

Ik wilde weg, vluchten, nu Lucien er niet was voelde het huis alleen maar vijandig en koud. Leeg. Zo onvoorstelbaar leeg. Het enige wat ik nog kon bedenken was dat ik hier vandaan moest, weg van de plaats waar ik de pijn het hardst voelde.

Met de telefoon nog in mijn hand liep ik het huis uit en stapte in mijn auto. Als verdoofd startte ik de motor en reed de oprit af.

Zevenenveertig

Bij thuiskomst zie ik mijn vader aan de keukentafel zitten. Om hem heen hangt een blauwe walm van de sigarettenrook.

Ik denk aan mijn eigen sigaretten, die ik in een waterdicht plastic zakje heb gedraaid en verstopt in het zachte zand onder de heg bij de schuur.

'Ga zitten, Vera.' Zijn stem klinkt afgemeten.

Nu pas merk ik zijn onrust op. En meer: ingehouden woede.

Weet hij dat ik ben gaan roken?

Of gaat het om mama? Zou het Dingemans Instituut naar papa hebben gebeld over mijn bezoeken? Dat zou een rotstreek zijn. Zuster Ingrid heeft beloofd om nooit iets tegen papa en oma te zeggen. Maar er werken ook mensen die vinden dat ik daar eigenlijk niet zou mogen komen zonder medeweten van mijn vader, ze vinden het onverantwoordelijk. Dat vertelde meneer Jean-Pierre laatst; hij had het opgevangen van verplegers die met elkaar stonden te roddelen. Volgens hen hebben zuster Ingrid en Manders een verhouding en zou Manders daarom alles goedvinden wat Ingrid beslist.

'Nou? Komt er nog wat van?'

Op mijn hoede laat ik mijn schooltas naast me op de grond zakken en neem tegenover mijn vader plaats.

Er kringelt rook uit zijn mondhoeken en neus, alsof er in zijn borst een vuurtje smeult. 'Ik kreeg vanmiddag telefoon van je leraar wiskunde.'

'Bastiaans?'

'Kan wel. Hij zei dat het de verkeerde kant op gaat met je. Begint het nu bij je te dagen?'

Ik trek een onschuldig gezicht. Haal mijn schouders op.

'Hij zat bij me te vissen of er misschien iets was gebeurd in de zomervakantie. Je punten zijn sinds het nieuwe schooljaar gekelderd en je hebt je huiswerk nooit af. Hij verzekerde me dat je zult blijven zitten als je werkhouding niet drastisch verbetert.'

'Ik blijf niet zitten.'

'Met een drie voor Frans en een vier voor aardrijkskunde? Wat zijn dat voor fratsen, Vera?'

'Die haal ik wel weer op.'

Hij hoort me niet. 'En een vijf voor wiskunde, natuurkunde en scheikunde?'

'Die vakken laat ik volgend jaar toch vallen.'

'Dat valt nog te bezien.' Nijdig neemt hij een trek van zijn sigaret. 'Ik vertelde die leraar dat wij er niets van merken, dat je regelmatig op je kamer zit te studeren, dat je veel in de bibliotheek bent en elke woensdag na school urenlang huiswerk maakt bij je vriendin Sabine, maar dat vond hij vreemd omdat die Sabine en jij schijnbaar helemaal niet dik zijn met elkaar.' Hij neemt me peilend op.

'Op school niet, nee.' Met moeite houd ik mijn gezicht in de plooi. Straks wil hij nog het telefoonnummer van Sabine of bij haar moeder langsgaan om me te controleren. Ik weet niet eens waar Sabine woont. Ik heb haar naam alleen maar genoemd omdat ze het stuudje van de klas is.

'Hij zei me dat je wél omgaat met Anita van Oers. Daar ben ik van geschrokken.'

'Anita is –'

'Niet veel soeps, die hele familie Van Oers niet. Die ouders zijn allebei aan de drank, het is daar thuis een losgeslagen bende.'

'Zei hij dat? Dat slaat echt helemaal nergens op! Die vent weet er helemaal niks van!' Ik kijk mijn vader recht aan.

'Nee, dat zei oma.'

'Oma moet zich niet met mij bemoeien!' roep ik.

'Jij, dame, krijgt een te grote mond.' Hij drukt zijn sigaret uit, maar blijft me aankijken. 'Hoe dan ook, dat je er een gewoonte van maakt om elke woensdag zo laat thuis te komen, moet maar eens afgelopen zijn.'

Ik vlieg op. 'Hoezo? Ik doe niks verkeerd.'

'Daarom. Sabine kan ook hier komen leren. En hier' – hij tikt met de nagel van zijn wijsvinger op het tafelblad – 'kunnen we je ook in de gaten houden. Ik wil dat je op woensdag voortaan rechtstreeks uit school naar huis komt.'

'Maar –'

'En dan nog iets: waar bewaar jij eigenlijk je geld?'

'In mijn spaarpot.'

'Nergens anders?'

Ik schud mijn hoofd.

'Die spaarpot van je heb ik vanmiddag omgekeerd. Er zat twaalf gulden in. Waar is de rest?'

'Op.'

'Waaraan?'

Ik druk mijn handen tegen mijn oren en schud mijn hoofd.

Schuimblokken. Filmrolletjes en foto's. Gladstone menthol. Zakjes paprikachips. Miss Sporty nagellak.

'Ik geef je vijf gulden per week omdat je had beloofd dat je zou gaan sparen. Wat doe je met dat geld?'

'Gewoon.'

'O, gewóón? Nou, ik denk dat ik het wel weet. Je kamer ligt bezaaid met negatiefstroken, rolletjes, uitvergrotingen, alsof het niks kost. De centen die je nu uitgeeft aan die stomme foto's kun je beter op de bank zetten.'

Ik schiet omhoog van mijn stoel. 'Waarom heb je me die camera dan gegeven?'

'Daar heb ik nou al spijt van, dame. Ik hoor van oma dat je hele weekenden over straat zwerft met dat ding en ze de meeste tijd geen idee heeft waar je uithangt.'

Als ze het aan me zou vragen, zou ik het haar vertellen, papa.

'Dan ben ik foto's aan het –'

'Hou je mond als ik praat! Het is simpel: je bent bijna nooit thuis. Je ziet eruit als een straatmeid, met die gore troep op je gezicht. Je hebt een veel te grote bek, je steekt geen poot uit in het huishouden en je haalt onvoldoendes.' Hij knijpt zijn ogen samen.

Ik knal bijna uit elkaar van woede en verdriet. Dit is het enige wat hij kan: mij straffen, controleren, klein houden. Mijn vader is zelf óók nooit thuis, altijd maar 'op oefening' en daar dan heel gewichtig over doen, terwijl iedereen op de hele wereld weet dat als de Russen die kernbom gooien, het toch allemaal voorbij is. Thuis buigt hij zich over de krant of sluit zich op om te prutsen met poppetjes en plastic tankjes. Hij heeft nooit interesse in mijn leven, stelt me nooit eens open vragen, neemt me nooit ergens mee naartoe. Mama laat hij wegrotten in het Dingemans Instituut. Ik voel steeds meer haat opwellen.

Ik hef mijn kin, pers mijn lippen op elkaar.

'De manier waarop je kijkt, bevalt me niet, dame.' Weer dat vingertje. 'Laat dit duidelijk zijn, Vera: áls het misgaat en je dit jaar blijft zitten, dan volgen er maatregelen. Dan pak ik af wat je het meest dierbaar is.'

'Ja, daar ben je goed in!' Ik duw de keukenstoel hard tegen de tafel aan en been de woonkamer in. 'Alles waar ik om gaf heb je al afgepakt. Eerst mijn hond, toen mijn moeder! Wil je nog meer? Doe maar! Doe dan! Het interesseert me toch geen reet!'

Ik smijt de deur naar het halletje achter me dicht en ren met twee treden tegelijk naar boven.

Half-en-half verwacht ik zijn voetstappen op de trap, zijn gehijg, zijn geschreeuw. Elk moment kan hij me inhalen, me bij mijn arm pakken en me een draai om mijn oren geven.

Hijgend ren ik naar de uiterste hoek van mijn kamer, pers mezelf tegen de muren, mijn handen voor mijn neus gevouwen, mijn blik strak gericht op de deur. Mijn benen trillen aan één stuk door.

Nu ben ik te ver gegaan. Ik heb nog nooit zo'n grote mond gehad tegen mijn vader.

Dit komt nooit meer goed.

Er gebeurt niets.

Geen voetstappen op de trap. Geen geschreeuw. Het blijft stil.

Minuten tikken voorbij. Sluiten zich aaneen tot een kwartier. Een halfuur.

Er komt niemand naar boven.

47

Ik parkeerde mijn auto op de hoek van de Populierstraat en de Platanendreef, in een wijk waarin ik ooit elke steen en elke struik met gesloten ogen had kunnen vinden, maar waar ik nu nog zelden kwam. Waarom ik hiernaartoe was gereden kon ik niet goed verklaren.

Een thuis was dit allang niet meer.

Is het nooit geweest.

Ik stapte uit, sloeg een sjaal om en begon te lopen. Het was opgehouden met sneeuwen, er woei een kille wind door de smalle straat. Aan weerszijden stonden rijtjeshuizen opeengepakt, met aan de rechterkant ommuurde voortuintjes en ligusterheggen. Aan de linkerzijde grensden de huizen direct aan het trottoir. De meeste gordijnen waren open, sommige sierlijk opgehaald als bij een ouderwets toneel. Daarbinnen was volop leven. Warmte. Licht en geluid. Honden op de bank, jongens met petjes op en in glanzende trainingsjacks rond de eettafel, mannen in witte onderhemden, weggezonken in hun luie stoel voor de tv.

Op nummer vier leek niemand thuis te zijn, maar zelfs al zou de woonkamer in het licht baden, dan zag je daar buiten niets van. Het zware velours viel tot over de vensterbank en liet geen licht door. Ik zag mijn vaders Ford staan tussen de geparkeerde auto's. Hij reed al tweeëntwintig jaar in dezelfde groene sedan. Perfect onderhouden, met militaire precisie.

Ik naderde tot de voordeur, maar belde niet aan. In deze toestand kon ik hem niet onder ogen komen. Eerst moest ik rustiger worden. Moed verzamelen, kracht tonen, rug recht, kin omhoog. Ik trilde over mijn hele lijf.

Wat doe je hier, Vera?

Ik legde mijn hoofd in mijn nek. Daarboven was mijn kamer, op de eerste etage onder het oranje pannendak. Mijn bed en spullen stonden er allang niet meer. De ruimte die ik achterliet toen ik bij Lucien introk, was de week erna opgevuld met diorama's.

Je hebt hier niets meer te zoeken.

Hij had niets laten staan, niets laten hangen. Hij had het bed en mijn kledingkast weggedaan nog voor ik de kans had gekregen ze op te halen. Zelfs mijn gordijnen had hij vervangen, het behang afgestoomd, de muren wit geschilderd.

Al mijn sporen gewist.

Er is hier geen plaats meer voor jou.

Het trillen was heviger geworden, mijn ademhaling oppervlakkig en gejaagd. Ik draaide me weg van de voordeur, deed een paar stappen naar voren, liep weer terug. Uiteindelijk ging ik met mijn rug tegen de muur staan en legde mijn gezicht in mijn handen. Ik huilde met gierende uithalen.

Er reed een auto voorbij. Ik dook weg, maakte me zo klein mogelijk tegen de muur. De auto stopte halverwege de straat. De motor werd afgezet. Een man stapte uit, fluitend, ik hoorde een sleutelbos rinkelen.

Ik stond stilletjes in het donker te wachten tot hij zijn huis in was gelopen. Ik was als een dief, een indringer, iemand die hier niet hoorde te zijn.

Ik haalde mijn neus op, en nog eens. Hier kon ik niet blijven. Ik moest weg.

Wat deed je hier dan ook?

In de auto trok ik de zonneklep naar beneden en keek naar mijn spiegelbeeld. Mijn oogleden toonden gezwollen en rood, mijn oogwit bloeddoorlopen en mijn lippen waren beurs van het nerveuze bijten. Ik zag eruit zoals ik me voelde: verward, overstuur, als iemand die uren achtereen had gehuild.

Een joef.

Gekken zien er zo uit.

Ik kon zo niet naar huis rijden. Stel dat Lucien inmiddels was thuisgekomen en dat er een goede reden was voor zijn afwezigheid eerder vanavond? Stel dat ik zijn gemompel verkeerd had geïnterpreteerd? Dan was er helemaal niets aan de hand en zou hij van mij willen weten wat er in hemelsnaam was gebeurd. Waarvan was ik zo overstuur geraakt?

Ziek? Kon ik voorwenden dat ik ziek was? Natuurlijk, veel moeite zou het me niet kosten: ik *voelde* me ziek. Koortsig, rillerig. Mijn hart sloeg onregelmatig en ik had het gevoel alsof mijn keel werd dichtgesnoerd, alsof ik onder water werd geduwd en door een rietje moest ademen.

Ziek. Het zou verklaren waarom ik er zo vreselijk uitzag.

Ik keek nog eens in de spiegel.

Nee. Lucien was niet gek. Hij zou willen weten wat eraan scheelde, en ik durfde er niet op te vertrouwen dat ik de schone schijn kon ophouden. Ik zou eigenhandig de deksel van de beerput openrukken. En dat zou een verandering in gang zetten die zich niet meer zou laten beheersen. Ik zou de controle verliezen.

Ik *kon* niet naar huis.

Het was te laat om nog een hotel te zoeken. Te koud om in de auto te blijven zitten.

Ik duwde de zonneklep terug en startte de motor. Reed de stad uit, de polder in. Ik passeerde lege weilanden, talloze rietgedekte boerderijen. Zag de Porsches en terreinwagens

347

glimmen in de koplampen van mijn Mercedes. Smeedijzeren poorten, strak gesnoeide buxusperkjes waarop de rijp zich had vastgezet in de koude avond. Kilometerslang reed ik door. Bij een kale, winterse lindeboom minderde ik vaart en sloeg rechts af.

Het grind knerpte terwijl ik langs de boerderij naar achteren reed, waar moddersporen liepen, en de laagjes ijs die zich op de waterplassen hadden gevormd, knapten onder mijn banden.

Ik zette de motor af en stapte uit. In de boerderij sloeg het hondje aan. Mevrouw Van Grunsven zou erdoor gealarmeerd worden en uit bed stappen, haar sloffen aanschieten, haar bril opzetten en het gordijn opzijschuiven. Ze zou me zien lopen als ze goed keek: een slanke gestalte, de adem vergezeld van condenswolken, die de studio in liep, de lichten daarbinnen ontstak en de deur zorgvuldig achter zich sloot.

Ik nam een stapel fluwelen achtergrondlappen van de plank en legde het zware pakket op de grond in het kantoortje. Zette de elektrische kachel aan. Doofde de zee van tl-licht in de grote schuur.

In de boerderij blafte het hondje nog steeds, maar zijn blaf klonk minder dringend en de intervallen waren langer dan zojuist. Mevrouw Van Grunsven zou mijn auto inmiddels wel hebben herkend. Ze zou zich vast afvragen wat ik hier kwam doen op dit late tijdstip, maar daarover maakte ik me geen zorgen: in het huurcontract stond niets over de tijden waarop ik van het pand gebruik mocht maken.

Ik hield mijn jas aan en ging op de provisorische matras liggen, trok een paar lappen over me heen en krulde mezelf op.

Achtenveertig

'Je moeder voelt zich niet zo goed vandaag.' Zuster Ingrid staat in de deuropening die de afdeling scheidt van het trappenhuis. Ze verspert de doorgang.

'Dat maakt me niet uit,' zeg ik.

'Dat wil ik geloven, meisje, maar...' Zuster Ingrid kijkt achter zich, de gang in.

Ik kijk met haar mee. Er is niets te zien, de gang is leeg.

Is mijn moeder ziek? *Niet goed*? Ligt ze op bed met de gordijnen dicht? Ik hoor haar niet.

Ik hoor helemaal niets.

Al de tijd dat ik mama in het instituut opzoek is ze nog nooit niet goed geweest. Weleens treurig of stil, en ook weleens een beetje boos. Maar nooit erger.

Zuster Ingrid zegt: 'Mijn collega's hebben erover geklaagd dat jij van mij via het trappenhuis naar de afdeling mag komen. Dit is eigenlijk alleen voor het personeel.'

'Mag ik alsjeblieft even naar mijn moeder toe? Ik heb dat hele eind gefietst. Ik wil haar zo graag even zien.'

'Dat begrijp ik.' Zuster Ingrid raakt mijn arm aan. 'Nou goed, meisje. Vooruit dan. Maar we houden het deze keer kort, oké?'

Mijn moeder zit bij het raam met haar handen in haar schoot gevouwen. Grauw middaglicht valt door de vitrage op haar magere postuur. Ze heeft een jurk aan van een harde stof en een druk V-motief op de voorzijde – ik ken die jurk niet, hij is haar ook te groot.

'Waar is papa?' vraagt ze.

Niet weer.

Ik kus haar niet, maar blijf op enige afstand staan. 'Ik ben het, mam. Vera.'

Ze schudt zachtjes haar hoofd, alsof ze het niet eens is met wat ze daarbuiten door het raam van haar kamer ziet gebeuren. Ze beweegt steeds haar mond. Haar onderlip glijdt naar binnen en floept weer naar buiten.

Ik vind het een naar gezicht.

'Nou? Waar is hij?'

'Op de kazerne,' antwoord ik. Dat lijkt me het beste.

'Hij komt nooit. Alleen jij komt me bezoeken.'

'Papa heeft het heel druk.'

Ze draait haar gezicht naar me toe en neemt me op met roodomrande ogen, grauwe schaduwen tekenen haar gezicht. Het haar van mijn moeder zit in een rommelige scheiding achter haar oren weggestopt en haar ogen zijn een beetje gaan hangen. Ze heeft zich niet opgemaakt.

Mijn moeder ziet er droevig uit. Droevig en moe.

Op – dat heb ik oma weleens horen zeggen: *het mens is op.*

'Druk? Dat zal wel.'

'Het is waar.' Ik knik heel resoluut. Wie weet komt het ooit nog goed tussen papa en mama. Mijn ouders mogen geen ruzie krijgen door mijn schuld, omdat ik iets verkeerds heb gezegd of iets niet goed genoeg heb verwoord. Als mama naar papa vraagt, is mijn antwoord ontwijkend of positief – ik zeg in geen geval iets waaraan ze zich zou kunnen storen, of waarvan ze verdrietig zou kunnen worden.

Al lijkt me nog verdrietiger dan ze nu is niet mogelijk.

Ik voel de triestheid die bezit van haar heeft genomen lijfelijk aan. Die greep me meteen al bij binnenkomst in deze kamer, de hele ruimte is ervan doordrenkt, het zit in elk geluidje van de verwarmingsbuizen, elk kaal meubelstuk dat hier alleen maar functioneel staat te wezen, en in de geur van schoonmaakmiddel die alle andere luchtjes moet maskeren – maar dat onvoldoende doet.

'Hij denkt dat ik gek ben. Van de ratten besnuffeld. Een tik van de molen heb gehad.'

'Echt niet, mama. Dat denkt hij niet.'

'Waarom laat hij me hier dan zitten? Tussen de *joefen*?'

Daarop weet ik geen antwoord. Ik begrijp niets van mijn vaders beweegredenen.

'Mama?'

Ik ga naast haar staan en kijk met haar mee naar buiten. Tegen de houten wand van het fietsenhok zie ik mijn fiets staan, mijn schooltas nog op de bagagedrager geklemd. Papa's verbod is een wassen neus gebleken. Oma zou mij in de gaten moeten houden, maar als ze bij ons de gevangenbewaarster moet uithangen, mist ze haar woensdagmiddagbingo. Dus is er feitelijk niets veranderd.

Zonder iets te zeggen pakt mama mijn hand en legt die op haar schouder. Blijft hem daar vasthouden. Daarvoor moet ze haar arm op een vreemde manier draaien en tegen haar borst aan drukken. Het beven wordt minder.

Ik geloof echt dat het goed is voor mama dat ik hier ben. Ze wordt er rustiger van.

Ik leg mijn andere hand op de hare.

'Heel veel mensen die hier wonen, zijn in de war,' hoor ik haar zeggen.

'Dat weet ik.'

'Maar mensen die daarbuiten rondlopen net zo goed, Veertje. En erger. Onthou dat. De mensen daarbuiten zijn vaak nog veel gekker dan degenen die hierbinnen zitten.'

Ik zeg niets.

Mijn moeder kijkt me aan. 'Zal ik je nog eens wat leren? Mensen doen vaak leuk en aardig in je gezicht, maar als puntje bij paaltje komt, laten ze je stikken. Allemaal. Dan duwen ze een mes in je rug.' Ze steekt haar wijsvinger op en pookt ermee in de lucht. Haar ogen worden groter, alsof ze me wil wijzen op naderend onheil. 'Voorál de mensen om wie je het meest geeft. Die vooral, Veertje. Mensen die je dichtbij laat komen, tot in je ziel. Daar moet je voor oppassen. Die raken je het hardst.'

48

Lucien was thuis geweest. Hij had vannacht in ons bed geslapen, aan zijn kant.

Ik liep door 't Fort, nog steeds in de kleren die ik gisteren en vannacht had gedragen, en zag overal waar ik kwam sporen van zijn aanwezigheid. Rommel op het aanrecht, sokken naast het bed, een natte handdoek op de vloer in de badkamer. Kastjes stonden open. De wc-bril omhoog. De kussens in de bank waren ingedeukt, er stond een vuil wijnglas op de salontafel.

Lucien was alleen geweest.

Misschien had ik hem verkeerd verstaan; had hij helemaal niet instemmend gemompeld toen ik vroeg of hij al thuis was, en zag ik spoken.

Ik wierp mijn kleren in de wasmand en nam een douche. Mijn lichaam friste ervan op, maar mijn gedachten bleven in dezelfde rondjes draaien.

Ik hunkerde naar een arm om me heen. Naar iemand bij wie ik me op mijn gemak voelde en die me begreep – iemand die niet, zoals Nico, alleen maar een gepolijste deelpersoonlijkheid van me kende en de rest inkleurde naar eigen inzicht en verwachtingen, maar die mij door en door kende en me nam zoals ik was.

Zulke mensen kende ik niet. Niet één.

En dat was mijn eigen schuld.

Ik speelde even met de gedachte om een psycholoog te bellen, maar voelde meteen al zoveel weerstand in me opkomen dat ik het idee vrijwel meteen verwierp. Ik moest dit zelf doen.

Mijn moeder was jarenlang omringd geweest door experts in het falende menselijk brein. Ze had psychiaters tot haar beschikking gehad, tientallen gecertificeerde psychiatrisch verpleegkundigen. En wat hadden die allemaal voor haar gedaan? En voor haar kunnen doen?

Geen ruk.

De hele psychiatrie was een zwaar overgewaardeerde sector; een zichzelf in stand houdende branche die louter kon blijven voortbestaan omdat wij geloofden dat wat zij bedachten en uitvoerden zinvol was.

Ik droogde me af, trok een jeans en een makkelijk vest aan en pakte mijn telefoon. Belde Arons nummer.

Ik verspilde geen tijd aan beleefdheidsvormen. 'Met Vera. Dat aanbod van La Palma, staat dat nog?'

Het bleef een seconde stil aan de andere kant. Daarna, schor: 'Ja, tuurlijk. Wanneer kun je?'

'Zeg het maar.'

'Ik ga nu meteen proberen iets te regelen.'

Negenenveertig

Ik zit op de fiets, mijn hoofd gebogen tegen de wind, mijn handen stevig om de grepen van het stuur geklemd. Ik stamp op de pedalen, zo hard als ik kan – línks, réchts, línks – mijn fiets versnelt kreunend bij elke trap en het interesseert me helemaal niets. Mijn fiets mag kapot. Ik hóóp zelfs dat hij kapotgaat. *Alles* mag kapot.

De woorden die ik mompelend uitspreek worden uit elkaar gerukt door de snijdende wind.

Klootzak.

Ik wil je kind niet meer zijn.

Ik wou dat je mijn vader niet was.

Dat je dóód was. Dood – dood – dood!

Eén punt te weinig, dat was alles: één stom punt op mijn hele rapport.

Meneer Bastiaans belde gisteravond op. Ik nam de telefoon het eerste aan en hij zei: 'Je weet vast wel waarom ik bel, hè Vera?'

Ik zei: 'Nee.'

'Ik ben de leerlingen aan het bellen die dit jaar blijven zitten.'

Ik zei niets.

Ik dacht: misschien is het een grap. Zo'n zieke grap van een leraar die denkt dat-ie opvoedkundig bezig is, die me 'een lesje wil leren', of 'wakker wil schudden'. Die me 'even wil laten schrikken in de hoop dat je over je gedrag gaat nadenken, jongedame'.

Ik stond er slecht voor, een onvoldoende voor zes vakken. Die onvoldoendes waren niet nodig geweest, geen van alle. In de laatste proefwerkweek heb ik die cijfers weten op te halen. Niet te opvallend, natuurlijk, zomaar ineens een negen of een tien kon ik me niet veroorloven, de meeste leraren lezen de punten in de klas hardop voor. Ik heb mijn nieuwe reputatie zorgvuldig opgebouwd, daar moest ik voorzichtig mee omspringen. Ik had gemikt op drie vijven en voor de rest een gemiddelde van vijfenhalf – afgerond een zes. En dat was me gelukt.

Dacht ik.

Daar was ik van overtuigd.

'Het scheelt maar een paar tiende punten,' hoorde ik Bastiaans gisteren door de telefoon zeggen. 'Maar we moeten ergens een grens trekken. Vier onvoldoendes is er een te veel om je te kunnen laten overgaan.'

Ik zei niets meer.

Blijven zitten in de derde.

Na de zomervakantie zou ik aan het examenjaar zijn begonnen. Ik had volgend jaar rond deze tijd al van school af kunnen zijn.

Nu moet ik nog *twee* jaar.

Vanwege een paar tiende punten.

Omdat er ergens een grens getrokken moet worden.

Hij zei: 'Geef me je vader maar even.'

Ik smijt mijn fiets tegen de zijmuur van de fotovakzaak. Bedenk me dan en zet hem op de standaard en op slot. Schop tegen de muur.

Mevrouw Lautenslager kijkt op als ik binnenkom. Ze glimlacht naar me ter herkenning en richt zich dan weer op haar klant, een oudere man die een toestel uit een tas haalt en op de balie legt.

'Ik durf er niet aan te komen,' zegt hij. Mevrouw Lautenslager haalt een nieuwe batterij uit de verpakking en stopt hem in de camera.

Bij de kassa staat een vrouw met een kinderwagen een mapje met foto's te bekijken.

'Kijk, daar hebben we Vera!' Meneer Lautenslager komt uit zijn keukentje naar voren gelopen. Met veel gevoel voor theater draait hij me de rug toe en buigt zich over een bak waarin op alfabetische volgorde enveloppen staan van de fotocentrale.

'Ja, ze zijn binnen hoor, bij de Z van Zeer mooi!' Hij haalt de negatieven uit de envelop en bekijkt ze tegen het licht. 'Honden, vogeltjes... Ja, het zijn de jouwe. Wil je ze zien?'

Ik werp een snelle blik op de negatieven. Foto's die ik in de afgelopen weken heb gemaakt tijdens mijn strooptochten door de wijk. Mijn laatste foto's.

Ik stop de oranje stroken terug in het mapje.

Lautenslager slaat de kassa aan. 'De schade? Nog steeds vier gulden vijftig.'

Ik leg het geld gepast op de balie: drie guldens, zes kwartjes.

'Geen best weer vandaag, hè, om foto's te maken.' Hij wijst naar buiten, waar de wind is aangewakkerd. Op de stoep deint het buigzame reclamebord van zijn winkel heen en weer.

'Maakt me niet uit,' zeg ik mat. Ik stop het mapje in de envelop en vouw de rand dicht.

'Zo ken ik je niet. Is er iets aan de hand?'

Ik schud mijn hoofd.

De vrouw met de kinderwagen is erbij komen staan.

'Vera wordt later fotograaf,' hoor ik mevrouw Lautenslager tegen haar zeggen. Ze straalt trots uit en daardoor voel ik me nog beroerder.

Deze mensen zijn de enigen die begrijpen wat fotografie voor me betekent. Hoe goed ik me erbij voel. Hoe noodzakelijk het voor me is om een camera in mijn handen te houden, door de zoeker te kijken en af te drukken: momenten te hebben waarin ik een onbegrijpelijke, vijandige wereld kan beschouwen door de ogen van een roofdier in plaats van de prooi die ik doorgaans ben, het gevoel krijg tenminste érgens grip op te hebben, iets te registeren, te vangen zelfs, al is het maar dat ene moment waarin ik dat speciale licht kan vastleggen, de beelden en lijnen en kleuren kan bepalen die mijn versie van de werkelijkheid vormen.

'Mijn vader heeft mijn camera afgepakt.'

'Hè? Waarom?'

Mevrouw Lautenslager kijkt nu ook op over haar hoornen bril.

'Omdat ik ben blijven zitten.'

'Da's niet best,' zegt ze.

'Je zult hem wel snel terugkrijgen, toch?' probeert haar man.

'Nee. Ik krijg hem nooit meer terug. Hij zei dat-ie hem al veel eerder had moeten afpakken.'

49

Aron stond me op te wachten in de kleine hal van het vliegveld van La Palma. Donker haar, getinte huid, en onder zijn zonnebril een grijns die het halve eiland kon verlichten.

Ik had hem hier niet verwacht. Ik stond midden in de hal, in elke hand een zware koffer en met een rugzak op mijn rug te zoeken naar 'een blonde Britse vrouw van achter in de vijftig' die me zou begeleiden naar het bed and breakfast dat ik als eerste zou gaan fotograferen.

Ik wist niet goed hoe ik hem moest begroeten. Met drie zoenen op zijn wangen? Ik aarzelde.

Hij boog zich voorover en kuste me op de wang. Eén kus, dicht bij mijn oor, en ik rook zijn geur, de geur van buitenlucht, van de oceaan en vulkanisch gesteente en bergen. 'Fijn dat je er bent,' fluisterde hij tegen mijn huid.

Voor mijn gevoel stonden we secondelang naar elkaar te grijnzen voor hij de stilte doorbrak. Ik kon zijn ogen niet zien, maar aan weerszijden van zijn zonnebril zag ik zijn lachrimpels dieper worden. 'Geef die maar aan mij.' Hij nam mijn fotospullen over. 'De auto staat buiten.'

Aron stuurde de witte Volkswagen Polo over smalle bergweggetjes, steeds verder weg van de luchthaven. We passeerden dorpjes die tegen de berg aan waren gebouwd, witte huisjes, gitzwarte aarde en tropische planten. De zon had moeite om door de grijze wolkenpartijen heen te breken, de thermometer gaf twintig graden Celsius aan.

Aron had één hand aan het stuur, de andere lag op de pook. Slanke handen en pezige, sterke armen, getint als de rest van zijn huid. Hij droeg bergschoenen, een beige broek met zijzakken en een tricot shirt met V-hals dat hem fantastisch stond.

Er kwam druk op mijn oren vanwege het hoogteverschil.

'Gaan we naar dat bed and breakfast?' vroeg ik.

'Dat ligt eraan. Hoe voel je je?'

'Goed. Hoezo?'

'Kun je werken?'

'Fotograferen? Dat kan ik nog in mijn slaap.'

Hij grinnikte. 'Daar hoopte ik al op.'

'Ken je het hier goed?' vroeg ik.

'Redelijk.' Hij keek even opzij. Ik zag mezelf in de spiegelende glazen van zijn zonnebril. 'Ben jij hier al eens geweest?'

'Nee, nooit.'

'Maar weleens op een van de Canarische Eilanden?'

'Op Gran Canaria en daarvoor nog op dat andere eiland...' Ik kon niet meer helder denken, mijn hersenen blokkeerden.

'... dat met alleen laagbouw en geisers. Ik kan niet op –'

'Lanzarote,' vulde hij in.

'Ja, daar.'

'La Palma is mooier, groener.' Weer een glimlach.

Aron nam gas terug. We reden door een dorpje. Er stonden auto's langs de smalle trottoirs geparkeerd, ik zag een smoezelige buurtsuper – een Spar – en een dorpsgarage. De meeste huizen waren in één kleur geschilderd: wit, geel of steenrood. Toeristen leken er amper te zijn. Souvenirwinkels al evenmin.

We lieten het dorp achter ons en na een aantal kilometers

waren er geen huizen meer te zien. Wel heel veel plantages – volgens Aron bananenplantages – en zwarte velden met metershoge cactussen.

Aron draaide van de doorgaande weg af. We kwamen terecht op een veel smaller weggetje in een bosrijke omgeving. Er groeiden enorme naaldbomen met dikke stammen kriskras door elkaar, maar met voldoende afstand om nog zonlicht door te laten. Ondergroei was er desondanks weinig, zodat ik aan weerszijden van de auto naar een woud van kale stammen keek. Het was er volstrekt verlaten.

Een paar kilometer verderop kwamen we op een open plek bij een houten brug. Er stond een groot bord met een plattegrond van het gebied. Erachter was een diepe vallei met daaromheen hoog oprijzend gebergte zo ver het oog reikte.

Aron parkeerde de Polo. Keek naar mijn schoenen: hoge sneakers met een diep profiel.

'Je bent voorbereid,' zei hij.

Ik tilde een voet op. 'Klopt. Ze namen ook te veel plaats in in mijn koffer.' Ik keek naar buiten. 'Wat gaan we doen?'

'Alvast de eerste serie foto's maken. Dan hoeven we hier niet meer terug te komen. De andere locaties liggen allemaal noordelijker.'

Ik stapte uit en trok de vijfde deur open om mijn fotografiespullen uit te zoeken. Ik hoefde niet alles mee te nemen, het merendeel van wat ik van huis had meegenomen zou op zo'n wandeltocht alleen maar ballast zijn, maar ik durfde mijn apparatuur niet onbeheerd achter te laten.

Aron leek mijn twijfel aan te voelen. 'Ik zal de rest voor je dragen, als dat je geruststelt. Maar gejat wordt hier niet.'

Normaal gesproken zou ik me nu hebben geëxcuseerd en vervolgens toch alle spullen uit de auto hebben geladen. Nu hoorde ik mezelf instemmen.

Ik pakte een zachte fototas uit de metalen koffer en propte er mijn camera in, een flitser, twee extra lenzen en een reserve-batterypack.

Aron nam een kleine rugzak uit de auto die hij om zijn schouder hing, sloot de vijfde deur en keek me aan, over het dak van de auto heen, één wenkbrauw opgetrokken. 'Ready?'

Vijftig

'Ik moet je een geheim vertellen.' Mijn moeder kijkt schuw naar de deur. Er twinkelen lichtjes in haar ogen. 'Ik ben ermee opgehouden.'

'Waarmee?'

'Sst!' Ze legt haar wijsvinger tegen haar lippen.

'Waarmee ben je opgehouden?' fluister ik.

'Met die klotepillen. Ik slik ze niet meer.'

'Waarom niet?'

Ze loopt naar het bed en haalt een sok onder haar matras vandaan. Er zit een plastic zakje in, dat ze er met duim en wijsvinger uit peutert. Het zakje bevat een handjevol tabletten.

'Kijk, dit zijn ze.' Ze zwaait het zakje heen en weer en volgt het met haar ogen alsof het een pendule is. 'Deze had ik allemaal moeten slikken. Maar ik doe het mooi niet.'

'Krijg je daar geen problemen mee, mama?' fluister ik.

Ze hoort me niet. Kijkt nog steeds gebiologeerd naar het zakje. Mama ziet er een beetje vreemd uit vandaag. Haar ogen zijn niet gelijk opgemaakt, de zwarte lijnen van haar rechteroog zijn wat verder naar buiten doorgetrokken dan die van haar linkeroog. Haar haar is in een rommelig staartje op haar achterhoofd gebonden. Er schemert grijs door bij de slapen.

'Weet je waar ik achter ben gekomen?' vraagt ze. 'Dat veel mensen hier op de afdeling helemaal niet gek *zijn*, maar gek worden *gemaakt*. Of toch tenminste...' Ze stopt abrupt, kijkt me ineens recht aan. '... worden gehouden.'

'Wat bedoel je?'

'Die pillen die ze ons laten slikken maken een omgekeerde zombie van je. Je weet toch wat een zombie is?'

Ik knik. Sinds *Thriller* van Michael Jackson is er op de hele wereld niemand meer te vinden die niet weet wat dat betekent.

'Je wordt geen levende dode, maar een dode levende.'

Ik herinner me een gesprek dat ik met zuster Ingrid had over de noodzaak van medicatie. 'Zuster Ingrid zegt –'

'Ja, ik weet wat Ingrid zegt: ze "stabiliseren mijn emoties".' Mama trekt een vies gezicht. 'Verdomd. Die emoties van mij zijn zo stabiel dat ze muurvast zijn komen te zitten. Ik kan niet meer huilen, al zou ik het willen, ik kan niet eens kwaad worden, maar heel blij zijn lukt ook niet meer.' Ze kijkt me recht aan. 'Heb je Els nog gezien toen je binnenkwam?'

Ik schud mijn hoofd.

'Ze hebben Els wéér andere medicijnen gegeven. Nou wordt ze gek van de hoofdpijn en de maagkrampen. Krijgt ze ook weer pillen voor. Maar goed. Ik doe niet meer mee.' Ze duwt het zakje terug en verstopt de sok zorgvuldig onder de matras. Blikt opnieuw in de richting van de deur, schichtig. 'Ik wil weer weten wie ik was, Veertje. Wie ik ben. Gewoon weer eens iets voelen in mijn lijf, iets wat écht is. Van mij, wat uit mezelf komt. Heb jij dan niets aan me gemerkt? Ik was zo súf, joh. Zó suf.'

'Je bent de laatste tijd rustiger,' zeg ik. Het is niet de hele waarheid, maar ik wil haar niet ongerust maken. Aan de buitenkant is er geen verschil: mama ziet er nog steeds uit als mijn moeder, ze ruikt als mijn moeder en voelt als mijn moeder. Maar ze gedroeg zich de laatste paar bezoeken inderdaad anders. Ze was veel rustiger, reageerde traag, bedachtzaam, afwezig bijna.

Mama pakt de huid van haar arm tussen duim en wijsvinger en knijpt erin. 'Dit voel ik. Maar hier...' Ze legt een platte hand op haar borst. 'Hierbinnen was het dood. Weet je wat nog steeds morsdood is?' Ze wijst naar haar tekenspullen, bakjes met kleurpotloden en een stapeltje maagdelijk wit tekenpapier op de hoek van haar bureau. 'Wel tien keer per dag ga ik daar zitten om te gaan tekenen, maar zodra ik die punt op het papier druk, is alle inspiratie weg. Er gebeurt niets. En ik kan er niet eens om janken, al zou ik het willen.' Ze graait een pakje sigaretten van haar bureautje, tikt er eentje uit en steekt hem aan.

'Als je je medicijnen niet slikt, mam, wat gebeurt er dan?'

'Nou, gewoon. Dan word ik weer zoals ik was. Zoals ik bén.'

'Maar dat was toch... niet goed?'

Ze blaast de rook uit in de richting van het plafond. 'Beter dan hoe het was. Ik ben al gestopt. Ik begin het verschil al te merken.'

'Mag dat wel?'

Ze kijkt verstoord. 'Natuurlijk niet. Maar weten zij veel.'

'Merken ze het dan niet aan je?'

'Nog niet.' Ze haalt haar schouders op. 'Binnenkort is er weer een bloedtest. Ik hoop dat ik dan kan bewijzen dat ik beter ben geworden. Dat ze me geloven. Daarom bewaar ik die pillen ook, dan kunnen ze het zelf zien.' Ze pakt mijn hand. 'Maar weet je wat ik denk, lieverd? Ik denk dat ik hier binnenkort wel weg kan. Ik ga me steeds beter voelen.' Ze lacht. 'Het zou eens tijd worden, hè, dat ik naar huis kom.'

50

'Mooi hè?'

Ik knikte. 'Prachtig.'

Aron schudde zijn rugzak van zijn schouder, zette hem in de schaduw op het harde zand en ging op een stenige verhoging zitten. Het was een smalle richel met nauwelijks voldoende ruimte voor ons tweeën.

Ik tilde mijn apparatuur op de richel en leunde met mijn onderrug tegen de rots. Keek de diepe vallei in, en naar de bergen die het dal omsloten. 'Doet me denken aan *Jurassic Park*. Je zou er niet eens gek van staan te kijken als er zo'n beest van achter een berg zou komen aanvliegen.'

Hij grinnikte. 'Het zijn oeroude eilanden. En vergeleken met Tenerife, Gran Canaria en Lanzarote is dit qua toerisme tamelijk onaangetast gebleven.'

'Waar leven de mensen hier eigenlijk van?'

'Bananen,' zei hij. 'En er is ook wijnteelt.'

Ik snoof de geur van naaldbomen op, die hier landinwaarts sterker was en het won van de vage zoute geur die de oceaan verspreidde.

Op het smalle pad hierheen had Aron een paar keer mijn hand vastgepakt, soms mijn elleboog of arm, noodzakelijk fysiek contact om me te helpen bij een nauwe doorgang of wiebelige brug. Ik had enorm mijn best gedaan om me te concentreren op de plek waar ik mijn voeten plaatste, maar ik kon aan niets anders meer denken: ik wilde mijn wang langs de zijne strijken en ervaren hoe zijn lippen voelden, hoe ze smaakten. De lucht die hij uitademde opzuigen, mijn longen in, opnemen in mijn bloed, waarin hij zou worden getransporteerd door mijn hele lichaam, naar onderdelen die snakten naar voeding en zuurstof.

Ik liep naar een boom die vanuit het midden van het pad schuin het dal in groeide, legde mijn handen op de ruwe stam en keek de diepte in. Bleef met mijn rug naar Aron toe staan.

'Fijn dat je bent meegelopen,' zei ik, zonder hem aan te kijken. 'Dit had ik alleen niet gered.'

Achter me hoorde ik textiel op steen schuren. Knarsen van steentjes en zand onder bergschoenen.

Hij was vlak bij me.

'Ik wilde gewoon bij je zijn,' zei hij zacht. Ik hoorde de trilling in zijn stem. Hij omvatte mijn middel en legde zijn handen op mijn buik. Zijn adem streek langs mijn oor.

Ik wilde mijn handen op de zijne leggen, maar greep uit pure nervositeit zijn pols vast. Pakte toen houterig zijn hand. Zijn vingers verstrengelden zich meteen met de mijne.

Zo bleven we staan, zijn lichaam tegen het mijne als een schild dat naadloos om me heen sloot. Van een afstand moest het er heel gewoon uitzien; een stel dat genoot van het uitzicht, van de lauwwarme bries en van elkaar.

Binnen in me woedde een storm.

Hij wreef zijn wang langs mijn jukbeen. Het schuurde zacht.

Ik draaide mijn hoofd naar hem om, ik was er klaar voor. Ik wilde hem zoenen, hem proeven.

Er klonk een melodie door de vallei.

Klassieke muziek, een bekend stuk.

Aron gromde iets en liet me los. Haalde zijn telefoon uit zijn zak. '*Hola?*'

367

Het gesprek was in het Spaans. Aron krabde aan zijn wenkbrauw terwijl hij – zo kwam het op me over – antwoord gaf op een stortvloed aan vragen. Daarna drukte hij de verbinding weg en stopte zijn telefoon in de zijzak van zijn broek. 'Dat was Alfonso, de man van Pattie, de Engelse die jou aanvankelijk van het vliegveld zou ophalen. Alfonso heeft op ons gerekend met het eten vanavond. Ik kon er niet onderuit.'

Ons.

'We moeten sowieso terug,' ging Aron door. 'Het wordt snel donker.'

'Ja,' zei ik. Het klonk als een zucht.

Aron pakte mijn fototas van de grond en overhandigde me die, plukte de rugzak uit het zand en hing hem over zijn schouder. 'Er is een kortere weg. Scheelt een halfuur. Een smal pad, maar te doen.'

'Nóg smaller?' vroeg ik. Dit pad voor 'gemiddeld geoefende' wandelaars was op sommige plaatsen al niet veel breder dan dertig centimeter geweest, op bepaalde stukken hobbelig en verraderlijk glad door steenslag. Het had vlak langs diepe afgronden geleid, met nergens een touw of uitsteeksel om je aan vast te houden. 'Dat durf ik niet.'

'Tuurlijk wel. Ik leid je.'

'Ik weet niet of –'

Hij stak zijn hand naar me uit. 'Kom maar.'

Ik keek naar die hand.

Hij glimlachte. 'Vertrouw me, Vera.'

Ik nam hem aan.

Eenenvijftig

Ik zit op mijn kamer met een vergrootglas stroken fotonegatieven te bekijken als de deurbel gaat.

Mijn vader doet open.

'Bent u de vader van Vera Zagt?' hoor ik een man vragen. De stem komt me bekend voor.

Ik leg de negatieven weg en sluip naar de overloop. Boven aan de trap blijf ik staan.

Papa kijkt omhoog. 'Ken jij deze mensen, Vera?'

Schoorvoetend daal ik de trap af. Ik ken de man in de bruine ribbroek en met dat rimpelige gezicht maar al te goed. En de vrouw die naast hem staat ook. Hoogblond kort haar, spijkerjack, rode lippenstift. Hoornen bril.

Mevrouw Lautenslager glimlacht naar me. 'Dag Vera.'

Ik steek mijn hand op in een wat ongemakkelijke groet. Wat doen die twee hier?

'Weet jij hier iets van?' vraagt mijn vader.

Ik kijk hem verwonderd aan, trek mijn wenkbrauwen omhoog.

De man schudt mijn vaders hand. 'Mijn naam is Boris Lautenslager en dit is mijn vrouw Lisan. Wij drijven een fotozaak hier in het centrum. Fotoservice Lautenslager, u misschien wel bekend?'

'Ja, die winkel ken ik.'

'Mogen wij even binnenkomen? Het gaat over Vera.'

Meneer en mevrouw Lautenslager zitten bij het raam aan de straatkant, op de bank waar mama het liefst op ligt als ze thuis is.

Papa zit in zijn leunstoel met zijn handen op zijn knieën en zijn ellebogen naar buiten gedraaid, alsof hij hen elk moment kan bespringen. Hij heeft hun niets te drinken aangeboden.

Vanuit het gangetje zie ik alleen hun contouren door het bobbelige glas van de tussendeur, maar ik versta het gesprek woordelijk – het glas is dun.

'Ik wil u graag iets vertellen, meneer Zagt. Mijn vrouw en ik, dagelijks gaan er duizenden foto's door onze handen. De meeste zijn huis-tuin-en-keukenfoto's, vakantiekiekjes, alleen van waarde voor de mensen die erop staan, maar we hebben ook klanten die van fotograferen hun hobby hebben gemaakt.'

'En professionele fotografen,' vult mevrouw Lautenslager haar man aan.

Ik ga op de trap zitten. Vanaf hier kan ik ze nog steeds horen.

'Ik... Nou ja, hoe zal ik het zeggen.'

'Zeg het maar gewoon zoals het is.' Mijn vader klinkt ongeduldig.

'Uw dochter heeft talent. Ze maakt prachtige foto's. Bijzonder werk, ongekend voor haar jonge leeftijd.'

Ik glim van trots. Dat heeft meneer Lautenslager nooit rechtstreeks tegen mij gezegd. Wel dat hij vond dat ik mooie foto's maakte, maar dit soort bewoordingen heeft hij nooit gebruikt.

En hij zegt nog meer: 'Uw dochter is een geboren fotografe. Een aanwinst voor ons vak.'

Mijn vader is stil. Ik kan niet inschatten of hij met interesse luistert of zich zit te ergeren en zich alleen maar probeert in te houden.

Hoe moest je dat ook alweer doen, duimen? Je vingers in elkaar haken, en dan je duimen om elkaar heen draaien. Ik weet niet of de beweging naar buiten of naar binnen toe hoort, dus wissel ik het af. Zo blijf ik zitten, heftig duimend op een goede afloop.

'Mag ik vragen, meneer...'

'Lautenslager.'

'Lautenslager. Juist. Waarom bemoeit u zich hiermee?'

'Mijn vrouw en ik zien uw dochter regelmatig in onze zaak. Ze is een heel creatief, gevoelig meisje, we mogen haar graag. We hoopten dat u de straf ten aanzien van het fotograferen zou willen heroverwegen als u weet hoe goed uw dochter is in wat ze doet.'

'Ik ben prima zelf in staat om beslissingen te nemen omtrent haar opvoeding.'

'Nee, nee, uiteraard, vanzelfsprekend.' Mevrouw Lautenslager klinkt een beetje bang.

'Ik wil dat ze haar diploma haalt. En dat gaat niet gebeuren als ze steeds door de stad loopt te zwerven. Daar komt nog eens bij dat al haar zakgeld opgaat aan die onzin. Af en toe wat foto's maken, prima, dat begrijp ik, dat doe ik zelf ook. Maar dit loopt de spuigaten uit. Ze overdrijft het.'

'Talent moet zich kunnen ontwikkelen, meneer Zagt. Ik zou het erg jammer vinden als Vera niet meer in staat zou zijn zich verder te bekwamen.'

'Laat ik het anders stellen: zou u mijn dochter gratis voorzien van fotorolletjes, haar foto's ontwikkelen en afdrukken, haar batterijen verstrekken en nieuwe lenzen cadeau doen?'

'Nou...'

'Dan zijn we er toch? Mijn dochter moet bepaalde dingen in haar leven verdienen, net als ieder ander. Zo werkt het. Je krijgt niets voor niets. U niet, ik niet, Vera niet. Dat moet ze leren.'

'Kunnen we u dan echt niet overtuigen?'

'Nee.'

Ik ben gestopt met duimen. Mijn vuisten liggen gebald in mijn schoot en mijn zicht is wazig geworden.

Mijn vader schraapt zijn keel. 'Als ze het komend schooljaar goede punten haalt, dan geef ik haar dat ding aan het einde van het jaar terug.'

Ik spring op en sla met een vlakke hand tegen de muur. 'Dan hoef ik die hele kútcamera niet meer!' Stampvoetend ren ik de trap op.

51

Aron zette de spullen achter in de Polo. Ik stapte in en draaide meteen het raam open. Het was warm en broeierig geworden in de auto.

Aron gooide zijn jas op de achterbank en ging achter het stuur zitten. Hij stak de sleutel in het contact, maar startte de motor niet. In plaats daarvan keek hij me aan, zijn achterhoofd tegen de hoofdsteun geleund. Het was opmerkelijk hoe snel hij schakelde van de lichamelijke inspanning die hij de afgelopen drie kwartier op de bergrug had geleverd naar de plotselinge stilte, de tastbare intimiteit in deze cabine.

Hij ademde normaal. Zijn huid kleurde niet rood, zoals de mijne.

'Viel het mee?' vroeg hij.

'Eerlijk?'

Hij keek me geduldig aan.

Ik grinnikte nerveus. 'Ik hoop niet dat er de komende dagen nog meer van dit soort tochten op het programma staan.'

'Je hebt hoogtevrees.'

'Onder andere.'

Hij liet een stilte vallen. Keek me vanonder zijn wimpers aan. Zei toen, langzaam: 'Maar de gids bevalt je?'

De lucht knetterde. Een sterk geladen elektrisch veld.

'De gids bevalt me,' antwoordde ik zacht.

Aron nam mijn hand. Hij streek met zijn duim over mijn pols en schoof dichter naar me toe. Boog zich over me heen, tot zijn gezicht bijna het mijne raakte. Onderzoekende ogen, zijn hoofd lichtjes schuin, vragend bijna.

Misschien kwam ik naar voren, misschien was het Aron die zijn lippen op de mijne drukte. Zijn tong volgde meteen. Glad, zacht en vochtig. Ik liet de mijne er trage bewegingen omheen maken en greep zijn schouder vast, omdat ik bang was dat ik achterover zou vallen, een bodemloze diepte in. Ik voelde de harde contouren van zijn spieren door de stof van zijn kleding heen en kreeg de vreemde gewaarwording dat ik vloeibaar werd waar hij me aanraakte.

Hij omvatte mijn nek, trok me dichter naar zich toe. Kuste me dieper, intenser. Zijn andere hand streelde mijn hals, zakte af, lager, uiterst voorzichtig. Bleef liggen op de welving tussen mijn borsten.

Mijn adem stokte. 'Ik...'

'We moeten dit niet doen,' hoorde ik hem mompelen, en hij zei het nog eens, alsof hij het tegen zichzelf had, hardop zijn gedachten uitte: 'We moeten dit niet doen.'

'Nee,' hijgde ik. 'Dit is zo −'

'... verkeerd.'

'Dit kan −'

'... gaat...'

'... mag niet.'

'Mijn god,' kreunde hij. Zijn mond maakte zich los van de mijne. Hij ademde hoorbaar, zijn ogen waren donkerder geworden, bijna zwart. 'Waar ben ik mee bezig?'

'Ga door,' fluisterde ik.

Hij boog zich voorover en likte traag mijn lippen, die tintelden onder zijn aanraking.

Ik beantwoordde zijn kus met halfgeopende mond, streelde met mijn tong langs de zijne, verleidde hem, moedigde hem aan. Het ging als vanzelf, ik dacht niet na, het voelde zo natuurlijk, zo goed. Te goed. Gekmakend goed.

Hij vlijde zijn lichaam tegen me aan, ik voelde zijn opwinding tegen mijn bovenbeen drukken.

Mijn hand verdween onder zijn sweater en plukte zijn T-shirt uit de broekband. De strakke huid daaronder gloeide, alsof hij koorts had.

'We moeten dit niet doen,' herhaalde hij fluisterend.

'Nee,' dacht ik dat ik zei, maar het klonk als een kreun. Als zoenen met Aron al zo hemels was als dit, zo gekmakend intens, indringender dan alles wat ik hiervoor op dit gebied had ervaren, dan durfde ik niet eens verder te gaan. Ik zou waanzinnig worden. Uit elkaar spatten.

Abrupt pakte hij mijn gezicht beet. Keek me verhit aan. Donkere lokken kleefden aan zijn slapen. 'Vera...'

'Sorry, ik—'

'Sórry?'

'Ja, ik...'

'Hou op. Dit is niet jouw schuld.'

'Jawel.'

'Sst. Niets meer zeggen.' Hij klonk buiten adem. 'Niets... niets meer zeggen.'

Aron trok zich terug achter het stuur en sloot zijn ogen, haalde zijn vingers door zijn haar.

De stilte duurde seconden, minuten misschien wel. De opwinding die door mijn lijf raasde, begon af te nemen en plaats te maken voor iets anders.

Schaamte.

Aron liet zijn raampje zakken en staarde naar de bergtoppen. 'We gaan naar Alfonso en Pattie,' zei hij uiteindelijk, en hij draaide de contactsleutel om. 'We worden verwacht.'

Tweeënvijftig

Er zit niemand in de verpleegstersruimte aan het einde van de gang op mama's afdeling. Ik druk mijn neus tegen het glas en probeer de gang in te kijken. Dat lukt maar tot halverwege.

Vanuit een patiëntenkamer komen twee verplegers aangelopen, een kalende man met een baardje en een roodharige vrouw. Ik ken ze allebei van gezicht, gesproken heb ik ze nauwelijks.

Ik tik op het glas om hun aandacht te trekken.

Ze kijken op, schudden tegelijkertijd hun hoofd. De vrouw maakt een afwerend gebaar en de man wijst naar beneden. Ik weet wat ze bedoelen: beneden bij de hoofdingang melden, zoals iedereen. Maar de helft van de tijd is daar niemand te bekennen; de ruimte waar een conciërge hoort te zitten is meestal onbemand. Alleen in het hoofdgebouw is wel steeds een conciërge aanwezig.

'Ik kom voor mijn moeder,' zeg ik door het glas heen, en ik wijs in de richting van haar kamer.

De roodharige verpleegster komt naar de deur. Ze kijkt geërgerd. Ik zie dat ze een code intikt in het kastje dat aan de muur is bevestigd. Het mechanisme in de deuren begint te zoemen, gevolgd door een metalige klik.

Ze maakt de deur open, maar blokkeert de doorgang. 'Dit is de personeelsingang.'

'Er is niemand beneden. Ik wil graag naar mijn moeder, kamer vijf-één-zeven.'

'Weet je vader dat je hier bent?'

'Nee,' zeg ik, timide.

De verpleger met het baardje is naast haar komen staan.

'Ga dan maar gauw naar huis,' zegt de verpleegster.

'Maar mijn moeder wacht op me.'

'Nee hoor,' zegt de verpleger.

De verpleegster maakt aanstalten om de deur te sluiten. 'Je moet hier voorlopig maar niet komen, Vera.'

'Voorlopig? Hoezo?' Ik kijk van de een naar de ander.

'Een weekje of vier.'

'Een maand,' verduidelijkt de verpleegster met het rode haar.

'Waar is zuster Ingrid?' vraag ik.

De man met het baardje grinnikt. 'Die werkt hier niet meer.' Zijn glimlach straalt niet uit naar buiten, hij is eerder naar binnen toe gericht. Deze man heeft plezier om zichzelf, om iets wat zich afspeelt in zijn eigen gedachten.

'Daar heeft ze niets over gezegd,' zeg ik.

'Het is ook nogal plotseling gegaan,' verklaart de verpleegster.

Ik rek mijn hals om de gang in te kunnen kijken. 'Waar is mijn moeder?'

'Die zit tijdelijk op een andere afdeling.'

'Waar –'

'Ze kan daar geen bezoek ontvangen. Als je haar toch wilt opzoeken, moet daarvoor een officieel verzoek worden ingediend.'

'Via je vader. In elk geval een volwassene,' voegt de vrouw eraan toe.

'Wat is er dan aan de hand? Is ze ziek?' Mijn stem klinkt hoog en trillerig.

Ik ben ermee opgehouden, met die klotepillen.

Ik slik ze niet meer.

'Ze is inderdaad een beetje ziek, nu.'

'Een beetje?' Ik moet lijkbleek zien van de schrik.

'Het komt vast goed. Je moeder komt er wel weer bovenop,

maak je geen zorgen. Maar voorlopig is het beter dat ze een poosje alleen is, zodat ze kan aansterken.'

'Ik weet zeker dat mijn moeder me zal willen zien.'

'Dat kan heel goed, meisje, maar jij maakt hier de dienst niet uit. Dat doen wij.'

52

Ik had iets anders kunnen aantrekken voor het diner op Casa Miravilla, het bed and breakfast van Pattie en Alfonso. Sneakers en een jeans, bijvoorbeeld, en een ruimvallend T-shirt met lange mouwen. Ik had ook het gebreide vest aan kunnen doen dat al jaren tot mijn favoriete kledingstukken behoorde. Maar daar had ik niet voor gekozen. Nadat ik een douche had genomen in de rustieke, met veel eikenhout gemeubileerde gastenkamer, had ik een jurkje uit de koffer geplukt en er een paar hakken onder aangetrokken. Mijn haar was niet met elastiek in een lage staart vastgezet, zoals ik dat meestal deed als ik op reis was of fotografeerde, maar golfde over mijn schouders.

Ik was nerveus toen ik aanschoof aan de lange tafel in het hoofdgebouw. In de schemerige, smalle eetruimte zaten ook twee Duitse studentes, een oudere Spanjaard en een Israëlisch echtpaar. Mijn handen trilden, ik kon geen glas optillen zonder de aandacht op mezelf te vestigen, en het duurde even voor ik me kon openstellen voor de gesprekken die aan tafel werden gevoerd.

Aron kwam als laatste binnen. Het overhemd dat hij droeg liet zijn hals en een stuk van zijn borst vrij. Zijn huid glansde. Zijn haar glinsterde in het flakkerende licht van de olielampen. Vochtige lokken krulden over de boord. Ik zag de studen-

379

tes naar hem kijken, en Pattie, die zijn moeder had kunnen zijn, kon het niet laten steeds aan hem te zitten als ze aan tafel kwam staan en ons vroeg of we nog iets wilden drinken.

Ik stond een paar keer op om de schotels te fotograferen en wat sfeerplaatjes te schieten van het etende en drinkende gezelschap – zulke foto's zouden het vast goed doen in een reisbrochure; het gezamenlijke diner leek me een van de redenen waarom mensen een bed and breakfast zouden verkiezen boven een hotel.

Als ik fotografeerde, drukte dat normaal gesproken alle andere gedachten en gevoelens weg, maar nu lukte het me niet om me af te sluiten voor Arons observaties. Het kostte me moeite mijn handen stil te houden. Ik ging ervan uit dat de meeste opnames bewogen waren, maar hoopte op een artistiek eindresultaat.

Terug aan tafel bekeek ik vluchtig de oogst. De foto's van het eten zouden in een receptenboek niet misstaan. Aardewerken schalen met worst en gevulde pepers, Britse ovenschotels met bladerdeeg. Rijst. Het zag er fantastisch uit, maar ik kreeg er amper iets van naar binnen. Alfonso en Pattie hadden twee honden, die zich onder de eettafel hadden verschanst. Ik voerde hun ongezien stukken harde Spaanse worst en gamba's. Het gesmak en gegrom bij mijn voeten was boven de tafel niet te horen vanwege de nogal luide conversaties en de stereo-installatie die achter me stond en het ene na het andere Gipsy Kings-nummer uitbraakte.

'Hebben jullie het allemaal naar je zin?' vroeg Pattie. Ze greep Aron weer bij zijn schouders en duwde haar boezem zo'n beetje in zijn nek. Ze moest tijdens het koken al behoorlijk wat hebben gedronken.

Aron zag me kijken. Hij zei in het Spaans iets tegen Alfonso en knipoogde naar me.

Ik sloeg mijn ogen neer.

Toen Pattie eindelijk begon met afruimen en Alfonso een paar flessen sterke drank op tafel zette, was er meer dan twee uur verstreken. Buiten was alles donker geworden. Het liep tegen elven.

'*No, gracias*,' zei ik met mijn allervriendelijkste glimlach tegen de gastheer, en daarna, in het Engels: 'Het eten was heerlijk, maar ik kan nu beter gaan slapen. De komende dagen heb ik een druk werkschema.'

Ik wenste het gezelschap een prettige voortzetting, ontweek Arons vragende blik, griste mijn kamersleutel mee en verliet de eetkeuken.

De avond was helder. De maan wierp een blauwig schijnsel op het donkere pad, dat langs de gebouwen liep en naar de zijvleugel voerde waar de gastenkamers lagen. Een frisse bries cirkelde rond mijn benen.

Aron haalde me halverwege in. Ik wist dat hij het was, ik hoefde niet om te kijken. Hand in hand liepen we verder, beklommen een ruwe stenen trap en stonden uiteindelijk stil voor de deur van mijn kamer. Er was verder niemand. Ik hoorde alleen het zachte ruisen van de oceaan – en ik meende flarden van de gitaarakkoorden van de Gipsy Kings op te vangen, maar dat kon ik me ook best verbeelden.

'Je jurk is spectaculair,' zei hij.

Ik kon zijn gezicht niet goed zien.

'En niet alleen de jurk, trouwens.'

'Dank je.' Ik opende de deur. Knipte het licht aan. De gastenkamer leek op een klein appartement, met muren van keien in contrasterende kleuren, zware eikenhouten meubels, twee eenpersoonsbedden en een houten keukenblokje.

Aron volgde me naar binnen toe en sloot de deur achter zich.

Drieënvijftig

Mijn voetstappen echoën in het kille trappenhuis. De deur van de personeelsingang laat zich met moeite openduwen en sluit met luid gekraak achter me.

Er is een lichte bries opgestoken.

Ik voel me boos. Boos en verward. Waarom heeft zuster Ingrid niet gezegd dat ze ander werk ging doen? Waarom heeft ze mama laten stikken – en mij ook? Van zuster Ingrid mocht ik hier altijd komen. Ze liet me binnen, als enige, ook als het niet zo goed ging met mama. Maar nu is ze weg. En mama is naar een andere afdeling gebracht, waar ik niet welkom ben.

Ik blijf midden op het pad staan, sla mijn armen om me heen en kijk naar de gebouwen. Al die ramen, de lichten die erachter branden, de schimmen die zich daar bewegen: ergens, in een van die gebouwen in dit complex, is mijn moeder. Ze zal zich afvragen waarom ik haar niet bezoek – het is woensdagmiddag. Heeft dit te maken met zuster Ingrids vertrek?

Ik zie Els-van-de-bomen pas op het allerlaatste moment. Ze draagt een geruite wollen rok en een donsgevoerd jack. Haar handen liggen op een van de populieren en ze staat langs de stam omhoog te kijken.

Ik blijf staan, kijk net als Els omhoog naar de boomkruin. De bladeren ritselen in de wind, knisperende geluidjes als zacht gefluister. Een paar tellen blijf ik zo staan, met mijn hoofd in mijn nek, luisterend, en ineens begrijp ik waarom Els denkt dat de bomen haar verhalen vertellen. Verhalen destilleren uit het gefluister van de bomen is als voorstellingen ontwaren in voorbijglijdende wolken.

Ik loop op haar af, maar blijf op enkele passen afstand staan.

Ze heeft me al gezien. Tegen de stam omhoog roept ze: 'Ze hebben haar naar de isoleer gebracht, je moeder.'

'Isoleer? Wat is dat?'

'Het cellenblok achter het hoofdgebouw.' Ze draait haar hoofd naar me toe. Haar vlassige haar staat van haar magere gezicht af als een parapluutje. 'Jean-Pierre zei dat hij haar vannacht heeft horen krijsen. Volgens hem is ze een verpleger aangevlogen.'

Cellenblok.

'Heeft ze straf?'

'Wacht. Ik zal het eens vragen.' Ze legt haar handen op de boom, buigt naar voren en duwt met haar voorhoofd tegen de bast, als een kat die kopjes geeft. Prevelt onverstaanbare woorden.

'En?' vraag ik.

Ze wijkt naar achteren. 'Van de bomen word ik ook niets wijzer.' Met een droevige blik kijkt ze naar haar handen, de vingers gekromd als gebleekte takjes. 'Vroeger had ik dat geweten. Vroeger wel.'

53

Ik draaide me naar hem om. Zijn ogen fonkelden in het zachte licht. Ik keek naar zijn mond, die nu zo dichtbij was, naar de lippen die ik vanmiddag in de auto had geproefd en waarvan ik de zachtheid had gevoeld. Zag zijn borst op en neer gaan, zijn snelle ademhaling.

Ik wilde hem. Aron. Er bestond niets anders meer.

Aron trok me tegen zich aan, drukte zijn mond op de mijne. Duwde zijn tong bij me naar binnen, ruw, harder dan vanmiddag, ongeduldig, dwingend. Hij was ineens overal. Een hand bezitterig op mijn billen, met gespreide vingers. Hij kneedde, greep in mijn vlees, trok ongeduldig de stof van mijn jurk omhoog, haakte zijn vingers achter het elastiek van mijn string en plukte eraan, werkte het textiel schokkerig over de welving van mijn billen heen. Drukte zijn bekken tegen mijn buik, wilde dat ik hem voelde.

Samen wankelden we naar achteren, struikelend over elkaar, tot de harde rand van het aanrecht in mijn onderrug drukte en ik klem stond tussen Arons verhitte lijf en het koele hout.

Zijn hand lag ineens tussen mijn benen. Hij begon me te masseren, zijn vingers voerden de druk op.

Ik gooide mijn hoofd naar achteren, schokte, hapte naar adem. 'Niet...'

Zijn vingers gleden over het zachte vlees, dat vochtig was en huiverend samentrok onder zijn aanrakingen.

Ergens, diep weggestopt in de controlekamer in mijn hersenen waarin ik me vaag bewust was van de consequenties van deze handelingen, de verstrekkende, verwoestende, catastrofale gevolgen ervan, ging een alarm af.

Het rinkelde en loeide, maar het geluid was te zwak, te ver weggestopt. Overstemd door andere geluiden, die er veel meer toe deden.

Die van zijn ademhaling, zijn stem.

Mijn hartslag.

Aron greep me bij mijn middel en zette me op het aanrecht, mijn jurk opgetrokken tot op mijn heupen. Hij keek naar me. Eerst in mijn ogen, onderzoekend, koortsachtig, daarna gleed zijn blik naar beneden. Het volgende moment was zijn gezicht tussen mijn benen, voelde ik daar zijn ademhaling, zijn lippen, zijn tong. Zijn vingers.

Er trok een siddering door me heen, mijn benen trilden.

Ik duwde mijn bekken naar voren, zakte onderuit met mijn hoofd tegen de ruwe muur, kreunde met gesloten ogen, fluisterde onverstaanbare woordjes, hield me vast aan de rand van het aanrecht, mijn vingers gekruld rond het koele, geschaafde hout.

Aron ging door, gebruikte zijn duim, zijn vingers, zijn lippen en tong, en ik stond op het punt mijn verstand te verliezen. De druk in mijn bekken nam toe, zwol aan tot ik dacht dat ik in huilen zou uitbarsten, onbeheerst zou gaan schreeuwen.

'Ik ga... ik ga...' hijgde ik. 'Ik... O, nee...'

Abrupt liet hij me los. Aron kwam omhoog. Hij streek een pluk haar uit mijn gezicht en ik merkte dat hij al even hard en onbedaarlijk trilde als ikzelf. Zijn andere hand trok aan mijn string, rukte de vochtig geworden stof ongeduldig verder naar beneden. Vingers die het gladde vlees masseerden, oprekten.

Ik duwde mijn onderlichaam naar voren zodat hij dieper kwam. Kermde toen hij dat deed. Mijn mond zocht de zijne, tongen vonden elkaar, cirkelden om elkaar heen, driftig, haastig, we zoenden met geopende mond.

Ik plukte aan zijn broekband, trok de rits open en sjorde zijn broek naar beneden.

Greep hem daar vast, eerst voorzichtig, aftastend, daarna harder, omsloot hem, voelde de fluweelzachte dunne huid tussen mijn vingers en handpalm heen en weer schuiven.

Hij kreunde, hijgde, voerde de druk van zijn vingers tussen mijn benen op. 'Wil je het, Vera?'

'Ja...'

'Wat? Wat wil je?'

'Jou.'

Hij tilde me op, bij mijn knieholten en schouders, en was in een paar passen bij het bed. Legde me neer. Trok met snelle bewegingen zijn overhemd uit. In het lamplicht had zijn huid de zachte glans van zijde.

De sprei voelde ruw aan onder mijn billen. Aron was meteen boven me, hij trok mijn jurk over mijn hoofd uit, werkte de bandjes van mijn bh naar opzij, bevrijdde mijn borsten uit de dunne stof en omvatte ze, likte ze, omsloot mijn tepels met zijn mond, eerst de ene, daarna de andere. 'Je bent prachtig,' kreunde hij. 'Jezus, wat mooi.'

Ik was niet bedacht op de plotselinge beweging van zijn heupen. Hij drong sneller bij me naar binnen dan ik besefte, en voor ik nog iets kon zeggen of doen had hij zijn tempo al opgevoerd en ging mijn gekreun over in zacht gejammer, steeds een beetje luider, bij elke stoot.

Hij sloot zijn mond over de mijne. Vertraagde, versnelde weer. Gromde.

Ik sloeg mijn benen om hem heen, klemde hem tegen me aan, greep met beide handen zijn gezicht vast en onze lippen raakten elkaar, vochtig en hijgend, ons zweet vermengde zich, ik likte zijn lippen, zoog op zijn onderlip, kermde.

Hij bleef in me stoten, harder, dwingender en dieper, dan weer kalmer, trok zich langzaam terug tot ik bang was dat hij zou stoppen, om me daarop weer in één beweging te vullen. Mijn lichaam schokte mee, mijn benen sloten sidderend om zijn heupen. Diep daarbinnen voelde ik hem samentrekken, als voorbode van een naderende ontlading. Mijn lichaam reageerde door zich nog strakker om hem heen te sluiten. Het leek of ik op het punt stond te exploderen. Alles wat ik hiervoor op dit gebied had ervaren werd door Aron weggevaagd, herinneringen die ik als dierbaar en opwindend had beschouwd verdampten tot futiele, mechanische, bijna medische handelingen die ik had ondergaan; alledaagse scènes uit een onbeduidend leven.

Abrupt trok hij zich terug, verliet mijn lichaam, en er kwam een snik uit zijn keel, zijn ogen stijf gesloten. Stralen warm vocht troffen de binnenkant van mijn dijen, kwamen neer op mijn buik.

Aron bleef zitten, op zijn knieën tussen mijn benen. Zijn borst ging snel op en neer. Het zachte lamplicht reduceerde zijn ogen tot donkere schaduwen onder zijn wenkbrauwen, zijn huid glansde van het zweet.

Ik lag in al mijn openheid voor hem, ontvankelijk, verhit. Mijn haar plakte aan mijn slapen.

Hij keek naar me, nam me in zich op en zijn lippen krulden traag omhoog in een tevreden grijns. Aron greep een hoofdkussen, trok de sloop eraf en veegde me schoon. Vouwde het witte katoen tot een rommelig pakketje en liet het op de grond vallen.

Ik wilde mijn knieën optrekken en plaats voor hem maken zodat hij bij me kon komen liggen, maar zijn handen omsloten mijn enkels en hielden ze in die positie. 'Blijf liggen,' zei hij schor.

Hij kwam naar voren, greep mijn billen beet en duwde mijn bekken omhoog, met zijn schouder dreef hij mijn knieën verder uit elkaar. Zijn gezicht verdween tussen mijn benen.

De ontlading volgde kort erna, sneller dan ik voor mogelijk had gehouden. Het overviel me volkomen. Mijn lijf begon te schokken, trok samen van mijn tenen tot aan mijn vingertoppen, er ontsnapte een kreun uit mijn keel die overging in rauwe dierlijke klanken en mijn heupen kwamen als vanzelf los van de matras, mijn lichaam spande zich als een boog, hield die positie secondelang vast als in een bevroren moment en zakte toen slap en rillerig terug op de sprei.

Ik sidderde, mijn lijf schokte zachtjes na en ineens voelde ik me leeg. Uitgeput. Alsof ik daadwerkelijk was geëxplodeerd en alle energie en opgekropte emoties eindelijk een uitweg hadden gevonden. Wat overbleef was rust. Totale vrede. Zout vocht liep uit mijn ooghoeken en druppelde op het textiel onder me.

Aron kwam bij me, trok me tegen zich aan en sloeg zijn armen om me heen. Zo bleven we liggen, boven op de sprei in een steeds kouder aanvoelende kamer, verstrengeld in elkaar.

Ik drukte mijn wang tegen zijn borst, wentelde me gelukzalig in zijn geur, zijn naaktheid en zijn warmte, en ik wilde niets liever dan in hem wegkruipen, in hem schuilen. Ik wilde hem nooit meer loslaten.

Vierenvijftig

Natuurlijk heb ik me niets aangetrokken van wat de verpleger en de verpleegster hebben gezegd. Ik ben gewoon elke woensdag naar het Dingemans Instituut gefietst in de hoop mama te kunnen zien.

Niemand wil iets over haar kwijt. Het enige wat ze zeggen is dat ze rust nodig heeft en dat mijn bezoek haar 'zou ontregelen', bovendien 'staan de regels het niet toe'. En nee, 'er worden geen uitzonderingen gemaakt'. Elke verpleger die ik buiten heb zien lopen, heb ik aangeklampt. Sommigen reageren korzelig en verwijzen me naar de balie, anderen zijn wel vriendelijk en welwillend, maar het komt allemaal op hetzelfde neer: mijn moeder kan en mag geen bezoek ontvangen.

Ik heb begrepen dat zuster Ingrid en mama's psychiater Manders samen een soort eilandje vormden in het Dingemans Instituut. Dat mama en ik geluk hebben gehad.

Vorige week had ik voldoende moed verzameld om een gesprek met Manders zelf aan te vragen, maar ik was te laat. Manders is ook al ergens anders gaan werken.

Ik maak me zorgen om mama. 's Nachts lig ik wakker en vraag ik me af wat er precies is gebeurd. Of het waar is dat ze een verpleger heeft aangevallen. Mama is papa weleens aangevlogen – ik heb het een paar keer gezien, en ze deed het nooit zomaar. Er was altijd een aanleiding. Heeft iemand iets verkeerds gezegd, hebben ze haar gepest, mijn moeder iets willen afnemen? Ze heeft hier al zo weinig. Ik heb wel honderd keer op het punt gestaan om papa erbij te halen, om hem gewoon maar op te biechten dat ik erachter ben gekomen dat mama in het Dingemans Instituut woont en dat ik haar daar regelmatig opzoek. Maar ik heb niets gezegd. Papa heeft mama nooit opgezocht, dus zal hij het nu ook niet doen. Het enige wat ik ermee bereik is dat hij me niet meer zal vertrouwen en me huisarrest gaat opleggen. Dan zie ik mama zeker nooit meer.

Nu zuster Ingrid er niet meer is, ben ik bang dat mama niet goed wordt begrepen, maar vooral dat ze gemeen tegen haar zijn, net als de nonnen vroeger bij haar op school.

Ik ben het stiekeme lachje van de verpleger niet vergeten.

Diezelfde man – kalend, met een baardje – loopt met een patiënt langs het fietsenhok, terwijl ik bezig ben om mijn fiets op slot te zetten.

Hij houdt zijn pas in. 'Ze is op de dagafdeling, hoor.'

Ik ga rechtop staan. 'Mijn moeder? Echt waar?'

'Ga zelf maar kijken.'

Helemaal geloven doe ik het niet.

De patiënt naast hem knikt. 'Annie is terug,' zegt hij.

54

Aron lag naast me en keek me aan door geknepen oogleden. Zijn hoofd rustte op zijn arm. Een streep zonlicht scheen tussen de gordijnen door naar binnen en verlichtte zijn gezicht. Talloze flintertjes goud en smaragdgroen schitterden in het bruin van zijn irissen. '*Buenos días.*' Zijn mond vormde een lome glimlach. Ik wreef mijn neus zachtjes langs die van hem. 'Ook goedemorgen.'

Hij zocht mijn hand onder de deken, bracht hem naar zijn mond en drukte een zachte kus op mijn vingertoppen.

Ik schoof naar hem toe en legde mijn voorhoofd tegen het zijne aan, gebiologeerd door de kleine vlekjes in zijn ogen, zijn lachrimpels, de gladde structuur van zijn huid. Ik kuste hem, en nog eens. Mijn vingers streken over de stoppeltjes op zijn kin, zijn zachte lippen, langs zijn kaaklijn. Ik streelde zijn borst, nestelde me dichter tegen hem aan.

'Spijt?' vroeg hij. Zijn stem klonk schor.

'Nee.'

'Echt niet?'

'Nee. Geen spijt.'

Zijn blik dwaalde over mijn gezicht, bleef wat langer rusten op een sproet of een plooitje, en daarna vernauwden zijn ogen zich en keek hij me recht aan. Nee, hij keek me niet *aan*, het ging verder dan dat: hij keek *in me*. Het leek of Aron wist wat er in me omging, alsof hij me door en door kende, en zijn vragen uitsluitend nog bestonden ter verificatie: mijn antwoorden de bevestiging van wat hij allang wist. Een kans om kleine waarheden op te biechten, elkaar af te tasten, onze band te bekrachtigen. Want die band was er al. Het was alsof we elkaar altijd al hadden gekend, of toch minstens iets in elkaar herkenden, als verwante oude zielen die in uiteenlopende morfologische hoedanigheden over de wereld hadden gezworven en elkaar na duizenden jaren eindelijk hadden teruggevonden.

Thuiskomen in de ander.

Het was een volledig nieuwe sensatie.

'Aron, wat gebeurt er?' fluisterde ik.

'Ik weet het niet.' Zijn adem streek langs mijn oor. 'Dit is voor mij ook nieuw.'

Een hard geluid van buiten attendeerde me op de realiteit.

'Hoe laat is het eigenlijk?' vroeg ik.

'Negen uur.'

Ik schoot rechtop. 'Hoe laat is de volgende afspraak?'

Hij rekte zich uit. Kreunde: 'Twaalf uur bij een hotel in de hoofdstad. Uurtje rijden van hier.'

'Shit!' Ik sprong uit bed en ritste mijn koffer open. 'Ik moet de kamers nog fotograferen. En het hoofdgebouw!'

'Geen stress. Pattie heeft een kamer klaargemaakt voor de fotografie. Dat heb je zo gedaan.'

Ik stapte over de koffer heen en schoof het gordijntje opzij. Geen wolken, goddank. Op een vakantiebestemming hoorde de lucht strakblauw te zijn en de gebouwen, zwembaden en tuinen zonovergoten. Het was vaak later ook wel in te kleuren, maar dat was een tijdrovende klus en het lukte niet altijd even goed.

Ik trok een kaki broek met zijzakken aan en een ruimvallend shirt met lange mouwen. Haalde een borstel door mijn haar en werkte het in een staart. Het ontbijt schoot er vandaag bij in, maar ik had wel koffie of thee nodig om op gang te komen.

Ik trok de kastjes open en vond een waterkoker. In de koelkast stond een fles mineraalwater en in een van de laatjes lagen theezakjes.

Aron stond ineens achter me, zijn warme lijf tegen het mijne. Zijn handen verdwenen onder mijn shirt, trokken mijn bh omhoog en omvatten mijn borsten. Hij drukte zijn onderlijf tegen me aan.

Ik voelde me week worden.

Hij rommelde aan de sluiting van mijn broek. Sjorde aan de rits en trok mijn broek en slipje in één snelle beweging naar beneden. Zijn vingers grepen in mijn haar, hij trok zachtjes mijn hoofd naar achteren, likte langs mijn oor, beet in mijn nek.

'Het wordt wat later dan twaalf uur,' fluisterde hij.

Vijfenvijftig

Mama zit op een stoel in een hoek van de zaal. Ze heeft een boekje vast waarin ze zit te schrijven of tekenen. In de ruimte zijn nog zo'n vijftien andere patiënten. De meesten ken ik minstens van gezicht, en allemaal maken ze kabaal. Iedereen praat en zingt en roept door elkaar heen. Een man staat voor het raam te zingen alsof hij een operazanger is en de bomen daarbuiten zijn publiek. Tegen de muur zit een vrouw te neuriën, ze beweegt haar hoofd zoals Stevie Wonder in de videoclip van 'We are the World', haar ogen gesloten. Vlak voor haar staat een man een soort toespraak te houden, het klinkt Russisch. Els-van-de-bomen is er ook. Ze zit aan een tafeltje bij het raam te rummikuppen met een donkere man die ik nooit eerder heb gezien. Het zou haar vriend kunnen zijn.

Mama heeft pas in de gaten dat ik er ben als ik voor haar sta. 'Mama?'

Met een zachte kreet omhelst ze me. Ze klemt zich aan me vast alsof niet ik, maar zij het kind is.

De zuster die me heeft binnengelaten zet een plastic bekertje met cassis voor me neer. 'Over een halfuur is het bezoekuur voorbij, let op de tijd,' zegt ze tegen me, en ze wijst naar een grote klok aan de muur. Haar stem klinkt vriendelijk.

Ik heb nooit eerder op de tijd hoeven letten.

Mama kijkt haar bozig na. 'Zo gaat het hier nu.'

'Ze zeiden dat je in de isoleer was geplaatst.'

'Separeer,' verbetert ze me.

'Hoe voel je je?'

'Nu wel weer goed. Denk ik.' Er breekt een glimlach door op haar gezicht en ze grijpt mijn handen vast, knijpt erin, buigt zich naar voren. 'Nu ik jou zie. Hoe is het? Hoe gaat het op school?'

'Prima hoor,' lieg ik. 'Mam, die separeer... wat is dat voor iets?'

Haar gezicht betrekt. 'De hel. Kale hokken zonder ramen, een rubberen matras op de grond en een kartonnen hoed om in te piesen.' Mama's stem trilt van frustratie. 'Je wordt er de hele tijd aan je lot overgelaten, behalve dan als ze je medicijnen door de strot komen duwen. En één keer in de drie dagen is het verplicht douchen terwijl twee verplegers met hun armen over elkaar naar je tieten en je kont staan te loeren.'

Ik schrik. 'Verplégers? Mannen, bedoel je?'

'Ja. Mannen.'

Ik vermoed dat ik rood kleur. Ik heb mijn moeder nog nooit helemaal naakt gezien, en ik voel me misselijk worden bij het idee dat wildvreemde mannen – ook al zijn het verplegers – haar hebben bekeken terwijl ze douchte. 'Maar... mág dat eigenlijk wel?'

'Ja hoor, dat mag gewoon.' Ze buigt samenzweerderig naar voren, dempt haar stem. 'Ze denken dat ik een gevaar ben voor mezelf, en dan is alles geoorloofd. Een moordenaar in de gevangenis heeft nog een beter leven dan ik. Want ik heb geen leven meer.'

Mama haalt een sigaret uit een pakje en steekt hem aan. Haar handen trillen. 'Ik mis Ingrid,' zegt ze, terwijl de rook uit haar neus en mond kringelt. 'En ik mis Manders. Niet zo erg als Ingrid, maar toch mis ik hem.'

De operazanger komt bij ons staan. 'Het is hier verboden te roken.'

Mama negeert hem, dus doe ik het ook. 'Heb je nou een andere psychiater?' vraag ik.

'Stip heet-ie, we noemen hem nu al "sip", hij heeft van zulke ogen.' Met haar pinken trekt ze haar ooghoeken naar beneden. 'Ik moet alles weer opnieuw aan hem vertellen.' Mama blaast de rook plagerig uit naar de operazanger, die overdreven hard hoestend wegloopt.

Ze neemt weer een trek. 'Manders en Ingrid zijn samen ergens anders gaan werken. Het is dus waar, hè, wat Jean-Pierre had gehoord, dat ze een verhouding hadden.' Mama kijkt demonstratief om zich heen en verheft plotseling haar stem, zodat de mensen in onze buurt het wel moeten horen: 'En nou zit ik mooi met de gebakken peren. Achter de hekken tussen de gekken.'

Een verpleegster komt aangesneld en pakt in een snelle beweging mama's brandende sigaret tussen haar vingers vandaan. 'U weet dat u hier niet mag roken, mevrouw Zagt!'

Mama kijkt met een lege blik voor zich uit.

'Hoort u mij, mevrouw Zagt?'

'Ja, ik hoor je,' zegt ze, maar ze kijkt de vrouw niet aan.

Pas als de verpleegster wegloopt, buigt mijn moeder zich naar me toe. Zacht zegt ze: 'Ik wou maar dat ik naar buiten kon. Die verdomde poort uit kon lopen als ik daar zin in had.'

'Weglopen bedoel je?'

Ze glimlacht, maar haar ogen staan triest. 'Stom hè, dat ik dat denk. Weglopen. Gewoon, over het hek klimmen en ervandoor gaan. Er zijn er wel eens die het doen. Soms zien we ze niet meer terug. Een vriend van Jean-Pierre is naar Parijs gevlucht. Ze zeggen dat-ie nu bij de Seine woont en dat je hem niet eens meer herkent als je hem tegenkomt. Romantisch, hè? Ik moet er steeds aan denken, aan weglopen. In de separeer dacht ik aan niets anders.'

'Ik denk daar ook weleens aan, mama.'

Verschrikt kijkt ze op. 'Weglopen? Is papa dan niet goed voor je?'

'O, jawel. Maar ik ben veel liever bij jou.'

Haar handen zoeken de mijne, onze vingers verstrengelen met elkaar. 'Je bent lief.'

55

In de dagen erna waren we onafscheidelijk. Ik deed mijn uiterste best om foto's te maken van het vulkanische landschap, de woeste kustlijn en de dorpjes terwijl Aron zijn armen om me heen had geslagen en me in mijn nek kuste of me kietelde. Hij nam me mee naar mooie plekken, vertelde me over het eiland en zijn bewoners en stelde me voor aan een Duitse hotelhoudster en een echtpaar uit Valkenburg dat vakantiehuizen op het eiland beheerde.

In het bijzijn van anderen probeerden we de indruk te wekken dat onze relatie zuiver zakelijk was, maar zodra we alleen waren, stortten we ons op elkaar en bedreven we de liefde met een intensiteit en hartstocht die volledig nieuw voor me waren.

Ik leefde in een roes, voelde me dartel, lichtzinnig, permanent dronken. La Palma was ontegenzeglijk het paradijs en wij waren Adam en Eva. In de spiegel zag ik een Vera Zagt die tien jaar jonger leek, met glanzend haar, een gouden gloed over haar huid en stralende ogen.

Maar dat bleef niet zo.

Mijn laatste avond op La Palma brachten we door in een privévilla op een bergrug, kilometers verwijderd van de bewoonde wereld en midden tussen exotisch ogende bomen en weelderig bloeiende struiken. De woning was gebouwd met veel hout en glas, hypermodern en ecologisch verantwoord, met een strak vormgegeven zwembad waarvan het water nu nog te koud was om in te zwemmen. Toch waren we erin gesprongen, naakt en wel, en hadden elkaar daarna, nat en rillend, met kippenvel over ons hele lijf, door het huis achternagerend om vervolgens schaterlachend en vrijend te eindigen onder de hete regendouche.

Nu zaten we in de woonkamer bij de haard, met badjassen om ons heen geslagen. Ik was in kleermakerszit op het zachte kleed bij de salontafel neergestreken en Aron lag op de bank, languit op zijn zij als een Romeinse keizer. We voerden elkaar chorizo, geitenkaas en gedroogde ham en dronken er cava bij.

We voelden ons als miljonairs in dit Hollywoodachtige huis, als acteurs op de set van een James Bondfilm.

Om negen uur belde Lucien om te informeren hoe laat ik morgenavond verwachtte thuis te zijn. Ik antwoordde dat het vliegtuig over ongeveer vierentwintig uur zou landen op Eindhoven Airport en hij dus wat het avondeten betrof geen rekening met mij hoefde te houden.

'Is het allemaal een beetje gelukt, daar?' vroeg hij.

'Ja. Prima. Het is een prachtig eiland.'

De zon was ondergegaan. In de glazen wand die overdag onbelemmerd zicht gaf op de vallei, werd nu de zacht verlichte woonkamer weerspiegeld. Ik zag mezelf zitten in dat moderne interieur, met Aron op armlengte afstand. Hij was met zijn telefoon bezig en keek geconcentreerd naar het scherm. Gunde me privacy.

'Ik had eigenlijk wel verwacht dat je iets van je zou laten horen,' zei Lucien.

'Je was me net voor.'

'Heb je Aron daar nog gezien?'

Hij zit naast me, Lucien.

In een badjas met niets eronder.

'Aron? Ja. Hij was hier ook even. Maar ik heb hem niet veel gezien.' Mijn stem werd onvast. Ik haatte liegen. Ik was er niet goed in.

Lucien bromde iets onverstaanbaars. Zei daarna: 'Pas goed op jezelf. Ik zie je morgen.'

'Tot morgen.'

Ik drukte de verbinding weg en legde mijn telefoon op de glazen salontafel. Staarde naar het schermpje, waarvan de verlichting langzaam doofde. Er kwam een zwaar, wee gevoel opzetten. Realiteitszin.

Naar huis.

Mijn vliegtuig zou om drie uur morgenmiddag vertrekken en ik moest twee uur daarvoor aanwezig zijn om in te checken. Vanaf de villa was het ruim twee uur rijden naar de zuidkant van het eiland. We hadden alleen vanavond en vannacht nog.

Aron keek me bezorgd aan. 'Denk je dat het zin heeft als ik eerst met hem praat?'

'Met hem práten?'

Hij knikte. Peuterde aan de nagelriem van zijn duim. 'Het is mijn schuld. Ik heb je hierheen gehaald.'

'Dit is niet jouw verantwoordelijkheid.'

'Zeker wel.'

'Lucien hoeft niets te weten,' zei ik.

'O? Hoe zie jij dit dan?'

Ik maakte een hulpeloos gebaar. 'Ik ben er nog niet aan toe om het te vertellen. Ik heb zelf nog amper door wat er is gebeurd.'

Hij ging rechtop zitten, zijn blote voeten op het kleed, zijn ellebogen op zijn knieën. Zei niets.

'Lucien en ik—'

'Er is geen Lucien en jij, Vera.'

Ik schudde mijn hoofd in ongeloof. 'Hoe kom je daarbij? Lucien en ik zijn twintig jaar samen.'

'Ik weet niet wat er tussen jullie was, want daar ben ik niet bij geweest. Maar ik heb wel gezien wat er nog van over is.'

'Je weet –'

Hij maakte een afkappende beweging met zijn vlakke hand. 'Het is weg. Er is niets meer. Ik heb jullie bezig gezien in Florida. Of beter gezegd: ik heb niets gezien. Geen blik van verstandhouding, jullie lachen niet samen, jullie raken elkaar niet aan. Ik ben erop gaan letten. Lucien heeft niet één keer je hand vastgepakt of een arm om je heen geslagen. De hele vakantie niet.'

'Dat is gewoon Lucien, zo is hij. Hij uit zich niet op die manier.'

Aron trok een wenkbrauw op. Spottend bijna. 'En dus heb jij daar ook geen behoefte aan?'

'Het is nu eenmaal zo.'

'Vera... jullie hebben vast een goede verstandhouding samen. Maar er is geen passie. Geen vonk. Geen vuur.' Zachter vervolgde hij: 'Dat huwelijk van jullie is niet eens op zijn retour, het is morsdood.'

Ik plukte aan de lange draden van het kleed.

'Het is een kwestie van tijd tot jullie dat zelf ook inzien. Moet ik daarop wachten? Ik wil niet wachten. Ik leef nu, vandaag.' Hij stond op, kwam bij me zitten en pakte mijn schouders vast. 'Dit, Vera, dit, hier, jij en ik.'

'Hij zal door het lint gaan,' fluisterde ik voor me uit. 'Hij zal me nooit meer willen zien, jou niet, zijn vader niet...' Ik sloeg mijn handen voor mijn gezicht. 'Ik weet niet wat ik moet doen. Ik weet het niet.'

Hij sloeg zijn armen om me heen. Fluisterde: 'Ik weet dat ik je niet kwijt wil, voor mij is dat genoeg.'

'Ik moet nadenken. Ik heb tijd nodig.' Ik drukte mijn vingers tegen mijn slapen. 'De timing is ook helemaal verkeerd. Je vader –'

'Is een volwassen kerel die weet wat het is om op latere leeftijd verliefd te worden. Hij heeft dit meegemaakt. Met mijn moeder. Als iemand dit begrijpt, of toch minstens zou moeten kunnen begrijpen, dan is het Hans.'

'Ik kan dit Lucien niet aandoen.'

'Jezelf wel dan?'

Ik keek stil voor me uit.

'Hou je van Lucien?'

Ik sloot mijn ogen. Houden van had de afgelopen dagen een nieuwe betekenis voor me gekregen. Liefde was een ziekte, verliefdheid een vorm van waanzin. Gekte. Ik voelde me verlicht, maar ook wankel, mijn emoties onvast, en ik kon elk moment in schaterlachen uitbarsten of gaan huilen.

De onzekerheid, al die nieuwe, springerige emoties. Ze waren plotseling opgekomen, ze zouden ook zomaar kunnen verdwijnen. Bij mij, bij Aron.

Het kon ineens voorbij zijn.

En dan? Waar stond ik dan? Wat had ik dan weggegooid?

Gooi nooit je oude schoenen weg voordat je nieuwe hebt, Vera.

Aron herhaalde zijn vraag.

'Ja, ik hou van hem,' zei ik, harder dan ik van plan was. 'Ik ken Lucien door en door en hij mij, we hebben twintig jaar van ons leven met elkaar gedeeld. En jij kent me niet, in elk geval niet zoals hij me kent. Ik heb dingen meegemaakt die...' Ik wilde het niet zeggen. Niet nu. Niet tegen Aron. Zachter vervolgde ik: 'Lucien heeft voor een stabiele basis gezorgd, dat doet hij nog steeds en die is belangrijk voor me.'

'Je wilt je verstoppen. Wegrennen.'

'Nee, echt niet.' Ik sloeg mijn ogen op. 'Ik heb je gezegd dat ik wil nadenken, dat is wat ik ga doen. Ik weet ook wel dat de relatie met Lucien is veranderd, versléchterd, dat die niet meer dezelfde is als twintig jaar geleden.'

Twéé jaar geleden, Vera! Twee jaar pas. Er was niets aan de

hand, jullie hadden het prima samen, en toen maakte jij alles ka-
pot. Je hebt hem dieper gekwetst dan je voor mogelijk hield. En nu is
hij op. De man is moegestreden.

En wat doe jij nu, Vera Zagt?

Je blijft je aan hem vastklampen en ondertussen pap je aan met
zijn broer. Wat voor onmens ben je eigenlijk?

'Waar ga je heen?' hoorde ik Aron vragen.

Ik schoof de glazen pui opzij, liep de donkere avond in. 'Laat
me maar even.'

Aan de zijkant van het huis verspreidde het zwembad een
zacht, zeegroen schijnsel. Ik legde mijn onderarmen op de balustrade en staarde in de verte. Inktzwarte bergtoppen, grillig
en scherp, en daarboven was de lucht een paar tinten lichter.

Ik haalde diep adem. En nog eens. Het hielp niet. Ik werd
niet rustig.

Mijn hele lijf beefde en tintelde alsof ik op het nippertje aan
een afschuwelijk ongeluk was ontsnapt en mijn hart bonkte zo
hard achter mijn ribben dat het een opzichzelfstaand wezen
leek dat zich uit mijn borstkas wilde bevrijden – pure paniek.

Ik wilde hier niet weg, ik wilde Aron niet kwijt, ik had in tijden niet zo met iemand kunnen lachen. Aron bracht lichtheid
met zich mee, in zijn nabijheid voelde niets meer zwaar, alles
ging vanzelfsprekend. Alsof we al jaren samenleefden, nee
sterker: alsof we *één persoon* waren.

Tijd. Ik had tijd nodig om na te denken. Ik moest bij de fei-
ten blijven.

Rechtstreeks vanuit het ouderlijk huis was ik op mijn achttiende bij Lucien ingetrokken. Ik kon me niet eens voorstellen
hoe een leven zonder hem eruit zou zien. Hoorden Lucien en ik
niet gewoon bij elkaar, en was wat ik nu voelde voor Aron niet
meer dan verliefdheid – hevig, gekmakend intens, maar van
voorbijgaande aard?

Uit het duister zag ik een boom voor me opdoemen, zijn

bladloze kruin zwiepte heen en weer in de wind. Bovenin, beschut tussen de stam en een zijscheut, zat een oud nest. Het had talloze stortbuien en stormen getrotseerd, maar nu was het oud en verregend en je kon zien dat het verval dat zich had ingezet onomkeerbaar was. Ik hoorde – nee, ik *voelde*, lijfelijk – de kracht van de aanrollende storm, en zag hoe zijn vooruitgesnelde windvlagen als onzichtbare haken aan de laatste twijgen plukten.

Als verdoofd liep ik terug de woonkamer in. Schoof de pui achter me dicht. Aron stond op toen ik binnenkwam.

Ik sloeg mijn armen om hem heen en schurkte me tegen hem aan. 'Wil je me vasthouden? Hou me alleen maar vast.'

Zesenvijftig

Ik lig klaarwakker in bed en ik kijk naar de bewegende schaduwen op de muur. Ik denk de hele tijd al aan wat mama heeft gezegd. Dat ze het liefste zou weglopen: naar Parijs, ontsnappen aan de gekken en de verplegers, de dwang, de controle die over haar wordt uitgeoefend alsof ze een dier is, en geen mens met wie ze kunnen praten en overleggen. We hebben allebei geen idee hoe Parijs er in het echt uitziet, we zijn er nog nooit geweest, maar mama kent er iemand: de vriend van Jean-Pierre die ook in het Dingemans Instituut heeft gewoond. En ontsnapt is.

Ik krijg het beeld van mama naakt onder de douche niet uit mijn hoofd: die ene verpleger die binnenpretjes had – misschien was hij wel een van hen.

Mama moet daar weg. Ontsnappen.

Ze hoeft niet in het Dingemans Instituut te wonen en medicijnen te slikken die slecht voor haar zijn, pillen die haar alleen maar gek houden, een omgekeerde zombie van haar maken.

We zouden samen op avontuur kunnen gaan, mama en ik, zoals in een spannend boek. Zulke boeken zijn er niet voor niets, er bestaan mensen die zulke dingen doen, en waarom zouden wij dat niet zijn? Alles achter ons laten, vrij zijn, op zoek naar een plek waar we ons wel fijn voelen, waar we mogen zijn wie we zijn en waar niemand ons uitlacht, controleert, aftuigt of wil veranderen. Een plek waar we thuishoren.

Ik voel een glimlach opwellen en ik knijp in mijn kussen.

Hoe zou papa dat vinden? En oma? Oma wil liever niet meer op me passen. Dat heeft ze al zo vaak tegen papa gezegd, het maakte haar niet eens uit of ik erbij was of niet: 'Ik wil nu weleens mijn eigen leven gaan leiden, Theodoor.'

Als ik er niet meer ben, hoeft ze niet meer op te passen. Dan kan papa op oefening gaan en de rest van de tijd aan zijn diorama's bouwen.

Hoe meer ik erover nadenk, hoe duidelijker ik het voor me zie: natuurlijk zouden ze aan iedereen vertellen hoe vreselijk het allemaal is, en dat ze zich grote zorgen maken, maar diep vanbinnen zullen ze juist blij zijn. Bevrijd. Opgelucht.

Ik weet dat oma en papa zich voor me schamen, voor de manier waarop ik loop, voor de dingen die ik zeg, mijn grote mond, mijn make-up en mijn vrienden, mijn slechte cijfers. Maar ze schamen zich nog veel erger voor mama. Daarom hebben ze haar weggestopt, daarom gaat papa nooit naar haar toe.

Iedereen zou gelukkiger zijn als mama en ik zouden weggaan – wijzelf nog het meest.

Ik was vanmiddag niet helemaal eerlijk tegen haar geweest, toen ze me vroeg naar papa en ik haar zei dat hij goed voor me was. Sinds jij weg bent, had ik tegen haar willen zeggen, is thuis alleen maar een plek waar ik slaap en eet, waar het droog is en schoon. Thuis bestaat uit vier muren en een dak en daarbinnen staan praktische spullen waarop je kunt zitten, waar je dingen in kunt bewaren, mee kunt koken en schoonmaken, muziek kunt luisteren en tv-series op kunt zien. Thuis is een adres waar ik mijn tijd doorbreng als er geen dringender zaken te doen zijn.

We kennen de weg naar huis, mijn vader en ik, we hebben een sleutel en we kunnen erin. Maar als we er zijn, daarbinnen, zijn er alleen maar spullen: Bonaparte-tapijt, een bankstel van prikkende, beige velours en dikke gordijnen met tien jaar kleurechtgarantie. Samen vormen ze de suggestie van een thuis, als de coulissen in een theater waartussen we ons bewegen. Er ontbreekt iets essentieels in ons huis, iets wat je niet in een winkel kunt kopen of kunt laten bezorgen. En hoewel je het niet eens kunt zien, is dat gemis meteen al bij binnenkomst voelbaar en strekt de overdonderende leegte zich uit tot in de uiterste hoeken van alle kamers. Het enige wat in ons huis warmte geeft, is de gaskachel in de woonkamer.

Dus waarom zou ik hier blijven?

56

'Blijf.' Aron stond bij de schuifpui, zijn ogen half dichtgeknepen tegen het zonlicht.

'Ik moet naar huis.'

'Ga gewoon niet meer terug.'

Ik schudde mijn hoofd.

'Bel Lucien. Zeg dat je werk er nog niet op zit, of dat je een extra opdracht hebt aangenomen.'

'Daar gaat het niet om. Echt niet.'

Hij stond doodstil op de drempel van de woonkamer en het terras, met één arm tegen de glazen pui geleund, zijn overhemd haastig aangetrokken. Ik staarde naar de zwarte haartjes die boven de broekband van zijn jeans in de richting van zijn navel groeiden.

'Waar gaat het dan om?' vroeg hij.

'Niet doen,' zei ik zacht.

'Wat niet?'

'Dit. Me proberen over te halen.'

Hij keek me donker aan. Zweeg.

In gedachten maakte ik foto's; ik zoomde in op zijn gezicht, de talrijke lachrimpels die zachte schaduwen op zijn slapen veroorzaakten, zijn oogopslag, waarin nu voor het eerst onzekerheid doorschemerde, een lichte onrust. Ik sloeg ze op bij de duizenden mentale foto's die ik al van hem had: een glimlach tijdens het etentje in Fruits de mer, een ernstige blik in de rij voor de Marsreis in Disney, de arm om de schouder van zijn vader op de vissersboot in Tampa Bay, en ons zinderende oogcontact in het vliegtuig terug naar Nederland – honderden momentopnamen van Aron lagen verspreid door mijn geheugen; stukjes van hem droeg ik voor altijd in me mee.

Ik wilde niet weg, ik wilde Aron niet achterlaten, maar zolang ik in dit sprookjesland ronddanste alsof er geen morgen bestond, kon en mocht ik geen beslissingen nemen die niet alleen voor mij, maar ook voor anderen verstrekkende gevolgen zouden hebben. Ik moest vaste grond onder mijn voeten voelen. Terug naar de realiteit, naar 't Fort. Naar Lucien.

'Dit is waanzin,' concludeerde hij.

Er zat iets in mijn keel wat spreken verhinderde.

In een paar passen was hij bij me. Hij kreunde zacht, legde een hand op mijn heup en volgde de contouren, omvatte mijn bil. Tegelijkertijd drukte hij zijn heupen tegen me aan, beet in mijn hals. 'Ik word gek,' fluisterde hij. 'Knettergek.'

Ik fluisterde: 'Niet doen. Niet gek worden.'

'Te laat.' Hij sjorde mijn jeans naar beneden, plukte aan mijn slipje en legde zijn hand tussen mijn benen.

Tien seconden geleden had ik nog op het punt gestaan om weg te gaan, nu hing ik met ontbloot onderlijf en sidderend van verlangen tegen de balustrade van de veranda. De metalen rand drukte in mijn billen, de aanlandige wind trok aan mijn haar. Mijn onderlijf huiverde onder zijn aanraking.

'Ik kan dit geen dag meer missen, Vera. Ik kan het niet.'

Mijn jeans zakte van mijn enkels en kwam op de vlonder terecht. Frisse zeewind streek langs mijn dijen.

Aron drong bij me naar binnen en begon te bewegen, met korte stoten. De veranda kraakte en piepte. Aron nestelde zijn gezicht in mijn hals, zijn ogen halfgesloten. 'Hier hoor ik thuis,' zuchtte hij. 'Hier, Vera, hier in jou.'

Zevenenvijftig

Ik ben al twee weken bezig met de voorbereidingen van de reis. In de bibliotheek heb ik kopieën gemaakt van landkaarten en die verstopt in mijn rugzak. Ik ben op het centraal station geweest en heb aan de lokettist gevraagd of je met de trein naar Parijs kan – dat kan. Je moet dan wel tig keer overstappen, want er gaat geen enkele trein rechtstreeks. Het probleem is dat ik geen paspoort heb, omdat ik sta bijgeschreven in dat van papa, en mama's paspoort heb ik nergens kunnen vinden. Ook niet tussen papa's waardepapieren, waarvan hij denkt dat ik niet weet waar hij ze bewaart. Daarom moeten we net voor de Belgische grens, voorbij Breda, eruit en te voet de grens over, via een bospaadje of landweg, ergens waar geen grenspost is. Van dat stuk heb ik een extra duidelijke kopie gemaakt, waar ook de kleine weggetjes op staan.

Hoe we van daaruit verder moeten weet ik niet precies, maar ik heb bedacht dat als we eenmaal in België zijn, we daar de weg naar het dichtstbijzijnde station kunnen vragen. Bij de Franse grens moeten we dat nog eens doen. Ik heb alvast een Frans woordenboek in mijn rugzak gestopt.

Het moeilijkste is het geld. Papa heeft vierhonderd gulden in zijn geldkist: twee briefjes van honderd en acht van vijfentwintig. Ik wil hem niet bestelen, maar we hebben geld nodig om te overnachten en om eten te kopen. Ik vind het moeilijk in te schatten hoeveel precies.

Mama zegt dat er in Parijs een plein is waar alleen maar kunstenaars zitten die tekeningen en schilderijen maken van toeristen. Het is daar altijd druk, op alle dagen van de week en van 's ochtends vroeg tot 's avonds laat. De vriend van Jean-Pierre verdient er een weekloon in een dag, heeft Jean-Pierre aan mama verteld, want de toeristen betalen grif twintig gulden voor een tekening. Mama wil daar ook gaan werken, zei ze, als we in Parijs zouden wonen. Ik weet dat ze het kan, mama's tekeningen lijken wel uit een tijdschrift te komen.

Vandaag tekent ze met potlood een ekster. Hij heeft glanzende vleugels en glimmende oogjes. Ze zet kleine krasjes naast de ogen, waardoor ze nog levendiger worden.

'Hij is net echt, mam.'

'Ik zie hier steeds hetzelfde,' zegt ze. 'Ik zou weleens wat anders willen zien, dan kan ik ook eens wat anders tekenen. Maar ze laten me niet eens meer alleen de tuin in, er gaat altijd iemand mee die tegen me aan begint te praten en me op de zenuwen werkt.'

'Waarom mag je niet alleen?'

Ze haalt haar schouders op. Het puntje van haar tong flitst tussen haar lippen heen en weer terwijl ze zich op de voetjes concentreert. Ze krijgen dunne dwarsstreepjes.

'Binnenkort gaan we naar Parijs,' zeg ik zacht, zodat het niet hoorbaar is op de gang. 'Daar kun je heel veel nieuwe dingen zien.'

'Ja, Parijs is mooi.'

'Ik meen het, mam.'

'Tuurlijk, liefje. Tuurlijk meen je het.'

'We gaan toch echt, hè mam?'

'Ja, ja, we gaan echt. Naar Parijs.'

57

Je denkt dat er zoiets bestaat als een stabiel leven, dat je bestaan op een gegeven moment zijn definitieve vorm heeft aangenomen. Je zou het in je naïviteit zelfs sleur kunnen noemen: een man, kinderen, die baan, dat huis dat je samen hebt gekocht. De kus voor het slapengaan. Het praatje met de bakker, de verjaardagen bij de buren, de vrijdagmiddagborrel, het vaste ommetje met de hond, de rekeningen, mappen vol administratie, verzekeringspapieren, het maandelijkse bezoek aan je oudtante in het verzorgingstehuis, de balansdagen. De manier waarop je naar de wereld kijkt en de manier waarop de wereld naar jou terugkijkt. Je vriendenkring. Je geestelijke gezondheid.

Je denkt dat je een logische plaats en functie hebt binnen dat geheel, net als die anderen die zich in jouw periferie ophouden. Je beweegt je binnen de bakens en ijkpunten die de grenzen van je leven aangeven en je denkt dat het er veilig is. Stabiel.

Maar dat is niet zo.

Het is schijn.

Stabiliteit is schijn.

Alles beweegt, niets is onwrikbaar, niets staat vast. De ijkpunten waarop je vertrouwt zijn als zandtaartjes in de vloedlijn. Een golf kan ze wegspoelen. Een kind kan ze kapottrappen. Een windvlaag schept de korrels omhoog en voert ze mee, ver de zee op. Er is niet veel voor nodig om een leven te ontwrichten. Volstrekt normaal functionerende mensen veranderen in een wrak na ontslag, een inbraak, de ontrouw van hun partner, een miskraam, plotselinge rijkdom, een emigratie, het verlies van een kind of ouder, ziekte, een faillissement.

Ook mijn moeder had goede tijden gekend. Ze was niet altijd zo zwaar op de hand geweest, zo broos en wankelbaar. Ooit was ze een meisje geweest dat met hoop en vertrouwen de wereld aanschouwde, ervan uitging dat alles op een dag beter zou worden, mooier.

Maar ergens was het misgegaan. Iets had haar geest doen wankelen, iets had die sluimerende, negatieve gedachtestromen die haar in hun greep kregen in gang gezet. De kiem die ze in zich droeg werd gevoed. Die gedijde, werd groter, sterker, groeide uit tot een monster, met stroperige tentakels die zich aan alles vastgrepen en de boel vervuilden en verstikten, hun ziekelijke schaduw wierpen over alles wat mooi en goed en wenselijk was.

Het was veilig om te denken dat alleen *bepaalde mensen* zulke zaadjes in zich meedroegen, en anderen niet, maar ik was gaan geloven dat we allemaal zo'n kiem herbergden. We bewogen ons allemaal binnen de vuurlinies, we liepen open en bloot op het slagveld, de lopen waren op ons gericht, alleen zagen sommigen van ons het dreigende gevaar en waren anderen zich nergens van bewust.

Ik was me bewust van dat gevaar. Continu. Ik voelde die lopen naar me wijzen, zag hoe dicht de vingers tegen de trekkers lagen. Daarom hechtte ik aan het leven dat ik kende, het leven dat ik samen met Lucien had opgebouwd; ik wist hoe weinig ervoor nodig was om alles te laten kantelen, en daarom moest alles zo veel mogelijk bij het oude blijven. Niets was zeker, maar dat wat ik *kon* beheersen, alles wat binnen mijn macht lag, dat zou ik vasthouden.

Ik was fotograaf.

Ik was de vrouw van Lucien Reinders.

Ik hield van dieren, de natuur.

Ik had geen huisdieren omdat ik de zorg voor een hulpeloos levend wezen een te grote verantwoordelijkheid vond, ik ze volgens de natuurwetten bovendien zou overleven en het verdriet van het verlies niet zou kunnen verdragen. Afscheid nemen vond ik ondraaglijk.

Ik gaf om mijn privacy. 't Fort was mijn ultieme thuis.

Ik zou nooit kinderen krijgen.

Zekerheden.

Daaraan hechtte ik me.

Maar de muren van 't Fort die het gevaar zo effectief hadden buitengesloten, leken nu een omgekeerde werking te hebben: ze sloten mij nu in.

Ik kreeg geen hap door mijn keel. Al vijf dagen niet. Sinds ik was teruggekomen uit La Palma was ik huilerig en emotioneel. Ik voelde me onvolledig, alsof een belangrijk stuk van mezelf ontbrak. Er zat een leeg omhulsel aan de keukentafel tegenover Lucien, hol en onvervuld.

Ik had steeds meer trekjes van Aron in Lucien ontdekt. Het waren slechts details, minuscule overeenkomsten die zich manifesteerden in mijn man, maar die onmiskenbaar de bloedverwantschap verrieden: de hoek van zijn pols ten opzichte van zijn hand wanneer hij zijn vork in een stuk vlees prikte, de manier waarop zijn schouders bewogen als hij zich omdraaide naar de flatscreen en hij zijn ogen lichtjes toekneep als hij nadacht.

De kleine vonken van herkenning maakten het enkel nog zwaarder om met Lucien samen te zijn.

Ik sneed een stuk van mijn kipfilet, stak het in mijn mond en kauwde erop zonder iets te proeven. Het vlees stond me tegen. De spinazie net zo goed. Ik schoof mijn vlees naar de rand, duwde de groente ertegenaan. Zo leek het bord leger.

Het begon Lucien op te vallen. 'Je eet niets,' zei hij met volle mond.

'Ik voel me niet zo lekker.'

'Ben je ziek? Je hebt gisteren ook al amper een hap naar binnen gekregen.'

'Ik denk dat ik iets verkeerds heb gegeten op La Palma.'

Iets verkeerds gegeten.

Lucien prikte een aardappel aan zijn vork. In een flits zag ik zijn polsbeweging en even, in een onverklaarbaar moment, meende ik dat Aron tegenover me zat. Ik was mijn grip op de werkelijkheid aan het verliezen.

Het was onmogelijk om nog langer aan deze tafel te blijven zitten zonder in huilen uit te barsten.

'Sorry. Ik ga even op bed liggen,' fluisterde ik.

Achtenvijftig

In de verte zie ik het witte bord van het Dingemans Instituut. Ik trap nog sneller op de pedalen, ik hijg ervan. Achterop, vastgezet met de snelbinder, ligt de rugzak waarin alles zit wat mama en ik nodig hebben. Het is een grote, van het leger, want in mijn rugzakje van Nike paste te weinig. Dat heb ik meegenomen voor mama's spullen.

Vanochtend heb ik wel twintig afscheidsbrieven geschreven, maar ze steeds weer verfrommeld en in de prullenbak gegooid. Ik vond de aanhef al moeilijk. 'Lieve papa' vond ik overdreven, het klopt ook niet, want papa is niet lief, niet zoals mama: hij omarmt me nooit, zegt nooit iets aardigs of warms, wil nooit iets met mij samen doen. Papa *tolereert* me in zijn huis. Ik heb er maar 'beste papa' boven gezet. En dat het me spijt als dit hem verdriet doet, dat ik heus wel van hem hou, en dat ik hoop dat hij niet boos wordt of zich zorgen gaat maken – en me ook niet komt zoeken. Dat ik weet dat dit het beste is voor iedereen. In een P.S. heb ik geschreven dat ik hem zeker nog zal opzoeken, maar pas later, als ik getrouwd ben en kinderen heb, zodat hij zelf kan zien dat alles in orde is. Maar dat dat nog even zal duren, want ik ben pas veertien.

Ik heb een hele tijd getwijfeld of ik erbij moest zetten dat mama met me meegaat, dat we samen vertrekken. Ik heb het niet gedaan. Ik heb de brief op de keukentafel gelegd. Hij zal hem meteen zien liggen als hij vanavond uit de kazerne thuiskomt.

In mijn portemonnee zit driehonderdvijftig gulden. Twee briefjes van vijfentwintig heb ik in het geldkistje laten liggen, want alles meenemen lijkt me verkeerd. Ik heb het geld niet gestolen, alleen maar geleend: we betalen alles aan papa terug als mama genoeg geld heeft verdiend in Parijs. Dat heb ik trouwens ook in de brief gezet – niet dat van Parijs natuurlijk, maar wel dat hij zijn geld terugkrijgt.

'Mam?'

Mijn moeder zit bij het raam op haar lievelingsplek achter haar bureau te tekenen. Ze heeft me niet horen binnenkomen.

Ik buig voorover, zwaai mijn hand heen en weer. 'Mama?'

Ze draait haar hoofd naar me toe. Haar ogen staan wazig en zijn roodomrand. Het lijkt of ze heeft gehuild. Ze huilt de laatste tijd vaker. Mama voelt zich hier doodongelukkig, net zoals thuis. Thuis was het papa die haar ongelukkig maakte met zijn commando's en commentaar, hier zijn het de medicijnen en de nieuwe verplegers, van wie ze niet eens meer naar buiten mag.

'Mam, het is zover. We gaan weg.'

'Weg?'

'Naar Parijs.'

'O, ja. Parijs.'

Ik laat haar mijn rugzak zien. 'Ik heb alles bij me, mam. Alles wat we nodig hebben. Eten, extra kleren, alles. Zelfs geld.'

Wat mama aanheeft – een ribbroek, een trui en een paar mocassins – is al even uit de mode, maar het zijn prima reiskleren.

Ik pak haar jas van de haak en leg hem op haar bureautje. 'Zijn er kleren die je graag wilt meenemen?' Ze staat op en loopt naar haar kledingkast, pakt er een T-shirt uit en een vest. De jurk met de drukke V-motieven die ze vaker aanheeft. Sokken en ondergoed. Ze maakt geen haast.

Ik zet de rugzak op de grond, trek de stugge bovenkant open en haal de kleinere rugzak en een mapje met insteekvellen eruit. 'Dit is om je tekeningen in te doen. We moeten opschieten.'

Ze pakt de vellen van me aan en loopt naar haar bureau. Ik prop haar kleren in het rugzakje. Op een plankje staan haar toiletspullen. Ik doe ze bij elkaar in een plastic zak en leg die boven op de rest.

Mama heeft haar tekeningen uit haar lade gepakt en verspreid op het bureaublad gelegd. Ze treuzelt. Pakt een tekening op, bekijkt die, legt hem weg en pakt een volgende tekening.

'Zal ik je helpen?'

Ze knikt.

Ik denk dat ze andere medicijnen heeft, want ze beweegt alsof de lucht uit stroop bestaat. Ze is er niet helemaal bij. Bijna alle tekeningen passen in de mapjes. Ik stop er steeds vijf, zes bij elkaar en duw alles samen met mama's etui in papa's grote legerrugzak.

Op de gang kijk ik naar links en naar rechts. Er zit nog steeds niemand in het glazen kantoortje bij het trappenhuis. Een grote verandering sinds zuster Ingrid hier niet meer werkt: toen waren er bijna altijd verplegers. Nu veel minder. De patiënten kunnen toch nergens heen, de deuren zijn op slot.

'Denk je dat reïncarnatie bestaat?' vraagt mijn moeder.

'Reïncarnatie?'

Ze kijkt me uitdrukkingsloos aan. 'Dat je steeds terugkomt op aarde. Als een ander mens. Dat je in een vorig leven een Chinees kunt zijn geweest, of een indiaan.'

'Mam, je moet echt even niet meer praten nu, straks hoort iemand ons.'

'Ik denk het wel,' hoor ik haar fluisteren. 'Reïncarnatie bestaat. Els zegt het ook.'

Mama loopt achter me aan.

Ik sta voor het kastje dat tegen de muur bij de deur is bevestigd. Druk op de toetsen. Ik heb het zuster Ingrid zo vaak zien doen. De code is nog steeds hetzelfde.

3-6-7-2.

Drie plus zes is negen, zeven plus twee is negen. Negen plus negen is achttien: één plus acht is negen. Drie negens.

Mama heeft niets met negens.

Ik ook niet.

Ik hoor een zachte klik.

'Kom maar, mama.'

58

Ik ging niet graag naar deze plek.

Meestal deed ik alsof hij helemaal niet bestond, dan keek ik dwars door de geschoren beukenhagen heen, en ook door de oude bomen en door de mensen die er rondschuifelden, vaak grijsaards met kromme lichamen, hun hoofden gebogen, als schimmen uit een andere wereld.

Twee keer per jaar moest ik hier van mezelf naartoe; door het hek heen en langs de rechthoekige platen van marmer en graniet, ingekerfd met namen en jaartallen; over het knerpende grind verder naar achteren, langs de coniferen en berkenbomen.

Rij B-64.

Zes en vier is tien; één en nul is één.

Eén is geen vier.

Ik bezocht haar op dagen die heel speciaal voor haar waren geweest, voor ons allemaal, lang geleden, toen alles nog normaal leek te zijn.

Haar verjaardag en Moederdag. Tegen beter weten in wilde ik deze dagen in ere houden.

Voor de vrouw die ze was geweest.

Voor de band die we ooit hadden gehad.

Voor degenen in mijn bloed, die niets vergaten.

Negenenvijftig

Het treinstation is klein. Er is een hoge hal met veel glas en ge-
marmerde gele tegels en smalle, glanzend zwarte tegeltjes tegen
de muren. Het klinkt er hol, net als in de gymzaal op school hoor
je het piepen van zolen, en het ruikt naar uitlaatgassen of olie. Er
zijn maar twee loketten.

Daarnaast is een dubbele deur die toegang biedt tot een half
overdekt perron. Aan de andere kant van het dubbele spoor zie ik
ook reizigers staan, je kunt daar komen door een voetgangers-
tunnel die onder de spoorlijn door loopt.

Er is maar één loket open en daar staat een hele rij mensen
voor te wachten.

Mama is op het perron op een bankje gaan zitten. Ze heeft papa's legerrugzak op haar schoot vast alsof ze hem omarmt, haar
tenen wijzen naar elkaar. Ze heeft geen sokken aan, zie ik nu. Dat
moeten we straks doen, als we eenmaal in de trein zitten.

Ik sluit aan in de rij. Op de fiets was ik nog opgetogen, opgewonden vooral, dat het was gelukt om mama uit het instituut weg
te krijgen zonder dat iemand het gemerkt heeft. Nu voel ik me
steeds onzekerder worden, banger. Stel dat ze hebben ontdekt
dat mama ervandoor is en alarm hebben geslagen. Zouden ze
dan de politie op ons af sturen? Dit station ligt het dichtstbij, ze
zouden hier zeker komen zoeken.

Ik hink van mijn ene voet op de andere. Ik moet verschrikkelijk plassen, maar dat kan nu niet, het moet maar wachten tot we in de trein zitten.

Schuw kijk ik naar de stationsklok die aan een ijzeren staaf in het midden van het dak hangt. Vijf over drie. Om elf over drie gaat de trein die ons naar Breda zal brengen. Volgens het dienstregelingenbord komt de stoptrein naar Breda zes minuten na de intercity naar Eindhoven, maar die stopt hier niet. De vertrektijd klopt met wat de lokettist me eerder deze week vertelde: nog zes minuten, dan kunnen mama en ik hier weg.

Er komt een man de stationshal binnengelopen die zoekend om zich heen kijkt. Beige driekwartjas, zwarte bril. Hij doet me denken aan een spion.

Ik zet een stap opzij en verschuil me half achter de vrouwen die voor me staan, trek mijn capuchon tot over mijn wenkbrauwen en trek de touwtjes strak aan. Mijn handen beven, het lukt bijna niet om een strik te maken.

Ik ken de man niet, maar hij is duidelijk op zoek. Mijn blik schiet naar mama, die daarbuiten nog steeds op het bankje zit. Er hippen musjes rond haar voeten. Ze wachten tot ze wat te eten krijgen, maar mama beweegt niet eens. Mama is niet goed. Maar da's niet erg, want ze wordt beter, dat weet ik zeker. In Parijs zal ze beter worden.

59

Ik schrok wakker van de voordeurbel. Het gerinkel galmde door het huis, geluid dat 's nachts zoveel harder, indringender klonk dan overdag. Iemand stond aan één stuk door op de bel te duwen.

Lucien schoot rechtop in bed. Hij deed het licht aan en greep de wekker beet. 'Het is vier uur.'

'Zou er brand zijn?' vroeg ik.

Hij negeerde me. 'Wie belt er nou zo laat aan?'

Lucien sloeg de dekens van zich af en stond op. Rechtte zijn rug, haalde een hand door zijn haar.

'Ga je opendoen?' vroeg ik.

'Eerst eens kijken wie het is.' Hij liep de slaapkamer uit.

Ik trok snel een badjas aan en haastte me de woonkamer in. Daar bleef ik staan. Keek om me heen. Ik moest iets hebben ter verdediging – het kon een list zijn, een manier om mensen te overvallen. Lucien had uit Duitsland pepperspray meegenomen, maar dat busje lag in de kluis beneden; bereikbaar via de hal.

'Jezus, man. Wat doe jij hier?' hoorde ik Lucien zeggen.

Aron kwam voor Lucien de kamer in, verwilderd, gejaagd, zijn ogen donker als kolen. Hij zag me en bleef staan, zijn armen langs zijn lichaam. 'Sorry, Vera.' Hij keek met een gekwelde uitdrukking om naar Lucien. 'Sorry,' zei hij weer.

Draaide zijn hoofd naar mij. 'Ga mee. Ga met me mee.'

'Wat is hier aan de hand?' vroeg Lucien.

'Ga mee.'

Mijn vingers duwden trillend tegen mijn slaap. 'Ik...'

Lucien keek van mij naar Aron. De verwarring op zijn gezicht maakte geleidelijk plaats voor begrip. 'Wat? Zijn jullie gódverdomme...? Jij?' Lucien was groter dan Aron. Hij kwam tussen ons in staan, dreigend, richtte zich op zijn halfbroer.

Aron keek langs Lucien heen, zocht mijn blik. 'Vera?'

Lucien schoot naar voren. Duwde met kracht tegen Arons borst. 'Sodemieter op, mijn huis uit!'

Aron aarzelde.

Lucien greep hem bij zijn arm en slingerde hem naar achteren.

Arons schouder schampte de muur en hij viel, half in elkaar gedoken. Hij kruiste zijn onderarmen voor zijn gezicht.

Lucien haalde uit met zijn voet, trapte naar hem. Raakte Arons dijbeen. Zijn rug. Aron liet het geweld over zich heen komen, hij vocht niet terug, hij incasseerde alleen maar. Bij elke trap zette hij zich schrap en zag ik zijn lijf schokken.

'Niet doen!' Ik sprong naar voren, pakte Lucien van achteren bij zijn schouders en probeerde hem van Aron weg te trekken. 'Lucien, hou op!'

Hij schudde me van zich af en draaide zich naar me om, verhit, hijgend. Zijn diepliggende ogen zwart van nijd, zijn gezicht verwrongen. 'Wát niet doen?' hijgde hij. 'Kapotmaken wat al kapot is? Nou?'

Verbijsterd staarde ik hem aan.

Een vreemde. Ik keek in de ogen van een vreemde.

Op de achtergrond zag ik Aron steun zoeken bij de muur en opstaan.

Lucien draaide zich om en schoot op Aron af. 'Mijn huis uit!' Hij greep hem in zijn nek en trok hem met zich mee, door

de hal heen de koude nacht in. 'En nou opgesodemieterd!'
schreeuwde hij. 'Als ik je nog één keer zie, maak ik je af!'

Hij sloeg de voordeur dicht.

Keek me aan, hijgend en trillend over zijn hele lijf. Er waren
gezwollen aderen op zijn slapen verschenen.

'Lucien, hij heeft—'

'Donder op, Vera. Pak je spullen en donder op. Ik hoef je
nooit meer te zien.'

'Maar...'

'Je hebt gehoord wat ik zei.'

Zestig

Ik ben bijna aan de beurt. De man met de beige driekwartjas die zojuist nog zoekend rondkeek, loopt naar buiten. Ik zie hem naar het bankje kijken, naar mama. Mijn hart gaat zo tekeer dat ik het in mijn oren hoor bonken. Ineens draait hij zich half om, alsof hij wordt geroepen. Er breekt een glimlach door op zijn gezicht. Hij omhelst iemand.

Ik blaas mijn ingehouden adem uit.

Zo zal het blijven, denk ik: ik zal het gevoel houden dat ik elk moment kan worden herkend en opgepakt, totdat we het land uit zijn. Ze zullen ons toch niet helemaal in België of in Parijs gaan zoeken?

'Twee kaartjes naar Breda alstublieft.'

'Volwassen of kind?'

'Volwassen.'

'Enkeltje of retour?'

'Enkeltje.'

Ik betaal met een briefje van vijfentwintig. De lokettiste schuift twee kaartjes en het wisselgeld onder de glazen tussenwand door. Ze wenst me een goede reis, tenminste ik denk dat ze me een goede reis wenst, want ik zie haar lippen bewegen, maar ik hoor haar stem niet meer.

Er wordt gegild, hier in de hal, maar ook buiten. Iedereen schreeuwt en gilt door elkaar heen. Er klinkt een soort misthoorn, aan één stuk door, een geluid dat van het spoor komt en door de hele stationshal heen galmt, zo luid dat mensen hun handen over hun oren leggen. De misthoorn wordt begeleid door een scharend geloei dat door merg en been gaat. Het knarsen van metaal op metaal.

Ik haast me naar buiten. Op het perron zie ik mensen vol afschuw hun gezicht wegdraaien van het spoor. Anderen staan als versteend langs het perron naar de rails te kijken, met hun handen voor hun mond. Verderop zie ik de achterlichten van een lange, gele trein, hij staat stil op de spoorwegovergang. Een groepje vrouwen rent de hal in – ze roepen iets, maar ik kan ze niet verstaan. Ik doe een paar passen naar voren.

Het gegil klinkt plotseling ver weg, alsof er een dikke glazen wand tussen mij en de gebeurtenissen in staat. Aan de randen wordt alles onscherp en donker. Het is alsof ik door een lens kijk, een lange telelens die me dingen laat zien die zich op verre, veilige afstand afspelen. Alsof dit wat hier is gebeurd mij niet aangaat, ik er geen deel van uitmaak. Ik ben alleen maar toeschouwer, onzichtbaar, diffuus, als een geest, mensen kunnen dwars door me heen lopen.

Op de rails waaien tekeningen op, als oude kranten buitelen ze over elkaar heen. Er liggen lappen textiel op het spoor, zie ik nu, ze hebben allerlei kleuren, en daartussen zie ik een opengereten schoen, flarden van een groene legerstof. Donkere vlekken.

Een oudere man komt op me af gelopen. Hij pakt me bij de arm en komt voor me staan, houdt een pand van zijn regenjas omhoog. Belemmert me het zicht op de rails. Hij duwt me naar achteren, terug in de richting van de hal, trekt me met zich mee. Als verdwaasd laat ik me leiden, mijn bewegingen traag en houterig. Hij praat tegen me, maar ik versta het niet. De fluittoon zit nog in mijn oren. Het knarsen van metaal op metaal. Het geschreeuw.

In het voorbijgaan kijk ik naar het bankje waar mama net nog op zat. Het is leeg.

DEEL 2

1

We logeren in Sevilla bij Juan, een kennis van Aron die er een boetiekhotel runt. Twee weken geleden, een dag nadat ik Lucien en 't Fort verliet, zijn we hiernaartoe gegaan. Het is een oud, statig pand met donker gebeitste balkenplafonds en krakende vloeren. In de gangen op de begane grond liggen druk gedessineerde Moorse tegeltjes in warme kleuren, tegen de muren zitten kleurrijke tableaus. Azuurblauw, steenrood, geel, groen. Sevilla is een uitbundige wereld vol nauwe stegen, binnenplaatsen met fonteinen, lawaai, sinaasappelboompjes, siersmeedwerk, geroezemoes en tikkende hakken, de geur van gedroogde ham. In de winter is het minder druk dan in de overige jaargetijden, als de hoofdstad van Andalusië wordt overspoeld door toeristen, maar ook nu is er volop leven.

's Ochtends, als de eerste zonnestralen tussen de bamboe rolluiken door schijnen, bedrijven we de liefde. Daarna ontbijten we in een van de bars in de wirwar van stegen die samen Barrio de Santa Cruz vormen, of we lopen verder, de Macarena-wijk in.

Terug in het hotel gaat Aron werken. Hij telefoneert, hij mailt, ik zie hem reclameteksten vertalen en dingen regelen.

Ik begin hem steeds beter te kennen – zijn andere kant. Aron is een duizendpoot. Hij onderhoudt een ontzagwekkend groot netwerk zonder dat het hem moeite lijkt te kosten, en dat doet hij allemaal in vier, hooguit vijf uur per dag, terwijl ik Spaans probeer te leren uit een woordenboek en hem zo nu en dan over de rand van mijn boek gadesla.

Soms lokt het mooie licht me naar buiten. Dan pak ik mijn camera en ga de stad in.

Elke gevel is bijzonder. Op elke hoek, in elke steeg en achter elke zuilengalerij ontvouwt zich een nieuw universum dat erom schreeuwt vastgelegd te worden.

Sevilla is de meest overweldigende en kleurrijke stad die ik heb bezocht. Zelfs de eenvoudige stadspanden zijn aangekleed met siersmeedijzer, de portalen versierd met geglazuurde tegeltjes. Sevilla is ook een stad van vogels. Ik zie ze overal: duiven, torenvalkjes, grijze zwaluwen, mussen – ze maken duikvluchten, hoog boven de geglazuurde daken, ze drinken uit de betegelde fonteinen of trippelen rond op de trappen van historische gebouwen. De beste foto's bewerk ik en bewaar ik op mijn laptop in een mapje dat ik 'Wings of Sevilla' heb genoemd. Aron zegt dat ik er een boek van moet maken, dat hij mensen kent in Barcelona die hij aan me wil voorstellen, maar ik vind het daar nog te vroeg voor. Ik wil niet na hoeven denken over de exploitatie van mijn werk, over royalty's en afkooptarieven. Nu nog niet. De vleugels van Sevilla houd ik voorlopig voor mezelf.

2

Ik zit in kleermakerszit op het tweepersoonsbed, met mijn laptop voor me op de matras. Op het scherm komen foto's voorbij van gevels aan de Calle Sierpes, een van de twee grote winkelstraten van Sevilla, en kerkmuren vol tegeltjes met Maria-afbeeldingen die ik passeer op mijn route naar het toeristische centrum. Terwijl ik een elektriciteitsdraad van een gevel wegpoets, luister ik naar het telefoongesprek dat Aron voert. Hij zit aan een tafeltje bij het raam en praat met een Andalusische die in Nederland een rondreizende flamencoshow wil gaan opzetten.

Aron gebaart met gespreide vingers, zijn enkel ligt op zijn knie en wiebelt onophoudelijk. Het is opvallend hoe anders hij spreekt en beweegt als hij met Spanjaarden communiceert; naast de taal past hij ook zijn mimiek aan en zijn stem klinkt krachtiger, harder. Hier in Spanje is Aron een volbloed Spanjaard en zou niemand vermoeden dat hij een Nederlandse vader heeft. In Nederland is het omgekeerd. De twee culturen zijn niet versmolten tot een tussenvorm; ze lijken eerder krachtig naast elkaar stand te houden.

Terwijl ik hem gadesla, bedenk ik dat die dualiteit voor hem heel natuurlijk moet zijn. Vanaf zijn vroege jeugd heeft Rosalie consequent Spaans met hem gesproken, Hans hield het bij Nederlands. In Spanje werd Aron 's avonds laat als elk ander

Andalusisch kind regelmatig meegenomen naar tapasbars en *feria's*, maar in regenachtig Nederland lieten ze hem achter bij de tv en de oppas. Aron heeft zich als kind meer Spaans dan Nederlands gevoeld: hij woonde in Málaga, waar zijn vader als chef-kok in een restaurant werkte, en ging er ook naar school. Pas toen Aron op de middelbare school zat, verlegde het gezin de basis terug naar Nederland. De eerste maanden had hij veel aanpassingsproblemen, vertelde hij, maar gaandeweg werd Nederland steeds minder vijandig. Aron pendelde nog regelmatig met zijn ouders tussen zijn oude woonplaats Málaga en Nijmegen, totdat hij een punt bereikte waarop het hem niet meer uitmaakte waar hij was. Hij was zich in beide landen thuis gaan voelen. Voor Aron is Spanje zijn moederland, Nederland het land van zijn vader. Hij heeft nooit hoeven kiezen en oefent een beroep uit dat hem diezelfde vrijheid biedt.

Van de elektriciteitsdraad is niets meer te zien. Ik sla de foto op in de map 'Gevels van Sevilla, bewerkt', rek me uit en sla mijn ogen op naar het raam, waar de lage winterzon doorheen schijnt. Het licht veroorzaakt een wit vlak op het gewreven hout van de vloer.

'*Vale, vale,*' hoor ik Aron zeggen – een stopwoordje dat hij gebruikt voor *prima, oké, doen we, ik begrijp het*. Hij noteert data en afspraken in een opengeslagen schrift dat naast de laptop ligt.

Uit de stortvloed van Spaanse zinnen kan ik steeds vaker losse woorden en zinsdelen destilleren, en opmaken waar het gesprek over gaat.

Aron kijkt op zijn horloge. 'Nog eentje,' mompelt hij.

Ik richt me weer op mijn laptop. Het icoontje van het e-mailprogramma lijkt los te komen uit het blauwe bureaublad. Ik beweeg de muis ernaartoe en het telefoongesprek vervaagt naar de achtergrond. Ik ben één klik verwijderd van een belangrijk deel van mijn vorige leven.

Op aandringen van Aron heb ik enkele dagen na mijn aankomst in Sevilla een verzamelmail gestuurd naar iedereen in mijn adresboek. Al mijn contacten hebben dezelfde mail ontvangen waarin stond dat ik door omstandigheden voorlopig niet bereikbaar zou zijn. Mijn mobiele telefoon begon vrijwel meteen te rinkelen en te zoemen – ik heb hem uitgezet en in mijn koffer onder het hotelbed gelegd. Daar ligt hij nu nog steeds, een maand later.

'Lunchen?' hoor ik Aron vragen.

'Goed.' Ik sluit mijn laptop af, stop hem terug in de tas en rits die dicht.

Als ik hand in hand met Aron door de schaduwrijke stegen loop, bedenk ik dat het voor werken nog te vroeg is. Ik kan ze nog niet te woord staan, mijn klanten, mijn kennissen, de mensen die zo belangrijk voor me waren in mijn oude leven.

Ik wil het niet.

Ik heb meer tijd nodig.

3

Aron belt dagelijks met zijn ouders. Elke ochtend, na zijn eerste kop koffie, informeert hij naar Hans' gezondheid en vertelt daarna waarmee hij zelf bezig is. Aron slaat geen dag over; de afstand tussen hem en zijn ouders is puur geografisch. Soms wordt de zachtheid in zijn stem me te veel, wordt het toekijken en luisteren naar de liefdevolle manier waarop deze mensen met elkaar omgaan ondraaglijk. Dan vlucht ik met mijn camera de stad in of sluit me af met een tijdschrift.

Vanochtend wist Hans te melden dat Lucien tot bedaren is gekomen. Zijn aanvankelijke woede – die hij na mijn vertrek op mijn auto heeft afgereageerd – is overgegaan in berusting. Het was een hele opluchting te horen dat Lucien blijkbaar nog steeds contact heeft met zijn vader en stiefmoeder.

'Er zal binnenkort wel iets geregeld moeten worden,' had Rosalie op de achtergrond opgemerkt. 'Want Lucien moet ook verder.'

Het woord 'scheiding' viel.

Ik kreeg de vreemde gewaarwording dat het over iemand anders ging, alsof Aron met zijn ouders een situatie besprak die een buurvrouw of tante betrof, een goede kennis misschien.

Ik voel me in het diepe zuiden van Spanje steeds lichter worden, losser en vrijer. Elke dag die ik met Aron doorbreng drijf ik verder af van de vrouw die ik was. De bangelijke echtgenote van Lucien Reinders, de koele minnares van Nico Vrijland: ze zijn als afgeworpen huiden. Hier in Sevilla doet mijn verleden er niet meer toe.

Maar Aron keek mij recht aan toen hij zijn vader antwoordde: 'Laat hem de papieren maar hierheen sturen. Jullie moeten je daar niet druk over maken, goed?'

Het beladen woord komt pas 's avonds laat weer ter sprake, in een tapasbar waar we vaker komen. We drinken grote limonadeglazen *tinto de verano con blanca* – rode wijn met mineraalwater en massa's ijsklontjes. Ik eet een stoofpotje van kikkererwten, olijfolie en spinazie met veel knoflook, een tapa die ik zo heerlijk vind dat ik er dagelijks wel twee of drie schaaltjes van bestel.

In de druk betegelde, felverlichte ruimte waarin het vergeven is van luidruchtige Spaanse families – vrouwen, mannen, baby's, grootouders – vertelt Aron me voor het eerst over zijn scheiding van Maika, vijf jaar geleden. Elsa, hun enige kind, is autistisch. Contact met haar vader zou volgens Maika en de behandelend psycholoog te veel commotie veroorzaken: in Elsa's leven moet alles afgepast en op gezette tijden worden voorgeschoteld. Volgens Aron is Maika te beschermend. Hij vermoedt dat zijn kind geestelijk meer aankan dan haar moeder toelaat, maar hij twijfelt niet aan haar liefde voor Elsa en nog minder aan haar goede bedoelingen. Bovendien woont zijn ex in een wijk waar het leeuwendeel van haar familie resideert, een hechte club mensen – hij typeerde ze als 'echte Spanjaarden' – die samen de zorg voor de kinderen, zieken en ouderen delen.

'Elsa is daar gelukkig. Ze heeft in Madrid meer dan ik haar kan bieden, mijn leven is te ongeregeld, het matcht niet.' Dus heeft hij zich langzaam maar zeker naar de achtergrond laten drukken. Wel stuurt hij zijn dochter handgeschreven brieven, zodat Maika ze op een goedgekozen moment kan voorlezen, en af en toe een foto of ansichtkaart.

'Was Elsa gepland?'

Aron kijkt op. Zijn wimpers werpen schaduwen onder zijn ogen, maar de spikkels in zijn irissen glanzen als goudstof. 'Het gebeurde gewoon. We waren jong, we dachten niet na.'

'En nu?'

Zijn ogen glijden over me heen, een begin van een glimlach. Hij kust me.

4

De toeristenstroom begint op gang te komen, de reden dat we Juan en zijn hotel in Santa Cruz hebben verlaten en onze intrek zullen nemen in een tweekamerappartement in Ronda. Het is klein en eenvoudig ingericht, maar ligt pal in het centrum. We zullen er een maand blijven, daarna trekken we naar het oosten, zo'n zeshonderd kilometer verder naar de Costa Blanca. Even buiten Dénia staat de villa van Hans en Rosalie – daar zullen we zijn ouders treffen.

De snelle aftakeling waarvoor de artsen Hans hebben gewaarschuwd is tot nog toe uitgebleven. Nu Luciens emoties wat zijn bedaard en Hans zich nog steeds redelijk goed voelt, heeft Hans het idee opgevat naar Spanje te komen om afscheid te nemen van Rosalies familie.

Ik kijk ernaar uit om mijn schoonouders weer te zien, maar ik verlaat met tegenzin Sevilla, een stad waarvan ik tot in het diepst van mijn ziel ben gaan houden.

De brede asfaltweg naar Ronda is vrijwel verlaten en doorkruist een dunbevolkt gebied met olijfbomen. Af en toe passeert er een tegenliggende vrachtwagen of worden we ingehaald door motorrijders met een Duits kenteken. Schaars begroeide bergruggen rijzen op uit het landschap. Verspreid tegen hellingen zijn eenvoudige, witgekalkte huisjes gebouwd en hoog boven ons cirkelen roofvogels die me doen denken aan de gieren in Florida.

'Vroeger werden hier westerns opgenomen,' hoor ik Aron naast me zeggen. 'Een stuk verder naar het oosten heb je een woestijngebied bij Almería, daar hebben ze westerndorpen nagebouwd. *The Good, the Bad and the Ugly* is daar gefilmd.'

Ik weet dat er heel wat Europese westerns door Italianen zijn geproduceerd, maar het is nieuw voor me dat die in Spanje werden gedraaid. 'Waarom Spanje?'

'Omdat Spanje dichter bij Italië ligt dan Amerika en het woestijnlandschap bij Almería op dat van Californië lijkt.'

Ik heb mijn wang tegen de hoofdsteun gelegd en laat het kale landschap aan me voorbijglijden. 'Ze zouden hier ook sciencefictionfilms kunnen opnemen.'

'Dat zullen ze vast wel gedaan hebben.'

Een halfuur lang rijden we door zonder dat er een woord wordt gesproken. Als ik bijna ben ingedommeld, voel ik Arons hand op mijn knie. 'Je bent stil.'

'Ik ben een beetje moe.'

En misselijk. De hele ochtend al. De weg is bochtig, loopt slingerend langs de bergrug omhoog, daalt dan weer in talloze haarspeldbochten naar een dal waarin een diepblauw meer in de ochtendzon ligt te glinsteren.

'Door Lucien?' vraagt hij.

'Alles bij elkaar. Jij en ik. Jouw vader. De verandering. Het is soms net alsof ik droom.'

'Het is echt, meisje.'

Ik leg mijn hand op de zijne. 'Dat weet ik.'

Om ons heen wordt het berglandschap groener. Doornige struiken, olijfbomen, beekjes, weides waarin paarden staan te grazen.

Ik weet niet of dit ooit zal wennen. Ik merk dat ik – in tegenstelling tot Aron – moeite heb om deze realiteit te aanvaarden. Ik voel me soms als een acteur in een gesubsidieerde filmhuisfilm met onthechte, licht verdwaasde types die onverklaarbare keuzes maken, alsof de dwingende wetten die het leven van alledag ons allemaal oplegt niet voor hen gelden. Ik wist niet dat zulke mensen bestonden, ze hadden zich nooit eerder binnen mijn blikveld bewogen. Nu ben ik er zelf een. Ik, Vera Zagt, achtendertig jaar oud, heb geen vaste woon- of verblijfplaats meer, geen inkomen en geen idee wat ik morgen ga doen. Mijn standplaats was tot vanochtend een hotelkamer in Sevilla en zal de komende maand een appartement in Ronda zijn. Daarna een poos Dénia, gevolgd door misschien wel Barcelona, of Nijmegen – Aron huurt er een etage.

We maken ons geen zorgen, kennen geen angsten en routines zijn er niet. We leven in het heden: gisteren is geschiedenis en morgen is de toekomst.

Vóór Aron heb ik te veel in het verleden geleefd: mijn heden werd overschaduwd door nare herinneringen, en de keuzes die ik maakte voor de toekomst waren gebaseerd op diezelfde voorbije ervaringen. Angst was mijn drijfveer, mijn gids, mijn beschermer. Ik had zowel fysieke als mentale barrières opgeworpen om de buitenwereld op afstand te houden.

En ik leefde niet.

Dat begrijp ik nu pas.

Ik *zie* het nu pas.

Aron zegt: 'Loslaten is het enige wat je hoeft te doen. Neem elke dag zoals hij komt. Leef die dag. De rest volgt dan vanzelf. Je hebt het in je. Iedereen heeft het in zich.'

5

Het is zondagochtend. Het gebeier van kerkklokken klinkt door de stad, hoge tonen, lage tonen, dichtbij en verder weg; het geluid dringt moeiteloos door de ramen en dunne muren heen.

We zijn wakker geworden in de enige slaapkamer die ons nieuwe onderkomen rijk is, op een krap bemeten bed met een doorgezakte spiraalbodem. Het appartementje doet uitgewoond aan, met in goudkleurig metaal gevatte ramen van rookglas en een lawaaiig, donker trappenhuis. In de woonkamer staan foeilelijke eikenhouten meubels, de blauw betegelde badkamer zit vol kalkaanslag en het ruikt overal muf.

Het maakt me niet uit.

Arons hand ligt tussen mijn benen, ik druk mijn heupen ritmisch tegen hem aan. Zijn vingers glijden in en uit, zijn duim streelt me.

'Sneller,' snik ik, 'sneller.' Ik zoen hem met halfopen mond. 'Niet ophouden, niet...' Sidderend klamp ik me aan hem vast. Sluit mijn ogen als ik mijn onderlijf onverwacht snel voel ontladen, waarbij een hete stroom door mijn lichaam jaagt die al mijn spieren doet samentrekken. En nog eens. En nog eens. Ik onderdruk een kreet.

'Je bent mooi als je geil bent,' fluistert hij.

'Alleen dan?'

Een scheve grijns. 'Je bent altijd geil.'

Aron werkt zich op zijn knieën, trekt de rand van zijn boxershort naar beneden, omvat zichzelf en kijkt op me neer. Een glimlachje, vragend, uitnodigend.

Slapjes richt ik me op. Ik kus zijn borst, zijn buik, trek een vochtig spoor naar beneden, omvat zijn hardheid met mijn lippen, zuig en lik. Laat hem dieper komen. Ik wil dat hij dieper komt.

Buiten zijn de kerkklokken stil. Uit Arons keel stijgt gegrom op. Ik proef hem op mijn tong, achter in mijn keel, ik ga door, in hetzelfde tempo, tot hij zich met een langgerekte kreun in me leegt.

Als ik terugkom uit de badkamer ligt Aron met zijn armen achter zijn hoofd op bed, wijdbeens. Ogen gesloten, rustig ademend, alsof hij weer in slaap is gevallen. Buiten warmt de aprilzon de witte huisjes en terracotta pannendaken op. Hierbinnen is het koel. Ik ga naast hem liggen, pluk het laken en de deken van de vloer en trek ze over ons heen. Ik schurk me tegen Arons verhitte lijf aan.

Hij slaat een arm om me heen en kust mijn kruin. Speelt achteloos met een haarlok.

Jezus kijkt op ons neer vanaf zijn plek boven de deur. Zijn uit donker hout gesneden ogen staan getergd en in zichzelf gekeerd. Aan zijn linkerzijde, hoog tegen de muur, hangt een verschoten kleurenafbeelding van Maria in een wissellijst. Aan dezelfde spijker hangt een stoffige rozenkrans.

'Is dit huis van iemand die je kent?' vraag ik.

'Nee. Ik heb het gehuurd.'

In stilte bekijk ik de Maria-afbeelding. Het gezicht en de ogen lijken heel echt, alsof het een foto betreft. Er zit een kitscherige gouden stralenkrans om haar heen.

'Als ik een afbeelding van Maria zie, moet ik altijd aan mijn moeder denken,' zeg ik.

Aron bekijkt me zijdelings.

'En aan oma, de moeder van mijn vader.'

'Leeft ze nog?'

'Mijn oma? Nee. Toen ik een paar jaar met Lucien samenwoonde is ze aan een hartaanval overleden.'

'Hoe oud is ze geworden?'

'Eenenzeventig.'

Mijn oma heeft twee dagen dood op bed gelegen. Ze is gevonden door iemand van haar kaartclub. Druk bezig als ik toentertijd was om mijn nieuwe leven vorm te geven, beperkte ik de bezoekjes aan mensen uit mijn oude leven tot een minimum. 'De cipiers van mijn jeugd,' noemde ik hen smalend.

En toen was oma ineens dood. Met haar verdween de laatste moederfiguur uit ons leven. Moederloos waren we, ik en Lucien, die op opmerkelijke wijze van zijn moeder was vervreemd nadat ze een nieuwe vriend had gekregen en zich op linedancen had gestort.

'Heb jij iets met Maria?' vraag ik.

Ik hoor hem grinniken. 'Dat vraag je aan mij? Opgegroeid in Andalusië met een Spaanse moeder? Bij mij op school heette meer dan de helft van de meisjes María. Of Ana-María, María del Carmen, María-Dolores, María-Pilar...' Zijn glimlach wordt breder. 'María is een van mijn voornamen.'

'Echt?'

'Rosalie vond het belangrijk. Nog steeds, eigenlijk.'

'En je vader?'

'Hans is er minder mee bezig.'

'En jij?'

'Het is wat verwaterd. Ik ben al tijden niet meer naar de kerk geweest.'

'Je was getrouwd met een Spaanse. Was dat...?'

'Met Maika? Ja. Dat was voor de kerk.'

Ik kan me Aron niet voorstellen in een trouwpak, voor een

altaar. Hij lijkt me er op een of andere manier te vrijgevochten voor, te vrijdenkend. 'Dat had ik niet achter je gezocht.'

Hij kijkt me aan. 'Nee?'

'We zijn met kerst in Florida niet naar de kerk geweest. Ik kan me ook niet herinneren dat ik jou of je moeder heb zien bidden.'

'Dat doe ik ook zelden.'

'Dus je bidt weleens?' vraag ik.

'Jij niet?'

'Nooit. Waarom?'

'Waarom niet? Het is toch mooi dat je je tot iets of iemand kunt wenden als je het zelf niet meer weet?'

'Tot je erachter komt dat het allemaal toch geen reet uitmaakt, wat je ook doet.'

'Dat is cynisch.'

'Realistisch.'

Aron zwijgt.

Ik kijk naar de verbleekte Maria aan de muur en bestudeer haar liefdevolle oogopslag. Hoe kan ze zo kalm en devoot blijven kijken terwijl haar enige kind op armlengte afstand zichtbaar zoveel pijn lijdt en stervende is?

'Ik weet het niet,' fluistert Aron naast me. 'Misschien heb je gelijk, ben ik hypocriet.'

'Nee, dat ben—'

'Maar wat is het alternatief?' gaat hij door. 'Niks? Dat er niks is? Dat alles ophoudt hierna? Dat mijn vader straks doodgaat en ik hem nooit meer zal zien? Ik wil geloven dat het hier niet ophoudt. Dat hij ergens op me wacht. Dat hij over ons waakt, over mij en mijn moeder, en dat we elkaar op een dag weer zullen zien. Daarboven. Of waar dan ook.' Hij draait zich naar me toe, omarmt me, fluistert in mijn haar. 'Het mag allemaal niet voor niets zijn, Veer.'

6

Lucien heeft 't Fort te koop gezet. Dat staat in een notitie die ik in de stapel post vond die hij, samen met de echtscheidings-papieren, rechtstreeks naar het hotel in Sevilla heeft gestuurd. Juan is zo vriendelijk geweest om het hele pakket door te sturen naar Ronda, waar ik het vanochtend half verregend op de vloer van het Moors betegelde halletje aantrof.

Ik heb alle post geopend en uitgespreid over de houten vloer, zodat het papier kon drogen: de belastingbrieven – 'Wij hebben uw btw-aangifte over het vierde kwartaal nog niet ontvangen' –, acceptgiro's, ansichtkaarten van diereneigenaren, fotografietijdschriften, een stempas voor de gemeenteraads-verkiezingen.

De echtscheidingspapieren, opgesteld door Luciens vaste advocaat, zijn wonderwel droog gebleven. Ik heb de juridische teksten twee keer doorgelezen, maar niet alles wat er staat is me duidelijk. Het lijkt me hoe dan ook eenrichtingsverkeer.

Eigenlijk maakt het me ook niet uit. Een bankstel, een tafel, een staande lamp; ik heb er niets van nodig, het is alleen maar ballast. Misschien zou ik aanspraak kunnen maken op een deel van de opbrengst van het huis, maar zeker ben ik er niet van omdat ik nooit heb meebetaald aan de hypotheek. En partner-alimentatie? Ik ben degene die is weggegaan, niet Lucien.

Ik hoef geen geld van hem.

Ik hoef helemaal niets van Lucien.

Ik hoop dat het goed met hem gaat, dat hij gelukkig zal worden met iemand anders. Net zo gelukkig als ik nu ben met Aron.

Ik wist niet dat het bestond, dat zoiets als ik nu ervaar mogelijk was. Ons samenzijn lijkt in niets op een normaal leven. Het heeft eerder de sfeer van een tienervakantie, een gelukzalige time-out. De dagen dragen een zorgeloze lichtheid in zich mee.

Soms, als ik wakker word en naar Aron kijk die slapend naast me ligt, heb ik nog steeds moeite te geloven dat dit nu mijn leven is, mijn nieuwe werkelijkheid. Ik heb mezelf er meer dan eens van moeten overtuigen dat het zwerven van locatie naar locatie geen tijdelijke overgangsfase is. Dit hoeft niet op te houden; dit *is* nu mijn leven. Een ander soort leven.

Maar mijn oude leven is nog niet afgesloten.

Bij de aanblik van de verkreukelde, vochtige poststukken die uitgespreid over de vloer liggen, begint het tot me door te dringen dat ik de verplichtingen niet langer voor me uit kan blijven schuiven. Ik kan al die brieven niet laten liggen en doen alsof er geen morgen is, alsof de regels die voor alle mensen gelden niet voor mij opgaan.

Aron heeft zijn werk, daarmee is hij elke dag bezig – gelukzalige wittebroodsweken of niet. Ook vandaag is hij op pad.

Ik doe helemaal niets. Al bijna drie maanden niet. Ik heb een beetje Spaans geleerd en vrijblijvende fotoseries gemaakt, verder is er niets constructiefs uit mijn handen gekomen. Mijn telefoon staat nog steeds uit, mijn mailbox is onaangeroerd gebleven.

Ik kijk op de klok. Het is pas halftwaalf. Voor negen uur van avond verwacht ik Aron niet terug – we zouden rond tien uur gaan eten bij een vriend van hem, een hotelhouder hier in Ronda.

Een perfecte dag om een begin te maken met het opschonen van mijn oude leven.

7

Vierentwintig gemiste oproepen. Zes mensen hebben me een sms gestuurd om te vragen wat er aan de hand is. Gezien de periode die verstreken is, valt de hoeveelheid me mee.

Ik zet een mok thee op de vloer naast me en begin dan de post te sorteren. Eerst bel ik mijn boekhouder om hem te vragen de belastingdienst voor zijn rekening te nemen. Vrijwel alles wat hij nodig heeft om de aangifte te kunnen doen heeft hij al of ligt in postbakjes op mijn weinig gebruikte werkkamer in 't Fort – Lucien moet hem die stukken maar geven.

Als ik een einde aan het gesprek wil maken, vraagt hij: 'Gaat het wel goed met je?'

'Ja, ja. Prima,' zeg ik snel. Daar laat ik het bij. Het heeft geen zin om aan iemand als Peter de Jong te vertellen dat 'goed' de lading onvoldoende dekt, dat het een understatement is voor wat ik de afgelopen drie maanden heb ervaren. Ik voel me niet goed, ik voel me fantastisch. Maak jij je maar geen zorgen over mij, Peter, zou ik willen zeggen. Jij kende mij nog als donzig kuiken dat aarzelend over de rand van het nest naar de afgrond keek, maar hier vlieg ik nu, hoog boven het Spaanse berglandschap, met wijd uitgespreide vleugels. Mijn verendek schittert in de zon.

Ik ben een nestvlieder, Peter.

Ik ben uitgevlogen.

Ik ben eindelijk uitgevlogen.

'Spanje, zei je toch?'

'Klopt. Andalusië.'

'Is dat noordelijk of in het zuiden?'

'Dat laatste.'

'Wanneer kom je terug?'

Terúggaan? 'Voorlopig blijf ik hier.'

Ik geef hem dit adres in Ronda, maar de postcode moet ik hem schuldig blijven. Die beloof ik hem later te sms'en.

Het volgende telefoontje is met mevrouw Van Grunsven. Voor me liggen vier handgeschreven facturen op lijntjespapier: de huur voor februari, maart, april en mei.

'Je loopt danig achter met de huur,' zegt ze. Op de achtergrond hoor ik haar hondje keffen.

'Sorry. Ik ben in het buitenland geweest. En nog steeds, eigenlijk.'

'Dat heb ik gehoord, ja.' Er klinkt afkeuring door in haar stem. De dorpstamtam zal ook mevrouw Van Grunsven hebben bereikt.

Ze gaat door: 'Wil je de huur misschien opzeggen? Ik heb al een gegadigde.'

'Nee. Dat zeker niet.' Zolang ik niet weet of en hoe ik verder wil, houd ik de studio aan: zo'n ruimte zal ik voor dit bedrag niet gauw meer vinden. Ik beloof de achterstallige huur over te maken en bied nogmaals mijn excuses aan voor ik het gesprek beëindig.

Mijn smartphone is warm geworden van het bellen. Ik leg hem op tafel en neem een paar slokken van mijn thee. Het valt me op dat de bezorgdheid van Peter de Jong en de afkeuring van mevrouw Van Grunsven geen effect hebben op mijn humeur. Vroeger zou ik me die hebben aangetrokken. Nu niet meer. Ik hou Van Grunsven en Peter nu voor wie ze daadwerkelijk zijn: mensen die hun hele leven in hetzelfde dorp zijn blijven wonen. Zij kunnen zich onmogelijk verplaatsen in wat ik nu meemaak.

Aan het einde van de middag is mijn werkplek verplaatst naar de comfortabeler eikenhouten tafel. Over het blad verspreid liggen uitgesorteerde brieven en aantekeningen, en aan mijn telefoon bungelt het snoer van de oplader. De zon werpt een gefilterd sepialicht op de verkeersvrije winkelpromenade die aan de voorzijde van het appartementencomplex ligt. Door het opengeschoven raam klinkt geroezemoes. Groepjes Spanjaarden – mannen, vrouwen, kinderen – staan midden op straat en voor de winkels en cafés met elkaar te praten. Af en toe hoor ik Duits, Engels, en heel soms Nederlands. De bars beginnen vol te stromen.

Het werk heeft me zo in beslag genomen dat de lunch erbij ingeschoten is. Ik schuif alle papieren bij elkaar, pak mijn cameratas en sluit de deur van het appartement achter me.

In het trappenhuis is het schemerig. Er ontbreken tegels op de treden en de ruimte ruikt naar schimmel en vocht. Ik stoor me er niet aan; het heeft ook zijn charme. Aron en ik blijven nooit lang genoeg op dezelfde plek om ons ergens aan te kunnen gaan ergeren. De verwondering van het nieuwe, het onbekende, overheerst. Achter een van de andere deuren die beneden op het halletje uitkomen zijn mensen aan het bekvechten. Het klinkt heftig, maar ik realiseer me dat het net zo goed een normale conversatie kan zijn: de mensen hier praten nu eenmaal graag en veel, maar vooral erg hard en door elkaar heen, zodat het lijkt of ze elkaar elk moment naar de keel kunnen vliegen.

Aan de Plaza del Socorro liggen een paar grote, overdekte terrassen. Ik heb me aan een van de tafeltjes in de schaduw geïnstalleerd met een glas wijn en een schaaltje olijven. Om me heen is het druk en rumoerig, maar ik krijg er weinig van mee.

Na een maandenlange periode van ontkenning is mijn oude leven vanmiddag weer heel actueel geworden.

Ik vraag me vooral af hoe het met Nico is. Zou hij alles hebben doorgezet en nu gescheiden zijn? Of woont hij nog steeds – of misschien weer opnieuw – bij zijn gezin? Net als bij Lucien hoop ik dat het goed met hem gaat en dat hij gelukkig is, maar vrees ik het tegenovergestelde. Ik durf ons Gmail-account niet te openen. Nog niet. Voor een confrontatie met Nico, ook al is het maar per e-mail, voel ik me nog niet sterk genoeg.

8

Vorige week had ik ongesteld moeten worden. Het is al de tweede keer dat ik een menstruatie oversla. Ik ben er steeds van uitgegaan dat het met stress te maken had, dat het uitblijven van een eisprong een nogal heftige, maar wel logische reactie van mijn lichaam was op de grote veranderingen.

Maar daaraan ligt het niet.

De realiteit is banaler.

Na terugkomst uit Florida had ik nog maar een kwart strip Microgynon en het is er niet meer van gekomen een huisarts te bezoeken. Aron en ik hebben dagelijks gevreeën. Meestal mét, maar soms ook zonder condoom. En juist van die laatste momenten heb ik de intensiteit tot in de fijnste haarvaten gevoeld, ik kan ze tot in detail uit mijn herinnering opdiepen, alsof elke beweging die we maakten ertoe deed – elk woord, elke blik was belangrijk, doordrenkt van noodzaak.

De nachten op La Palma. Nu ik erop terugkijk, alleen op het toilet, omgeven door met kalk beslagen blauwe tegeltjes en met het koele bewijs van onze onzorgvuldigheid tussen mijn vingers, komen die momenten weer voorbij. Het lijkt nu of we het erom hebben gedaan; alsof onze zorgeloosheid is ontsprongen uit een onderliggend besef, vanuit een laag die dieper ligt dan het bewustzijn, de laag waarop Aron en ik met elkaar verweven zijn en eeuwig met elkaar verweven willen blijven.

Ik leg de test op de grond voor me. Dit is niet de eerste zwangerschapstest die ik in mijn leven doe. Ik kan me eerdere momenten herinneren dat ik me bloednerveus op de wc heb teruggetrokken. Altijd ging er die angst aan vooraf, spanning die opliep tot aan het ondraaglijke, waarna de testuitslag een einde maakte aan de onzekerheid en bange vermoedens en er een euforische opluchting volgde.

Er zijn nu geen bange vermoedens geweest, alleen nieuwsgierigheid. En wat ik door me heen voel golven is niets minder dan blijdschap en trots. Ik ben achtendertig; ik heb alle statistieken tegen. Het zou niet zo kunnen zijn. Niet zo snel. Zo makkelijk.

Met de test in mijn trillende hand loop ik de woonkamer in. Ik leg het plastic buisje op de eettafel en ga op een stoel zitten. Nog steeds heb ik het vreemde gevoel dat dit niet echt is, dat ik terecht ben gekomen in een nogal levendige droom. Ik, zwanger?

Er komt geluid uit de badkamer. Een kastje dat open en dicht wordt gedaan, het wegspoelen van water. Aron werkt vandaag niet. We trekken zo meteen de bergen in, op zoek naar een kolonie roofvogels in een vallei op een klein uur rijden hiervandaan. Aron is er vaker geweest. Volgens hem is het een magische plek, met een heldere beek waarin schildpadden zwemmen en met metershoge, bloeiende oleanders langs de oever. Er ligt al een plaid in de auto, wat brood en een stuk gedroogde ham. Op tafel staan een jerrycannetje water en een fles wijn.

Aron komt fluitend de kamer in gelopen en zet een gevulde rugzak op tafel. Hij draagt bergschoenen, een katoenen broek met zijzakken en aan zijn shirt hangt een zonnebril. De energie spat van hem af. '*Ready to go, guapa?*'

Ik knik.

Hij pikt meteen mijn gemoedstoestand op. 'Is er iets?'

Ik knik nog eens.

Hij ziet de test liggen. De blik in zijn ogen verandert. Behoedzaam pakt hij het staafje op, alsof het elk moment uit elkaar kan spatten.

Ademloos kijk ik toe.

'Veer?'

'Ik had het morgen willen doen. Maar ik kon niet meer wachten, ik moest het weten.'

Aron staart gebiologeerd naar de test. Draait het ding tussen zijn vingers. 'Is dit betrouwbaar?'

'Volgens de bijsluiter wel.'

Hij beweegt nauwelijks, zijn donkere ogen gefixeerd op de blauwe puntjes. Ik zie de snelle ademhaling onder zijn T-shirt. 'Dus het is zeker?'

'Ja. Denk ik.'

Na een aantal seconden die wel uren lijken, kijkt hij op. Zijn ogen schitteren. 'Ik kan het nauwelijks geloven.'

'Ik ook niet.'

'Je wilde geen kinderen,' zegt hij zacht.

Mijn stem trilt. 'Met jou durf ik het wel aan.'

Hij buigt zich over de tafel, pakt mijn handen vast en knijpt ze bijna fijn. 'Je hoeft het niet alleen te doen,' fluistert hij, en hij beroert met zijn lippen de knokkels van mijn vingers. 'Ik ben hier en ik blijf altijd bij je. Bij jou en ons kind. Dat zweer ik je.'

Dan pas zie ik dat hij tranen in zijn ogen heeft.

9

In de woonkamer liggen twee koffers geopend op de vloer. Morgen is onze laatste dag in Ronda, de stad bij de honderd-zestig meter diepe Tajo-kloof. We hebben het appartement al schoongemaakt – de verhuurder zal zijn huis een stuk schoner aantreffen dan hij het achterliet. In de afgelopen maand is de bedompte schimmellucht geleidelijk weggetrokken, om plaats te maken voor die van wasmiddel en geuren die opstijgen uit de tapasbars en ijssalons in de winkelstraat. Om op mijn manier afscheid te nemen van ons tijdelijke onderkomen heb ik foto's gemaakt van Maria, de rozenkrans, het bed, en zelfs van het blauwbetegelde toiletje.

Buiten klinkt het straatrumoer op de Carrera de Espinel, hierbinnen is het stil. De radio en tv zijn de hele avond nog niet aan geweest. Ik hoor Aron zo nu en dan zuchten of gaan verzitten. Hij is verdiept in een vertaalklus. Nu rusten zijn voeten op de salontafel, zijn laptop zoemt zacht.

Ik ben aan de eettafel gaan zitten en surf rond op internet. Eerder vanavond heb ik me aangemeld op een forum waarop Nederlandse vrouwen praten over het verloop van hun zwangerschappen. Volgens de verloskundige van het Centro de Salud ben ik al veertien weken zwanger. Het vruchtje is helemaal af, het heeft handjes en voetjes en een gezichtje. Het meet nog maar negen centimeter en toch begint mijn buik dikker te worden. Aron is het ook opgevallen. Hij zegt dat alles aan mijn lichaam ronder wordt, voller, en dat ook mijn gezicht aan het veranderen is. Ik heb in de spiegel gekeken, maar ik zie geen verschil.

Ik schuif de stoel naar achteren en loop naar de keuken. Woel in het voorbijgaan door Arons haar. 'Jij ook wat drinken?'

'Doe maar cola.' Hij brengt een hand omhoog, aait over mijn arm en gaat verder met zijn werk.

In het krappe keukentje pak ik glazen uit een kastje. Cola drink ik niet meer. Sinds ik weet dat ik zwanger ben beperk ik me tot water, thee, melk en vruchtensap. Hoewel de verloskundige – matrona in goed Spaans – heeft gezegd dat het heus geen kwaad kan om af en toe een tinto de verano te drinken, heb ik alcohol afgezworen. Ik ben veel te bang dat het misgaat. Als dat niet al is gebeurd: de eerste drie maanden van de zwangerschap zijn het belangrijkst, en juist in die periode heb ik relatief veel gedronken en stress gehad. Ik probeer er zo min mogelijk aan te denken. Over vijfenhalve maand zal ik het weten. Op 8 oktober, om precies te zijn.

De matrona wist ons ook te vertellen wanneer de conceptie heeft plaatsgevonden. Aron en ik zaten ademloos te wachten terwijl zij een berekening uitvoerde op de computer. Ze noteerde haar bevindingen op een formulier en overhandigde het ons. De datum liet niets te raden over.

Ons kind is verwekt op La Palma.

Terug aan de eettafel valt mijn oog op het e-mailicoontje. In een opwelling klik ik erop. Het programma begint prompt de e-mails te laden. Ik zie veel bekende namen voorbijkomen, ook namen die me niets zeggen.

Na het verwijderen van nieuwsbrieven en andere berichten waar ik niet op hoef te reageren, blijven er nog honderdtwintig e-mails over. De meeste zijn van diereneigenaren die me om afdrukken vragen, of me op de hoogte brengen van geboortes en nieuwe aanwinsten, en bijna de helft is van klanten. Een stagiaire van Petfood Division bedankt me voor mijn inspanningen; de keuze is gevallen op een kortharige witte kat. Er zit een mail tussen van Elsemieke, waarin ze refereert aan ons gesprek in Hotel Breukelen. Ze stuurt me een uitnodiging voor een seminar over de financiële gevolgen van de nieuwe wetgeving voor kleine zelfstandigen. Die bijeenkomst heeft al in maart plaatsgevonden, zie ik. Ik verwijder de mail. Onder de klantenmails zijn ook aanvragen van mij nog onbekende bedrijven. Een Belgische konijnenvoerfabrikant zoekt foto's voor een kalender, een farmaceut is op zoek naar een kat voor de verpakking van een medicijn tegen kattenallergie, een nieuw dierenblad wil met me praten over de mogelijkheden van een vaste samenwerking.

'Wat doe je?' Aron komt achter me staan en masseert mijn schouders.

'Mijn werkmail bekijken.'

'Eindelijk moed verzameld?'

Ik knik.

'En?'

'Soms mis ik het.'

'Het werk of de mensen?'

'Beide. En de dieren zelf.'

Zijn vingertoppen en duimen masseren mijn nek. 'Dan pak je het toch weer op?'

'Dat gaat niet,' kreun ik.

'Waarom niet?'

Mijn blik glijdt over de mails. Verschillende zijn pas in de afgelopen weken verstuurd – nieuwe klanten, maar ook vaste, die mijn 'tijdelijk afwezig'-mail blijkbaar alweer zijn vergeten. Misschien is er nog niets verloren. Ik kan mijn werk oppakken. Het enige wat ik daarvoor moet doen is reageren op de aanvragen.

Maar dan?

'Het is niet zo makkelijk,' zeg ik, en ik laat mijn hoofd in Arons handen naar achteren zakken. Hij masseert rustiger nu, met ronddraaiende bewegingen.

'In Nederland kan ik binnen een straal van honderd kilometer op misschien wel duizend adressen terecht voor een shoot,' zeg ik zacht. 'Hier ken ik nog niemand. En al zou ik vandaag opnieuw beginnen met het opbouwen van een netwerk, dan nog zijn de afstanden in Spanje te groot om de opdrachten rendabel te maken.'

Hij is even stil. Zegt dan: 'Wil je terug naar Nederland?'

'Liever niet.'

In de winkelstraat praten mannen op luide toon met elkaar. Hun stemmen weerkaatsen tussen de oude gevels.

'Je zou heen en weer kunnen pendelen,' zegt hij. 'Dat doe ik ook.'

Arons vingertoppen beroeren nu mijn slapen, zuchtend sluit ik mijn ogen. Ik probeer me voor te stellen hoe dat er in de praktijk uit zou zien. Heen en weer pendelen tussen Spanje en Nederland. De vliegverbindingen zijn goed en betaalbaar. Ik zou ervoor kunnen kiezen geen spoedopdrachten aan te nemen, en wat er overblijft zo veel mogelijk te clusteren. En ik heb natuurlijk ook nog honderdduizenden afbeeldingen in voorraad.

Misschien is het te doen.

In elk geval voor de eerstkomende maanden.

Maar hoe moet het straks, als de baby er is?

'Ik moet er eerst goed over nadenken,' zeg ik.

Het is halfdrie. In de slaapkamer is het aardedonker. Het is de vierde keer dat ik wakker schiet. Na het lezen van mijn werk-mail ben ik onrustig geworden. In mijn oude leven liet ik geen e-mail onbeantwoord. Ik reageerde nog dezelfde dag. Negeren van aanvragen stond gelijk aan schoenen op tafel zetten en kleingeld op straat laten liggen – een open sollicitatie naar financiële rampspoed. Ik zie mijn oma nog bukken om een dubbeltje of een cent tussen de stoeptegels vandaan te peuteren.

Wie het kleine niet eert, is het grote niet weerd.

Ik stap uit bed, loop naar de woonkamer en start mijn laptop op. Oranje schijnsel van de straatzijde sijpelt door de rook-bruine ramen naar binnen. Ik hoor mannen praten, vrouwen hard lachen en in rap Spaans naar elkaar roepen. Stil is het nooit aan de Carrera de Espinel.

Hierbinnen klinkt alleen het zachte gezoem van de laptop en de koelkast. Ik zit in een poel blauwwit licht en loop nog eens de e-mails door. Van sommige aanvragers haal ik de namen door een zoekmachine. Ik maak berekeningen, zoek naar goedkope vluchten van en naar Spanje en kijk op welke dagen en tijden er wordt gevlogen.

Ongemerkt is het vier uur geworden. Ik gaap en rek me uit. De lome vermoeidheid is weer teruggekeerd. Toch sluit ik de computer niet af. Ik log in op Gmail.

Ik heb regelmatig teruggedacht aan het moment waarop ik hem achterliet in dat hotel in Alkmaar. Verslagen, eenzaam, verward. Ik had het anders moeten aanpakken. Heel anders. Nico verdiende beter dan de laffe aftocht van zijn labiele minnares; een man als hij heeft recht op een vrouw die hem in de ogen durft te kijken en een volwassen dialoog aangaat. Mijn gedrag van die middag is niet goed te praten. Ik krimp in elkaar van schaamte als ik eraan terugdenk.

De pagina is geladen.

In de inbox staat één mailtje van Nico. Zonder onderwerp.

Gespannen klik ik op het bericht.

Eén zin, drie korte woordjes:

IK MIS JE.

Aron stuurt zijn auto over een asfaltweg die door een uitge-
strekt berggebied slingert. Onze bagage ligt in de kofferbak,
op de achterbank staan tassen met etenswaren. De plaid die
eroverheen ligt beschermt de spullen tegen de aprilzon, die in
de afgelopen weken steeds genadelozer is gaan schijnen.

Het is nu volop zomer, de dagen worden langer en alsmaar
warmer. De heetste periode komt nog: in juli en augustus kan
het gemakkelijk veertig tot vijfenveertig graden worden, en
dan is het aan de kust beter uit te houden dan landinwaarts.

Ik verheug me op ons nieuwe onderkomen, het huis in Dénia dat Hans en Rosalie vijf jaar geleden hebben gekocht. Over
twee weken zullen Arons ouders zich bij ons voegen, maar lang
kunnen ze niet blijven omdat Hans terug moet voor een behandeling in een Nederlands ziekenhuis.

Hans en Rosalie weten nog niet dat ik zwanger ben. Aron wil
het grote nieuws niet per telefoon overbrengen. Ik snap dat
goed, al zie ik hem ook worstelen tijdens zijn dagelijkse te-
lefoongesprekken met zijn ouders. Regelmatig heb ik hem
horen zeggen dat hij naar Nederland wil gaan, maar Hans en
Rosalie vinden dat niet nodig. Ze zeiden dat er later nog tijd genoeg is om afscheid van Hans te nemen, als het slechter met
hem gaat en hij bedlegerig is geworden. Wat moet Aron voor

die tijd in Nederland doen? Juist in deze periode heeft hij vol-op werk in Spanje. Zijn vader wil dat hij zich daarop focust en ook aandacht schenkt aan mij en onze relatie. Hoewel Hans kwaad op ons allebei is geweest, is hij ook gaan begrijpen dat dit geen bevlieging is. Zijn begrip betekent veel voor Aron. En daarmee ook voor mij.

Ik heb ook mijn eigen vader nog niet verteld dat ik zwanger ben. Tot drie keer toe heb ik op het punt gestaan om hem te bellen, maar ik heb me even vaak bedacht. De laatste keer dat ik hem sprak, was hij woest op me. Dat ik bij Lucien weg was en nu in Spanje rondtrok vond hij 'het stomste wat ik ooit had kunnen doen'. Hij zei dat ik mijn leven vergooide en kletste als een kip zonder kop. Bovendien 'kwam er nog geen goeie hond uit Spanje vandaan'. Halverwege zijn tirade heb ik de verbinding verbroken.

Verstandelijk kan ik beredeneren dat het pure onmacht is, dat mijn vader zich ernstige zorgen maakt en dat dit nu een-maal zijn manier is om dat te uiten. Toch raakt het me. Nog steeds. Het voelde alsof hij me sloeg. Elk woord een klap in mijn gezicht.

'Wat ben je stil,' merkt Aron op.

'Ik denk na.'

'Waarover?'

'Mijn vader.'

'Wil je dat ik hem bel?'

'Beter van niet.'

Aron legt een hand op mijn knie en geeft er een speels kneepje in. 'Hij draait wel bij.'

'Ik denk het niet.'

'Kom, zo erg kan hij toch niet zijn? Hij wordt opa. Die man is straks zo trots als een pauw.'

Ik zie aan Aron dat hij het meent, dat hij oprecht denkt dat mijn vader wel zal bijdraaien. Dat optimisme treft me. Maar hij kent mijn vader niet. Die twee komen van verschillende planeten; ze zullen elkaar nooit aardig gaan vinden of zelfs maar leren begrijpen.

Aron zoekt een andere zender omdat de radio is gaan storen. Pas na vijf pogingen komt er eentje door die acceptabel klinkt. Zigeunermuziek. De schelle tonen hoor ik niet meer. Mijn oren zijn kilometers geleden al dichtgeklapt, toen we zigzaggend bergafwaarts reden. Alles klinkt nu alsof ik in een glazen kubus zit.

Ik leg mijn achterhoofd tegen de hoofdsteun aan, mijn handen rusten losjes op mijn buik. Beweging van de baby heb ik nog niet gevoeld, maar ik ben me er nu wel meer van bewust dat ik niet meer alleen ben in dit lichaam. Dat er iets groeit daarbinnen. Iets moois en kostbaars.

Mijn moeder zou het fantastisch nieuws hebben gevonden. Ze zou het aan iedereen in het Dingemans Instituut hebben verteld, of waar ze nu dan ook gezeten zou hebben. Ze zou tekeningen hebben gemaakt van mij, mijn buik, de baby. Ik weet zeker dat mijn moeder een geweldige oma zou zijn geweest.

Tot diep in mijn volwassen leven heb ik mezelf de schuld gegeven van haar dood. Als ik beter had opgelet, de signalen had opgepikt, niet tegen de regels in was gegaan, gewoon had geluisterd naar mijn oma en mijn vader en de verplegers van het Dingemans Instituut... Als. Dan zou ze nog geleefd hebben.

Ik had mijn eigen moeder vermoord. Die overtuiging heeft me bijna waanzinnig gemaakt.

Nu neem ik het mezelf niet meer kwalijk. Mijn moeder was ziek. Ik was jong, naïef en eenzaam. Als we goede begeleiding hadden gehad van het instituut, als mijn vader mama niet had doodgezwegen – mogelijk was dan alles anders gelopen. Toch verwijt ik niemand iets – niet meer. Soms gaan dingen nu eenmaal mis, zomaar, zonder reden, zonder nut.

Sinds ik zwanger ben, denk ik veel aan mijn moeder. Ik zit

met zoveel vragen die ik haar nooit heb kunnen stellen. Hoe is haar zwangerschap verlopen? Was ze ook zo misselijk? Hoe voelden bij haar de weeën? Werd ik geboren op de uitgerekende datum, eerder, later? Ik vraag me ook af hoe de eerste jaren zijn geweest, die ik als baby en dreumes niet bewust heb meegekregen. Aan gesprekken over die periode zijn mijn moeder en ik nooit toegekomen. Ik weet alleen dat haar ziekte toen moet zijn begonnen: ná mijn geboorte.

Met het telefoongesprek dat ik met mijn vader had nog vers in mijn geheugen ben ik me gaan afvragen of het moederschap haar lichter zou zijn gevallen als ze een man als Aron naast zich had gehad, in plaats van een gevoelloze hork met een starre, negatieve levenshouding. Misschien was mijn moeder wel helemaal niet gek, alleen maar kwetsbaar. Een lieve, al te gevoelige vrouw die niet was opgewassen tegen de wereld waarin ze zich moest handhaven. Mijn moeder was geen hemelbestormster. Ze kon eenvoudigweg geen andere horizon zien dan die van een leven als de vrouw van sergeant Theodorus Zagt, in de wijk waarin ze waren neergestreken. Het zou best waar kunnen zijn dat er niets mis was met mijn moeder, maar alles met de omgeving waarin ze verkeerde. De hardheid. De agressie. Het onbenul. Het verholen sadisme. Een bijzondere, exotische plant die in de verkeerde aarde was gepoot, zodat ze gedoemd was langzaam te verpieteren en uiteindelijk te sterven.

Uit het zicht van Aron veeg ik met mijn vingertoppen de tranen weg.

12

Het huis van Hans en Rosalie is een droom. Wit gestuukte muren, oranje dakpannen en een enorm, laag ommuurd terras aan de zeezijde met een rechthoekig zwembad in het midden. Casa Ana ligt op een lichte verhoging ten opzichte van de kustweg. Langs het huis lopen met terracotta betegelde trappen, er staan cactussen en oleanders in de met zand en licht gravel bedekte rotsbodem. Voor de ramen zijn smeedijzeren diefijzers aangebracht.

Aron zet de auto onder de met bougainville begroeide carport. Ik voel me opgetogen, als een kind tijdens een dagje uit. Ik ruik de zee. De wind trekt aan mijn haar. 'Wat een prachtplek. Ik had wel verwacht dat het mooi zou zijn, maar dit?'

Aron grijnst en haalt de koffers uit de achterbak. Ik neem de lichtere tassen met boodschappen. Hij toetst de code van de poort in, die zacht piepend openklapt.

We lopen achter elkaar de trappen naar het terras op. Het ziet er schoon en goed onderhouden uit, het zwembad is blauw en helder.

'Je zou niet zeggen dat het al maanden leegstaat,' zeg ik, mijn blik gericht op het rimpelige wateroppervlak.

Aron zet de koffers in de schaduw van de veranda. 'Een vriend van Hans onderhoudt het. Pablo heet hij, je zult hem wel leren kennen. Zijn vriendin doet de binnenboel.'

Ik draai me om naar de Middellandse Zee. Tussen het huis en de diepblauwe watermassa ligt nog een tiental andere huizen verspreid over de schaars begroeide rotsen, maar de wijk is zo opgezet dat er voldoende privacy is.

Vroeger had ik weinig met de zee. We kwamen er zelden: mijn vader vond het te ver rijden. Als we bij hoge uitzondering eens de Zeeuwse of Zuid-Hollandse kust aandeden, liepen we zwijgend langs het loodgrijze water met zijn gelige schuimkoppen, en dan prikte mijn vader lusteloos met een stok in de talloze kwallen die op het strand tussen het verdroogde wier lagen te sterven. Het Noordzeestrand stonk naar verrotting. Door Ruskin en La Palma heb ik andere associaties met de zee gekregen.

'Kom je binnen?'

Ik pak de boodschappentas en loop door de geopende schuifpui een woonkamer in. Het is lekker koel hierbinnen. Witte meubels, plafondventilatoren, veel kussens en riet. Aron loopt door een schemerige gang naar de voorzijde van het huis. Hij zet de koffers neer in een slaapkamer waarvan de rolluiken dicht zijn.

Het beddengoed ruikt als in een hotel. Naar vakantie. Ik trek het rolluik omhoog en zie de bergrug. Geen zeezicht.

'Het huis ligt vrij dicht langs de weg, maar dat hoor je niet als de ramen dicht zijn,' hoor ik Aron achter me zeggen. Zijn schoenzolen piepen op het glanzende witte marmer. 'Ik pak de rest ook even.'

Ik neem de slaapkamer in me op. De muren hebben een zachtroze kleur en het bed is wit, net als de kledingkast. Ernaast hangt een ouderwets fotolijstje met een vergeelde schoolfoto van een jongetje. Ik herken de twinkeling in zijn donkere ogen. Zijn haar was vroeger lichter dan nu – bijna blond. Hij draagt een keurig overhemd met een V-halstrui, geruit, blauw met wit. Ik vermoed dat Aron zeven, acht jaar was toen deze foto werd gemaakt.

Zou ons kind op hem gaan lijken? Zal zijn huid lichtgetint zijn, met een waas van donkere haren zoals die van Aron, of blank en donzig, zoals die van mij?

Ik kan niet wachten tot het zover is, tot ik ons kind kan bekijken, het kan vasthouden en het kan zien opgroeien.

13

De rest van de week hebben we vrijwel elke dag aan het zwembad doorgebracht, naakt poedelend en luierend op de ligstoelen. Ik draaide me steeds op mijn buik als er weer eens een vliegtuigje langs de kustlijn verscheen. Aron vond dat grappig; hij noemde me preuts en zei dat ik dat binnenkort vast niet meer zou kunnen, mezelf op mijn buik rollen. Hij leerde mijn camera gebruiken en maakte foto's van mijn vollere buik en van wel meer lichaamsdelen; volgens hem is zijn werk esthetisch zeer verantwoord en bovendien keurig, maar ik bewaar zijn foto's toch maar beveiligd achter een wachtwoord.

Het is de hele tijd rond de achtentwintig graden geweest. Nu de zon achter de bergrug wegzakt en de zee van lichtblauw naar donkerpaars kleurt, begint de temperatuur te dalen. Van alle kanten klinkt het gekwetter van zwaluwen, die in de bergrug nestelen. Ze schieten heen en weer in de steeds donker wordende lucht en maken duikvluchten naar insecten die in beweeglijke schaduwvlekken boven het wateroppervlak van het zwembad hangen.

We lopen op blote voeten over de warme terrastegels, onze lichamen nog steeds verhit, badjassen om ons heen geslagen. In de garage onder het huis staat een kleine witte auto met een Spaans kenteken. Tegen de lange muur, die deels is gemetseld en deels uit de rots is gehakt, staat een stoffige motor – Arons

vaste vervoer in de zomermaanden, als de massaal toege-
stroomde toeristen files op de kustweg veroorzaken en ritjes
die normaal een halfuur of minder duren wel anderhalf uur in
beslag kunnen nemen. Hij heeft hem vanmiddag nog gestart
en nagekeken: de garage stinkt nu naar uitlaatgassen en benzi-
ne. Aan het plafond hangen twee mountainbikes die volgens
Aron nooit zijn gebruikt, en naast de ingang staat een gasbar-
becue van rvs. Ik houd de deur open terwijl Aron het ding naar
buiten toe sjouwt en het terras op rolt.

Het is een van onze laatste avonden samen: overmorgen halen we Hans en Rosalie op van het vliegveld in Alicante. Met de
komst van mijn schoonouders zal er voorlopig een einde komen aan ons losbandige leven in dit privéparadijs. Ik vind het
niet erg. Ik verheug me erop om Arons ouders weer te zien. Dat
het tegen alle verwachting in zo goed gaat met Hans is een mooi
cadeau.

'Je zou bijna gaan twijfelen aan die prognoses,' zeg ik tegen
Aron.

Aron sluit de barbecue aan op een gasfles. Hij draagt alleen
zijn zwembroek en slippers. De zon is verdwenen, maar de
terrastegels houden de warmte vast. In de duisternis om ons
heen tjirpen duizenden krekels.

'Mijn vader is een taaie,' zegt Aron.

'Zou de arts zich hebben vergist?'

Zonder me aan te kijken schudt hij zijn hoofd. 'Misschien
alleen in de tijd die hij nog heeft.'

Eerder vanavond heb ik gamba's gemarineerd en kabeljauw
en zalm schoongemaakt. Aron heeft bij Carrefour cava gehaald; ik neem de fles van hem over en schenk zijn glas vol terwijl hij gamba's en brede repen paprika op de grillplaat legt. In
mijn glas schenk ik ananassap.

'Heb je eigenlijk nog gereageerd op die werkmail?' vraagt
hij.

'Vorige week al.'

'En?'

'Ik heb ze geschreven dat ik ze graag als klant welkom wil heten, maar dat ik momenteel voor een omvangrijke opdracht in het buitenland verblijf.'

Aron draait de spiesjes om op de grillplaat. 'We zouden onze basis naar Nederland kunnen verplaatsen. Mijn moeder staat er straks alleen voor. Er komt een moment waarop Hans hulpbehoevend wordt en thuis moet worden verpleegd. En ook daarna zal ze iemand nodig hebben. Ik heb begrepen dat de buren helpen en dat Laura ook regelmatig bijspringt, maar...'

'Je huurt toch een appartement in Nijmegen?'

'Ja, maar voor een langere termijn zullen we een andere oplossing moeten zoeken.'

'Hoezo?'

'Het is meer een studentenkamer. Niet geschikt voor twee, laat staan drie mensen.' Hij knikt naar mijn buik. 'Het is er te klein. Te onhandig ook: steile trappen, gehorig.'

'Heb je iets anders in gedachten?'

'We zullen een huisje nodig hebben. Iets fatsoenlijks, met minstens twee slaapkamers. Een beetje solide uitvalsbasis van waaruit we allebei kunnen werken.' Aron pakt zijn iPad van het bijzettafeltje en komt naast me op een terrasstoel zitten. Zijn vingers glijden over het scherm en ik zie de website van Funda verschijnen. Hij tikt wat gegevens in, ongeduldig, zijn knieën wiebelen.

'Dus we gaan in Nederland wonen?'

Hij houdt zijn blik op het scherm gericht. 'Ik denk dat dat het beste is. Dan zien we over een jaartje wel weer verder. Jij zou je werk kunnen oppakken, en je voorbereiden op de komst van Aron junior.' Hij grinnikt.

'En jij dan?'

'Ik zal wat vaker op en neer moeten vliegen.' Hij kijkt op. 'Hoe denk je erover? Doen?'

Terug naar Nederland. Een week geleden was die optie niet eens in me opgekomen. Op en neer reizen, ja, dat wel. Maar daadwerkelijk teruggaan? 'Waarom niet?' hoor ik mezelf zeggen. 'Nijmegen ligt niet zo heel ver van mijn fotostudio vandaan.'

Aron pakt de spiesjes van de barbecue en verdeelt ze over onze borden. Schuift rauwe stukken zalm op de grillplaat. Ze beginnen zachtjes te sissen.

'Wat sta je daar nou te grijnzen?' vraag ik.

'Ik dacht aan Hans en Rosalie. Ze zullen het fantastisch vinden.'

'Denk je?'

Hij draait zich om, zijn ogen glinsteren. 'Ik weet het wel zeker. Die gaan helemaal uit hun dak.'

14

Het avondrood heeft zich al over de kale bergrug verspreid als ik opschrik van een motorgeluid. Ik heb bijna de hele middag zitten lezen in een Spaans kinderboek. Dat lukt me steeds beter, ik hoef niet meer om de haverklap een woordenboek erbij te pakken.

Ik zie Aron zijn motor onder de met klimplanten begroeide carport parkeren. Via de smalle trappen loopt hij naar boven. Weifelend komt hij het terras op met de helm in zijn hand. Hij neemt zijn zonnebril af en hangt hem in de boord van zijn T-shirt.

Iets in zijn bewegingen alarmeert me. Zijn tred is minder energiek dan anders, hij beweegt zich trager, alsof hij een zware last draagt. *Ouder*, denk ik ineens, hij ziet er ouder uit.

Hij kijkt bedrukt.

Ik leg een ansichtkaart tussen de pagina's en klap mijn boek dicht. 'Is er iets gebeurd?'

Aron legt zijn mobiele telefoon op de glazen salontafel. 'Mijn moeder. Ze belde toen ik bij de bank was.'

'Ze komen toch nog wel?'

Hij mompelt iets wat ik niet versta, loopt door de open schuifdeuren het terras op, legt zijn armen op het muurtje en staart over de zee.

'Aron?'

Hij schudt zacht zijn hoofd.

'Is het je vader?'

Hij knikt.

'Gaat het niet goed?'

'Nee.' Aron spreekt fluisterend voor zich uit, recht tegen de zeebries in. 'Ze kunnen hier niet meer naartoe komen. Hans kan de reis niet aan.'

'Maar gisteren...'

'Was gisteren. En vandaag is vandaag. Ze hebben me al die tijd niet ongerust willen maken, maar het ging al een poosje...' Hij strijkt zijn gespreide vingers door zijn haar en draait zich naar me om. Fluistert: 'We wisten het, hè Veer? We wísten het. En toch... ga je hopen dat hij die ene uitzondering is. Dat de artsen een fout hebben gemaakt, of dat het bij hem anders zou gaan dan bij alle anderen.' Pas als hij me recht aankijkt, zie ik dat zijn ogen bloeddoorlopen en vochtig zijn.

Ik sla mijn armen om hem heen, trek hem tegen me aan.

Hij kromt zijn rug en duwt zijn gezicht in de holte van mijn hals, alsof hij in me wil wegkruipen. 'Die kloteziekte heeft hem te pakken, Vera. Die gore rotkanker zit overal...'

'Kunnen ze...' Ik strijk over zijn haar en voel zijn tranen door de stof van mijn shirt heen sijpelen.

'Ze kunnen niets meer doen. Het is voorbij. Hij gaat dood. Mijn vader gaat dood.'

15

Het weerzien met Nederland valt me zwaar. Het is regenachtig en druk en ik voel me onwennig, alsof ik niet maanden maar jaren ben weg geweest en mijn land zich in mijn afwezigheid van me heeft vervreemd.

Het eerste wat me treft is de hoeveelheid stoplichten, verkeersborden en matrixborden. Ze zijn me nooit eerder opgevallen. Het lijkt of elke vierkante centimeter Nederlandse grond is ingetekend op de kaart en door deze en gene in gebruik is genomen. Nergens ligt grond braak. Overal zijn paaltjes of hekjes, stroken met aangeplant groen, reflectoren, stootranden, knipperlichten, camera's, vangrails, flitspalen, hefbomen, lantaarnpalen en waarschuwingsborden.

Met de ogen van een vreemdeling bezie ik het vlakke land en de dijken, de fietsers en de fietspaden, het water en de rivieren, de knotwilgen, de polderwegen met bomen aan weerszijden. Kinderspeeltuintjes. Hondenuitlaatplaatsen. Streng kijkende bejaarden met een melkwitte, bijna doorschijnende huid, gekleed in beige of grijze regenjassen.

Ik vertel het Aron.

Hij grinnikt. 'Als je in het zuiden van Europa hebt gewoond, besef je pas hoe noordelijk je hier zit. Ook qua mentaliteit.'

Vanuit de treincoupé zie ik grasland en rijtjeshuizen van baksteen voorbijflitsen. Het is lang geleden dat ik in een trein heb gezeten zonder te hyperventileren. Arons kalme nabijheid werkt helend.

'Was dat niet heel moeilijk voor jou, destijds?' vraag ik.

'Het wende. Ik kwam hier natuurlijk al regelmatig voor we er gingen wonen. Het was niet helemaal nieuw.'

Aron heeft een arm om mijn schouders gelegd en ik leun tegen hem aan. Onze weekendtassen liggen op de bank tegenover ons. Het is nog vroeg in de middag en op dit traject is het rustig in de trein. We zijn onderweg naar Nijmegen om Arons auto op te halen. Daarna gaan we naar het ziekenhuis.

'Als je wilt, kunnen we vanavond bij jouw vader langsgaan,' zegt Aron.

'Ik weet het niet.'

Hij zwijgt even. 'Vind je het niet raar dat mijn familie straks weet dat je zwanger bent, en je eigen vader niet?'

Ik haal mijn schouders op. 'Ik heb geen zin in die man. Hij krijgt het altijd voor elkaar me een rotgevoel te geven.'

'Kom, Vera, zo erg kan het niet zijn.'

'Geloof me maar gewoon. De enige reden dat hij contact met me onderhoudt is omdat hij vindt dat het zo hóórt.'

Aron zegt niets.

'Vroeger dacht ik dat het aan mij lag. Ik wilde maar niet voldoen als dochter. Ik deed dingen die mijn vader helemaal niet zag zitten.'

'Zoals?'

'Fotograferen.'

'Inmiddels zal hij toch wel doorhebben dat hij dat niet goed heeft gezien? Hebben jullie het daar nooit meer over gehad?'

'We hadden het thuis nooit over dingen die ertoe deden. Nu nog steeds niet.'

'Komt het door wat er met je moeder is gebeurd?'

'Het was daarvoor al zo. Maar haar dood maakte het er niet beter op.'

Dat lag deels ook aan mijzelf. Na mijn moeders zelfmoord heb ik lange tijd niet gesproken. Ik kón niet meer praten, ik had me ver, heel ver weg in mezelf teruggetrokken. Maar ook mijn vader sprak sindsdien nog minder dan voorheen. De communicatie werd beperkt tot het hoognodige. De maanden die volgden op mama's dood waren stil en donker, gevuld met onuitgesproken verwijten. Ze vielen bij mij in een uiterst vruchtbare voedingsbodem. Ik gaf mezelf van alles de schuld: mijn vaders zwijgzaamheid, mijn oma's huilbuien, mijn moeders zelfmoord. Pas vele jaren later kwam er een opening voor andere scenario's. Het kan zijn dat hij zich destijds schaamde, toch is het me nooit helemaal duidelijk geworden waarvoor precies, of voor wie. Sloeg die schaamte terug op hemzelf omdat hij had gefaald als vader en echtgenoot, of ging dit om de buitenwereld: dat hij nu *zichtbaar* voor zijn omgeving had gefaald – na de zelfmoord van mama hoorde het gebroken gezinnetje van sergeant Theodorus Zagt zonder twijfel bij degenen die 'te betreuren waren'.

Ik peuter aan de nagelriem van mijn duim. 'Weet je... voor hem hoeft het niet en als ik eerlijk ben: voor mij ook niet echt.'

16

De magere gestalte die ons vanuit het ziekenhuisbed met een gegeneerd glimlachje welkom heet, ziet er precies zo uit als de Hans die al eerder in mijn nachtmerries is verschenen. De restjes van een mens. Uitgeteerd, opgebruikt. Het vlees en de spieren die zijn markante voorkomen substantie gaven zijn weggeslonken. Het scherp afgetekende gezicht van de dood treedt eruit naar voren: oogkassen, jukbeenderen, kaakbot, losjes omspannen door bleke, grauwe huid. Tussen zijn uitgedunde haardos glanst zijn schedel in het groenige tl-licht.

'Ik had eerder naar Nederland moeten komen,' zegt Aron. Hij zit op het bed en houdt zijn vaders hand vast.

'Dat wilde Hans niet,' zegt Rosalie.

Aron kijkt zijn vader aan. 'Waarom niet?'

'Heb je een mooie tijd gehad in Andalucía?' vraagt Hans.

'Ja, tuurlijk, maar —'

'Dan weet je waarom.'

'We konden het prima samen af,' zegt Rosalie.

Aron kijkt zijn moeder aan. 'Ik had jullie kunnen helpen. Ik had jou kunnen ontlasten.'

Zachtjes zegt ze: 'Je bent er nu toch?'

Aron snuift, legt zijn hoofd in zijn nek en kijkt nietsziend naar het plafond. Zijn kaakspieren trekken steeds naar achteren.

Ik zit stilletjes op een klapstoel naast Rosalie en doe mijn uiterste best mijn emoties te onderdrukken. Dat is me altijd goed af gegaan. Nu niet. Er trekt een rilling door me heen terwijl ik mijn nieuwe familie gadesla. Arons tranen, die van zijn vader. Hun handen in elkaar geklonken, vingers verweven – lichte en donkerder huid op het witte ziekenhuislaken.

Het is in gang gezet.

We zitten er middenin en er is niets wat het kan stoppen.

Ik sluit een moment mijn ogen, voel tranen achter mijn oogleden prikken.

'We moeten jullie iets vertellen,' hoor ik Aron zeggen, geëmotioneerd. 'Ik wilde ermee wachten tot we elkaar weer zagen.'

Hij wenkt me en ik loop om het bed heen, leg mijn hand op zijn schouder.

Achter zijn vermoeide masker schieten Hans' ogen van mij naar Aron en terug.

'Wat dan?' vraagt Rosalie, op haar hoede. Hun beider reactie treft me: de reactie van mensen die in korte tijd te veel slecht nieuws hebben moeten incasseren en geen positief bericht meer durven te verwachten.

Aron laat zijn kin zakken, kijkt me aan. 'Pap, mam… Vera is zwanger. We krijgen een baby.'

Rosalie springt op, ze haast zich naar de andere kant van het bed en pakt me vast. 'Wat een prachtig geschenk, Vera, wat geweldig!'

'Hoe ver ben je?' vraagt Hans.

'Ik ben uitgerekend op 8 oktober,' zeg ik zacht, en terwijl ik die woorden uitspreek, dringt het tot me door dat de ochtend van 8 oktober voor Hans niet meer zal aanbreken.

Het is er niet meer van gekomen om naar mijn vader toe te gaan. Gebeld heb ik hem ook nog niet. In de afgelopen drie weken zijn er steeds weer andere dingen tussendoor gekomen die ik belangrijker vond.

Hans is alweer zes dagen thuis. In het ziekenhuis konden ze niets meer voor hem doen. Rosalie dient hem morfine toe door middel van pleisters. Ze staat er niet alleen voor: de huisarts en een verpleegkundige komen elke dag langs. Hans ligt in een verhoogd bed in de woonkamer, op de plaats waar eerst de rode bank stond. Het drukke schilderij met de vuurvogels heeft plaatsgemaakt voor een prikbord, dat aardig vol begint te raken met kaarten en brieven van vrienden uit alle windstreken. Het naderende einde van Hans is niet onopgemerkt gebleven.

Het heeft bijna iets feestelijks, zijn afscheid. Volgens Rosalie is het nog nooit zo druk geweest. Vrienden komen langs. Familie. Oude buren. Er wordt muziek gedraaid, wijn gedronken en er worden toastjes gesmeerd.

Aron en ik rijden er elke ochtend naartoe en helpen waar we kunnen. We blijven tot twee, soms tot drie uur 's middags, waarna Laura het rond halfvier overneemt. Lucien heb ik nog steeds niet gezien: ook in het ziekenhuis bezocht hij zijn vader pas 's avonds, als zijn werk erop zat, en bleef dan tot de verpleegsters hem wegstuurden. Ik heb hem ons nieuwe post-adres in Nijmegen gemaild. Er volgde geen reactie, wat me niet verbaasde.

Morgen vertrekt Aron naar Spanje. Er moet het een en ander geregeld worden wat met het huis in Dénia te maken heeft, en hij heeft nog wat dringende zaken af te handelen.

Ik ga niet mee, zodat ik Hans en Rosalie kan blijven steunen. Het is geen moeite, het gaat vaak om simpele dingen: boodschappen doen of medicijnen ophalen bij de apotheek. Meestal zet ik koffie of thee en was ik af, zodat Rosalie bij Hans en de visite kan blijven. Voor de komende dagen heb ik ook wat zakelijke afspraken staan – het dierentijdschrift is nog steeds geïnteresseerd in een samenwerking en ook de Belgische voerfabrikant reageerde prompt op mijn e-mail.

Mijn zwangerschap is nu voor iedereen zichtbaar. Niets van mijn oude kleding past me nog; ik heb twee broeken, een T-shirt en een jurkje gekocht waar mijn buik onbelemmerd in verder kan groeien. De zwangerschap begint nu wel zwaarder te worden. Ik krijg steeds vaker last van mijn rug, word 's nachts regelmatig wakker en sukkel dan overdag op de bank of in de auto in slaap. Toch popel ik om weer aan het werk te gaan, al is het maar omdat ik dan aan niets anders hoef te denken en zo min mogelijk tijd hoef door te brengen in Arons studio.

Het is op de eerste verdieping van een bouwvallig hoekpand, beslaat dertig vierkante meter en is onlogisch ingedeeld. Arons buren zijn bijna allemaal studerende twintigers die tot diep in de nacht feesten. De hal beneden staat vol fietsen en ligt bezaaid met reclamedrukwerk. Alle verdiepingsvloeren zijn van hout: je hoort iedereen in het huis lopen, praten, de wc doorspoelen, musiceren, douchen en de deuren open- en dichtdoen.

Binnenkort mag iemand anders daarnaar luisteren, want

op 15 juni trekt er een andere huurder in deze studio. Onze zoektocht naar een nieuw huurhuis verliep een stuk minder vlot dan we verwacht hadden. De Nederlandse huren zijn veel hoger dan die in Spanje en Arons inkomen is al even instabiel als het mijne. Een huurhuis in de vrije sector is voor ons dan ook geen optie. Bij de woningbouwvereniging zijn de huren minder hoog, maar zijn we op een wachtlijst geplaatst. De zoektocht leidde verder langs bungalowparken en boeren-schuren waar ook seizoensarbeiders in werden gehuisvest, totdat we een kennis van Aron tegen het lijf liepen. Zij kwam met een sympathieke oplossing: haar zus vertrok binnenkort naar Afrika om vrijwilligerswerk te gaan doen en in die perio-de konden wij haar huis huren. Een vooroorlogs pand in een goede buurt, met erkers en witte daklijsten: ik vond het met-een prachtig. Als Aron terug is uit Spanje tekenen we het huur-contract en krijgen we meteen de sleutel – over drie weken trekken we erin.

18

Het moest er een keer van komen. Ik kon nog wel honderd keer tegen mezelf en iedereen die het horen wilde vertellen dat Theodorus Zagt en ik een vormelijke vader-dochterrelatie onderhouden die met betrokkenheid niets te maken heeft, toch is hij mijn vader.

Dus heb ik mezelf opgepept en ben ik vanochtend niet naar Rosalie en Hans gereden, maar naar de Populierstraat, waar ik al minstens tien maanden niet ben geweest.

Mijn vader doet of het nog geen week geleden is. Zijn gezicht verried amper emotie toen hij me zag binnenkomen.

'Ze zeiden op het nieuws dat het de koudste en natste zomer gaat worden sinds vijftig jaar,' zegt hij.

'Dat heb ik ook gehoord, ja.'

Mijn vader zit tegenover me aan de keukentafel en propt geroutineerd een pluk shag in een hulzenstopper, schuift het plastic apparaat heen en weer en legt de zelfgemaakte filtersigaret bij de rest van zijn verzameling in een plat blik. Hij werkt heel zorgvuldig. Zijn sigaretten zijn bijna niet van fabrieksmatig gemaakte te onderscheiden.

'Het is godgeklaagd,' gaat hij verder. 'Alleen maar regen. De Noordpool smelt en wij krijgen dat allemaal op ons dak.'

De geur van tabak trof me meteen al bij binnenkomst. Het huis is doortrokken van de lucht van sigaretten en shag; het plafond, het behang en de muren, en zelfs de meubels lijken bij elk bezoek weer een tint donkerder te zijn geworden. Vanaf mijn plek aan de keukentafel zie ik dat de nicotinelagen ook op de keukenkastjes zijn blijven kleven. Het ooit zachtgele fineer heeft een vlekkerige cognackleur gekregen.

Ik geloof niet dat mijn vader doorheeft dat hij in een antieke rokerij woont. Het is er geleidelijk ingeslopen.

'Dus je bent weer in Nederland?'

'Ja,' zeg ik. 'Voorlopig wel.'

Rats, rats.

'Beviel het niet in Spanje?'

'Luciens vader is terminaal. Aron en ik zijn teruggekomen om zijn ouders te helpen.'

Hij reageert niet, terwijl ik zeker weet dat hij me prima heeft gehoord. Dit is mijn vader ten voeten uit: alles wat hem te emotioneel of te ingewikkeld wordt, negeert hij. Dat bestaat niet en is nooit gezegd.

Ik neem een slok thee en kijk de woonkamer in. Er ligt nog steeds hetzelfde tapijt als in mijn kindertijd, met daarop de ovale eiken salontafel en een mandje eronder voor de kranten en de tv-gids. Voor het raam staan al een poos geen planten meer, maar wel nog steeds de bank waar mama vaak op zat. Mijn vader vindt hem prachtig, hij is er trots op dat de meubels hier al bijna een mensenleven meegaan – en langer. Ik heb het altijd al een lelijke rotbank gevonden: hij zit hard en de stof prikt op je blote huid. Naast de bank staat een bureautafeltje met daarop een monitor en een toetsenbord – het heeft er alle schijn van dat mijn vader eindelijk het internet heeft ontdekt.

'Je bent dik geworden,' merkt hij op.

'Klopt. Ik ben zwanger.'

Ik had het anders willen zeggen, eleganter, maar in reactie op zijn botte opmerking waren de woorden sneller dan mijn gedachten.

Hij legt zijn hulzen neer en kijkt me recht aan. Mijn vader was vroeger niet onknap. Hij had een gemiddeld postuur, fit en gezond, met rechte schouders en krachtige lijnen in zijn gezicht. De tijd en de zorgen die hij zich moet hebben gemaakt, hebben hem duchtig te grazen genomen. Zijn overhemd trekt strak op zijn buik terwijl de rest van zijn lichaam lijkt te zijn geslonken. Hij is niet echt magerder geworden, eerder weker, zachter. De huid die losjes langs zijn kaken naar beneden hangt, zit vol grove poriën en rimpels.

'Zwanger?' herhaalt hij.

Ik knik.

'Van wie?'

'Van Aron.'

'Die Spanjaard?'

'Zijn moeder is Spaanse.'

'In de jaren zestig was het andersom. Dan was de vader Spaans. En die wilde dan niets van het kindje weten.'

'Arons ouders zijn nog steeds bij elkaar.'

'Wat vindt Lucien ervan?' Mijn vader legt de klemtoon op de u. Dat doet hij al zolang hij Lucien kent. 'Ik heb met mensen gewerkt die voor minder iemand de keel zouden doorsnijden.'

'Lucien is kwaad op me, maar hij is niet agressief.'

'Denk je.'

'Weet ik,' zeg ik.

Mijn vader stort zich weer op zijn bezigheid. Zonder op te kijken mompelt hij: 'Is het gepland? Die zwangerschap?'

'Nee, maar wel gewenst.'

Rats, rats.

'Dus ik word opa.'

'Ja.'

Ik zie hem slikken. Hij kijkt me niet aan.

'Je hoeft niet blij te zijn, pap. Ik wilde het je alleen komen vertellen.'

'Wanneer wordt…' Zijn hand bestrijkt een cirkel boven het tafelblad alsof het een ongelooflijk ingewikkeld probleem betreft dat hij probeert te vatten. '… het kind geboren? Weet je eigenlijk al wat het wordt? Tegenwoordig willen ze dat allemaal weten, wat het wordt.'

'8 oktober. Aron en ik willen niet weten of het een jongetje of een meisje is, het is juist leuker als het een verrassing blijft.'

'O.'

Hij plukt een beetje shag uit het blik dat tussen ons in op tafel staat, houdt het tussen duim en wijsvinger, keurt de hoeveelheid, pakt er nog wat draadjes bij en stopt de plukken met zijn vingertoppen in de hulzenstopper.

Rats, rats.

'Heb je die computer gezien? Ik ben bezig mijn diorama's op internet te zetten. Op een blog, een internetdagboek.'

'Leuk,' zeg ik.

Het gesprek is beëindigd; althans het deel dat ertoe doet. In de komende minuten zal mijn vader verder uitweiden over lijmsoorten, kunsthars en nieuwe plannen – interessante, vergeten veldslagen die hij wil gaan nabouwen. Daarna zal hij beginnen over de huidige staat van het Nederlandse leger, waar niets meer aan deugt sinds er vrouwen in worden toegelaten.

Ik zie zijn lippen bewegen, ik hoor de woordenstroom die hij produceert en ik knik of zeg 'ja' of 'nee' op momenten dat hij naar me kijkt en ik uit zijn gezichtsuitdrukking kan opmaken welke reactie er wordt verwacht. Luisteren doe ik niet. Al heel lang niet meer. Boos worden evenmin. Mijn schoonvader, een man die hij godbetert persoonlijk kent, ligt op sterven, zijn enige kind is zwanger, en hij praat honderduit over diorama's.

Het is onmacht, weet ik. Hij kan het gewoon niet aan.

Mijn vader kan niet omgaan met menselijke emoties. Die

zijn hem te zweverig, ongrijpbaar. Psychologische lagen vormen een onoplosbare puzzel voor hem, hij kan er niets mee. Het leger heeft hem duidelijkheid geboden, een rationele wereld die is opgebouwd volgens een logische structuur en waarbinnen regels en protocollen heersen waaraan alle spelers zich houden. Daaraan heeft hij zich vastgegrepen: aan de vorm. Zodra iemand buiten de lijntjes gaat kleuren, volgt mijn vader het niet meer, dan wordt het hem te exotisch – *flauwekul*.

Wat een wrange samenloop van omstandigheden, schiet het door me heen, wat een immens cynische speling van het lot, dat juist deze man een vrouw en dochter trof die alleen maar buiten de lijntjes konden kleuren.

Hij moet al vroeg beseft hebben dat ik anders was, dat ik meer op mama leek dan op hem. Vandaar het doodzwijgen. Vandaar dat er geen bezoeken aan haar werden afgelegd. Alsof mama een besmettelijke ziekte had en ik alle receptoren om die ziekte van haar over te nemen.

Vera, loop normaal!

Rug recht, kin omhoog, armen langs je lichaam.

Ik blijf niet lang bij mijn vader.

Na een kwartiertje verzin ik een smoes om weg te kunnen. Hij staat meteen op om me uit te laten; ik geloof dat hij zelf ook opgelucht is. In de auto bel ik Rosalie om te zeggen dat ik onderweg ben en ik vraag haar of ze iets nodig heeft. Ze hoort aan me dat ik vermoeid ben. Ze verzekert me dat er nog voldoende in huis is en bovendien is Laura er al. Ik kan wat haar betreft beter in bed kruipen. 'Zwangere vrouwen hebben rust nodig,' zegt ze.

Op de bank in Arons studio val ik in slaap.

Ik schiet wakker van mijn gsm die in mijn broekzak begint te zoemen. Het is donker in de kamer. Het blauwe en oranje schijnsel van stadslichten valt door de hoge ramen naar binnen. Onwillekeurig controleer ik de tijd. Halftwaalf.

'Sliep je al?' vraagt Aron. Hij zit buiten op het terras, afgaande op het getjirp van krekels op de achtergrond.

'Ja, maar dat geeft niet.'

'Hoe voel je je?'

'Goed.'

'Nog moe?'

'Een beetje.' Ik lig languit op de bank, mijn voeten op de zachte leuning van ribfluweel. 'Ik ben bij mijn vader geweest.'

'Hè, eindelijk. En? Wat zei hij?'

Ik zucht. 'Niets bijzonders. Die man leeft in zijn eigen wereld.'

'Ik had willen meegaan.'

'Als je terug bent, gaan we wel een keer samen.' Ik strek mijn benen een voor een, draai cirkels met mijn voeten.

'Ik heb iets voor je gekocht.'

'Wat dan?'

'Als ik dat zeg, is het geen verrassing meer.'

'Dus het is een verrassing?'

'Hm-hm.'

Ik luister naar zijn stem en het krekelconcert en ik stel me hem voor, zittend op de rand van het zwembad, zijn voeten in het water, zijn gebruinde, nog vochtige rug beschenen door het zachte terraslicht. Ineens word ik overspoeld door weemoed. 'Ik mis je,' fluister ik.

'Ik jou ook.'

'Ik wou dat ik bij je was.'

'Nog twee nachtjes, Veer. Dan kom ik je buik kussen... en je mond... je billen...' Hij kreunt.

'Ik hou van je,' zeg ik.

'Ik ook van jou.'

19

Neuriënd ben ik onderweg naar Hans en Rosalie. Het warme gevoel waarmee ik gisteren ben gaan slapen, is er vandaag bij het wakker worden nog steeds. Vannacht heb ik aan één stuk geslapen, voor het eerst in weken. Dat komt goed uit, want er ligt een drukke dag voor me.

Vanmiddag heb ik een afspraak bij de uitgeverij van het nieuwe dierenmagazine. Ik heb mijn portfolio meegenomen en ook wat tijdschriften waaraan ik heb meegewerkt. Aan de presentatie zal het niet liggen.

Ik zet Arons auto op een parkeerplaats aan de rand van de binnenstad. Proberen om een plaatsje dichterbij te vinden heb ik allang afgeleerd, vrijwel alle onbezette parkeerplaatsen in de stad zijn van vergunninghouders.

Het lijkt erop dat het vandaag droog blijft. Een zachte zomerwind heeft de wolken uit elkaar gejaagd en daarachter is de lucht felblauw. Er zijn veel vogels in de stad. Ik hoor ze tjilpen en fluiten tussen de oude gebouwen. Ze nestelen onder de zinken dakgoten en in de talloze klimplanten die langs de gevels groeien. Ik ben sinds Sevilla van stadsvogels gaan houden. In elk geval merk ik hen nu op, terwijl ik hun aanwezigheid voorheen als vanzelfsprekend beschouwde.

In een vensterbank zit een kat naar me te kijken. Hij knijpt zijn ogen half dicht terwijl ik langsloop en ik beantwoord zijn groet door in het voorbijlopen hetzelfde te doen. Het geeft een fijn gevoel dat ik binnenkort weer mijn werk kan oppakken. Ik weet alleen nog niet hoe we het precies gaan doen als de baby er is, maar daar is vast een mouw aan te passen. Dat zal wel moeten: alleen van Arons inkomsten kunnen we met z'n drieën niet rondkomen. De keerzijde van een rondtrekkend, lichtvoetig bestaan.

Leef nu, betaal later — ik hoor het Lucien nog zeggen.

Aron en ik zien er allebei als een berg tegen op om hem onder ogen te moeten komen. Toch staat dat binnenkort te gebeuren, want als Hans overleden is kan zijn begrafenis niet in twee delen worden gehouden. Aron denkt dat ik beter niet op de begrafenis aanwezig kan zijn. Ik vind het jammer, maar ik begrijp het wel. Zij zijn de zonen van Hans en ik ben officieel niet eens familie. Niet meer: de scheiding met Lucien is er inmiddels door.

Er schuift een wolk voor de zon als ik stilsta bij de voordeur van Hans en Rosalie. Ik druk op de bel.

Sneller dan verwacht hoor ik voetstappen op de trap. Roffelende voetstappen, haastig. Rosalie trekt de deur open. Ze ziet er verwilderd uit. Haar ogen staan vreemd, verward en ze zijn bloeddoorlopen. Ze heeft gehuild. Haar oogmake-up is uitgesmeerd langs haar slaap. Rosalie pakt mijn bovenarmen vast en begint in het Spaans te rebbelen, onverstaanbaar, warrig, en stapt dan ineens over op Nederlands. Haar vingers drukken in mijn bovenarmen.

'Het is zo erg. Zo erg,' hijgt ze. 'Ik geloof het niet, ik wil het niet geloven.'

'Wat?'

'Hij is dood. Dood.' Ze schudt haar hoofd en kijkt om zich heen, alsof er omstanders zijn. 'Ik geloof het niet, ik kan het gewoon niet geloven.'

Ik loop langs haar heen, ren de trap op, de woonkamer in.

Daar ligt Hans op het verstelbare bed, zijn ogen geopend, zijn gezicht vormt een strak masker van ontzetting. Hij ziet er vreselijk uit. Zijn ogen staren naar me, zijn mond is ingevallen en vormt een holle, donkere O in het uitgemergelde gelaat.

Ik deins terug als hij zich beweegt, als hij zijn mond opent in een poging iets te zeggen.

Achter me hoor ik Rosalie binnenkomen.

'Hij is niet dood,' zeg ik bedremmeld, ongemakkelijk met de situatie.

Rosalie staat daar maar, haar handen geheven, trillend, ter hoogte van haar oren, aan één stuk door fluistert ze: 'Hij is dood, hij is dood.'

Het gaat fout met Rosalie. De zorg om Hans wordt haar te veel, dat moet het zijn.

Ik zet een stap in haar richting. 'Hij is niet dood, Rosalie.'

'Nee, niet Hans, Hans niet,' zegt ze.

'Hoezo? Wat…?'

'Aron,' zegt ze. 'Aron is dood.'

'Motorongeluk,' hoor ik Hans, hees en piepend vanuit zijn bed fluisteren. 'Vanochtend vroeg. In Dénia.'

Ik heb zijn wangen nog gestreeld, in het mortuarium van het ziekenhuis in Benidorm. Ze waren koud, grijs en leerachtig. Rosalies gehuil galmde door de betegelde ruimte. Ze prevelde in het Spaans en haar geringde vingers fatsoeneerden Arons haar, dat in taaie, harde plukken aan zijn voorhoofd kleefde. Ze kuste zijn handen, pakte ze vast, legde ze tegen haar borst en boog zich over haar zoon heen, praatte tegen zijn gesloten ogen.

Ik stond aan de andere kant van de verrijdbare tafel, mijn handen ondersteunden mijn buik, een lage fluittoon vulde mijn oren. We waren in een ziekenhuis in Spanje, maar hoe het gebouw heette en in welke stad het lag wist ik niet. Ik kon me flarden van de reis herinneren: het gezicht van een stewardess in het vliegtuig, de aanlandige zeewind, het geluid van de ruisende zee, een auto, gesprekken met artsen en politie, klapdeuren, lange gangen, foto's van het wrak – ik zag de beelden, ik rook de geuren, mijn huid registreerde de warmte van de Spaanse zon en de prikkende kou van de koelcellen, maar verder ging het niet; het was alsof ik het niet zelf meemaakte. Mijn handen en voeten bestuurden een auto, mijn mond sprak de woorden uit die ons bij Aron konden brengen, mijn benen brachten me naar andere ruimtes, ze volgden straten, pijlen, gangen, nummers. Ook toen zijn lichaam aan ons werd getoond – half ontkleed, geronnen bloed over zijn polsen en nek – voelde ik niets. In een reflex stak ik een hand naar hem uit, maar hij was er niet meer. Aron rook niet meer naar Aron. Hij leek niet meer op Aron. Het was een verwrongen wassen beeld dat daar lag, een leeg omhulsel dat met ons mee terugvloog naar Nederland.

Lucien was op de begrafenis. Eerst herkende ik hem niet. Hij droeg een baard die zijn gezicht voor de helft bedekte en hij was slanker geworden. Lucien wenste me sterkte. Iedereen wenste me sterkte, die ochtend op de uitvaart. Het was een bonte verzameling van familie, vrienden en bekenden die zich in de kerk hadden verzameld; Aron kende veel verschillende type mensen, al even sociaal als zijn vader, maar aan het merendeel van hen heeft hij me nooit kunnen voorstellen. Tijdens de koffietafel kwamen de verhalen los. Ik ving anekdotes op uit zijn kindertijd, waaronder een over zijn eerste vriendinnetje Ines, op wie hij als vijfjarige zo hartstochtelijk verliefd was dat hij elke zaterdag bloemen voor haar plukte. Ik hoorde verhalen aan over zijn middelbareschooltijd. Over zijn eerste maanden in Nederland. Tientallen verhalen. Ik had ze graag uit zijn eigen mond gehoord.

Arons lichaam is begraven op dezelfde begraafplaats als waar zijn vader zal komen te liggen. Er is rekening mee gehouden: naast het graf is een plekje vrij. Toen ik daar stond met het gat aan mijn voeten en omringd door talloze mensen die geschokt toekeken of zachtjes snikten, lukte het me nog steeds niet om te huilen.

Als ik al iets voelde, was het ongeloof. Een vreemd soort afstand tussen mij en wat er gebeurde. Dit was niet echt, dit kon mijn leven niet zijn, dit gebeurde mij niet. Misschien had ik me alles wel ingebeeld: mijn vertrek uit 't Fort, de hele verhouding met Aron, Spanje. Misschien lag ik wel gewoon in bed naast Lucien en doorstond ik een levendige koortsdroom zoals ik die als kind voor het laatst heb gehad. Hardnekkige nachtmerries waar je maar niet uit wakker lijkt te kunnen worden.

Met droge ogen heb ik toegekeken hoe Chiel en Noa tekeningen op Arons kist legden voor hij neer werd gelaten. Dit beeld had ik voorzien, precies zo, maar in de kist hoorde Hans te liggen. Niet Aron. Het klopte niet. Het kón helemaal niet.

Mensen zeiden dat ik dapper was en dat ik me sterk hield, maar de werkelijkheid was dat ik geen gevoel had.

Helemaal niets.

Ik had me teruggetrokken in het oog van de storm, waar stilte heerste.

21

Er is geen dag en er is geen nacht.

Geen zon, geen maan.

Geen wind en geen regen.

Er is niets.

Alles is tot stilstand gekomen.

Ik weet niet hoe lang ik hier al lig, op de ribfluwelen bank in Arons appartement. Soms sta ik op, dan brengen mijn voeten me naar het keukenblok en pak ik wat te eten uit de koelkast. Kaas, worst, een paar slokken appelsap, waarvan het overschot langs mijn mondhoeken naar beneden druipt en wordt opgezogen door mijn T-shirt. Nu de koelkast leeg is, ben ik spullen uit de keukenkastjes gaan pakken. Melbatoast, een blik witte bonen in tomatensaus. De stilte heeft plaatsgemaakt voor een lage fluittoon. Ik hoor ook zacht watergekletter, gedempt door de deur van het toilet. Ik denk dat ik de spoelknop een keer moet induwen – góéd moet induwen – en dat het water dan ophoudt met doorstromen, maar als ik naar het toilet ben geweest vergeet ik dat steeds.

Het volgende moment lig ik weer hier, op mijn rug op de bank, te staren naar de schaduwen op het plafond, zonder dat ik me kan herinneren hiernaartoe te zijn gelopen. Het plafond beweegt, het dreunt, de hanglamp beweegt mee. Muziek, zo hard dat ik mijn handen als schelpen over mijn oren zet, dan weer heel zacht, zodat de pesterige melodie amper boven de fluittoon uit kan komen. Er lopen mensen in het trappenhuis en in de gang wordt gegiecheld, gelachen, geschreeuwd.

Ik denk niet dat het echt is.

De kamer, de geluiden, mijn gezwollen buik en de subtiele bewegingen die ik daar ben gaan voelen; ze zijn nep, het gebeurt niet echt.

Ik blijf hier gewoon liggen en wacht tot ik wakker word.

22

Er staan mensen in het appartement. Een meisje van een jaar of twintig en een man, grijzend, met een rode broek en een donkerblauwe polo. Ze kijken naar me alsof ik een monster ben.

Ik heb ze niet binnengelaten. Ze zijn zelf binnengekomen.

De man staat te telefoneren met zijn elleboog hoog in de lucht, hij kijkt om zich heen terwijl hij praat, ijsbeert tussen de tijdschriften en lege flessen en verpakkingen. Het meisje kauwt kauwgom en is druk in de weer met haar smartphone.

De nieuwe huurders.

Aron had de huur van zijn appartement opgezegd. 15 juni moesten we eruit. Is het al 15 juni?

Ik ga rechtop zitten en fatsoeneer mijn haar, maar mijn vingers blijven steken in de warboel. Ik voel korsten op mijn gezicht.

'Het zou vandaag worden opgeleverd,' zegt de man. 'Waar is de vorige huurder?'

'Sorry?'

'Aron Reinders. Ik probeer hem de hele tijd al te bellen, maar het nummer is afgesloten.' De man kijkt bozig om zich heen. 'Hij zou het leeg en schoon opleveren, was de afspraak.'

Door de openstaande deur komt iemand naar binnen. Een jonge man in een glanzend pak dat hem iets te groot lijkt. Met een verwonderde blik neemt hij de ruimte in zich op. 'Excuses dat ik wat later ben, ik had problemen met parkeren.' Hij kijkt mij aan, en kijkt dan langs mij heen naar het bed. Draait zich om naar het keukenblok. 'Is Aron Reinders er niet? We hadden vandaag een afspraak. 15 juni, negen uur.' De man haalt een kartonnen mapje tevoorschijn, bladert het door alsof hij zich ervan wil verzekeren dat de datum en tijd kloppen, en legt het op tafel. 'Excuses, dit had ik niet verwacht,' zegt de makelaar tegen de man en het meisje. Hij richt zich weer op mij. 'Waar is hij?'

'Weg... Ik geloof...' Ik duw mijn haar achter mijn oren, het blijft niet zitten. 'Ik geloof dat hij dood is.' Mijn hart begint harder te slaan. Paukenslagen die mijn ribben uiteendrijven, mijn borst doen openscheuren. 'Een motorongeluk,' fluister ik.

Ik sta op van de bank, loop naar het bed, trek mijn weekendtas eronder vandaan en begin mijn spullen in te pakken.

De makelaar is achter me aan gelopen. Hij praat en praat, stelt vragen.

Ik reageer er niet op.

Mijn kleding. Niets is schoon. Ik prop alles in de tas: vuil ondergoed, een verkreukeld shirt dat ik onder een kussen vandaan trek. Sokken, schoenen. Een bh. Mijn laptop ligt onder de salontafel. Ik leg hem boven op de kleding en loop naar het keukenblok waar mijn fototas staat. Loop terug.

De makelaar verheft zijn stem. Hij volgt me door de ruimte als een zoemende bromvlieg, een drammerig insect. Vragen, heel veel vragen. Verwijten.

'... het laatste woord is hier nog niet over gezegd, ik zal...'

Ik gris Arons autosleutels van het nachtkastje. Pak zijn trui van de grond en vang zijn geur op, snel, vluchtig, dan is hij weer weg. Ik duw het textiel tegen mijn gezicht. Adem in door de dikke stof, adem uit.

'… ik verzeker u dat ik…'

Ik stop de trui bij de rest en kijk om me heen. Arons riem. Arons boxershort. Ik zou veel meer willen meenemen. Alles, al zijn spullen, ik wil alles meenemen.

Het past niet. Het past niet in mijn weekendtas. Hij gaat niet eens meer dicht.

'… nogmaals vragen wie u… ik de politie moet…'

Ik schrik van een plotselinge aanraking. Een hand omklemt mijn arm, de makelaar trekt aan me, brengt zijn gezicht dichterbij. Kijkt me aan door een bril met dunne glazen.

Met een schreeuw trek ik me los, vloekend, ik maai om me heen, pak een kunstplant uit de vensterbank en smijt hem van me af.

De man springt weg, steekt zijn handen naar voren om zich af te weren.

Ik werp de hengsels van de weekendtas en de fototassen over mijn schouders en haast me naar de deur. De trap af. Naar buiten toe, de straat op.

Naar nergens.

Naar niets.

De vogels zingen.

De oude lindeboom staat er nog. Volop in het blad, frisgroen, uitbundig bloeiend. De laatste keer dat ik hier was, waren zijn takken nog kaal.

Ik draai het erf op en rijd over het knerpende grind langs de zijgevel van de boerderij naar achteren toe. Er spatten steentjes op tegen het chassis en de wielkasten. Ik ontwijk de ondiepe kuilen; modderplassen die zijn opgedroogd in de junizon.

Voor mijn studio staan twee auto's geparkeerd die ik niet ken: een vrachtwagentje en een blauwe personenwagen. Ik parkeer Arons auto ernaast en stap uit.

Bij de toegangsdeur is een deel van de klimop weggesnoeid. Aan de vrijgekomen muur hangt een plastic paneel met zwarte letters:

MARI JONKERS TUINBEELDEN EN WATERORNAMENTEN.

BEZICHTIGING UITSLUITEND OP AFSPRAAK.

Er staat een 06-nummer bij, en een website.

Ik sla mijn armen om me heen. Staar naar het bord. De sleutel van de studio drukt diep in mijn vuist.

'Je had de huur niet betaald.'

Ik draai me om.

Mevrouw Van Grunsven komt op me af gelopen. Ze draagt een jurk die tot over de knie reikt, een gehaakt wit vest dat haar boezem nauwelijks omsluit en groene tuinlaarzen.

'Ik heb geld overgemaakt,' zeg ik.

'Februari, maart, april. Maar mei en juni niet.' Ze heft haar rechterhand, die vlezig is en donker verkleurd van het vele werken op het land. Werkmanshanden. Ze steekt twee vingers op. 'Twee maanden, dame.'

Haar hondje drentelt rond Arons auto. Hij snuffelt aan de banden en tilt zijn poot op. Rent vrolijk naar de volgende band en herhaalt zijn daad.

'Ik weet het,' zeg ik. 'Het spijt me. Er is veel gebeurd.'

'De facturen die ik naar dat adres in Spanje heb gestuurd, kwamen na een poosje terug.' Haar lichtgrijze ogen nemen me onderzoekend op.

'Dat klopt. Ik was... weer verhuisd. Het is geen excuus, maar ik ben het gewoon vergeten.'

Het dringt nu pas tot me door dat mijn studio moet zijn ontruimd. Flitsparaplu's, softboxen, tientallen achtergrondlappen, rollen karton, statieven – er lag voor een vermogen aan fotografiespullen in de schuur. 'Waar zijn mijn spullen gebleven?'

Ze wijst naar de abri: een landbouwschuur met een open zijkant. Er staan caravans onder die mijn huurbaas in winterstalling heeft.

'Ik ben er een hele middag mee zoet geweest om de schuur leeg te krijgen,' klaagt ze.

'U heeft mijn spullen búíten gezet?'

Mevrouw Van Grunsvens hondje komt met stijve pasjes op me af. Hij cirkelt rond mijn enkels, snuffelt aan mijn broek.

Ik loop in de richting van de open schuur. Hoe dichter ik hem nader, hoe sterker de lucht wordt van diesel, vettige dierenvachten en stro.

Over een paar hoge pallets is een zeil gespannen. Ik maak het los en trek het met veel moeite omhoog. Mijn blauwe kubus is het eerste wat ik zie. Hij zit onder de vogelpoep. De rollen achtergrondkarton zijn vochtig geworden van de buitenlucht en op de paraplu's zit een donkere aanslag die op schimmel lijkt.

Ik kan er niets meer mee, alles is onbruikbaar geworden. Mijn lichaam beeft van ingehouden woede en ontsteltenis. Ik duw de rollen opzij en graaf in de lappen die onderin liggen. Ze zijn allemaal aangetast. Alleen de statieven zijn nog schoon. Ik trek ze ertussenuit en zet ze voorzichtig tegen de houten wand.

Mevrouw Van Grunsven grist ze meteen weer weg. 'Daar komt niks van in.'

'Hoezo?'

'Ik krijg nog twee maanden huur. Zodra ik die binnen heb, kun je het boeltje komen halen. Niet eerder.' Ze trekt met beide handen het zeil terug op zijn plaats en rijgt het koord aan.

Ik zet een stap naar voren, mijn stem klinkt vreemd vervormd: 'Afblijven!'

Mijn huurbaas draait zich nadrukkelijk naar me om. Haar laarzen stevig naast elkaar in het zand, haar kin lichtjes omhooggestoken. 'Ik laat me niet de les lezen op m'n eigen erf, meisje.'

Ik herken die blik: op deze manier bekeek me de bibliothecaresse me vroeger. Precies zo. En ook Pauline, met haar goudglanzende paardenstaart. De hyena's.

Jou gaan we pakken. Jou!

Van Grunsven zegt nog veel meer. Haar mond blijft openen dichtgaan en ze wijst naar me. Met haar eeltige vinger prikt ze gaten in het laatste beetje decorum dat nog heeft standgehouden.

Haar woorden dringen niet meer tot me door.

Ik draai me om en ren naar Arons auto.

24

De banden roffelen op de oude klinkerweg. Het interieur trilt en kraakt en het lampje van de benzinemeter licht op bij elke scherpe bocht en hobbel.

Deze route heb ik duizenden malen afgelegd, zo vaak dat ik elke verkeersdrempel weet te liggen, en ook de wegversmallingen en bochten. De weg is vertrouwd, maar aan het einde ervan is alles anders. Ik ben bang voor wat ik er zal aantreffen, of misschien eerder nog wat ik er niet meer zal aantreffen.

Toch rijd ik door.

De laatste kilometers leiden over een meanderende weg omzoomd door bomen. Links en rechts boerderijen met luiken, smeedijzeren poorten, strak geschoren beukenhagen. Porsches, Mercedessen. Op het grind liggen de labradors te glanzen in de junizon. Dit is het territorium van hun bazen, een generatie van succesvolle artsen en ondernemers die de plaats hebben ingenomen van de ploeterende boerenbevolking die hier al woonde toen het merendeel van Brabant nog door zandpaden met elkaar was verbonden.

Tot voor kort heb ik me met hen vereenzelvigd – met zowel de oorspronkelijke als de huidige bewoners. Als volwassene mocht ik tegen het succes aan schuren, mocht ik voelen hoe het was om niet meer geleefd te worden, gecommandeerd, vernederd, geslagen. Er zou me niets overkomen, want ik had Lucien, mijn werk en mijn Fort.

Ik hoefde nooit meer bang te zijn.

25

De aanblik van 't Fort doet me denken aan acht jaar geleden, toen Lucien en ik het leegstaande bankgebouw kochten. Tussen de tegels voor de ingang is het onkruid decimeters hoog opgeschoten. Tegen het hek aan de straatzijde staat een bord op een scheefgezakte paal: TE KOOP.

Zelfde makelaar als toentertijd.

Luciens bus is niet op de oprit geparkeerd. Ik zet de auto langs de stoeprand en stap uit. Een onzichtbare merel staakt zijn gezang als ik naar de voordeur loop. Tussen de deur en het kozijn zit fijn spinrag: de voordeur moet al wekenlang niet meer open zijn geweest.

Ik bel aan, tegen beter weten in. Sla mijn armen om me heen, kijk naar de straat en onderdruk een rilling.

Er wordt niet opengedaan. Lucien is niet thuis.

Ik loop naar de zijkant van 't Fort, via de oprit naar de garage. Daar zit een hoog, smal raampje. Ik ga op mijn tenen staan, maak een verrekijker met mijn handen en kijk naar binnen. Om een of andere reden had ik verwacht dat alles zou zijn leeggehaald. Zo'n indruk maakt het huis: alsof het verlaten is. Maar de garage is niet leeg. Er staan gereedschapskisten, in de hoek liggen Luciens winterbanden opgestapeld en op de werkbank zie ik een paar lappen liggen die ooit dienstgedaan hebben als achtergronddoeken en daarna door Lucien als poetslap zijn gebruikt. Voorin bij de garagedeur staat mijn auto. Lucien moet hem binnen hebben gezet. De ruitenwissers zijn afgebroken en er zitten hoekige deuken in het dak.

Ik kan niet zien hoe het huis er verder uitziet, de poort is op slot.

Een sleutel heb ik niet.

Ik pak mijn gsm en toets Luciens nummer in. De telefoon gaat drie keer over.

'Vera?'

'Ja.' Mijn stem klinkt zacht, timide.

'Waar heb je gezeten?'

'In Nijmegen. In Arons studio.'

'Rosalie heeft daar een paar keer aan de deur gestaan. Ze vroeg zich af waar je was. Ze heeft je geprobeerd te bellen, maar je telefoon staat uit.'

'Sorry. Dat was niet mijn bedoeling.'

'Bel je haar even?'

'Ja. Doe ik. Waar ben je?'

'Aan het werk, hoezo?'

'Ik sta voor 't Fort.'

Stilte.

'Ik kan er niet in,' vul ik aan.

'Heb je iets nodig dan?'

Een dak boven mijn hoofd. Een bed.

Twee armen om me heen.

Iemand die om me geeft en me verzekert dat alles goed zal komen.

'Mijn kleren. Zijn die er nog?'

'Ja.'

'Kan ik de sleutel komen halen?'

'Die heb ik niet hier. Kan het wachten tot vanavond?'

Nee.

'Ja.'

Lucien geeft een adres dat ik in mijn geheugen opsla. De straatnaam komt me bekend voor. Het is in een wijk vlak bij het station – lage flats en rijtjeshuizen van gele baksteen. Sociale woningbouw.

Waarom zou Lucien een huis huren en 't Fort leeg laten staan?

'Lucien?'

'Ja, wat?'

'Waarom woon je niet gewoon thuis?'

'Ik heb daar niets meer te zoeken,' zegt hij, na enig aarzelen. 'Het was altijd al meer jouw huis dan het mijne.'

Ik zeg niets.

Ik hoor kinderen op de achtergrond, een vrouwenstem die hun maant stil te zijn.

'Hoor ik nou kinderen?'

'Da's Desi met de oudste.'

'Desi? Wie is Desi?'

Hij zegt even niets. Ik hoor hem ademen.

'Wie is Desi?' herhaal ik.

'Desi heeft bij me gewerkt. Ik denk niet dat jij haar kent.'

Dan dringt het tot me door wie hij bedoelt: de schoonmaakster die problemen had met haar man. Lucien heeft in Florida nog met haar gebeld.

'Desi...' zeg ik langzaam.

'Ik moet ophangen, Vera. Ik zie je vanavond. Zeven uur, goed?'

'Prima.'

De verbinding wordt verbroken.

26

Ik ben hier alleen. Verderop raast het verkeer. Een gestaag gebrom, gefilterd door oude wilgen, berken en struikgewas. Om me heen klinkt gezang en gekwetter, de lucht is stroperig en ruikt naar bloemen en vers groen.

Verstikkende geuren.

Ik zit hier al uren in dezelfde houding. Mijn benen zijn zwaar geworden en ik voel me duizelig.

'Ik heb heel rare gedachten, mama. Ze komen steeds terug.' Met mijn wijsvinger trek ik cirkels in het stoffige laagje zand op mama's steen. 'Soms denk ik dat ik dit droom. Mijn zwangerschap, dat met Aron en Hans, Florida, alles, dat ik me het allemaal inbeeld.'

In mijn buik beweegt iets. Het is al eerder voorgekomen dat ik iets voelde wat te krachtig is om gerommel in mijn darmen te kunnen zijn.

'Heb jij ook weleens je hand op je buik gelegd toen ik daar nog in zat? En dacht je toen net als ik dat je dat helemaal niet zou kunnen, moeder zijn?'

Hoe kun je nou een kind leren hoe het leven in elkaar zit als je dat zelf niet eens weet? Hoe kun je een kind helpen opgroeien als je jezelf niet eens staande kunt houden?

Ik hoor het gebladerte van de berken ritselen. Het lijkt steeds stiller te worden. Ik kijk om me heen. Zerken, kaarsrecht in rijen, smalle tuintjes ervoor. Sommige bedekt met marmer of hardsteen, andere beplant met rozen of in vorm gesnoeide buxus.

Ik zou naar dat adres moeten rijden waar Lucien nu woont, de sleutel van 't Fort ophalen. Maar wat heeft het voor zin? 't Fort is maar voor even. En dan? Wat moet ik daarna?

'Ik weet niet meer wat ik moet doen, mama. Ik kan nergens heen. Ik kan geen kind grootbrengen. Ik kan het niet.' Mijn vingers beroeren de steen, koud en hard. 'Aron geloofde dat lichamen alleen maar omhulsels zijn en dat een ziel niet kan sterven, en dat we iedereen die we liefhebben later weer zullen tegenkomen.' Fluisterend ga ik door: 'Is dat zo, mam? Bestaat God? En Jezus en Maria? Hebben we het altijd verkeerd begrepen?' Mijn zicht begint troebel te worden. Ik wrijf het vocht uit mijn ooghoeken en haal mijn neus op.

De gedachten die nu door me heen zwerven, durf ik niet hardop uit te spreken.

27

Het is een rijtjeshuis in een straat zonder bomen. Langs de trottoirs staan auto's geparkeerd die allemaal minstens zo oud zijn als Arons Toyota. Op één na: Luciens bus, smetteloos als altijd, verderop in een parkeerhaventje.

De kleine voortuin van nummer 69 is vierkant en omzoomd door een laag, kunststof hek. Veel eenjarige bloemen, het zand ertussen rul en vrij van onkruid. Bij een vijvertje ter grootte van een regenplas staat een verweerde tuinkabouter, de handen voor zijn ronde buik tot vuisten geknepen. Er zit een gat waar een hengel in hoort te steken.

Ik neem alles in me op alsof het een geheugentest is. Hier woont Lucien, maar afgezien van zijn bus kan ik niets ontdekken dat naar hem verwijst.

Witte ophaalgordijnen. Drie dezelfde potten met orchideeën in de vensterbank. Een NEE/JA-sticker op de klep van de brievenbus. Geen naambordje.

Aanbellen is niet nodig. Op de rug van de bank verschijnt een buldogje dat zijn bolle kop tussen de bloempotten door naar voren drukt en naar me begint te keffen. Het klinkt als kuchen: schor en dof. Ik hoor kinderen roepen, opgewonden kreetjes, een vrouwenstem die zich verheft. Commotie.

Lucien doet de deur open.

Ik verbaas me over zijn haar, dat tot over zijn boord krult en glanst van de gel, en de baard die hij sinds de begrafenis nog voller heeft laten groeien en gecultiveerd.

Een *baard*.

Niemand zegt iets terwijl de seconden wegtikken. Lucien lijkt niet eens meer op zichzelf. Het zit 'm niet alleen in zijn gezichtsbeharing. Het is ook de manier waarop hij naar me kijkt. Zijn kleding. Zijn houding.

Luciens blik flitst van mijn gezicht naar mijn buik. Hij knijpt één oog half dicht.

Hij weet het, van mijn zwangerschap – hij wist het al op de begrafenis, maar koos ervoor om het te negeren. We hebben die dag nog geen twee woorden gewisseld. Maar nu kan hij er niet meer omheen.

Lucien heeft nu zijn beide ogen toegeknepen alsof mijn buik een fel licht uitstraalt. In mijn beleving blijft hij minutenlang zo staan, fronsend, bewegingloos.

'Dus hier woon je nu,' zeg ik, om de stilte te doorbreken.

Hij kijkt nog steeds naar mijn buik. 'Voorlopig.'

'Bij Desi.'

Hij knikt.

Er wurmt zich een kind tussen zijn been en de deurpost. Een jongetje met een donkergetinte huid en weelderige krullen. In zijn vuistje een speelgoedauto. Het kind slaat een arm om Luciens been en kijkt langs zijn buik omhoog. 'Wie is dat?'

'Kevin, wat had mama nou gezegd?' De stem komt uit de gang.

Ik vang een glimp op van een vrouw die, half weggedoken, het kind bij de deur vandaan trekt. Ze is kleiner dan ik. Fijner van bouw, vrouwelijker, en ze spreekt met een licht stads accent.

Het buldogje in de vensterbank is erbij gaan zitten en bekijkt me geïnteresseerd. Zijn adem veroorzaakt condens op het glas.

'Vrijdag komen er kijkers,' zegt Lucien. 'Om drie uur.'

Ik knik. 'Ik zal zorgen dat ik dan weg ben.'

'Fijn.'

Lucien kijkt me nu recht aan. Ik kan geen liefde of vertrouwen meer in zijn oogopslag ontdekken. De twintig jaar dat we een stel waren lijken volledig te zijn uitgewist. We staan als vreemden tegenover elkaar.

Hij graait in de zak van zijn jeans en vist er een kleine sleutelbos uit. Overhandigt me die. 'Ga bij Hans langs, hij heeft naar je gevraagd.'

'Hoe is het met hem?'

'Kut.' Zijn kaken verstrakken. Hij doet een stap naar achteren, en net als ik denk dat hij me gaat vragen binnen te komen, duwt hij de deur dicht.

28

't Fort ruikt vreemd. De geuren van boenwas, ovenschotels en basilicum zijn verdrongen door die van vochtig cement en slootwater, een lucht die niet thuishoort in een bewoond huis. De vijver is troebel geworden. In het midden van de rotstuin drijft een groenbruine plas waarin geen vissen meer te ontdekken zijn. De stekker ligt eruit. Ik schuif de pui open, loop eromheen en steek hem terug in het stopcontact. Prompt begint het water te circuleren. Het fonteintje spuit klodders groen over het oppervlak uit. De stank wordt sterker.

Ik duw de schuifpui achter me dicht en loop doelloos door het huis, mijn armen om mijn bovenlijf geslagen. 't Fort maakt een spookachtige indruk. Overal waar ik kijk zie ik sporen van geweld. Afdrukken van voetzolen tegen de witte keukenmuur. Een gat in de deur naar de hal. De bananenplant ligt geknakt tegen de vloer en is verdord. De bank is weg. Alle apparatuur is uit de woonkamer verdwenen, maar in de keuken hangt de flatscreen nog hoog aan de muur. Het scherm vertoont een diepe scheur.

In de kleedkamer zijn mijn kleren uit de kast getrokken, ze liggen verspreid door de slaapkamer.

Het bed staat er nog.

Ik ga aan mijn kant liggen, met mijn kleren en schoenen nog aan, en trek de dekens over me heen. Ze voelen klam. De kou kruipt op uit de matras. Rillend blijf ik liggen, starend naar het plafond.

Ik zou willen dat ik kon slapen, zodat ik nergens meer aan zou denken. Maar net als ik begin in te dommelen en mijn lichaam zich langzaam overgeeft, voel ik hem.

Het kind.

Tijd is een raar iets. Als ik hier vorig jaar had gelegen, zwanger in bed, dan was Lucien naast me gekropen en had hij zijn grote, warme hand op mijn buik gelegd om contact te maken met zijn ongeboren kind. Hij zou mijn buik gekust hebben, zijn wang tegen me aan gewreven, zachte woordjes hebben gefluisterd. Alle meubels zouden er nog hebben gestaan. Er zou een babykamer zijn bij gekomen waar de subtiele geur van Zwitsal had gehangen, de geur van onschuld. We zouden samen zijn geweest.

Maar Lucien is hier niet.

Wat hij in het leven met mij zo miste, moet hij hebben gevonden in Desi: een vrouw die in hem haar redder ziet, jonge kinderen en een huis vol leven in een drukke stadswijk. Lucien heeft altijd al van reuring gehouden. Mensen om hem heen. Licht en geluid.

Terwijl ik luister naar het zachte brommen van de koelkast die in de keuken aanslaat, besef ik pas hoe groot het contrast is tussen de plek waar Lucien nu woont en dit grote, lege, stille fort.

Lucien moet hier doodongelukkig zijn geweest.

Dag in, dag uit. Maandenlang.

Jarenlang.

Al die tijd moet hij hebben geworsteld met zichzelf, omdat zijn eigen verlangens botsten met zijn loyaliteit aan mij.

Een man een man, een woord een woord.

Wat ik begin, maak ik ook af.

Ik ben een egoïstische trut geweest om hem bij me te houden. Schaamteloos heb ik me aan hem vastgeklampt, omdat ik niet alleen durfde te zijn – niet alleen kón zijn. Alles draaide om Vera Zagt. Ik heb geen seconde aan Lucien gedacht, er niet bij stilgestaan dat ook hij een mens is met wensen, gevoelens, twijfels.

Ik haat mezelf daarom.

Ik haat mezelf en ik schaam me diep.

Ik schaam me voor wie ik ben geworden.

Het bed is opgewarmd, onder de lagen kleding en het dekbed voelt mijn huid zweterig. Mijn gezicht is vochtig geworden van de tranen en bij elke snik schokt mijn lijf. Het komt van heel diep, uit een holte die daar lang geleden is ontstaan en zich heeft gevuld met vroege herinneringen, anekdotes, beelden en uitspraken waarvan ik dacht dat ik ze allang vergeten was.

'Probeer te gaan slapen, Veertje. Van slapen wordt alles beter. Je pijn, je koorts, soms verdwijnt dan zelfs je verdriet. Je zult het merken, als je morgen wakker wordt, ben je een heel stuk opgeknapt. Slaap heelt alles.'

29

Slaap heelt niet alles. Slaap heelt misschien schaafwonden en lichte kneuzingen en doet boosheid en klein verdriet vergeten, maar de allerergste pijn is nog even aanwezig als gisteren.

Ik kruip uit bed en loop naar de badkamer. In de spiegel boven de dubbele wasbakken staren twee ogen naar me, ze horen bij een gezicht waarin ik mezelf nauwelijks herken.

De symmetrie is eruit verdwenen. Het is gezwollen, opgezet. Mijn huid zit vol met rode vlekken en kapotgekrabde bulten. Kleurloze lippen waarvan de hoeken naar beneden wijzen, de ene lager dan de andere. Haar dat in slierten langs mijn schedel valt. Mijn oogleden zijn dik en pafferig en drukken mijn ogen bijna dicht.

Dit is mijn gezicht niet.

Dit is de starende blik van een krankzinnige.

Is het moment nu aangebroken? Is het zover? Verlies ik mijn verstand?

Ze had het goed voor elkaar, maar toen werd ze van de ene op de andere dag kierewiet.

Joef.

Net als haar moeder.

Ik buig me voorover, dichter naar de spiegel toe, en voel dat mijn hart overslaat, zich herpakt en dan weer sneller gaat. Ik heb dit vaker gevoeld, die nerveuze trillingen die door mijn spieren trekken. Oververhitting. Paniek. Een systeem dat onder te grote druk staat. Angsten, decennialang weggestopt en ontkend, laten nu weten dat ze er nog zijn.

Mijn leven lang ben ik bang geweest dat mijn moeders gekte lag opgesloten in haar genen – genen die zij aan mij heeft overgedragen. Een zwangerschap heeft de sluimerende waanzin in mama doen opvlammen. Nu ben ik zelf zwanger. Is het onontkoombaar dat ik gek word?

Of is het al zover?

Is het verval al in volle gang, en heb ik dat niet eens herkend omdat ik dacht dat het verdriet was dat ik voelde? Diepe rouw?

Ik draai de kraan open, laat de harde straal over mijn handen en polsen stromen en maak dan een kommetje met mijn handen. Werp het opgevangen water in mijn gezicht. Eén keer, twee keer. Nog eens. Duw een muf ruikende handdoek tegen mijn gezicht, wrijf over mijn huid alsof ik een kleverig masker wil wegpoetsen. Harder.

Geen verschil.

Nog steeds die dikke, scheefgetrokken kop.

Ik ruik mezelf, een mengeling van oud zweet en talg.

Het besef dringt tot me door dat ik Lucien in deze staat onder ogen ben gekomen. Lucien kent me, hij heeft genoeg met me meegemaakt. Hij moet het gezien hebben, dat het begonnen is.

Zo moeder, zo dochter.

Maar niet alleen Lucien heeft het gemerkt. Ook mevrouw Van Grunsven. De vader en zijn dochter in Nijmegen, de makelaar. Het meisje achter de kassa van het pompstation waar ik getankt heb. Er was een overeenkomst in de manier waarop ze naar me keken – met afkeer. Walging.

Ik draai me weg van de spiegel en loop houterig de woonkamer in, laat mezelf langs de muur naar beneden zakken, op de plek waar eens de oosterse bank stond. Staar naar de verdorde

bananenplant, het vuil en het stof, de opengescheurde enveloppen en folders die over de vloer verspreid liggen. Het geschuifel van mijn voeten weerklinkt tegen de muren en de
glazen wand bij de patio. Ik hoor mezelf ademen. Het huis is
nooit eerder zo leeg geweest. Zo verlaten en koud. De stank van
het vijverwater heeft zich over alle ruimten verspreid, als een
onzichtbaar, giftig gas.

Er is niets meer over van mijn veilige, heilige thuis, mijn
Fort.

Er is niets meer over van mijn leven.

30

De hele vrijdagochtend heb ik buiten doorgebracht, aan de zijkant van 't Fort. Ik heb tegen de muur aan gezeten, plukkend aan het onkruid, wachtend tot de makelaar met de kijkers zou arriveren. Ik hoorde de motoren van hun auto's, ik hoorde ze praten en lachen en naar binnen gaan. Daarna was het lange tijd stil. Toen ik ze gedrieën om het huis heen hoorde lopen, stond ik op en zorgde dat ik buiten hun blikveld bleef. Een geest was ik, een geest die rondsloop tussen de ruïnes van haar voorbije leven.

Welke dag het is, weet ik niet. Ik vermoed dat ik een week geleden in 't Fort ben getrokken, maar zeker ben ik er niet van. Ik tril aan één stuk door en mijn hart roffelt onrustig en onregelmatig. Ondanks dat ik vooral potten asperges en boontjes uit de voorraadkast eet, blijf ik dikker worden. Mijn enkels zijn opgezwollen, ze zijn breder dan mijn voeten en mijn sokken knellen. Als ik mijn nagels in mijn vel zet, zijn de indrukken na een kwartier nog zichtbaar. Mijn gezicht is nog steeds opgeblazen, mijn huid vlekkerig en bleek.

Als er wordt aangebeld, verstop ik me. Zoals ik er nu uitzie, kan ik niemand onder ogen komen. Iedereen zou zien dat ik gek ben en me niet serieus nemen. Me misschien wel opsluiten. Voor de bestwil van mijn ongeboren kind.

Ik voel het elke dag bewegen.

Soms een halve dag niet, dan weer uren achtereen dat ge-floep in mijn onderbuik. Zo ben ik het gaan noemen: het voelt als floepen, een glibberig gefloep in mijn binnenste. Het is geen anoniem vruchtje meer. Het is een kind. En het groeit door.

Ik heb nog steeds geen oplossing gevonden. Er is nog steeds geen plan. De weinigen bij wie ik zou kunnen aankloppen, wil ik in deze staat niet onder ogen komen. Het laatste wat ik nodig heb is dat mensen beginnen over mijn geestelijke gezond-heid. Ik moet gewoon een huis hebben, een huis en werk. Praktische dingen. Ik moet mijn oude scherpte hervinden, dan komt het goed.

Ik hijs mezelf omhoog langs de muur, schuifel naar de bad-kamer en trek een kastje open. Er staan medicijnen in van voorgaande jaren, bètablokkers, antidepressiva die soms wel, en veel vaker onvoldoende hielpen, of heel nare bijwerkingen hadden. Ik heb de bijsluiters nauwkeurig gelezen en bij alle-maal wordt gebruik tijdens de zwangerschap afgeraden, of al-leen toelaatbaar gevonden onder toezicht van een arts. Ik durf ze niet te slikken, bang om mijn kind nog meer schade toe te brengen dan ik waarschijnlijk al heb gedaan. Als het geboren wordt, moet het een kans krijgen om gezond op te groeien.

Als het geboren wordt.

Het kan ook niet geboren worden.

Niet aan denken.

Denk dat soort dingen niet, Vera.

Er is bijna niets meer te eten. Uit een bovenkastje pak ik een groot blik bruine bonen, trek het open, neem bestek uit de la en loop ermee naar de slaapkamer. Op de rand van het bed le-pel ik de inhoud van het blik naar binnen. Binnenkort moet ik eropuit. Naar een supermarkt, om boodschappen te doen. Ik ben bang dat ik niet meer weet hoe ik moet rijden, hoe de versnellingen werken. Zou mijn bankpas het nog doen? Ik herinner me de pincode niet meer. Mijn hart klopt dieper in mijn borst en er gaat een rilling door me heen bij de gedachte om naar buiten te moeten en mensen onder ogen te komen. Ik voel me opgejaagd, de hele dag door. Ik word wakker met een paniekerig, hijgerig gevoel dat alleen maar erger wordt als ik denk aan de toekomst, aan wat me te wachten staat.

Maar ik geloof niet meer dat ik gek geworden ben. Ik eet, en ik denk nog steeds aan het welzijn van Arons kind. Dat zijn duidelijke aanwijzingen dat ik stabiel ben. Er is iets anders aan de hand. Misschien is dit wel een depressie. Ik heb ze eerder gehad. Vorige depressies ben ik ook te boven gekomen, zelfs als ik dacht dat er geen terugweg meer was omdat ik te diep was afgedaald. Ook toen had ik donkere gedachten die me angst aanjoegen.

Ik ben er altijd uitgekomen. Altijd.

Maar toen had ik Lucien die me steunde.

Toen was ik niet alleen.

31

Het regent al een hele tijd. Dikke druppels veroorzaken een bombardement van groene fonteintjes in de vijver. Ik staar ernaar, met mijn voorhoofd en onderarmen tegen het glas gedrukt.

In huis is het donker, ik heb de lichten niet aangedaan. De duisternis past beter bij mijn gemoedstoestand.

Hoeveel nachten ik hier aaneengesloten heb rondgedoold weet ik niet. Besef van tijd heb ik verloren. Gegadigden voor het huis zijn er niet meer geweest. Er heeft ook niemand meer aan de deur gestaan, zelfs geen postbode. Ik denk dat Lucien de post laat doorsturen naar zijn nieuwe adres in de stad.

Mijn maag speelt op. Ik weet niet of het van de honger is of dat het komt door de zwangerschap of van de spanning. Mijn hele lichaam is van slag en spreekt me aan in een taal die ik niet begrijp. Vanmiddag heb ik een blik sardientjes met olie en al gegeten en zojuist heb ik het laatste restje spaghetti uit het pak weggeknabbeld. Morgen moet ik naar een supermarkt. Ik kan het niet langer blijven uitstellen. Als ik geen eten haal, zal ik langzaam doodhongeren.

Daar denk ik veel over na.

Doodgaan.

Als ik hier sterf, zou niemand me missen. Niet meteen. Mijn lichaam zou gevonden worden door de makelaar, in elk geval door een vreemde, en pas dagen of weken later – net als dat van oma. Het zou misschien de krant halen. De mensen zouden het lezen en het treurig vinden. Een zwangere vrouw, nog geen veertig. Twee levens verwoest. Ze zouden tegen elkaar zeggen dat de wereld is verhard en dat buren elkaar tegenwoordig niet meer kennen.

En dan zouden ze het weer vergeten.

Het meeste leent zich om te vergeten, slechts weinig om te herinneren.

Mijn leven heeft geen enkel nut gehad. Ik heb voor niemand iets betekend of een verschil gemaakt. De weinigen die iets in me zagen en graag bij me wilden zijn, heb ik van me af geschopt.

De mensen van wie ik zielsveel hield, gingen dood.

Dit ben ik. Een vrouw zonder inhoud, zonder sociaal leven, zonder enig nut. Glad en gevoelloos. Alleen.

Moet ik een kind grootbrengen?

Ik geloof niet meer dat het zal gebeuren. Dat is mijn lot en het lot van mijn kind. Instinctief moet ik altijd al hebben gevoeld dat een zwangerschap mijn einde zou betekenen. Daarom was ik er zo bang voor. Onbewust.

Hebben we het dan altijd al verkeerd gezien?

Er zijn wetenschappers die beweren dat vrije wilsbeschikking niet bestaat. Dat je alleen maar dénkt dat je weloverwogen een beslissing neemt, terwijl metingen uitwijzen dat je die al eerder had genomen zonder je daarvan bewust te zijn. Op het moment dat je denkt een keuze te maken, zou er in de hersenen alleen nog maar de *bewustwording* plaatsvinden van wat je hebt gedaan of gekozen.

Als wij geen vrije wil hebben, als zoiets niet bestaat, wie of wat stuurt ons dan aan? Het wijst op een programma, een plan.

Een groter geheel.

Ik loop naar de glazen pui en kijk neer op het vijverwater.

Zacht kunstlicht schijnt vanaf de kant over het wateroppervlak. Ik zie iets bewegen. Oranje en gele streepjes die zich
langzaam door het groen verplaatsen – voorzichtig, behoedzaam.

De vissen. Ze leven nog.

Terwijl ik naar mijn goudvissen staar, besef ik dat ik niet alleen ben. Ik ben nooit alleen geweest.

Er was steeds iemand bij me, iemand die me gadesloeg, die
me misschien wel stuurde. Stil, onopvallend. Maar ze was er al
die tijd al. Mijn leven lang. Hoe kan het dat me dat niet eerder
is opgevallen?

Ik moet naar haar toe.

Nu meteen.

32

Het kapelletje staat op de kruising van twee smalle polderwegen. Honderden malen ben ik het gebouwtje gepasseerd,
nooit eerder ben ik gestopt om het van dichtbij te bekijken. Nu
doe ik dat wel.

Het is gemaakt van bruine baksteen en heeft een leistenen
puntdak. De deuren zijn open. Binnen branden kaarsen, zacht
licht dat aanlokt, uitnodigt om verder te lopen. Er is niemand.
Ik stap de hoge, gewijde ruimte in, die niet veel groter is dan
een gemiddelde logeerkamer. Het ruikt naar vochtig beton en
kaarsvet. En naar wanhoop, smeekbedes, tranen, pijn, frustratie, ongeloof.

Maria is klein in dit kapelletje, kleiner dan in de kerken die
ik als kind bezocht. Ze wordt afgeschermd door een smeedijzeren traliewerk – laag genoeg om ongehinderd naar haar te
kunnen kijken, hoog genoeg om afstand te bewaren. Maria
draagt een blauw gewaad en heeft een bleek, langwerpig gezicht van porselein waarmee ze liefdevol op me neerkijkt, haar
ogen halfgesloten, haar stenen vingers voor de borst gevouwen. Aan haar voeten staan potten met verlepte bloemen en
vazen met rozen. In een halve cirkel eromheen zijn waxinelichtjes in rode plastic houdertjes geplaatst. Er branden er zeven.

Offers.

Aarzelend ga ik op mijn knieën zitten, vouw mijn handen en leun met mijn ellebogen op het smeedijzeren hekje. Sluit mijn ogen. De woorden komen van heel diep uit mijn wezen, waar ze decennialang in de modderige bodem hebben gelegen, maar nu door kleine luchtbelletjes zijn opgetild en langzaam naar het oppervlak zweven. De ene zin duikt op na de andere, als verloren gewaande schatten verzamelen ze zich om me heen. Ik pak ze vast, spreek de woorden uit, verbind de zinnen met elkaar, maar in de gewijde ruimte weerklinkt niet alleen mijn eigen stem; ik hoor oma bidden. Nog meer stemmen voegen zich bij ons, die prevelend dezelfde gebeden uitspreken: mannenstemmen, vrouwenstemmen, baritons en tenors, hese stemmen, schelle en luide, precies zoals vroeger in de kerk. Het geschuifel van voeten, een droge kuch.

… en leid ons niet in bekoring, maar verlos ons van het kwade.

Oma heeft ze me geleerd: het Weesgegroet, het Onzevader. Mama niet, voor zover ik weet bad mama nooit. Ik vermoed dat ze bij de nonnen op de lagere school al het geloof had verloren dat bidden ergens goed voor kon zijn. Dus deed oma het voor haar, elke dag opnieuw smeekte ze Maria om haar schoondochter gezond te maken, om het gezin – haar zoon, haar kleindochter, haarzelf – te verlossen van de waanzin die grip had gekregen op Annie Zagt. Toen dat allemaal niet hielp, is tante Cora naar Lourdes afgereisd om daar de echte Maria te spreken.

Het heeft allemaal niets uitgehaald.

Integendeel.

Het werd alleen maar erger.

De kou kruipt op uit de harde stenen vloer, verkilt mijn kniegewrichten, stijgt op en verjaagt de warmte uit mijn ingewanden. De baby roert zich. Ik voel hem wrikken en wringen in mijn binnenste, voel hoe zijn glibberige gestalte zich onafhankelijk van mij beweegt en duwt tegen mijn blaas en onder-rug.

Hoe langer ik naar het stenen gezichtje van Maria kijk, hoe duidelijker het wordt dat het helemaal geen serene, verge-vingsgezinde glimlach is die zich op haar gezicht aftekent. Dat dunne mondje, die mondhoeken die lichtjes omhoogbuigen als een bleek sikkelmaantje, de halfgesloten ogen met de zwarte, glanzende puntjes dikke verf erin – ze lijken steeds in beweging te zijn in het zacht flakkerende licht. Ze glanzen alsof ze pret hebben, maar dat doen ze niet openlijk, eerder gelo-ken, stiekem: alsof ze een heimelijk genoegen ervaren – alsof Maria over kennis beschikt die ik ontbeer, kennis die ze me al-tijd zal onthouden, wat ik ook doe om haar gunstig te stemmen.

Ik voel me ongemakkelijk worden.

Gedurende mijn gebed zijn er twee waxinelichtjes gedoofd. Maria's rechteroog wordt nog steeds verlicht door de zacht verspringende vlammetjes, aan de andere kant toont het duis-ter een holle oogkas zonder uitdrukking.

Ik krijg ineens de indruk dat er iets niet in orde is. Het is als-of er zich iets in Maria roert, of zich achter haar façade schuil-houdt. Ik knijp mijn oogleden samen, tuur naar Maria en Ma-ria staart vanaf haar sokkel naar me terug.

Ik kan geen genegenheid meer ontdekken in dat glanzend beschilderde gezicht, net zomin als in het gezicht van de pas-toor in de kerk in onze wijk vroeger, met zijn geniepig loeren-de kraaloogjes, net zomin als mijn moeder ooit liefde en me-dedogen heeft mogen ontvangen van de Zusters van Liefde, die haar op jonge leeftijd niets anders dan trauma's hebben toege-bracht en haar voor de rest van haar leven de mogelijkheid hebben ontnomen om nog te vertrouwen in andermans goed-heid.

Ik kijk om me heen, naar de muren van de kapel, waar het geleidelijk donkerder is geworden en kouder aanvoelt. Leger, betekenislozer. Een bakstenen gebouwtje in een winderig stuk polder, verlicht met een paar in plastic hulzen gestoken waxinelichtjes.

Wat doe ik hier? Wat dacht ik hier te vinden? Wat hebben we eraan gehad, oma, papa, mama en ik? Aan de kerk, de pastoor, Maria, al dat bidden, gevoelens van schuld en schaamte, de rituelen, het beeldje van een stervende Jezus in mijn slaapkamer die daar jarenlang smartelijk, met een van pijn vertrokken gezicht op me heeft neergekeken terwijl ik de slaap niet kon vatten; wat heeft dat alles te maken met hoop en liefde en steun?

Ik kijk op naar het beeld, naar dat ovale gezichtje, bleek en kil, niet groter dan mijn vuist, en ineens zie ik het: ze amuseert zich met al die stumpers die geloof in haar hebben, die blind vertrouwen in haar goedheid, die op haar steun en hulp rekenen. Ze reikt naar je en zegt: 'Pak mijn hand, ik zal je leiden.' En net als je durft te hopen op een goede afloop laat ze je los, sta je weer alleen, neemt zij haar vaste, versteende vorm aan op de sokkel, en ze lacht achter het masker van liefde haar kwaadaardige, verholen lach, vol minachting voor iedereen die voor haar knielt en haar zonder terughoudendheid zijn diepste angsten en wensen toevertrouwt.

Ik hoor haar gniffelen, als het ritselen van droge bladeren in de wind, maar dan versterkt, steeds harder, als fluisteringen. Ik hoor woorden, tonen, hoog en laag, halve zinnen, alsof de wind de woorden uit elkaar rukt – en dan ineens, hoog en ijl en koel, een vrouwenstem, gedragen door de wind, die boven het gefluister uit stijgt en het 'Ave Maria' zingt, zuiver en slepend en precies zoals het klonk op mijn moeders sobere begrafenis, die werd bezocht door talloze oudtantes met grijs permanent en zakdoekjes gedrenkt in eau de cologne, Els, een handjevol medebewoners uit het instituut die onbewogen de dienst aanhoorden, versuft door de medicijnen, onmachtig emotie te voelen of te tonen. Evenals ik destijds. Verdoofd. Apathisch. Lamgeslagen.

Het heeft een halfjaar geduurd eer ik weer sprak, eer ik me weer enigszins kon openstellen.

Ik sta op, in mijn beweging belemmerd door het onver-wachte gewicht van de baby in mijn buik. Ik voel het bloed door mijn lijf razen, het bonken van mijn hart in mijn slapen, mijn oren, mijn hele wezen.

Ave, Maria.

Gratia plena.

Dominus tecum.

Wat had Maria te zoeken op mijn moeders begrafenis? Wat deed het loeder daar anders dan verdriet consumeren? Wat deed ze in Sevilla, waar haar handgeschilderde versie vanaf te-geltableaus op vrijwel elke straathoek mijn geluk begluurde, minzaam toekeek hoe ik voor het eerst in mijn leven liefde en lichtheid ervoer? In de slaapkamer in Ronda, met uitzicht op het bed waarop Aron en ik dagelijks in elkaars lichaam en geest opgingen?

Benedicta tu in mulieribus,

Et benedictus fructus ventris tui, Iesus.

Wist ze toen al dat het allemaal stuk zou gaan? Was dat haar voorinformatie, is haar glimlach daarom onecht… omdat ze het toen al *wist*?

Voorbestemming.

Geen vrije wil.

Hoe is het mogelijk dat ik haar beeltenis al mijn hele leven lang zo verkeerd heb kunnen interpreteren?

Sancta Maria, Mater Dei, ora pro nobis…

Ik ruk aan het smeedijzeren poortje en trek het open, blijf recht voor Maria staan. Eén, twee seconden, hijgend, zwaai daarna mijn arm naar achteren en sla in één keer, met gestrek-te arm, de waxinelichtjes en kaarsen en bloemen bij haar voeten weg. Een vaas spat uiteen tegen de muur en de scherven raken het beeld, de bloemen, en schuiven rinkelend over de vloer. Plastic waxinelichthouders ketsen over de grond, rollen alle kanten op. Ik buk moeizaam, mijn buik puilt uit en zit me in de weg, en ik graai een paar kaarsen van de grond, werp ze met een kreet tegen het Mariabeeld aan, raap ze weer op, grienend en snotterend, en mik opnieuw, richt op de ogen, dat geniepige glimlachje, dat leugenachtige gezicht dat onaangedaan op me neerkijkt en lacht om mijn halfslachtige aanslag.

En ik schreeuw.

Ik schreeuw zo hard dat ik het ijle 'Ave Maria' overstem, de honderden mompelende, prevelende stemmen die me vergezelden tot zwijgen breng.

De stilte die erop volgt rolt zich uit over de velden; een gitzwarte vloedgolf die weilanden, huizen en straten bedelft onder een verstikkende laag waar geen geluid, geen leven, geen hartslag meer doorheen kan dringen.

33

Alles is tot zwijgen gebracht.

Een nachtbries waait door de struiken. Hij brengt dunne twijgen in beweging en laat het loof van de populieren ruisen. Als ik mijn ogen sluit, klinkt het alsof ik aan zee ben. Kustwater en meeuwen. Ik leg mijn hoofd in mijn nek en kijk naar de hemel. Hoog boven de boomkruinen is het heelal oneindig zwart met fonkelende sterren. Een afnemende maan. Daaronder zweven wolken die het zachtoranje licht van de omliggende dorpen reflecteren.

De maan is de enige lichtbron die deze plek beschijnt. Links en rechts van me strekt het spoor zich uit, een kaarsrechte laan, zacht glanzende rails tot in de verte, met aan weerszijden de inktzwarte, grillige contouren van bomen en struiken.

Ik sta aan de rand, bewegingloos, mijn voeten iets uit elkaar en mijn gezicht geheven. De wind plukt zachtjes aan mijn haar, verkoelt mijn verhitte huid. Ik voel me rustig, gelaten, misschien wel vredig. Hoe makkelijk is het om hier te blijven staan, alleen maar te blijven staan. En dan: de stap naar voren. Eén, twee. Drie. De keuze maken om geen pijn meer te hoeven voelen. Niet meer pijn te hoeven doen.

Er is niets meer over. Geen reikhalzend uitkijken naar de toekomst, geen hoop dat het beter gaat worden. Het wordt alleen maar slechter.

Dus zo was het voor jou, mama. Dit was wat je voelde, maanden-lang, jarenlang.

Duisternis, waanzin, eenzaamheid.

Iedereen is beter af als ik er niet meer ben.

Licht in de verte, smalle bundels, nog niet meer dan stipjes.

Maar ik voel de trillingen al, hoor het zachte gezang van de rails.

De gekte moet hier stoppen. Hier en nu. Want als ik nu niet doorzet, zal het later toch gaan gebeuren, als mijn kind alles bewust heeft moeten meemaken: mijn neergang, mijn onmacht, mijn waanzin. Misschien gaat het net zoveel van me houden als ik van mama hield. Misschien is het even kwetsbaar, ontvankelijk, dromerig. Misschien wordt het al even afhankelijk van mijn liefde en zal het hoop krijgen dat alles op een dag mooier en beter zal worden.

Dat mag ik niet laten gebeuren.

Mijn kind hoeft zijn moeder niet te zien aftakelen. Het zal geen spijt kennen, geen schaamte en geen verdriet. Het hoeft niet geboren te worden.

Hier moet het stoppen.

Hier.

Mijn beslissing is de enige juiste. We stappen er samen uit.

Het licht komt dichterbij.

De grond beweegt, trilt heviger. Het lijkt of de wind aantrekt. De bomen ruisen, fluisteren. Als ik mijn ogen sluit, hoor ik de kust van Dénia. Van Ruskin, Florida. Van La Palma. Ik geloof dat ik huil. Mijn huid is vochtig. Warme druppels glijden langs mijn wangen naar mijn hals, worden opgenomen door mijn haar.

Meer licht.

Gedaver.

Eén stap.

Eentje maar.

Het kind beweegt. Het draait, het wringt, alsof het alles ziet en hoort, het wéét, en wil ontsnappen. Het is al maandenlang bij me, het voelt mijn hartslag, het drinkt van mijn bloed. Wij zijn samen één.

Het is goed zo, fluister ik. Of misschien denk ik alleen maar dat ik fluister.

Vertrouw me maar; mama weet wat goed is.

Het licht.

Nog één stap.

Er klinkt een waanzinnig gehuil, zo hard en indringend dat ik ervan terugdeins. Een sein, luid en vol als een scheeps-hoorn. Onder mijn voeten davert de bodem. De wagons razen langs me heen, het metaal giert het uit, de slipstream zuigt me aan en stoot me af. Ik tol rond in een wankele pirouette, ik ben verblind door het licht, doof van het geluid, ben alle besef van tijd en ruimte kwijt.

Ik heb het gevoel alsof ik achterstevoren in een zwart gat word getrokken.

34

Ik was ergens buiten de stad in een heuvelachtig bos en ik droeg een zalm in mijn armen. Het dier was matgrijs, slank en gestroomlijnd en had een spitse bek. De zalm was stervende, omdat er geen water was om in te zwemmen en om zuurstof uit te filteren. Zijn kieuwplaten kleefden aan elkaar. Het was een zware belasting om rond te moeten lopen met een stervend dier dat ik niet kon helpen. Ik wilde het zo graag redden, maar er was nergens water. En hij ging ook maar niet dood. Steeds als ik dacht dat hij nu wel gestorven moest zijn, kromde hij zijn lijf en bewoog het zwak heen en weer. Dat hij niet opgaf, dat dit dier het zo lang bleef volhouden, gaf mij de kracht om door te zetten.

Ik vond een zinken teil met een gat onderin en een diepe plas water, waarin ik de teil duwde. Er ontstond een bodempje vuil water waar ik de zalm in liet zakken. Het dier bleef stil liggen, half op zijn zij gedraaid. Ik zag zijn kieuwen niet bewegen en vermoedde dat hij te lang zonder water was geweest, dat er te veel kapot was gegaan om nog normaal te kunnen functioneren. Ik dacht dat hij alsnog zou sterven en ik troostte mezelf met de gedachte dat hij een betere dood tegemoet ging dan wanneer hij daar helemaal alleen was gestorven, omdat hij nu in elk geval nog mededogen had gekend. Tegelijkertijd vond ik de gedachte onverdraaglijk.

Toen ik een poos later terugkwam lag hij daar nog steeds. Zijn kieuwen bewogen licht – hij ademde – maar hij was nog steeds niet buiten levensgevaar. Hij keek naar me en knipperde met zijn ogen, terwijl vissen helemaal geen oogleden hebben. De dofheid van zijn schubben werd minder, de oorspronkelijke glans schemerde erdoorheen.

Op dat moment kwam Nico in beeld.

'Hij gaat het niet redden,' zei ik tegen mijn minnaar, 'want dit is het enige water in de omtrek. Het is te vuil en het is te weinig.'

'Hij hoeft niet dood,' zei Nico. Hij wees naar iets achter me, boven mijn hoofd. 'Daar stroomt een riviertje, we kunnen hem erin uitzetten als je wilt. Het komt uit op zee.'

Met een glimlach op mijn gezicht open ik mijn ogen. Even voel ik me goed. Licht. Rustig. Geen hartkloppingen, geen gejaagde ademhaling. Dan vervaagt de droom naar de achtergrond en dringt de realiteit tot me door. Mijn ledematen trillen. De rillingen trekken door heel mijn lijf, groeien uit tot sidderingen, stuiptrekkingen in mijn huid, mijn spieren, mijn pezen.

Mijn gezicht is vochtig, druppels vallen van mijn neus en lippen en mijn haar plakt aan mijn slapen. De lokken voelen aan als gebruikte, uitgeharde verfkwasten. Ik heb het koud. Verschrikkelijk koud. Mijn tanden hameren op elkaar.

Ik rol me op en maak me zo klein mogelijk. De geur van stilstaand vijverwater dringt mijn neusgaten in. Vochtig beton. Schimmel. De stank van een verpest leven, van mislukking en schaamte. Van eenzaamheid. Gevangenschap.

Ik kan me niet herinneren hoe ik in 't Fort terecht ben gekomen. De laatste herinnering die ik heb is het gebulder van de voorbijrazende trein en het noodsignaal van de claxon.

Houterig werk ik mezelf omhoog, duw mijn loodzware onder-lichaam overeind en zoek steun bij de muur, waar ik tegenaan ga zitten.

Ik adem hoog in mijn borst en ril nog steeds over mijn hele lijf. Het gloeit. Mijn T-shirt is nat van het zweet.

Maar ik leef.

Ik leef.

Ik spreek de woorden zachtjes voor me uit. Mijn stem klinkt krakerig, zwak.

Met moeite werk ik mezelf verder omhoog. De kamer draait, alsof ik gedronken heb. Voorzichtig doe ik een stapje naar voren. En nog een. De oversteek naar de slaapkamer lijkt uren in beslag te nemen. De vloer kantelt en wiebelt als het dek van een schip en ik sta regelmatig stil, mijn armen wijd om mijn evenwicht te bewaren.

In de slaapkamer heb ik moeite me te oriënteren. Onder het bed ligt mijn tas, ik trek hem eronderuit en vind mijn telefoon. Hij reageert nergens op. Ik wikkel de draad los van de oplader, steek de stekker in het stopcontact en verbind die met de tele-foon. Terwijl het apparaat zich volzuigt met energie, voel ik die van mij steeds meer wegvloeien. Ik ben bang dat ik ga flauw-vallen, dus neem ik plaats op bed, de telefoon in mijn vochtige handen. De letters en cijfers bewegen over het schermpje. Tot drie keer toe druk ik op de verkeerde contactpersoon.

De telefoon gaat twee keer over. Drie keer. Vier keer.

Voicemail.

Ik ga op mijn rug liggen en probeer het nog eens.

Opnieuw voicemail.

Ik rol me op mijn zij, druk een kussen tussen mijn knieën tegen de pijn in mijn heupen, en sluit mijn ogen.

De zon is al in kracht afgenomen als ik uit mijn koortsige slaap ontwaak door een alarm. Mijn ogen zijn dik, ik krijg ze amper open. Op de tast vind ik mijn telefoon en wrijf met mijn duim over het groen oplichtende icoontje.

Ik zeg mijn naam, maar mijn stem klinkt als knisperend papier.

'Vera? Ben jij dat?' Een bekende stem. Krachtig en zacht tegelijkertijd. '... Vera? Hallo?'

'Wil je... Wil je me komen halen?'

35

Ik ben naakt. Water klettert op mijn hoofd, schouders en nek en druipt over mijn lichaam, glijdt verder over mijn borsten en mijn bolle, harde buik naar een slurpend afvoerputje in de grond. Het voelt alsof iemand ijswater over me heen giet. Ik ril van de kou en mijn kiezen klapperen op elkaar, zo hard dat ik bang ben dat ze breken. Ik duw de handen weg die me onder de straal houden, maar dan merk ik dat het Nico is. '... moet even,' hoor ik hem zeggen.

Het ruikt naar wc-verfrisser, dennenbossen. Ik probeer te achterhalen waar ik ben, maar ik heb moeite met focussen. Er zitten witte tegels op de muur die steeds van vorm veranderen. Het zijn rubberen muren, golvende muren. Zulke muren heb ik nog nooit gezien. Ik staar ernaar en probeer het te begrijpen.

Nico's gezicht schuift ervoor, heel dichtbij, zo groot als een voetbalveld. 'Het is niet koud!' buldert hij, en hij zegt nog meer, wat ik niet goed kan verstaan omdat hij zo hard schreeuwt. Nico's stem galmt door de ruimte, het doet zeer aan mijn oren.

Het water stopt. Ik word in een badjas gehesen, veel te groot, de mouwen raken de grond, mijn voeten groeien van me weg, alsof ik zo hoog ben als een flatgebouw. De grond verdwijnt, alles draait. Het lijkt of ik in een zweefmolen zit, mijn benen zwieren van links naar rechts. Ik voel iets zachts in mijn rug. Een bed.

Nico's gezicht weer, vlakbij, en dan ineens zweeft hij weg, door een lange tunnel omhoog. 'Dokter!' roept hij.

Ik klamp me vast aan het bed, het schudt heen en weer als een opblaasbootje in de golven. Waarom beweegt alles?

Ik wil niet naar een dokter. 'Geen dokter,' breng ik uit.

Waar ben ik? Het lijkt op een ziekenhuis: de kamer is grijs, met kale muren. Achter het raam zie ik iets wat lijkt op een horizontale metalen buis en flatgebouwen. Er branden lichtjes. Het moet avond zijn, of nacht.

Nico's gezicht is er weer. Heel dichtbij. Hij zegt iets tegen me, iets wat belangrijk is en hij herhaalt het steeds, maar ik ben te moe om te antwoorden.

'Hoeveel weken?'

Mijn hoofd bonkt, ik wil mijn ogen alleen maar dichtdoen en wegdrijven.

'Hoeveel weken?' Ik ken die stem niet. Een vreemde man, hij gedraagt zich als een dokter maar hij heeft geen witte jas aan. 'Hoeveel weken?' vraagt hij weer.

'Vera, hoor je me? Wat is de uitgerekende datum?' galmt Nico's stem.

'8 oktober,' fluister ik. 'Hans gaat dat niet redden, 8 oktober.'

'Hans?'

Fel licht in mijn ogen. Iemand trekt mijn oogleden een voor een omhoog. 'Open uw mond eens. Verder.'

'Geen keelpijn?'

Ik schud mijn hoofd. 'Hoofdpijn,' zeg ik.

'… in goede handen,' hoor ik de man zeggen van wie ik vermoed dat het de dokter is.

Ik knik.

Ik denk het ook, dat ik in goede handen ben.

36

De woonkamer is klein en vierkant, met twee grijze nepleren banken, een tv op de grond en een houten salontafel. Geen schilderij of foto aan de muur, geen enkele kleur. Nico's ex-vrouw is met de koningswens in hun dijkhuisje in het dorp blijven wonen. Nico zelf is verbannen naar deze huurflat: een betonnen blokkendoos aan de kust van Vlissingen, waar de zeewind tegen de gebouwen beukt en talloze meeuwen met korte, stijve vleugelbewegingen rondcirkelen. Er zit er eentje op de reling van het balkon. Zijn voeten drukken de uitwerpselen vaster aan op het metaal.

'Thee.'

Ik neem een witte mok van Nico aan. 'Dank je.'

Hij gaat niet op de bank zitten, maar blijft staan en kijkt me onderzoekend aan. 'Je spullen liggen in de badkamer. Ik heb ook crèmespoeling gekocht.'

Ik knik en strijk over mijn haar. De stugge lokken doen me denken aan hondenvacht. Ik heb mijn haar in de afgelopen week twee keer gewassen, maar Nico's alles-in-één douche-schuim is geen partij voor de klitten die zich erin hebben verzameld.

'Moet ik niet iemand bellen? Lucien bijvoorbeeld?'

'Niet nodig.' Ik neem een slok van de thee. Rooibos.

Nico legt zijn hand tegen mijn voorhoofd. 'Volgens mij is de koorts helemaal weg.'

'Dat denk ik ook.' Ik hallucineer niet meer en de levendige dromen zijn gestopt. Ik ben nu alleen nog maar moe.

'Hoe voel je je?'

'Redelijk goed.'

Nico pakt zijn telefoon. Ik hoor hem tegen de doktersassistente zeggen dat het geplande huisbezoek van vanmiddag niet nodig is. Hij belooft contact op te nemen met de verloskundige, schrijft een nummer op.

Ik voel het kind. Het beweegt zich in mijn buik en drukt tegen mijn ruggengraat. Er trekt een steek van spijt door me heen.

Nico legt het toestel op tafel. 'Nou, dat is geregeld.'

Ik knik.

Even is het stil.

'We moeten praten,' zegt hij.

Hij heeft gelijk. Het wordt tijd om te praten, om hem te vertellen wat er is gebeurd sinds we elkaar voor het laatst zagen in dat hotel in Alkmaar. Dat ben ik hem verschuldigd. Mijn leven staat op zijn kop, ik ben alles kwijtgeraakt, maar Nico is nog steeds Nico: mijn baken, mijn Plan B.

Uiterlijk is hij weinig veranderd. Hij ziet er wel meer uitgerust uit, beter. Het verdriet tekent zich minder scherp af op zijn gezicht. De wallen zijn weg. Hij is weer wat vleziger geworden.

'Je hebt heel veel gepraat toen je koorts had, maar ik kon er geen touw aan vastknopen.' Hij komt dichterbij, twijfelt, gaat dan op de salontafel zitten, recht tegenover me.

Ik draai mijn hoofd naar het raam. De meeuw is weg. 'Mijn hele leven is kapot,' fluister ik.

'*Join the club.*'

Hij kijkt licht gedesoriënteerd om zich heen, alsof hij ergens houvast zoekt, maar de hele kamer is leeg op deze drie meubelstukken na. Uiteindelijk blijft zijn blik rusten op mijn buik. 'Wie is...' Hij krijgt het niet zijn mond uit en wendt zijn blik af.

Ik neem weer een slok thee. 'De vader is iemand op wie ik heel erg verliefd was,' zeg ik toonloos.

Ik zie zijn gezicht betrekken.

'En hij is dood.'

'Dood?' Er flakkert iets op in zijn irissen dat ik niet goed kan thuisbrengen.

'Een verkeersongeluk,' fluister ik, hees.

Nico reageert niet. Lange tijd blijft het stil. Ik kan niet uit zijn uitdrukking opmaken of hij opgelucht is of oprecht geschokt.

'Er is veel dat ik niet van je weet,' zegt hij uiteindelijk.

Ik kijk naar een punt op de muur. Ik zou Nico's hand willen pakken, iets aardigs tegen hem willen zeggen, maar ik krijg het niet voor elkaar. Het lijkt of mijn gevoel is opgebruikt; ik voel zo weinig. Vrijwel niets. Ik praat met Nico, maar het is alsof zowel hij als ikzelf vreemden voor me zijn. Alsof ik een toeschouwer ben van een toneelstuk en elk moment kan beslissen om op te staan en weg te lopen. Terug naar mijn oude leven.

'Ik voel me een idioot,' hoor ik hem zeggen. Hij kijkt opnieuw naar mijn buik en dan naar het raam. 'Ik dacht dat ik je door en door kende. Beter dan mijn eigen vrouw.'

'Je bent geen idioot.'

Ik sta op, loop naar het raam en sla mijn armen om mijn lichaam heen. Tussen twee flats is een strook Noordzee zichtbaar, vandaag al even grijs als het beton in deze wijk. Meeuwen wieken voorbij.

Nico komt achter me staan.

Ik voel zijn warmte uitstralen naar mijn rug.

'Heb je veel last?'

'Valt wel mee,' lieg ik.

Hij slaat zijn armen om me heen, legt zijn handen voorzichtig met gespreide vingers op mijn strakgespannen buik. Blijft minutenlang zo staan. Zijn kin schuurt zacht tegen mijn oor. 'Het komt goed,' fluistert hij. 'Ik zal je helpen. Ook met de bevalling. En daarna...' Zijn handen liggen stil op mijn buik. 'Maar...' Weer die aarzeling. 'Maar dan moet je het wel écht willen.'

Ik maak me los uit zijn omhelzing en draai me om. Ik moet mijn hoofd naar achteren buigen om hem recht aan te kunnen kijken. Terwijl ik zijn gezicht bestudeer en mijn vingertoppen over zijn wangen en slapen laat gaan, dringt het tot me door dat Nico meer is dan een Plan B. Veel meer. En ik ben allang niet meer het perfecte plaatje van een minnares dat hij in de jaren hiervoor eens per zes weken voorgeschoteld heeft gekregen. Hij heeft geduldig naar me geluisterd terwijl ik lag te raaskallen in mijn eigen vuil, heeft mijn vele kilo's zwaarder geworden lichaam opgetild en meegenomen en kijkt liefdevol naar mijn door stress, verdriet en hormonen verwrongen gezicht. Ondanks alles is hij er nog steeds, zegt dat hij om me geeft en me wil bijstaan in het grootbrengen van het kind van wie hij de vader niet is en niet kent.

Diep vanbinnen roert zich iets.

Ik neem zijn gezicht in mijn handen en kus hem op zijn mond. 'Je bent lief,' fluister ik.

37

Het is een meisje.

Ik heb een dochter.

Haar naam is Nora Maria Veronica Zagt.

Ze heeft tien teentjes en tien vingertjes en een kuiltje in haar linkerwangetje. Op 11 oktober is ze geboren, 's middags om vijf voor halfvier in het ziekenhuis in Vlissingen. Vanwege mijn voorgeschiedenis en leeftijd vond de verloskundige een thuisbevalling te risicovol.

De bevalling is goed verlopen en Nora is een gezonde baby – een regelrecht wonder, als ik terugdenk aan wat ze in de baarmoeder heeft moeten verduren. Wel slaapt ze licht en huilt ze regelmatig, wat volgens de kraamhulp niets is om je druk over te maken. Dat doen de meeste baby's, verzekerde ze me.

Toen Nora een week oud was is Rosalie naar haar kleindochter komen kijken. Hans was twee weken daarvoor overleden. Rosalie hield zich groot, maar de vrouw die met een geruit konijn en een zilveren armbandje aan het kraambed verscheen leek niet meer op Rosalie zoals ik haar kende. Arons moeder zag er vermoeid uit, ánders, haar ogen stonden star, mat, alsof iets binnen in haar was verwoest. Haar levendige aard was weggevaagd.

Ze ging een poosje naar Spanje, vertelde ze, naar een van haar zussen – naar het licht, het land van kleur en dans en zang.

Rosalie kuste mij op mijn voorhoofd, Nora op haar kruin, deed allervriendelijkst tegen Nico en verontschuldigde zich wel tien keer dat ze niet eerder contact had opgenomen. 'Ik kan het nog niet aan, zoveel verdriet en blijdschap, het past allemaal niet meer, het botst.'

Dat begreep ik.

Alles botste.

Alles botst nog steeds.

Ze verloor haar zoon en haar man, ze kreeg er een kleinkind bij.

In de afgelopen maanden hebben Nico en ik veel gepraat. Urenlang, dagenlang. Op dat vlak weten we elkaar nog steeds het beste te vinden, al groeien we ook emotioneel dichter naar elkaar toe. Mijn deelpersoonlijkheden rijgen zich voor Nico steeds vaster aaneen tot een holistisch geheel. Ik heb hem over mijn jeugd verteld, over mama en mijn angst dat ik haar labiliteit heb geërfd, over de ware reden waarom ik op school zo weinig uitvoerde, maar ook over de strooptochten met papa's oude camera en over mijn hond Fabel.

Nico heeft me ook meer van zichzelf laten zien. Ik had aangenomen dat hij een weliswaar strenge, maar verder fijne jeugd had gehad – met zoveel broers en zussen in dat boerengezin moest er altijd wel iemand zijn geweest om mee te praten of te spelen. Dat beeld bleek onjuist. Vader Vrijlands lijfspreuk was: *wat men liefheeft, kastijdt men*. Hij hield blijkbaar veel van alle zeven kinderen en ook van zijn vrouw. Door Nico's relaas ben ik anders over mijn vader gaan denken – positiever. Theodorus Zagt hield zijn handen tenminste thuis als hem iets niet zinde.

Mijn vader is enkele dagen voor Rosalie op kraamvisite geweest. In de commode liggen kleertjes die hij voor Nora heeft gekocht. Ze zijn haar veel te ruim. Dat was met opzet, want: 'Ze zijn groot voor je er erg in hebt.' Na een bezoek van een halfuur stond mijn vader weer buiten, maar de kleertjes zijn van een goed merk en gekocht in een veel te dure babyzaak: hij heeft zijn best gedaan. Daar kan niemand wat van zeggen.

Niet alleen op emotioneel terrein is er veel gebeurd tussen Nico en mij. Ook op dat andere vlak is er beweging gekomen. Tijdens mijn zwangerschap heeft Nico me niet aangeraakt; ik sliep in de logeerkamer. Afgelopen donderdag, ruim een maand na de geboorte van Nora, hebben we voor het eerst sinds mijn intrek in Nico's flat toenadering gezocht. Uiterst voorzichtig, we trilden allebei van de spanning, de een bang voor de pijn, de ander om pijn te doen. Maar al snel won de begeerte het van de angst en verwelkomde mijn lichaam een oude, vertrouwde vriend en klampte ik me aan zijn brede schouders vast. Sindsdien slapen we samen in zijn bed.

Nico bekommert zich om Nora met een overgave alsof ze zijn eigen kind is. Hij vindt haar prachtig, en dat is ze ook. Ze heeft een lief, open gezichtje met grote, glanzende donkere ogen en donkerblond haar, dat in een weerbarstig kuifje recht op haar kruin staat. Haar huilen klinkt als het ijle gemekker van een jong geitje. Het lachje dat ze me schenkt als ze mijn gezicht 's ochtends boven haar wieg ontdekt, is bijna niet te verdragen. Oprecht naar dat mooie, kwetsbare kindje teruglachen lukt me niet. Ik voel me op zulke momenten vooral tekortschieten. Ik ben haar hele wereld en ze vertrouwt me volledig; ik twijfel eraan of ik haar torenhoge verwachtingen wel kan inlossen. Of ik ooit een goed voorbeeld voor haar kan zijn. Ik hoop maar dat dit kindje een verbetering is, dat ze béter is dan ik, meer veerkracht heeft, sterker is dan haar moeder.

Het vanzelfsprekende vertrouwen dat Nora in de wereld stelt en de vrolijkheid en blijdschap die ze op zulke momenten uitstraalt staan in groot contrast met mijn eigen gemoedstoestand. Het is niet meer inktzwart en stormachtig daarbinnen, het is grijs. Alles is grijs. Ik ken geen downs, maar ook geen ups. Ik verschoon Nora, voed en wieg haar, zing liedjes voor mijn kind die haar oma vroeger voor mij zong. Ik loop tweemaal per week met de wandelwagen een stuk langs zee, drink koffie bij de eeuwenoude Gevangentoren en kijk dan naar de containerschepen die vanuit verre werelden de Schelde op komen varen. Ik heb het koken en het huishouden op me genomen; de flat ziet er gezelliger uit door de kleurige kussens, kamerplanten en bloemen. Ik doe allerlei dingen waarvan ik vermoed dat een normale, liefdevolle moeder ze zou doen in deze situatie, ik spreek woorden en zinnen uit die passen bij deze setting en bij deze taak.

Maar ik voel er niets bij.

Niets.

Nico weet dat niet. Ik doe mijn uiterste best om me zo normaal mogelijk te gedragen. Als hij van zijn werk thuiskomt speel ik de rol van een vrouw die alles onder controle heeft, want ik wil hem niet alarmeren.

Ik ben Aron verloren, maar heb zijn dochter mogen baren. Een lieve, stoere, intelligente man heeft ons beiden in zijn huis en zijn hart opgenomen. Mijn leven is rustig en overzichtelijk geworden en ik kan de tijd nemen die nodig is om mijn wonden te laten helen. Ik heb het goed.

Gelukkig zijn is misschien nog te veel gevraagd.

38

Ik duw het wandelwagentje voor me uit over de geasfalteerde kade. Rechts van me rijst de hoge muur op die de stad moet beschermen tegen het natuurgeweld. Links beukt de Noordzee grauw en grijs op de kade in. De wind slaat onder mijn haar, het schiet van voren naar achteren. De punten prikken in mijn ogen en wangen.

Het waait hier altijd.

Altijd die wind.

Dat opwaaiende zand.

Dat eeuwige gebeuk van de zee, die massa's zout water, het wier en de inktvisskeletten. Enorme containerschepen ploegen voorbij, dicht langs de kust, voor ze koers zetten naar verre bestemmingen; Zuid-Amerika of Azië.

Ik zit hier vast.

Nico is volop aan het werk voor *Quantum*. Om halfzeven 's ochtends rijdt hij weg en meestal komt hij pas na acht uur 's avonds thuis. Het zijn belachelijk lange dagen, maar Vlissingen ligt dan ook ongunstig ten opzichte van de uitgeverij. Hij werkt ook veel thuis. Soms zit hij tot diep in de nacht te typen. Nico probeert extra inkomsten te genereren door lezingen te geven en artikelen te schrijven. Hij is daarnaast druk bezig een regeling te treffen waardoor hij één of twee dagen per week vanuit huis kan werken, maar we weten allebei dat zoiets in deze flat niet ideaal is. Het is te gehorig en te klein.

Nico heeft zijn zinnen gezet op een boerderijtje in het groen. Hij mist de schapen, de zwartbonte melkkoeien en de boomgaarden uit zijn jeugd. Molens. Kleine kerkdorpen die her en der als grillige eilandjes uit het groene landschap oprijzen. Bebossing, sloten, reigers die roerloos langs de waterkant staan – in zo'n omgeving leeft hij op. Nico gedijt net als ik niet goed in de stad, maar middelen om die droom te verwezenlijken zijn er nog niet: Francien en haar vader maken het hem zo moeilijk mogelijk. We komen niet verder dan praten over verhuizen. Ik moet er rekening mee houden dat het nog wel jaren kan aanslepen, zegt Nico.

Dus ben ik veel alleen met Nora. Vrienden heb ik hier nog niet. De buren aan weerszijden spreken geen Nederlands. Ik weet niet uit welk land ze komen, en op hun brievenbussen beneden in de hal ontbreken de naambordjes. Sinds ik heb geprobeerd een gesprek met hen aan te knopen, knikken ze me wel vriendelijk toe als we elkaar tegenkomen op de galerij of in de lift. Verder maak ik weleens een praatje met de caissière als ze mijn boodschappen scant.

Mijn e-mail heb ik lange tijd niet meer gelezen. Zonder studio en met de continue zorg voor Nora kan ik toch weinig betekenen voor mijn klanten. Maar er is nog een reden, een die misschien nog dwingender is en die ik niet met Nico heb gedeeld: ik voel me niet goed genoeg om weer aan het werk te gaan.

Ik heb er geen zin in.

Ik heb nergens zin in. Ik loop rond, ik kook, ik zorg, ik doe boodschappen en dat is het wel. Vaak lig ik hele dagen op bed, of op de bank. Dan kijk ik naar *Dr Phil*, *The Dog Whisperer*, kook- en huizenprogramma's en soms ook urenlang naar *Tommy Teleshopping* en *Tell Sell*, omdat de afstandsbediening op de grond bij de tv ligt en ik er niet bij kan. Meestal val ik in slaap of vergeet ik aan het einde van de dag om de lichten in huis aan te doen; dan hoor ik aan het ijle mekkeren uit de babykamer dat er weer vier uur zijn verstreken en het tijd is voor een schone luier en een flesje. Het valt me steeds moeilijker om in mijn rol te blijven, steeds zwaarder om enthousiast te reageren op Nico's verhalen, om normaal te doen, de schijn op te houden dat alles in orde is.

Boven mijn hoofd wieken meeuwen in de stormachtige wind. Ze speuren de kust af naar voedsel, krijsen naar elkaar en naar ons. Ik duik dieper weg in mijn gebreide sjaal, duw het karretje voor me uit. De Gevangentoren is vandaag gesloten. Er brandt geen licht binnen. Halverwege de kade draai ik om, tegen de wind in, en loop terug naar de flat.

39

Zonlicht valt door een spleet tussen de gordijnen de slaapkamer in. Achter mijn oogleden vlamt het feloranje op.

Er klinkt zacht gehuil.

Ik open mijn ogen. Halfelf. Ik moet door de wekker heen zijn geslapen. Met tegenzin schuif ik de dekens van me af. Ik voel me niet goed. Ik beef en adem gejaagd, alsof ik net een paar trappen op ben gesneld in plaats van tien uur aan één stuk geslapen te hebben. Ik haal diep adem, en nog eens. Het maakt geen verschil.

Dat gehuil.

Terwijl ik naar dat ijle, breekbare stemmetje luister, groeit de schaamte. En de angst.

Je kunt het niet.

Ik wil haar roepen, tegen haar zeggen dat ik wakker ben en dat nu alles goed komt, dat ze niet meer alleen is – *mama komt eraan!* – maar ik blijf steken in een hijgerig gepiep.

Ik pak mijn kleren van de stoel naast het bed. Jeans, hemdje, vest. Sokken. Mijn lichaam reageert houterig, schokkerig, en alle handelingen die ik normaal gesproken automatisch doe, kosten me enorm veel moeite. Alsof ik bevroren ben of me door stroop beweeg. Het duurt lang voor ik mijn broek heb aangetrokken, de rits heb dichtgeritst en de knoop door het knoopsgat heb kunnen wurmen.

Nora huilt nog steeds als ik haar speentje en flesje van het velletje keukenpapier uit de koelkast pak. Ik schuif het blik melkpoeder over het aanrecht naar me toe, peuter het flexibele deksel ervan af en vis het maatschepje tussen het poeder vandaan.

Nora's stemmetje klinkt schor en overstuur – ze moet al uren wakker zijn.

Ik kan het niet.

Mijn trillende hand brengt het schepje boven de fles, keert het om. Na de derde schep staak ik mijn bewegingen. Hoeveel moesten er ook alweer in? En hoeveel melk heeft Nora eigenlijk nodig? Ik staar naar de streepjes op het flesje. Tweehonderd cc? Tweehonderdvijftig? Ging het niet steeds met veertig omhoog? Of dertig?

Het is stil in de flat. Ik hoor alleen nog mijn eigen hartslag, het gepiep van mijn ademhaling.

Honderdtachtig?

Twééhonderdtachtig?

Ik kijk op het display van de oven. Halftwaalf.

Dat kan niet. Ik ben zojuist uit bed gestapt, om halfelf, het kan onmogelijk een uur later zijn. Is de wintertijd ingegaan zonder dat ik dat heb meegekregen? Is het wel winter?

Welke maand is het eigenlijk?

Ik loop terug naar de slaapkamer. De wekkerradio toont dezelfde tijd als het ovenklokje. Misschien heb ik me vergist.

Ik moet nu melk maken. Dat is het belangrijkst.

Voor mijn kind zorgen. Nora heeft honger.

Ik vind mijn laptop in de woonkamer, maak hem wakker uit zijn slaapstand en voer zoekwoorden in op Google. *Melk. Hoeveelheid. Baby. Poeder.*

Ga op de bank zitten.

Met mijn vingertoppen tegen mijn slapen en wiebelend met mijn benen wacht ik op de resultaten. De informatie die op het scherm verschijnt, zegt me niets. Ik kan er niets mee.

Het blik.

Het staat natuurlijk gewoon op het blik!

Ik loop terug naar de keuken, graai het blik van het aanrecht en draai het om, op zoek naar instructies. De cijfers en letters zijn moeilijk te lezen; er dansen blinde vlekken voor mijn ogen alsof ik te lang tegen de zon in heb gekeken. Ze gaan niet weg als ik met mijn ogen knipper, het maakt niet uit hoezeer ik me inspan. Het lijkt wel of ik halfblind ben geworden.

Nora huilt weer. Rauw, gedempt door de deuren en muren.

Hier staat het, ik weet het weer: tweehonderdtien cc water, zeven afgestreken schepjes.

Als ik het blik terug wil zetten op het aanrecht glipt het uit mijn hand. Het klettert op het laminaat, klapt om en de inhoud stuift naar buiten. Komt op mijn jeans terecht, de stoelpoten, de keukenkastjes, overal. Mijn hart gaat zo tekeer dat ik bang ben dat ik een hartaanval krijg. Er wellen tranen op in mijn ogen, ik veeg ze weg met mijn mouw.

In het blik zit nog een bodempje. Ik schraap er wat uit en strooi dat zo zorgvuldig mogelijk in de opening van het flesje, giet er water bij en zet het flesje in de magnetron.

In de babykamer is het warm, veel warmer dan in de rest van het huis. Het stinkt naar volle luier.

Aan het voeteinde van het wiegje blijf ik staan. Ik kijk naar Nora, mijn vingers omklemmen het flesje. De melk voelt heet aan, misschien wel te heet. Ik kan het beter laten afkoelen voordat ik het haar laat drinken. Ze zou me vertrouwen en haar mondje branden. Ik leg het flesje tegen mijn wang. Te heet?

Nora lacht niet. Ze ziet me niet eens, denk ik. Haar oogjes zijn dik en nat, haar gezichtje is rood en het ziet er plakkerig uit. Het dekentje is losgegaan en ligt rond haar nekje gedraaid. Ze is gestopt met huilen en zuigt nu fanatiek op haar gebalde knuistje. Trapt ongedurig met haar beentjes, wat ze vaker doet als ik vermoed dat ze buikpijn heeft.

Ik moet haar uit het wiegje halen.

Optillen, op de commode leggen, op het aankleedkussen, alle nat geworden kleertjes van haar verhitte huidje pellen. Een badje maken. Haar in bad doen, afdrogen. Weer schone kleertjes aantrekken.

Dan een flesje geven.

Dat kan ik niet.

Ze is vast glibberig.

Ik ben bang dat ik haar laat vallen, net als dat blik daarnet.

Mijn hart klopt hard en onregelmatig en ik hijg met open mond. Ik kan elk moment een hartaanval krijgen. Dat voel ik. Dit gaat fout. Ik ben bang dat ik in elkaar zak, flauwval, in coma raak. Doodga? Stel dat ik met Nora op mijn arm in elkaar zak of struikel. Dat ik naar voren val en zij met haar hoofdje op de rand van de commode terechtkomt, dat haar kleine lijfje mijn gewicht boven op zich krijgt.

Nora's gezichtje is vochtig van het zweet, de traantjes en het speeksel. Haar vuistjes gebald. Zo klein. Zo kwetsbaar. Zo kostbaar.

Ik durf het niet.

Ik zou dit niet alleen moeten doen.

De verantwoordelijkheid is te groot.

Ik schrik op van het geluid van een deur die dichtslaat. Een harde dreun. Voetstappen.

Nico knipt de lichten aan. De spots in de gang schijnen recht de kamer in, als schijnwerpers.

Ik krimp in elkaar.

'Vera?'

Ik zou vloeibaar willen worden, willen wegkruipen in de poriën van de muur, mezelf onder de plinten en het tapijt laten wegsijpelen.

'Vera?'

Ik moet aan mama denken. De vele keren dat ik haar in de verduisterde woonkamer aantrof; vertwijfeld, somber, gevangen in haar eigen destructieve wereld. Tientallen van zulke gebeurtenissen, verstilde momenten in de tijd, zijn door de jaren heen samengeklonterd tot één haarscherpe herinnering aan mijn moeder, huilend in een wolk van sigarettenrook, het krassen van de naald in de langspeelplaat – *I know how to hide all my sorrow and pain... I'll do my crying in the rain.*

'Vera?'

Is het bij haar zo begonnen? Trof papa haar op een dag bij thuiskomst zo aan, angstig weggedoken in een hoek van de woonkamer terwijl haar kind boven in het wiegje in haar eigen vuil lag te krijsen van de honger?

Is daar ook mijn eigen eenzaamheid aangevangen – de overtuiging nooit goed genoeg te zijn, hoezeer ik mijn best ook doe, en die verlammende, allesoverheersende angst om in de steek gelaten te worden, alleen te zijn? Hebben al die overtuigingen daar toen al wortel geschoten, negenendertig jaar geleden in een schaars gemeubileerd grijs flatgebouw aan de Weteringweg?

Ik wil niet weggestopt worden.

Het mag niet.

Nora heeft al geen vader meer; ze heeft mij nodig, haar moeder. Ik moet sterk zijn, ik moet voor haar zorgen en haar beschermen. Ik hou zielsveel van dat kleine mensje. Ik zou mijn leven voor haar geven.

Ik kan het niet.

'Help me.' Mijn gefluister sterft weg in de kamer.

Nico snelt op me af, laat zich op zijn hurken zakken en pakt mijn gezicht vast. 'Wat is er? Ben je gevallen?' Ongerust bekijkt hij mijn gezicht, mijn lichaam, laat zijn handen snel over mijn schouders en armen glijden, op zoek naar een verwonding, een breuk, iets wat mijn ontredderde staat verklaart.

'Heb je pijn?' vraagt hij.

Nora huilt weer. Haar stemmetje klinkt zwak en onzeker, de aanvankelijke overgave en kracht die ze vanochtend nog liet horen, zijn eruit verdwenen. Het klinkt alsof ze de hoop al heeft opgegeven dat er nog iemand bij haar komt kijken.

'Ik kan het niet meer,' fluister ik.

'Wat niet? Wat kun je niet meer?'

Leven.

Leven zoals normale mensen doen.

'Voor Nora zorgen,' fluister ik. 'Het lukt me niet. Het gaat niet goed.'

'Is er iets gebeurd?'

Ik schud mijn hoofd, wijs in de richting van Nora's kamertje. 'Ze moet een flesje. Ik kan het niet.'

Verschrikt kijkt hij me aan, en net als ik denk dat hij kwaad op me gaat worden en me door elkaar zal schudden, omarmt hij me. Nico aait over mijn haar, kust mijn oogleden, mijn neus. Ik kan alleen maar huilen, wil wegkruipen in die grote, sterke man.

Mijn ademhaling wordt rustiger.

'Gaat het?'

Ik knik. 'Nora,' fluister ik.

Nico geeft me een zakdoek en staat op, loopt de kamer uit. Hij blijft lang weg. De hele tijd kijk ik in de fel brandende spotjes in de gang, tot mijn ogen opnieuw beginnen te tranen.

Bij terugkomst heeft hij Nora op zijn arm; ze drinkt gulzig een flesje. Nico komt voorzichtig naast me op het laminaat zitten.

Nora ruikt schoon. Ik durf niet te vragen hoe ze eraan toe was. Zwijgend kijk ik toe hoe mijn dochter haar flesje leegdrinkt tot ook de laatste melkwitte luchtbelletjes door het speentje in haar ronde mondje verdwijnen.

Ik pak haar voetje vast, masseer haar voetzooltje en voel hoe haar teentjes zich om mijn duim krullen, bijna als een handje. 'Ik heb zo mijn best gedaan,' fluister ik. Mijn stem klinkt hees. 'Ik wil dit niet, ik—'

'Je kunt er niets aan doen. Het is niet jouw schuld.' Nico tilt Nora omhoog, legt haar over zijn schouder en klopt zachtjes op haar rug om haar een boertje te laten doen.

Ik sla mijn armen voor mijn gezicht, mijn vingers klauwen in mijn haar, trekken eraan. 'Ik maak alles kapot.'

'Meisje...'

Naast me doet Nora een boertje. Nico dept haar kin schoon en staat op, legt mijn baby in de maxi-cosi, vouwt een theedoek dubbel en legt die over haar heen bij wijze van dekentje. Nora vindt het fijn om toegedekt te worden. Ze lacht alweer, haar wangetjes glanzen.

Nico tilt me van de grond en laat me in het nepleer van de bank zakken. Ik zie hem de telefoon van de salontafel pakken en hoor mechanische piepjes.

'Dit kunnen we niet alleen,' hoor ik hem zeggen.

40

Mijn kamer geeft uitzicht op bomen en een park. Op de grond ligt geelgemarmerd zeil en de muren zijn lichtblauw. De meubels hebben een blanke houtkleur; ze zijn van het soort dat je ziet in scholen, ziekenhuizen en instituten. Onverwoestbaar, zonder harde randen, met allerlei keurmerken in het metalen frame gestanst. En lelijk. Zielloos.

Ondanks de vrolijk bedoelde kleurstelling komt mijn kamer behoorlijk deprimerend op me over, maar het is de enige plek waar ik alleen kan zijn. Daarom verblijf ik er zo veel mogelijk.

Ik mag me niet de hele dag op mijn kamer terugtrekken. Het is verplicht om de maaltijden gezamenlijk met de andere bewoners van de afdeling te gebruiken. Ook zijn er dagelijks groepsgesprekken, waarbij iedereen in een kring zit en over zijn leven moet vertellen. Ik zie niet in wat zulke kringgesprekken kunnen bijdragen aan iemands herstel. Het zijn nare, gênante bijeenkomsten. Er wordt veel gehuild en geschreeuwd. Ik schaam me alleen maar en vertel zo weinig mogelijk.

Mijn medebewoners lijken me niet onaardig. Tijdens de lunch geven ze de boter en het brood door en ze groeten me wanneer we elkaar passeren in een gang. Ik knik vriendelijk terug, maar maak zo min mogelijk oogcontact en zeg weinig;

hoe minder ik opval, hoe liever het me is. Al met al is het me in de afgelopen weken aardig gelukt om mezelf een soort teflon-huid aan te meten waar alles van afglijdt.

Juist daarover moeten we praten, vindt dokter Van Buren, mijn behandelend psychiater. Volgens hem denk ik in vijand-beelden. Ik verwacht instinctmatig het slechtste van mensen, al benaderen ze me nog zo vriendelijk en zijn hun bedoelingen goed. In feite beschouw ik de hele wereld als vijandelijk ter-rein. Hij vindt het typerend dat ik mijn oude huis 't Fort noem. Hij zegt: 'Je hebt van de overlevingsstrategie die je je als kind hebt aangemeten je levensstijl gemaakt. Je bent heus niet de enige. We zien dat hier vaker, en we gaan het aanpakken.' Hij zegt ook: 'Je bent doodmoe, opgebruikt en moegestreden. Je lichaam en geest zijn op, omdat ze zich nog elke dag in een oor-log wanen die allang voorbij is.' Mijn gedrag en denkbeelden lijken op die van sommige soldaten die zijn teruggekeerd uit een vuile oorlog, zegt Van Buren. Hij heeft het ook over bin-dingsproblemen, maar daarmee wil hij later aan de slag.

Ik heb hem verteld dat ik gefaald heb omdat ik niet eens op een normale manier kan leven, zoals alle andere mensen doen. Dat ik mezelf haat vanwege mijn zwakte. Hij spreekt dat tegen. Hij vindt niet dat ik zwak ben. Volgens hem ben ik juist heel sterk, omdat ik nu pas aan een *hulpvraag* ben toegekomen en niet al jaren eerder. Dat soort jargon gebruiken ze hier. Ik begin het steeds beter te begrijpen.

Van Buren beweert ook dat ik niet gek ben, of, in zijn woor-den: dat hij er op grond van de testen van uitgaat dat er geen sprake is van een *persoonlijkheidsstoornis*. Ik ben een gewone vrouw die in ongewone omstandigheden is opgegroeid en ge-traumatiseerd is geraakt. Ik vind het fijn dat hij zulke dingen zegt.

Hij heeft me verzekerd dat ik mezelf kan genezen als ik dat wil – en dat wil ik. Hij gaat me daarbij helpen.

Ik ben heel blij dat ik mijn camera weer heb. Van Buren vond het prima als ik het fotograferen weer oppakte, en ik mocht zelfs mijn laptop weer gebruiken. Het fotograferen maakt het leven in de kliniek minder zwaar. Als ik fotografeer, vergeet ik waar ik ben en wie ik ben. Dan voel ik geen pijn of spijt, geen angst of schaamte. Ik maak veel foto's van vogels de laatste tijd. In het park zijn talloze houtduiven, tortelduiven en eksters. Ze scharrelen rond op het gazon of zitten te soezen op de kale decembertakken. Bang voor mensen zijn ze niet; ze laten me heel dichtbij komen, zodat ik zelfs de dauwdruppels op hun veren kan vastleggen. Gisteren heb ik een vos bij de bosrand gezien. Die schoot weg zodra hij me in de gaten kreeg.

Ik ben ook bezig met een serie close-ups van boomschors. De schors ziet er bij elke boom weer anders uit, met unieke structuren, groeven en kleurschakeringen. Het is me nooit eerder opgevallen dat de structuur ervan zoveel lijkt op die van de menselijke huid, maar ze hebben dan ook dezelfde functie. De bast beschermt de kwetsbare binnenkant, vangt de klappen op, en op de plaats waar een wond is ontstaan vormt zich een litteken dat een leven lang zichtbaar blijft.

41

Ik zit bij het raam in de recreatiezaal en kijk naar buiten. Het is bijna elf uur, hij kan elk moment de hoek om komen lopen, de maxi-cosi bungelend in een van zijn grote handen.

Nico is me van het begin af aan elke zaterdag komen opzoeken. Hij zou me vaker willen zien dan eens per week, maar de artsen vinden het beter dat ik zo min mogelijk contact heb met de buitenwereld. Het genezingsproces zal sneller verlopen als ik me op mezelf kan concentreren, stellen ze. Ik geloof dat ze gelijk hebben, dat ik daadwerkelijk vooruitga.

Sinds mijn opname zijn er twee maanden verstreken. Soms gaat het fout, dan voel ik me dagen achtereen down, moedeloos en gefrustreerd door een plotselinge angstaanval, waardoor alles voor niets lijkt te zijn geweest, maar de dagen dat ik gericht ben op herstel hebben de overhand gekregen. Ik kan nu zelfs mijn verhaal doen tijdens de kringgesprekken; ik doe niet meer alsof ik ziek ben, loop niet meer boos weg en sluit me niet meer af.

Iedereen die hier zit heeft een verhaal en sommigen hebben dingen meegemaakt die nog veel erger zijn. Met een paar medebewoners ga ik goed om. We praten weleens samen en we hebben afgesproken dat we elkaar blijven zien als we uit de kliniek worden ontslagen.

Nico is steeds belangrijker voor me geworden. Eerst durfde ik er niet eens op te hopen dat hij me zou komen opzoeken. Ik sloop 's zaterdags tegen elf uur steevast naar het toilet, of verdiepte me in een boek of mijn foto's; ik deed van alles om mezelf af te leiden van de bezoekers die rond dit uur binnendruppelen – teleurstellingen komen voort uit te hoge verwachtingen.

Ik wist het zeker: op een dag zou de realiteit vat op Nico krijgen. Dan zou hij de uitzichtloosheid van onze relatie gaan inzien. Hij zou ten volle beseffen dat hij wel een betere vriendin kon krijgen dan een geestelijk labiele, werkloze fotografe van bijna veertig met een kind van een ander.

Op dat moment heb ik me voorbereid. Elke zaterdag opnieuw zette ik me schrap. Maar elke zaterdag kwam Nico weer gewoon dat pad op gelopen, met Nora in haar maxi-cosi bungelend aan zijn rechtervuist, een volgeladen luiertas in zijn linker.

Mijn kleine meisje groeit hard: vorige week heeft Nico haar het jurkje aangedaan dat mijn vader voor haar heeft gekocht. Het paste goed. Omdat ik Nora niet elke dag meemaak, vallen geleidelijke veranderingen mij meer op dan Nico. Ik heb de indruk dat haar haar donkerder wordt, maar het is nog lang niet zo diep van kleur als haar ogen, die de tint hebben van pure chocolade, met minuscule flintertjes goud. Ik geniet van elke seconde dat ze bij me is en ik dat warme lijfje tegen me aan kan drukken en haar heerlijke geur kan opsnuiven. Ik vergaap me aan de fijne structuur van haar huid, de zachte glooiing van haar neusje en het kuiltje in haar wang. In mijn hoofd zitten honderden mentale foto's en filmpjes opgeslagen die ik kan bekijken wanneer ik maar wil. Echte foto's heb ik nog steeds niet gemaakt. Met opzet. Ik wil die anderhalf uur die ik wekelijks met Nora kan doorbrengen ten volle benutten. Er hoort geen camera tussen ons in, geen buffers van glas. Ik wil geen afstand.

'Rosalie is terug uit Spanje.'

'Van wie weet je dat?'

'Van haarzelf.' Nico diept een met melk gevuld flesje uit de luiertas op. Een van de verpleegsters neemt het van hem aan en loopt ermee naar de keuken. 'Ze is woensdag langs geweest in Vlissingen,' gaat hij verder. Hij klikt Nora los uit de maxicosi en legt haar in mijn armen.

Nora is vandaag heel helder. Haar ogen glanzen en ze kijkt wakker en verheugd om zich heen, knijpt dan haar ogen samen tegen het plotselinge zonlicht dat door het raam naar binnen valt.

Ik kus zachtjes haar kruin, voel haar fijne babyhaartjes kriebelen tegen mijn lippen en neus. Snuif haar geur diep in me op. Zwitsal en pasgewassen lakentjes. 'Hoi meisje, ben je daar weer?' fluister ik. 'Wat ben je toch mooi.'

Ze kijkt me recht aan en haar mondhoeken trekken geleidelijk omhoog, tot haar hele gezichtje straalt. Haar fragiele vingertjes graaien naar mijn gezicht. Ik vang ze tussen mijn lippen en laat ze dan weer los. Nora vindt het een leuk spelletje, ze giert van pret.

'Rosalie vroeg me of ik je de hartelijke groeten wilde doen en je beterschap wilde wensen.'

'Hoe is het met haar?'

'Ze heeft het nog steeds moeilijk. Ik vond haar er wel uitgeruster uitzien.'

'Kwam ze voor Nora?'

'En voor jou. Ze wist niet dat je ziek bent.' Nico neemt het warme flesje aan van de verpleegster en test geroutineerd een paar druppels op de binnenkant van zijn arm. Dat kleine gebaar ontroert me.

Hij kijkt me aan. 'Ze heeft aangeboden om twee dagen per week op Nora te komen passen.'

'Echt? Wat lief van haar.'

Nico overhandigt me een spuuglap en het flesje. Nora's hoofdje wiebelt heen en weer van ongeduld en haar mondje vormt een gulzige O.

'Ik wilde het eerst niet,' gaat Nico door. 'Het is gekkenwerk. Ze doet er zeker twee uur over vanaf Nijmegen, maar dat vond ze niet erg. Ze heeft me verzekerd dat ze verder toch weinig omhanden heeft.'

'Haar andere kleinkind ziet ze nooit, volgens mij.'

Nico schudt zijn hoofd. 'Ze heeft in Spanje nog contact gezocht met die familie, maar die had daar blijkbaar geen behoefte aan... Onbegrijpelijk.'

Ik kijk naar mijn kind, voel de drinkbewegingen door haar lijfje trekken, luister naar de zachte geluidjes die ze maakt. Haar oogjes staan dromerig, naar binnen gekeerd.

'Je ziet er goed uit,' zegt Nico. Zijn stem klinkt lager dan normaal.

Ik zoek zijn blik. Sla mijn ogen weer neer. 'Jij ook.'

Hij schuift zijn stoel tegen de mijne aan, laat zijn hand op mijn bovenbeen rusten en komt dichter bij me zitten. Legt dan, iets aarzelend, een arm om me heen.

Ik vlij me tegen hem aan.

Minutenlang blijven we zo zitten, dicht tegen elkaar, kijkend naar Nora, die met geloken ogen haar melk drinkt. Nico's kin rust op mijn schouder.

'Ik mis je,' fluistert hij in mijn oor. 'Ik hoop dat je gauw naar huis mag.'

'Dat hoop ik ook,' zeg ik zacht. Terwijl ik de woorden uitspreek, besef ik dat ik het meen.

Toen ik hier werd opgenomen, hield ik er rekening mee dat het voor altijd zou zijn; dat ik tot mijn dood zou worden weggestopt in dit moderne complex in de Zeeuwse klei. Het kon niet anders, het moest wel, want de oude Vera was ik kwijtgeraakt en ik zou haar nooit meer kunnen terughalen. Het voelde als een enorm verlies, als falen. Mijn hele leven had ik gestreden om zo ver mogelijk van dit soort plekken vandaan te blijven, maar het had niet mogen baten. Dit was mijn lotsbestemming.

Gaandeweg ben ik gaan geloven dat dit niet per se het einde hoeft te zijn. Er zijn meer overeenkomsten tussen mijn moeder en mij dan voor mijn welzijn wenselijk is, maar ik bén haar niet. En Nico is geen Theodorus Zagt – hij lijkt niet eens op hem, hij is een totaal andere man.

Ik zit hier net als mama destijds reikhalzend uit te kijken naar mijn wekelijkse bezoek en mijn vrijheid is beperkt, maar ik word niet stilgezwegen en weggemoffeld. Mijn dochter wordt niet angstvallig bij me vandaan gehouden. Ze is hier bij me, ik wieg haar zachtjes in mijn armen. Haar handjes ontspannen langs haar lichaam, haar oogjes gesloten. Nico's arm ligt om mijn schouders, onze hoofden rusten tegen elkaar. Het voelt goed. Vertrouwd en veilig.

Ik ben niet alleen.

De tranen die ik over mijn gezicht voel glijden, zijn niet voor mezelf.

Ze zijn voor mijn moeder.

Dank

Berry & Annelies
Nini, Monique, Leo & Jeanine (lezers)
Annette (psychologie) & Barbara (Spanje)
Renate
Joy & China Girl (covermodellen)

Mijn uitgever Wanda en verder alle anderen
die betrokken zijn geweest bij *Tegenlicht*.

Nina (8) maakte Nora's tekening.